山乡巨变

周立波 著

作家出版社

山乡

《山乡巨变》以20世纪50年代中期发生在全国农村的合作化运动的高潮作为大背景，以团县委副书记邓秀梅带着党委的指示下乡开展工作为线索，描写了湖南偏僻山村清溪乡从建立初级社到组建高级社的完整过程和基本面貌，而随着经济所有制的改变，传统的社会习俗、家庭生活、人际关系等也迎来了一次暴风骤雨。周立波带着亲切的乡土气息，刻画了一系列栩栩如生、多姿多彩的农民和农村干部形象。

小说语言洗练流畅，清丽自然，人物对话幽默风趣，含蓄传神；充满着潇湘山水气息，令人心驰神往。

周立波

（1908－1979）

湖南益阳人。1934年参加左联，曾任八路军前线司令部和晋察冀边区战地记者，延安鲁艺教师，湖南省文联主席，湖南省作协主席等。著有长篇小说《暴风骤雨》《铁水奔流》《山乡巨变》，短篇小说集《铁门里》《山那边人家》，报告文学集《战场三记》《南下记》，译著《被开垦的处女地》（第一部）等。

巨变

目录

上卷

下卷

上卷

一　入乡

一九五五年初冬，一个风和日暖的下午，资江下游一座县城里，成千的男女，背着背包和雨伞，从中共县委会的大门口挤挤夹夹拥出来，散到麻石铺成的长街上。他们三三五五地走着，抽烟、谈讲和笑闹。到了十字街口上，大家用握手、点头、好心的祝福或含笑的咒骂来互相告别。分手以后，他们有的往北，有的奔南，要过资江，到南面的各个区乡去。

节令是冬天，资江水落了。平静的河水清得发绿，清得可爱。一只横河划子装满了乘客，艄公左手挽桨，右手用篙子在水肚里一点，把船撑开，掉转船身，往对岸荡去。船头冲着河里的细浪，发出清脆的、激荡的声响，跟柔和的、节奏均匀的桨声相应和。无数木排和竹筏拥塞在江心，水流缓慢，排筏也好像没有动一样。南岸和北岸湾着千百艘木船，桅杆好像密密麻麻的、落了叶子的树林。水深船少的地方，几艘轻捷的渔船正在撒网。鸬鹚船在水上不停地划动，渔人用篙子把鸬鹚赶到水里去，停了一会，又敲着船舷，叫它们上来，缴纳嘴壳衔的俘获物：小鱼和大鱼。

荡到江心的横河划子上，坐着七八个男女，内中有五六个干部。他们都把背包雨伞从身上取下，暂时放在船舱里，有的抽烟，有的谈笑。有位女同志翻身伏在船边上，在河里搓洗着手帕。

“邓秀梅，你怎么不走石码头过河？”一个后生子含笑问她。

“我为什么要走那边过河？”洗手帕的女干部回转脸来问。

“这还要问？余家杰不是走那一条路吗？”

“他走那条路，跟我有什么相干？”邓秀梅涮好手帕，回转身子，重新坐在船边上，两手扯着湿帕子，让它在太阳里晒着，一边这样问。

“你不跟他去，实在不应该。”后生子收了笑容，正正经经说。

“什么应该不应该？我为什么要跟他，他为什么不跟我？”邓秀梅盯着他问。看样子，她是一个泼泼辣辣的女子。紧接着，她撇一撇嘴，脸上略带嘲弄的笑容，说道：“哼，你们男同志，我还不晓得！你们只想自己的爱人像旧式妇女一样，百依百顺，不声不气，来服侍你们。”

“你呢？只想天天都过‘三八’节。”后生子的嘴巴也不放让。

“你们是一脑壳的封建。”

“你又来了，这也是封建，那也是封建。有朝一日，你怀了毛毛，也会蛮攀五经地跟余家杰说：‘你为什么要我怀孩子，自己不怀？你太不讲理，一脑壳封建。’”

满船的人都笑了。

“我才不要孩子呢。”笑声里，邓秀梅低着脑壳，自言自语似的说。她的脸有点红了。这不是她心里的真话。接近她的人们说，她其实也蛮喜欢小孩子，跟普通的妇女们一样，也想自己将来有一个，男的或女的，像自己，也有点像另外的一方。但不是现在，现在要工作，要全力以赴地、顽强坚韧地工作一些年，把自己的精力、充沛的青春献给党和社会主义的事业。有了孩子，会碍手碍脚，耽搁工夫。

“坐稳一点，同志，轮船来了，有浪，看船偏到一边了，快过去一个。”艄公看见邓秀梅一边，只坐两个老百姓，比对面少两个人，一边荡桨，一边这样地调摆。

“都不要过去，老乡你们也过来。让她一个人，独霸半边天。”爱逗耍方的后生子又笑着说。

“还不坐匀呀，浪来把船打翻了，管你半边天，两边天的，都要洗冷水澡了。”艄公着急说。

划子两边的人终于坐匀了，艄公掌着桨，让划子一颠一簸地，轻轻巧巧地滑过了轮船激起的一个挨一个的不大不小的浪头，慢慢靠岸了。邓秀梅跟大家一起，背好背包和雨伞，站起身来，显出她那穿得一身青的，不高不矮的，匀称而又壮实的身段。他们上了岸，还是一路谈笑着，不知不觉到了一个岔路口，邓秀梅伸出她的微胖的右手含笑点头道：

“再见吧，孩子们。”

“你有好大了，叫我们孩子？”那个后生子又说，一边握住她的手。

“你不是孩子，是姑娘吗？”

邓秀梅跟大家一一握了手，随即收敛了笑容，露出严肃的脸色来说道：

“同志们，得了好经验，早些透个消息来，不要瞒了做私房。”

“我们会有什么经验啊？我们只有一脑壳的封建。”调皮后生子又还她一句。

邓秀梅没有回应，同在一起开了九天会，就要分别了，心里忽然有点舍不得大家，她有意地放一放让。看他们走了好远，她才转过身子来，沿着一条山边的村路，往清溪乡走去。

邓秀梅的脚步越走越快了，心里却在不安地默神。她想，农业合作化运动，在她经历中，是个新工作。省委开过区书会议后，县委又开了九天三级干部会[①]，讨论了毛主席的文章和党中央的决议，听了毛书记的报告，理论、政策，都比以前透彻了：入乡的做法，县委也有详细的交代。但邓秀梅有这个毛病，自己没有实际动手做过的事情，总觉得摸不着头路，心里没有底，不晓得会发生一些什么意料不到的事故。好在临走时，毛书记又个别找她谈了一回话，并且告诉她：清溪乡有个很老的支部，支部书记李月辉，脾气蛮好，容易打商量。他和群众的关系也不错。他过去犯过右倾错误，检讨还好。邓秀梅又从许多知道李月辉的同志的口中打听了他的出身、能力和脾气，知道他是一个很好合作的同志。想起这些，她又安心落意了。

一九四九年，家乡才解放，邓秀梅就参加了工作。划乡建政时，她还是个十五岁的扎着两条辫子的姑娘，身材却不矮，不像十五岁，倒像十八九。她记得，有一回，乡里准备开群众大会，工作组的一位北方同志头天动员她，叫她在会上讲话，她答是答应了，却急得一个通宵没闭眼。半夜三更，她一个人爬起来，偷偷摸进空洞幽暗的堂屋，低声细气练她的口才。第二天，当着几百人，她猛起胆子，讲了一阵，站在讲桌前，她的两脚直打战，那是在冬天，她出了一身老麻汗。她本来是位山村角落里的没有见过世面的姑娘，小时候，只读得一年老书，平素街都怕上得，一下子要她当人暴众讲起话来，把她心都急烂了。

从那以后，邓秀梅一直工作了七年。土改时期，她加入了新民主主义青年团，不久，又参加了中国共产党。在党的培养之下，又凭着自己的钻研，她的政治水平不弱于一般县委，语文知识也有初中程度了。她能记笔记，做总结，打汇报，写情书。随着年龄的增长，经验的积累，邓秀梅变得一年比一年老练了。她做过长期的妇女工作，如今是青年团县委副书记。这回搞合作化运动，组织上把

① 召集县级、区级、乡级的干部在一起开会的大会，叫做三级干部会。

她放下来，叫她单独负责一乡的工作。县委知道她的工作作风是舍得干，不信邪，肯吃苦耐劳，能独当一面，只是由于算术不高明，她的汇报里的数目字、百分比，有时不见得十分精确。

邓秀梅转弯抹角，沿着山边，踏着路上的山影、树荫和枯黄的落叶，急急忙忙走了十来里。她的脚力有些来不及，鞋子常常踢着路上的石头。走到一座土地庙跟前，看看太阳还很高，她站住脚，取下背包，坐在一株柞树下边的石头上，歇了一阵气。等到呼吸从容了，她抬起眼睛，细细观察这座土地庙。庙顶的瓦片散落好多了，屋脊上，几棵枯黄的稗子，在微风里轻轻地摆动。墙上的石灰大都剥落了，露出了焦黄的土砖。正面，在小小的神龛子里，一对泥塑的菩萨，还端端正正，站在那里。他们就是土地公公和他的夫人，相传他们没有养儿女，一家子只有两公婆。土地菩萨掌管五谷六米的丰歉和猪牛鸡鸭的安危，那些危害猪牛鸡鸭的野物：黄竹筒[①]、黄豺狗、野猫子，都归他们管。农民和地主都要来求他们保佑。每到二月二，他们的华诞，以及逢年过节，人们总要用茶盘端着雄鸡、肘子、水酒和斋饭，来给他们上供，替他们烧纸。如今，香火冷落了，神龛子里长满了枯黄的野草，但两边墙上却还留着一副毛笔书写的，字体端丽的古老的楷书对联：

天子入疆先问我
诸侯所保首推吾

看完这对子，邓秀梅笑了，心里想道：

“天子、诸侯，都早进了历史博物馆了。”

接着，她又想道：“这副对联不也说明了土地问题的重要性吗?”

才想到这里，只见山边的路上，来了一个掮竹子的老倌子。他

① 黄竹筒：黄鼠狼。

从清溪乡的方向走来，好像要上街。邓秀梅看见他脸上汗爬水流，出气不赢，连忙招呼他：

“老人家，累翻了吧？快放下来，歇歇肩再走。”

这个人看看太阳还很高，就停了脚步，把竹子放在路边上。他解下围巾，敞开棉袄，走了过来，坐在邓秀梅对面的一块石头上，用围巾揩干了脸上的汗水，看见邓秀梅左手腕上，露出一个小手表，他笑笑问道：

“同志，什么时候了？”

“快两点了。”邓秀梅看了看手表，回答他说。她又仔细打量他。只见他头上挽条酱色毛袱子，上身穿件旧青布棉袄，跟别的挑肩压膀的人一样，肩上补了两块布。腰围巾也是补疤驮补疤，看不出原来的布色了。他的脸很瘦，额头上和眼角上尽是大皱纹，身材矮小，背有点驼，年纪五十开外了。和这同时，老倌子也在打量邓秀梅。他看见她穿一身青斜纹布制服，白地蓝花的衬衣的领子露了出来，披在棉衣领子的两边。棉制服右边的上口袋佩一支钢笔，插一把牙刷。她没戴帽子，剪短了的黑浸浸的头发在脑门顶上挑开一条缝，两耳的上边，夹两个黑黑的夹子。两撇弯弯的、墨黑的眉毛，又细又长，眉尖差不多伸到了鬓边。脚上穿的是蓝布面子胶底鞋。从打扮上看，老倌子猜她是一个干部，带点敬意地问道：

“同志你进村去吗？”

“是呀，到清溪乡去。”

“到我们乡里去吗？那好极了。”老倌子笑着说道。

“你是清溪乡哪一个村的？”

“上村。”

“贵姓？”

“不敢，姓盛。”

“台甫是？”

“佑亭。同志你尊姓？”

“我姓邓。你这竹子是……”邓秀梅的目光落在路边的三根楠竹上。

“是我自己山里的。”盛佑亭连忙声明。

“掮到街上去卖啵？”邓秀梅又问。

“是的，想去换一点油盐。”盛佑亭偷偷瞄邓秀梅一眼，随即好像不好意思似的把脸转过去，望着路的那边的山上。看着他的这神情，邓秀梅心里起疑了，随即询问：

“你老人家时常砍竹子卖吧？”

“哪里！”盛佑亭扭转脸来，连忙摇头，“轻易不砍。”

“你的竹山是祖业吗？”

“土改分的。不是搭帮毛主席，我连柴山都没有一块，还有什么竹山啊？”

“这几根竹子，卖得几个钱？”

“卖不起价。”

“那你为什么要卖？”

“唉，同志不晓得，是我婆婆的主意。她听人说，竹子都要归公了。”老倌子坦率地说。

“归公？哪一个说的？”

“不晓得，是我婆婆听来的。我跟她说：‘就算归公，也没亏我们。解放前，你我有过一根竹子吗？普山普岭，还不都是人家财主的？要夹个篱笆，找根竹尾巴，都要低三下四去求情。’”

邓秀梅听了他的话，心里暗想：“这人有一点啰嗦，不过，听口气，倒是个好人。”想到这里，她含笑问道：

“你是贫农吧？”

盛佑亭点一点头，但又好像怕人看不起似的，诨[1]道：

“不要看我穷，早些年数，我也起过好几回水呢。有一年，我

---

① 诨：即聊天，也有吹牛的意思。

到华容去作田，收了一个饱世界，只差一点，要做富农了，又有一回，只争一点，成了地主。”

“做了地主，斗得你好看！”邓秀梅笑着插断他的话，心里又想：“这个人有点糊涂。”她所认为糊涂的这位年过半百的老倌子歇了一阵气，元气恢复了，劲板板地只顾诨他的：

“记得头一回，刚交红运，我的脚烂了，大崽又得个伤寒，一病不起。两场病，一场空，收的谷子用得精打光，人丢了，钱橱也罄空，家里又回复到老样子了，衣无领，裤无裆，三餐光只喝米汤。二回，搭帮一位本家借了我一笔本钱，叫我挑点零米卖，一日三，三日九，总多多少少，赚得一点。婆婆一年喂起两栏猪，也落得几个。几年过去，聚少成多，滴水成河，手里又有几块花边了，不料我婆婆一连病了三个月，花边都长了翅膀，栏里的猪也走人家了……”

“面胡你还在这里呀？”路上一个挑柴火的高个子农民，一边换肩，一边这样问。盛佑亭扭过脸去说：

“来吧，高子，歇一肩再走。”

“不了，天色不早了。”

高个子农民挑着柴火一直往县城的方向走去了。

“他也是清溪乡来的？”邓秀梅问。

“是的。”盛佑亭答应。

“他叫什么？”

“他呀，大名鼎鼎，到了清溪乡，你会晓得的。”

“钱用完，人好了吧？”邓秀梅把先前的话题又扯转来。

“退财折星数，搭帮菩萨，人倒是好了。我给我婆婆送了个恭喜说：‘这下子，你好了，我也好了。’我婆婆问：‘你又没病，有什么好的？’我说：‘夜里睡觉，省得关门，还不好吗？’我婆婆问：‘你这是什么意思？’我说：‘你这明白人，这都不明白？这叫夜不关门穷壮胆。’她叹一口气说：‘唉，背时的鬼。’她自己生病，把钱用光了，还骂我背时，一定要替我算个八字。有一天，听见村里有面小铜锣，阴一声，阳一声，当当地敲过来了……一只竹鸡。”盛佑亭眼睛看着路那边的山上的刺蓬里，扑扑地飞起一只麻灰色的肥大的竹鸡，眼睛盯着它说道：“好家伙，好壮，飞都飞不动。”

“你算了命吗？”邓秀梅笑着问他。

“我婆婆要算，我说：‘你有算八字的钱，何不给我打酒吃？’她一定要算，要孩子把瞎子叫来，恭恭敬敬，请他坐在堂屋里，把我的生庚八字报给他。瞎子推算了一阵，就睁开眼白，对我婆婆说：‘恭喜老太爷，好命，真是难得的好命。’把我婆婆喜仰了，连忙起身，又是装烟，又是筛茶，问他到底怎样的好法。瞎子抽了一壶烟，端起茶碗说：‘老太爷这命大得不是的，这个屋装你不下了，你会去住高楼大瓦屋，你们大少爷还要带兵，当军长。’我插嘴说：‘我大崽死了，得伤寒死的。他到阎王老子那里当军长去了。’瞎子听说，手颤起好高，端着的茶，泼一身一地。走江湖的，心里活泛，嘴巴又快，又热闹，他说：‘老太爷，老太太，你们放心，给你打个包票，瓦屋住定了，将来住不到，你来找我。’他自己连茅屋都没得住的，东飘西荡，你到哪里去找他？”

“你住到瓦屋没有呢？”

“说奇，就奇在这里，真有点灵验。土改时，我分一幢地主的横屋，一色的青瓦。”

“你的命真算不错了。”

“不是搭帮共产党、毛主席，自己还有这力量？不过，也是空的，我劳力不强，如今是人力世界，归根结底，还是靠做。”

“做有什么不好呢？”

“做是应该的，只是年纪上来了，到底差劲了，早些年数，莫说这三根竹子，哼！”

“你老人家今年好大了？”

“痴长五十二，命好的，抱孙子了。我大崽一死，剩下来的大家伙，都是赔钱货……”盛佑亭说到这里，看见邓秀梅的一双黑浸浸的眼睛对他一鼓，晓得不妙，自己失了言，犯了这个女干部的忌讳了，连忙装作不介意，说了下去，“崽顶大的，今年还只有十五，才进中学，等他出力时，我的骨头打得鼓响了。”

“那不至于。你还很英雄。”

“这还不是正合一句老话所说的：‘有钱四十称年老，无钱六十逞英雄。’”

“这是旧社会的话了。逞英雄的，如今走得起。”

“走得起，当不得饭吃，还是应该有一个帮手。”

“你入了互助组吗？”邓秀梅急转直下，有意地把谈话引到她感兴趣的题目上来。

“入了。”

“那你不是有了帮手了？你们乡里，有几个组？”

“我摸不清。”

“你们那个组办得如何？”

“不足为奇。”盛佑亭摇一摇头，“依我看，不如不办好，免得淘气。几家人家搞到一起，净扯皮。”

“扯些什么皮？”

“赶季节，抢火色，都是叫花子照火[1]，只往自己怀里扒，哪一家都不肯放让。组长倒是一个好角色，放得让，吃得亏，堂客又挑精，天天跟他搞架子。”

“为些什么？”

“堂客问他要米煮，要柴烧，不如她的意，就吵。”

“住在山窝里，还没得柴烧？”

“可怜你要他有工夫啰，一天到黑，不是这个会，就是那个会。去年今年，他又一连两回选上了模范，忙了公事，误了家里。村

① 照火即烤火。

里一班赖皮子，替他编了一些话，说是：‘外头当模范，屋里没饭啖。’又说：‘模范干部好是好，田里土里一片草。’”

“他堂客不能帮他一手吗？”

“靠她？她是娘屋里的那蔸种，只想吃点松活饭。这号堂客，要是落到我手里，早拿楠竹丫枝抽死了。”

“你这样厉害？”邓秀梅笑着问他。

“对不住。不要看我这个样，我是惹发不得的，我一发起躁气来，哼，皇帝老子都会不认得。”

邓秀梅暂时还不打算研究这位老倌子的脾气到底大不大，她所关怀的是他说起的那个互助组，和那位组长的家境。她问：

“你看呢？你们组长堂客的思想，能改不能改？”

“我看费力，这段姻缘，当初我就打过破。如今，她口口声声地说：‘我们还是求个好好散场吧。’”

“要离婚吗？”

“有这个意思。”

“她有孩子吗？”

“生了个伢子，三岁多了。伢子倒乖[①]，脸模子俨像他妈妈。”

“为了孩子，她也不该这样子。你们上邻下舍，也不去劝劝？”

“我只懒得去，是这号货，劝不转来的。我婆婆倒去过两回，不行，水都泼不进。”

“我忘记问，你们组长叫什么名字？”

“刘雨生。”

“刘雨生？”邓秀梅沉吟一下说，“这名字好熟。”

“他时常到县里开会，你们一定见过的。”

“啊，记起来了，是个单单瘦瘦，三十来往的角色，是不是？”

“嗯哪，他不胖，你说的怕莫就是我们的组长。他的心蛮好。”

---

① 乖即漂亮。

“你们都拥护他吗？”

“那是不要说的了。他是个角色。只是，干部同志，不要怪我劈直话，你们的工作都是空费力，瞎操心。从古以来，都是人强命不过，黑脚杆子总归是黑脚杆子，一挑子水，上不得天啊。”讲到这里，盛佑亭抬眼看一看太阳，对邓秀梅说，“天色不早了。我到街上，还要打转身，少陪你了。到了村里，有空请上我家里来谈讲。只要不嫌弃，住在我家里也好，真的，我不讲客套，只是房屋差一点。”

“不是瓦屋吗？”邓秀梅笑着提醒他。

“是瓦屋，不错，不过哪里比得城里的呢？你要来住，我叫我们二崽腾出那间正房来给你。我们家里，常常住干部。”他一边说，一边站起来，扣好棉袄，把他那条补疤驮补疤的蓝布腰围巾往腰上一捆，扶正了脑门顶上的袱子，走去把竹子掮起，又向邓秀梅点一点头，才动身走了。邓秀梅也随即起来，拍拍棉袄和裤子上面的灰尘，背起背包，挂好雨伞，匆急地往清溪乡走去。

二　支书

邓秀梅赶到清溪乡，天色还不晏，家家的屋顶上已飘起了灰白色的炊烟。冬闲时节，清溪乡的农家只吃两餐饭，夜饭都很早。

这个离城二十来里的丘陵乡，四围净是连绵不断的、黑洞洞的树山和竹山，中间是一片大塅，一坦平阳，田里的泥土发黑，十分肥沃。一条沿岸长满刺蓬和杂树的小涧，弯弯曲曲地从塅里流过。涧上有几座石头砌的坝，分段地把溪水拦住，汇成几个小小的水库。一个水库的边头，有所小小的稻草盖的茅屋子，那是利用水力作为动力的碾子屋。

虽说是冬天，普山普岭，还是满眼的青翠。一连开一两个月的白洁的茶子花，好像点缀在青松翠竹间的闪烁的细瘦的残雪。林里和山边，到处发散着落花、青草、朽叶和泥土的混合的、潮润的气味。

一进村口，邓秀梅就把脚步放慢了。她从衣兜子里掏出她的那块蓝布手帕子，揩了一揩额上和脸上的细小的汗珠。邓秀梅生长在乡下，从小爱乡村。她一看见乡里的草垛、炊烟、池塘，或是茶子花，都会感到亲切和快活。她兴致勃勃地慢慢地走着。一路欣赏四围的景色，听着山里的各种各样的鸟啼，间或，也有啄木鸟，用它的硬嘴巴敲得空树干子梆梆地发出悠徐的、间隔均匀的声响。

走了一阵，她抬起眼睛，看见前面不远的一眼水井的旁边，有个穿件花棉袄的扎两条辫子的姑娘，挑一担水桶，正在打水。姑娘蹲在井边上，弓下了腰子。两根粗大、油黑的辫子从她背上溜下去，发尖拖到了井里。舀满两桶水，她站起来时，辫子弯弯地搭在她的丰满的鼓起的胸脯上。因为弯了一阵腰，又挑起了满满两桶水，她的脸颊涨得红红的，显得非常的俏丽。邓秀梅停步问道：

“借问一声，乡政府是哪个屋场？”

姑娘微微吃一惊，站稳身子，回转头来，顺便把挑着的泼泼洒洒、滴滴溜溜的水桶，换了换肩，上下打量邓秀梅一阵，才抬起右手，指着远处山边的一座有着白垛子墙的大屋，说道：

“那个屋场就是的。”接着她又问：“同志你是来搞兵役工作的？”

邓秀梅走上几步，跟挑水的姑娘并排地走着。从侧面，她看到她的脸颊丰满，长着一些没有扯过脸的少女所特有的茸毛，鼻子端正，耳朵上穿了小孔，回头一笑时，她的微圆的脸，她的一双睫毛长长的墨黑的大眼睛，都妩媚动人。她肤色微黑，神态里带着一种乡里姑娘的蛮野和稚气。邓秀梅从这姑娘的身上好像重新看见了自己逝去不远的闺女时代的单纯。她一下子看上了她了，笑着逗她道：

“你为什么猜我是搞兵役的呢？怕你爱人去当兵，是不是？”

挑水姑娘诧异而又愉快地抬起眼睛，噘着嘴巴说：

“你这个人不正经，才见面就开人家的玩笑，我还不认得你呢。你叫什么？哪里来的？”

“我么？你猜猜看。我看你力气有限，挑不动了。放下，我来替你挑一肩。”

“你挑得动么？”姑娘轻蔑地发问。

“等我试试看。”邓秀梅谦虚地回答。

双辫子姑娘颤颤波波地把水桶放在路边枯黄的草上，邓秀梅把背包雨伞解下交给她，轻巧地挑起水桶往前走，脚步很稳。竹扁担在她那浑圆结实的肩膀上一闪一闪的，平桶边的水，微微地浪起涟漪，一点也不洒出来。她挑着水，一边慢慢腾腾往前走，一边从从容容跟姑娘谈讲：

“你贵姓？”

“姓盛，叫盛淑君。”

“你们这里有个叫盛佑亭的人吧？他是你们家的什么人？”

“房份里叔叔。你认得他吗？”

“刚才碰到他出街去卖竹子。他为什么要急急忙忙去卖竹子？”

“不晓得他。恐怕是听到什么话了。”

“有谣言吗？”

“谣言总有的。”

“有一些什么谣言？”

“说是竹木都要归公了，如何如何的。”

“你们相信吗？”

“信他个屁。李主席没讲过的话，我通通不信。”

“乡长讲的，也不算数吗？”

“乡长不在家，治湖去了。”

“你们李主席人很好吗？”

“他好，没得架子，也不骂人，不像别的人。”

“别的人是指哪一个？”

盛淑君脸上一红，扭转脸去说：

“我不告诉你。”

邓秀梅看了她脸上的神色，猜到里边一定有故事，但也猜不透。她转换话题，问道：

“你们这里的互助组办得好吗？”

“不晓得，我没有过问。”

“你没入组吗？”

“我妈妈入了，后来又退出来了。”

“为什么？”

“不晓得她打的什么主意。”

“你爸爸做不得主吗？”

“爸爸不在了。”

“依你的意见，是互助组好呢，还是单干强？”

“不晓得，这个问题我没有想过。”

“这样大的事，你都不想吗？”

“一个人不能对世界上的事，桩桩件件都去想一想。”

“大事还是要想想。你读过书吗？”

“完小毕业了。”盛淑君懒洋洋地说。讲完又低下头来。

邓秀梅看她的神色，猜到她可能有不如意的事，也许没有考得起中学，就不往下问。盛淑君倒问她了：

“同志，你能介绍我进工厂去吗？”

“你真四海[①]，才认得我，就要我帮忙。”

“县里派来的，都是最肯帮忙的好人。”

“看你这张嘴，好会溜沟子，真不儿戏，这个小家伙。”

“不要叫我小家伙，我不小了。我拍满十八，吃十九岁的饭了。”和别的不满二十的红花姑娘们一样，盛淑君生怕人家把她看

---

① 四海即大方。

小了。

“你想进工厂去吗？工厂里的工夫可不松活哪。”

“不松活也比乡里好。”

“你为什么不爱乡里？”

“乡里冷冷清清的，太没得味了。”

“没得味，我又来做什么呢？”

“你不同嘛，你是党派得来工作的。不想来，也得来。”

“没得这个话。我很想来。我顶爱乡村。我是山角落里长大的，几天不下乡，心里就要不舒服，脑壳要昏，饭都吃不下。”她们走上一条山边的小路，满山的茶子花映在她们的眼前。邓秀梅深深地吸着温暖的花香，笑道：“看这茶子花，好乖，好香啊。”

“我本来爱花，也爱乡下的。这里有人讨厌我，反对我入青年团，我何苦赖在这里讨人家的嫌呢？还不如远走高飞，躲开了算了。”盛淑君怨憾地说。

“哪一个反对你入团，为什么？快些告诉我。”邓秀梅看着她的充满怨意的脸色，十分关切地询问。

盛淑君没有回答。到了一个岔路口，她说：

“往右边拐弯。”

她们往右拐进一个小小横村子，又走了一段铺满落花、朽叶和枯草的窄小的山边路，来到一个八字门楼的跟前。双辫子姑娘恢复了轻松的情绪，满脸堆笑，对邓秀梅说：

“到了，劳烦你，把你累翻了！”她看见邓秀梅额头上有汗，这样地说，“进屋里歇阵气再走。”

邓秀梅把水桶放下，伸起腰来。因为好久没有挑过担子了，扁担把她肩膀压得有点痛，嘴里喘着气，脸涨得通红，并且沁出了汗珠。她掏出手帕，抹了抹脸，就从盛淑君手里接过行李来背上，临走时，拉着盛淑君的手说道：

“你入团的事，等从容一点，我替你查查。”

“不必费心，没得查手。”盛淑君说，脸又发红了。

两个人作别以后，邓秀梅来到了乡政府所在的白垛子大屋。这里原是座祠堂。门前有口塘和一块草坪。草坪边边上，前清时候插旗杆子的地方还有两块大麻石，深深埋在草地里。门外右首的两个草垛子旁边，一群鸡婆低着头，在地上寻食。一只花尾巴雄鸡，站在那里，替它们瞭望，看见有人来，它拍拍翅膀，伸伸脖子，摆出准备战斗的姿势，看见人不走拢去，才低下脑壳，装作找到了谷粒的样子，“咯、咯、咯”地逗着正在寻食的母鸡们。大门顶端的墙上，无名的装饰艺术家用五彩的瓷片镶了四个楷书的大字：“盛氏宗祠”。字的两旁，上下排列一些泥塑的古装的武将和文人，文戴纱帽，武披甲胄。所有这些人物的身上尽都涂着经雨不褪的油彩。屋的两端，高高的风火墙粉得雪白的，角翘翘地耸立在空间，衬着后面山里的青松和翠竹，雪白的墙垛显得非常地耀眼。

邓秀梅走进大门，步步留心地察看着这座古香古色的、气派宏伟的殿宇。大门过道的上边是一座戏台。戏台前面是麻石铺成的天井，越过天井，对着戏台，是高敞结实的享堂。方砖面地的这个大厅里，放着两张扮桶，一架水车，还有许多晒簟，箩筐和挡折。从前安置神龛的正面的木壁上，如今挂着毛主席的大肖像。

邓秀梅走过天井，才上阶矶，就看见一位中等身材的壮年男子满脸含笑地从房间里出来，赶上几步，热烈地拉着邓秀梅的手，随即帮她取下身上的行李，笑着说道：

“好几起人告诉我，说来了一个外乡的女子，穿得一身青，一进村，就帮人挑水，我想定是你。走累了吧？快进房里坐。”

他们进了享堂右首面着地板的东厢房，几个玩纸牌的后生子一齐抬起头，瞟邓秀梅一眼，又低下头来，仍旧打扑克。

“收场吧，来了远客，你们也应该守一点规矩。”

青年们收了扑克，一窝蜂跑出屋去了。壮年男子陪着客人穿过厢房，进了后房。那是他的住室兼办公室。他把门半掩，请邓秀梅在桌旁的椅子上坐下，自己坐在床铺上。邓秀梅看他头上戴一顶浅灰绒帽子，上身穿件半新不旧的青布棉袄。他的眉毛细长而齐整，一双眼睛总是含着笑。这个人，不用介绍，他们早就认得的。他是中共清溪乡支部书记兼清溪乡农会的主席，名叫李月辉。自从县委决定她来清溪乡以后，邓秀梅就从一些到清溪乡来工作过的同志的口里，也从县委毛书记的口里，打听了李月辉和乡里其他主要干部的情况。她知道，这位支书是贫农出身，年轻时候，当过槽房司务，也挑过杂货担子，他心机灵巧，人却厚道，脾气非常好。但斗争性差。右倾机会主义者砍合作社时，他也跟着犯了错误。清溪乡的人都晓得，随便什么惹人生气的事，要叫李主席发个脾气，讲句重话，是不容易的。乡里的人送了他一个小名："婆婆子"。有些调皮的青年，还当面叫他。他听了也不生气。跟他相反，他的堂客却是一个油煎火辣的性子，嘴又不让人，顶爱吵场合，也爱发瓮肚子气。但是她跟李主席结婚以来，两夫妻从来没有吵过架。人们都说，跟李主席是哪一个都吵不起来的。

邓秀梅听人说过，李月辉从十三岁起，就是一个父母双亡的孤儿。他的伯伯收养了他，叫他看牛。如今，为了报答他伯伯，他供养着他。这位伯伯是个犟脾气，跟李主席堂客时常吵场合，两个人都不信邪。吵得屋里神鬼都不安。这位自以为抚养有功的伯伯，有时也骂李主席。一听老驾骂自己的男人，堂客气得嘴巴皮子都发颤，总要接过来翻骂，李主席总是心平气和地劝她："你气什么？不要管他嘛，他骂得掉我一身肉么？"

这位支书，就是这样一位不急不缓、气性和平的人物。全乡的人，无论大人和小孩，男的和女的，都喜欢他。只有他伯伯看他不起，总是说他没火性，不像一个男子汉。"女子无性，乱草漫秧；男儿无性，钝铁无钢。"他常常拿这话骂他。

邓秀梅又打听到，李月辉是解放以后清溪乡最早入党的党员之一。他做支书已经三年了。合作化初期，他跟区上的同志们一起，犯了右倾的错误，许多同志主张撤销他的支书的工作，县委不同意，毛书记认为他错误轻微，又作了认真的检讨。他联系群众，作风民主，可以继续担任这工作。邓秀梅想起人们对他的这些评价，又好奇地偷眼看看他。只见他两眉之间相隔宽阔，脸颊略圆，眼睛总是含着笑。“这样的人是不容易生气的。就是发气，人家也不会怕他。”邓秀梅心里暗想。

李月辉坐在床边上，从衣兜里摸出一根白铜斗，蓝玉嘴的短烟袋，又从袋里掏出一片烟叶子，一匣火柴。他把烟叶放在桌子上揉碎，从从容容，装在烟斗里，点起火柴。他一边抽烟，一边说道：

“女同志是不抽烟的，我晓得。县里的会，几时开完的？”

“今早晨做的总结。你为什么先回来了？”

“下边湖里堤工紧急，乡长带一批民工支援去了，屋里没人，区委叫我先回的。”

邓秀梅从怀里拿出党员关系信，递给支书。李月辉接在手里，略微看一眼，站起身来，口衔烟斗，打开长桌屉上的小锁，把信收起，又锁好抽屉，回身坐在床沿上，露出欢迎的笑脸，说道：

“你来得正好。乡长走后，我正担心这里人手单薄，合作基础又不好，我们会落后。你来得正好。”他抽一口烟，重复一句。“走了二十几里路，累翻了吧？我看还是先到我家去，叫我婆婆搞点饭你吃。”

邓秀梅说：

“不，我们还是先谈一谈工作吧，我肚子不饿。”

邓秀梅说着，就从袋里拿出一本封面印着“新中国”三个金字的小本子，抽下钢笔，说道：

“请你摆摆这里的情况。”

“先讲转社对象组，如何？”

“要得。”邓秀梅伏在书桌上的玻璃板上，提笔要写，还没写时，看见玻璃板下面，压着两张小相片，都是集体照，李主席坐在人们的中间，头戴缀个绒球的绒绳子帽子，口衔短烟袋，脸上微微地笑着，照片的一张的上端，还题了“党训班同学留影”七个小字。

李月辉吸完一袋烟，在桌子脚上磕去烟袋的烟灰，把它收在棉衣口袋里，从容地说：

“我们这里，本来有个社，今年春上，坚决收缩了，‘收缩’是上头的指示，‘坚决’却要怪我。如今全乡只剩两个互助组，都在乡政府近边，一在上村，一在下村。上村的组长还想干下去，下村的，连组长也想交差，快要散板了。”

“上村组长叫什么名字？”邓秀梅偏过头来问。

“刘雨生。你大概是见过的。”

“见过。”

“他做工作，舍得干，又没得私心。只是堂客拖后腿，调他的皮。这个角色很本真，又和睦，怕吵起架来，失了面子，女的抓住他的这顾虑，吵得他落不得屋，安不得生。”

“刘雨生是党员不是？”

“是的。她才不管呢。”

“不要去管他们的闲事，清官难断家务事。下村组长叫什么？”

“谢庆元。”

“也是党员吗？”

“是的。只不过思想上还有点问题。”

邓秀梅偏着脑壳，拿钢笔顶着右脸，问道：

“有什么问题？”

“你问老谢么？他这个人哪，慢点你会晓得的。总而言之，他那一组有点费力。当然也不能完全怪他一个人。几家难于讲话的户子，都在他组里。”

“难得讲话的，是哪些人家？”邓秀梅关心地忙问。

“比方说：陈先晋老驾，就算得一户。他对人说：‘亲兄嫡弟在一起，也过不得，一下子把十几户人家扯到一块，不吵场合，天都不黑了！……'”

李月辉正说到这里，听见外屋一阵脚步声。有人粗暴地把门一推，单幅门猛烈地敞开，在这小小后房里，激起了一股气浪，把亮窗子上糊的旧报纸吹得窸窸嚓嚓地发响。邓秀梅回身往门口看时，只见一个差不多高齐门框的、胸膛挺起的威武后生子闯进了房间。他肤色油黑，手脚粗大，头上戴顶有个光滑黑亮的鸭舌的蓝卡其制帽，上身披件对襟布扣的老蓝布棉袄，没有扣扣子，也许是怕热，下身穿条青线布夹裤，脚上是一双麻垫草鞋。看见邓秀梅，他连招呼也不打一个，只顾对李月辉气势汹汹地嚷道：

“李主席，你说这个家伙混账不混账？”

“怎么开口就骂人家混账？你懵懵懂懂，没头没脑，说的到底是哪个？”

“亭面胡。他听信谣风，砍竹子上街去卖去了。”

“这也不是什么大不了的事嘛，你听哪一个说的？”

“有个民兵看见了，来告诉我的。”

邓秀梅知道他们说的是盛佑亭，但这后生子连看都不看她一眼，不晓得他是认生呢，还是骄傲，她不好答白，只静静地听李月辉说道：

“砍几根竹子，也是常事，人家是去换点油盐钱。”

“你倒很会体贴他。我怕他是听信了谣风。”

“起了谣风，你们民兵就有事做了，有什么怕的？”李月辉笑一笑说，“真赶巧，我们正在谈你爸爸的坏话，你就来了。我还没介绍，这是邓秀梅同志，县委派来帮我们搞合作化的。”后生子给邓秀梅略略点了点头。李月辉又说：“这是刚才我说的陈先晋老驾的大崽，陈大春同志，党员，民兵中队长，青年团的乡支书。”

听说陈大春是青年团支书，邓秀梅笑着站起身来，亲热地跟他拉手，用她的全神贯注的闪闪有光的眼睛，又一次地细细打量这位青年的仪表。他身材粗壮，脸颊略长，浓眉大眼，鼻子高而直，轮廓显得很明朗。在这一位新来的生疏的上级的跟前，他露出了一种跟他的粗鲁的举止不相调和的不很自然的神态，他想退出去，但又不好意思马上走。邓秀梅还是随便地亲热地笑着，要他坐下，自己也坐下来说道：

“你来得正好，同李主席谈完情况，我要跟你扯一扯。”

“我还有事去，过一阵再来。”陈大春说完，转身要走。

邓秀梅看了看手表，还只有五点。她晓得，农村里的会，照例要过了九点，才能开始，如今离开会还有四点来钟，她默了默神，就跟李月辉说道：

“李主席，这样好啵？我先跟团支书讲几句话，我们再谈。”

“要得。”李主席好打商量，马上同意，“我正要去叫人把通知发下。”

李主席起身出去了，房间里只有他们两个人在细细长谈。陈大春起初还有点感到生疏，慢慢地也就放肆了，喉咙也跟着粗了。他们两个人坐在渐渐变成灰黯的亮窗子跟前，谈起了青年团的工作的各个方面。邓秀梅还是跟平常一样，伏在案前，用钢笔在自己的小红本子上，扼要地记下她所听到的东西。研究发展团员的规划时，陈大春说：

“有一个发展对象，叫做盛淑君。”

“盛淑君？是不是一个梳双辫子的姑娘？”邓秀梅停了笔，转脸对着他，关怀地问。

“梳双辫子的姑娘有的是，她也是一个。你认得她吗？”

“我一进村，就看见了她。她怎么样？”

“她样样都好，愿意劳动，还能做点事，起点作用，品格也没有什么，只是太调皮，太爱笑了。而且……”

听到这里，邓秀梅冷冷笑道：

“你们男同志真是有味。女同志爱笑，也都成了罪过了。调皮又有什么坏处呢？要像一尊檀木雕的菩萨一样的，死呆八板，才算好的吗？发展对象还有一些什么人？”

陈大春随即谈到了三个年轻的男女，说：“他们都有特殊的情况，不好培养，一个要出去升学，一个就要出嫁了，还有一个正在打摆子。他一连打了八个夜摆子[①]，打得只剩几根皮包骨……”邓秀梅没有听完，笑起来说：“调皮的，爱笑的，读书的，要出嫁的，打摆子的，都不好培养，照你这样说，只有呆板的，爱哭的，不爱学习的，留在家里养老女的，一生一世不打摆子的，才能培养了？快把刚才讲的这几个青年，都给我列入发展对象名单里，并且指定专人去负责考察和培养。”

“盛淑君也列进去吗？”陈大春犹犹疑疑地问。

“她有什么特别呢？”邓秀梅十分诧异。

陈大春没有做声。邓秀梅想起了盛淑君跟她谈的话：“这里有人讨厌我，反对我入青年团。”她想，她大概是指团支书了。沉吟一阵，邓秀梅又说：

“你要是说不出叫我信服的理由，就给我把盛淑君也放进名单里去，并且要抓紧对她的培养。”

陈大春勉勉强强点一点头，说道：

“她的历史，成分，我们研究过，没有问题，就是……”

“就是什么？爱笑，是不是？”

“不是，你以后看吧。”

陈大春才说到这里，看见李主席来了，就起身告辞，走了出去。他的粗重的脚步，踏得厢房里的地板轧拉地发响。

冬天日子短，不到六点钟，房里墨黑了。李月辉点起桌上一盏四方玻璃小提灯。他这盏灯，向来是一就两用的。赶夜路时，他提着照路。在屋里，他把它放在一块青砖上，照着开会、谈话或是看文件。现在，他和邓秀梅就在昏黄的灯影里，一直谈到八点多。

---

① 夜摆子是最厉害的一种疟疾，夜里发病，不能安眠，到白天寒热退了，又不能休息。

“你饿了吧？”李月辉记起邓秀梅还没吃夜饭，说道，“到我家里去，叫我婆婆搞点东西给你吃。”

“请先费心给我找个住宿的地方。”邓秀梅的眼睛落在她的行李上，这样地说。

“有妥当地方。明天去吧。今晚你睡在这里，我回去住。”

“启动你还行？”

“没有什么。”李主席和他爱人感情好，除开有特殊的缘故，他天天都要回去睡，落得做一个顺水人情。

李主席提了小提灯，引着邓秀梅，走出乡政府。两个人一路谈讲。邓秀梅问：

“你晓得盛淑君吗？她怎么样？”

“她本人不坏。”

“她入团的事，陈大春为什么吞吞吐吐，很不干脆？”

“大春是个好同志。他要求严格，性子直套，不过，就是有点不懂得人情，狭隘，粗暴。盛淑君本人是位纯洁的姑娘，工作也上劲，就是她妈妈有一点……”说到这里，李月辉也吞吞吐吐，不往下讲了。

“有一点什么？”邓秀梅连忙追问。

“盛淑君爸爸在世时，她妈妈就有一点不那个。”

“她爸爸是作田的吗？”

“作了一点田，也当牛贩子，手里有几个活钱。他一出门，堂客就在家里，走东家，游西家，抽纸烟，打麻将，一身打扮得花花绿绿。高山有好水，平地有好花，不免就有游山逛水、拈花惹草的闲人。”

邓秀梅低头不做声。李月辉看了她的脸上的颜色，晓得她为妇女们护短，随即说道：

“这是多年以前的事了，如今也好了。不过，年轻人有他们自己的看法，像大春，就有点寻根究底，过分苛求。”

“盛淑君她妈妈的事，跟她本人有什么关系？”

“我也说没有关系。大春却说‘龙生龙子，虎生豹儿’，根源顶要紧。”

“他自己不是旧社会来的？”

“是倒是的。不过，他爸爸是个顶本真的人，舅舅是共产党员，‘马日事变’以后，英勇牺牲了。讲根源，他的没有比。”

邓秀梅听了这话，沉吟一阵，才说：

“无论如何，我们要把政治上的事和私生活上的事，区别看待，而且，考虑一个人入团，主要地要看本人的表现。”

“你不必来说服我，秀梅同志。我早就同意解决盛淑君的团籍的，都是大春，他很固执。原先，他还有时听我的调摆，自从他那一个宝贝自发社给我砍掉了，连我的话，他也不信了。”

“砍掉自发社，本来不对嘛。”邓秀梅委婉批评他。

“是不对呀，我检讨了。我也要求去学习，好叫我的肚子里装几句马列；上级不答应，说就是学习，也要迟两年，叫我继续当支书。要当支书，就得认真地当家做主，大春他不服我管。你来得正好，上级真英明，派你来加强这里。”

“还是要靠你。刚才大春说的卖竹子的，是盛佑亭吗？”

“是他的驾。”

“他很厉害吧？”

“他是个面胡，有什么厉害？他只一把嘴巴子，常常爱骂人，可是，连崽女也不怕他。他心是好的，分的房子也不错，以后你住到那里，倒很合适。平素，上边来了人，我们也是介绍到他家里住。他婆婆能干，也很贤惠。你的伙食搭在他家里，要茶要水，都很方便。”

李月辉手里提了他的玻璃四方小提灯，引导邓秀梅，一边在弯弯曲曲的小路上走着，一边谈讲。山野早已灰黯了，天上的星星，眏着眼睛，带着清冷的微光，窥察着人间。四到八处，没有人声。

只有坝里流水的喧哗，打破山村夜晚的寂静。小路近边，哪一家的牛栏里，传来了牛的嚼草的声音。

“你们这里，牛力够吧？”邓秀梅关切地发问。

“刚够，少一条也不行了。今年死了好几条。”

“如何死的？”邓秀梅吃惊地追问。

“有病死的，有老死的，也有故意推到老塝[①]脚底摔死的。”

“有人故意搞死耕牛吗？为什么？”

“为的是想吃牛肉，牛皮又值钱。”

“恐怕原因不是这样简单吧？要注意啊。”

一路上，两个人又商量着会议的开法，不知不觉，到了李家。在那里随便吃了一点现饭子，两个人就回到乡政府来了。

三　当夜

邓秀梅和李主席回到乡政府，看见厢房和别的几间房屋的亮窗子里，都映出了灯光。开会的人还没到齐，先来的男女们分散在各间房里打扑克、看小人书、拉胡琴子、唱花鼓戏。

会议室就是东厢房，李主席的住房的外屋。这是这个祠堂里的一间最熨帖的房间，面着地板，两扇闭了纸的格子窗户朝南打开，一张双幅门通到享堂。屋里，右首白粉墙壁上有两个斗大的楷书大字，一个是“廉”，一个是“节”。房间当中摆着两张并起来的方桌子。桌上放着两盏玻璃罩子灯，一口白漆小座钟，白漆掉了的地方露出了生锈的铁皮。桌子的周围，墙壁的近旁，横七竖八，放着好多椅子、高凳和长凳。打牌的、看书的，都围在灯下。昏黄的灯光映出的一些巨大的人影，在白粉墙上不停地晃动。

---

① 山村梯田的高田塍叫做老塝。

果然是过了九点，人才到齐。李主席走到门口，向各房间叫道：

“党员都到这里来，开会了。”

党员们陆续走进厢房来，地板上发出了椅子和凳子拖动的声响。人声一静，李主席走到桌子边，从容说道：

“现在开会了。今天的支部大会是研究办社。”他朝桌边的邓秀梅看了一眼，又说：“先介绍一下，这位是县委派来的邓秀梅同志。”大家都鼓掌，邓秀梅微笑着，向大家点了点头。坐在灯光暗淡的房门角落里的两个后生子，看着邓秀梅，悄悄地议论。

“比李主席年轻多了。”一个说。

“是呀，如今上级净爱提拔年轻人。”另一个说。

“何解不提拔你呢？你也只有二十来岁嘛。”

“你为什么讥笑人家，踩了你的尾巴啵？”

“喂，喂，不开小会了，好不好？”李主席轻轻敲一敲桌子，说道，“现在，请邓秀梅同志做传达报告。”

邓秀梅站了起来，翻开本子，正要开口还未开口时，李主席忙把煤油灯盏捻得亮一点，移到她近边。

邓秀梅看看笔记，开始报告了。初到一个新地方，不管怎样老练的人，也有点怯生。邓秀梅脸有点热，心有点慌了。眼望着本子，讲得不流利，有几段是照本宣科，干枯而又不连贯，没有生动的发挥和实例。房间里肃肃静静的。人们拿出本子和钢笔，准备记录。但过了一阵，听她讲得很平淡，口才也不大出色，有几个人的精神就有一点散漫了。有人把本子和钢笔干脆收起来，大声地咳嗽；有一个人把旱烟袋子伸到煤油灯的玻璃罩子上，把火焰吸得一闪一闪往上升，来点烟斗；坐在灯光暗淡的门角落里的那两个后生子，“思想开了小差了”，把头靠在墙壁上，发出了清楚的鼾声；坐在桌边的陈大春，顺手在桌子上响了一巴掌，粗声猛喝道：“不要睡觉！”睡觉的人果然惊醒了，不过不久，他们又恢复了原状。

看见会上这情景，邓秀梅心里慌乱，口才越发不行了。她又好像是第一回发言，脚杆子有些发颤，眼前也好像蒙了一层薄雾。李月辉看出了她的窘态，就低着头，不敢看她。他抽一口烟，默了默神，听她讲得告一个段落，就站起身来，走到桌前，低声地跟她打商量：

“休息一下啵，你看呢？”

邓秀梅猜到了他的用意，点一点头。李主席宣布休息，大家就一哄而散，好像是下了课的小学生，各人寻找各人喜爱的娱乐。有的跑到两边房间里，跟青年们混在一起，拉二胡，唱花鼓；有人下军棋；也有的人就在会议室打起扑克来。治安主任盛清明很四海地招呼邓秀梅：

“邓同志，你来一个吗？”

邓秀梅的报告没成功，无情无绪，不想去玩，李主席笑着怂恿她：

“玩一玩吧。不过要当心，他们打得不规矩，爱打电话，还有一些可疑的手脚：擤擤鼻子，就是要梅花，眨眨眼睛，是要黑桃。”

“李主席，你败坏人家的名誉，”盛清明说，“邓同志，千万不要信他的，我们打得顶老实。”

“哼，我还不晓得你的，老实鼻子空，肚里打灯笼！”李月辉笑一笑说，“邓同志，你要提防清明子。不要叫他洗牌，他会把好牌间花插在对家拿得到手的地方。”

正在洗牌的盛清明，把牌往桌上一撂，说道：

“你们来洗，我避嫌疑。”

陈大春接着把牌洗好了。他坐在邓秀梅对面，跟她做一家。盛清明和别一个单单瘦瘦的人缴伙做一家。盛清明笑道：

“雨生子，不要思想开小差，把黑桃看成梅花了。”

“哪里会呢？”刘雨生一边拿牌，一边本本真真地声辩。

刘雨生坐在邓秀梅右首，专心致意在打牌。她看他头上戴顶藏青斜纹布制帽，上身穿件肩头露了棉花的开胸布扣青大布棉袄。他神态稳重，人家笑闹时，他从不高声，总是在眼角嘴边，显出微含沉郁的神态。李主席站在邓秀梅背后，笑着说道：

“秀梅同志，我替你观场，好叫他的鬼把戏，耍不出来。”

盛清明笑道：

“那你们就有三副眼睛了，我们只有两副，没得话说，算我们输了，好不好呢？”他一边摸牌，一边笑着说，“看，真是没得法子想，运气送上门，挡都挡不住，你看，这是个什么？”盛清明把他拿到的大鬼伸到李主席眼前，亮了一亮。李月辉笑道：

“糟了，大鬼又落到他手里去了，这家伙又搞了鬼。”

“你才见鬼呢。牌是人家陈大春洗的，我能做什么？李主席，你不能平白无故，冤枉好人啰。”

“你呀，我看你还是少调皮的好，你越调皮，张芝园越不喜欢你。”

“她不喜欢我，只由得她，心长在她的身上。”

“这不是心？”陈大春拿着黑桃 A，在他眼前一亮，随口说道。

“这是你的黑心。”盛清明说。

“这家伙嘴巴磨得真快。”李主席笑了。

“哪里赶得上主席你呢？”盛清明亮出梅花七，把梅花当做主牌。他一边整理手里的牌，一边笑道：“说正经的，你这位月老，理应帮忙。我调主。”他打出一张梅花六，下首陈大春，啪哒一声响，把他粗大的右手拍在桌子上，冲出一张梅花 K，盛清明鼓起眼睛，望着对家刘雨生。刘雨生轻轻地摆一摆头，盛清明连忙伸手要把梅花六收回，口里说道：

“我出错了牌。”

“你敢拿回去！落地生根，放下不放下？”陈大春用手压住盛清明的手，叫道，“你这家伙，又打电话，又要悔牌，邓同志才来，你要面子啵？”

盛清明只得放下梅花六，笑笑说道：

“打牌只怕碰了冒失鬼。不是他，哪一个会一下子冲出老K来？雨生子，你看我们背时不背时？真真没得法子想。”

盛清明在第二张牌上，就把主动权收回来了。他一边用眼睛看着三家出的牌，一边跟李主席闲扯：

“李主席，在旧社会，你爱做媒，如今看了人家爱人闹别扭，你也不肯帮忙了。”

“你这样威武的角色，这点小事，算得什么？还要人家来帮忙？”

“唉，你不晓得，有人也在追她，在她家里，放我的谣言，还伤到我妈，说她恶，将来会勒媳妇，还说了她一些不入耳的坏话……”

“他又捣鬼了，”李主席说，“偷了一张牌。”

“拿不拿出来？”陈大春跳起来说。

“没有，没有，的确没有。”盛清明分辩。

“数他的牌。”

“数吧。”

“屁股底下是什么？怎么压了一张牌？”

陈大春从盛清明屁股底下搜出一张梅花A，大声嚷道：

“这家伙太不卫生了，快去告诉张芝园。”

“玩嘛，又不是工作，顶什么真？”盛清明把牌放了，笑笑说道，“我也不想跟你们玩了，你们太不行，值不得一打。”

“秀梅同志，继续开会好不好？快十一点了。”李月辉说。

人们陆续走进来，随便坐在桌子的周围。总是迟到的妇女主任这时候才来。她把她带来的吃奶的孩子放在桌子上，由他满桌爬。这小家伙穿一条衩裆棉裤，有块蓝色胎记的肥胖的小白屁股裸露在外边。一眼看见钟，他就要去拿。妇女主任大声喝止，吓得他哭起来了。主任只得把他抱起来，敞开胸口，把奶子塞在小小的嚎哭的嘴里。

李主席把头伸到邓秀梅的耳朵边，悄悄跟她说：

“请多讲点事实。等一等，我先来介绍一下。”他伸直腰杆，大声地说：“同志们，邓秀梅同志这个报告，是传达县里三级干部会的精神的，请用心听，能写字的，都好好记录，以后要讨论。邓秀梅同志解放后不久就入了党，如今是团县委副书记。现在就请她继续报告。”李主席带头鼓掌，这回的掌声比上回热烈。

听了李主席的话，邓秀梅心里并不暖和。她生性要强，只想凭本事，不愿借职位来树立自己的威信。李主席的这番介绍，无异于说，单凭本事，她是不行的，这对她的自尊心，是一种隐微的伤害。但是，邓秀梅并不乖僻，她晓得李主席是出于好心，而且，她想，既然这样地讲了，也就算了。她开始报告。打了一场牌，跟几个人混熟了一些，她不像从前，由于人地生疏，心里感到那么紧张了。在报告里，她竟举出了本乡的实例，这使李主席惊奇，也引起了大家的兴致。整个厢房，都寂寂封音，听她说道：

“……你们乡里有个盛佑亭，小名叫面胡，是吧？”

大家都笑了。邓秀梅继续说道：

“亭面胡是一个好人……”

“田里功夫，他要算一角。”盛清明插口说道。

“他是你的嫡堂阿叔嘛，当然好啰。”陈大春跟他抬杠。

“我盛清明内不避亲，外不避仇，好就说好，不好归不好。田里功夫，他比你爸爸还强一色。就是有一点面胡，吃了酒，尤其是有点云天雾地。”

“这亭面胡，解放以前，从来没有伸过眉。”邓秀梅接着说道，“他住在茅屋子里想发财，想了几十年，都落了空。解放后，他一下子搬进了地主的大瓦屋，分了田，还分了山。他脚踏自己的地，头顶自己的天，伸了眉了，腰杆子硬了。但是，他的生活还不怎么好。”

“是呀，去年，他还吃过红花菜。”盛清明说。

“这是为什么？”邓秀梅发问，随即又自己回答，“这是因为小农经济，限制了他，只有这点田，人力又单薄，不能插两季。”

“他家人口也太多，除开出阁的，大小还有六个人，小的都进了学堂。”盛清明又插口说。

“清明子，”李主席温和地笑着忠告道，“依我看，你还是让邓同志先讲，有你讲的时候的。”

“人口多，不是根本的原因，我们农村的穷根，还是在乎土地的私有，劳动力的调配不合理。”

邓秀梅举了亭面胡的例子以后，她的报告引起了大家的兴致，都专心地听，用心地记了。会议室里，鸦默鹊静，只有那只小白钟发出嘀嘀嗒嗒的很有规则的微响，间或，透过后边屋里的亮窗子，从后山里，传来一声两声猫虎头[①]的啼叫。邓秀梅情致高扬，言语也流利一些了。她畅谈着小农经济经不起风吹雨打的道理，以及农业合作社的种种优越性。她提起了毛主席论合作化的著名的文章，涉及了我党合作化的历史和经验。她准确而又生动地传达了县委三级干部会的精神和毛书记的报告的要点。县委交代的入乡的做法，她也清楚阐述了。临了，她说：

“我看见有砍竹子卖的。我们要当心，是不是有人听信反革命的谣言了？合作化运动是一场严重、复杂和微妙的斗争，它所引起的矛盾会深入人心，波及所有的家庭……”

到半夜过后，邓秀梅报告完了。李主席和她小声商量了一阵，排定了明天会议的议程，就宣布散会。这时候，乡政府别的房间，人都走尽了，都已墨漆大黑了。党员们一伴一伴地点着火把、马灯，亮着手电，出了乡政府，四散回家了。李主席点起小方灯，临走时跟邓秀梅说：

“我们明天见，这屋子大，我去找个人来跟你搭伴。”

“我看不必吧，我不怕。”邓秀梅嘴里这样说，但是，看见这么宽阔、幽静的一座空空落落的大屋，板壁时常炸得响，她暗暗里也

① 猫虎头：猫头鹰。

有一点莫名其妙的怯惧。

李主席提着灯走了。邓秀梅收关了门户，回到厢房，吹熄一盏灯，端起亮着的那盏走进了后房。带着女性的细腻，邓秀梅重新观察了李主席的这间办公室兼做寝室的房间。它面着杉木地板；一扇朝北开的花格子窗子糊了旧报纸；墙上的石灰有的剥落了，露出了青砖。靠右，摆着一张单人床。床架上挂起一铺破旧的夏布帐子；在床铺草和薄垫被的上面，铺了一床窄幅浅蓝格子布床单；靠里，叠着一床蓝印花布面子的被窝，被上放一个长长的圆枕，枕端绣着梅花和小梅花雀子。窗前摆一张书桌，抽屉上了锁；桌面上，除开压着两张照片的玻璃板外，还有茶壶，茶碗，搪瓷漱口缸，化学肥皂盒，和一面小小的圆镜子。这面圆镜，反映人的脸颊时，略微有一点走样，比方说，圆脸会变成长脸。也许，李主席是嫌自己的脸有点过于浑圆，特意买了这镜子，来弥补自己的缺陷的吧？

正在研究这面把自己的脸稍微拉长了的镜子的时候，邓秀梅听见外边有人敲门了。她走了出去，把大门打开，火把的通红的光焰，照出了一个姑娘的标致的嫩脸，和她的胸口鼓鼓的花棉袄的一截。她认得出，这是盛淑君，她替她挑过水的那位双辫子姑娘。她欢喜地握住她的手心微微出汗的胖手，把她拉进来，然后一边关大门，一边笑着问：

“现在你晓得我的名字了吧？”

“晓得了。李主席要我来跟你搭伴，我高兴极了。”姑娘一边说，一边把手里的杉木皮火把撂在天井里，用脚踩熄了。

两个人进了房间，一个坐在床边上，一个坐在长桌边，安置要睡，又都不想睡。她们谈起了村里各色各样的事情。临末，邓秀梅告诉姑娘说：

“你入团的事，组织上会重新考虑。”

“只怕有人还要反对我。”盛淑君说，转过脸去，望着窗子。

“你怕哪个？”

昏黄灯光下，邓秀梅看见盛淑君的脸红了，没有回答。

“你不说出来，我也晓得了。放心吧，只要好好地工作，在合作化的运动里起积极作用，创造了条件，你是会有希望的。”

盛淑君扭转脸来说：

“这样就好，这样我的心就暖和一点。”

“你年纪轻轻，心里有什么不暖和的地方呢？”

“唉，不提这些没意思的话了，快鸡叫了，我们睡吧。”

“你睡哪头？”邓秀梅问。

“两个人睡一头吧，我没洗脚。”盛淑君说。

“李主席这被窝好硬，跟门板一样。”邓秀梅摊开被窝时，这样地说。“两个人睡，怕太窄了。”说着，她跟盛淑君一起，打散自己的背包，取出那床半新不旧的被窝，铺在床上，再把李主席的被窝横盖在上面。盛淑君脱衣先睡了，邓秀梅取下发夹，脱了青棉袄，解开箍在裤腰上的皮带子，把一支挂在皮带上的带套的手枪，掖在枕头边。临上床时，她吹熄了灯，油烟子味，飘满一房间，好久不消散。

睡在枕头上，邓秀梅问道：

“你不想出去了吧？”

“我还是想。待在这里，没得意思。”盛淑君说。

“我看你嘴里这样说，心里并不这样想。我晓得，你正在恋爱。”邓秀梅说。

“没有这话。”盛淑君为自己说了这一句假话，脸发热了，一定红了吧，房里墨黑，邓秀梅没有看见。稍停一阵，姑娘又亲热地叫道：“秀梅姐姐，你是有经验的人，请告诉我吧，爱情来了，到底是个什么样子呢？”

“你问爱情么？”邓秀梅有些困倦了，还是打起精神来回答她说，“这是一种特别厉害的感情，你要不控制，它会淹没你跟你的一切，你的志向，事业，精力，甚至于生命。不过，要是你控制得宜，把它放在一定的恰当的地方，把它围在牢牢的合适的圈子里，好像洞庭湖里的滔天的水浪一样，我们用土堤把它围起来，就会不至于泛滥，就会从它的身上，得到灌溉的好处，得到天长地远的，年年岁岁的丰收。”

“秀梅姐姐，你说得真好，灌溉，丰收。告诉我，从哪一个身上，得到这些呢？”盛淑君一心一意，只是想着一个她所怀恋的具体的人。

“从爱情身上。”邓秀梅回答。

“你是说，从你所爱的人的心上吗？”

“是的。”

“要是他不理你呢？”

“你也不理他。”邓秀梅斩钉截铁地干脆地回说，“好吧，天快要亮了，我们睡觉吧。你听，不是鸡叫了？”

鸡真的叫了，但在山村的冬夜，就是鸡叫了二遍，离天亮也还有好远。盛淑君闻见了邓秀梅的微细的、均匀的鼾声。她一个人还睁着眼睛，在胡思乱想：“不理他吗？这太严重了。我做不到。可是，他要是坚决不理我，又怎么办呢？”颠来倒去，她想不出法子，瞌睡也就上来了。她的两条黑浸浸的长长的粗辫子分离在两处，一条拳曲地躺在枕头边，一条随便地拖在被窝上。两个年轻的女子，体质都好，身上又盖了两铺被子，睡了一阵，都热醒了，盛淑君把她两条壮实的手臂搁在被窝外，一直到天光，一直到后山里的鸟雀啼噪着，青色的晨晖爬上了纸窗的时候。

四　面胡

天粉粉亮，值日的财粮委员李永和赶到乡政府，推门不开，就从祠堂耳门口进入邻舍家，再走那里一张月洞门，绕进乡政府，把大门打开。隔不好久，陆陆续续，来了好多的农民。

李永和伏在厢房南窗下的一张方桌上，手不停挥，在给人们开写各种各样的条子。厢房里外，挤满了人，有要卖猪的，有要买糠的，有要打油的，有要借钱的，都吵吵闹闹，争着要条子。

陈大春在享堂里听见大家吵成一片，跨进房间，粗声喝道：

“吵什么？人家邓同志还在睡觉呢。”

“张飞三爷，你这一叫，倒把人家惊醒了。”李永和笑道。

“不要紧的，我们起来了。”是后房里的邓秀梅的声音。

邓秀梅和盛淑君都起床了。听见陈大春说话，盛淑君的脸泛红晕。她扣好衣服，对着李主席桌上的那面镜子，用梳子拢了拢额上的短发，就打开房门，走了出来。一眼看见大春站在房门的对面，她一溜烟跑了，两条大辫子在她背后不停地摆动。邓秀梅穿好衣服，叠起被窝，用手略微抚平了头发，对镜夹上了夹子，就提个脸盆，出来舀水。端起一盆水，回到房间时，陈大春也跟进来了。她弯腰弓身，一边洗脸，一边跟团支书谈论村里青年的思想。才一壶烟久，李主席来了，帮邓秀梅捆好行李，准备带她往亭面胡家去。

“我不送你了。”大春说完就走了。

“那是盛家里。”李主席帮邓秀梅背着行李，走了一里多点路，指指前边一个屋场说，“这原先是地主的坐屋。”

邓秀梅远远望去，看见一座竹木稀疏的翡青的小山下，有个坐北朝南、六缝五间的瓦舍，左右两翼，有整齐的横屋，还有几间作为杂屋的偏梢子[①]。石灰垛子墙，映在金灿灿的朝阳里，显得格外地耀眼。屋后小山里，只有疏疏落落的一些楠竹、枫树和松树，但满山遍地都长着过冬也不凋黄的杂草、茅柴和灌木丛子。屋顶上，衬着青空，横飘两股煞白的炊烟。走近禾场，邓秀梅看见，这所屋宇的大门的两边，还有两张耳门子，右边耳门的门楣上，题着“竹

① 偏梢子：搭在正屋两旁的草盖的侧屋。

苞”，左边门上是“松茂”二字。看见有人来，禾场上的一群鸡婆吓跑了，只有三只毛色花白的洋鸭，像老太爷一样，慢慢腾腾地，一摇一摆地走开，一路发出嘶哑的噪叫。一只雪白的约克夏纯种架子猪正在用它的粗短的鼻子用劲犁起坪里的泥土，找到一块瓦片子，当做点心，吃进嘴里，嚼得嘣咚嘣咚响。

进了门斗子，里边是个小小的地坪。当阳的地方，竖着两对砍了丫枝的竹尾做成的晒衣架子，架上横搁几根晒衣的竹篙。麻石铺成的阶矶，整齐而平坦。阶矶的两端，通到两边的横屋，是两张一模一样的月洞门，左门楣上题着“履巾”，右门楣上写着“蹈和”，都是毛笔书写的端端正正的楷书。

邓秀梅正在留神察看这一切的时候，一位微驼的中年农民从屋里迎出，笑着打招呼，这就是面胡，都是熟人，不用介绍。他们坐在阶矶上的板凳上，抽烟，谈讲。盛家的孩子和邻家的孩子都围起拢来，看城里人，李主席赶了一回，他们散开一阵，又拢来了。一位中年妇女一手提一沙罐子温茶，一手拿几个粗碗，放到谈话的人们跟前的一张朱漆墩椅上。邓秀梅想，这一定是面胡婆婆，便悄悄地看了几眼，只见她腰身直直的，穿一件有补丁的老蓝布罩褂，神态很庄重。放下茶罐和茶碗，她不声不响，退到横屋门边的太阳里，坐在竹椅上，戴起老花镜，补一件衣服，间或，她抬起头来，眼睛从眼镜上望去，赶一声鸡。

主客的谈话，由收成扯到了冬耕，由冬耕谈到互助组，又提起了面胡进城去卖竹子的事情，邓秀梅没有责备他嘲笑他，只是顺便地问起竹子的价格。

“卖不起价啊，晓得这样，不该去的。三根竹子抵不得一个零工子的钱。”

“你在街上没喝酒吧？”李主席笑着插嘴问。

“还喝酒呢！酒都贵死人，哪个喝得起？”

李主席笑道：

“酒价高些，意思是要你少喝一点。邓同志要到你家做客了，你欢迎吧？”

“欢迎，欢迎，哪有不欢迎的道理？”亭面胡还没有完全听清李主席的话，就先一连说了三个热烈的“欢迎”，然后才问，“你是说，她要住在我们这里吧？那好极了。只要不嫌弃，看得起我们。我把我们文伢子住的那间正屋，腾给你住。我们到横堂屋里去坐吧，这里当风。”

面胡替邓秀梅提起背包，引导他们进了横堂屋。这里摆着扮桶、挡折、箩筐、锄头和耙头，还有一张四方矮桌子，几条高凳，一些竹椅和藤椅，楼护[①]上挂了一束焦黄的豆壳子，还有四月豆和旱烟叶子的种子。他们坐下来，又继续谈话。

这位亭面胡的出身和心性，我们已经略加介绍了。在他的可爱的心性里，还有几点，值得提提。他一碰到知心识意的朋友，就能诨得好半天。他的知心朋友又容易找到。不论男和女，老和少，熟人或生人，只要哪一个愿意用心地，或是装作用心地倾听他的有点啰嗦的谈吐，他就会推心置腹，披肝沥胆。他的话匣子一开了头，往往耽误了正事。好久以前有一回，他们还是单家独户，住在上边茅屋子里的时候，灶屋里的缸里没有水，灶上的瓮坛快要烧干了。婆婆要他赶紧去挑一担水来应急。他挑起水桶，走出去了，足足有一餐饭久，还没有回来。婆婆站在阶矶上一望，看见他离井边不远，放下水桶，蹲在小路上，正在跟一个人谈讲。她只得自己跑出去提水，回来时，只听见啪嗒一声，瓮坛烧炸了。

现在，因为谈讲，他把腾房间的事，丢到九霄云外了。邓秀梅看了看表，过了七点，快要开会了，她望李主席一眼。李月辉会意，随即问道：

“老亭哥，房间怎样了？”

---

① 楼护：把楼板托起的梁木。

“还没有收拾，”亭面胡说，接着就扬声叫骂，“文伢子，快把正房间收拾出来，你这个鬼崽子，在那里搞什么鬼？没得用的家伙。”

亭面胡在外边，对什么人都有讲有笑，容易亲近，在家里却是另一个样子。他继承了老辈的家规，对崽女总是习惯地使用命令的口气，小不顺眼，还要发躁气，恶声恶气地骂人，也骂鸡和猪和牛。他的二崽，名叫学文，已经十五岁，住初中了，有时也要挨他几句冲。对于小儿女——满姐和菊满，他骂得更多，也更厉害。“你来筑饭不筑，你这个鬼崽子？”他总是用“筑饭”代替“吃饭”，来骂贪玩的菊满：“还不死得快来洗脚呀，没得用的家伙？”“我抽你一巡楠竹丫枝。”“要吃楠竹丫枝炒肉啵？”“我一烟壶脑壳挖死你。”“捶烂你的肉。”等等。好厉害啊，要是真的这样照办了，他的崽女，他所喂的鸡和猪，和他用的牛，早都去见阎王了。可是他们还健在，而且，哪一个也都不怕他。凭经验，他们都晓得，他只一把嘴巴子，实际上是不会动手认真打人的。

儿女们不怕他，还有个理由，那就是他的恶骂，他的发脾气，都不在点上，该骂的，他没有开口；不该骂的，他倒放肆吵起来。比方说，天才断黑，孩子们还没有洗脚，这又何必动气呢？但他也要猛喝一两句。他的这些不在点上的凶狠的重话，不但没有增长自己的威风，反而使得他在孩子们的心上和眼里，失去了斤两。他的婆婆和他正相反。这位勤劳能干的妇女说话都小声小气，肚里有主意，脸上从不显出厉害的样子。她爱精致，爱素净，总是把房间里、灶门口、菜土里，都收拾得熨熨帖帖。她烧菜煮饭，浆衣洗裳，种菜泼菜，一天到黑，手脚不停。因为心里有主张，人很精明，家里的事，自然而然，都决定于她，而不决定于面胡。对于孩子们，她注意家教，但是她从不乱骂。他们都很畏惧她。有时候，他们也不听她话，不去做她吩咐做的事，她温温婉婉劝一阵，还不听，就把脸一放，问道：“你真不去吗？”听了她的这一句，孩子们往往再不说二话，乖乖地依着她的吩咐去做了。左右邻舍说：“盛家姆妈有煞气。”

初中学生盛学文，对他能干的妈妈很是孝顺。这个十五岁的后生子的气质有些接近他妈妈，一点也不像他爸爸。他说话小声小气，做事灵灵干干，心眼儿多，人又勤谨，通通都是他妈妈的脱胎。他在学校里的功课好；一下了课，回到家里，挑水、砍柴、泼菜，什么都来。他还有一些特殊的本事，会扎扫把，会劈刷把子。就是有一点，对他爸爸的谈吐，他不敬佩，尤其是，动不动就要他回来住“农业大学”，他更不心服。除非不得已，或是经过妈妈的劝说，他一向都是不大爱听爸爸的话的。比方这一次，他正在后门阶矶上劈刷把子，爸爸叫他去收拾房间，他不想去，还是低头只顾劈他的东西。盛妈起身走进去，小声动员他：

“伢子，你去吧，快去把正房间打扫一下，腾得客人住，你住楼上去。”听了妈妈的这一番和婉的叮咛，他才起身，带领满姐和菊满，奔到正房里。三个人就在那里，一边收拾，一边玩耍，房间里噼里啪啦，闹得翻了天。小菊满爬上床铺，大翻筋斗，把铺床的稻草，弄得稀巴乱，草灰子飘满一房间。

谈了一阵，李主席告辞先走，亭面胡也砍柴去了。盛妈带着邓秀梅来到正房里。邓秀梅看见，这是一间面了地板的熨熨帖帖的房间。面向窗户，靠紧板壁，摆着一挺朱漆雕花嵌镜的宁波床。东窗前面，放着一张黑漆长方三屉桌。桌上摆个酒瓶子，插着一朵褪了色的红纸花。南边粉墙上，贴着一张毛主席的像，两边是一副红纸对联：

现在参加互助组

将来使用拖拉机

盛妈把孩子们赶走，自己打了一桶水，帮助邓秀梅揩抹桌椅和门窗，一边闲扯着。她问：

“邓同志也是我们这边的人吧？”

“我的老家在瘸子仑那边。”

“你先生呢？”

“他也在工作。”

“你们何不在一起工作？少年夫妻，分开不好啊。”

“有什么不好？”邓秀梅笑着说道，脸上微微有点红。

“不好，不好。”盛妈又连连地说。

“不在一起，通通信也是一样。”邓秀梅有心转换话题，她问，“你的崽住中学了？”

“讲得你邓同志听，这也是霸蛮[①]读呢。老驾不肯送，要他回家来作田。”

“那也好嘛。”

“伢子横心要读书，劝也劝不醒。”其实，她自己也是横心怂恿他读高中的。她总觉得，肚里多装点书好些。

房间收拾干净了。邓秀梅打开拿了进来的背包。盛妈帮助她铺好被褥，挂起帐子，就到灶门口煮饭去了。邓秀梅从挎包里拿出了好些文件：“互助合作”，“生产简报”，还有她爱人的一张照片。她拿起这一张半身相片，看了一阵，就连文件一起，锁在窗前书桌的中间抽屉里。

在盛家吃了早饭，邓秀梅锁好房门，走到乡政府，开会，谈话，一直忙到夜里九点多钟。

等到人们渐渐地散了，邓秀梅才准备回面胡家去。刚到大门口，李主席赶出来说：

“你路还不熟，送送你吧。”

“不必，我晓得路了。”

---

① 霸蛮：勉强。

“不怕吗？”

“怕什么？”邓秀梅嘴里这样说，心里想起那段山边路，也有点怯惧。刚出大门，他们碰到一个十五六岁的后生子，拿一个杉木皮火把，向他们走来。火把光里，李主席看出他是面胡的二崽，连忙问道：

“学文你来做什么？”

“妈妈叫我来接邓同志，怕她路不熟。”

“看你这个房东好不好？盛妈是最贤惠的了。”李主席笑着说道，“你们去吧，我不送了。”讲完，他转身进乡政府去了。

“难为你来接。”邓秀梅一边走，一边对中学生表示谢意。

“这是应该的。”

两个人打着火把，在山边的路上走着，脚下踩着焦干的落叶，一路窸窸嚓嚓地发响。

“这里是越口[①]，小心。”碰到路上一个搭着麻石的越口，中学生站住，把火把放低，照着邓秀梅走过麻石，才又往前走。

“听说你想读高中。”

“没有希望，爸爸不答应。他说：‘等你高中毕了业出来，我的骨头打得鼓响了。算了，还是回来住农业大学，靠得住些。’”中学生说。

“‘住农业大学’，有意思，他叫得真好。”邓秀梅满口称赞。

中学生听见邓秀梅这样地赞美农业，和他自己想要升学的意思显然有抵触，就稳住口，没有做声。两个人默默地走了一段路，邓秀梅又开口说道：

“我看你妈妈是很能干的。”

“是呀，可惜没有读得书，要是读了书，她要赛过一个男子汉。”

“读了书的人，不一定能干。”

---

① 越口：横过大路或田塍的小流水沟。

盛学文沉默了一阵，才又说起，他们家里离不开妈妈。他说，有一回，妈妈到外婆家去了，家里饭没得人煮；屋没得人扫；衣没得人洗；满姐和菊满，夜夜打死架，爸爸骂不住；猪不吃食；鸡给黄竹筒拖走了一只；菜园里的菜没得人泼，土沟土壤，都长满青草，把菜荫死了。临了，他说：

"邓同志，你不晓得，我们这个家，爸爸不在不要紧，妈妈只要出去得一天，屋里就像掉了箍的桶一样，都散板了。"

五　争吵

邓秀梅足日足夜忙着开会和谈话，没有工夫回面胡家吃饭，总是在乡政府隔壁老龙家，随便用点家常饭。老龙婆婆看见她是上头派来的，人又和气，有一回给她蒸了一碗蛋，她不肯吃，并且说道："我喜欢吃你们的擦菜子，擦芋荷叶子[①]，酸酸的，很送饭。你们要特别搞菜，我反而不爱，不得吃的。"老龙婆婆听她说得明白和恳切，也就依直。她来吃饭，有什么，吃什么，再不额外添菜了。

邓秀梅每天回寓，常在深夜。从乡政府到亭面胡家，虽说不到两里路，但有一段山边路，还要翻越一个小山坡。坡肚里有座独立的小茅屋，住着一个被管制分子。夜深人静，她一个人独来独往，李主席有点不放心。他又告诉她，有年落大雪，坡里发现一些團碗[②]粗细的老虎的脚印。坏蛋，老虎，都有可能从山上冲出，扑到她身上，伤她的性命。李主席劝她还是住在乡政府。

"我回去住。"他说，"把这房间腾给你。"

"你住回去，不是也要赶夜路？"邓秀梅反问。

---

① 擦菜子：腌萝卜菜。擦芋荷叶子：腌芋荷叶子。

② 團碗：装菜的圆瓷碗。

"我家隔得近，又不要过山。"

邓秀梅默了默神，还是打定主意住在老百姓家里，彻底地做到三同一片[①]。她说：

"你不要操心，还是让我住在盛家吧。至于赶夜路，我有手枪，不怕。"

这时也在旁边的盛清明笑了起来说：

"手枪不能打老虎，也很难对付坏蛋。这样吧，秀梅同志，我们每夜派民兵送你。"

"莫该你们的民兵都不怕？"

"他们怕什么？乡里人都搞惯了。"

"他们搞得惯，我也搞得惯。"

心性要强的邓秀梅谢绝了民兵护送的提议。每天深夜里，她从这条必须爬山过岭的路上，至少走一回，走时不觉得，等回到寓所，闩上房门，熄了油灯，困在床上，把头蒙在被窝里，想起这段路，不免稍微有一点心怯。但是她始终不开口要人，久而久之，也习惯了。

"走夜路，打个火把就不怕老虫。"有一回，亭面胡这样忠告她。

"为什么？"邓秀梅偏起脑壳问。

"老虫怕火烧胡子，远远望见火把光，就会躲开你。"

"你亲眼见过？"邓秀梅笑笑问他。

"没有，听人说的。"

"眼见为实，耳听为虚，听人说的靠不住。"

这个心性高强的女子，每天深夜里，有时亮起手电筒，有时手电也不打，一个人在这空寂无人的山野间来往。普山普岭的茶子花香气，越到夜深，越加浓郁。

入乡后的第五天傍晚，做完了一天的工作，邓秀梅回到住处，

---

① 干部和农民同吃同住同劳动，打成一片，叫三同一片。

洗了一个脸，换了一身衣，从从容容在亭面胡家吃饭。忽然，他们听见，对门山上，有个女子的尖声拉气的叫唤，由喇叭筒传来。她号召互助组员和周围的单干，当天夜里到乡政府去开群众会。邓秀梅放下碗筷，含笑问面胡：

“老盛你去不去呀？”

“也想去听听。”亭面胡说。

“你一家人都去吧，今夜里的会很重要。”

“我一个人去行了。”

亭面胡本来不喜欢开会。平素日子，碰到联组或互助组的什么会，他总是派遣他的二崽学文做他的全权代表。大懒使小懒，学文有时自己也不去，转派妹妹满姐做他的代表。满姐平常要求乞哥哥指点功课，只好去为他效劳。其实，这个差使，对她不算太劳碌。她一到会场，就拣一个灯光暗淡的合适的角落，背靠板壁打瞌睡，她常常睡得跟在家里床上一样地酣甜。

这一回，亭面胡听了村里的合作化宣传，又碍着邓秀梅的面子，决计亲自出马了。

吃了饭，坐在灶脚底，抽完一壶烟，亭面胡才从从容容，点亮一个焦干的杉木皮火把，臂膀下面夹着他的那根长长的油实竹烟袋，随邓秀梅一起，往乡政府走去。一路上，邓秀梅转弯抹角，探寻面胡对于合作化的心里的本意。扯了一阵，他说：

“大家都说好，我也不能另外一条筋，讲一个‘不’字。”

“你仔细想过没有？”

“政府做了主，还要我们想？”

“将来要是吃了亏，怎么办呢？”邓秀梅故意逗他用心想一想。

“吃得亏的是好人。在旧社会，哪一个没吃过大亏？比起从前，如今吃点亏，不算亏了。”

“我看你婆婆有点不赞成入社。”邓秀梅转了话题。

“由得她吗？”

"你家里的事好像都由她做主。"

"家务事由她，大事不由她。我入了社，她不入，看她那份田靠哪个去作？"

"靠你二崽。"

"靠他？你不要把作田看得容易了。你晓得谢庆元吗？"

"他怎么样？"邓秀梅一有机会，就对村里的任何干部进行了解。

"讲作田，他算得一角，田里功夫，样样都来得。有一年，他在华容一个地主家里当作头司务[1]。东家看见他门门里手，心里欢喜。有天他正要用牛，少个牛攀颈[2]，去问东家要。那个狗婆养的财主冷笑一声说：'这倒时兴了，你问我要，我问哪个去要呀？'当天就打发他走了。老谢这家伙称一世英雄，叫人拿个牛攀颈卡得挪都挪不得。他不会织牛攀颈，人家就叫他铺盖吊颈。"

一路说着话，他们不知不觉到了乡政府。

一进大门，亭面胡自去寻熟人，抽烟、闲扯、打瞌睆。邓秀梅找着刘雨生和陈大春，进到李主席房里，商量会议的开法。李主席本人到下村掌握会议去了。

过了九点，互助组的八户到齐了，除这以外，来了二十一家单干户，有现贫农，新老下中农，也有新老上中农。全体到会的，一共是二十九户。看见该来的人都到了，刘雨生把大家叫进厢房。这位单单瘦瘦的青皮后生子，站在桌边，背着灯光，面向人群，从从容容做报告。他没有稿子，也不拿本本，却把邓秀梅和李主席在支部会和代表会上的讲话，传达得一清二楚。

解放前，刘雨生家里顶穷。他只读得两年私塾。他是一个大公无私的现贫农；或者用亭面胡的话来说，"是一个角色"。他的记性

---

① 作头司务：领头的长工。略如北方的把头。

② 把那架在牛的肩上拉犁的牛轭子扣在牛颈上，不使移动的篾织的带子，叫做牛攀颈。

非常好。开会时，他不记笔记，全靠心记。开完了会，他能把他听到的报告大致不差地传达给人家。许他发挥时，他就举些本地的例子，讲得具体而生动，非常投合群众的口味。

刘雨生的互助组的八户人家和周围单干的家底、人口和田土，以至这些田土的丘名、亩级[①]和产量，他都背得熟历历。他出生在这块地方，又在这里作了十六年的田。村里的每一块山场，每一丘田，每一条田塍的过去几十年的历史，他都清楚。他是清溪乡的一本活的田亩册。

他为人和睦，本真，心地纯良，又吃得亏，村里的人，全都拥护他。

但是，刘雨生所走的道路不是笔直的，而且也并不平坦。村里组织互助组时，他是组长之一。那时候，唤人开个会，都很困难，他要挨门挨户去劝说，好像讨账。他的堂客张桂贞是个只图享福的、小巧精致的女子，看见丈夫当了互助组组长，时常误工，就绞着他吵，要他丢开这个背时壳。他自己心里对互助合作，也有点犹豫。互助组到底好不好？他还没有想清楚。

如今，上级忽然派个邓秀梅来了，说是要办社。他心里想，组还没搞好，怎么办社呢？不积极吧，怕挨批评，说他不像个党员，而且自己心里也不安；要是积极呢，又怕选为社主任，会更耽误工夫，张桂贞会吵得更加厉害，说不定还会闹翻。想起这些，想起他的相当标致的堂客，会要离开他，他不由得心灰意冷，打算缩脚了。

“你是共产党员吗？”他的心里有个严厉的声音，责问自己，“入党时节的宣誓，你忘记了吗？”

开支部会时，听了邓秀梅的报告，刘雨生回到家里，困在床上，睁开眼睛，翻来覆去，想了一通宵。一直到早晨，他的主意才打定。他想清了：“不能落后，只许争先。不能在群众跟前，丢党

① 查田定产时，按照田的好坏，分出等级，叫做亩级。

的脸。家庭会散板，也顾不得了。”

从那以后，他一心一意，参与了合作化运动。张桂贞看他全然不问家里的冷暖，时常整天不落屋，柴不砍，水也不挑了，只想发躁气，跟他吵闹。刘雨生每天回来都很晚，吃了饭就上床睡了，使她根本没有吵架的机会。开这群众会的头一天晚上，刘雨生回家，发现灶上锅里，既没有菜，也没有饭，张桂贞本意是要激起他吵的，但他也没有做声，拿灯照照，看见米桶是空的，就忍饥挨饿，吹熄灯睡了。张桂贞翻了一个身，满含怨意地说道：

“你呀，哼，心上还有家？”

第二天，也就是开这会的同一天的上半日，张桂贞从床上起来，招呼孩子穿好衣服，牵着他走到邻舍家，借了二三升米，回来煮了，又炒了一碗韭菜拌鸡蛋，一碗擦菜子，侍候刘雨生和他的孩子吃了早饭。刘雨生心里有一点诧异：“她今天为什么这样好了，不声不响地，还炒一碗蛋？”

洗好碗筷，张桂贞用抹胸子擦了擦手，坐在饭桌边，瞅着坐在对面抽烟的刘雨生，露出有话要说，不好启齿的样子，隔了一阵，才说：

“今天是我妈妈的阴生，我要回家去看看。”

“阴生何必回去呢？人又不在了。”刘雨生抬起眼睛，看着她，本本真真地说道。

“不，我要回去，”张桂贞凄怆地说，低下脑壳，扯起抹胸子的边边，擦擦眼睛，又说，“我要抱住老人家的灵牌子，告诉老人家，她女儿的命好苦啊……”她泣不成声。

刘雨生晓得她的回家的意思了，竭力地忍住眼泪。他晓得，事情到了不可挽回的地步，除非他退坡。对于他这样的共产党员退坡是办不到的。隔了一阵，他问：

“我们的孩子怎么办？”

“孩子我先带回去。”

就在这天，张桂贞带着她的三岁的孩子，回到了娘家，找哥嫂商量去了。她的娘家，就在本乡。她父母双亡，娘家的人只有大哥和大嫂。她的大哥张桂秋，人生得矮小，人都叫他秋丝瓜，解放以前，他是个兵痞，家里也穷。土改时，划作贫农，如今成了上中农。他一心一意，盘算要把他久想离婚的妹妹嫁到城里去，给他当跳板，好让他往城里发展。

虽说眼看要遭遇不幸，他喜欢的儿子要遭到他们的婚变的影响，但刘雨生还是忍着心痛，出席和主持了晚上的会议，并且平平静静地做了报告。在灯光下面，人们看得出，他的脸上有愁云，眼睛含着沉郁凄楚的神色。

“他心里好像有事。”亭面胡旁边有一个人低低地说。

亭面胡并非精细一流的人物，平常对自己马马虎虎，对人家也谈不上细致，但经人说破，他也看出了，刘雨生显出没有精神、大有心事的样子。

“准是他的堂客又跟他吵了。”面胡身边那个人又低声地说。

“这号没得用的堂客，要是落在我手里，早拿烟壶脑壳挖死了！”面胡一边说，一边把他的烟壶脑壳在高凳脚上磕得嘣咚嘣咚响，好像高凳的脚就是张桂贞的脚一样。

“你这是二十五里骂知县，她人不在这里，落得你吹牛。当了她的面，你敢说她一个不字，算你有狠。”

“你敢赌啵？”

面胡正在说这一句话的时候，一个短小单瘦的中年人来了。刘雨生的报告顿了一顿，手也好像轻轻抖动了。他的眼睛有意避开不看这个进来的男子。

“那是哪一个？”桌子边上，邓秀梅小声地问陈大春。

“那是雨胡子的大舅子，张桂秋，小名秋丝瓜。”陈大春说，声音也没有平常粗大。

稍稍打了一阵顿，刘雨生忍住心里的凄楚，继续做他的报告。

他说起了农业社的优越性，又谈到将来，乡里要把有一些田塍通开，小丘改成大丘；所有的田，除缺水的干鱼子脑壳，都插双季稻；按照土地的质量，肯长什么，就种什么，有的插稻谷，有的秧豆子，有的贴黄麻，有的种瓜菜。

听到刘雨生说起这些具体的作田的事，大家都用心地听。刘雨生的心也轻快一些了。

亭面胡没有用心听报告。他时常站起，把烟袋伸到煤油灯的玻璃罩子的口上，接火吧烟。他把灯光吸得一闪一闪，一阴一亮的。抽完一袋烟，他精神来了，就跟邻座议论今年的小麦，又扯到入冬打雷的这事，他说："雷打冬，十个牛栏九个空，开春要小心牛病。"等等。他只顾扯淡，完全不守会场的规矩。

休息时节，刘雨生和张桂秋，彼此都不打招呼。他们过去虽说是郎舅至亲，因为性格不一样，思想是两路，平常见了面，也是言和意不和。如今，张桂贞回了娘家，意在离婚，他们两个更不讲话了。邓秀梅冷眼观场，看见秋丝瓜离开大家远远的，背脊靠在板壁上，正跟一个头戴毡帽的青年悄悄弄弄地谈话。她问刘雨生：

"那个戴毡帽的后生子是哪一个？"

"他叫符贱庚。"刘雨生低低地说。

"小名符癞子，又叫竹脑壳。"陈大春补充说道。

"怎么叫做竹脑壳？"邓秀梅笑了。

"因为他凡事听别人调摆，跟竹子一样，脑壳里头是空的。"

邓秀梅的凝视的眼光，精灵的秋丝瓜已经发觉了。他丢开了符癞子，偏过脑壳，找亭面胡扯谈。亭面胡一声不响。他闭住眼睛，一边抽烟，一边养神，吧完一壶烟，他起身走了。

重新开会前，刘雨生点了点人数，发现少了两个人：一个是富裕中农王菊生，一个就是亭面胡。现在房间里只有二十七户了。怕再有人走，刘雨生连忙把人找拢来开会。讨论办社时，符贱庚站起身来说：

“据我看，这社是办不好的。”

“何以见得呢？”邓秀梅偏起脑壳问。

“一娘生九子，九子连娘十条心，如今要把几十户人家绞到一起，不吵场合，不打破脑壳，找我的来回。”

“我们有领导。”陈大春说，用劲按住心头的激动。

“你这领导，我见识过了。你办的那个什么社，到哪里去了？”符癞子冷笑着说，看秋丝瓜一眼，后者躲在灯光暗淡的地方，低着头抽烟，装作不理会他的样子。

“那是领导上自己砍掉的。”邓秀梅解释。

“为什么要砍掉呢？还不是嫌它麻烦，晓得搞不好。”符贱庚说。

“如今不同了，领导加强了，大家的思想也跟往昔两样了。”刘雨生插进来说明。

“你说搞得好，打死我也不相信。请问刘组长，你这一组搞好了没有？还不是天天扯皮，连你组长自己的家里也闹翻了，如今你堂客到哪里去了？”符贱庚看见刘雨生听了这话，受了刺激，用上排的牙齿轻轻咬住震颤的下唇，他十分称意，滔滔地说了：

“自己枕边人都团结不好，还说要团结人家，团结个屁。”

“他个人屋里的事，跟办社有什么关系？”邓秀梅问。

“跟办社没有关系？我看，跟办组都有关系，他刘雨生要不当组长，稍微顾顾家，他的堂客会走吗？”

刘雨生低下头来，用劲忍住他的眼泪花。陈大春接过来说：

“你为什么要提起人家的私事？”

“好吧，不提私事，就讲公事。”符癞子流流赖赖地说，“我看既然明明晓得搞不好，小组也散场算了，我们各走各的路，各干各的去，组长你也免得操心了。要这样莽莽撞撞，不管三七二十一，把我们大家的炉罐锅火尽都提到一起来，有朝一日，烂了场合，没得饭吃，你们有堂客好卖，我呢，对不起，还没得这一笔本钱，组长，你的本钱也丢了。”

“符贱庚，你这个家伙，这是人讲的话么？”陈大春憋一肚子的气，再也忍不住。

“我又没讲你，你争什么气？啊，你也和我一样，还是打单身，没得办社的老本。”符贱庚嬉皮笑脸地说着。

“你再讲混账的话，老子打死你。”陈大春鼓起眼睛，右手捏个大拳头，往桌子上一摆。

“打？你敢！你称‘老子’，好，好，我要怕你这个鬼崽子，就不算人。”符癞子看见人多，晓得会有人劝架，也捏住拳头，准备抵抗。

陈大春跳起身来，一脚踏在高凳上，正要扑到桌子那边去，揪住符癞子，被刘雨生一把拦住。陈大春身材高大，有一把蛮劲，平素日子，符癞子有一点怕他。这一回，他看见邓秀梅和刘雨生在场，有人扯劝，态度强硬了一些。他扎起袖子，破口大骂：

“妈的屄，你神气什么，仗哪个的势子？”

邓秀梅气得红了脸，但是经验告诉她，该提防的不是符癞子这样的草包，而是他的背后的什么人。她的眼睛，随着她的思路，落到了阴阴暗暗的秋丝瓜的身上，这个人正不声不响，一动不动地坐在远离桌边的东墙角，埋头在抽烟。

刘雨生看见吵得这样子，早把私人心上的事情完全丢开了，他沉静地，但也蛮有斤两地说道：

“你们都不怕丢丑？都是互助组员，先进分子，这算什么先进呀？吵场合也叫先进吗？”

有人笑了。陈大春的愤怒也逐渐平息，他的火气容易上来，也不难熄灭。他坐下来了。符癞子猛起胆子跟陈大春对垒，本来是个外强中干的角色。他一边吵，一边拿眼睛瞅着门边，随时随刻，准备逃跑。如今，巴不得刘雨生用两个“都”字，把两边责备了一番，官司打一个平手，他多骂了一句粗话子，占了便宜，就心满意足地，也坐下来了。

看见风波平静了，刘雨生稳稳重重地站在桌子边，开口说道：

“符贱庚，你是一个现贫农，刚才说的那些话，是出于你自己的本意呢，还是听了旁人的弄怂？”

“我听了哪个的弄怂？笑话！”符贱庚说。

“你这正是爱听小话的人的口白。听了别人的挑唆，当了竹子，还在大家的面前，装作聪明人。”

邓秀梅暗暗留神，刘雨生说这些话的时候，秋丝瓜脸上的神色文风不动，安安稳稳地坐在阴暗的墙角边，低着头抽烟。她想，这个人要么是沉得住气，要么真和符癞子没有关联。刘雨生又问：

“你听了哪一个人的话？他本人在不在场？”

会场的空气，顿时紧张了。所有的人，连符癞子在内，都一声不响，房间里头，静静悄悄的，只有小钟不停不息地，嘀嘀嗒嗒地走着。从别的地方，传来了鼾声，大家仔细听，好像就是在近边。邓秀梅诧异，思想斗争这样地尖锐，哪一个人还有心思睡觉呢？有人告诉她，鼾声是从后房发出的，她起身走去，推开房门，跟大家一起拥进了后房。她拧亮手电，往床上一照，在白色的光流里，有一个人，脑壳枕在自己手臂上，沉酣安静地睡了，发出均匀、粗大的鼾声，一根长长的油实竹烟袋搁在床边上。这人就是亭面胡。陈大春挤到床面前，弯下腰子，在面胡的耳朵边，大吼一声。面胡吃一惊，坐了起来，一边揉眼睛，一边问道：

“天亮了啵？”

“早饭都相偏了，你还在睡！”有人诒试[①]他。

“佑亭哥真有福气，”刘雨生从来不叫亭面胡这个小名，总是尊他佑亭哥，“大家吵破了喉咙，你还在睡落心觉，亏你睡得着。”

“昨夜里耽误了困，互助组的那只水牯病了，我灌药去了。一夜不睡，十夜不足，啊，啊。”亭面胡说着，打了个呵欠。

---

① 诒试：骗。

大家重新回到厢房里，继续开会。

会议快完时，邓秀梅把刘雨生叫到一边，小声地打了一阵商量。她说：

“我们应该开个贫农会。”

刘雨生想了一想说：

“就怕开贫农会，目前刺激了中农，对办社不利。依我看，不如开互助组的会，吵架的都是组员。互助组一共八户，只一家中农，差不多是个贫农的组织。”

“好，就照你的意见办。”邓秀梅点头同意，心里暗暗赞许刘雨生的思想的细致。

散会的时节，刘雨生高声宣布：

“互助组员，先不要走，组里还有事商量。”

等到房里只剩八户时，刘雨生心平气和，但也微带讽嘲地说道：

“今天，互助组员唱大戏了，嗓子都不错，都是好角色。”刘雨生朝着符贱庚和陈大春的方面瞅了一眼，接下去道：“你们两位算是替组里争了不少的面子！前几天，我还跟秀梅同志夸过口：‘我们互助组是个常年互助组，牛都归了公，基础还算好，骨干又不少，转社没问题。’”刘雨生本来要说“贫农占优势”，但怕刺激组里那惟一的中农，话到舌尖，又咽回去了。他接着说道：“你们打了我一个响耳巴。你们真好，真对得住人。”

“不要冷言冷语，啰啰嗦嗦，我顶怕啰嗦。”陈大春说，“我承认是我错了，我是党员，又是团支书，不该跟他吵。”

“年纪轻轻，更不应该对人称‘老子’。”邓秀梅笑着替他补充了一句。

“大春自己认了错，这个态度是好的。”刘雨生沉静地说，“我们这里，只有他不对，应该认错吗？我们想想看。”他的眼睛看一看符贱庚的方向，又说：“世界上有这种人，自己分明也是一根穷骨头，解放以前，跟我们一样，田无一合，土无一升，土改时，分了田土，房子……”

“他跟亭面胡，一家还分一件皮袍子。”陈大春忙说。

“面胡还分了一双皮拖鞋，下雨天，不出工，他穿起拖鞋，摇摇摆摆，像地主一样。”盛佑亭身边有个后生子说：“面胡，你是不是想当地主？”

“我挖你一烟壶脑壳！”亭面胡说。

“不要扯开了，”刘雨生制止了大家的闲谈，转脸对着符贱庚，“得了这么多好处，等到党和政府一号召，说要办社，你就捣乱，这是不是忘本？”

“刚才你跟秋丝瓜唧唧哝哝讲些什么？”邓秀梅插进来问。

“是呀，你要是角色，就把悄悄话公开。”刘雨生激他一句。

符贱庚一受了激，就按捺不住，站起来嚷道：

“你们都不要说了，算是我一个人错了，好不好？”

“邓同志的意思，是叫你把你背后摇鹅毛扇子的人的话，告诉大家。”刘雨生温和地说。

“你是说秋丝瓜么？他教我扎你的气门子，要我讲你连堂客都团结不好。我对他说：‘扎了他，也伤了你的老妹，怕不方便吧？’他说：‘你只管讲，不要紧的。’我就……”

“你就讲了，”陈大春替他接下去，“真是听话的乖乖。”

“你又被人利用了。”刘雨生的话，声调平和，但很有分量。“清溪乡的人，哪个不晓得，秋丝瓜是个难以对付的角色，遇事不出头。”

“总是使竹子，”陈大春插进来说，“偏偏，我们这个山村角落里有的是竹子。”

“大春伢子，不要老嚼竹子竹子的，惹发了，我是不信邪的呀。”符贱庚提出警告。

“不信邪，又怎么样？你做得，人家讲都讲不得？”陈大春又跟他顶起牛来了。

“不要吵了。”刘雨生制止大家的吵嚷，接着又说秋丝瓜，“他是一个爱使心计的角色，爱叫人家帮他打浑水，自己好捉鱼。”

“国民党时代，他当过兵，你晓得么？”陈大春问符癞子。

“那倒是过去的事了，只是他现在也不图上进，”刘雨生说，“总是要计算人家，想一个人发财。”

“当初划他个中农，太便宜他了。”陈大春粗鲁地说。

“听信他的话，跟我们大家都吵翻，你犯得着吗？”

符癞子低下脑壳，一声不响。刘雨生的这些话所以打中了他的心窝，是因为句句是实情，又总是替他着想，而且，他的口气，跟大春的粗鲁的言辞比较起来，显得那样地温和。他心服了，没有什么要说的。刘雨生看见他已经低头，为了不说得过分，就掉转话题来说道：

“大家提提佑亭哥的意见吧，一听要办社，他去卖竹子，这对不对呀？”

“他这是糊涂。”陈大春说。

“他火烧眉毛，只顾眼前。”另外一位青年说。

亭面胡坐在墙角，把稍微有一点驼的背脊靠在板壁上，舒舒服服在抽烟，一声不响。

“还有，”刘雨生道，“平素开会，佑亭哥十有九回不到场。总是派代表。他家里代表又多，婆婆，儿子，女儿，都愿意为他服务。他的满姑娘代表他来出席时，根本不听会，光打瞌睡。这回他自己来了，算是他看得起合作化。不过他来做了什么呢？到后臀房里，睡了一大觉，吹雷打鼾，闹得大家会都开不下去了，这算什么行为呢？”

“散漫行为。”陈大春说。

“老盛自己说一说。”邓秀梅担心大家过于为难亭面胡，连忙打断人们的七嘴八舌的批评。

大家没有做声了，都要听听面胡说什么。隔了一阵，他才慢慢地开口，口齿倒是清清楚楚的：

“各位对我的批评，都对。”亭面胡顿了一下，吧一口烟，才又接着补上一句道：“我打张收条。”

人们都笑了。

会议散后，邓秀梅问刘雨生道：

“今晚你碰得到婆婆子吗？”

“我要去找他。”

“请你跟他说，明天上午十点钟，各组汇报，地点在这里。”

邓秀梅说完这话，跟亭面胡一起出了乡政府。面胡手里拿着一支点燃了的杉木皮火把，一摇一亮地，往村南的山路上去了。

六　菊咬[1]

邓秀梅跟亭面胡一起，沿着山边的小路，转回家去。亭面胡打着火把，走在前头，过一阵，就摇摇火把，把火焰摇大。干枯的杉木皮火把，烧得轻微地作响，把一丈左右的道路照得通明崭亮的，路上的石头、小坑、小沟、麻石搭的桥，都看得一清二楚。一路上，亭面胡不停地说话。一来了兴致，或是喝了几杯酒，他总是这样。他告诉邓秀梅说，有时自己不出来开会，到会安心打瞌睡，是因为心里有底，党是公平正直的，不会叫人家吃亏。他是贫农，出身清白，凡是分得大家都有的好处，他站起一份，坐起也一份，不必操心去争执。他笑笑说：“我又不像秋丝瓜、菊咬筋他们，难以说话，心像钩子，叫花子照火，只往自己怀里扒。”

“菊咬筋是什么人？”邓秀梅听到她不熟悉的人名，总是要寻根。

“菊咬筋么？你只莫提起，又是一个只讨得媳妇、嫁不得女的

---

① 自己利益看得重，难以讲话的人，叫做咬筋，又叫咬筋人。上面冠以本人名字的一个字，下面简称咬，或咬咬，也可以，如菊咬就是。

家伙，比秋丝瓜还要厉害。他姓王，名叫菊生，小名叫做菊咬筋，难说话极了。”

“今天会上开溜的，是不是他？”

“想必是他。”

“你看他会不会入社？”

“不晓得，猜不透他。不过他生怕吃亏，舍不得他那点家伙，其实也不是他自己的。”

“是哪个的呢？”邓秀梅觉得这又是新鲜的事情，好奇地忙问。

“是他满婶的，他是满房里的立继子。”

两个人一路闲谈着，不知不觉，到了家了。邓秀梅回到房里，收拾睡了。在床上，她盘算明天要去找人了解王菊生。她要查明，他从会上开小差，究竟到哪里去了。

第二天黑早，邓秀梅起床，用冷水洗了一个脸，出门去找盛清明。治安主任正在屋端菜园里泼菜，看见邓秀梅，他笑着招呼：

“秀姑奶奶，你老人家好。”盛清明一见熟人，爱开玩笑。他称这位二十来岁的女子做姑奶奶，“这样早，有何贵干呀？”

“要请你帮我了解一个人。”

邓秀梅进了园门，蹲在土沟里，帮助盛清明用手薅土里的乱草，问起王菊生。盛清明一边泼菜，一边说起这人的来历和品性。他说，王菊生的生身父母不住在本村，离开这里有五里来路。他是过继来的。立继本来轮不到他名下，他贪图这里的房屋、田土和山场，想方设法，巴结满叔。他长得高大，漂亮，伶牙俐齿，能说会讲，作田又是个行角。满叔看中了，指名要立他。有人劝这老倌不立继，开导他说：“你有六七亩好田，饱子饱药，百年之后，还怕没得人送你还山？立什么继呢？一只葫芦挂在壁上好得紧，为么子要取了下来，吊在颈根上？”老倌子哪里肯听？又有人劝他立菊咬的弟弟，老倌子打不定主意，菊咬晓得了，装作从容地跑去看望他，问长问短，一把嘴巴涂了蜜一样。他说：“两位老人家都年高了，还要自己砍柴火，煮茶饭，做侄儿的，过意不去。我先叫我堂客来服侍一向，等你立好继，她再回去。”说得老倌子满心欣喜，连忙叫她搬过来。堂客进了门，菊咬筋和他的小女自然也都住进来了，立继的事，生米煮成了熟饭。强将无弱兵，菊咬主意多，堂客也不儿戏。她一天到黑，赶着两位老人家，叫“爸爸”，叫“妈妈”，亲热到极点，把老驾呵得眉开眼笑，无可无不可，逢人告诉说：“一个好侄子，难得的是侄媳也贤惠。千伶百俐，心术又好，哪个说的，田要冬耕，崽要亲生啊？只要巴亲，过继的崽还不一样也是崽。”

菊咬搬进满叔家，不满一个月，老驾兴致勃勃地办一桌酒席，接了亲房、近戚和邻舍，还请了菊咬的生身父母，写了文据，叩了头，菊咬正式立继过来了。

立过来没有好久，菊咬就洒翅膀了。他先拿把牛尾锁把谷仓锁起，钥匙吊在自己的裤腰带子上。家里钱米，往来账目，一概抓在自己的手里，继父丝毫不能过问了。这头一着，就把老驾气得个要死，三番五次大吵大闹，说要分家，菊咬还他个不理。有一回，正在吃饭时，老驾又吵了起来，把筷子往桌上一掼，骂菊咬是混账家伙，横眼畜生，没得良心，把屋里的东西，一手卡住，分得自己没得闲事探。左邻右舍，都来看热闹。人们看见老驾气得口角喷白沫，青筋暴暴的。菊咬不回一句嘴，低着脑壳只顾扒饭。菊咬堂客起身到灶屋，舀一盆温水，恭恭敬敬端到老驾的面前，请公公洗脸。菊咬的小女，那时才四岁，放下饭碗，跑到祖父的跟前，滚在他怀里，卷着舌头，娇里娇气地叫道：“爷爷，爷爷，我要吃茶。”老驾心软了，虽说嘴里还是不住地吵骂，但声音温和得多了。

人们劝慰了几句，看场合不大，渐渐散了。等人一走尽，菊咬筋满脸堆笑，细声细气地跟老倌子谈讲。他说，做崽的是怕老人家操多了心，身子有碍，才把家务事一概揽到他怀里，宁肯自己辛苦点，叫老人家多活一些年，享几年清福。如今老人家不肯放心，自己要管，他正乐得少吃咸鱼少口干，情愿把账簿、钥匙、谷米杂粮、大小家什，通通交出来，自己只认得作田，家里事无大小，都听老人家调摆。一席话，一句一个“老人家”，把老驾呵得不知说什么才好。账簿钥匙，他不肯收，叫菊咬照旧掌管。那一回以后，菊咬筋把钱米抓得更紧，老驾想吃碗蒸蛋，也得不到手了。

“你倒熟悉人家的情况。”邓秀梅笑一笑说。

“我吃的是哪一门的饭？不熟情况还行吗？”盛清明一边泼菜，一边接着说，“老驾得了气喘病，隔不好久，就呜呼哀哉，一命归阴了。菊咬两公婆哭得好伤心，真不明白，这些人的眼泪是从哪里来的。他们的继母，跟继父一样老实，胆子更小。老婆婆娘家是地主成分。这个把柄抓在菊咬筋手里，把她管住了。其实，他继母十五过门，至如今整整有四十五年了，还算什么地主呢？菊咬堂客的娘家，也是地主，过门还只有十年，他倒不追究，两家来往很勤密。”

“不要扯他们的家谱了，依你看，他昨天从会上溜走，是不是到他岳家去了？”邓秀梅插断他的话。

盛清明停止泼菜，运了运神，才说：

“我想这时节，他不会去。”

“何以见得？”

“这位老兄财心紧，对人尖，笔筒子眼里观天，不过，要他跟地富泡到一起去，还不至于。”

“你不是说，他跟他岳家往来勤密吗？”

“那是在平常，这个时节他不会。”

“那你看他到哪里去了呢？”

“多半是到外乡的贫雇亲戚家打听合作化的事情去了。”

“他回来没有？”

“不晓得。”

“我们看看他去吧。”

盛清明泼完了菜，挑担空尿桶，跟邓秀梅一起，走出菜园，反手把竹篱笆门关了。到家放了尿桶，两个人就往王家村走去。

他们远远地看见，王家村的村口，有幢四缝三间的屋宇，正屋盖的是青瓦，横屋盖的是稻草，屋前有口小池塘，屋后是片竹木林。这就是菊咬筋的家。他们走近时，淡青色的炊烟，正从屋顶上升起，飘在青松翠竹间。

他们进了门斗子，看见菊咬正在地坪里拿扫帚扫一条黄牯的身子。

“老王你打点牛呀。”盛清明笑着招呼他。

“是呀，给它扫掉点风寒。”吃了一惊的菊咬筋停了扫帚，回转头来，一边回答，一边把客人让进堂屋。请他们坐了，又叫他堂客出来装烟、筛茶。他自己坐在他们的对面，噙着烟袋，心里在想，他们一定是来催买公债的，要不，就是为的合作化。

邓秀梅坐在上首的一挺竹凉床子上，仔细打量菊咬筋。她看出来，他就是她才入乡的那天路上碰到的那一个高个子农民。他相貌魁梧，英俊不在陈大春以下。年纪约莫三十五六了，鬓角的头发略微秃进去一些，眉毛浓黑而整齐，一双栗色的眼睛闪闪有神光，看人时，十分注意，微笑时，露出一口整齐微白的牙齿，手指粗大，指甲缝里夹着黑泥巴。跟清溪乡的一般的农民一样，他穿一件肩上有补疤的旧青布棉袄，腰上束条老蓝布围巾。“看样子，是个一天到黑，手脚不停的勤快的家伙。”邓秀梅心里暗想。

“无事不登三宝殿，这些人这样早来，究竟是为什么事呢？”菊咬筋也在运神。他的闪闪有光的眼睛不停地窥察对方，想从客人的脸色上，看出他们的来意。他想，要是为办社的事，顶好不要叫他们开口，免得费唇舌。他先发制人，笑着说道：

“清明胡子你来得好，正要找你。”

“找我干什么？报名入社吧？”机灵的盛清明好像猜透了他的心事一样，故意这样地逗他。

“不是。”菊咬筋连忙否认。近几天来，只有这件事，使他感到有点子紧张，但他脸上还是挂着镇定的微笑，接着说下去，“我们屋里来了一个客，是我们老驾的外孙。他家里是地主成分。现在他们还在后房里，鬼鬼祟祟，说悄悄话。”

正在这时候，屋里出来一个小后生，挑担装满干红薯藤子的戽谷箩[①]。他跟菊咬打招呼：

“舅爷，吵烦你老人家了。”

菊咬的继母，一位六十来岁的小脚老婆婆，从房里出来。她穿一件新青布罩褂，下边露出旧棉袄的破烂的边子。她颤颤波波，走到阶矶上，回头跟菊咬说声：“我走了。”就跟在外孙的背后，走到地坪里，菊咬的堂客和女儿，都在阶矶上，看着他们走。菊咬站起来，凝神注目把他外甥挑的戽谷箩看了一阵，转脸对盛清明说道：

“箩筐不轻，里边一定有家伙，我要去看看。”说完，他夹根烟袋，追了出去，盛清明怕他们出事，也跟去了。

邓秀梅走到王家灶门口，坐在灶脚下，一边帮菊咬筋堂客烧火煮饭，一边谈话。她问东问西，菊咬堂客心里不暖和，脸上还笑着，客客气气回答她的话。

谈了一阵，邓秀梅起身，说要看看他们喂的猪。她从灶门口走进杂屋，那里有座小谷仓，仓门板子关得严丝密缝的，上面吊把铁打的牛尾锁。她想，这就是盛清明讲起的那一把锁了。就是这东西，替菊咬筋管住了要紧的家当，把他继父气得坐了气喘病。她好奇地仔细看了这把黑黑的粗重的铁锁，没有钥匙，不要说是老人家，就是年轻的猛汉，也打不开的。她走进柴屋，发现那里码起好几十担干的和湿的丁块柴；走到灰屋，那里除了大堆草木灰以外，还有十担左右白石灰；走进猪栏屋，看见那间竹子搭的，素素净净的猪栏里关着两只一百多斤重的壮猪，还有一只架子猪。猪栏的竹

---

① 一箩能装二斗五升谷米的小箩筐。

柱子上，有张褪了色的红纸条，上面写着“血财兴旺”四个字。

菊咬筋的堂客和他的女儿，跟在邓秀梅背后。小姑娘噘起嘴巴，一声不响。她的身躯略胖的妈妈，也是问一句，答一句，显出不耐烦，但又无可如何的样子。

在这同时，老婆婆和她的外孙走到下边邻舍家门口，被菊咬赶上。

“姆妈，”他照女儿的口气叫他继母，“你老人家停一停，我有句话说。”

后生子把箩筐放下，姆妈子停了脚步，坐在邻家门槛上。几家邻舍的妇女和小孩都拥出来，围住他们看热闹。盛清明也赶上来了。

“要不要搜搜他们的箩筐？”菊咬悄悄地机密地跟盛清明商量。

“搜什么？”盛清明瞅他一眼问。

“箩里有家伙。”

“有家伙也不能搜，人家没犯法。”盛清明猜透了菊咬筋的假公济私的用意，坚决制止他。菊咬断定，那些干红薯藤下边，准有东西。存心想要怂恿治安主任揭开这秘密，好当人暴众，丢继母的丑。遭到盛清明的拒绝以后，他不甘心，站在那里，枯起眉毛，又心生一计，他走到老婆婆跟前，含笑问道：

“姆妈，你到妹妹那里，要住好久？”

“十天半月不一定。”胆小的老婆婆心里不高兴，嘴上还是不敢不回答。

“如今家家的口粮都有一定，你不带米去，人家如何供得起？你先不要走，我去借一斗米来，给你带去。”

左邻右舍，听到这席话，都觉得奇怪。他们晓得菊咬筋是个啬家子。去年，他家杀了一只猪，自留三腿肉，只肯拿出一腿来，卖给周围二十户人家。“这一回，他怎么变得这样慷慨，这样体贴别人了？”正在这时候，他掮了一撮箕白米，赶得来了。

“这一斗米，你老人家先拿去，不够，再带信来，我给你送。

快把红薯藤拿开，好倒米。”

“你放下吧，我自己来倒。”继母不肯当他的面拿开红薯藤。菊咬筋把撮箕搁在一边，一手用力把继母拂开，一手揭起红薯藤。他得意地笑了，招呼盛清明和左邻右舍说道：

“你们来看看，我们屋里出贼了。”

大家走拢去一看，箩筐里放着两个小白布袋子。菊咬筋解开袋子口，亮给大家看，一袋是荞麦，一袋是绿豆，还有约莫一斗粗糠子，垫在箩底。继母又是羞愧，又是气愤，半天说不出一句话来。菊咬站在一边，对人冷笑道：

“真是生成的，她明的要，我哪里有不给的呢？偏偏要这样，东摸一把，西拿一点。”

“绿豆、荞麦，都是我自己种、自己收的，几时变成你的了？”老婆婆隔了一阵，才声辩一句。

“糠呢？”菊咬筋轻巧地笑一笑问道。

“糠是你一个人的吗？”笨嘴笨舌的老婆婆又顶了一句，但也说不出更多的话来。

“好吧，好吧，不必再说了。”菊咬连忙说，“这米还是给你，我这个人是八月十五生的糍粑[①]心。”他指挥外甥：“你把糠归到一个箩筐里去，我好倒米。”

米倒进去，箩筐都收拾好了，老婆婆跟着挑担的外孙，又动身上路。菊咬站在人堆里，望着他继母渐渐远去的瘦削的、微弯的背脊，摇摇头说：

“唉，真是生成的。我们两公婆恨不得把心都掏出来给她，她的心里只有她的女。我们的粮食，她明拿暗盗，也不晓得运走多少了。”

“你的仓不是上了锁吗？”盛清明顶他一句。

---

① 糍粑：捣烂了的糯米饭做的粑粑，很软；这里是形容心软。

“外边也还有东西，糠就放在灶门口。”

“老王，我劈句直话，你不见怪好不好？”盛清明说。

“你讲吧。”

“她把一个家务给你了，如今到女屋里去，只拿点糠，你就说她是偷的，拿自己的东西，也算偷盗，世界上有这个理吗？”

“哪个说，她把什么家务给我了？她的家务在哪里？”

“在王家村。有两石田[1]，一个瓦屋，还有一座茶子山。”盛清明笑着给他开了一个大略的账目。

“她这些东西，我们要不来，早都卖光了，还等今天。”

“你凭什么，猜她会卖光？”

“田没得人作，她不会坐吃山空？”

“他们还是全靠你啰？”

“对不住。”

“你没占便宜？”

“当然没有。”

“那你当初为什么争着要立过来呢？”

“我争，是我一时糊涂了。认真摸实讲：不立过来，我就不会划一个中农。”

“这样说，你吃亏了？”

“是呀。”

“你说吃了亏，我把我分的田土山场，和那个茅屋子，跟你换一换，好不好？尽你一个人吃亏，我过意不去，我也吃点亏，住几年瓦屋，试一试看。”盛清明俏皮地说，旁边的人都笑了。

“好呀，那有什么不好呢？”菊咬红着脸，一边走开，一边这样说。

“慢点走，我要跟你去。”盛清明笑道。

---

① 一石田是六亩三分。

“你去做什么？”旁边一个后生子发问。

“去跟他换屋，免得尽他一个人吃亏，俗话说，吃得亏的是好人。”盛清明笑道。

“不要闹了，人家脸上泼满猪血了，还讲，他会来煞你了。”

菊咬掉转头走了，盛清明也真的跟在他背后，但他自然不是去换屋，而是去邀邓秀梅。到得王家村，正碰着邓秀梅走出了王家，两个人一块儿走了。

等他们一走，菊咬堂客就对菊咬大骂邓秀梅：

“晓得哪里来的野杂种？穿得男不男，女不女的，是样的东西都要瞅一瞅，不停地盘根究底：‘仓里有好多谷呀？猪有好重？牛的口嫩不嫩？’问个不住嘴，是来盘老子的家底子的么？婊子屙的鬼婆子！”

“这一家要耐烦地教育和发动，不能性急。”邓秀梅一边走，一边告诉盛清明，“你这方面，倒是要留神考察，看看他岳家对他是不是有一些影响。”

七　淑君

这些日子，每天晚上，邓秀梅跟李月辉分头掌握各种各样的会议，宣传和讨论农业合作化。这一天夜里，邓秀梅正在乡政府的厢房里主持妇女会，李主席不慌不忙从外边进来，悄悄告诉她，外乡又起谣言了。

“什么谣言？”邓秀梅低声地急问。

“说是鸡蛋鸭蛋要归公，堂客们都要搬到一起住。”

“盛清明晓得了吗？”

“他下去摸情况去了。”

邓秀梅默了默神，就从容地说：

“好吧。这事等等再商量。”

李主席才要走开，听见房间里有个姑娘叫：

“欢迎李主席参加我们的会议。”李月辉不看也晓得，说这话的，是盛淑君。他回转身子，满脸春风地问道：

“要我参加？我有资格加入你们半边天？”

“你怎么没有资格？你不是婆婆子吗？”盛淑君笑嘻嘻地说。

“这个细妹子，敢在太岁头上动土，调起我的皮来了，好，好，我去告诉个人去。”

“告诉哪个，我也不怕。”盛淑君偏起脑壳回复他。

“我晓得你哪一个都不怕，只怕那个武高武大的蛮家伙，名字叫做……我不说出口，你也猜到了，看啊，颈根都红了，你调皮，是角色，就不要红脸，有什么怕羞的呢？从古到今，哪个姑娘都要找个婆家的。”

李主席说完就走，盛淑君起身要追，被陈雪春拖住，低低劝她：“不要理这老不正经的。”李主席站在厢房的门口，没有听见雪春的小声的说话，只顾对盛淑君取笑：

“细妹子，不要得罪我，总有一天，你会求到我的名下的。晓得吗，人家叫我做月老，月老是做什么的？”

“吃糠的。”盛淑君噘起嘴巴说。

“好，好，骂得好恶，我一定会帮你的忙，一定会的，妹子放心吧。”在一大群姑娘的放怀的欢笑里，李月辉走了。厢房里，会议继续进行着。妇女主任把那屁股上有块浅蓝胎记的她的孩子，按照惯例，放在长长的会议桌子上，由他乱爬，自己站在桌子边，做了一个简短的报告，号召大家支持合作化。她说：做妈妈的要鼓励儿子报名参加，堂客们要规劝男人申请入社，老老少少，都不作兴扯后腿。她又说：姑娘们除开动员自己家里人，还要出来做宣传工作。

讨论的时节，婆婆子们通通坐在避风的、暖和的角落里，提着烘笼子，烤着手和脚。带崽婆都把嫩伢细崽带来了，有的解开棉袄的大襟，当人暴众在喂奶；有的哼起催眠歌，哄孩子睡觉。没带孩子的，就着灯光上鞋底，或者补衣服。只有那些红花姑娘非常快乐和放肆，顶爱凑热闹。她们挤挤夹夹坐在一块，往往一条板凳上，坐五六个，凳上坐不下，有的坐在同伴的腿上。她们互相依偎着，瞎闹着，听到一句有趣的，或是新奇的话，就会咻咻地笑个不住气。盛淑君是她们当中顶爱吵闹的一个，笑声也最高，妇女主任的报告也被她的尖声拉气的大笑打断了几回。

讨论完了，快要散会时，邓秀梅宣布，家里有事的妇女可以先走，姑娘们都要留下。她跟妇女主任商量一阵，宣布组织一个妇女宣传队，号召大家踊跃地参加。开头一阵，没有人做声，盛淑君只顾不停地咻咻地发笑。妇女主任说：

“盛淑君，你是吃了笑婆婆的尿吧？”接着，她又转身对大家说道：“你们不做声，都是怕割耳朵啵？”

妇女主任是军属，是个一本正经的女子，平常不轻于言笑，开会时，就是说点轻松话，惹得别人都笑了，自己也不露笑容，好像是在做政治报告一样。就像这时节，她说的怕割耳朵的这话，引得姑娘们又都笑了，淑君伏在雪春的肩上，笑得喘不过气来，这位主任还是板着脸，正正经经说：

“你们不报，我来点名了！盛淑君，你干不干？”

“我怕割耳朵。”盛淑君说完，俯身又笑了。

“那你不想参加了？”主任严肃地问她。

“哪个说的？我为什么不参加？”盛淑君这才忍住笑回道，“我要抢先报了名，慢点又说是爱出风头，搞个人突出。”

“这些牢骚，你跟陈大春发去，只有他讲过你这话。好吧，记下你的名字了，还有哪个报？”妇女主任问。

“还有陈雪春。”盛淑君连忙代答。

陈雪春是陈大春的妹妹，也是高小生，和盛淑君同过两年学，她们相好过，也做过“亲家”。“做亲家”是清溪乡的孩子们的特有的术语，那含义，就是不讲话。这两个做过“亲家”的姑娘近来好得没有疤。村里人都说，她们共脚穿裤，干什么都在一块。她们为什么会亲热得这样？有人推测，这和盛淑君的恋爱有关系，她爱这姑娘的哥哥，自然而然，跟她也亲了。

如今在妇女会上，两位姑娘手挽手，肩并肩，坐在板凳上。淑君替雪春报名的时候，这个才十五岁，有些早熟，脸色油黑的姑娘羞得连忙把脸藏在同伴的背后，有好一阵，不敢露出来，直到妇女主任记下第四个报名者的名字时，她才腼腼腆腆，抬起头来，把身子坐正。这时候，一个瘦小的姑娘声明自己不打算参加。

“为什么？”妇女主任问。

“不认得字。”

“不认得字，要什么紧？”邓秀梅接过来道，“我才参加工作时，斗大的字，认不到一担。”

“不识字，怎么好作宣传呢？”瘦姑娘又说。

“认得字的，写标语，不认得的贴标语。”邓秀梅笑道，“要怕贴倒了，叫一个人帮你看。”

大家笑了，盛淑君的笑声最响亮。

妇女主任推荐盛淑君做宣传队长。这个泼泼辣辣的姑娘听到这任命，兴奋得脸都红了，低下头来，没有做声。妇女主任没听到异议，宣布散会了，有些人动身要走。

“报了名的不要走。”盛淑君高声吆喝。

“新队长走马上任了。”正要离开厢房的邓秀梅对盛淑君笑笑。

“不要讥笑吧，我做得什么队长啊？还不是无牛捉了马耕田。”盛淑君说。

“你是一匹烈马子。”邓秀梅笑着走了。

宣传队的会议短促而热闹。姑娘们叽叽喳喳地讨论了一阵，研究了宣传的内容和方式。全队决定分两组，一组作宣传，用广播筒分头到各村山顶去唤话；一组写标语、编黑板报和门板报。

这以后的几天里，宣传队里的姑娘总是一绝早起来，三三五五，分散爬上各山头。在村鸡正叫，太阳还没有出来的灰暗的拂晓，清溪乡的所有的山岭上，都传出了用土喇叭扩大了的姑娘们的清脆嘹亮的嗓音。她们用简短有力的句子，宣传农业合作化的优越性，反复地说明小农经济经不起风吹雨打。不过几天，她们的喉咙都哑了。

盛淑君自己，天天鸡叫二遍就起床，在星光朦胧的阶矶上，拿起木梳，摸着梳了梳头发，扎好松散的辫子，就急急忙忙往山顶上跑。因为她起得最早，又闯惯了，总是一个人，不去邀同伴。她的妈妈向来是不管她的，看着女儿天天这样的横心，这样舍得干，有一天，跟邻舍谈起，她叹口气说：

“晓得吃了什么迷魂汤啰？”

“如今的妹子都了得！比起差不多的男人来，还要强一色。”一位邻舍的堂客当她妈妈夸奖她。

但在盛家的背后，说这话的这位堂客的口风又变了：

“一大群没有出阁的姑娘，天天没天光，就跑到山上，晓得搞的么子名堂啰？”

“都是淑妹子一个人带坏的，一粒老鼠屎，搞坏一锅粥。”另外一位邻舍堂客附和说。

“你不晓得这妹子的根基吗？一号藤子结一号瓜，没得错的。”

“会出绿戏的，你看吧！”

这些闲话，有些片断吹进盛淑君自己的耳朵里来了，但她不过笑一笑，照旧热情地工作，其余的姑娘，在她鼓舞下，也都冒着闲言的侮慢，一直不打退堂鼓。

有一天，离天亮还远，广阔无人的原野，只有星星在田里和塘里发出微弱的反光。盛淑君跟平素一样，手杆子下边夹着喇叭筒，踏着路边草上的白露，冒着南方冬夜的轻寒，往王家村的山顶上走去。山里还是墨漆大黑的，茂密的四季常青的杂木林，把星光遮了。茶子花的香气夹着落叶和腐草的沤味，随着微风，阵阵地送进人的鼻子里。

王家村是菊咬筋所在的村子，全村都落后。盛淑君把这当做宣传的重点，常常亲自来唤话。跟全队的别的姑娘们一样，盛淑君的喉咙也嘶了。

站在山顶一棵松树下，举起喇叭筒，正要呼唤时，盛淑君听到背后茅柴丛里有响动，不像是风，好像是野物，或是什么人。她吓一大跳，转身要跑，这时候，从她后边蹿出一个人，拦住了她的去路。

“不要怕，是我。”看见盛淑君吓得身子都发颤，手里的铅皮喇叭筒掉了，蹿出来的汉子这样说。

盛淑君没有做声。

“是我，不要怕。”汉子重复一句。

“你是哪一个？”心里稍稍镇定了，盛淑君恼怒地发问。

“我么？是熟人。”这男人笑嘻嘻地说。

在树木的枝叶的隙间漏下的星星的微亮里，盛淑君辨出，这人就是符贱庚，小名叫做符癞子的同村人。这个发现使她越发恼火了。她素来看这人不起，不是由于他的头上的癞子。他的癞其实早好了，脑门心里只剩几块铜钱大的癞子疤，留起长头发，再加上毡帽，是一点也看不出破绽来的。但他起小不争气，解放以后，照样不长进，别人都是人穷志不穷，只有他是人穷志气短。他常常跟在富裕户子的屁股后头跑，并且还偷偷借过富农曹连喜的钱。人都讨厌他，符癞子小名以外，还给他起了个外号，叫做竹脑壳，一叫出去，就传开了，贱庚的本名，倒少有人叫了。贱庚这名字，本是妈妈心疼，怕他不长命，给他起的。这名字里头包含了母亲的好多慈爱啊！而符癞子、竹脑壳的小名呢？唉，听起来，真有点叫人伤心。有了这名号，他找对象，碰到了不少的阻碍。他错过了村里一般后生子的标准的成家的年纪。今年满二十五了，还是进门一把火，出门一把锁。他父母双亡，没有兄弟和姐妹，也没有一个真心为他着想的朋友给他当一当军师，出一点主意。他自己又口口声声，说要娶个标致的姑娘。墨水[①]差点的，还看不上。这一回，他找到了全乡头朵鲜花名下了，用的又是这样不算温柔，效力堪疑的手段。他想借这突击的办法，不凭情感的交流，来赢得一位十分漂亮的、没有出阁的姑娘的心意。

符癞子走拢一步，抬起手来，想要施展粗蛮手段了。情势危急，深山冬夜，空寂无人，山下人家又隔得很远。盛淑君心里想道：在这样的地方，这样的时候，纵令是叫得人应，也来不及援助她了。心里一转念，她装成和气的样子，用嘶哑的喉咙跟他说道：

“让开路，隆更半夜，这是做什么？”

符贱庚挨她很近地站着，笑嘻嘻地说：

“等你好多天数了。”

盛淑君移步要走。符贱庚又把她拦住，说道：

“想走吗？那不行。”

“你要怎么样？”盛淑君昂起脑壳问，心脏还是怦怦地跳动。

“等你好多天数了。你起好早，我也起好早。我注意了，有时你到这里来，有时也到别的山上去，今早我等到手了。”

“你要怎么样？”盛淑君气得说不出别的话来，重复地质问。

“要你答应一句话。”符贱庚伸手要拉这姑娘的手。她脸模子热得发烫，把手一甩，警告他道：

“你放规矩点，不要这样触手动脚的。”

使符贱庚这样癫狂的这位姑娘的面庞很俏丽，体质也健康，有点微微发胖的趋势。她胸脯丰满，但又没有破坏体态的轻匀。在家里，因父亲去世，母亲又不严，她养成了一个无拘无束、随便放达

---

① 墨水：颜色。

的性子。在学校里，在农村里，她像一匹脱缰的野马，欢蹦乱跳，举止轻捷。她的高声的谈吐，放肆的笑闹，早已使得村里的婆婆子们侧目和私议。“笑莫露齿，话莫高声”的古老的闺训，被她撕得粉碎了。她的爱笑的毛病引动了村里许多不安本分的后生子的痴心与妄想。他们错误地认为她是容易亲近，不难到手的。符癞子也是怀着这种想法的男子中间的一个。因为已经到了十分成熟的年龄，他比别人未免更性急一些。

符癞子本来是个没得主张，意志薄弱的人物。在爱情上，他极不专一。村里所有漂亮的，以及稍微标致的姑娘，他都挨着个儿倾慕过。秋丝瓜的妹妹张桂贞，一般人叫她做贞满姑娘的，没出阁以前，也是符癞子的垂涎的对象。她生得脸容端丽，体态苗条，嫁给刘雨生以后，符癞子对她并没有死心，路上碰到她，还是要想方设法跟她说说话，周旋一阵子。

在乡里所有的姑娘里，符癞子看得最高贵，想得顶多的，要算盛淑君。在他的眼里，盛淑君是世上头等的美女，无论脸模子、衣架子，全乡的女子，没有比得上她的。事实也正是这样。追求她的，村里自然不止符癞子一人，但他是最疯狂、顶痴心的一个。平常在乡政府开会的时候，他总是坐在盛淑君的对面，或是近边。一有机会，就要设法跟她说一两句话。这姑娘虽说带理不理，但是她的爱笑的脾气又不断地鼓励着他，使他前进，使他的胆子一天比一天大了起来，终于在今晚到山里来邀劫她了。他没考虑过，这位姑娘的心上早已有人了，也没有想过，盛淑君是这样的女子：在外表上，她继承了母亲的美貌和活泼；在心性上，却又秉承了父亲的纯朴和专诚；她的由于这种纯朴和专诚派生出来的真情，已经全部放在一个人的身上了。有关这些，符癞子是一点消息也没摸得到手的。他是正如俗话所说的：“蒙在鼓里”了。

盛淑君急着要脱身，温婉地对他说道：

“你这是做什么呢？这像什么？放我走吧，我们有话慢慢好商量。”接着，她又坚定地威胁他道：“你要这样，我就叫起来。”

听到这话，符癞子把路让开了。他不是怕她叫唤，而是怕把事情闹得太僵，往后更没有希望。盛淑君趁机往山下跑了。

“你说，有话慢慢好商量，我们几时再谈呢？”符癞子追上她来问。

“随你。”盛淑君一边往山坡下奔跑，一边随便回答他。

“在哪里？到你家里去？”符癞子又追上来问。

盛淑君没有回答，符贱庚又说：

“你不答应，好吧，看你散得工。我要去吵开，说你约我到山里，见了面。叫你妈妈听见了，抽你的筋，揭你的皮。”

盛淑君听了这话，心里一怔。她感到了惶恐，但不是怕她妈妈。她是担心符癞子首先把事情吵开，又添醋加油，把真相歪曲，引起她所看中的人的难以解释的误会。默一默神，想定了一个主意，她停住脚步，转身对着符癞子，装作温婉地说道：

“这样好吧，明天你到这里来等我。”

“真的吗？你不诒试我？”符癞子喜出望外，蹦跳起来，连忙问道，“这个原地方？”

“这株松树下。”

“好的。什么时候？”

“也在这个时候吧。”盛淑君说完这句，转身就走。天渐渐露明，山脚下，传来了什么人的赶牛的声音，符癞子没有再来追逼她。他站在山上，痴呆地想着明天，想着她所亲口约会的吉祥如意的明夜。盛淑君走到估计对方再也追不上了的距离，就扯开脚步，放肆跑了。她跑得那样快，一条青布夹裤子被山路上的刺蓬挂破了几块。她一口气跑回了家里，走进自己的房间，闩上房门，困在铺上，拿被窝蒙头盖住了身子，伤心地哭了，低低地，房外听不出一丁点儿声息。妈妈向来不管她。她每天黑早，跑出去又走回来，去做宣传，总是累得个要死，总要在房间里歇一阵子气，她看惯了，不以为奇。今天她以为又是跟往常一样。女儿没有带喇叭筒回来，她没有介意。

低低地哭泣一阵，盛淑君心里想起，这事如果真的由符癞子吵开，传到陈大春的耳朵里，可能影响他们的关系。想到这里，她连忙坐起，扎好辫子，脸也不洗，饭也不吃，又跑出去了。她找到了陈雪春。

“何的哪？哭了？看你眼睛都肿了。”陈雪春诧异地问。盛淑君把这件事，一五一十都说了。

“家伙，真坏。”陈雪春骂符癞子。

“我想给他点颜色，你看呢？”盛淑君说。心的深处，她有故意在爱人的妹妹跟前漂白自己的意思。

两位姑娘咬一阵耳朵，盛淑君恢复了轻松的情绪，人们又能听到她的笑声了。她们两个人，当天晚上，写完黑板报以后，又在宣传队里找到几个淘气的姑娘，讲了一阵悄悄话，内容绝密，旁的人无从知晓。

符癞子有事在心，彻夜没合眼。第二天，鸡叫头一回，他翻身起床，洗了手脸，旧青布棉袄上加了一件新的青斜纹布罩褂，毡帽也拍掉了灰尘，端端正正戴在脑顶上。他收拾停当，把门锁好，一径往王家村的树山里走去。在微弱的星光下，他进了山，摸到了这株约好的松树的下边。他站在那里，边等边想：“该不会是捉弄人吧？不来，就到她家里去找，把事情吵开。”

鸡叫三回，天粉粉亮了。符癞子东张西望，竹木稠密的山林里，四围看不见人影。他抬起头来，从树枝的空隙里，望望天空，启明星已经由金黄变得煞白。青亮的黎明，蒙着白雾织成的轻柔的面网，来到山村了。野鸟发出了各色各样的啼声，山下人声嘈杂了。符癞子感到失望，深深叹口气，准备下山了。正在迈开脚步时，毡帽顶上挨了一下子，是颗松球子。打得不痛，但吃了一惊。他抬起头来，脸上，额上，又挨了两下，这倒有点痛。接着，松球子和泥团骨，像一阵骤雨，从周围所有的树木上倾泻下来。他的头上，额上，脸上和肩上，都挨了几下，有一颗松球击中了右眼，打出眼泪了。他护住眼睛，慌忙跑开，并且边跑边骂道：

“树上是哪里来的野杂种？我㖠你的妈妈。”符癞子嘴巴素来不文明，这回恼了火，越发口出粗言了。

回答他的，不是言语，又是一阵雨点似的松球子和泥团骨。他冒大火了，弯下腰去捡石头，打算回敬树上的人们。天大亮了，树上的一位姑娘，扯起嘶喉咙，对他叫道：

“要用石头吗？你先看看我们手里是什么？我们提防了你这一手的。”符癞子抬头一望，薄明的晨光里，他看得清清楚楚，说这话的，是盛淑君，正是他所眷恋，他所等待的姑娘。这个可怕的发现，使得他心灰意冷，手也瘫软了，好大一阵，没有做声。盛淑君骑在松树枝枝上，笑嘻嘻地从衣袋子里抓出一大把石头，亮给他看。“我们在树上，你在下面，要动手，就请吧，看哪个吃亏？”

符癞子看见周围的松树杈杈上，都骑得有人，这些姑娘手里都拿了石头、松球和泥块，只要他动手挑衅，他的脑壳上就会砸几个小洞。他只得抛下手里的石头，忍气吞声，往山下走了。姑娘们听到他边走边说：

“打得好，打得好，我去告诉去。”

树上的人一齐大笑了，没等符癞子走远，她们同声朗诵道：

“癞子壳，炖猪脚，两圈碗，三蒸钵。”

以盛淑君为首的姑娘们的这宗顽皮的事件，不久传遍了全乡。乡里的人们有骂符癞子的，也有怪盛淑君的：

“打得好，要得！哪个叫他去调戏人家的红花室女？”

“盛家里的那个妹子也不是好货。她要自己站得正，别人家敢么？”

“对的呀，妈妈是那样的妈妈。”

陈大春听见了传闻，十分生气。他是正经人，但有时也不免略带迂腐。对己对人，他都严格。他的性情脾气跟盛淑君恰好相反。盛淑君聪明活泼，他戆直古板；盛淑君爱笑爱闹，他认真严肃，打扑克都正正经经，输了硬生气，赢了真欢喜。他办事公道，脾气却大，一惹发了，拍桌打椅，父母都不认。村里的年轻人，青年团员们，都敬重他，但也畏惧他。自然，谁人背后无人说？就是他这样的人，也是有人议论的。有个追求盛淑君的后生子说他实行家长制，动不动骂人。后生子发问："哪一个是该他骂的呀？"但就是这些背后议论他的人，当了面，也都不敢奈何他。陈大春没有一点把柄，没有任何见不得人的阴暗的东西，一脸正气，工作舍得干，劳动又当先，不怕他的，也都不能不服他。

爱笑爱闹的盛淑君一见了他，又是欢喜，又是害怕。她觉得一个男子，应该是这样，有刚性，有威严，心里有主意。糯米粑粑，竹脑壳，她都看不起。村里好多青皮后生子都在追求她，她不介意，这位团支书却有一种不能抵挡的内在的力量，吸引着她，使她一见面，就要脸红，心跳，显出又惊又喜，蛮不自然的样子。

姑娘们用松球子和泥团骨警告了符贱庚的当天的上午，在乡政府门外，陈大春碰到了盛淑君。

"你跟我来，有句话问你。"他鼓眼怒睛，对她这样说。

她晓得是为符贱庚的事，想不去，又不敢违拗。她胆怯地跟在他背后，进了乡政府。陈大春三步两脚跨进会议室，坐在桌边一把靠手椅子上。盛淑君慢慢走进来，站在他对面，不敢落座，他也没有叫她坐。这阵势，好像是他审犯人一样。

"做的好事，搞的好名堂，我都晓得了。"他粗声地说。

盛淑君低着脑壳，两手卷着辫子尖，没有做声。

"你为什么要打符贱庚？"

"没有打他。只不过稍微警告了他一下。他太没得名堂了，他……"盛淑君低着脑壳，打算再声辩几句。

"没有打？人家为什么告你？"陈大春打断她的话。

盛淑君不停地卷着辫子尖，卷起又放开，放开又卷起，没有做声。

“说呀！”陈大春催促。

“你不晓得，他好可鄙，他破坏我们的宣传。”

“他怎么破坏？造了谣言吗？”

“那倒没有，不过他太没名堂，尽欺侮人。”

“他欺侮哪个？怎样欺侮？”

盛淑君心想，这详情，怎么好说出口呢？尤其是在这样古板的人的跟前。

“说呀。”陈大春催她。

“问你的妹妹去吧，她都晓得。”盛淑君被迫得急了，只好这样说。

“问她，她还不是包庇你。你们两个人的鬼把戏，我都晓得了。你这样调皮，这样不成器，一点也不顾及群众影响，还想入团呢，哼！”陈大春用粗大的右手在桌面上只轻轻一放，就拍出了不小的声响，“放心吧，团不会要你的。”

陈大春说完这话，站起身来，大步走出了房间。盛淑君听了他最后的话，心里着急了，连忙转身，跑出房间，扯起她的嘶哑的喉咙，慌忙叫道：

“团支书，大春同志，大春！”

陈大春出了大门，头也不回地走了。盛淑君跑到大门口，浑身无力地靠在石门框子上，望着他那越走越远的背影，在那里出神。

“淑妹子，你在想什么？”

盛淑君抬头一看，问这话的，是李主席。他走近门来，笑嘻嘻地跟她又说：

“你在想哪个？告诉我吧。我给你做媒。怕什么？你不是很开通的吗？是不是在想符贱庚？”

“只有李主席，爱讲俗话子。”盛淑君把脸一扭，正要跑开，李主席又笑着说道：

“不要发气，我是故意逗起你耍的。我早就猜到你的心事了。”

“人家又不准我入团了，李主席。”盛淑君枯起眉毛说。

“哪一个？陈大春？这你放心，不能由他。只要你安安心心，把工作做好，把这回合作化宣传搞得漂亮些，创造了条件，他也不会反对的。”李主席牵着盛淑君的手，走进享堂，边走边说。讲到下面这几句，他把嗓音压得低低的，故作机密地说：“至于你们两个人的那宗事，我教你个窍门：去找两个人，请他们帮帮你的忙。”

盛淑君转过脸来，瞅住李主席，没有好意思开口，但眼神好像在问：“是哪两个人？”

“近来他听这两人的话：一是邓秀梅，一是刘雨生，你找找他们，把心事坦白他们听一听。”

“我有什么心事呢？”盛淑君满脸飞红地抵赖。

“没有心事？哈哈，对不起，那我算是多嘴了。”李主席笑着要走开。

“李主席……”盛淑君叫他一声，有话要说，又怕说似的。

“什么？你也学得吞吞吐吐了？有心事又不丢脸。每一个男子，每一位姑娘，都有自己必要的合理合法的心事。好吧，你要是怕说，包在我身上，我去替你讲。安心工作，我包你称心如意。”

“李主席，我不懂得你这是什么意思。”盛淑君低着脑壳说。

“不懂，为什么脸红？脸红就说明懂了。”

这时有人来找李主席，把他们的谈话岔开了。盛淑君回家去了。

差不多在这同一个时刻，符癞子到了秋丝瓜家里。自从在联组会上吵过架以后，秋丝瓜越发看重符癞子，符癞子也把秋丝瓜当做好心的知己，凡百事情，都向他倾吐。现在，他坐在张家茅屋的堂屋门槛上，把他挨了打的这一段公案，一五一十告诉秋丝瓜。

“我看算了吧，老弟，不是姻缘，霸蛮是空的。”秋丝瓜一边用手搓草索，一边这样地劝他。

“心里总有一点舍不得。”符癞子弓起腰杆，低着脑壳，用右手的食指在泥巴筑的地面上乱划，一边这样说。

“你舍不得什么？她的相貌呢，还是她的情分？”秋丝瓜抬头问他。

“自然是相貌。”符癞子想起了山里的松球子，觉得不好谈情分。

“论相貌，她也不过是平常。”秋丝瓜说。

“这话你就说得不公平。”

“就是有一点墨水，你的名下也没得份了，你不晓得么？她看上陈大春了。”

符癞子一听这话，好像闻到了一个炸雷。他抬起头来，呆了半天，才开口问道：

“你这话是听哪一个说的？”

“都晓得了，只有你一个人蒙在鼓肚里。”

“造谣，你这个家伙，只想打断我们的关系，好叫我爱你的老妹。”符癞子听见盛淑君心里有人，发了疯了，说出来的话，牛都踩不烂。

“这话混账不混账？我好心好意告诉你，你反来咬我。哪一个要你爱我的老妹？自己不去照一照镜子，我的老妹再不值钱，也不会爱你这个没得出息的家伙。”秋丝瓜发了火了。

符癞子不愿得罪秋丝瓜。他已经晓得，秋丝瓜的妹妹早要跟刘雨生一刀两断。对这一位也还标致的，自己从前爱过的人，他没有完全死心。就不再做声，只低头划地。看风使舵，秋丝瓜的口吻随即也变温和了：

“你不应该把盛家里的妹子看得太起了，你不晓得她的妈妈吗？”

“她不像她妈。”符癞子为她辩白。

“她本人的那个样子，也就够了。你看她走起路来的那个轻狂的样子。什么好货！”秋丝瓜竭力诋毁盛淑君。

“我就喜欢她，总觉得她好。”

“老弟，你的心事，我都明白的。这几年，你看上的人，说少一点，也有这个数。”秋丝瓜伸出右手的五指，笑了。

符癞子没有做声。这是实情，他不好否认，只听秋丝瓜又说：

“我晓得，现在你只喜欢她，不过她不喜欢你，又有什么法子呢？好好想一想，想开一点，就会觉得她也不过是那样。你年纪轻轻，成分蛮好，劳力又强，有了青山，还怕没得柴砍吗？”

几句米汤，灌得符癞子舒服透了，觉得秋丝瓜实在是个数一数二的好人。但他心里还是十分怀念盛淑君。回家的路上，看见山边边上落了好多松球子，他不但没有不快的感觉，反而有种清甜的情味涌到心上来。盛淑君的手拿起松球打过他。重要的是她的那双胖胖的小手，至于松球子，却是无关轻重的。而且，她为什么不拿石头，偏偏拣了这些松泡泡的松球子来打呢？可见她很体贴他。这不叫体贴，又是什么呢？想到这里，他得意地笑了。得意了一路，忽然之间，想起陈大春，他的心又痛起来了。

“有了青山，还怕没得柴砍么？”快近家门时，他想起了秋丝瓜的这句知心话。他的心里，又在品评村里所有的姑娘了，不过这一回，他把嫁过人、正闹离婚的贞满姑娘张桂贞也包括在内。

八　深入

听了李主席的话，盛淑君和她带领的宣传队更为活跃了。同往常一样，每天天不亮，盛淑君穿双旧青布鞋子，踏着草上的露水，到山里去。不过在符癞子事件以后，她天天邀一个同伴，或是陈雪春，或是别的细妹子，跟着一起走。

这一天清早，盛淑君和陈雪春，手杆子下边夹着喇叭筒，手掌笼在袖筒里，从山上下来。在田塍路上，她们碰到了邓秀梅。

“秀梅姐姐，你早。”

“你们辛苦了。”邓秀梅拍拍盛淑君的肩膀说，“不过，我要向你建个议，你们的宣传方式要多样一些，而且应该深入到一些落后的家庭里去。”

盛淑君和她的女伴当天写了两百张标语。第二天，她们把一部分标语，贴在路口的石崖上，山边的竹木上。另一部分贴在落后的王家村的各个屋场的墙壁上，门窗上，和别的可以张贴的地方。

宣传队和清溪乡的小学合作排了几出小小的新戏，准备在各村演出。

这几天来，菊咬筋心里十分不安。他日里照样出工，晚上翻来覆去睡不着。每天清早，听到盛淑君的话以后，他总要苦恼地思量一阵。要是大家入了社，一个人不入，他怕人笑骂，怕将来买不到肥料，又怕水路被社里隔断；要是入呢，他生怕吃亏。耕牛农具，一套肃齐，万事不求人，为什么要跟人家搁伙呢？在他看来，贫农都是懒家伙，他们入社，一心只想占人家的便宜。他跟别人伙喂的黄牯要牵进社里，放足了肥料的上好的陈田也要跟人家的瘦田搞一起。“这明明是个吃亏的路径，我为什么要当黑猪子呢？”他这样想。

一连几夜没睡好，他茶饭不思，掉了一身肉。这天清早，他到猪栏屋里去喂猪，看见猪栏一根竹柱上，原来贴着“血财兴旺”的地方，盖了一张翡绿的油光纸，上面写着“三人一条心，黄土变成金，参加农业社，大家同上升”的字样。他一看完，心里火起，走上去把它撕了，回到房间里，问他堂客道：

“这张挥子是哪个贴的？”

“大概是那班细妹子吧？我没介意。”堂客回答他。

“你是蠢猪呀？为什么叫她们进来？”

“你挡得住？”

“几时贴的？”

“昨天，你砍树去了。总只记得你那几根树，不砍，会跑掉吗？”

"你晓得什么？她们来了几个人？"

"来了一大群，为首的是盛家里的淑妹子。"

"骚到我家里来了，她说了些什么？"

"她坐在灶脚底下，花言巧语，说一大套。左一声'嫂嫂'，右一声'嫂嫂'，又说小龙什么的，怕风吹雨打。小龙不就是蛇吗？蛇怕什么风吹雨打啊？"

"我说你糊涂，话都听不懂。她说的定是小农经济，怕风吹雨打。还说了些什么？"

"还说了好多。原来，她这用的是计策，是盘住我，好让别的女子到猪栏屋里去贴这鬼标语。"

菊咬筋没有做声。他掮把锄头，打算到田里去看水，去塞越口，这是他的老习惯，吃早饭以前，先做一点零碎事。一打开大门，他又生气了。双幅门上的两张花花绿绿的财神上也蒙上了两张红纸，上边写着：

听毛主席的话

走合作化的路

菊咬放下锄头来，动手撕标语，因为手打战，标语又贴得绷紧，他撕不起来，就转身回家，不去看水了。整整这一天，菊咬筋心灰意冷，不想做功夫，拿根旱烟袋，提只烘笼子，坐在阶矶上面晒太阳。这在他是少有的。他这正在上升的中农是一个勤快的角色，就是雨天，也要寻事做，砻米，筛糠，打草鞋，手脚一刻也不停。这时节，他懒心懒意，什么也无心去干了。到下午，远远地，忽然传来一阵锣鼓声和拍手声。他夹根烟袋，循声走到乡政府。只见乡政府的草坪里，两个草垛子中间，围着好多人。清溪乡小学的师生，跟盛淑君的宣传队一起，正在演出秧歌戏。有个小学生扮个不肯入社的中农，在场子上，一边扭动，一边独白自己的心事，说他的崽女亲戚都入了社，连堂客也吵着要入。“天哪，我怎么办？”那个扮演中农的孩子，仰起脑壳，枯起眉毛，手掌拍拍额头说，“我怎么办啊？入呢，明明是我要吃眼前亏；不入呢，又怕从今以后，买不到大粪，石灰，也请不到零工子了。土地老倌，财神菩萨，你给信民指一条路吧。”

观众都笑了，小孩子都拍手喝彩。菊咬站在人群里，不笑，也不说什么。他的身边有两个人闲谈：“你看他扮的是哪个？”“你看呢？”菊咬好像看见他们的眼睛都盯在自己的身上。“混账！”他心里骂了一声，转身挤出了人丛。“是哪一个家伙编的？拿我开心了。”

“菊满满[①]，你老人家也来看戏了？”菊咬筋抬头一看，他的面前站着一个年轻人，小学教员，他的堂侄。

“你的意思是说，我不配来看么？”菊咬筋近来很有些神经过敏，气也大了。

“不是，你老人家说哪里的话？”教员赔笑说，“我是说，你老人家轻易不得空，今天怎么有工夫来了？怎么样，我们的戏演得如何，那个中农像不像？”

“像哪个？”菊咬筋又过敏地忙问。

“像不像一个不肯入社的中农？”

“你问我，我哪里晓得？”菊咬筋正要走开，心里又想起，正要向他打听一件事，就笑着说：“你来，问你一件事。”

两个人走到草垛子边头，坐在一捆稻草上，菊咬又问：

“如今村里要办农业社，单干怕不行了吧？”

“入社自愿，不愿入的，单干也行。”

“真的吗？你听哪一个说的？”

“报上讲得很明白。”

“你不诒试我？”

---

① 满满是叔叔的昵称。

“只有菊满满说的是，我诒试你做什么呢？”

“入社既然凭自愿，那他们到我屋里去宣传做什么呢？”

“你有不入社的自由，别人也有宣传入社的自由，都是自由的。”

“你看还能单干几年呀？”

“你愿意单干多少年，就是多少年。不过，菊满满，我劝你还是入社好些，早入早好，早养崽，早享福，迟养崽，迟享福。”

“你也来宣传我了？”

“我这不算是宣传，你是我叔叔，我说的是心里的话。”

“你们都是一鼻孔出气。我们村里组都办不好，还办社呢。公众堂屋没人扫，无怪其然。”

“菊满满，你不入，将来会要吃亏的。”

“吃什么亏？”

“外乡办的社，人多力量大，都插了双季稻了。”

“不入也好插。”

“双季稻是两季工夫，挤在一起，要抢火色的，你一个人忙得过来？人家入了社，你零工子都请不到手了。”

菊咬怕的是这点，但是他单干的心，没有动摇。他和堂侄作别了，回到家里，越发地愁眉不展。当天夜里，睡到半夜，他说梦话：“请不到零工子了，看你如何抢火色？”堂客把他推醒来。他翻一个身，一只脚踢着了他的小女儿，她醒来哭了。他爬起来，给她一个嘴巴子，小女子号啕大哭。堂客骂道：

“你要死了，为什么要拿她出气？”

菊咬一夜没有睡得好，一听鸡叫，就爬起来，浑身嫩软的，要挪懒动，他想歇天气，但他是个闲不住的人。不等吃早饭，他拿一把开山子，盘算进山去砍树。走到他的山和面胡的山搭界的地方，看见自己的山的进口有根竹子上，贴了一张长长的粉红油光纸标语，他走上去，看完上面的字句，气得举起斧头来，几下子把竹子砍了。

"老菊，"背后有个人叫他。他回转头，看是陈大春。这个大块片青年责问他道："你为什么要把这根贴了标语的竹子砍了？"

"自己的竹子，自己不能砍？"

大春蹲到砍倒的竹子的旁边，把标语揭下，扯根细藤条，绑在面胡山里的一根竹子上，标语上的字句正对着菊咬筋这边山里：

农业社，真正好，村村插起双季稻，割得快，收得早，单干户子气死了。

字体有点歪歪斜斜的，架子都不稳，但是不俗气。大春认得，这是盛淑君的手笔。"写个标语，都比别人不同些。"他一边不无情意地这样想着，一边离开了菊咬。

这时候，从王家村的山顶上，喇叭筒传来一个女子的嘶喉咙。她告诉大家，乡政府今天登记入社的农户，大家赶快去申请。

九　申请

在清早的风里，听到盛淑君的宣传队号召申请，亭面胡对他二崽下了一道紧急的命令，要他写个申请书。大家已经熟悉了，面胡在家里，对他的崽女，向来都以命令行事的。当时，他说：

"文伢子，过来，快给老子写一张禀帖。"

他儿子遵照他的命令以前，照例必须由婆婆用和软的口气，小声地做一番恳切的动员：

"文子，你去吧，听妈妈的话，"说到这里，声音更低沉，生怕那位发号施令的家主听见了，"去帮你爸爸写写。"

这一天是星期日。盛学文坐在阶矶上的一把竹椅子上，正在替他一位同学扎个扫帚。他眼尖手巧，是村里扎扫帚的能手。听到爸爸的吩咐，他没有动身，还是低着头，在捆扎竹枝。听了妈妈的话，他才丢下手里的活，站起身来，伸了个懒腰，走进房间，从书桌抽屉里，找出一张褪了色的旧红纸。他走到爸爸房间里，坐在窗前桌子边，提笔伸纸，问他爸爸：

“你说，写些什么吧？”

“你这样写，”亭面胡仰脸睡在藤椅上，吧了一口烟，默了一默神，才慢慢地说，“你写。邓同志，李主席：我屋里开了一个家庭会。我本人跟我的崽女都愿意入社，只有婆婆开头有点想不开。”

“照这样写吗？”中学生问。

“照这样写。”

“太啰嗦了，不像申请。我不写。”

“你写不写？你这个鬼崽子，唧了几年牛屁眼[1]，连老子的话都不听了？这号书有么子读手？还不如干脆，回来住农业大学算了。”

“文子，照你爸爸念的写吧。”盛妈在隔壁房里，没有听清面胡说的话，只顾劝她儿子写。她怕老倌子动气，真的吵着不让儿子读书了。

“好，你说下去吧。”中学生无可奈何，伏在案上，装作在写的样子。亭面胡继续说道：

“我婆婆讲：‘搭帮共产党，好不容易分了几丘田，还没作得热，又要归公了？’我开导她说：‘这不叫归公，这叫入社。我问你，我们单干了一世，发财没有？还不是年年是个现路子，今年指望明年好，明年还是一件破棉袄。’她一默神，晓得我说的确是实情，就不做声了……”

盛学文伏在桌上，只是暗笑。他心里讥讽：“啰啰嗦嗦一大篇，这算什么申请呀？”但他顺着妈妈的意思，没有反驳，还是装作在写的样子，却没有落笔。亭面胡并不介意，只顾继续说他的：

---

① 唧了几年牛屁眼：读了几年书。

“我婆婆又问：‘田土都交出，不留一丘吗？’我说：‘当然，一入，都入，留一丘，你来作吗？我是不作的，入一点，留一点，脚踏两边船，我不干。’她又问我：‘田塍路呢，也都入吗？我们到哪里去秧豆角子、绿豆子呢？’我说：‘社里会一总安排。’我们两公婆，足足扯了一通宵。到天光时，她思想才通。如今，我报告各位，我们一家五口，真正做到了口愿，心愿，人人愿，全家愿。我请求入社。”

亭面胡说到这里，起身到灶屋里去点火抽烟。吧着烟袋回来时，他问二崽：

“写熨帖了吗？念给我听听。”

这一回，可是将了中学生的军了。爸爸的这一大篇啰嗦话，他并没有写，只在红帖上，简简单单，作了下边这样的几句文章：

“邓同志，李主席：我们开了一个家庭会，全家五口，都愿入社，做到了口愿，心愿，人人愿，全家愿，兹特郑重申请，恳予登记为盼。清溪乡上村农户盛佑亭签署。”

尾巴上的“签署”两个字，是他从报上公布的许多外交协定书上学来的。用在这里，他觉得冠冕堂皇，恰当极了。

爸爸讲的那一大篇话，他记不清了，如今要他念，如何背得出？他心里打好了退一步的稳主意：要是背不出，就给爸爸来一个批评，反守为攻，把不是推到老驾自己的身上。正在这时候，住在西头屋里的他二叔来了。盛佐亭一跨进门，就问面胡：

“大老倌，写了申请吗？”

“写了。你呢？”面胡回问。

脸色焦黄，常唤腰痛的二老倌点了点头。老两兄弟，一个仰在藤椅上，一个靠在竹椅上，扯起长棉线，谈家务讲了。盛学文乘机说道：

“爸爸，申请书我封起来了。”

“找个红纸封，封得紧一点。”亭面胡不介意地说。

盛学文从抽屉里的乱纸堆里，找出一个褪了色的红信套。他记得，这东西本来是给他姐姐送庚帖用的，后来不知怎么样，没有用上。中学生在封套上写了这样几个字：

送呈 邓同志
李主席 台启

把申请书纳入封套里，中学生跑进灶屋，用手指从饭甑里挖出一团软软的甑边饭，把信套牢牢地粘住。这样，亭面胡没有晓得，他所口授的那段精彩动人的陈述，根本没有写在申请上。

亭面胡特意换了一件半新不旧的大襟青布罩褂子，怀里塞着申请书，跟他的兄弟一起，往乡政府走去。盛学文担心申请书的秘密被揭穿，也跟了去，相机掩护。一路之上，面胡和佐亭互相剖析着心事。

“这一入了社，我就不怕没有饭吃了。”亭面胡十分放心。

“只怕龙多旱，人多乱，反为不美。”佐二爷有点怀疑。

“人多力量大，哪里会搞不好呢？”同样的情况，得出了两样的结论。

“还是这些田，还是这些人来作，泥色一样，水利、阳光、风向，也都不会变，凭什么搞得好些？”佐二爷还是疑心。

“人一多，功夫可加细，又有力量多插两季稻。看，那边来了一群人，怕莫都是申请入社的？我们正好，不在人前，不落人后。”

他们来到乡政府，只见大门口熙来攘往，好像做喜事，热闹非常。人们有的手执红帖子，有的拿着土地证，还有个家伙，不知为什么，掮张犁来了。

“你把这张破犁掮来做么子？”亭面胡问他。

“我不晓得写申请，拿了这个来表表我的心。”掮犁的人说。

亭面胡他们挤进会议室，看见邓秀梅和李主席坐在桌子边，面对着房门。桌子上，小钟边，摆了一叠五颜六色的纸张，还有几张道林纸印的土地证。

这时候，厢房门口出现一个单瘦微驼的老倌子。他戳根拐棍，颤颤波波，走了进来。他胡须花白，手指上留着长指甲，身上穿件破旧的青缎子袍子，外套一件藏青哔叽马褂子，因年深月久，颜色变红，襟边袖口，都磨破了。李主席看见他走进房间，站起来和他招呼，又把自己坐的红漆高凳让出一截来，请他坐下。邓秀梅看见这人和农民不同，李主席对他又这样亲近，心里正在想："他是什么人？"

"他是我的发蒙的老师，李槐卿先生。"李主席好像猜到了邓秀梅心里的疑惑一样，连忙介绍。接着，他又附在她的耳朵边，悄悄地说："他是个小土地出租者，儿子是区上的仓库主任，听说入党了。"

李槐卿起身，双手捧着申请书和土地证，恭恭敬敬递送上来。李主席接着一看，大红纸的申请帖子上，工楷写着这样的字眼：

主席同志：鄙人竭诚拥护社会主义化，谨率全家，恭请入社，敬祈批准。附上土地所有证一件，房契一纸。专此顺候

台安。

李槐卿谨具。

邓秀梅看完申请，含笑对李主席说道：

"这位老先生，说得倒干脆。"

"我们老师向来都是先进的。反正那年，他还拿把剪刀，到街上去剪过人家的辫子。"

"唉，"李槐卿用手摸摸自己下巴上的稀疏的花白的胡子，叹口气说，"老了，作不得用了。只要转过去十年，我就高兴了。"

“老人家今年高寿？”邓秀梅问。

“六十八了。”

“老人家住在乡下，保管能活一百岁。”

“像我这样没用的老朽，要这样长的寿命做什么？我倒惟愿北京毛主席活到一百岁。他是个英雄，是个人物。”

“你不晓得，我们这位老师，人真是好。”李主席笑着跟邓秀梅称赞，“他把文天祥的《正气歌》背得烂熟。国民党强迫他填表入党，他硬是不肯，差点遭了他们的毒手。日本人来，他跟难民一起，逃到癞子仑，躲进深山里，吃野草度日，宁死也不愿意当顺民。解放军一来，他马上打发儿子出来做事。”

邓秀梅站起身来，表示敬意。李老先生也站了起来，倚着拐杖，低头弓身，退后两步，抬头说道：

“我老了，又不能作田，不过还是要来请大家携带携带，允许我进社会主义。”

“社里会欢迎你的。你说是吗，李主席？”邓秀梅说。

“我们再困难，也要养活老人家。”李主席担保。

“这才真是社会主义了。孟子曰：‘老吾老，以及人之老。’我们的先人早就主张泽及老人的。好，你们谈讲吧，我不耽搁你们的公事。没得别的手续吧？我少陪了。”李槐卿一边说，一边回转身。他走到门口，听李主席叫道：

“李老师，房契请你带回去，房屋不入社，归各人占用。”

桌边有个后生子，也是在李槐卿手里发过蒙的，接了房契，赶去交还了老人。

“这个老驾有意思，但他拿孟子的话来衡量社会主义，未免有点胡扯。”邓秀梅发表评论说。

李槐卿刚走，门边有人唤：

“盛家大姆妈来了。”

邓秀梅看见从门外进来一位约莫七十来岁的老婆婆，头上戴顶青绒绳子帽子，上身穿件青布烂棉袄，下边是半新不旧的青线布夹裤，两鬓拖下雪白的头丝，脸色灰白，眼眶微红，因为脚小，走起路来，有点颤颤波波的样子。她的右手戳一根龙头拐棍，左手扶在一个小伢子的肩膀上。孩子手里提个腰篮子，里头放着一只黑鸡婆。这一老一少，慢慢走近桌边来。

“请坐，姆妈子。”邓秀梅把高凳让出一截，招呼这位婆婆子。老人家坐了下来，侧转身子，打量邓秀梅，随即问道：

“这位是李同志吧？”

“邓同志。”有人笑着纠正她。

“啊，邓同志，是的，邓同志，我老糊涂了。在我们乡里，住得惯吧？告诉你，李同志，啊，又叫错了。邓同志，人一老了，就不作用了。我年轻时，也还算是利落的，只是脚比你的小。”她低头看看邓秀梅的那双短促肥实的大脚，又抬头说道，“老班子作兴小脚。绣花鞋子放在升子里，要打得滚，才走得起。可怜我从五岁起，就包脚，包得两只脚麻辣火烧，像针一样扎，夜里也不许解开。如今的女子真享福。”老婆婆说着，把拐棍搁在桌边，用手摸摸邓秀梅肩膀，问道：

“穿这点点衣裳，你不冷吗？”

“不冷。”

“细肉白净，脸模子长得也好，”盛家大姆妈抓住邓秀梅的手，望着她的脸，这样地说，“先说我们盛家里的淑妹子好看，我看不如邓同志……”

“盛家姆妈，不要说笑话。你是来申请入社的吗？”邓秀梅红着脸说。

“是的。”大姆妈说，“看见你们，我又想起我那几个女。要不死，作兴也当干部了。可怜她们一个个走了，丢下我这老不死的老家伙，孤苦伶仃。阎王老子打瞌睡，点错了名，死倒了人了。”大姆妈说到这里，从她那双本来有点发红的眼眶里，滚下两滴浑浊的眼泪。她用她的青筋暴暴的枯焦的老手，擦了擦眼睛，又说："生头一胎，听说是女的，她爸爸犹可，爷爷就不答应了。我月里没有吃一顿好的，发不起奶，孩子连烘糕也吃不到手，活活饿死了。第二胎又是个女的，她爷爷发了雷霆，吩咐丢在马桶里。我舍不得，叫人偷偷摸摸从耳门抱走，寄在邻舍家，带了一个月，还是错[①]了。"

"盛家大姆妈，你讲正事吧。"有人听得不耐烦。

"听她讲一讲。"邓秀梅对这老婆婆的遭遇，十分同情。

盛家大姆妈接着又讲：

"有人说我是个九女星，要生九个赔钱货。接接连连，又生了四胎，都是女的，有的死了，有的把了。在月里，没得东西吃，还要听公公的伤言扎语，肚里怄气，吃饭时也不由得伤心，用眼泪淘饭，眼睛哭坏了，迎风就要流眼泪。第七回，一怀了胎，我就着急，生怕再生个女的，那就不要想活了。"

"生了一个男的吗？"桌边一个小伢子着急地问。

"男的，女的，还不是一样！"伢子旁边一个小姑娘斥他。

"不要打岔，听大姆妈讲吧！"李主席说。

大姆妈接着说道：

"家里的人忙着替我许愿心，许了土地老倌的钱纸，答应等到生了崽，落地是几斤，烧几斤钱纸；南岳菩萨的面前，许了三年香；又给送子娘娘，许了一只猪。等怀胎十月，生下来时，又是个女的。这一回，连我老公也气了。妈妈听说，生怕我要怄大气，亲自提个腰篮子，来打三朝。篮里放些红糖、红枣、红蛋，还有两只鸡。她一进大门，见了亲家和亲家母，好像做了亏心事，脸上怪不好意思，没弹几句弦，就躲进了我的房间。女婿大模大样的，见她进来，也不起身。老人家放下腰篮子，走到床跟前，小声安慰了我几句，就小心小意，走到女婿的面前，低三下四，向他告罪：'真

---

① 错：夭亡的代语。

对不住你。常言说，种子隔年留，崽女前世修，姐夫只好认命吧。’满了月，我又把那可怜的小家伙送给人了。

“到第八胎，又是个女的，她爷爷气得要死，趁我出去解手时，他闯进房来，把孩子蒙在被窝里，一霎时就闷死了。”盛家大姆妈说到这里，伤心地哭了，这哭泣，渐渐地变成了号啕，身子往后倒，好像要昏过去了。邓秀梅连忙扶住，自己的眼睛这时也湿了。过了一阵，老婆婆才平静下来，擦干眼泪，又说：

“生到第九胎，送子娘娘才送我一个秋崽子。这时候，爷爷死了，他爸爸在隔壁打牌，不肯回来看，报喜的人说是伢子。他冷冷地笑道：‘伢子是伢子，只怕阎王老子打发他来时，路上走得太急性，绊了一跤，把个把子[①]绊掉了。’打完牌回来，他无精打采，走进房间。我说：‘你来看看小乖乖。’他走到床边，抱起孩子，偷偷地探了一探小鸡鸡，才相信了。做三朝，足足请了十四桌。”

“大姆妈的结论做得好。”有个后生子笑道。

“大姆妈，你说入社的事吧。”陈大春在一旁认真地催她。

“等她讲完。”邓秀梅说。

“我那老倌子不久死了，满崽带到十八岁，娶了妻房，生了这个小把戏。”她拍拍她身边的孩子的肩膀，又说，“不料，”她又哭起来，举起滚着宽边的衣袖，遮住她的眼泪婆娑的布满皱纹的瘦脸，呜咽地说道，“他还是走在我的前头。他娘守不住，改了嫁，剩下我这老家伙，带了这个小孩子，几丘田哪里作得出来啊？做阳春，收八月，田里土里，样样事情，无一不求人。收点谷子，都给人家了，年年还要欠人家工钱。这一回，毛主席兴得真好，有田大家作，有饭大家吃。我到这里来过三回了，回回你们都不在。这一回，总算找到了，你们不准，我也要入。邓同志，费心帮我写一个申请。”

---

① 把子：男孩生殖器。

"不必要申请，我们记下你的名字了，你请转吧。"邓秀梅告诉她说。

"大姆妈，你还需要什么？柴有烧的吗？"李主席问她，"没有了？大春，你找个人，帮她去砍一天柴火。"

"我自己去。"陈大春说完，马上出去了。

盛家大姆妈从她孙子手里的腰篮子里提出那只黑鸡婆，塞在邓秀梅手里，恳切地说道：

"这只生蛋鸡，我也交公。"

"鸡不入社。"邓秀梅连忙解释。

"不是说，鸡鸭都由公众一起来喂吗？"姆妈子又问。

"没得这个话，请拿回去吧。"邓秀梅说。

"不一起喂，我也不带回去了。我们后山里出了一只黄豺狗，一连吃了我七只巴壮的鸡婆，都是生蛋鸡。剩的这只，我与其好了那野物，不如送你们。"

"盛家姆妈说笑话，我们要你的鸡做什么呢？"邓秀梅含笑推辞。

"送给你们吃。你们隆日隆夜，为大家开会，辛苦了，吃个把鸡，补一补，也不为过。"

"起这个意，都不敢当，请拿回去吧。"

"摸摸胸子，还不瘦呢，你收了吧。"盛家姆妈又把鸡婆塞过来。

"肥瘦都不要。"

"鸡不要，鸭子想必是爱的。有人喜欢鸡，有人喜欢鸭，各喜各爱。我们老驾顶喜欢炕鸭子咽酒。我拿这只鸡去换个鸭子来给你，好不好？"

"鸡鸭都不要。"

"为什么？"

"不要啰嗦了，大姆妈，"有个人插嘴，"他们要了你的鸡，不是成了贪官吗？请你让开些，我们好申请。"

“真的不要？”盛家姆妈又询问。

“哪个诒试你？”那人替邓秀梅回答，“他们不要，社里也不收。你拿回去吧。你要是怕黄豺狗，我去给你杀了，请我吃顿吧。”

盛家姆妈只得把鸡放回腰篮子。她一手戳着拐棍，一手扶住孙子的肩膀，挤挤夹夹，走出人丛。一边走，一边口里还在念：

“好灵捷的姑娘啊，眼睛水汪汪，耳朵厚墩墩，长个好福相。我的女，只要救得一个在，怕不也当干部了……”她自言自语，念到这里，又举起衣袖，擦擦眼睛，“鸡都不要，真是杯水不沾的清官，我只好依直，带回去了。”

盛家姆妈一走开，面胡父子兄弟三人就挤到了桌边。老兄弟两个，同时从怀里掏出申请书，双手递上。邓秀梅首先接了面胡的申请，拆开封套，抽出帖子。盛学文站在一旁，急得出汗了。他生怕邓秀梅念出声来，父亲听了不对头，又会要他回去住农业大学。邓秀梅一下看完，含笑点点头。中学生放下心了。亭面胡却感到奇怪。他掉转脑壳，问儿子道：

“我们写了那样多，她怎么一下子就看完了？”

“她一目十行，不是一下子，还要两下子？”中学生回答。

“世上真有一目十行的人吗？真了不起，单凭这一点，社也办得好。”

“老亭，”邓秀梅叫他，“你真做到了四愿，不会反悔吧？”

“做了申请，纸书墨载，反悔还算人？”亭面胡说。

“我怕你还有点勉强。”邓秀梅又尽他一句。

“不勉强，不勉强。我如今就算是社里的人了。我去砍几担柴火，送给你们办社的人将来烤火。搞社会主义，不能叫你们挨冻。”

亭面胡走后，背犁的人挤进来，把犁搁在桌子上，用手拍拍犁弓子说道：

“我不会写字，请了这个伙计来，代替申请。我这一生，苦得也够了，办起社来，该会出青天了吧？”

“你决心大，我们欢迎。不过，”邓秀梅眼睛望着犁弓子，说道，“我们还没有处理耕牛农具，这犁请你掮回去。唤声要集中，你再搬来。”

正在这时候，外边远处，传来一片锣鼓声，人们一哄跑出去，站在大门口。只见一群人，敲锣打鼓，抬着一台盒，由谢庆元领头，沿着田塍路，走向乡政府。

进了乡政府大门，人们把盒放在享堂的中央。谢庆元打开盒盖，拿出一张红帖子，一本花名册，一叠土地证，恭恭敬敬，双手递给李主席，得意地笑道：

“我们全组的人家都来了。”

“都愿意转社？”李主席接了这一些东西，反问一句。

“没有一家不愿意。”

“李盛氏呢？她说些什么？”

“她说，都一入，我为么子不入呢？”谢庆元回答以后，慢慢从李主席身边走开，带着抬盒打锣鼓的人们出门去了。

“谢老八真行。”人丛里有人称赞。

“他做得干脆，不零敲碎打，一斩齐地都来了。”有人佩服。

“真的都来了？怕不见得吧？一娘生的，有高子、矮子、胖子、瘦子、癞子，还作兴有扯猪栏疯的。一个十几户人家的互助组，平素尽扯皮，怎么一下子就一斩齐来了？”有人提出了怀疑。

邓秀梅侧耳听了这一些议论，也疑惑不定。等谢庆元一走，锣鼓声远了，她问李月辉：

“谢庆元这个人如何？”

“你是问他哪方面？德还是才？论作田，他倒算个老作家。早先，他到华容去作过几年湖田。田里功夫，他门门的都是个行角。不过，盛清明听公安方面的人说，”讲到这里，李主席压低声音，悄悄地说，“他入过圈子。”

“圈子是什么？”

“洪帮。”

“有确凿的证据吗？”

“不晓得。我想，可能还是根据一般常情推测的，到华容作田，不入圈子，是站不住脚的。”

“他本人目前的表现如何？”

“他是一个三冷三热的人，有一点爱跟人家较量地位。”

“据你看，他用这样的方式来申请，是什么意思？”

“炫耀自己的能干，但工作不一定细致。”

“照你这样说，那他这组人，不一定是人人愿意了。”

“当然，十指尖尖，也不一样齐，各色人等，还能一下子这样齐整？我晓得李盛氏那一户子，一定很勉强，刚才她就没有来。”

“李盛氏是什么人？”

“她呀，其名结了婚，其实是个活寡妇。她男人出门多年了，听说在外另外讨了堂客了，她自己至今还将信将疑。她是一个苦命人，看样子实在可怜，又难说话极了。”

听说是个不幸的女子，邓秀梅立刻怀抱满腔的同情，李主席的下面的话，她没有听得入耳。她对他说：

“几时我们去看看她去。”

邓秀梅正说这话时，区里来了一个通讯员，递给她一个紧急的通知。

十　途中

邓秀梅和李主席正在谈论李盛氏，区里的通讯员送来一个紧急的通知，叫他们明天一早，到天字村去开碰头会。信上写明，要求他们赶到那里吃早饭。

当天晚上，邓秀梅开过乡上的汇报会以后，叫住刘雨生，要他明天调查谢庆元的那个互助组，看他们全组入社，是否有虚假，或者有强迫。邓秀梅临了，嘱咐刘雨生留神考察李盛氏家里的情况。

把明天的工作布置完毕，邓秀梅回到了亭面胡家里，连夜赶材料。她统计了申请入社的农户，整理了全乡的思想情况，不知不觉，窗外鸡叫了。她吹熄灯盏，和衣睡了。

才一小会，鸡叫三回，她连忙起床，匆匆抹了一个脸，梳了梳头，就出门去找李主席。

“急么子啊？别的乡包管没有我们这样早。”李主席一边穿衣，一边这样对邓秀梅说。

一路上，李月辉直打呵欠。

“没有睡足吗？”邓秀梅走在后边，这样问他。

“家里吵了一通宵。”

“哪个跟哪个吵？”

“我堂客跟我伯伯。”

“为什么事？”

“我伯伯云里雾里，自己不争气，又爱骂人。他骂别人不成器，自己又没做个好榜样，赖一世的皮，讨过八个婆婆，没有一个同老的。”

“都去世了？”

“有的下世了，有的吵开了。如今上年纪了，傍着我，吃碗安逸饭，不探闲事，不好过日子？他偏偏不，不要他管的，他单要管。平素爱占人家小便宜，又爱吵场合，一口黑屎腔。这回搞合作化运动，他舍不得我们那块茶子山，连政府也骂起来了。他说：‘政府搞信河[①]。十个手指脑，都不一样齐，说要搞社，看你们搞吧！只有你这个蠢猪，自己一块茶子山，都要入社，猪肏的家伙。’我婆婆听到，马上答白了：‘你骂哪一个？你嘴里放干净一点。’他

① 搞信河：乱来。

大发雷霆，跳起脚来骂：‘混账东西，你有个上下没有？’两个人都不儿戏，我两边劝，都劝不赢。”

“你真是个婆婆子，太没得煞气。”邓秀梅笑道，“要我是你，就不许他们吵闹。”

“一边是伯伯，是长辈，一边是婆婆，是平辈，叫我如何拿得出煞气？”

“我看你对晚辈也没得煞气，后生子们都不怕你。”

“要人怕，做什么？我不是将军，不要带兵，不要发号施令。我婆婆不畏惧我，对我还是一样好。”

“听亭面胡说，你们两公婆的感情好极了。”

李主席听到这里，回头一笑，从他笑容里，邓秀梅看得出来，他完全陶醉在经久不衰的，热热和和的伉俪深情里。他称心如意地说道：

“我们的感情不算差，十多年间，没吵过架子。她脾气犟……”

“她脾气犟，你没得脾气，配得正好。”

“她时常跟人家吵架，也发我的气，我的老主意是由她发一阵，自己一声都不做。等她心平气和了，再给她来一个批评。她这个人气一消，就会像孩子一样，温温顺顺，十分听话。”

“她有好大了？”

“拍满三十，十四过门，接连生四胎，救了两个，走了两个，她在月里忧伤了，体质很坏，又有一个扯猪栏疯的老征候。”

“这病是怎么得的？”

“不晓得。她有病在身，爱吵架，爱发瓮肚子气，今年又添了肺炎。我总是劝她：‘你不怄气，体质会强些，病也会好了。’她哪里听得进去？我那位伯伯，明明晓得她体质不好，喜欢怄气，偏偏要激得她发火。”

李月辉说到这里，叹了一口气，顿了一下，才又说道：

“我总怕她不是一个长命人。今年春上，给她扯了一点布料子，要她做件新衣穿。可怜她嫁过来十好几年了，从来没有添过一件新衣裳，总是捡了我的旧衣旧裤子，补补连连，改成她的。我那回扯的，是种茄色条子的花哔叽，布料不算好，颜色倒是正配她这样年纪。她会剪裁，我想她一定会做一件合身的褂子。隔了好久，还不见她穿新衣，我时常催她。有天看见她缝衣，心里暗喜，心想，总算是领我的情了。又过了几天，我要换衣，她从衣柜里，拿出一件崭新的茄色条子花哔叽衬衣，我生了气了，问她：‘这算是什么意思？’她捧住胸口，咳了一阵，笑一笑说道：‘你要出客，要开会，我先给你缝了。’她就是这样一个固执的人。”

两个人边走边谈，不觉到了一个岔路口，李主席说：

“我们抄小路好吧？小路不好走，但是近一些。这一回，我们定要赶到各乡的前头，叫朱政委看看，搞社会主义，哪个热心些？”

邓秀梅自然同意走小路。他们走过一段露水打得精湿的茅封草长的田塍，上了一个小山坡。山上长满松树、杉树和茶子树。路边一些平阳地，是劳改队开垦出来的新土，有的秧上了小麦，有的还荒着，等待来年种红薯。李月辉一路指点，一时说，这个山坡里，他小时候来看过牛；一时又说，那个山顶上，他年轻时来捡过茶子。他忘记了堂客的病况，好像回到孩童时代了，轻快地讲个不休。

“说起来，真正好像眼面前的事。发蒙时，我死不肯去。妈妈在我书包里塞两只煮熟的鸡蛋，劝诱半天，我才动身。在李槐卿手里，读了两年老书，又进小学读了一年半。我靠大人子，扎扎实实过了几年舒舒服服的日子，无挂无碍，不愁衣食，一放了学，只晓得贪耍，像大少爷一样。十三岁那年，我开始倒霉，春上母亲生疔疮死了，同年夏天，资江涨大水，父亲过横河，荡渡船，一不小心，落水淹死了。父亲一死，我好像癫子一样，一天到黑，只想在哪里，再见他一眼。那时候幼稚，也不晓得做不到。为了见见父亲的阴灵，我想到茅山学法，其实茅山在哪里，我也不晓得。我看

《封神榜》，看《西游记》，一心只想有个姜太公，孙大圣，施展法力，引得见父亲一面，就是一面，也是好的。

“父亲过世，我伯伯勉强把我收养了，不久又叫我去给人家看牛。后来一亲事，我婆婆和这老驾过不得，分了家了，为了糊口，挑了几年杂货担子，解放军一来，马上参加了工作。看我有了些出息，伯伯火烧牛皮自己连，傍起拢来，又跟我们一起了。”

“解放以来，你一直在这里工作？”邓秀梅插嘴问他。

“是的。搭帮上级的培养，乡里的事，勉勉强强能够掌握了。有些干部，嫌我性缓，又没得脾气，有点不过瘾。我伯伯也说我没用，他说‘男儿无性，钝铁无钢’。我由他讲去。干革命不能光凭意气、火爆和冲动。有个北方同志教导过我说：‘小资产阶级的急性病，对革命是害多益少。’革命的路是长远的，只有心宽，才会不怕路途长。”

“也不能过于心宽，毛书记说过，过犹不及。”邓秀梅笑着跟他说。

“我觉得我还不算‘过’。”

“你是这样觉得吗？”

“是呀，要不，今天我就不会抄近路。这条小路，茅封草长，不好走极了。”

“上半年，有人批评你太右，有这回事吗？”邓秀梅点破他一句。

“这倒是有的。”李主席说，“三月里，区上传达上级的意见，指出我们这一带，办社有点‘冒’，要‘坚决收缩’。我当时也想，怕莫真有点‘冒’吧？我们，说是我们，其实只有我一个，好汉做事好汉当，我不牵连别的人，大春他是不赞成这个说法的。我一力主张响应上级的号召，坚决收缩了一个社，全乡通共办了一个社，全部干净收缩了。”

“那你不是百分之百地完成上级的任务了？”

“是呀，上级表扬了我们，还叫我们总结收缩的经验，好拿去推广。陈大春大叫大闹，吵得乡政府屋都要塌下来了。社是他办的，说要解散，他不甘心。年轻人感情冲动，当时他指了我的鼻子尖，骂得好凶啊！这个家伙，这样厉害，偏偏有好多女子追他。他走桃花运。”

“当时，你总结了一些什么经验？”邓秀梅好奇地问他。

“经验倒不算什么。我只有个总主意，社会主义是好路，也是长路，中央规定十五年，急什么呢？还有十二年。从容干好事，性急出岔子。三条路走中间一条，最稳当了。像我这样的人是檀木雕的菩萨，灵是不灵，就是稳。”

“你这是正正经经的右倾。”邓秀梅笑了。

“老邓你也俏皮了。右倾还有什么正经不正经？说我右倾的，倒不只是你一个。毛主席的《关于农业合作化问题》在《新湖南报》发表时，省委还没有召开区书会议，我就在全乡的党员大会上，把文件读给大家听，念到‘我们的某些同志却像一个小脚女人，东摇西摆地在那里走路’，陈大春趁火打劫，得意洋洋，扯起大喉咙，指手画脚，对我唤道：‘李主席，你自己是小脚女人。’我放下报纸，半天不做声。别人也都不做声，以为我生了气了。”

“我想你不会生气。”邓秀梅笑道。

“我气什么？我只懒得气。小脚女人还不也是人？有什么气的？”

“是呀，婆婆子们本来都是小脚嘛。”邓秀梅笑着打趣，接着又认真地说道，“我看你这缓性子，有一点像盛佑亭。”

“你说我像亭面胡？不像，不像。首先，他面胡，我不面胡；其次，他爱发火，我不发火。他总以为人家都怕他发气，其实不然。他跳进跳出，骂得吓死人，不要说别人，连他亲生儿女也都不怕他。这样的人真可怜。”

“我倒觉得很可爱。”邓秀梅说。

“至于我，”李主席还是只顾说他的，“跟他相反，根本不愿意人家怕我。我最怕的是人家怕我。你想想看，从土改起，我就做了乡农会主席，建党后，又兼党支书。党教育我‘共产党员一时一刻都不能脱离群众’，我一逞性，发气，人家都会躲开我，还做什么工作呢？脱离群众，不要说工作没办法推动，连扑克牌也没得人跟我打了。”

“你爱打牌，我看得出来。”

“不瞒你说，秀梅同志，解放前，我也算是一个赖皮子，解放后，才归正果的。那时节，伯伯和我分了家，还是住在一屋里，他一把嘴巴讨厌死了，家里存不住身子，只好往外跑。这一带地方，麻雀牌，纸叶子[1]，竹脑壳[2]，隆日隆夜，打得飞起来。旧社会是这个样子，没得法子想。有味的是我那位伯伯。他自己是一个赌痞，轮到我一出去打一点小牌，他就骂我是‘没得用的坏家伙’。只有他有用，他爱打牌也成有用了。我心里高兴的时候，就这样顶他一句：‘我学得你的。’把他气得像雁子一样。我想：‘你何必生气？有角色自己不赌，做个好榜样。’”

他们翻了一个小山坡，在一片梯田中间的一条田塍上走着。李月辉指着田里的翡青的小麦说：

“如今这种田，一年也要收两季。解放前，这一带都是荒田，就是因为赌风重，地主老爷押大宝，穷人打小牌，像我们这样的人也卷进去了。解放后，不等政府禁，牌赌都绝了。心宽不怕路途长，我们边走边讲，不知不觉，赶了八里路。那个大瓦屋，就是区委会。”

十一　区上

李月辉以为起了一个绝早，又抄了近路，到区不是头一个，也是第二名。哪里晓得，等到他们进得区委临时办公处所在的一家人

---

① 一种长方油纸牌。

② 一种竹片做的牌，顶大的牌是天牌，九点和斧头。

家的堂屋，那里早已坐满一屋人，碰头会开始好久了，他们赶塌了一截。

七个乡汇报完毕，区委朱书记站起来宣布：“吃了饭再谈。”

朱明是师范生出身，二十七八，中等身材，单单瘦瘦。他在屋里不爱戴帽子，短短的头发好像不大听话的样子，随便披散着。除了同一般区书一样，十分熟悉各乡的情况以外，朱明还会打算盘。听人发言时，一个数目字，他也不肯含糊地放过，定要问清白。乡干只要有一个数字交代不清，就是能过关，也要挨几句，话也来得重，总是把笔杆子一放，脸也放下说：“算了，不必说了。”或是责问道：“你是来做什么的？”他认为搞社会主义，要替国家好好打算盘。干部都怕他，又奈不何他。有时为了一个数目字，他们要打好多次电话，甚至于要来回跑好多的路。走得累了，人们不免要埋怨几句，但一见了他的面，就都循规蹈矩地，按照他的意思办。

朱书记还有个特点。他会合理地调配干部，充分地发挥人们的工作的潜力。这回办社，他亲自到天字村来，把区委会的临时办公处设在这里，电话也安到这里来了。天字村是个群山环抱的落后的穷乡。这里山高皇帝远，县区干部不大来，村干也不大上劲。

朱明选取了这个穷村角落，作为重点乡，有他一番巧妙的安排。他听到讲，在这次规模巨大的合作化的运动里，除了原来的区乡干部外，省委、地委和县委，都还要下放好多的干部。区移到这里，他想上级一定会派人来的，他打算利用外来的力量，配上区上的干部，趁势把这落后乡的工作推进一下子。果然，地委和县委，都派来了工作组，加上区上的人们，这个平静的荒僻的山村，一时间，人来客往，电话不停，变得十分热闹了。对于基础较好、上级直接派了干部的地方，朱明一个人不添，自己平常也不大过问。比方清溪乡，他晓得有邓秀梅在，李月辉领导的支部也还算稳妥，区里完全放开手，只是定期地听取他们的汇报。

除开这种精打细算的作风以外，朱书记还有一个也许是属于生理方面的小小的癖性。人家讲话，他在自己的小本子上，低头用心记录的时候，他的嘴唇总要一涡一涡的，好像拿着笔的手，气力不佳，要用嘴巴来予以有效的协助一样，乡干部们初初一见，总是想笑，看得多了，也就习惯了。

当时他宣布吃饭，大家一窝蜂冲进了灶屋，七手八脚地装饭、端菜，抢着拿碗筷。他们分做十几起，站在堂屋里，或是蹲在阶矶上，埋头用饭。菜蔬只是一些萝卜和白菜，但大家的食欲都非常地好，开始几分钟，寂寂封音，都低头扒饭，等到添过了一碗，谈话就多起来了。李月辉蹲在阶矶上，端着碗笑道：

“我说我们早，不料你们还早些。”

“搞社会主义，不赶早还行？”有人答白。

“李主席一向的主张是从容干好事，性急出岔子。这一回算是难为他，来了一个倒数第一名，比我们只迟得一个多钟头。”有人讥笑他。

邓秀梅低着头笑了。她心里想，要不是她先去邀他，还不晓得挨到什么时候才来呢！朱书记蹲在另一人堆里，正在一声不响地用饭，听到他们的对话，他也插嘴，但还是不笑，还是一本正经地，跟开会发言一样：

“搞社会主义，大家要辛苦一点。这次合作化运动，中央和省委都抓得很紧。中央规定省委五天一汇报，省委要地委三天一报告，县里天天催区里，哪一个敢不上紧？”

早饭后，黄灿灿的太阳光，晒满一地坪，没有风，太阳肚里十分地温暖。有人提议到地坪里开会，大家都同意，就七手八脚地把桌子、椅子和高凳搬到地坪里。人们疏疏落落地坐满半地坪。邓秀梅抢先说话。她开会发言，最爱打头炮。她总觉得，先把自己的说完，好从容地听取别人的意见。她坐在一把矮竹椅子上，背靠着草垛。她的稠密的黑浸浸的头发，衬着太阳照映的金黄的稻草，显得越发黑亮了。她翻开那个大红封面的小本子，摊在膝头上，但只间或看一看，因为有些事，她心里记得烂熟了，用不着看黑课本子。

“我先讲一点，有遗漏，请李主席补充。”邓秀梅扼要地总结了清溪乡的宣传阶段的情况以后，就转到建社对象的分析，她说：“清溪乡原有六个互助组，四个都是明互助，实单干，都散了板了。如今两个组，也只有一个比较好点。”

“好一点的组的组长叫什么？”朱书记提着笔问。

“叫刘雨生。”

“好像他是个劳模。”

“是的。我们打算把他培养成为清溪乡的中心社的社长。他受培养，人本真，又肯干。”

“还有一个呢？”

“那个组不好不坏。组长谢庆元，思想上有些毛病，但还愿干。清溪乡本来建了一个社，社长陈大春是个莽莽撞撞的猛子，工作舍得干，但一受了阻碍，也容易泄气。今年春上，他那个社被当做自发社，给收缩了，陈大春的积极性受到了挫折。这回规划他来当社长，死也不干。”

邓秀梅说这话时，看了李主席一眼，只见他低着脑壳，收了笑容，她就不再提起这件事，转到别的话上了。她说：

“县里开三级干部会时，清溪乡规划建立四个社。现在，从群众申请的热情看来，没得问题。”

朱书记伏在桌上，嘴唇一涡一涡地，把邓秀梅讲的事情扼要地记在小本子上，这时，他问：

“申请入社的，占全乡农户的百分之几？”

“百分之四十五点几。”邓秀梅随口回答。

“到底点几呀？”朱明追问。

邓秀梅的数目字向来不十分精确，一时答应不上来，脸迫红了。李主席想帮她解围，连忙起身代她回答道：

“大概是点五的样子。”

“大概？”朱明看李月辉一眼，辛辣地说道，“这样是大概，那样是大概，那我们的经济，不叫计划经济，要叫‘大概’经济了。”讲到这里，他转弯一想，这事情，有上级下放的干部邓秀梅夹在里边，不便苛责。他没有像平常一样，不客气地说：“算了吧，不必说了。”“回去搞清楚再来。”瞅瞅邓秀梅的绯红的脸，他语气温和地说道：

“请讲下去吧，秀梅同志。”

邓秀梅受了这场意外的迫逼，内心激动，眼睛也湿了。停了一阵，等心情稍稍平复，才继续说道：

“社干名单，在党的会上研究过，但还要看群众选不选。刘雨生组有三个人能当社长，我们认为刘雨生比较合适。”

“他是党员吗？”朱明停笔问。

“他是在治湖工地上入党的。”李月辉代答，“他党性强，就是老婆有一点扯腿，不愿意他出来工作，经常吵场合，现在越来越厉害，看样子，没得好收场。”

“不要扯开了。秀梅同志，请你讲下去。”朱明催促道。

邓秀梅接着说道：

“在头一个阶段，清溪乡的工作进行还顺利，没有碰到很大的阻碍。家庭纠纷有一些，比如刘雨生夫妻反目，近来更加剧烈了，李主席家里也有些吵闹……”

“你老婆跟你过不去了？”朱明插嘴问。

“不，是我伯伯跟我里头的吵架。”李月辉忙说。

“也跟合作化有关？”朱明又问。

“有点关系。”李月辉点头。

“一般人家还是平静的。”邓秀梅继续说道，“到第二阶段，就是个别串联的时候，估计事情要多些，但究竟会发生一些什么问题，现在还看不清楚。”

邓秀梅说完以后，李月辉接着汇报了清溪乡党团发展的近况。

他把这段工作中的积极分子一一分析了，并且说明，党的发展对象，会计李永和，团的发展对象，盛淑君和陈雪春，已经培养成熟了。盛淑君的宣传队在全乡起了很大的作用。

下面是梓山乡汇报。这个乡的农会主席，头上挽个大大的白袱子，青布袍子上拦腰系条蓝布腰围巾。他没有笔记本子，单凭心记，讲他乡里的情况。他站起身来。朱书记做个手势：

“坐下说吧。”

“坐下说不好。”

“那你就站着说吧。”

“我们乡是个落后乡。这回合作化，我们那里，起了谣言。说是有一条黄牯，有天在山里，忽然对它主人开口讲人话。它抬起脑壳，鼓起眼睛，伶牙俐齿，说得很清楚……”

朱书记听到这里，打断他的话：

“这样一描写，好像你也在场看见了。这话是哪个传出来的？”

“张志斌。”

“什么成分？”

“上中农。”

“来历清楚吗？”

“他是土生土长的。”

“请讲下去。”

“牛说：‘你家来了客，还不快回去。’这人吓得张开口，说不出话来。他心里暗想：‘我刚从家里来，没有看见客人呀。’牛好像猜到了他的心事，告诉他说：‘你前脚出门，他后脚来的。还提了十个鸡蛋，两盒子茶食，不信，你回去看看。’这人慌忙把牛吊在树干上，飞跑回去，果然看见家里来了个亲戚，手里提个腰篮子，里边装十只鸡蛋，两盒茶食，跟牛说的，一模一样。他客也不陪，跑回山里，双膝跪在牛面前，牛正在吃草……”

“它不是神吗，怎么吃起草来了？”朱书记问得大家都笑了，自己并不笑。白袱子主席继续说道：

“对牛叩了一个头，他恭恭敬敬说：‘你老人家未过先知，不知是哪方神道，下凡显圣？下民叩头礼拜，恭请大仙，指点迷途。如今政府要办农业社，你看能入不能入？’牛摆一摆头，摆得吊在颈根下边的梆子当当地响了几下。它说：‘你切莫入，这个入不得，入了会生星数的。’说完这话，牛再不开口，吃草去了。”

“你追根没有？”朱书记问。

“治安员正在调查。”

罗家河的主席汇报时，说那里的群众难发动。有个贫农，名叫胡冬生。解放前，穷得衣不沾身，食不沾口。因为原先底子薄，如今光景也不佳。土改分来的东西，床铺大柜，桌椅板凳，通通卖光吃尽了。左邻右舍，说他是懒汉。他早晨困得很晏才起来，上山砍柴火，到了中时节，他回家去，吃几碗现饭，再背把锄头，到田里挖一阵子，太阳还很高，他先收工了。他住在山坡肚里一个独立的小茅屋子里，家里只有一床烂絮被，一家三口，共同使用。他连门板也卖了，到十冬腊月，堂客用块破床单，扯在门口，来挡风寒。老北风把破布吹得鼓鼓囊囊的，飘进飘出，远远望去，活像趁风船上扯起的风篷……

“你讲发动的事吧。”朱书记切断他的仔细的描绘。

“我去发动过。头一回，我一进门，他就起身，掮起一把小锄头，满脸赔笑说：‘对不起，你坐坐吧，我要挖田塍去了。’弦也没弹就走了。第二回去，承他的情，没回避我。我们交谈了几句。他眼睛看着地上，说道：‘社会主义，我也晓得好，我们贫农本来应该带头的。不过，我的田作得太瘦，怕入了社，别人讲闲话。我打算今年多放点粪草，把田作肥点，明年再来。’两回都进不得锯。第三回，我自己没有出马，特意找了一位跟他合适的人去了。他才把心门敞开，顾虑打破，仔细倾吐，他讲：‘手长衫袖短，人穷颜色低，怕入到社里，说不起话。’他朋友笑道：‘说不起话，不说。’

他又叹道：‘怕人讲我一无耕牛，二无农具，入社是来揩油的。’朋友告诉他：‘这个用不着操心，政府会撑腰。’他又悄悄地说道：‘我这个人懒散惯了，入了社，是不是不自由了？听说要敲梆起床，摇铃吃饭，跟学堂里一样。’朋友解说了半天，他才答应入一年试试。”

“可见贫农也有好多的顾虑。”朱书记说，“罗家河的这一位贫农，如果不是叫他的好朋友去劝，会劝不转的。这叫做一把钥匙开一把锁。”

邓秀梅听到这话，低声地跟李月辉说：

“我们那里，也应该注意陈先晋这号户子。”

“他倒不怕别人看不起，他是怕社搞不好，又舍不得那几块土。”李主席也低声地说。

“我们也要用一把钥匙开一把锁。”邓秀梅说，声音还是非常低。

“开陈先晋这锁，要用一把熟铜钥匙。”李主席说。

屋里电话铃响了，朱书记起身进去，回来的时候，他跟地委和县委来的同志们商量了一阵，就说：

“我讲几句……”

大家知道，这就是结论，都寂寂封音，坐得拢一些，拿出本子和钢笔，准备记录，只听他说道：

“听了大家的汇报，可以看出，各乡运动的发展不平衡。有的乡还在宣传阶段，有的进到个别串联了。在整个运动中，我们要坚持三同一片的传统的作风，深入地了解并设法彻底打通各家的思想。思想发动越彻底，将来的问题就越少。发动时，首先要对症下药，对象害的什么病，你就用什么方子，不要千篇一律，不要背教条；其次，要注意去做说服工作的人选，要选派合适的人去做这个工作；第三，要尽先解决发动对象的迫切的问题。”说到这里，朱书记引用他在天字村乡深入一点的经验，他说：“这里有一个贫农要讨堂客，女家催喜事，他连床铺都无力备办，你想，他有什么心思谈入社的事呢？工作组拜访几回，他都躲开了。后来，我们给他找了一挺梅装床，趁着他满心欢喜，我去找他谈，只有几句话，他就满口答应了，接接连连说：'我入我入，我堂客也入。'其实，他堂客还没有过门。他想，只要有了床，他们就是夫妻了，他就有充分的资格代表她来说话了。"

大家笑起来。朱书记自己没笑。他是个一本正经的男子，难得说笑话，就是说出来的事情本身有一点趣味，引得大家都笑了，他也并不和大家同乐。现在，他抽一口烟，严肃地又说：

"合作化运动是农村的一次深刻的革命，个体所有制和集体所有制，旧的生产关系和新的生产关系的这番剧烈尖锐的矛盾，必然波及每一个家庭，深入每一个人的心底。现在已经有些家庭吵嘴了。为了防止出乱子，我们要特别注意。要发动一切可能发动的积极的因素，共同努力，把社建好。"

朱书记接着谈了处理具体问题的一些原则。举凡投资数额、土地报酬的标准，以及耕牛农具折价等问题，他都发表了自己的意见。他告诉大家，要禁止偷宰和私卖耕牛。他说："我们这区，耕牛本来就不够，如果再减少，纵令只一条，也会严重影响合作化以后的生产运动。"

"入社农户的耕牛一律归公吗？"李月辉提出一个问题。

"折价归公，私有租用，都行。"朱书记回答。

"犁耙怎么办？"李主席又问。

"犁耙跟牛走。"

"定产的标准怎么样？"白袱子主席发问。

"这倒是个复杂问题。"朱书记枯起眉毛，翻了翻记录本子，然后才说："入社产量决不能按三定[①]的标准。要依据查田定产运动订下的产量，再把这几年来的实际产量扯平一下，作为参考。天水

① 三定为定劳力、定肥料、定产量。三定的产量标准比较高一点，入社产量如果以之为根据，支付土地报酬时，社里要吃亏。

田[1]的产量要减低一些，瘦田作肥了的，补它一些肥料费。”

“这个问题不简单。”白袱子主席笑着说。

“搞社会主义，哪个问题简单呀？现在的工作，比土改不同，我们必须要细心，要好好儿地动脑筋，一点也不能粗枝大叶。原则只是个原则，我们要按照各乡具体的情况，灵活地运用。”

朱书记重新点起一支烟，继续说道：

“根据各乡今天汇报的形势，大家再努一把力，我们全区的入社农户，跟总农户的比例，可达百分之七十。请大家注意，这个百分之七十，就是区里要求的指标。”

邓秀梅听到这里，特别用心。她把这个指标郑重记在本子上，并且在下边连连打了几个圈；听朱明又说：

“不过这运动越到以后，矛盾越深刻，复杂，我们还不能预料，各乡会发生什么事情。也许会平静无事，也许会发生意料不到的事故。反革命残余的趁火打劫，也可能会有。总之，我们既要快，又要稳，要随时随刻，提高警惕，防止敌对分子的破坏。有电话的乡，每天跟我打一个电话。没安电话的乡，隔天写个汇报来。刚才跟地委、县委来的同志们商量了一下，再过十天，我们还要开一次这样的战地会议。今天的会，到这里为止。”

散会了。人们正要动身走，区里秘书，一个双辫子姑娘连忙站起来叫道：

“同志们，没缴粮票菜金的，请缴清再走。”

十二　离婚

在回乡的路上，邓秀梅和李月辉心里，同在考虑百分之七十，

---

① 天水田：没有水源，靠天落雨的田地。

好久都没有开口。邓秀梅是个自尊心极强的女子。在区上，由于小数点后面的一个数字说不清，当人暴众，受了区委书记间接的抢白，至今想起，还存余痛。但心思一旦转到工作上，她就完全忘了个人荣辱，只想如何达到区里规定的百分之七十的指标了。

回到清溪乡，他们当夜开了一个支部会，传达了区委的精神，并且决定扩大积极分子的队伍，来搞思想发动，个别串联。

支部分析了没有发动的那些农户，把顽固的几家，分给了比较强些的干部。陈先晋归邓秀梅包干，李主席答应去和菊咬打交道，秋丝瓜由陈大春串联，刘雨生协助谢庆元，去做李盛氏的工作，防止她缩脚。分配工作的时候，邓秀梅私下跟李主席商量：

“只怕大春性子躁，方式简单，不是秋丝瓜对手，不如叫刘雨生去。他细致一些，办法也多点。”

李月辉听了笑道：

“也要叫大春锻炼锻炼。”

“我们还是要帮他一手，斗智说理，他不是行角。”

“放心，翻了船，不过一脚背深的水。”

散会时节，快到半夜。李月辉和邓秀梅叫住刘雨生，问他对谢庆元组了解得怎样。

“没有去了解。”刘雨生枯起眉毛说。

“为什么？”邓秀梅问。

“我老婆提出离婚了。”刘雨生心思烦恼，低下头去。

“离就离呗，你有了青山，还怕没得柴砍吗？”邓秀梅斩钉截铁地说。

“你们那一位，实在也闹得够了，这样散场，对你只有好处，没得害处。”李月辉劝慰他道。

“你们怎么闹开的？是不是跟办社有关？”邓秀梅询问。

“有关系。一听要办社，她绞了我吵。她从娘家回来后，昨夜里，她提出来：‘替我解决吧，拖也是空的。’我没有做声。她转身冲出了房间，我赶了出去。”

“赶她做什么？”邓秀梅问。

“外头墨漆大黑的，我怕她叫野物咬了。”刘雨生说。

“她太寡情，你太好了。”李月辉笑着说。

“我还怕她寻短路，吃水莽藤。”刘雨生说。

“你这是多余一虑，这号女子，水性杨花，哪里会去寻短路？”

“我跑出去，四围找了一个够，没见她影子。回家去时，孩子醒了，在床上直哭，可怜他成了没娘崽了。”

“她回娘家去了吧？”李月辉问。

“是的。”

“她的娘家在哪里？”邓秀梅问。

“就在本村，她就是秋丝瓜的老妹。”

“啊，难怪，难怪。他们真是两兄妹。”

“看我伢子的分上，你们两位去劝劝她吧。”刘雨生恳求地说。

李月辉看看邓秀梅，问道：

“怎么样，秀梅同志，你有兴趣吗？”

邓秀梅对于任何妇女的任何事情都感到兴趣，而且，她觉得这事跟合作化有关，正需要了解。她答应明天去看刘雨生的这位坚决提出离婚的妻子，秋丝瓜的妹妹张桂贞。

一宿无话。第二天一早，邓秀梅跟李主席一起，到了张家。秋丝瓜夫妇早已出门了。堂屋里，一个小小巧巧的女子勉强出来迎接着客人。邓秀梅晓得，这是张桂贞。她偷眼看着这女子，瓜子脸上还略带睡意；黑浸浸的头发蓬蓬松松的，好像还没有梳洗；她的眉毛细而弯；眼睛很大；耳上吊双银耳环；右手腕上戴个浅绿色的假玉镯；身上穿套翡青的线布棉紧身，显得很合身。她嘟起嘴巴，对客人说：

“他们出去了。”

“我们是来看你的，贞满姑娘。”李主席笑嘻嘻地说，“看样子，你不欢迎，是不是？”

“哪里？”张桂贞顺手搬出一条高凳来，懒心懒意说，“请坐，我去拿火来，你们抽烟。”

“不要费心，我们不抽烟，也不吃茶，说两句就走。”李月辉站着这样说，“这是邓秀梅同志，认识吧？”

“认得。请坐。”张桂贞邀邓秀梅坐在高凳上，李月辉坐在堂屋大门的门槛上，脸朝里，笑着对张桂贞说：

“回到娘家，哥嫂搞了一些么子好东西你吃？几时回去？”

“我不回去了。”张桂贞决断地说。

“不回去了？你这是什么意思？”李主席故作不知，惊讶地说。

“我们离婚了。”

“离婚了？结发夫妻，怎么干这个把戏？我怎么还不晓得，登记了吗？区里如何说？”

“登记不过是一个手续，上头准不准，都是一样，反正我们过不到一起。”

“离婚是你先起意的吗？”

“是的。”张桂贞低下脑壳，不敢去看邓秀梅的盯着她的闪闪有神的眼睛。李主席还是和蔼地笑着说道：

“贞满姑娘，你这主意打错了，不早回头，将来会要后悔的。老刘是个打起灯笼火把也难找到的好人！”

“他好，他实在是太好了！”张桂贞嘟起嘴巴说。

“他不好么？你说他哪点不好？”

“他呀，心里眼里，太没得人了，一天到黑，只晓得到外边去仰①……”

“为了工作呀。”李月辉打断她的话。

“工作，工作，他要不要吃饭？家里经常没得米下锅，没得柴

① 仰：跑。

烧火，园里没得菜，缸里没得水，早起开门，百无一有，叫我怎么办？去偷，去抢？”张桂贞说到这里，低头用手擦眼泪。

“你家的粮食底子，我是晓得的。”李主席说，“不丰裕，也还不至于这样。我替你们算过，只要不浪费，是够了的。至于菜蔬，那就要靠自己勤快了。”

“李主席，我没有请你来教训人。我不勤快，是个懒婆娘，当初他为什么讨我？他瞎了眼，自己不晓得去看，光听人家哄他的话的？”

“你话里有话，连我这媒人都带进去了。”李月辉说，“不过，贞满姑娘，我当初是为了你呀。”

“为了我？”

“是呀，我看中了刘雨生，他能干，又老实。”

“老实鼻子空，肚里打灯笼。他在家里，才不老实哩。”

“这是你们中间的私事，”李主席笑道，“你说他对你不老实么？没有旁证，我们难断定，这叫清官难断家务事。当初你妈妈想把你许给一个财主崽子，幸亏我劝她说：‘会选的选儿郎，不会选的选田庄。’她信了我的，把你对给了雨生，你要是做了财主崽子的婆娘呀……”

“那倒好了。”

“好挨斗，是吗？”

“就是挨斗，也比受这活磨好一些。”

“贞满姑娘，你要真是这样想，我们没有交谈余地了。我们走吧？”他看邓秀梅一眼，起身又说，“我晓得，这不过是你的气话，你会回心转意的。常言说，夫妻无隔夜之仇，说不定，明朝一早，你就回去了。”

“好马不吃回头草，我既出了门，就是不再打算回去的。”

“好好想想吧，我们走了。”

走到路上，邓秀梅说：

“我看她离意很坚。”

“是呀。其实，这号婆娘，离了也好，省得淘气。她仗着有几分墨水，嫁给一个黑脚杆子，总以为埋没了人才。看她再挑一个什么人？”

“依你意见，离婚是她自己做主呢，还是她哥哥插了一手？”邓秀梅看问题，总是着重政治性的一面。

“这哪里晓得？反正秋丝瓜不是个好货。他们郎舅也合不来。”

“他要是主张他老妹离婚，为的是什么？抱的是什么目的？”邓秀梅最爱寻根究底，寻求事物的隐蔽的、内在的缘由。

“这问题我没有想过。”

“他是不是想用离婚的手段，来挫折老刘的情绪？”

“难说。秋丝瓜肚里是有绿麻鬼[①]的。他们兄妹，又都爱吃松活饭，他平素常说城里太没有脚路，说不定这回是想把他的老妹许给城里的买卖人。”

“明知劝不醒，你为什么那样苦口婆心地劝呢？”

“婚姻劝拢，祸祟劝开，明知无效，我们也要做到仁至义尽。”

这以后的第三天，刘雨生正在乡政府开会，张桂贞来找李主席，要他开个介绍信，到区上去办离婚手续。

“他同意了吗？”李主席问，这回不再深劝了。

“我不管他。”张桂贞噘起嘴巴说。

“那不行，这是两方面的事。”

张桂贞只好坐在享堂里等着刘雨生。

刘雨生开完了会，面带笑容，跟大家一起，走出享堂，一眼看见张桂贞，脸色就顿时变了。他转身又回到厢房，张桂贞跟了进来。

“你们谈吧。”正在厢房和人谈话的李主席，邀着谈讲的对方一起，退了出来，把房间让给他们两个。刘雨生坐在会议桌子边，满

① 绿麻鬼：青蛙，这里作鬼怪或鬼主意讲。

脸愁容。张桂贞远远坐在板壁边，背对着他。她的脸上露出冰冷的决断的神色。

“看伢子的分上，你还是多想一想吧？”刘雨生望着她的背，恳求地说。

“我都想过了，”这女子说，脸面还是没有转过来，“我觉得，我们这样拖下去，对大家都没得好处，歹收场不如好收场，迟解决不如早解决。”

“自从你过门，我自问没有对你不住的地方。”

“你太好了，实在太好了！一天到黑，屋都不落。家里烧柴都没得。我为么子要做牛做马，替你背起这面烂鼓子？”她哭起来。伤心一阵，用手扯起罩衣角，把泪水擦干，又说：“这一向，你越发不管家里了。我一天到黑，总是孤孤单单地，守在屋里，米桶是空的，水缸是空的，心也是空的。伢子绞着我哭。他越闹，我心里越烦，越恨。”

“恨我？”

“还敢恨你。我恨我的命，恨我爸妈没眼睛。”

房里沉静了一阵，刘雨生思前想后，知道事情已经无可挽回了，就松了口：

“好吧，实在要这样，只好依你了。”

“你写个东西。”张桂贞紧迫他写离婚申请。

“等几天再说。”

“还等么子？”张桂贞怕拖下去，又会起变化。

“伢子归哪一个带？”

“归你，你不是喜欢他吗？”在清溪乡一带，有“搭头”的女子，找对象要为难得多。张桂贞为了自己，想把孩子甩给刘雨生。

刘雨生动手写离婚申请。李主席在窗子外面，故意高声跟别人谈话，来掩盖他们说话的声音。张桂贞看见他用颤动的手，拿起钢笔，低头写申请，她的心一时也软了。她想起男人平日的情意，他的没有花言巧语的本真的至性，她也想起他们的三岁的孩子，她的心也微微波动了，但她念到自己的辛苦，操劳，寂寞和凄清的生活，心又硬起来，“不，我不能回头。”重新下定了决心，她的脸上露出温软柔和的颜色，赔笑说道：

“我去了，省得你心挂两头，不好专心专意搞工作。伢子把得你妈妈去带，一定会比我经心一些，你换洗的褂子单裤，我都洗好清好了，放在红漆大柜里。”

听了这番款款的叮咛，刘雨生以为她有些后悔，有点回心转意了，连忙放下钢笔，对她笑道：

“申请暂时不写好不好？这一向，你要是嫌家里烦闷，在哥嫂那里，多住几时，也行。”

“不，你还是写吧，不要拖了。”张桂贞果决地说，她的脸色又变严峻了。

刘雨生从她的脸色和口气里，晓得她的心去了，只得重新提起笔，伏在桌子上，草草写了一个离婚申请书。

“你也要写一句话。”李主席接了刘雨生的离婚申请书以后，转脸跟张桂贞说。他的脸上，没有笑容，这在他是少有的。“是你提出要离的，口说无凭，怕你将来又后悔。”

“我死也不悔。”

“好吧，你写。”

“我不会写。”

“你念，我来替你写。”

李月辉帮张桂贞写好了申请，又给她念了一遍，然后叫她按了手印。和这同时，刘雨生也在自己的申请书上盖了图章。李月辉写了一个证明信，用了印，交给刘雨生。在乡政府的人们的私语、惋叹和怒目的包围里，张桂贞昂起脑壳，噘着嘴巴，走了出来，刘雨生心思沉重地跟在她背后。他们到区上登记去了。

刘雨生从区上回乡，当天就把孩子送给妈妈去抚养去了。他一个人回到家里的时候，太阳落了，天色阴下来，小小的茅屋里，冷火悄烟。他无心做饭，一个人坐在屋前一棵枇杷树下的一捆稻草上，两手捧着脸，肘子支在膝头上，在那里沉思。有人看见这情景，跑去告诉李主席。李月辉慌忙跑来，搬一捆草坐在他的斜对面，对他说道：

“老刘，不要想了，我们来商量一下，这下一步，如何走法。”婆婆子想用工作来治理刘雨生的心上的创伤。“你去看过李盛氏吗？”

刘雨生摇一摇头。

“你应该去看看她。设法帮助她。我们要积极教育落后的户子。不要看不起他们，我们都是从落后来的。”

“我怕说不过她。”

“看你这个裤包脑[①]，你去试试，说不过，就找帮手。这个女子不是能说会讲的角色。你不要怕。去吧，振作一点，人一忙起来，就会忘记这些乌七八糟的事情。”

刘雨生没有做声。李主席望着冷火悄烟的茅屋，问道：

“走了？”

“走了。”刘雨生无精打采地说。

“走了算了，这号堂客勉强留在屋里，终久是个害。”

“我就是有点想不通，我什么地方对不起她了？”

“你太老实，这就是你对不起她的地方。想开一点吧。孩子呢？送给他姆妈去了？”

刘雨生点一点头，眼睛望着墨黑的远处。他还是在盼望他的负心的妻室会意外地回来。李主席猜透了他的心事，想了一想，笑笑说道：

“你们离开了，我才敢说。张桂贞漂亮是漂亮，也有美中不足的地方，鼻子太尖了一点。况且，一个人，不论男人和女人，要紧

---

① 裤包脑：见不得世面的人。

的是心，她心不在你。你肚里有她，她心里没你，有么子味？你还是去看看李盛氏吧。”

“为什么？”

“她一个妇女，丈夫把她遗弃了，也还是过得蛮好。”

刘雨生听见这话，没有做声，心里在想：“我倒不如堂客们了。”口里随即说道：

“我就是可怜我的孩子。”

“如今的孩子都是国家的人，要你操心做什么？”李主席站起身来，又说，“我奉劝你，不要这样没有作为了，一个共产党员，要随时随刻想到党和人民的事业。现在，党在领导合作化，你在这里闹个人的事，这不大好，叫别人看见，不像样子。先不先，老邓就很看不起。刚才我在路上碰到她，邀她同来劝劝你，她说：‘对不起，我没得工夫。’听听这口气。”

刘雨生听了这话，受了刺激，精神振作了一点。他站起身来说：

“进屋里去坐坐吧。”

“不了。你把家里事安顿好了，就去劝劝李盛氏，她摇摇摆摆，想不入社，你能包干负责，把她稳住吗？”

“我去试试。”

“她的丈夫在外跟人结了婚，她隐隐约约，晓得一些了，你先不要提，看她如何说。天色不早，我要走了，你的衣服没人洗，拿给我婆婆去吧。”

“多谢你。”

送李主席走后，刘雨生回到冷火悄烟的屋里，他的心又涌上一股冰彻骨髓的寒流，饭也不弄，和衣困在床铺上，用手蒙住脸，好久睡不着。他思前想后，心绪如麻。忽然，从朦胧的远处，他好像听到了一个女子的清楚的声音：

“对不起，我没得工夫。”

邓秀梅的这句话，使他想起了同志们不分昼夜的奔忙和劳累。

他的心感到有些惭愧了。

十三　父子

“我劝你少想私事！”邓秀梅在乡政府的厢房里，碰到刘雨生，看见他还是有些萎靡不振的样子，谈了几句工作上的话，就这样说他，“全心全意，投身到工作里边，你的生活就会充实和快乐。李盛氏的情形怎么样？”

“去过一回，她不容易讲话。”刘雨生回答。

“不容易讲话，就多去几回。对这号人，要有耐心，又要细致。”

“顶好你去，你去比我方便些。”

“你有什么不方便？”

“叫一个男人去劝堂客们，总有一些不大合适的地方。”

“你这样封建？依你说，我该打起背包回去了，在这里净和你们男人打交道，这还了得。”邓秀梅随即催促刘雨生，“去吧，去吧，不要忸忸怩怩，像个姑娘了。”

“请你同我一块去，好吧？”

“对不起，我有我的事，不能奉陪。”邓秀梅要去研究陈先晋的材料，辞别了刘雨生，当即首先找到陈大春，含笑责备他：

“看你这个团支书，怎么连亲老子都劝不转啊？”

“他太顽固了。”陈大春生气地说。

“我同你去看看如何？”

“随便哪个去，都是空的。”

“这话说得太死了。”

“不管他怎样，反正我懒得劝他。你欢喜去，自己去吧。我一跟他谈起来，看见他那副顽固样子，就要上火。”

"太爱上火要不得。你看人家李主席，从不发气，工作反而打得开。"

从陈先晋的亲人和邻舍的口里，邓秀梅晓得了这个顽固老倌子的好多的事情。她知道他不爱多话，却非常勤奋。从十二岁起，他下力作田，到如今拍足有四十年了，年年一样；一年三百六十日，天天照得旧，总是一黑早起床，做一阵工夫，才吃早饭。落雨天，他在家里，手脚一刻也不停，劈柴，研米，打草鞋，或是做些别的零碎事。他时常说，手脚一停，头要昏，脚要肿，浑身嫩软的。左邻右舍，看见他这样发狠，都叫他做"发财老倌子"，不过，一直到解放，他年年岁岁，佃地主的田种，财神老爷从来没有关照过他家。

陈先晋的祖业，只有一座小小的后山，和后山坡上他跟爸爸开出来的一亩不算肥沃、土肉发红的山土。

人们公认，先晋胡子是村里数一数二的老作家，田里功夫，门门里手。只有一宗，在耕种上，他墨守成规，不相信任何的改变会得到好处。比方解放前，他佃一个五斗丘，每年作五个凼子[①]，沤十担大粪，二十担草皮；年年一样，不多也不少。他认为十担大粪，二十担草皮是这一丘田的恰到好处的肥量，少了田太瘦，多了禾会飘[②]。解放后，上头号召大家点安莵灰，他不相信这会得到任何的益处。他说："我作了四十年田了，从来没有点过安莵灰。"硫酸亚更不用提了，只要听到这个稀奇古怪的名词，他就枯起眉毛来，表示非常地厌恶。这几年来，上头提倡的四犁四耙，小株密植，架子禾等等，他一概不信。农村里的无论什么新变动，他都看不惯，互助组和合作社，在他心目中，更是稀奇事。他对人说："积古以来，作田的都是各干各，如今才看见时兴，么子互助、合作，还不都是乱弹琴！"又说："树大分杈，人大分家，亲兄嫡弟，

---

① 凼：音荡，田里沤粪的小坑。

② 飘：即禾苗光长叶子。

也不能一生一世都在一口锅里吃茶饭。如今说要把二三十户人家扯到一起，搞得好，我不姓陈。”

土改时，先晋胡子分进了五亩水田，只有这变动逗他欢喜。据他婆婆说：“领回土地证的那天夜里，老驾一通宵翻来覆去，没有睡落觉。第二天一早，他挑了一担丁块柴，上街卖了，买回一张毛主席肖像，恭恭敬敬，贴在神龛子右边的墙上。”

陈先晋凭空添了五亩上好的水田，连他作熟了的那丘五斗丘在内，这是他祖宗三代，梦想不到的一件大喜事。他盘算着，分进的五亩水田，加上他原有一亩山土，一共是六亩田土，可以作他发财的起本了。

他的那一亩山土，来得实在不容易。这是他跟他爸爸，吃着土茯苓，半饥半饱，开出来的。山荒有树蔸、石块，土质又硬，捏着锄头开垦时，手掌磨得起了好多的血泡。

如今，晴天里响起了一个炸雷，上头说是要办社，说田土要归并到社里，这使他吃惊和苦恼。有好几天，他想不开。到后来，他想，田是分来的，一定要入社，没得办法；土是他和老子，吃着土茯苓，忍饥挨饿，开起出来的，也要入社么？政府发给他的土地证，分明是两种。分的五亩田，发的“土地使用证”，开的一亩土，领的“土地所有证”，如今为什么一概都要归公呢？

邓秀梅刚一入乡，就结识了陈大春。为要了解这位刚强暴躁的青年，邓秀梅向李主席问起了他的家庭，自然而然谈及了他的爸爸陈先晋。“陈先晋，”当时她笑道，“这名字多好，想必他很先进吧？”李主席笑道：“不，他最保守。”“怎么名字叫先进，实际很落后？”“是呀，这叫有其名，无其实。这还不稀奇，顶有味的是他们父子两个时常闹矛盾，吵场合。陈大春左得吓人，老倌子右得气人。父子两人，一个采左，一个偏右，死过不得，但又非在一起过不行。他们没分家，大春还没有亲事，他想搬出来，脱离家庭，在后山坡上搭个茅棚子，手头没得钱，他的这个小小的志愿还没有实现。”

邓秀梅又作了进一步了解，晓得陈先晋的舅子，共产党员詹永鸣是革命烈士。“马日事变”后，他逃到华容，在那里被捕，牺牲于长沙浏阳门外。詹永鸣的遗体抬起回来时，陈先晋夫妻去送了葬。揭开棺盖，亲眼看见了哥哥的鲜血淋漓的尸首，陈詹氏哭得死去活来。陈先晋落了眼泪，却没有做声，往后他更不爱说话，不问世事，只晓得低着脑壳，做田里功夫。

听到解放军来到了县城，共产党人又回来了，陈詹氏又喜又愁，喜的是这回晴天了，哥哥的冤仇好报了；愁的是自己的儿女也出去革命，万一变了天，他们都会遭受哥哥同样的悲运。陈先晋还是跟往常一样，不大做声，只认得作田，长年的艰辛和穷苦，使他变得有些麻木了。

一个难忘的日子到来了。解放后不久，一个响晴天，村里来了一位白马的骑者，一路询问到陈家。这位北方干部是来打听詹永鸣的家境和遗族们的。他在陈家引起了各种不同的反响。陈先晋坐在堂屋里，只顾抽旱烟，不大说什么；陈妈把干部当做自己的亲人，装烟、筛茶，亲热地回答他的各样的问话。陈大春那时才十五，他妈妈不准他旁听，骂道：“你还不死得去砍柴火呀？”大春拿着扦担柴刀走出去，又从后门溜回来，躲在灶屋竹壁下，偷听他们的谈话。听到工作干部夸赞自己的舅舅，他心里浸满了荣誉的感觉，并且立志要走舅舅的道路。

革命的道路，对于他是平坦而且顺畅的。他首先参加了民兵中队，不久入了团，刚满十八岁，就被吸收入党了。

在陈大春身上，邓秀梅清楚看出两种不同的气质。一种是父亲熏陶出来的勤劳的刻苦的精神，一种是母系传来的豪勇的革命的气概，两种气质，在他身上，都显得十分强烈而鲜明。而且，人们一下就能洞察它们的渊源。看见他克勤克俭，老辈人说：“有种有根，无种不生，他跟他爸爸，真正是分毫不爽。”看他工作舍得干，大公无私，干部们说："外甥多像舅。"惟有他的躁性子，人们还看不清源头，知道他的家系的人说："他的外祖父的性子很暴烈。"如果是这样，难道真有隔代遗传的情况？但作兴是从小生活苦，辣椒吃多了，下力又太早的缘故吧？搞不清楚，谨此存疑，以待贤明的考证。

大春下力的那年，是十三岁，比起爸爸当年来，还迟了一年。这是老驾体恤自己的儿子，怕他出力过早了，伤损了筋骨。这孩子，却像一句俗话所说的"没毛鸟子天照应"，他吃得不好，睡得不多，日晒夜露，功夫又重，却像一株松树一样地发育起来了。刚满十六岁，他长成一条魁梧奇伟的猛汉，担子能挑百二三。自从参加了民兵，他往往夜里放一夜的哨，白天还是照样做功夫。

他长一身黑肉；衣服总是补疤驮补疤；一条蓝布腰围巾，扯常四季沾满了泥浆。他说话直套，粗鲁，发起脾气来，有时还拍桌打椅，奇怪的是一般的人都不讨厌他，村里好多姑娘还偷偷地爱他。调皮的盛淑君也是这样的姑娘中间的一个。她一见了他，又是畏惧，又是欢喜，小圆脸总是一下子红了。

陈大春嫌他爸爸思想太落后，给他丢脸，父子两个，不是吵架，就是成天不说一句话。他对妈妈一味顺从爸爸的好性格，大不以为然。

"我妈妈是个古板人，"有一回，陈大春对邓秀梅说，"讲究的是三从四德。她算辛苦一世了，一天到黑，不是绩麻，就是纺棉花，还要做饭、洗衣、泼菜，不是在菜园里，就是在灶屋里。她从不出大门，一生一世，没上过街，没见过河里的木船，更不用说轮船了。她省省俭俭，只想发财。她怕我爸爸。真是奇怪，我舅舅那样不怕场合，妈妈却这样懦弱，一娘生的，完全两个样。"

"这和环境、经历和思想都有关系，你舅舅是共产党员，自然和一般人不同。"邓秀梅接着又问，"你舅舅家里，还有一些什么人？"

"舅妈去世了，表弟也死了，表姐出了阁，如今他家只剩表哥詹继鸣。他是我姐夫，我们是亲上加亲。”

邓秀梅听了这话，很感兴趣，连忙问道：

“你姐夫思想如何？”

“他是党员。”

“他跟你爸爸谈得来吗？”

“爸爸蛮听他的话。”

邓秀梅掏出怀里的小本子，记下詹继鸣的名字。

又有一次，邓秀梅向李主席打听大春家里其他成员的思想状况。李月辉笑笑说道：

“他们家里，先进和落后，摆了一个插花的阵势。大春爸妈是那样，大春自己是这样，二弟孟春跟爸妈一鼻孔出气，只认得作田，不肯探闲事。妹妹雪春思想好，如今是少先队中队长，快要入团了。”

“按理，这样的家庭，不应该还有落后分子。”邓秀梅说。

“是呀。他们家的思想这样不齐整，要怪我们工作没有做到家。”李主席检讨自己。

“趁这次运动，我们补它一下火。”

“就怕来个兔子不见面，日里他们到田里、山里去了。”

“夜里去。”

“吃过夜饭，他们就关门睡了，为了省灯油。”

“落雨天去。”

“老驾落雨天，也要出去做功夫，卖柴火。只有吃夜饭时节，他们都在屋。”

邓秀梅把陈家里的底细探听明白了，订出了一个计划。她想首先亲自到那里去探探虚实，看看苗头，然后派兵遣将，争取这个守旧的老倌子，做农业社社员。

十四　一家

这一天，烧夜饭的炊烟飘上家家屋顶的时候，邓秀梅收拾停当，动身到陈家里去，路上碰见李主席。

“晓得路吗？”李月辉问，不等她回答就说，“奔大路一直走，到右手头一个横村，一拐弯就是。”

邓秀梅从一掌平的大塅里，拐进一个排列好多梯田的、三面环山的横村。暮色迷蒙里，远远望见一座靠山的小小的瓦屋，她晓得，这就是陈家。坐北朝南，小小巧巧，三间正屋，盖的一色是青瓦，西边偏梢子，盖的是稻草。越过低矮的茅檐，望得见竹子编成的狭小的猪栏。屋后是座长满翡绿的小松树、小杉树、茶子树和柞树的丛林。一丛楠竹的弯弯的尾巴，垂在屋脊上，迎着晚风，轻轻地摇摆。屋前有个小地坪，狭窄而干净。屋的东端，一溜竹篱笆，围着几块土，白菜、青菜和萝卜菜，铺成稠密的、翡青的一片。土沟里、土壤上，一根杂草也没有。

陈先晋全家大小，正在灶屋里吃饭。他们五口人围住一张四方矮桌子。桌上点起一盏没有罩子的煤油灯，中间生个汽炉子，煮一蒸钵白菜，清汤寡水，看不见一点油星子。炉子的四围，摆着一碗扑辣椒[①]，一碗沤辣椒，一碗干炒的辣椒粉子，还有一碗辣椒炒擦芋荷叶子。辣椒种族开会了。除开汤菜，碗碗都不离辣椒，这是陈家菜蔬的特色。

陈先晋收工得晚。一年四季，他家总是点灯吃夜饭。吃完饭，抹个脸，稍稍坐一阵，老倌子抽一袋旱烟，陈妈洗净了碗筷，就熄了灯，全家都归房就寝。近两年来，雪春要是温夜课，老倌子破格地允许点灯。他疼爱这个调皮的满女，可是满女并不顺从他，背前

① 扑辣椒：用开水漂白后，用盐腌在坛子里的青辣椒。

面后，还骂他落后。

看见邓秀梅进来，陈妈连忙把筷子摺下，起身打招呼。她们没有见过面，但是她听雪春说起过，晓得这位生客就是县里派来的干部。

“快不要起身，陈家姆妈，请你的饭吧。”邓秀梅赶到陈妈的面前，按按她肩膀。

“邓同志，稀客呀，”雪春活泼而且热烈地欢迎，“吃碗便饭吧。”她跳起身来，就要去装饭。

“不，不要费心，我相偏了，多谢你，雪春妹子。你们这个细妹子真好，”邓秀梅掉头跟陈妈说道，“又会读书，又会宣传。”

“哪里？她晓得什么？”陈妈忍住心里的高兴，谦逊地说，“还不是全靠你们教导、关照。”

邓秀梅跨进灶门的时候，陈大春正低头扒饭，因为大口吃辣椒，热得满头大汗。他早知道客人的来意，抬起头来，对她微微地一笑，算是他的会意的招呼。邓秀梅坐在一把竹椅上，带着她的素具的细心，观察这对老夫妻。朦胧灯影里，只见陈先晋老倌，脸色微黑，鼻梁端正，眉毛淡淡的，手指粗大，手背暴出几条鼓胀的青筋；头上缠条染黑了的萝卜丝手巾，身上穿件补得成了青灰杂色的棉袍子，腰上系条老蓝布围巾。他站起身来，到甑边装饭的时候，显得身材高大而结实，脊梁直直的，不像五十出头的老倌。食量也好，堆拱一碗饭，几筷子就消灭了半边。他的婆婆脸也晒得黑黑的，但有一点不一定健康的虚胖。她的脑后梳个巴巴头，右手腕上戴一个玉钏，昏黄的灯光里，发出灰黯的光泽。

邓秀梅跟陈妈谈话的时节，老倌子一句话不说，低着脑壳，只顾吃饭。把饭吃完，他站起身来，用那黑黑的、青筋暴暴的、皴裂的右手的手背擦了擦嘴巴，拿起他的旱烟袋，夹在手臂下，对邓秀梅微微一笑，说道：

“对不住，邓同志，我要出去有点事，你在这里打讲吧。”

把话说完，他出门走了。这个突然的行动，使得邓秀梅心里震动了一下，但脸上没有丝毫见怪的颜色。陈妈觉得很过意不去，望着老倌子的渐渐消逝的背影，她大声问道：

“断黑了，你还到哪里去啰？”

“去借碾子。”老倌子边说边走，一会儿就看不见了。

“真是生成的！”大春责备他爸爸。

“爸爸真像样子，客来了，弦也不弹，自己走了，一点礼信都不讲。”雪春嘟着嘴，也怪老倌子。

“他的脾气素来就是这样嘛。”孟春体谅他爸爸。

“邓同志，请不要见怪。”陈妈笑着给客人赔礼，“你不晓得我们老倌子，说起来，也实在可怜。老班子没有留下一点点家伙，靠他一双手，好不容易养活一屋人。他十二下力，真正没有住过一天手。一件棉袍子还是我们亲事那一年置的，足足穿了三十年。唉，邓同志，你不晓得，我们作田人家好苦啊……”她扯起衣袖，来擦眼泪，泣声咽住了话音。

“现在见了青天了，将来会越过越好。”邓秀梅接过话来说。

“是吗？那就太好了。”

邓秀梅跟这老婆婆，扯起长棉线，打着家务讲，暂时避开不提合作化的事。她细细密密，问起陈家的景况，山里的出息，园里的菜蔬，以及猪牛鸡鸭等，谈话琐碎、具体而又很亲切。

陈家的人都吃完了饭。孟春进房间去了，大春陪了一阵客，也抽身走了。邓秀梅望着他的宽厚的背，对陈妈说道：

“你老人家崽女通通好，看你这位孟春也很不错的样子。”

“哎呀，他才不好呢。”正在洗碗的雪春插嘴说道，“他是个落后分子，逢年过节，还跟爸爸一起，偷偷摸摸去敬土地菩萨。”

“要你多嘴，你这个鬼婆子！”陈妈喝骂她女儿，“只有你是个百晓，是样的晓得。”

“我又没说你，你争么子气？”满姑娘一边洗碗，一边嘟起嘴巴顶撞她妈妈。

“混账东西，你还要翻！邓同志，你不晓得，他们都好淘气啊。”

“你老人家看得娇，他们才敢这样放肆呀。”

“我们那个大的，也死不谙事，一把嘴巴子，有的没的，冲口乱说，又不怕得罪人的。”

“这样倒好，人家都喜欢他直套。”

“还不是承大家作得起他，原谅他有嘴无心。”

“陈家姆妈，你晓得吗？村里好多的妹子，都只想做你老人家的媳妇呢。”

“真的么？”昏黄的灯光下，邓秀梅看见，这位历尽艰辛的老婆婆的微黑虚肿的脸上露出了欢喜的笑容，她把她所坐的竹椅子拖拢来一点，靠近邓秀梅，机密地问道：

“邓同志，你说哪一个妹子好一些？”

“那还要说？自然是盛家里的那一个嘛。”邓秀梅说到这里，把头转到雪春的一边，含笑问道，“听说你跟她是共脚穿裤的好朋友，是吗？”

洗完了碗，正在揩抹桌面的雪春，听了邓秀梅的话，连忙扭转身子去，对陈妈说道：

“妈妈你听听，邓同志不是也说淑君姐好吗？赶快催哥哥跟她好嘛。”

“蠢东西，这也急得的？”陈妈骂她。

“我看你比淑君还着急。催得哥哥办完了喜事，你好找婆家，是吗？”邓秀梅逗起她说。

“只有邓同志，爱逗耍方。”雪春红了脸，低头只顾装作抹桌子的样子，心里倒是还想听到这一类的话。

陈妈把坐的竹椅拖得更近了一点，把嘴贴近邓秀梅耳边，悄悄问道：

“邓同志，你看盛家里的这个妹子究竟如何？”

“你老人家自己还不清楚吗？”

“听说……”老婆婆要说又停。

“听说什么？”

陈妈对那抹完了桌子的雪春盯一眼，骂道：

“还不死得给我铺床去！”

等女儿走了，老婆婆才说：

“听说她妈妈声名不正。”

“你又不是讨她做媳妇，她不好，与你何干？”

“是倒是的，不过，门风不正的人家的女儿，讨了过来，总怕淘气。”

“我也听说过，盛淑君的妈妈原先有段风流事。在娘屋里做女时节，爱了一个人，后来出嫁了，两个人还藕断丝连，这只能怪包办婚姻，不能怪她。”

“那么你说这门亲事要得啰？”

“自然要得。”

“妈，快催哥哥同她好起来。”原来雪春并没有进去铺床。她躲在灯光映照不到的房门角落里，偷听妈妈和客人的谈话，这时候，她跳出来插嘴。

“鬼婆子你又出来了？身上皮子痒了么？”陈妈喝骂着，等女儿进房去后，她又问邓秀梅道：

“你说，请哪一位做媒人？”

“让他们自己接近，互相了解吧，媒人倒可有可无。”

“没得媒人还要得？”

“那有什么要不得？”陈雪春又跳了出来，插嘴说道，“你说要不得，他们说要得，你有什么法子呢？”

“看我打你这混账家伙。”陈妈才起身，雪春早跑了。

“终身大事，礼不能缺。”

“要备个三茶六礼吗？”

“三茶六礼备不起，也不作兴了；媒人非得要不行。邓同志，请你来好吧？”

“我们村里有位现成的月老，为什么不请？”

“你是说的李主席？那倒是合适。烦你带个口信去，请他作合。二天你要见到我们那个大家伙，费心劝劝他，不要不理人家，大模大样的。家底子只有这样，还挑精选肥！”

“如今不凭家底子。”

“话是这样说，底薄的人家，究竟还是为难些。你总要置套把衣服，办两桌便饭吧。讲究的人家，还要一套绒绳子衣服。听说，盛家里这个妹子不挑这些，这就很好。你劝劝我们那个家伙吧，叫他早一点定局。爸妈都上了年纪，阎老五点我们的名了。”

“想抱孙子了。”邓秀梅模拟陈妈的口气，接过来说。

“邓同志真有意思。”陈妈分明满意邓秀梅这话，又叮咛一句，“还是请你劝劝我们那一个。”

“放心吧，不要我们劝，他们自己会好的，只要你们答应加入农业社。”邓秀梅看谈话投机，趁对方高兴，把闲聊巧妙地引入了正题。陈妈初初听了这个陡然的转折，愣了一下，好久才说：

“听雪春说，入社是好事，我是没有么子不肯的，只怕老倌子他不答应。”

“他为什么不答应？”

“舍不得他开的那几块土。”

“土可以给他留一点。”

邓秀梅偷眼看看这位老婆婆，打皱的虚肿的脸上，笑容没有了，话也不说了。显然，入社不入社，不是她感兴趣的话题。邓秀梅想了一想，就笑着问道：

“听人说，你老人家的郎[1]是个好角色。”

---

① 郎：女婿。

“哪里？他也是黑脚杆子，跟我们一样，称得么子角色啰？”不出邓秀梅所料，岳母爱郎，老婆婆心里喜悦，脸上又笑了。

“如今，黑脚杆子都是政府看得起的好角色。‘万般皆下品，惟有读书高’，这话不对了；如今的世界是：‘万般皆下品，惟有劳动高。’”

“那你们呢？你们干部不下田，都是下品吗？”

“我们动脑筋，也是劳动的一种。你女屋里是哪一区？”

“八区。”

“隔这里好远？”邓秀梅怀抱一个新主意，这样地问。

“十几里路。”

邓秀梅点一点头，没有再问。她枯起眉毛，正在运神。

“你在劳动了。”陈妈用她才学的新话，说道。

邓秀梅笑了一笑，没有做声。她还在思索。这时候，从房间里传来了均匀微细的鼾声，孟春雪春都睡了。邓秀梅起身告辞，陈妈一直送到大门口，顺手关了门，因为老倌子和陈大春还没有回来，她没有闩门。

邓秀梅没有回面胡家去，一直走到乡政府，找着大春，动员他带信给他的姐夫，叫他马上来劝岳丈和岳母。出了乡政府，邓秀梅又转到盛清明家里。这位治安主任，正在灶门口跟他妈妈调摆什么事。邓秀梅跨进门去，劈头就说：

“好一个先进分子，共产党员，你在群众中间起了什么样子的作用？”

“这是哪里吹来的十二级台风？究竟是为什么事呀？”

“有个那样落后的朋友，亏你平素净夸口。”

“我晓得你是用的《三国》的办法，请将不如激将，说吧，你要请我去劝哪一位？”

“我只懒得请。这是你自己的责任。限你三天，打通陈孟春的思想，并且动员他劝醒自己的老子。”

“得令，”盛清明站起身来，立一个正，玩笑地说，“军令如山倒，卑职马上去执行。”

“稍息，三天后，我来检查。”邓秀梅同样轻松地笑着。

调兵遣将，布置完毕，邓秀梅才回到乡上，紧接着参加了那里的一个会议。

第二天晚边，陈家女婿詹继鸣来了。他是接到大舅子的信，特地赶来的。既是姑姑家，又是岳母家，他每次到来，好像是回到了自己家里一样。一跨进门，略坐一坐，他就扎脚勒手地，摸把开山子，去劈柴火；劈完柴火，就去挑水。在言辞上，他不会比岳丈更多一些，两个人半斤八两，都喜欢静默。有一回，岳婿同路上街去，走了十几里，彼此没有交谈一句话。

因为不爱多嘴多舌的，詹继鸣说出来的话，总是经过再三的斟酌，很有分寸，十分扎称，连固执的陈先晋老倌也都信服他的话。

陈先晋上山挖了一天土，断黑才收工。他背起锄头，回家吃夜饭，一进大门，看见郎来了，他的沾着泥土的疲倦的脸上立即露出了笑容。

“你来了！”就只说了这一句，算是招呼和欢迎。他把锄头顿在房门角落里，洗脸去了。

他的崽女都在家，夜饭桌上，大家谈得很热闹，只有惯于缄默的两岳婿不做一句声，都只管吃饭。

来了娇客，岳母娘特地在火炉屋里生了一堆火，饭后大家围在火炉边，烤火、抽烟、随随便便地谈话。一段焦干的杉树废材，在火焰里，发出噼噼啪啪的声响，松木丁块柴的松脂油香气飘满一屋子。火边炖了一个沙罐子，开水咕嘟咕嘟地响着，火炉里的烟焰的影子在板壁上不停地晃动。陈妈泡了四碗放了盐姜、芝麻的家园茶，给老倌、女婿、大春和孟春，一个人一碗。

“妈妈，我也要。”雪春靠在妈妈身上撒娇了。

“自己没得手，筛不得呀？这个鬼婆子，惯肆得没得死用。”她一边骂，一边给她筛一碗。

喝着滚热的家园茶，两岳婿还是没交谈，陈妈忍不住，开口问了：

“继鸣，你们那边也在办社吗？”

詹继鸣点了点头，再没说什么。喝完了茶，他的嘴里嚼着茶叶和芝麻。

“你打算入吗？”岳母又探问。

“报了名了。”詹继鸣说了这一句，又不说了。

“爸爸你看，”雪春抢着说，她时时刻刻没有忘记她是村里的宣传队队员，“继鸣哥哥都入了，我们还不赶紧去申请。”

“是呀，”大春马上响应他妹妹，“迟参加不如早参加。”

“我看也是入了好，单干没意思。”孟春从盛清明家里刚回来不久，受了熏陶、说服和启发，也劝他爸爸入社。孟春的话使老倌子心里一惊。他决计单干，在人力上，主要是想依靠女婿继鸣和二崽孟春。他晓得大春是靠不住的，他是公家的人了；惟有这两人，和他脾味相投，想法一样，是可指靠的，万万没有料想到，他们也变了。他再指望哪个呢？插田打禾，赶季节，抢火色，哪个来帮他的忙？想起这些，他心灰意懒，周身嫩软的，无力回答他们的劝说。这时候，孟春又说：

“爸爸你不入，我也要入。”

雪春也劝道：

“爸爸你快入了吧，免得人家指我们的背心，说我们落后。”

“滚开些，你晓得么子？”爸爸骂她。

“满女子，快给我去睡吧，不要在这里惹得爸爸生气了。”每逢女儿挨了爸爸骂，陈妈总要用软语温言，劝慰几句，生怕她受了委屈。

“我偏不睡，”雪春撒娇，“偏要看看爸爸到底打算怎么样！”

“要你管吗？”陈妈的声音还是很温婉。

“这又不是他一个人的事，我为什么不能管？他落后，连累我们都抬不起头来。”

“混账东西，再讲，挖你一烟壶脑壳！”陈先晋举起手里的烟袋。陈先晋是打儿女的好手。他说打，就真的下死劲毒打，不像亭面胡，口里骂得吓死人，从来不下手。如今上了年纪，崽女也大了，陈先晋很少打人。但是，看到他的缠着漆布的穿心枣木烟袋快举起来时，陈妈吓得身子都打战，生怕满女挨他一家伙。她慌忙站起，一边用身子挡住女儿，一边骂她：

“鬼婆子，还不死得去睡去！”回转身子，她劝陈先晋，“老倌子，你犯不着生气，她不谙事。”

看着陈先晋把烟袋放下，陈妈才又安心坐下来，小声小气，跟满女说道：

“去困觉去，不要在这里讨打了。”

“我偏不，他敢打我！”雪春咕嘟着嘴巴，昂起脑壳说，“如今有共产党做主，哪一个威武角色也不兴打人。”

“满妹子，少讲几句吧，你去睡去。”共产党员陈大春答白，“我说爸爸你，也该想得透彻点，你一个贫农，入了社，会吃什么亏？共产党是回护贫农的，你还不晓得？解放以来，我们家里得了政府几多的好处，你数得清吗？”

“爸爸忘本了。”雪春从旁边插嘴。

“要你多嘴多舌的！”陈妈生怕老倌子生气，又要打女儿，连忙代他骂一声，来和缓他的可能发生的怒气。

詹继鸣噙着旱烟袋，一直没做声。这时候，他咳一咳嗽，大家晓得他想要说话，都静静地等待他开口。雪春心里更高兴。她早晓得，姐夫的话，最能打动爸爸的心了。

“外公，”詹继鸣依照他儿子的叫法，叫他岳老，“大舅说得对，入了社，你吃不了亏。我看你还是入了。一个人单干，这一份田，你作得出来？”

说到这里，他住口了。雪春很失望。她本希望姐夫讲一长篇大道理，却只说了这样平平常常的几句，又有么子作用呢？不料他的话非常灵验，老倌子想了一阵，说道：

“都说入得，就先进去看看吧。”

“对，爸爸说得真正好。”雪春欢喜地跳了起来。

“满女子，你疯了？”陈妈干涉她满女。

“不过，”老倌子用火钳搬搬柴火，问道，“后山里的那几块土，是祖传祖遗，我想留着，行不行？”

“爸爸，你又来了，”雪春冲口说，“田入社，土留家，你这不是脚踏两边船？”

“你晓得么子？快去睡去。”陈妈生怕女儿惹得老倌发脾气，推着她走。

“具体问题，到了社里，还可以商量。”大春从旁说明。

“外公，我看就是这样吧。”詹继鸣也补了一句。

“继鸣，依你看，将来入了社，不会叫老倌子吃什么亏吧？”陈妈问女婿，意思是叫他稳稳老倌子的心。

“那哪里会呢？”大春抢先回答了，陈妈却还等着女婿的回话。

“当然不会，社里的章程是，公众马，公众骑，定出的规则，大家遵守，都不会吃亏。”詹继鸣破例地多说了两句。

“公众马，公众骑，你这样一说，我心里就有个底了。”陈妈一边说，一边偷眼看看老倌子。她的这话，明明是说给他听的。

陈先晋看见女婿、崽女，连婆婆也在里面，都劝他入社，他想，自己年过半百了，何必一定要跟后生子拗呢？算了，反正单干也没发过财。

“好的，我们都入吧。”

“田土都入么？”大春回问他一句。

“都入都入。”

“爸爸真进步，真聪明。”雪春拍手打掌笑起来。

“混账东西，大人子要你来夸奖来了！”陈妈含笑骂她的女儿，“继鸣你看我们这丫头，痴长这么大，还是这样不谙事，何得清闲啊？”

詹继鸣笑了一笑，在炉边石上，磕磕烟袋头，没有答白。对于无须回答的问题，他决不多言。

这一家人当夜都睡了，有的怀抱欢喜的心情，困着落心觉，有的是相反。陈先晋老倌困在被窝里，不住停地翻来覆去，一夜没有睡好觉。天才粉粉亮，他爬起来，穿好衣服，脸也不洗，拿起扦担和柴刀，上山去砍柴。他的祖山跟王菊生的山搭界，中间只隔条堤沟。王菊生也是个勤俭发狠的角色，这时早上了山了，隔堤望见陈先晋，他笑着招呼：

“先晋胡子，起得好早！”

“你也不晏嘛。”

“这些天，村里几多热闹啊。”菊咬筋试探着说，“看见你的郎来了。他们那里呢？”

“也闹合作社。”

“他入了吗？”

“入了。”

“你呢？”菊咬筋把扦担插在地上，停步发问。他所盼望的，分明不是对方的肯定的回答。

“我打算申请。”陈先晋的答复出乎菊咬的意料。

“好呀，这下看你穿绸挂缎了。”菊咬冷笑地说。

“只怕未必吧？”本真的陈先晋根本没有听出对方讽刺的意思。

“未必，你又何必要入呢？”

“唉，”陈先晋叹了一口气，说，“这也是不得已的事。依你看，他们的场合正经不正经？”

菊咬筋早看中了陈先晋老倌。他有这样的盘算，要是大家入了社，他邀先晋胡子搞单干，农忙时节，互相帮助。这时候，听出胡子入社，带点勉强，他满心欢喜，忙把柴刀纳在腰围巾子的腰上，跳过堤沟，蹲在地上，一边掏出竹根小烟袋，笑嘻嘻地跟他说：

“合适的朋友，要讲心里话。”王菊生装好烟袋，又问对方，“抽口烟吧？”

“我抽过了。”

“依我看，办社是个软场合，”菊咬自己抽着烟，又往山里四围张一眼，才往下说，“你默默神吧，田还是这些，没添一丘，一家伙把所有田少的户子都扯起拢来，还包下那些鳏寡孤独，都吃哪个的？”

陈先晋低下脑壳，不做一声，王菊生又说：

“一娘生九子，九子连娘十条心，二三十户人家扯到一起，不吵场合，有这道理吗？”

陈先晋平素讨厌菊咬筋尖刻，但也佩服他会打算盘，觉得他的这席话，句句有道理，就说：

“依你说，入社是找当上了？”

“对不起。”

“那我还要看一看再说。”

“你要不入，我也不入，我们两个人缴伙单干。”

王菊生走后，陈先晋弓起腰子砍柴火。但只砍得一担，懒洋洋地收拾回家了。他回到家里，洗了手脸，扒了两口饭，进房睡倒在床上。

“老倌子，人不熨帖吗？”陈妈慌忙走到床边问。

“没得么子，干你的去吧。”

陈妈坐在床边上，拿手摩摩他额头，又叮咛地问：

“我去煎碗姜汤你来吃，好不好？”

“不要。”陈先晋不耐烦地说，他一反平素的习惯，睡到晚边，才爬起床。崽女回来了；女婿帮他推了一天谷，也休息了；吃过夜饭，大家又都围在火炉边。陈先晋添了两块焦干的松木柴火，火焰冲得高高的，照红了围炉的人们的脸颊。没有进九，还不太冷，但也烤得住火了。

“爸爸，申请写了吗？”雪春着急地询问。

陈先晋没有做声。

“满妹子，你去拿副纸笔来，我帮他写。”大春说。他没读过书，解放这些年，学了不少的东西，文化程度比雪春还略强一色，他是陈家顶有学问的人了。

“我不去。”雪春靠在妈妈的怀里，不肯挪动。

“你这个懒鬼，只会讲空话。天天早晨叫人家入社，要你拿副纸笔来，替爸爸写个申请，就发懒筋了。”

“你自己没有脚呀？”雪春翻他，“大懒使小懒，还骂人呢。”

老实的孟春走到房间里，拿出一副文房四宝来，端端正正，摆在矮桌上，还点起了那盏没有罩子的煤油灯。

“爸爸，你说如何写？”大春坐在桌子边，提起笔来问。

“你先不要写。”老倌子低下脑壳。

“你变卦了？”雪春吃一惊。

“又是听了哪一个的小话了？”大春放下笔来问。

老倌子头也不抬地说道：

“我想来想去，觉得不妥。龙多旱，人多乱，几十户人家搞到一起，怕出绿戏。”

“爸爸，你一心二意，真没得面子。”雪春冲口责备她父亲。

“你敢多嘴？”陈妈喝住她女儿，“大人子讲话，只许小人子听。”

“不入算了，哪一个来求乞你？”大春发了躁气，“大家都是为你好，才劝你的。不久，看你单干到几时？我们都不会做家里的工了，告诉你吧！”他站起身来，冲出去了。

“老倌子，我看我们入了也算了，何必淘气呢？”陈妈极其柔和地说道，“单干又有什么出息呢？你单干了四十年了，发过财没有？入到社里，不定还会发财呢。”

“妈妈说得真好笑，”雪春笑道，“入社是为了发财？”

“人为财死，鸟为食亡，你晓得么子？”陈妈说。

“妈妈的思想要不得。”雪春斥她的母亲。

“你一个女娃子，晓得个屁。”

“入社发财办不到，”喜欢缄默的詹继鸣，这时开口说，“饱衣足食是靠得住的。”

“饱衣足食还不好？”雪春响应她姐夫，“还要发财做什么？想当地主资本家，给人家打倒？”

老倌子抽一口烟，咳一声嗽，接口说道：

“发财倒并不想了，我只想守住这点本分，吃碗安逸饭算了。一个人生条穿草鞋的命，要想布鞋，也得不到手，人强命不过，霸蛮是空的。”

“办起社来，人多力量大，柴多火焰高，将来大家都会过舒服日子。”詹继鸣说。

“哪里只只蚂蚁都上得树呢？”先晋老倌看到大崽冲走了，女婿、满女、婆婆都苦口劝他，心也软了，只提了这个勉勉强强的问题。

“你劳力好，包管入社强，不信，你先进去试一年子看。”言辞不多的女婿又开了口了。

“烂了场合，我一家身口，指靠哪个？”老倌子又说，口气更松了。

“烂了场合，我有大春，不要你探。”陈妈插嘴说。

“我也不要爸爸探。”雪春跟着妈妈讲。

“入了社，有困难，社里会管的。”詹继鸣说明。

“只要有工做，田里总有出息的，”孟春说道，“爸爸你不要操这些隔夜心了。”

“将来没得力量给你们办喜事，莫要怪我呀。”陈先晋告诉二崽。

“怪你做什么?”孟春反问。

陈先晋还犹疑不定，雪春着急地声明：

“爸爸实其不肯入，我们把田土分开，我带我的去入社。”

孟春跟着说：

“我也把我的带走。”

雪春在妈妈面前，讲了几句悄悄话，陈妈也胆怯地说：

“我也带了我的走。”

老倌子四面被围，急得发气了，跳起脚来说：

“你们都走，都滚，一个也不要留在这里。如今的崽女，有么子用啊?记名没绝代罢了。”

陈妈连忙丢一个眼风，女婿先走开，崽女也一个个溜了。婆婆拍拍衣上的柴灰，起身说道：

“老倌子，寒气重了，早点睡吧。”

说完，她进了房间。火炉屋里，剩下老倌一个人，低着脑壳，坐在椅子上向火。他双手蒙脸，一动也不动。

卧室和客房，先后发出了年轻人的均匀细小的鼾声。这一家人，只剩老夫妻两个，还没有睡。一个睁着眼睛躺在床铺上，一个坐在火炉边。陈先晋又添了块干柴，把火烧得大大的。看着升腾的烟焰，他想起了女婿的言语：“人多力量大，柴多火焰高。”顺手又添两块柴，火更加大了。陈妈睡在床铺上，看见从门缝里映射进来的火光闪亮闪亮的，怕老倌子出事，总睡不着。她爬起来，披上棉袄，走到房门边，从门缝里张望，只见老倌坐在火边上，低着脑壳，弓起身子，一动也不动，像石头一样。鸡叫头回了，她唤道：

“鸡叫了，睡吧，明朝你不要去挖土吗?”

听见婆婆提起了挖土的事，陈先晋慢慢地抬起头来。四十年的劳动养成的一股习惯的力量，使他摆脱了忧闷的沉思，想到田里功夫了。他站起身来，用火钳把炉里的没有烧完的柴片，夹到门外地坪里，舀一瓢水，泼了下去，柴上发出一阵嗞嗞的声响；一股灰白的烟雾，弥漫临近黎明的夜空。他回到炉边，用火钳把炉里烧剩的红炭埋在柴灰里，然后解下腰上的围裙，摸进了房间。

十五　恋土

陈先晋解了围裙，摸进房间里，正要脱去花里补疤的青土布棉袄，打算睡觉时，鸡叫二回了。躺在床上，好久睡不着，他想起来，他们这家族，从清朝起，就到这边来作田，到如今已经四代了。代代都是租田种，除开上庄，租谷顶少十三纳[①]，碰到刻薄的东家，就要提箩：田里收一石，佃东各提一箩谷。因为剥削重，他家从来没有伸过眉。到爷爷手里，发了点小财，买了三亩田，不久又卖了。爸爸在世，父子三人，起五更，困半夜，饿了吃点土茯苓，连饭也省下，在屋后山坡里开了八块土，总共是一亩五分。老人临终时，含两包眼泪，对着他和他的兄弟说：

"留给你们的家伙太少了，我有几句话，留给你们：只要发狠做，你们会有发越的。这几块土，是自家开的。地步虽小，倒是个发财的根本。你们把我葬在土旁边，好叫我天天看见你们在土里做工，保佑你们越做越发。"

说到这里，老驾的泪水干了，眼也闭上了，随即落了气。这个光景直到如今好像还在眼门前。两兄弟遵照遗嘱，把他葬在八块土的中央的顶端，地方敞阳，望得好远，连地生[②]也说："是一处真穴。"陈先晋在坐围的背后，栽了好多松树和柞树，如今连成一片青苍了。娘去世后，也埋在那里，和老倌子合了拱。

老弟亲事以后，兄弟分了家。八块"发财"土，一人分七分五

---

① 农民租种田地，要先拿出一笔现款，押在地主的手里；这笔押金，叫做上庄；每年收获后，他还要交纳租谷，顶轻的是收一石，纳三斗，叫做十三纳。

② 地生：堪舆家。

厘。陈先晋自己又开了两分多土，凑足了一亩。他牢牢地记住了先人的遗言，天天发狠做，一心想发财，财神老爷总不肯光顾。他跟他婆婆，每到大年三十夜，子时左右，总要把一块松木柴打扮起来，拦腰箍张红纸条，送到大门外，放一挂爆竹，把门封了，叫做封财门，守了一夜岁，元旦一黑早，陈先晋亲自去打开大门，礼恭毕敬，把那一块松木柴片捧进来，供在房间里的一个角落里。柴和财同音，就这样，在陈先晋的心里，财神老爷算是长期留在自己家里了。年年这样做，但年年还是衣仅沾身，食才糊口，有两回，几乎把土都卖了。

陈先晋年年在半饱的、辛苦的奔忙里打发日子。他在半生里，受尽了人家的剥削。

自从下力起，四十年来，陈先晋家里，除开自己亲事，老人去世，崽女生育，家人害病，等等以外，没有发生大事情，起过大变化。他的生活总是风平浪静的，但他看见过别的人家的风浪。一九二七年，革命的风暴，冲进了山村，农民协会成立了，他的舅子詹永鸣当上了会长，常常骑一匹白马，到各乡演说。陈先晋还是抱定老主意，不声不气，作他的田。他想：舅爷说要打倒土豪，成得器吗？这号器险事，积古以来都是没有的。不久，革命失败了，詹永鸣被国民党捉住，牺牲在长沙，血淋淋的遗体抬起回来，他婆婆哭得在地上直板，他很伤心，但没有落泪。以后好久，两公婆一提起永鸣，他就要说："好角色呀，只可惜太不信邪，把命糟蹋了。"

从那以后，陈先晋更加发狠了。两公婆带着崽女，从黑做到黑。天天他们不是在田里，就是在土里。他盼望走运，常常想在路上捡一块金子，也想从山里挖出一窖金银元宝来。不过，金子也好，元宝也好，似乎都不愿意和这老倌做朋友，到目前为止，它们都还没有到他们家来做过客，一回也没有。

老倌子思前想后，不断地在床上翻身。婆婆惊醒了，催促他道：

"还不睡呀？鸡叫三回了。"

他没有答白，还是在默神。过去细微的事，他都记起了。他想起来，有年冬里，他跟王菊生出去赶山，他用鸟枪打死了一只麂子，王菊生笑着对他说："今年打只麂，发财就是这样起。"一碗蛋汤，灌得老倌子舒服透了，把麂子卖给王菊生，要的价钱，比市价便宜一半。一直到现在，他对王菊生还是很好。

又有一回，他梦见自己起了一只大瓦房，刚上梁，就遭了天火。他在梦里叫起来，手脚乱动，被窝也给踹开了，婆婆慌忙摇醒他。问明原委，她笑他道："你真是，想起新屋，想得发疯了。"

四十年间，陈先晋不是没有起过水。有一年，他作人家的田，收了世界，东家还不算刻薄，租谷没加。他的手头存了一点家伙了，猪栏里喂了两只壮猪。不料自己绊一跤，右脚曲了气，请个草药子郎中来诊，两三个月下来，把现款花得精光，猪也都调了。

陈先晋早年，能挑百十来斤走长路。过了四十，挑百儿八十，也觉吃力，他晓得走下坡了，就不想兴旺，只想保住自己开的几块土，传给儿子，作个发迹的根本。

解放后不久，他分了田，喜得几夜没有睡。有一天早晨，他特别走到分进的田的田塍路上，看了一回，自言自语道："这些田都归我来管业了？莫不又在做梦吧？"

正在思前想后，忽然间，睡在后屋里的雪春讲梦话了。隔一层竹壁，他听得十分清楚。小家伙说："爸爸你快讲，到底入不入？不入算了！"

女儿做梦，都在想入社。这世界实在变得太大了。他又想："我老了，何必替他们操隔夜心呢？他们年轻人自有他们的衣饭碗。"

"你一夜都没睡落觉。"婆婆醒来对他说，"在想什么啊？"

"我想，农业社不入不行，入了，又怕他们是牵牛下水，六脚齐湿。"

"都走这条路，还怕亏了我们这一家。"

"我们老了，都无所谓了。田土屋场，哪一个也带不进棺材。

生不带来，死不带去，倒也公平。我只担忧他们将来没有落脚的地点。”

“你担忧哪个？”

陈先晋想，大春不靠他，雪春是别人家人，可以不管，就对婆婆说：

“担忧孟春。”

“孟伢子的翅膀也硬了，不要你担忧。”

“事到如今，我只由得他们了。不过，说来说去，我还是舍不得那几块土。你不晓得，开荒斩草，挖树蔸，掘竹根，好费力啊，我跟老驾，把手磨得起好多血泡！”

“不要光念这些了，要想开一些。靠这几块土，我们也没发个财，作的田，都是人家的。倒是共产党一来，我们就分了田了。”

“分了，又有什么用？还没作得热，又要交了。”

“大家都交，公众马，公众骑，我们免得操心淘气了，以后只认得做，只认得吃了。”

“是倒也是的。”陈先晋勉强答应了一句，没有再做声。

天才粉粉亮，他翻身下床，穿了那件花里补疤的棉袄，扎好腰围裙，走到灶屋里，从瓮坛里舀了一木盆温水，草草抹了一个脸，就打开耳门，掮起锄头，出门去了。陈妈看了他那不快活的样子，放心不下，忙叫雪春：

“满女子，快些起来，去看看你爸爸到哪里去了？”

雪春跳下床，披了棉袄，在洗脸架子的镜子面前，略略梳了梳头发，就跑出去了。过了一阵，她跑起回来说：

“妈妈，爸爸蹲在土里，低着脑壳，不晓得在想些什么。”

十六　决心

陈先晋在山土待了一阵，起身掮起锄头，回到了家里。陈妈母女装作不介意，不声不气，收拾早饭，打发他吃了。

放下碗筷，老倌子坐在灶脚下，一边装烟袋，一边问婆婆：

“继鸣呢？”

“他回去了。”

抽了一袋烟，陈先晋果断地站起身来，拍拍身上，走进房间，打开放在床边红漆墩椅上的一个漆水变黑了的小小文契柜，取出一个油纸包。他坐在床边，用他那双手指粗粗的、青筋暴暴的大手，颤颤波波地打开那纸包，拿出一张“土地使用证”，他分进的水田的证书；还有一张“土地所有证”，他开垦的山土的文契。陈先晋识字不多，但是这两个文件，他看熟了，只要看见上头的图案和颜色，就分辨得出，哪一张是所有证，哪一张是使用证，他恋恋不舍地又看了一阵，才郑重地把它们折起，包好，收进棉袄袋子里，站起身来，他换了一条素素净净的没有补疤的蓝布腰围巾，穿起一双半新不旧的青布单鞋子，一声不做，出门去了。

他头也不回地往村里的大路上走着，没有料到雪春奉了妈妈的差遣，远远跟在他后边。

父女两个，一先一后，到了乡政府门口，雪春蹦到草垛子后边，把身子藏住，伸出她的扎着两根油黑的粗大的辫子的头来，瞄着爸爸进了乡政府，她才放下心，转身跑回去，跟妈妈汇报去了。

陈先晋走进乡政府大门，看见李主席站在阶矶上的太阳里，正在跟一个农民谈讲。看见这位老倌子，李月辉满脸堆笑，招呼他道：

“先晋大爹，今天怎么有工夫出来走走？”

“我有件事，要找你商量。”

“我去了，不陪你老人家谈讲了。”阶矶上的那位农民说。

李月辉对那农民点一点头说：

“不送了，你的事，以后再谈吧。你有什么事？”这后一句，他是对陈先晋问的。

陈先晋从怀里取出一个小小的、四四方方的油纸包，交给李主席，接着说道：

“我申请入社，还来得及吗？”

“来得及。”李月辉露出欢迎的脸色。

“这是我的土地证。”

“你想通了吗？”李月辉没有接收土地证，先这样问。

“大家都入，也只好入了。”

“这不好，这叫随大流。要自己心里真正想通了，才能作数。”李月辉说，“土地证倒不要急，我们现在还不收，你先带回去。”

“请收了吧，”陈先晋果断地说，“我说一是一，说二是二，做事从来不三心两意。”

“我晓得的，”李月辉伸手接了土地证，“好，我暂时收了。不过，你要是还带点勉强，随时随刻，都好来拿。你真的通了？”

听到这问话，陈先晋满脸飞朱，额头上的青筋也暴出来了。他本来就拙于言辞，现在一急，更说不成理，只好发赌了，他说：

“李主席，你要是信不过我，怕我缩脚，我来具个甘结，好不好？我去抱个雄鸡来斩了。”说完他转身就走，李主席连忙拦住，赔笑说道：

“你为什么要发急？到厢房里去坐一坐吧。”两个人走进厢房，坐在桌子边。李月辉笑道：

“我晓得你，先晋大爹，你一下了决心，就会一脚不移的，不过按照政府的自愿政策，不能不尽你两句。你们家里，大春、雪春都积极。我怕他们对你来了一点点冒进，该没有吧？”

“我耳朵又不是棉花做的，光听他们的？”

“我晓得，你是有主张的人，土也入吗？”

“土也入算了。”

“不要算了，你要不愿意，土先不入也行；不过，那你就是脚踏两边船，农忙时节，不晓得干哪一头好了。”

“都入了吧，免得淘气。”

这时候，来找李主席的人已经不少了。人们都挤在厢房外边，窗户底下。陈先晋不便耽搁，起身告辞，临行时他抱歉地说：

“我没写申请。”

“有了土地证行了。”

李月辉送了几步，转身接待别的人去了。陈先晋在回家的路上，忽然听见路边山上有个人叫他。昂起头来，他看见王菊生爬在一棵松树上，用柴刀在劈树丫枝，这时住了手，大声问他：

“大爹你从哪里来？”

“从乡政府来。”

“这样早，什么贵干呀？”

“我去把土地证交了。”

“你入了社了？”王菊生吃惊而又失望地询问。

“我想还是一套手入了算了。”

“这样说，从前的话，都不算数了？”菊咬筋绷起脸来问。

“老菊，是这样的，你听我说，”陈先晋感到对不起朋友，连忙解释，“我翻来覆去，想了一通宵。村里人家，都一入了社，水源、粪草、石灰，净都卡在人家手里，单干什么都得不到手。”

王菊生原先这样想，陈先晋的落后和固执，在清溪乡是数一数二的。他又是贫农，大崽当了团支书。他们两个人缴伙在一起，人家都奈何不得。如今，这个老倌也入了社了，王菊生感到了恐慌，但他还是装出镇静的样子，嬉皮笑脸说：

“恭喜你爬上去了。”说完，他骑在一根横枝上愤愤地挥动柴刀，砍树丫枝，没有再理陈先晋。

陈先晋拙于言辞，明知受讽刺，一时也想不出答复的话来。他心里总觉得对不起菊咬筋。他们两个人原是相约长远单干的，如今他违了约，一个人先抽开了身子。他过意不去。但也没有法子了，土地证交了，生米煮成了熟饭，不能从那一方面再缩回脚来。他抱歉地走开，往家里走去，在禾场上，碰见了大春。这个劲板板的后生子正要上山砍柴火，手里拿一把柴刀，肩上掮一根扦担，这时，他问：

“爸爸你申请了吗？”

“契都交了。”

“好极了，”团支书十分欢喜，“这下全家都沾你老人家的光了，人家不会再指我们的背心了。”

陈先晋没有答白，进门去了。大春在上山的路上，远远看见盛淑君在大路上走着，他想起一事，就大声叫道：

“盛家里，快过来一下。”

“做什么？”淑君停住脚步问。

“快过来呀，有个好消息。”

盛淑君起着小跑，赶到山边，陈大春从衣袋子里，掏出一张表格纸，交给她道：

“团支部批准你的申请了。把这填好，赶夜里送来。”

“送到哪里？”盛淑君又惊又喜，红着脸问。

“送到我家吧。”说完这话，陈大春掮起扦担，朝山里走了。盛淑君站在山边，望着他的高大的身子，好久还没走。大春进了山，不知为什么，又回头看看，一见盛淑君还站在那里，他丢了柴刀，两手合成一个扩音器，套在嘴巴上，高声对她说：

“盛家里，再告诉你一个好消息。”

“什么好消息？”盛淑君一边向他跑拢去，一边问道。

“我们老驾也入了社了。你看好不好？我们家里一个白点子也没有了。”

“那好极了。”盛淑君从心窝子里感到欢喜，好像这是她自己家里的喜事一样，她为这想法，又红了脸。

“菊咬筋，秋丝瓜，都会气得雁子一样呀。”

“把他们气死也是应该的。”盛淑君一边附和他的话，一边走进了山里。她一接近这个长着浑身黑肉的高高大大的青皮后生子，心脏跳得十分地厉害，脸上发火上烧的，浑身浸透了清甜的兴奋、惊悸和欢喜。这时候，站在几根枝叶翡青的楠竹的下边，她拿眼睛盯住对方的脸颊，柔声询问道：

“夜里你几点在家？”

“不晓得，没一定，夜饭边头，你来吧，你要有事，明朝也行。”

“不，我今夜里就把表填好送来，一定在家等我啊。”她对他妩媚地一笑，又低下头来，篾手指甲。想到夜里的约会，她的心跳得更急，脸也更红了。她转身要走，大春又叫住了她，对她说道：

“万一我有事，不在家，你把表格用信封封好，交给雪春吧。”

“一定等等吧，我还有事跟你商量呢。”

“有什么事，现在讲好了。”性急的大春认真地追问。

“不，现在不能告诉你。等夜里再讲。你猜猜看，是什么事？”

“我只懒得猜。”大春想了一想，又说，“好吧，我一准等你。”

盛淑君十分称意，对他愉快地深情地一笑，转身跑开了。跑了才几步，她又回过头，叮咛地说：

“千万记住，不能失信，要等我啊。”

说完，她跑下山去，长长的两根辫子，在她的背后，扬起又落下，落稳又扬起，显出十分活跃的样子。

十七　夫妻

王菊生挑起一担翡青的松枝，从山里回来，一路思量着。

听见陈先晋也入了社了，王菊生好像倒了一座靠背山，心里感到没把握，有一点发慌。但是，他的单干的老主意，还是丝毫没有变。他怕他们来劝他，找他的麻烦，耽误工夫，挑起柴火，一边走，一边打主意。他要设法抢先堵住干部的嘴巴。进了耳门，他把柴一放，就叫堂客去扯痧。

“何解的，哪里不熨帖？”他的堂客，一个高高大大的、体质胖胖的女子，连忙用手探探男人的脑壳，额头上一片微凉，只是有点汗。“不发烧嘛，扯痧做什么？”她十分奇怪。

“你晓得什么，蠢东西，还不给我扯！”

在清溪乡，菊咬筋是有名的看了《三国》的角色。他平素对人讲究权术；对堂客甚至于也不免要略施小计。他的这位内助的聪明和才力，其实并不弱于他。为了控制她，压服她，他首先抓住她娘家是地主成分这个小辫子；其次，他家里的文契柜、仓钥匙和大注的钱米，向来都是掌握在自己的手里，不许他堂客过问；并且，为了从心理上挫折她的优势和锐气，他常常骂她是“黑猪子”“蠢家伙”；久而久之，这些骂语，造成了一种条件反射的气氛。她好像觉得，自己真正有一点愚蠢，而他的确是聪明极了。就这样，她由于佩服，渐渐生出惧怕的心来，自己习惯于不再做主张，凡百事情，都服服帖帖，听她男人摆布了。现在，她也顺顺驯驯地，不敢多问，连忙走到灶门口，舀一碗冷水，来给他扯痧。

菊咬筋脸朝里，侧身困在床铺上，解开领子下面的衣扣，露出晒得墨黑的颈根。堂客把水放在床边墩椅上，拿右手的食指和中指排拢在一起，一齐弯曲着，伸到水碗里蘸湿一下，然后找着他的后颈窝，食指和中指张开，像钳子一样，夹起颈皮，往上一扯，又赶紧放下，这样连续不停地扯着，绷红了一溜，又在颈根左右两边各扯一条，一共扯了三条痧，因为下手重，她把菊咬筋扯得咬住牙，眼泪都迸出来了。吃了这个眼前亏，他气得恶声恶气地骂道：

“黑猪子，手脚不晓得轻一点呀？”

“轻了扯不红。没得病，硬要扯痧，还骂人家。”堂客轻微地埋怨了两句。

“你翻！你敢回嘴，我不捶死你！这里，鼻梁上再扯，哎哟，黑猪子，你忘命地揪做什么？”

“不揪，红痕子哪里得出来？没成痧，霸蛮要扯，不晓得又是打的什么好主意。”堂客其实猜到几分了。

“要你管，快，背上再扯几下子。”菊咬筋说。

“背上还扯什么啰？又没得人看见。”堂客已经猜到他要装给人看了。

“你晓得什么，蠢家伙？快扯吧！”他趴下身子，揭开棉袄和内衣的后襟，露出他那宽厚的古铜颜色的背脊，命令他堂客动手，女人只得又在他的背上扯了长长的两溜红痕。他站起身来，扣好衣服，从书桌的抽屉里拿出一张太阳膏药，剪下四四方方的两块，贴在两边太阳穴，装扮好了，他问堂客道：

“像不像个病样子？”

“俗样子都装出来了。”堂客笑着回答他。

王菊生准备停当，就到后边碓屋去筛米。临走，他吩咐堂客，看见有人来，赶快进去把个信。碓屋里发出均匀的筛米的声音。不过，才一壶烟久，堂客就慌里慌张跑进来说：

“有人来了。”

“哪一个？”菊咬筋停下筛子问。

“婆婆子，还有县里来的那婆娘。”

“先不要叫他们进来。”

“已经进大门，到地坪里了。”

“你不早说，没得用的黑猪子。”菊咬筋一边小声骂堂客，一边从碓屋飞跑进了房间，一头倒在床铺上，顺手拿起枕边的他堂客的绉纱，捆在自己的头上，把被窝蒙头盖脑地扯在身子上，轻声哼起来。

“老菊你病了？”李主席跟邓秀梅走进房间，看见这光景，吃惊地问。

“刚才屋里哪一个筛米？”邓秀梅偷眼看看菊咬筋的脸色，怀疑地说。

“是我。”菊咬筋堂客连忙遮掩道。

“他得的是什么病？几时起的？”李主席一心只注意病人。

“夜里陡然起的病，不晓得是什么征候。给他扯了痧。”

“吃济众水没有？”李月辉又关切地问。

“没有，家里没有那东西。”

“等下我给你送一瓶来，只要是发痧，吃一瓶立服立效。”

邓秀梅将信将疑，对李主席丢了一个眼色，好心的婆婆子也会意了。他走到床边，伸手轻轻揭开菊咬筋头上的被窝，看见病人脑壳上捆一个绉纱，两边太阳穴各贴一片小小的四四方方的太阳膏药，鼻梁上，颈根上，都有一溜一溜的黑红的痧痕，他满怀同情，温和地说：

“老菊，哪块不舒服？脑壳痛不痛？要不要拿一把寒筋[①]？”李主席会拿寒筋。

菊咬筋睡在床上，连连摆头。

“要不要去请个郎中？”李月辉又问。

菊咬筋又摇一摇头。他怕破了财。接着，他装作有气无力地，连哼带讲，吩咐他堂客：

“请客人坐呀，快泡茶，装烟！”

“不要客气，我们就走。快去请个郎中吧，不要太省惜，还是人要紧。”

李主席和菊咬筋谈话的时候，邓秀梅一声不做，靠近床边留心观察病人的气色。她看见他红光满脸，盖着冬被，脸上毛毛汗，连成一片片，在从窗口投映进来的光亮里，发着晶莹的闪光。她又细

---

① 拿寒筋：推拿的一种。

数他的呼吸，觉得很正常，一点没有急促和缓慢的征象。她心里疑惑，装作无意地说道：

“要是痧，应该扯背上。”

“扯了，也不见效。”菊咬筋说。

“让我看看扯的地方对不对。”邓秀梅说。

菊咬筋叫堂客把他扶得翻个身，又叫她把被窝掀开，褂子揭起，露出两溜新扯的紫红的痕印，邓秀梅还是心疑，但是不动声色地说道：

“真是发烧了。”

等他们出了房间，脚步声远了，菊咬筋攀开帐子，从床上跳到踏板上，一边穿鞋子，一边低声地骂道：

“娘的，老子烧不烧，干你屁事，你吃的河水管得真宽，管到我名下来了。”

“你这不是二十五里骂知县？是角色，你敢当面抢白她两句！”他堂客趁势气他。

“你以为我不敢？怕她这个野杂种？”

“莫作口孽吧，人家来看你，又没惹发你，为什么要这样恨她，骂她？”

“蠢宝，你晓得他们来做什么的吗？”

“劝你入社的。”

“亏你猜到了。”

“不入就不入，何必装病呢？”

“我懒得跟他们劳神，这样，一下就把他们堵住了。”

“真是出俗相，还不把绉纱解了筛米去呀？我等夜饭米下锅。”

菊咬筋解下绉纱，起身进碓屋。不料刚跨出房门，只见李主席奔进地坪，飞上阶矶，向他走来了，他躲闪不及，只得勉强迎上去。李主席看见他去了绉纱，病容完全没有了，大笑起来说：

“你吃了什么灵丹妙药，好得这样快？邓秀梅实在会猜，你真没有病，扯得一溜一溜鲜红的，不痛吗？我们来，你不欢迎，几句话就打发走了，何必架这样的大势？”

李主席的这席话，说得菊咬筋满脸通红，平常能说会道的舌子，如今好像冰住了一样。他那高高大大的身子，堵在门边，痴痴呆呆地，像一段木头。李主席没有再笑，走起拢去，拍拍他的肩膀说：

“老弟，为人诚实是第一要紧，你不想入社，只要明白地说了，我们决不会来勉强你，‘自愿互利’，这是上级交代下来的政策。邓秀梅说你没得病，我还不信，替你分辩，说：‘哪里的话？没得病，装病做什么？’她说：‘看他红光满脸的，准定没有病，不信你进去看看。’我就来了。阿弥陀佛，你真没有病，我们放心了。其实，装装病也没得关系，我们不怪你，不要多心。”

菊咬筋脸上红一阵，白一阵，李月辉心存忠厚，看见他这样尴尬，就不再挖苦，改口说道：“入社的事，改天再谈吧，不过我通知你，你的那点公粮尾欠，应该交清了。”

“我就去交。”菊咬筋连忙答应，高兴李主席改变了话题，使他离开了窘境。

李主席告辞出来。菊咬筋送了几步，回到屋里，骂了一阵娘，又到碓屋里筛米去了。堂客走进碓屋，低声埋怨道：

“真是，你这个人哪！看你如何出去见得人！”

“再多嘴，我一家伙打死你。”菊咬筋举起手边一根篾板子。

“只有欺侮我是好角色。”堂客低声念着走开了。

筛完了米，菊咬筋把碓屋收拾干净，就到灶门口，坐在灶下矮凳上，一边抽烟，一边想心事。他枯起浓黑的眉毛，转动那双栗色的眼睛，思前想后，考虑得又遥远，又切近，他想：“我有牛、有猪、有粪草、有全套家什，田又近又好，为什么要入到社里去给人揩油？”接着，他下定决心：“决不能入，入了会连老本都蚀掉。不过，要想个法子来对付他们，听婆婆子口气，他们还会来啰嗦。”

“你来一下！”菊咬筋没头没脑地叫了一声。

他堂客在阶矶上洗衣，听见这一声，晓得是叫她，连忙伸起腰，用抹胸子把手揩干，走到他面前问道：

“做什么？”

“你过来，跟你商量一件事。”菊咬筋说。

堂客走拢来，菊咬筋在她耳边说了一阵悄悄话，她摇一摇头。

“你干不干？”他威胁了。

“我怕又会出俗相。”堂客笑笑说。

“你是真不肯，还是假不肯？”菊咬筋对她鼓一鼓眼睛。

“实其要这样，我有什么不肯啰！”

第二天，刚吃完早饭，刘雨生来了。才走进地坪，就听菊咬筋堂客在灶门口吵叫：

“我高低不入。你要入，你一个人背时去吧！”

“这有什么背时呢？”菊咬筋反问。

“不背时有鬼！你搞互助组，还没尝到那个味？抢火色，都是叫花子照火，只往自己怀里扒，互助个屁！”

“互助组是互助组，社是社，社要好些。”菊咬筋解释。

“好到天上去，我也不眼红。你要打算入，我把我和崽女的田都分出来。”

“要分家吗？”

“对不住！”

“雨胡子来了，请坐，请坐。”菊咬筋装作才看见客人似的，连忙招呼，“你看我们家里吵成什么样子了！”

“家家有本观音经，我们那一位，早就吵开了。我劝你不要跟她吵，有话好好地商量。”

“她口口声声，要把田带走，真岂有此理！”菊咬筋对刘雨生说完这句，转脸对他堂客说，“把田分开，看你有本事作得出来！”

“作出作不出，都不要你管。我有钱还怕请不出人呀？”

“都入了社，你去请哪个？”

“实其没人，我自己下田。”

“你自己下田，我看你的，连稗子都不认得，还唤作田呢。”

“不认得，不晓得问吗？”菊咬筋堂客说，这时节，她才看见了刘雨生似的，跟他招呼道，“雨胡子，他入社，为什么要强迫我也入？这不是违反了人民政府的政策？”她又转脸对着菊咬筋发泼：“我高低不入，看你奈何我！我为什么要拿我一套肃齐的家什，去跟人家懒人子缴伙？”

“哪一个是懒人子？”刘雨生问。

“上村的陈景明，不是懒鬼是什么？天天困到太阳晒屁股，菜园里茅封草长，田里稗子比禾苗还多，他不是也入了社吗？我呀，打死也不跟他搞一起。”

“你们女人家，晓得什么？只晓得瞎讲。雨胡子，不要听她的，她死不懂事。来，我们出去谈话吧。”接着他又低低地对刘雨生说道，“要不是她扯后腿，我早申请了。我们走吧。”

“敢走，你这个鬼崽子！”堂客一把拖住菊咬筋，两公婆在刘雨生面前扭打起来，女人的巴巴头都给扯散了，发起泼来：

“你不能走，替我解决了再走。”

“解决什么？”

“我们离婚。”

一听到“离婚”二字，刘雨生心惊肉跳，也很悲伤，他想起了自己的不幸。将心比心，他很体贴菊咬筋，就说：

“你们两公婆，好好商量吧，她要是实其不肯入社，先不要提，等慢慢来。”

“你为什么不做声？你是哑巴吗？答应不答应？说呀。”

“答应什么？离婚吗？你说要离，就能离吗？”

“有什么不能？”

“我们家凭三媒六证，用聘礼，拿花轿把你抬来的，你说一声离，就能离吗？”

“雨生哥家里，不是离了吗？前头乌龟爬上路，后背乌龟趁路爬，有什么不能？”

“再提个离字，我把你打成肉酱。”

“偏要离，偏要离，你打，打吧！”这堂客披头散发，一把扯住菊咬筋的棉袄袖，把脸伸出来。菊咬筋挥手在她脸上掠了一下子。刘雨生急得劝又不是，不劝也不是。菊咬筋推了他堂客一把，女人顺势倒在地板上，翻来滚去，号啕大哭。她的儿女也哭了。菊咬筋抬脚想踢他堂客，被刘雨生拦住。一时大的哭，小的叫，引动上下邻舍的堂客们、小把戏，都拥进来了，其中有几个男人。这些人有扯劝的，有趁热闹的，还有扯劝兼趁热闹的。

“老菊，你们两公婆从来都是很和睦的嘛，今天怎么吵起架来了？”有个男人问。

“老菊，你是男子汉，大丈夫，气量要放大一点。”一个女人说。

“菊大嫂，你先起来，有话好好讲。”另一个女人劝她。

“不答应离，我就不起来，他要踢，送得他踢死算了。”菊咬筋堂客说。

“要离，也要起来去办手续呀，你不能困在地上，叫声离婚，就分开了。”一个邻舍女人笑着说。

“老夫老妻，孩子都这样大了，离什么婚啊？”另外一个邻舍婆婆蹲下去扶她，一边这样说，“俗话说：夫妻无隔夜之仇，有个什么解不开的冤结呢？”

“她把我的脸都丢尽了，”菊咬筋说，“要离，就滚她的，我还怕么？”

“哇，哇，妈妈，妈妈。”菊咬筋的四岁的孩子，滚在妈妈的怀里哭闹着；女儿也在一边擦眼泪。

“你先起来，大嫂子。”邻舍婆婆把她扶得坐起来。她掠掠头发，揩揩眼泪，继续说道：

“当初，我娘屋里本来不想对这门亲事的，都说他强王霸道，不讲礼信。他求三拜四，把我哄得来，近两三年，他越发得意，今朝子索性当人暴众，打起我来了。”

“我打了你，有角色去告！”

“我肏你王家里祖宗三代。打了我，你会烂手烂脚，捞不到好死的，你会爸死，崽死，封门死绝，你这个遭红炮子穿的，剁鲁刀子的。”

“快不要这样骂了，真是。”一个邻舍女人说。

“你不肯离，我死了算了。”

她跳起身来，往外奔跑，男孩一边哭，一边跟着跑。母子两个奔到大门口，被几个邻舍女人拦起回来了。

“我去跳水，死了他娘的算了。”她边哭边说。

“快不要这样，短路是决计寻不得的。”一个邻舍女人说。

“今朝子，老鸹子叫了一早，兆头不好，不晓得哪一家会得星数。”一位邻舍婆婆低声对人说，“劝她进房里歇歇，不能让她出门啊。门前这口塘，光绪年间，淹死了一个女子。这只落水鬼还没有找到替身。”

小孩子们都围起拢来，好奇地听讲落水鬼的神话。另外一位孤独婆婆说：

“我们那死鬼，将死的那年，还看见过落水鬼。”

“什么样子？”有个八九岁的男孩，昂起脑壳问。

“披头散发，一脸翡青，一身湿淋淋，见了人就追。”老婆婆说。

小孩子们都周身发麻，有的吊着大人的手，脸吓得煞白。

“快不要讲迷信的话了，没有什么落水鬼。”刘雨生劝阻大家不要再讲鬼，来吓唬孩子。

“不管三七二十一，我是要离的。”菊咬筋堂客又哭着说。

“你要离，我不答应，有什么办法？”菊咬筋答白。

刘雨生一边劝阻，一边默神：

“这样子闹，叫我也难开口了。怎么这个堂客跟我的那个一样？”想到这里，他对菊咬筋倒有点同病相怜了。他心里盘算：“人家吵得这样子，入社的事，先冷一冷吧。”想到这里，他对菊咬筋小声说：“你先躲躲她，等她气醒了，再跟她好好讲理，不要吵架子，吵得多了，和睦夫妻也会伤损感情的。你们家还是好的啊，像我那一个，唉……”刘雨生低头忍泪，没有说下去。

“我一入社，她就会离，你看肮脏不肮脏？”菊咬筋乘机这样说。

“那你就先放一下，不急，不急。”刘雨生安定他说，“我改天再来。”

“这又何呀对得住人呢，茶都没吃！”菊咬筋把客人送到大门口，转身摸一根扦担，出门到山里去了。

刘雨生回到乡政府，把他看到的情景，一五一十，跟邓秀梅和李月辉说了，邓秀梅听罢，枯起眉毛说：

“奇怪，昨天我还亲眼看见他的堂客对他服服帖帖的，何解今天变得这样了？”

“家家有本观音经。”李月辉马马虎虎顺口说。

“平素日子，他们两夫妻感情如何？”邓秀梅偏生要寻根究底。

“没有听见他们吵闹过。”刘雨生说明。

“是不是相里手骂啊？”邓秀梅提出怀疑了。

“我看是真干，菊咬筋还狠狠地筑了他堂客几下，感情好，舍得那样？他堂客骂的，也入不得耳。”刘雨生说。

“假戏真做。”邓秀梅还是疑心。

“是真是假，不要管它了。”李月辉插口，“依我的意思，他这一户，先放一下子着。大家都正嫌他蛮攀五经，纠缠不清，迟一步进来也好，这样勉勉强强把他拉进来，将来在社里，不是个疱子，也是个瘤子。等社办好了，增了产，他看了眼红，自然会入的，急么子呢？”

“又是你的急么子，还有十二年，是吗？”邓秀梅学着这位从容惯了的李主席的平素的口气。

三个人都笑起来了。

王菊生在山里砍了一担柴火，用扦担挑着回来了。平素，他要砍三四担才下山回家，这一次，他急于要跟老婆算账，匆匆转来了。一进大门，撂下柴火，他看见堂客换了衣服，梳好了头发，坐在灶屋门口补袜子。抬起头来，看见菊咬筋一脸怒气，她惊讶地问：

“又是哪一个惹发你了？”

“你骂得好！”菊咬筋咬紧牙巴骨，愤恨地说。

“不骂得狠些，人家不会信。”堂客笑一笑，低头又去补她的袜子。

“哪个叫你骂得那样吓死人，肏我的祖宗三代，偏生也骂得出口，生成的是你娘屋里的那蔸泼妇种。”

“我是泼妇，你呢？你是孙悟空，会七十二变。”

隔壁屋里的一位爱探闲事的嫂子看见菊咬筋回来，脸色不和善，怕他们又吵，悄悄溜到他们阶矶上，躲在板壁外头听壁脚。他们夫妻间的私房话，她都听见了，觉得又稀奇，又好笑，回去逢人就告诉：

“笑死人，想不到他们是相里手骂，唱的是戏，亏他做得清描俨像了。”

这以后，村里的男女大小都晓得菊咬筋自己本来不愿意入社，却把过错推在堂客的身上，当人暴众，两夫妻相里手骂，来堵住劝他入社的人们的嘴巴。好事不出门，恶事传千里，他们这个好笑的话柄，一人传十，十人传百，又经过了多嘴多舌的人添油加醋，竟把菊咬筋涂成一个花鼻子了。男女大小，提起他来，好像提起了坏蛋一样。李主席的崽，一个六岁零一点的调皮小角色，平素跟人家吵嘴，别人叫他小地主，小老虎，小麂子，夜猫子，黄竹筒，他都不发气，一听人家叫他菊咬筋，就要大闹，并且也拿菊咬筋当骂人的话，来回敬人家：

“我不是菊咬，你才是菊咬，你是死菊咬，活菊咬，你思想不通，不肯入社，跟堂客相里手骂，哎呀，哎呀，不要脸，不要面子，不要香干子[①]。”他用他的胖胖的小嫩手指头，在脸上刮着，去羞辱人家。

十八　山里

晚上的月亮非常好，她挂在中天，虽说还只有半边，离团圈还远，但她一样地把柔和清澈的光辉洒遍了人间。清溪乡的山峰、竹木、田塍、屋宇、篱笆和草垛，通通蒙在一望无涯的洁白朦胧的轻纱薄绡里，显得缥缈、神秘而绮丽。这时节，在一个小小的横村里，有个黑幽幽的人影移上了一座小小瓦屋跟前的塘基上。狗叫着。另一个人影从屋里出来。两人接近了，又双双地走下了塘基，转入了横着山树的阴影，又插花地斜映着寒月清辉的山边小路。他们慢慢地走着，踏得路上的枯叶窸窸窣窣地发响。

从远或近，间或传过来一些人语，几声狗吠，于是，又是山村惯有的除了风声以外的无边的寂静。

“你回去吧，我不送了。”两个人中的一个，把他收到的对方的一张书面的东西揣在怀里，这样地说。这是我们熟悉的一位男子的粗重的低音。

“我这问题几时好解决？”这是我们熟悉的一个年轻女子的娇嫩的声音。

“快了。我们马上要讨论一批申请的人，包括你。我估计，结论十有九会叫你如意。”说到这里，这位魁梧的男子随便扬扬手，就要走开了。

---

① 香干子：即豆腐干，这里是作为脸庞的比拟辞来用的。

“是吗？”女的喜得蹦起来，毫无顾忌地大胆地走近男子的身边，“那你庆祝庆祝我，陪我走走吧。这样好月亮，你一个人孤零零地回家去，不可惜了吗？”她的脸由于自己的勇敢的要求，有点发烧了。

“我约了清明，还有点事。”

“总是有事。哪一天你没得事呢？等一等，我只问你一句话。人家都说，我们如何如何了，实际呢，”她扭过脸去，显出不好意思的样子，过了一阵，才又转过脸来，接着说道，“也不过这样，普普通通的。”

男子没有做声。他们并排地，默默地走了一段路。温暖的茶子花香，刺鼻的野草的青气，跟强烈的朽叶的腐味，混合在一起，随着山风，阵阵地飘来。女的又开口说了：

“我要成为团员了，团支书，你不欢喜吗？”说到“欢喜”两个字，盛淑君脸上又发火上烧，心也跳得更剧烈。但在月光里，别人家不仔细地观察，看不出来，她却还是低了头，走了几步，她又开口了：“你不肯帮助我吗？”

“我会尽我的力量来帮助你的。不过，一个人的进步总要靠自己。”陈大春这样地说，口气还是含着公事公办的味儿，一点特殊情分也没有。她无精打采，想离开他了，但心里一转，又试探地问道：

“别人入团，也能叫你这样高兴吗？”和一切坠入情感深渊的女子一样，盛淑君嫉妒一切侵占她的对象的心的人，不管男人和女人。

“一样，一样，在这问题上，我是不能两般三样的。”和一切同时被几个女子恋爱着的男子一样，陈大春对于对方的心情没有细心地体察，这样鲁莽地说着。

“是吗？”盛淑君仰起脸来望着他，放慢了脚步，抽身想走了。她感到一阵遭人故意冷落的深重的伤心。

“是的。”陈大春随便答应，忽然，他低下头来，在月光里，仿佛看见盛淑君的一双黑白分明的大眼睛，含着闪闪发亮的东西，她哭了，这使他大吃一惊，随即隐隐约约地有些感觉了。于是，灵机一动，他连忙改口：“不过……”

“不过什么呢？”他说的“不过”两个字，对于盛淑君来说，好像一扇放进希望的阳光的窗户，她满怀欢喜，连忙追问。

“你的申请使我特别地欢喜。”陈大春说。

“那是为什么？”盛淑君笑了，“为什么我的申请叫你特别欢喜呢？我有什么特别的地方，还不是一个普普通通的女子，跟别人一样？”盛淑君陶醉在这一些愉快的质问里，轻盈地举步前进了。

“你跟别人不一样。”陈大春分辩。

“什么地方不一样？”盛淑君偏起脑壳，娇媚地穷追。月亮下面，她的脸颊的轮廓显得格外地柔和。

“因为你呀，我要说出来，你不生气么？”陈大春的话也变得异常地和软，和他平素的性格不大一致了。

“不生气，我是绝对不会生你的气的。说吧，大春。”她亲昵地叫他名字，把她身子靠拢来。

“因为你呀，”陈大春开口说了，“原先是个贪玩、爱笑、会闹的调皮的小家伙，思想落后，工作也不好……我说得直套，你不来气吗？我是说你原先啊。”

“说我现在，也不要紧，是你讲的，我什么都听，你为什么老是看我呢？今天夜里，你跟平素不一样，我也是，不晓得是什么道理？”盛淑君意味深长地轻轻地说了。她的声音低到只有身边的人能听到。

大春没有回答她这话，走到山口边，他说：

“既然到了这里了，我们索性上山去，我带你到个地方去看看，好吗？”

盛淑君自然依从，但止不住心跳。进了山口，夜色变得越发幽暗了，月光从稠密的树叶间漏下，落在小路上，以及路边的野草上，斑斑点点，随着小风，还轻轻地晃动。盛淑君生长在山村，夜里进山也不怕。不久以前的一个晚上，她跟陈雪春和别的妹子们一起，还在山里惩罚了符癞子。她的进山，好像城里姑娘到公园里去一样。但在今夜里，她跟陈大春在一块，却有一些胆怯了。怕什么呢？她不晓得。她的脑壳有点昏昏沉沉的，两脚轻飘飘好像是在不由自主地移动。走到坡里的一段茅封草长的小路上，她的右脚踩住一条什么长长的东西，吓得双脚猛一跳，“哎哟”一声，转身扑在陈大春身上。大春连忙双手扶住她，问她怎样了。

“踩了一条蛇。”淑君侧着头，靠在大春的胸口上，出气不赢，这样地说。

“亏你还是高小毕业生，唉，一点实际知识都没有。十冬腊月，哪里来的蛇？过了白露，蛇就瞎了眼，如今都进洞去了。”

“不是蛇，是什么？我来看看。”淑君弯下腰子。

“等我来看。”大春也弓着身子，在斑斑点点的月光的照耀里，果然看见一溜弯弯曲曲的长东西，伸手一摸，是根溜溜滚的树棍子，他随手捡起，给淑君看，并且笑她：

“这是你的蛇。看你这个人，这样不沉着。”淑君用手握住脸，又羞又乐，笑个不停。她蹲在路边草地上，两手撑着发痛的小肚子，还忍不住笑。

“还是这个老毛病。你吃了笑婆婆的尿啵？这有什么好笑的？”大春没有介意，自己也笑了。

淑君竭力忍住笑，两个人又寻路上山。绕到陈家的后山，两个人并排站在一块刚刚挖了红薯的山土上，望着月色迷离的远山和近树，指着对面山下一座小小茅屋子说道：

“你看对面老李家的那屋场，像个什么？”

“像个屋场呗。”淑君顽皮地笑着，随便答应他。

“你把山和屋连在一起看看吧。”

“像个山窝子。”

“我爸爸相信，那里风水好。那屋场有个名目，叫‘黄狗践窝’，人在那里起了屋，一住进去，就会发财。”

“对门老李家，为什么没有发财？”淑君仰起脸，盯着问他。

“你问我，我相信这些名堂？”防护了自己以后，大春又说，“记得小时节，我们老驾带我到这里，站在山顶，告诉我说：‘对门是个好屋场，将来发了财，我们要买下它来，在那里起个大屋。’”

“他是做梦。”

“是呀，的确。他辛苦一世，也发了一世的梦眬，只想发财、起屋、买田、置地。但有好多回，穷得差一点讨米。我舅舅在世，总是笑他又可怜他，并且教导他，黑脚杆子要起水，只有把土豪打倒，劣绅掀翻。”

“听说，你舅舅是一位烈士。”淑君插嘴。

“是的，他牺牲得勇敢。”

“你看见过他吗？”

“没有，他牺牲时，我还没生，后来听我妈妈说起过他。舅舅生得武高武大，能说会讲，读一肚子书，闹革命时，他骑匹白马，到处奔波，听人家说，就义以前，还高声地叫唤：‘中国共产党万岁！’他真是心里眼里，只有革命。”

“外甥多像舅，我看你也有一点像他，心里眼里，只有革命。”在淑君心里，大春是人们中间的最好的那一类人。

“我要能像他万分之一，就算顶好了。”陈大春说，“我不会说话；性子又躁；只想一抬脚，就进到了社会主义的社会。我恨那些落后分子，菊咬筋、秋丝瓜、龚子元、李盛氏……”

“哪个李盛氏？”

“莲塘里的那一位。”

“男人在外结了婚的那个么？也难怪她，太可怜了。”淑君十分同情那女子。

“哪一个叫她那样地落后？我真想帮他们一手，可是，落后分子都是狗肉上不得台盘，稀泥巴糊不上壁。我一发起躁气来，真想打人。”

“你太性急了。”

“你不晓得，我们老驾不肯入社，把我恨得呀，拳头捏得水出了。”

“那可不行，不能动武，他是长辈。”

“管他是什么。实在是太气人了。我妈妈原先也是帮他说话的，我们把道理一摆，又提起舅舅，她就想通了。我们孟春跟雪春，总算是不在人前，也不落人后……”

“雪妹子是个好丫头，她太好了。”淑君极口称赞自己的朋友。

“我们家，就只剩老驾是个白点子，你不晓得，因为他落后，我好怄气啊。这一次，组织上指定我去劝秋丝瓜入社，那个赖皮子拿话顶我：‘对不住，我劝你先把自己的老子思想搞通了，再来费心吧。’听了这话，我气得发昏，老驾太不争气了。人争气，火争烟，人生一世，就是要争口气啊。”

“人要争气是对的，不过，要求也得看对象。”淑君这时候，比大春冷静一些，“我看你们老驾不算坏。他本本真真，作一世田，就是在思想上慢一步，也不能算是白点子，你说是吗？”

陈大春没有做声，心里却十分舒畅。他愿意人家说他老驾的好话，因为他爱他，不过这种爱，有时候是从恨的形式表现的，这是“恨铁不成钢”的恨，不是仇恨。但在大春的心里，仇恨是有的。他恨地主，恨国民党匪帮，恨一切人压迫人的事情。比方，这时候，他问盛淑君：

“你猜一猜，在这世界上，我最恨的是什么？”

“地主。”盛淑君随口回答。

“地主踩在我们脚下了，无所谓了。”

“那么是反革命分子。”盛淑君说。

陈大春点一点头：

“对了，我最恨反革命分子。但你仔细想过吗？反革命分子依靠的基础究竟是什么？”

“我不晓得。”

“应该动动脑筋啊。”陈大春认真地说，“你要晓得，反革命分子依靠的基础是私有制度，封建主义和资本主义的根子，也是私有制度，这家伙是个怪物。我们过去的一切灾星和磨难，都是它搞出来的。他们把田地山场分成一块块，说这姓张，那姓李，结果如何呢？结果有人饿肚子，有人仓里陈谷陈米吃不完，沤得稀巴烂；没钱的，六亲无靠，有钱的，也打架相骂、抽官司，闹得个神魂颠倒，鸡犬不宁。”

“他们闹，关我们屁事。提它做什么？”

“看你这话说得好不懂事，你不晓得，地主打架，遭殃的也是穷人吗？记得有一年，我年纪还小，我们清溪乡的姓盛的跟姓李的打死架了。在这塅里，”陈大春扬手指指山下幽远迷蒙的月下的平原，接着说道，“两家摆开了阵势，一边几十个佃户和打手，真刀真枪，干起来了。两家的大男细女通通出来了。都拿起棍棒，火叉子，茅叶枪，开初是呐喊助威，后来就混战一场。你们盛家里的一个猛家伙，挺起茅叶枪捅死李家一个人，李家也用石头砸死盛家一个人。双方死的都是佃贫农。你说这是不是穷人遭殃？”

“我们不能不去吗？”盛淑君仰起脸来问。

“不去散得工？你想不想在这地方吃饭了？”

“这是哪一年的事？我怎么一点影子也不记得了？”

“你今年好大？”

“拍满十八，吃十九的饭了。”

“那你那时还只有四岁多一点，我八岁多，记得事了。”

“那样打死架，究竟为的是什么？”

“为的是争水。那年天干，足足八十天，没下一点雨，龙都干死了。”

“有什么龙？你看见过吗？”盛淑君顽皮地问。

“不要打岔。那一年，真是天干无露水。白天黑夜接连刮着老南风。塅里这条溪涧倒有一股山浸水，一年四季，水流不断。溪涧的一段是李家管业，两岸的田是盛家的。盛家里要从涧里车水，想筑个坝，把水堵起，李家不答应。相持了几天，两边的田都晒得过了白，开了坼，禾苗到外婆家去了。”

“这是李家里无理，欺负我们姓盛的。”

“你这个家族主义者。老实说，你们盛家里的财主，也没一个好东西。涧水一流到下村，所有权翻了一个面，涧属盛家，两边的田却是李家的。”

“两姓对换一下不好吗？”盛淑君说。

“说得容易，解放前，两姓为一条田塍都要打官司，还换田呢！”

“争水的事，后来怎样？”

“后来在下村，盛家里如法炮制，不许李家里车水，李家一些调皮的角色夜里起来，偷偷地干。两家就动武，那一架从夜里打到早晨，一边打死一个人。我还记得，有个被打死的人，朝天倒在干田里，石头砸开了他的天灵盖，脑壳上流出一摊煞白的脑浆，像豆腐脑一样，里头还渗了鲜红的血……”

“哎呀，快不要讲了，真正吓死人。”盛淑君双手蒙脸。

“私有制度，就是这样子吓人，它是一切灾星罪孽的总根子，如今，我们的党把这厌物连根带干拔了出来，以后日子就好了。”说到这里，陈大春的心情激动了。他挽起盛淑君的手膀子，离开红薯土，转到树木蔽天的山里的小路上，亲切地叫道：

“淑君，告诉你，我心里有些打算。”

“什么打算？”

“你要守秘密，我才告诉你。”

“我守秘密。”

“农业社成立以后，我打算提议，把所有的田塍都通开，小丘改大丘。田改大了，铁牛就好下水了。”

“什么铁牛？”

“就是拖拉机。这种铁牛不晓得累，能日夜操田。到那时候，村里所有的田，都插双季稻。”

“干田缺水，也能插吗？”盛淑君提出疑问。

“我们准备修一个水库，你看，”陈大春指一指对面的山峡，“那不正好修个水库吗？水库修起了，村里的干田都会变成活水田，产的粮食，除了交公粮，会吃不完。余粮拿去支援工人老大哥，多好。到那时候，老大哥也都会喜笑颜开，坐着吉普车，到乡下来，对我们说：‘喂，农民兄弟们，你们这里要安电灯吗？’‘要安。煤油灯太不方便，又费煤油。’‘好吧，我们来安。电话要不要？’‘也要。’这样一来，电灯电话，都下乡了。”

“看你说的，好像电灯马上要亮了。”

“快了，要不得五年十年。到那时候，我们拿社里的积蓄买一部卡车，你们妇女进城看戏，可以坐车。电灯，电话，卡车，拖拉机，都齐备以后，我们的日子，就会过得比城里舒服，因为我们这里山水好，空气也新鲜。一年四季，有开不完的花，吃不完的野果子，苦槠子、毛栗子，普山普岭都是的。”

“我们还可以栽些桃树、梨树和橘子树。”

“那还要说？你想栽好多，就栽好多。家家的屋前屋后，塘基边上，水库周围，山坡坡上，哪里都栽种。不上五年，一到春天，你看吧，粉红的桃花，雪白的梨花，嫩黄的橘子花，开得满村满山，满地满堤，像云彩，像锦绣，工人老大哥下得乡来，会疑心自己迷了路，走进人家花园里来了。”

盛淑君靠近他的左边走。从侧面看他，月光下面，只见他那微黑的健康的脸上，现出一种发亮而又迷蒙的醉态，好像眼前就是一座万紫千红、花团锦簇的花园。继续往前走，他又继续说：

“到了时候，果子熟了。城里来了干部或工人，我们端出一盘来，对客人说：‘请吧，尝尝我们的土果，怎么样？也还可以，不太酸吧？这号种子，我们正在改良呢。’”

他这样说，好像真的来了客，正在吃他摘下的新鲜的、熟透的果子一样。盛淑君笑了：

“净说吃的，玩的你就不探了。请教你，我们将来的俱乐部设在哪里？”

“姑娘们一心只想俱乐部。请不要着急，我们会修的。只要你愿意，我们可以选你当主任。多买几副扑克牌，我们李主席是一个牌迷。想一想吧，到那时候，我们多么快乐啊。”

“要到那时候，我们才会快乐吗？”

“现在也不错，不过，我们还有些困难。”

“不要说你的困难了吧，我不想听。有句要紧话，我要问问你，可不可以？”

“说吧。”

“我问你，如果有个人，像我一样，她，譬如她……”盛淑君吞吞吐吐，好像有事说不出口来一样。

“她怎么样？”

“不讲它算了，我们下山吧，这里有点子冷了。”她讲得那样地明白、显露，他还是不懂，或者是装不懂吧，她又一次感到了对手的冷漠。

“你嫌这里冷，我带你到一个巧地方去。”不知为什么，陈大春今夜总是不想离开这一位姑娘。他把他跟盛清明的约会丢到九霄云外了。

“到哪里去？”盛淑君跟着他走。

“南山坡有座砖窑，那里很暖和。”

转到南山坡，他们看见，砖窑的土烟筒正在冒烟焰。附近有个稻草盖的柴屋子，门口朝南，背靠砖窑，他们走进去，里边非常暖和，两人并排坐在一捆柴火上。月光从西边擦过低低的稻草屋檐，斜斜地投映在他们身上。盛淑君的脸，在清澈的光辉里，显得分外洁白、柔和、秀丽和娇媚。在这四处无人的静静的柴屋里，她的心跳得更加厉害了。陈大春还是平平静静地问她：

“你不是说，有句要紧话，要问我吗？现在请说吧。”

还是公事公办的口气，好像没有一点点私情，好像一点也猜不到她盛淑君的心事。他其实是感觉到了这点的。不过，一来呢，正如李月辉说的：“他走桃花运。”村里有好几位姑娘同时在爱他。有个大胆的，模仿城里的方式，给他写了一封信，对他露骨地表示了自己的心意。这种有利的情势，自然而然，引起了他的男性的骄傲和矜持，不肯轻易吐露他的埋在心底的情感。二来，在最近，他和几个同年的朋友，共同订了一个小计划，相约不到二十八，都不恋爱，更不结婚。为什么既不是三十，也不是二十五，偏偏选了二十八岁这个年龄呢？他们是这样想的，等他们长到二十八岁，国家的第二个五年计划完成了，拖拉机也会来到清溪乡，到那时候，找个开拖拉机的姑娘做对象，多么有味。

大春的妈妈的想法跟他正相反。她总盼望长子早点亲事，自己早点抱孙子。前些年，她这意思还只是放在心里，只是间或对儿子暗示一二，打个比方。有一回，她跟邻舍屋里的老婆婆打话，大春恰好在家编藤索，邻家姆妈提起了村里新办喜事的一家，陈妈叹口气说道：

“唉，人家的命多好啊。”这话自然是讲得大春听的，怪他没有结得婚，邻家姆妈没有理会这意思，接口说道：

“你的命不也好吗？两男两女，不多也不少，崽女都还债[①]听话，不像我们那一个……”

“哪里呀？”陈妈瞟儿子一眼，看见他还是在编藤索，就叹一口

---

① 崽女有本事，又孝敬父母，叫做还债，意思是他们前世欠了父母的债，今生今世，变做儿女来还的。

气，“唉，你不晓得，如今哪里有听话的儿女？”

到这里为止，为了不跟儿子吵翻了，她攒劲忍住，不往下说。近来，盛淑君经过雪春，对她一天比一天亲昵。她看上了这位活泼健壮的姑娘，一心只想娶来做媳妇，话摆在肚里，不敢启齿。有一回，她大起胆子，提出质问了：“大春，你究竟拿的是什么主意？”

“什么？”大春装作不懂，反问她一句。

“眼面前的这几个，你看哪个好？”她悄声地说，“早点定局吧。伢子，不要挑精选肥了。我看盛家里的那个蛮不错。”

“你喜欢她，请你自己讨她吧。”大春橛橛头头说。

“混账东西！”她骂了一句，话音又转成和软，还带一点乞求的口气，“要晓得啊，伢子，你爸爸走下坡路了，背脊都弯了，我呢，也是一年比一年差池。”

“社成立了，我们多喂几只鸡，生点子鸡蛋，你跟爸爸，一天吃个把，身体就会好一些。”

“唉，伢子，我要吃你什么鸡蛋啊，只要你顺我的意，听我的话，把这件事早点定局，我比吃人参还强，莫说鸡蛋。”

“妈妈，我们做事，都要有个计划啊。”

“你的计划我晓得，就是等我们两个老家伙骨头打得鼓响了，你才舒舒服服，占了我们的房间办喜事。”

“妈妈，这是什么话？好好的，为什么想到死了？为什么这样地悲观？”“悲观”两个字，是他新近从邓秀梅口里学得来的。

“我不懂得什么叫悲观喜观，我只晓得，体子一天不如一天了，你爸爸也是，天天夜里唤腰痛，过不得几多年数了，伢子。”陈妈用蓝布围裙的边边擦了擦眼睛。

“将来，社里修起了养鸡场，”一心一意只在社上的大春，又提先前的意思，“鸡蛋有多的，除了交公，家家尽吃。你跟爸爸，各人一天吃一只，都是可以的。”

“哪个要吃你们的鸡蛋？我一生一世，没有吃过几个鸡蛋，也活了这样大了。伢子，我不是问你吃什么好的，只要你顺我的意，早点结亲事。只要你有这一点孝心，将来我死了，也要保佑你们农业社，发财兴旺，社员多福多寿多男子，一年四季，万事如意，做生意一本万利。”陈妈不大明白农业社是做什么的，她这样说，是出于至诚，而且为的是讨好儿子，使他能够答应早一点结婚。不料大春还是不动心，并且取笑她：

“妈妈，农业社怎么会做生意呢？你还是这样子思想不通，一点也不像我们舅舅。”

陈妈一听儿子提起了自己的亲哥，心里涌起了余悲，就不做声了。她又晓得，大春是个犟脾气孩子，一旦拿定了主意，旁人用千言万语，也劝不转的。婚姻的事，只得由他了。

妈妈一关过去了，如今又临到一关，这是他的计划和志气的一个巨大的考验。乡里一位顶顶漂亮的姑娘对他表露了意思，眼前跟他单独在一起，在夜里，在山上，在这堆满柴火的小茅棚棚里。没有一个人看见，只有清冷的月光陪伴着他们。他晓得，这姑娘是好多的人追求的对象，品貌、思想，在村里都要算是头等出色的。他自己呢，从心里来说，愿意常常看到她。见了她，他的心变得分外地柔和，总想说一两句附和她的有情的、软软的、温和的言语。但在这方面，他并不里手。总是一开口，舌子就滑到他的计划，以及拖拉机、大卡车、小丘变大丘等上面去了，枯燥无味，公事公办，一点花草也没有。盛淑君一有机会，就要缠住他，总是想用女性的半吐半露的温柔细腻的心意织成的罗网把他稳稳地擒住。这时候，她随口说道：

“你晓得么？我有个朋友，要来找你呢！”

“是哪一个？找我做什么？”

“她是哪一个，先不告诉你，总归是有名有姓的一个人。”盛淑君故意顽皮地说得闪闪烁烁。

“究竟是哪一个呀？找我有要紧的事吗？”责任心重的陈大春有

些发急了。

“她的事呀，说要紧算是顶要紧，说不要紧也可以。看对什么人。”盛淑君继续调皮。

“你真不怕把人急死了。”

“天天办事，还这么急性，不好学得从容老练一点么？”

“他叫什么？是男的呢，还是女的？”

“名字先不告诉你，是一个没有见过世面的姑娘。有点像我，也不完全像。她要来找你，”盛淑君继续闪闪烁烁说，“问一个究竟，假如她……”这姑娘吞吞吐吐，要说又停，并且把头低下了。

“‘假如她’什么？”陈大春观察了她的这一种神情，心里也猜着了几分，但还是装作没有什么感觉地询问。

“假如她……”淑君停顿了一会，才说，“对你很好，你喜欢她吗？”

“你这话没头没脑，叫我怎么回答呢？连名字都不晓得，又没见过，怎么谈得上喜欢？况且我……”

“见倒见过的，”淑君连忙插断他的话，怕他又把“计划”扯出来，不好转圈，“我要问你，假如她是你见过面的，你能欢喜吗？”

“一个人是不能随便欢喜一个人的。”

“那么你的心上已经有了人了吧？”盛淑君焦急地问。心脏跳得很剧烈。

“没有。”大春安静地简洁地回答。

“真的没有吗？村里没有一个你欢喜的人吗？”

“没有。”大春回答，还是很简洁，但那平静似乎是尽力维持的。

“那就算了，我们走吧。”盛淑君果断地站起身子，噘着嘴巴说。

“急什么？再坐一阵嘛，这里没有风。”看见对方这样地果断，陈大春心里倒有一点犹疑了。

“没有风也冷，明天还有事……”

“哪个没事呀？”

“天色不早，月亮偏西了，回去算了吧。”她感到委屈，低下头来。

“一定要走，就走吧。我意思是说，既然来了，再坐一阵子也好。”

“净坐有什么意思？”

两人站起来，出了柴棚，一先一后，往山下走去，树间漏下的月光在他们的身上和脸上，轻轻地飘移，盛淑君走在前面，头也不回，她一边在齐膝盖深的茅草里用脚探路，一边想心思。她想，一定是她的家庭，她的早年声名有些不正的妈妈，使他看不起。想到这里，她伤心地哭了，但没有出声。不知不觉，走下了山岭，他们到了一个树木依样稠密的山坡里。她只顾寻思，不提防踩在一块溜滑的青苔上，两脚一滑，身子往后边倒下，大春双手扶住她，她一转身，顺势扑在他怀里，月光映出她的苍白的脸上有些亮晶晶的泪点，他吓一跳，连忙问道：

“怎么的你？好好的怎么又哭了？”

“我没有哭，我很欢喜。”她含泪地笑着，样子显得越发逗人怜爱了，情感的交流，加上身体的陡然的接触，使得他们的关系起了一个重大的质的突变，男性的庄严和少女的矜持，通通让位给一种不由自主的火热的放纵，一种对于对方的无条件的倾倒了。他用全身的气力紧紧搂住她，把她的腰子箍得她叫痛，箍得紧紧贴近自己的围身。他的宽阔的胸口感到她的柔软的胸脯的里面有一个东西在剧烈地蹦跳。她用手臂缠住他颈根，把自己发烧的脸更加挨近他的脸。一会儿，她仰起脸来，用手轻轻抚弄他的有些粗硬的短发，含笑地微带善于撒娇的少女的命令的口气，说道：

“看定我，老老实实告诉我，不许说哄人的话，你，”稍稍顿一下，她勇敢地问，“欢喜我吗？”

他回答了，但没有声音，也没有言语。在这样的时候，言语成了极无光彩，最少生趣，没有力量的多余的长物。一种销魂夺魄的、浓浓密密的、狂情泛滥的接触开始了，这种人类传统的接触，我们的天才的古典小说家英明地、冷静地、正确地描写成为：“做一个吕字。”

多好啊，四围是无边的寂静，茶子花香，混合着野草的青气，和落叶的沤味，随着小风，从四面八方，阵阵地扑来。他们的观众惟有天边的斜月。风吹得她额上的散发轻微地飘动。月映得她脸颊苍白。她闭了眼睛，尽情地享受这种又惊又喜的、梦里似的、战栗的幸福和狂喜。而他呢，简直有一点后悔莫及了。他为什么对于她的妩媚、她的姣好、她的温存、她的温柔的心上的春天，领会得这样地迟呢？

不晓得过了多少时候，他们没有表，就是有表，哪个会看呢？珍贵无比的时间，有时也会被人遗忘的。可是，忽然之间，他们清楚听到了，有一种声音，起在他们近边丛林里，两人都吃了一惊，大春紧紧偎抱着情人，低低地安定她说：“不要怕，不要怕，淑君，有我在这里。”其实他自己也紧张得出了汗了。他竭力忍住自己的心跳，屏声息气地倾听那声音。就在他们前面的柴蓬里，他们好像听出了，有个什么活物在移动。响声窸窸窣窣地，有时停歇，有时又起，开首是由远而近，不久又由近而远，一直到渐渐消沉。

“怕是野猪吧？”淑君靠在大春的肩上，身子微微地抖动。

“这山里没有野猪。”大春扶着她的腰身说。

“莫不是老虎？”淑君又问。

“不会是的，是的也不怕，有我呢。”陈大春稳定地说。其实他自己也不能断定是不是老虎。有年落大雪，这座山里来过一只大老虎。

身边有了他，淑君好像真的不怕了。手牵着手，他们不急不慢地走下了山坡。月亮隐在树的背后，山的背后。山里墨漆大黑了。到了山边，柴蓬里的那阵可疑的、奇异的响声早已停息了，他们又感到了安全、从容和快乐。经过一阵神经紧张以后，淑君全身瘫软了。她无力地紧紧靠在大春的身上。大春一边扶着她走路，一边看着她的莲花瓣子一样的、俏丽的侧脸，叹一口气说：

“你打破了我的计划了，淑君。”

“什么计划？”淑君惊奇地偏起脑壳问。

“我本来打算要满二十八，等祖国的第二个五年计划完成了，村里来了拖拉机，才恋爱的。”

“那你现在后悔了，为了你的拖拉机，是不是呢？”盛淑君回转身子，站住脚，口气严厉地发问。

“不，没有，没有一点后悔的地方。你呢？”

“我一点也不。”盛淑君接着笑道，“你这个人哪，一心一意，只想拖拉机。”

走上山边的小路，快到一个拐弯的地方，在山的缺口透射过来的一溜斜月的光辉里，他们突然发现，一支茅叶枪的明光闪闪的枪尖，一下子戳到了他们的面前。一个脸上蒙着青布袱子的男子，挡住路口，粗声喝道：

“站住，不许动，动就要你们的狗命！”

盛淑君大叫一声，昏迷过去，往后倒下了。

十九　追牛

盛淑君吓得大叫一声，往后一倒，幸好陈大春紧紧跟在她背后，忙用左手扶住她，说时迟，那时快，他同时用右手往上边一反，把那一支逼到他们眼前的茅叶枪杆子一手抓住，夺了过来，猛喝一声道：

“什么人？”

“哈哈，不要惊慌失措，是我，你们的熟人。”拦路的男子用手一把抹去脸上的袱子，大笑起来说，“你吓坏了吧，淑妹子？”这人转脸又对大春说："你呢？也略略地受了一点虚惊吗？不要紧的，如今晓得是我了，不是坏人，不是反革命，就请恢复正常吧。真对不住，你们的私房话，我都听见了。好伢子，做了我们盛家里的女婿了。说实在话，这太好了，我真正是十分地欢迎，非常之拥护。"

"盛清明，"大春还了茅叶枪，认真地责难，"你这个家伙，为什么要开这个玩笑？"

"对不住，对不住。"盛清明连连道歉。

"你太过分了。为什么说'要我们的狗命'？我们是狗啵？"

"不要顶真了。"

"你要是把她吓坏了，看怎么散场！"

"只有清明哥真是，"盛淑君惊魂初定，羞臊又来了，她靠在爱人的身边，低着脑壳，噘起嘴巴，手弄衣角，接着说道，"把人吓得呀，你真不好。"

"立正，敬礼。"盛清明对他出了五服的同宗的堂妹，行了一个姿势极不正确的军礼，笑道，"好了，不要见怪了，赔了你的不是了，不过，说实在话，你们也活该，村里这样子紧张，你们躲在山里，讲私房话，好不自在。"

"刚才刺蓬里响，我们以为是野猪，还是你呀？你为什么存心吓人？"

"说存心又冤枉人了，我是路过碰上的。看见你们那个俗样子，我当时想，现在也想，好啊，好一个呱呱叫的团支书，民兵中队长，平素一本正经的，道学十足，如今悄悄在这里，搞这个名堂，假正经、假道学的狐狸尾巴可露出来了。你晓得吗，队长？人家把村里的牛都偷走了……"

"什么？你说什么？哪个人的牛偷走了？"陈大春连忙把盛淑君推开一点，赶上一步问。

"你发什么急？要真着急，刚才在树林里为什么那样逍遥自在的？约了我，也不去，害得我净等。这时候，急有什么用？牛去远了。我去追牛……”

“你追到了牛，看见了牛吗？”

“听我说呀。路过这里，听见山里有人声，心里默神，莫不是这里又有偷牛贼？我轻轻摸摸，溜上山来，从柴蓬里往外一瞄，才晓得不是偷牛的，是偷情的。”

“清明子，”盛淑君又羞又恼，她不称他清明哥，叫他清明子，“这是什么话？再讲，看我打你了。”

“快说，哪家的牛给人偷了？”大春这时，一心只在牛身上。

“我瞄了一阵，看见你们扭做一团，好像准备要打架，”盛清明还是说笑，“又听你们说什么‘二十八岁’‘五年计划’‘拖拉机’等等，你在恋爱，要拖拉机做什么用？”

“不要净开玩笑了，快说，是哪个的牛叫人偷走了？”

“拖拉机是拖拉机，恋爱是恋爱，这完全是两码子事。”

“好好，老兄，你这样不知休止地开玩笑，有朝一日，等你找到婆娘的时候，我要还礼的。”

“我当时想，你们太舒服，应该吓一下，叫你们尝尝失去警惕、乐极生悲的味道。”

“到底是哪家的牛嘛？你真不怕急死人。”大春跺起脚来了。

“这时候着急，不如那时候在柴屋子里少讲两句悄悄话。告诉你吧，秋丝瓜把他那条黄牯偷偷赶出村去了。乡政府的人，除开李主席在家镇守以外，其余的人，邓秀梅、刘雨生、谢庆元，都追牛去了，佑亭伯伯他们也去了。”

“走，我们去追去。”陈大春性急，就要动身。

“他们从四面八方包抄他去了。我怕人不够，回来调民兵，在这里碰上了你们。正好，你这个队长，自己去调民兵吧。”

“还是你去吧，我要去追那狗婆养的。”陈大春说。

“那也好吧。你从这个山顶翻过去，截住秋丝瓜往南逃的路，我调齐了人，马上赶来。”盛清明说完就走，跑了几步，他回头又说："你赤手空拳，去找打吗？秋丝瓜身上有打，差不多的人拢不得他的边。你拿我的家伙去。"他把手里茅叶枪扔给陈大春，又说笑了。他总是一办完正事，就爱逗几句耍方，这是他的老毛病。这时，他说：

"不要担心事，我不给你们传开，我们这个细妹子配得上你吗？"

"再乱嚼，看我打你不打你？"盛淑君弯下腰肢捡石头。

"你们只管悄悄地多谈几次吧，"盛清明一边躲开点，一边笑着说，"要嫌山里冷，到我们家去，我妈妈是很开通的。我答应替你们保密。"

"多谢多谢，我不承情。"大春正正经经说。

"不要保密吗？那好，明朝就去给你们筛锣。"

"你敢，清明子。"盛淑君举起石头威胁他。

"还不快去呀。"陈大春催他。

盛清明一溜烟跑了。陈大春掮起茅叶枪，对盛淑君说：

"你先回去吧。"

"不，我要跟你去。"

"你也去追？碰到一根树棍子都要吓得出一身老汗，敢去追牛吗？"

"我非去不可，秋丝瓜也不过是横眼睛，直鼻子，人长得比我还矮，我怕他什么？"

"人家的身上有打，差不多的男子汉还拢不得边，你听见没有？"

"你要不怕，我也不怕。"

"你真会淘气，要去，就去吧。手里也要拿个家伙呀，赤手空拳，去找打吗？好吧，把这家伙拿着，我再去找。"

陈大春把茅叶枪交给盛淑君，自己爬到山边上，寻到一根枯了的松树棒棒，有酒杯粗细，去了丫枝，折了尾巴，成了一根有些节疤的短棍，舞动起来，还算顺手。他们双双地拿起武器，往南岭奔去，战斗的矫健的激动的情绪，淹没了他们刚才的儿女间的缠绵和狂喜。

两个人翻山越岭，到了一条堤沟里。在那长满蕨长筋[①]的土堤边，发现一个黑幽幽的人影子。两个人警惕地横起枪棒，轻轻走拢去。

“哪一个？”对方是一个女子，手里举起一支小小的黑东西，低声地喝问。

“是邓同志吗？”盛淑君跑起拢去，一把抱住邓秀梅。

“牛在哪里？跑了没有？”陈大春忙问。

“小声点。跑不了。秋丝瓜肩胳窝里长出翅膀来，也逃不掉。”邓秀梅说，“如今各个山口都有人把住，你们两个怎么恰好碰到一块了？”月光下边，注意到盛淑君低头不语、腼腆含羞的神态，她领会了一切，连忙笑吟吟地低声地道贺：“啊、啊，恭喜，恭喜，几时吃你们的喜酒？”

“邓同志也爱说笑了。”盛淑君脸上发烧。

“怎么的，还想瞒我？”盛淑君没有做声，邓秀梅又严肃地说，“不过，我忠告你们，恋恋爱是可以的，办喜事顶好迟一点，过早地生男育女，女同志会吃亏的。”邓秀梅什么时候都没有忘怀妇女方面的利益。

“你只说，牛在哪里啊？”大春一心只在牛身上。

邓秀梅把手里的小手枪一挥，指指堤下坡肚里。大春随着她所指点的方向，睁眼远望，在月亮照不到手的山阴之下，仿佛有几个人的黑影子在那里晃动。牛的吃草的声音，隐隐约约传来了，大春藏身在堤沟，胸口贴在潮湿的蕨长筋上，伸出头来，往山下仔细地瞭望一阵，对邓秀梅说：

“我看不止一个人，秋丝瓜还找了一个帮手。”

“你看是哪个？”邓秀梅低声问他。

---

① 蕨长筋：蕨的一种，茎像长筋。

“看不清楚。”

“秋丝瓜平素跟哪个合适？”

“啊，莫不是龚子元吧？”

“龚子元是哪一个？”

“一个贫农。”

“你能断定是他吗？”

“不能断定。”大春又看看山下，“他们躲在那里做什么？打算把牛宰了吗？”

“不一定。可能打算等到月落了，普山普岭，遍地墨黑的时候，好偷偷地溜出山口，逃往他乡，也有可能是等什么人来做买卖。你们碰到盛清明没有？”

“碰到了。”

“这家伙为什么还没有转来？只等他来，我们就冲下山去。”

“现在冲不行？”大春不耐烦等待。

“不行，万一他行起凶来，我们敌不过，就糟糕了。”

听了他们的对话，盛淑君深深感到激动和紧张。她把茅叶枪捏紧，一心盼望战斗的来临。她的心怦怦地乱跳，两只手心黏黏的都出汗了。

过了一会，对门山上，忽然传来一阵尖厉的哨音，这是盛清明跟大家约好的分进合击的信号，邓秀梅拿着手枪，奔下山去，淑君和大春也跟着跑下，干部和民兵，手执刀枪和棍棒，从四面八方，都冲下山了。呐喊的声音响彻了山谷。

人们一步步进逼，秋丝瓜和他的伙伴，赶着他们的牛，退到了西边的山坡边。忽然之间，人们看见秋丝瓜挥动手里的鞭子，把牛狠狠抽几下。黄牯挨了打，大发脾气了。它挺起那一对尖角，朝着人们凶猛地冲来，盛淑君吓得大叫一声，随着人们，往后飞跑。大春把她护送到一丛树木的背后，自己又飞身转来，横起手里的树棍，对准牛奔去。

“大春，大春，赶快转来，那是一条烈牛子，跟它倒不得毛的。”刘雨生连忙叫唤。

“汪，汪。”亭面胡跳出人丛，从容地逗牛，于是，一个惊人的奇迹发生了，黄牯听到这声音，好像闻见了它所熟悉的人的亲切而又庄严的命令，立即老实了。它收住蹄子，站着不动，眼睛张望走起拢来的面胡，向他轻轻摇尾巴，显出驯顺的、亲近的模样。

“汪，汪。”亭面胡一边逗着，一边从左侧走近牛身，伸手搔搔它的后腿的腿缝。它翘起尾巴，显出十分舒服的样子。

秋丝瓜的这一条烈性的黄牯为什么会认识面胡，并且熟悉他的声音，听从他的呼唤呢？应该说明，亭面胡是村里的一个奇人。在家里他的嘴巴骂死人，可是不论人或牛，不单不怕他，反而觉得他易于亲近。比方，秋丝瓜的这一条黄牯，他是用过的，耕田的时候，他扬起鞭子，恶声恶气，骂不绝口，但鞭子从不落下，这样，他的“汪，汪，嘶，嘶”的声音，在牛听起来，成了温和可爱的熟人的招呼，自然乐于顺从了。面胡又懂得，这条黄牯，最喜欢的是人在它的腿根的缝里，轻轻搔搔痒。这是面胡伏牛的全部的秘密。当时，他顺手把牛索牵了。烈家伙服服帖帖地，跟着他走。

“面胡哥，倒看不出你还有这样的一手。”谢庆元含笑着说，口气里隐含轻蔑。

“不要看它是畜生，不会说话，它也跟你一样，通点人性呢。”面胡顺便这样回敬他。

正当面胡收服黄牯的时节，从四面八方包抄上来的人们早把两个违法的家伙团团围困了。秋丝瓜看见人多势众，手里又都有枪棍，只好乖乖地站定，不敢使出他的身手来。邓秀梅仔细一瞄，看出秋丝瓜的帮同作恶的伙计不是什么龚子元，而是符贱庚。她问癞子：

“你怎么跟他搞到一块了？你不是也算一个贫农吗？”

“他有什么甜头给你呀？”盛清明接过来问。

“亏你还是贫农呢，家伙，真是个叛徒。”邓秀梅没有说的话，陈大春冲口道出，并且骂开了。

“依得我早年的火性，恨不得一下把你送去见阎王。”牵着牛，厉害总是放在嘴上的面胡插进来斥骂。

“我晓得，你又看上了什么人了。”清明有顾忌，不明说出他看上的人。

“看上秋丝瓜的妹子了吧？”陈大春冲口而出。

刘雨生听到这话，赶忙躲到人背后。本来，他的心是很矛盾的，一方面，跟村里人一样，他恨这些破坏耕牛的家伙；另一方面，他一看见从前的舅子，立即想到走了的堂客，一种心灰意懒的情绪侵袭着他，他没精打采，默默无言。

符贱庚瞧见了他的从前的对象，心里还有些余痛，同时也觉得十分尴尬。盛淑君对他，向来都是嫌厌的，这一回，看见他跟秋丝瓜搞到一起，干出盗贼似的这种下流的勾当，越发看不起他了。对立的双方都扎脚勒手，好像就要动武的样子，邓秀梅走近秋丝瓜，用她的跟平常一样的平静的声音，问道：

“半夜三更，打算把牛赶到哪里去？”

“牛是我的，听我赶到哪里去，你管得着？”秋丝瓜这样子说，气焰还不低。

“她是县里派来的，还管不着你？”亭面胡插进来说。接着，他又附在邓秀梅的耳朵边，悄悄地问：“要不要把他这条牛充公？”

“不，”邓秀梅大声回答，“快把牛还他。”看到秋丝瓜从面胡手里把牛索接了，她温和地警告他说：“下回不许再赶出村了。我们乡缺少牛力，你还要把牛赶走。”

“你这不是存心捣乱？”亭面胡插进来补充。

“我自己的牛，赶不赶走，杀不杀，都只由得我。”秋丝瓜态度还是很强硬。

“牛是你的，大家都承认。我们只要你守这一条公约：任何人的牛，都不许随便买卖或宰杀。”

“这是几时兴起的规矩？”秋丝瓜问。

“那天讨论这公约，你又不来。”邓秀梅说。

“我不同意你们的搞法，清平世界，不能不讲理。”

“哪个不讲理？”盛清明生气地问。

“你们。”秋丝瓜愤愤地回答。

“公众马，公众骑，议定的公约，大家都应该遵守，你的牛不能流动，别人的也是一样，你有什么吃亏的？”邓秀梅给他细心地解释。

听了这话，秋丝瓜赶起牛就走，看不出他是生气呢，还是怎么的。盛清明不大放心，忙把藏在棉袄里边的麻绳露出一截来，手拐悄悄碰碰邓秀梅，小声问她：

“这家伙可恶，要不要逮他一索子？”

“不可以。”邓秀梅坚决地否定他的这提议，同样是小声。她三步两脚，赶到秋丝瓜跟前，和他并排走，盛清明提着扎枪，紧紧地跟在他们的背后，他很担心，生怕出事；他知道秋丝瓜学了猴拳，身上有几下，怕邓秀梅麻痹大意，挨近他走，会吃眼前亏。他捏紧扎枪，又往后招手，叫民兵都紧紧跟随，以防万一。邓秀梅却像惯经风浪的人们，从容不迫，满不在乎。她脸上含笑，询问秋丝瓜：

“你想把牛赶到哪里去？”

“赶到梓山乡我的一个亲戚家里去。”

“赶到那里做什么？”

“寄草。家里没草，也没人看管。”

“梓山乡在西南角上，你怎么往东南走呢？”盛清明机灵地提出疑问。

秋丝瓜支支吾吾说：

“夜里墨漆大黑的，走错方向了。”

他们走出幽暗的山谷，来到了映满月光的空旷的塅里，田塍路很窄，人们不能并排走，邓秀梅稍许落后了几步，牛在前头，秋丝瓜跟着牛屁股，邓秀梅又在他背后，走了一段路。月亮底下，邓秀梅从后面留心观察，发觉秋丝瓜的左手总是躲着，偶尔抬起，也是直直的，肘子从来不弯曲，她生了疑心，并把她的想法低声告诉了盛清明。治安主任机警地走到前面，故意将身子擦过秋丝瓜的左臂，好像触到对方袄袖里有个梆硬的东西，他猛一下子，跳到路边干田里，举起手里的扎枪，对准秋丝瓜胸口，粗声喝道：

“站住。”

“什么事呀？”秋丝瓜站定，故作镇静地发问，牛站住脚，随即低头啃吃路边的枯黄的野草。

陈大春提着短棍，率领民兵，一拥而上，把秋丝瓜和符癞子团团围住。

“什么事呀？你们发疯了？”秋丝瓜又问。

“大春，快搜他身上，他袖筒里有个东西。”

“你们敢来，”秋丝瓜涨红了脸，就在原地，捏拳叉腰，摆开一个打架的把势，说道，“我又不是反革命分子，我张桂秋毒人的不吃，犯法的不为，从来都是规规矩矩的……”

“你太规矩了。”陈大春逼上一步说。

盛清明听完秋丝瓜的话，倒是有一点踌躇，因为县里曾三令五申，干什么都得按法律办事。他拿眼睛看看邓秀梅，意思是问：“动不动手，能不能搜？”邓秀梅果断地说：

“搜吧，错了我负责。”

陈大春和另一个民兵，同时扑上去，首先封住秋丝瓜的两只手，另外两个民兵后生子，把符癞子也逮住了。秋丝瓜叉开八字脚，稳稳地站定，他想使一把暗劲，一下子把他们摔开，这对于他是像喝蛋汤一样地容易。但是，现在，他的眼门前，伸出好多茅叶枪，有一支隔他喉头只有几寸远，几步以外，邓秀梅手里的小枪，瞄准着他的胸口，他心里想：“好汉不吃眼前亏。”就没有动手。大春上去搜他的身子，从他左袖筒里拖出一把杀猪刀，磨得雪白的刀口和刀尖，在鱼肚白色的晨光里闪闪地发亮。大春把刀递给盛清明，治安主任握着刀把子，把凶器举起，对大家说：

“你们看，他这是什么？”

民兵激动了，有一个破口骂道：

“狗婆养的，带了凶器了？”

“他当过国民党的兵，是个反革命，狗日的，到如今还不死心。”另一民兵说。

“快拿绳子来，绑起送县，对现行犯，我们讲什么客气？”第三个民兵叫着。

“你这是什么贫农？”面胡也骂了，“茅厕屋里的石头，又臭又硬，你丢尽了贫农的脸了。”

“和他讲什么？捆起来。”盛清明忙从棉衣里边解绳子，邓秀梅对他摆摆手说道：

“先不要急。荞麦田里捉乌龟，怕他跑了！等我问问他。”她把手枪放进腰里皮夹里，接过杀猪的尖刀，走上一步，笑笑问道：

“你这是做什么的？”

“安置杀你的。”符癞子被一个民兵搜了身子，没找出什么，他理直气壮，又发了火，鼓起眼珠子，替秋丝瓜回答。

“好呀，不打自招了。”陈大春说，又要拿绳子。

“你这个家伙，爱逗耍方。”秋丝瓜斥骂符癞子，“这也开得玩笑的？”他对邓秀梅赔笑说道：“邓同志，事到如今，不好瞒你了，我是打算在这里把牛宰了的。”

“你分明是想暗杀干部，”陈大春驳斥他说，“阴谋败露了，就避重就轻。”

“你听我说呀。”秋丝瓜低声下气地要求。

陈大春还要发话，邓秀梅摇手制止。每逢这样的时机，邓秀梅总比人家冷静些，愿意细听对手的意见。她催秋丝瓜：

“那你说吧！”

“我要行刺，为什么跑到这个山角落里来，不到你们常去的地方去？”

邓秀梅心里觉得他说的有理，但不置可否，秋丝瓜接着又说：

“并且，我手里为什么要牵一条牛？牵匹马，你们倒还可以说，我行了凶，好骑了逃跑，牛呢，有什么用？它比跛子跑得还要慢，亭哥也晓得，我这黄牯，是条烈牛子。”

“不要啰啰嗦嗦了。”陈大春打断他的话，“说，你把这把刀笼在袖筒里，究竟打算做什么？”

“我不是说了，打算杀牛吗！”

“鬼话，你们两个人，做得翻它？”陈大春还是不信。

“我们还在等一个伙计。”

“等哪一个？快说。”陈大春催促。

“他没有来，就不必算他的账了。”秋丝瓜说，“有罪，我一人担当。”

“究竟是哪个？”盛清明也走近来催了。

“龚子元。他没有来，一定是不敢，或是不愿意。”

“他才是真正的贫农，”亭面胡插进来说，“比你们这般家伙，强得多了。”

“龚子元是什么人？”邓秀梅问。

“一个外县人，解放前不久，夫妻两个讨米上来的。”亭面胡回答。

邓秀梅沉思一阵，心里记了这名字，没有再做声。

“这条黄牯功夫好，口又嫩，你为什么要把它杀了？”亭面胡一边质问，一边用手抚摸着黄牯的背脊，它感到舒服，尾巴又翘起来了。

“到这步田地，只好坦白了。”秋丝瓜说，“听到人讲，牛都要入社，折价又低，一条全牛的价钱，还抵不得一张牛皮。我就想把牛宰了，卖了牛皮，净赚几百斤牛肉。”

“你听哪个说，牛价折得低？”邓秀梅问。

“反正有人说。”秋丝瓜不肯说了。

“哪一个？快说。”陈大春追问。

“你们为什么要这样问呢？我张桂秋好汉做事好汉当，不管是哪个说的，反正相信的是我，想要把牛宰杀的，也是我自己，我不能连累别人。”

“你实其不讲，也不勉强。不过，你为什么要听信谣言？我们不是早就宣布了：田土、耕牛和农具，入不入社，完全要看各家的自愿，你的牛不肯入社，是可以的，何必宰杀呢？”邓秀梅给他解释。

“处理耕牛，本来有两个办法，”刘雨生也帮着说明，“一个是折价归公；一个是私有租用，牛还是归你自己所有，社里租你的，给你租钱。”

“这办法好，我怎么早不晓得。”秋丝瓜说。

“开会你不来，有什么办法？”邓秀梅责备他道。

“怪我自己，”秋丝瓜用手拍一拍额头，“以后开会，我一定来。邓同志，我这个人虽说在外边跑过几回，究竟还算是个乡巴佬，没得文化，不会打算盘，见识又浅。”

“你的见识还浅呀？肉都麻了。”盛清明顶了他一句。

“邓同志，有工夫到我屋里来坐坐。”秋丝瓜不理盛清明，一心只想讨邓秀梅的好，“我们那一位，也是一个死不开通的，请你来教育教育我们。”

“教育不敢当，有工夫我一定来。”和一切做惯群众工作的人一样，邓秀梅从不切断她跟群众的任何联系。

“现在可以走了吧？”秋丝瓜趁势探问。

“请便吧。”邓秀梅满口答应。

秋丝瓜和符癞子赶着黄牯，从从容容离开了众人，往本村走去。

“好容易逮住，何解又放了？”等他们走得远了，谢庆元吃惊地问。

“不放怎么办？”邓秀梅反问。

“把他送到县里去关起。”陈大春主张。

“不够条件，县里不会收。”邓秀梅说。

“不怕他跑吗？”大春发问。

“跑到哪里去？并且，我估计他不会跑了。”邓秀梅说。

“我就是怕他趁空子把牛宰了。”盛清明表示担心。

“我看不会。”邓秀梅想了一想说。

“何以见得？”盛清明反问。

“他要杀牛，是怕我们强迫牛入社，便宜了大家，这是他的根深蒂固的私有观念在作怪。”

“我早就晓得，私有观念是一切坏事的根子，我恨不得一下子全部掀翻它。”陈大春说。

“不能性急，得慢慢地来。”邓秀梅从容地说。

“你这口气，有点像李主席了。”陈大春笑她。

“我跟他不同，他老人家是，应该性急的，也不性急。”提起李主席的缓性，邓秀梅笑了。

“请说，你根据什么，”盛清明又把原先的话题拉回来，这样地问，“断定秋丝瓜不会把牛宰了？”

“我们给他说明了政策，他晓得，根据私有租用的办法，牛还是归他所有，他为什么杀掉呢？”

“上级的政策真英明，”刘雨生叹服，“要不，像张桂秋这样的户子，就很难制伏。”

“所以，我们一定要掌握政策，”邓秀梅趁此教导周围的同志，“不能只图一时的痛快。”

“秋丝瓜是个兵痞，在旧社会，他卖过三回壮丁，”陈大春说，

“他心里还在打什么豆渣主意，我拿不稳。”

“我也有点不放心。”盛清明对邓秀梅说，“要不要派个人去跟跟他？他走的那一条路，是到别村去的。”

“不要去管他，”邓秀梅说，“随他去吧，逃不了的，我们不如给他一个顺水人情。”

“跟他这样的兵痞，还讲什么交情？”

“如果没有现行问题，也还是不宜跟他隔绝。”邓秀梅说。

“他呀，难说。”盛清明摇头。

“什么，你看出他有可疑的地方？”邓秀梅连忙问讯，她一力主张放走秋丝瓜，对他负得有责任。

“那倒还没有，不过，他来往的人都是有些阴阳怪气的。”盛清明说。

“除开符贱庚，还有哪个跟他有来往？”邓秀梅问。

“龚子元。”盛清明回答，“秋丝瓜自己刚才不提到过这个家伙吗？”

“他们一路来熟吗？”邓秀梅寻根究底。

“原来不熟，最近一向，好像成了儿女亲家一样了。”

“龚子元究竟是个什么样的人？”

“一个穷得滴血的家伙。”亭面胡接过来道，“原先他跟我差不多少。”

“现在呢？”邓秀梅紧跟着问。

“现在他比我强了，他的大女嫁给了城里一个干部。”亭面胡说。

“是么？”邓秀梅诧异，“我怎么没有听说？”

“也有人说，他女婿是个商家，不是干部。”盛清明补充说明。

“这个人申请没有？”

“没有，他不会来的。”盛清明说。

“为什么？”

“手头有几个活钱，口口声声，还说要搬到城里去住呢。他还入社？”

“他的钱是哪里来的？”

“还不是他女屋里来的。”亭面胡插嘴。

“你跟他熟吗？”邓秀梅问。看见面胡点点头，她又说道：“几时你去探探他的口气，问他入社不入，既然是贫农，我们不能遗漏了。”邓秀梅嘴里说出这样的理由，心里还有另外的打算，她差遣亭面胡，正是因为他面里面胡，对方不会十分防备他，会有心无意流露自己的真情，她的这个暗里的盘算，连亭面胡也一起瞒了。只有玲珑剔透的盛清明略略猜着了她的用心，一力怂恿他的堂伯应承这差使，不料面胡摇头不肯去。

“为什么，怕割耳朵？”邓秀梅取笑他。

“我是怕说不起话。”亭面胡回道。

“你是贫农，哪一个的腰子有你的硬？”

“他也是呀，现在他又比我强。”

“还是去吧，不要怕，有我们壮胆。”

在回村的路上，邓秀梅翻亭面胡的古，说她才到清溪乡的那一天，碰到他掮竹子到城里去卖。有点火烧眉毛，只顾眼前，自私自利的样子。“如今，在运动中，这有几天呢？他完完全全变了样子了，你们晓得啵？我们开会烧的丁块柴，通通是他办的呢。”邓秀梅说到这里，转脸对盛淑君笑道，“我看，你也起了变化了。”

“是呀，”盛清明笑道，“她再不想单干了。”

“我几时打算单干过？”盛淑君反诘，她一时懵懂，没有领会盛清明话里的意思。

“你没有单干，早就跟人缴伙了？”盛清明大笑起来，这一种笑，只有前程无限、心情舒畅的年轻人才会有的。

“你的皮子发痒了，清明伢子？”盛淑君追着要打盛清明，盛佑亭拿出本家长辈的架子，骂起来了：

“只晓得吵架，没得用的家伙，一个抽一巡楠竹丫枝，抽得皮子都滴血，你们就会晓得厉害的。”

没有人听他，自然也没有人怕他，盛淑君在一丘刚刚扯了荞麦的干田子里，赶上盛清明，举起微胖的小拳头，打了下去，盛清明身子一闪，很灵活地躲开了，大家看见盛淑君扑了一个空，都哈哈大笑，陈大春也低头笑了，只有亭面胡还是在骂。

“真的，我们不要不通皮，快点走吧，让他们两个，甜甜蜜蜜地、痛痛快快地、偷偷摸摸地讲他们的私房话去。”盛清明笑着说了一大箩，站得远远的，而且准备要逃的样子。盛淑君看见他那样，就不来追，只是噘起嘴巴子，连骂带反驳：

“鬼崽子，你乱嚼舌子，我们有么子私房话要讲？”

“没有，山里讲一夜话，都是能公开的吗？那么，就请公开吧。”

“不要理他了，你越理他，他越得胜。”邓秀梅含笑劝解，“你来，淑妹子，我倒有句私房话同你讲讲。你们先走一步吧，我们就来。”邓秀梅紧紧拉住盛淑君的手，落在人们的背后，在高高低低、弯弯曲曲的田塍上并排地走着。她悄声地对这一位落入了情网的胖姑娘说道：

“当心啊，男人家都是不怀好意的。他们只图一时的……”邓秀梅没好意思讲完这句话，跳到下边这话了，“要是孩子生得太早了，对你的进步，会有妨碍的。”

盛淑君满脸通红，低着头，没有做声，邓秀梅问道：

“你今年好大？”

“十八岁，吃十九的饭了。”

“再过五年再结婚，也不为迟。”

“我一生一世也不想结婚。”盛淑君红着脸说。

“那是空话。我不过是提醒提醒你，应该有个明白的打算。”

“看这半边天，团结得好紧。”盛清明故意把脚步放慢，等着她们，这样开她们的玩笑，“什么悄悄话？我也来听听，做个旁听生，行吗？要是你们不嫌弃，我就加入你们这一半边天，好吗？”

“我们不要你这赖皮子。”盛淑君回嘴。

“宗派主义。”盛清明笑着。

“你乱扣帽子。”邓秀梅加快了脚步，乡干们和民兵们紧紧跟在她背后，从南岭回到村里，月亮落山了。青亮的黎明照彻了村庄。家家屋顶上飘起了笔笔直直的，或是横卧长空的雪白轻柔的炊烟。霜花染白了田塍上的枯草、屋顶上的青瓦跟禾场上的草垛子，并且装饰了人们肩上的枪尖。

二十　张家

大家到了乡政府，李主席接着，在天井里谈笑一阵，人们一个个散了。邓秀梅走在末尾。她跟送出大门的李主席说道：

“可恶是可恶，不过，既然是个新中农，还是要拉他一把。”

“怕不容易拉得动。”李主席说，“我看对这人，慢慢来也行。”

“我还是要去试一试。”

邓秀梅回到住处，吃了早饭，就出门去了。在一整天里，她把秋丝瓜的亲戚邻居和相好的人家，都访问遍了，单单没到符癞子家去，因为听说，这个竹脑壳，近来无论听了什么关于秋丝瓜的话，都报凶报吉，去告诉他。

从各家的人的嘴里得到的片片断断的材料，拼凑起来，邓秀梅联成了秋丝瓜的一个相当完整的形象，这位新中农的家世、景况、性格和历年的表现，她都看得比先透彻一些了。她知道，秋丝瓜向来有个巴结财主的毛病。他的学打，也是为的想当财主的打手。土改时，因为是贫农，他分了一件九成新的铁灰线春面子的羊羔皮袍子，当天夜里，他把袍子偷偷送还了原主。

国民党抽壮丁的时候，秋丝瓜将身子价卖，顶替地主儿子的名字，出去当兵；不到几个月，他就逃跑回来了。隔不好久，他又去给人家顶替，这样一共有三回，因此，人们叫他做兵痞，又叫兵贩子。“实际呢，也有点可怜，”他的一位邻舍说，“还不是拿自己的小命不当数，去换几块银花边。”

经年累月在外跑江湖，秋丝瓜作田自然是个碌碌公，但是整副业、喂鸡、喂鸭和养猪，解放后几年，他摸到了一些经验，很有些办法。他讨了一个勤俭发狠的安化老婆，两人一套手，早起晚睡，省吃省穿，喂了一大群鸡鸭，猪栏里经常关两只壮猪，还买了一条口嫩的黄牯，他整得家成业就，变为新上中农了。

秋丝瓜本来是个又尖又滑的赖皮子，解放初期，因为自己得了不少的好处，对党和政府，没有抱怨过，但是，由于家庭经济状况的变化，他的政治态度也和从前不同了，听到村里要搞合作化，牛要归公，抵触情绪更强了。到最近，他和符癞子一起，几乎把黄牯偷偷宰了。

他为人尖滑，反对政府的措施，总是觉得既不好意思，又不大稳便，恰在这时候，符贱庚想他的老妹，常跑他家，并且甘愿听调摆，当竹子，这样，凡百事情，除非到了万不得已的时候，他就不要亲身出马了。

访问一天，心里有了底，邓秀梅第二天清早，从容不迫去看秋丝瓜。

秋丝瓜的家，也是一座靠近小山的茅屋，跟清溪乡的别家的茅屋子一样，屋檐低矮，偏梢狭窄；楠竹丫枝织的壁糊着掺了糠头的泥巴；兼做住房的堂屋没有亮窗子，只有一张双幅门，光线都从门洞照进去，门一关，屋里就黑了。茅屋门前是块又小又窄的地坪，三面用竹篱笆围住，在这一块小小的地面上，秋丝瓜喂了四十来只鸡鸭，其中还有三只大白鹅。

看见邓秀梅来了，秋丝瓜勉强起身，开了篱笆门。邓秀梅一走进门，院子里鸡飞、鸭叫，显得很热闹；一只公鹅，伸出它的长颈根，蓦地叉过来，快要啄到邓秀梅的夹裤脚边了，主人才懒心懒意，拿一条扫帚，把它赶开了；吊在屋端太阳里的那条我们已经结识了的黄牯，正在低着头吃草，看见有人来，它抬起脑壳，一边嚼草，一边用它那双鼓鼓的眼睛望望邓秀梅，好像认识她一样，接着又低头吃草。邓秀梅看了看牛，就跟秋丝瓜并排走进了堂屋，笑着跟他说：

"我们打过一回交道的，一回生，二回熟，现在算是熟人了。"

"是呀，我们很熟了。"秋丝瓜一边懒洋洋地邀客人进屋，一边这样地敷衍。但心里暗暗琢磨："这个家伙，又为什么来找麻烦了？"

邓秀梅坐在堂屋门口的一把小竹椅子上，暂且不谈入社的事情。她转动眼睛，到处看看。堂屋里，靠里摆着一挺床；旁边是一个变黑了的朱漆柜子；当中是一张吃饭的矮桌；此外是晒簟、挡折和箩筐。从楼门口望去，可以看见，人一上去，头要触着楼顶的所谓楼上，挂着两铺旧帐子，显然，那是秋丝瓜的离了婚的妹妹跟他的崽女的床铺。

"你喂得不少。"邓秀梅看着门外的鸡鸭说。

"是呀，小地坪的每一寸土地，我都利用了。"

"饲料没有困难吧？"

"吃菜叶子，还掺点糠。糠太难得到手了。"

"听说你的猪喂得好，看看可以吗？"

"请吧。"

秋丝瓜把邓秀梅引进灶屋。那里有个身材矮小，也还标致的年轻的女子，骑一张木马，正在打草鞋，手很不熟练。邓秀梅晓得，这是张桂贞，秋丝瓜的老妹，刘雨生的离婚的堂客。她低着头，红着脸拐，显出不想理人的样子。邓秀梅也就没有跟她打招呼，从她身边擦过去，走到猪栏边。两只肥壮的大猪，正在吃饲。猪栏宽敞，承板扫得很素净，靠南的土砖墙壁上，砌了两个长方形的通风眼，现在闭了纸。秋丝瓜说：

“一到热天，把纸撕了，风透进来，不独凉快，蚊子也少，猪不容易生病痛。人要透空气，猪也一样，人畜一般同。”

邓秀梅连连点头，含笑跟他说：

“将来，社成立了，请你去喂猪。”

“你说得好，”秋丝瓜心里暗想，“入社我还没有答应呢。”

这时候，一位年纪有三十来往，左眼皮上有个牵子①的堂客，扎脚勒手，从后门进来，秋丝瓜严厉地问她：

“半天不见人影子，到哪里去了？”

“泼菜去了，菜都干坏了。”

“嫂嫂请过来看看，”张桂贞叫她，“耳子是这样打吗？”

女人骑在张桂贞让出来的木马上，教她安草鞋的耳子。邓秀梅一边回堂屋，一边跟秋丝瓜说道：

“你们家里，男奔女做，好倒是好……”

听口气，邓秀梅好像有话要说，一定是入社的事，秋丝瓜不愿意听，为了岔开她的话，表示自己的不耐烦，他故意地高声埋怨堂客道：

“你也泡碗茶来嘛。”

“不要费力，我不喝茶。”

秋丝瓜堂客提个沙罐子，拿了两个碗，一起放在堂屋中央的矮方桌子上，噘起嘴巴，偷偷地瞧客人一眼，就进去了。邓秀梅明知自己不受这里的欢迎，但她不肯走。她要干的事，决不因为客观情势不顺利，就打退堂鼓。她转弯抹角，扯到了社上。

“依我看，你一家劳力都强，将来入了社，比现在还好。”

“不见得吧？”秋丝瓜点起自己的竹脑壳烟袋。

“入了社，田有人作了，不要你操心。”邓秀梅这话是针对秋丝瓜不会作田的这个情况来说的，“你一心一意发展副业，家里多喂

---

① 牵子：上眼皮上的疤痕。

鸡和猪，比起单干来，样样都要自己来操心，就强得多了。”

“邓同志，”秋丝瓜吧一口烟说，“我不是没有比过，我加入过互助组。”

“是吗，哪一个组？”

“刘雨生组。”

“刘雨生不是你的老妹郎吗？”邓秀梅故意这样问。

“现在不是了，我老妹跟他闹翻了。”

“是吗？”邓秀梅装作不晓得的样子，“为什么？”

“不晓得。”

“是你叫她回来的，还说不晓得。”秋丝瓜堂客靠在门边补衣服，这时候插嘴，把秋丝瓜的底子翻出来了。但话音很低，为的是不让灶屋里的人听见。

“要你多嘴！”秋丝瓜骂她，声音也很低。

“我偏要讲，偏要讲！”堂客嗓音还是压得低低的，但发了气了，“家里现是没饭吃，凭空又添一口人，草鞋都不晓得打，只会享福，信了你的屁，要拣高枝飞，要嫁街上有钱的，去做太太。”

“你敢再讲？”秋丝瓜把他的竹脑壳烟袋在竹椅子脚上磕得梆梆响，低声威胁她。

“那边听说不是红花亲，定不肯要了，好吧，这下子，那边挡驾，这边又不能转去，落得个扁担没扎，两头失塌。”

秋丝瓜对她鼓眼睛，咬牙巴骨，用手指指灶屋口，意思是叫她住嘴，不要叫老妹听见，堂客还是不听他的话：

“嫁出门的女，泼出门的水，只有你们家姑娘，崽都生了，还有这副脸回娘家长住。”

“狗婆养的，你要讨打了？”秋丝瓜跳起脚来，额上青筋暴出了，人亲骨肉香，他替老妹争气了。堂客看见他气来得真，就躲开他，到灶屋里去了。邓秀梅留神地听，隔着织壁子，秋丝瓜堂客把猫打得咪咪地叫，嘴里骂道：

“死不要脸的东西，不给我滚，我一家伙打死你。”

邓秀梅听见，张桂贞低声地哭了，伤心伤意，越来越大声。秋丝瓜气呼呼地跳进了灶屋。邓秀梅怕出事情，也跟进去了，秋丝瓜举起竹脑壳烟袋，赶他的堂客，口里叫道：

“鬼婆子，是角色，莫跑。”

“你打，你打吧，我送得你打。”堂客看见男人咬紧牙巴骨，真正发怒了，就慌里慌张，往后门飞跑，但一边跑，一边嘴里还是接接连连说：“我送得你打，我送得你打。”

秋丝瓜赶到门外，就止了步。真的要打，只一个箭步，他就把她撵上了，但是他没有这样，亲不亲，枕边人；而且她的劳动赛过一个男子汉，他舍不得打。堂客一溜烟逃进后山里去了。他回转来，看见邓秀梅正在劝慰泪痕满脸的妹妹，他也挨上去，赔笑说道：

“满姑娘何必跟她怄气呢？你还不明白，她是一个混账人，一个死不谙事的家伙？你回娘家，干她的屁事？只莫生气，等她回来，我还要狠狠地抽她一巡。”他说“还要”，好像已经打了她一回一样。看看张桂贞哭个不停，邓秀梅对秋丝瓜使个眼色，意思是叫他暂且躲开一下子，女人劝女人，比较方便些。

“贞满姑娘，”等到灶屋里只剩她们两个人，邓秀梅亲切地叫道，“不要这样了，姑嫂之间，不免总有一些口角的，要嫌家里不方便，我给你找个地方去住几天，好不好？”

“不，多谢你。”张桂贞听到邓秀梅说得这样亲切、体贴和知趣，就留神地听，心里伤痛也给冲淡一些了。她擦了擦眼睛。

“你又不是被人遗弃了，是你自己主动离开的。”邓秀梅继续说。在措辞里，她避免了“离婚”这样的字眼，只说是“离开”，表示她希望他们还有重圆的一日。接着，她又悄声郑重地说道：“告诉你吧，人家至今还想念你呢。”

张桂贞没有做声，也不哭了。她想他的本真、至诚、大公无私，都是好的，但对自己又有什么用处呢？她所需要的是，男人的倾心和小意[①]，生活的松活和舒服。他不能够给她这一些。这个人不分昼夜，只记得工作，不记得家里。跟着他，她要穿粗布衣裳，扎脚勒手地奔波，到园里泼菜，到山里搂柴，脸上晒得墨黑的；十冬腊月，手脚开砖口[②]，到夜里发火上烧；一到山里去，活辣子[③]松毛虫，都起了堆；想起这些，身子都打战。无论如何，刘雨生人品再好，她是不能回去了。但在眼门前，她到哪里去？嫂嫂指鸡骂狗，伤言扎语，家里一天也待不下去了；街上的人家，已经来信回绝了。只有符贱庚，这个没有亲事的后生，天天来缠她。他不挑红花白花，也好像愿意听她的调摆。但是，别人为什么叫他癞子，这个小名好难听。她一想起，抛下了孩子，改一回嫁，落得一个这样的收场，又伤心地哭了。邓秀梅没有猜透这个女子的全部曲折复杂的心事，以为她是单单因为受气而悲伤。她试探地说：

“衣不如新，人不如旧，依我看来，你还是回去好些……”

“你说什么？”张桂贞好像从梦中惊醒。

“我说老刘是一个好人，他如今还是想你。”

“啊，”张桂贞拿手掩住脸，又哭起来，“请修修福，不要提他了。”

“他是一个本真人，有什么亏你？并且，一句老话说得好：‘一夜夫妻百夜恩。’”

“我们早就恩断义绝了。”

“你怪他吗？”

“我不怪他，也不想他。”

邓秀梅听了她这话，晓得劝不转，又怕耽误了动员入社的正事，就说：

“你自己好好想想吧，如今是，自己的婚姻，自作主张，你想

---

① 小意：体贴入微。

② 开砖口：皲裂。

③ 一种有毒的躯体像树叶颜色的虫子。

如何就如何。”

说完这话，邓秀梅回到堂屋。秋丝瓜趁空喂了一阵鸡，才回到屋里。请客人坐下，自己仍旧坐在竹椅上，他叹一口气：

“唉，家里这些事，真是淘气。”

“你还是说说入组的事吧。”邓秀梅把话题归正。

“有么子说的？那一年吃了一个哑巴亏，我一世也忘记不了。”

“吃了什么亏？”

“我帮了人家，自己的田，火色没抢上，少打十来石谷子，这不叫吃亏，叫互助吗？”

“社跟组不同。”

“社更难办，人多乱，龙多旱，我给他们排了八字的，搞得不好，各家会连禾种都收不回来。”

“这样，你是不入了？那么好，我少陪了。”邓秀梅站起身来。

“也不是不入，”秋丝瓜怕得罪她，口又松动了一点，“要等年把子再看，我身上还背点子账，等我检清了，再作调摆。”

“你亏账吗？”邓秀梅重复坐下了，“听别人说，你不是还放贷吗？”

秋丝瓜脸上一红，没有否认，只低头吧烟。邓秀梅晓得他文化不高，但心记默算，比哪一个都强，人家欠他的都记在心上，连本带利，分毫不差。邓秀梅又晓得他顶爱算账，数字比空话更能打动他的心。受区书抢白以后，邓秀梅也很讲究数字了，又练了珠算，看见桌上有把算盘子，她走拢去，坐在桌边，把珠子拨得嘀嘀嗒嗒响，对秋丝瓜说：

“听说你最会打肚算盘，来吧，你使心算，我用珠算，我们来倒一倒你的家务，你们分了几亩田？”

“一人一亩，一共五亩。”

秋丝瓜堂客在山里捡了一大捆柴火，背起回来了。她把柴捆放在阶矶上，扯起抹胸子边边，揩干了脸上的汗水，进屋拿起针线盘，坐在阶矶上的矮凳上，晒太阳、补衣服，有时胆怯地偷偷瞄瞄秋丝瓜，她怕她男人。大天干那年，她从安化一路讨米来到清溪乡，秋丝瓜把她收在屋里，做了堂客，他不嫌她左眼皮上的牵子，倒是爱她能吃苦，肯劳动，一天到黑，不是在屋里烧茶煮饭、缝衣补裳，干种种细活，就是在田里、园里，或是山上，做粗笨的功夫。她的手脚一刻也不停。比方刚才，本是怕挨打，躲进山去的，也顺手捡了一捆干柴火回来。秋丝瓜看上了她这一些地方。瞧她捡回这样一大捆焦干的枯树丫枝，他心里欢喜，但为了在客人面前，维持男人的架子，也为了讨好妹妹，还是粗声大气地喝道：

"家伙，还不死得去服个小呀？"

秋丝瓜堂客放下手里的针线，进灶屋去了。邓秀梅坐在桌边，面对通到灶屋的门口。从门洞望去，那边的一切，她看得一清二楚，张桂贞坐在木马上，低着脑壳，只顾打草鞋，不理她嫂嫂。这堂客从灶下渡了一碗热热的浓茶，泼泼洒洒，端到姑娘的跟前，勉强赔笑道：

"满姑娘，请吃口茶吧。"

张桂贞接又不是，不接又不是，正在犹豫，这时候，后门的腰门子上头，伸进一个戴鸭舌帽子的脑壳。

"嫂嫂，请开开门。"那个人微笑着要求。

秋丝瓜堂客看见那人，喜得忙把茶碗放在木马近边的灶上，跑去开门。茶在灶上，冒着热气。

"我说是哪个，原来是老符你呀。半天不见的稀客，请进，请进。"秋丝瓜堂客满脸春风，欢迎符癞子。她晓得他的来意，是为她姑娘。她惟愿他们早一点好，以便减轻家里的负担，"口口声声叫嫂嫂，哪一个是你的嫂嫂？"堂客又说，忍不住笑了。

"你不愿意做我的嫂嫂？"符贱庚看张桂贞一眼，这样地问。

"这事不能由我呀。你要去问一个人。"秋丝瓜堂客也看张桂贞一眼。

“去问哪个？”符癞子假痴假呆说。

“你心里还不明白？你想哪个，就去问哪个，不过我料你不敢。”

“我是不敢，真的不敢，全靠嫂嫂帮帮忙。”

“别的事情好帮忙，惟有这件，对不住，全靠你自己。”

两个人此唱彼和，都是故意说得张桂贞听的。这位小巧的，也还标致的女子只低着脑壳，装作专心专意，在打草鞋的样子。灶上的茶放凉了，不冒热气了。牵子堂客又寻话说：

“你这个人一天来跑好几回，我们这条路上的草都给你踩死了。可惜是……”

“可惜什么？”符癞子问。

“可惜你心上的人，不领这个情。”

“我心上的人是哪一个呀？”符贱庚偷偷地睃张桂贞一眼，故意这样问。

“你装假。”

“我没有心上的人。”

“你哄人，那你天天来，为的是什么？”

“你猜。”

“为的是呀，”牵子堂客笑道，“我要说出来，你不生气啵？”

“不。”

“那我讲了，为的是我猪栏里的这只没有栏草的仔猪婆。”

“骂得好恶，不看秋哥的面上，我挖你一个栗古脑[①]。”

“你敢，伢子，料你也不敢，清早来混过一阵，如今又来了，你不怕羞吗？”

“我是来借柴刀的，我的砍缺了。”

“你用那样大的牛力做什么？”

“没有用力，不小心砍在石头上了。”

---

① 用手指的弯曲着的关节把人的头皮敲得肿起一个包，叫做挖个栗古脑。

"我去替你找刀去，你在这里，可要规规矩矩啊。"秋丝瓜堂客笑着暗示，临走又看了张桂贞一眼。

"只有嫂嫂是，我有什么不规矩的呢？"

秋丝瓜堂客没有答白，进堂屋去了。她把堂屋通灶屋的门随手带关了，没有去寻找柴刀，坐在堂屋的门口，一边照旧补衣服，一边留神细听灶屋的动静。

"我这五亩田，原先都不是好田，在我手里作肥了。"秋丝瓜还在算他的家务。

"收得好多谷？"邓秀梅问，右手搁在算盘的上边。近来她的算盘有了点进步。

"一亩打得四百来往斤。"秋丝瓜故意说多点，借以显示单干的好处。

"放好多粪草？"邓秀梅问。

"没有算过。"秋丝瓜说。

"不对，耳子不是这样子安法，满姑娘。"秋丝瓜堂客听见符癞子在灶屋里做声，"我来告诉你打吧。"

听不见张桂贞的回答，秋丝瓜堂客生怕他们闹翻了，想去看看，放下针线，起身走到堂屋门角落，找了把柴刀，打开了通灶屋的门。符贱庚扶住张桂贞的手，正在安草鞋的耳子，听到门响，他连忙跳开，走到灶脚下去拨火点烟，张桂贞低下脑壳，脸红到颈根。秋丝瓜堂客晓得他们的事情进行得很好，眼里含着安心落意的微笑，把柴刀往地上一撂，对符癞子说：

"给你，砍缺了，要你赔新的。"

"砍缺了，拿我那一把砍缺了的赔你。"符癞子逗耍方。

"你说得好，砍缺了，你不赔新的，我只问她。"

符癞子得意地笑了，张桂贞生气地说：

"嫂嫂你说什么话？"

说完，起身冲到菜园里去了。符癞子要出去追她，秋丝瓜堂客连忙用眼色制止：

“你先不要去，正在气头上，你去会碰一鼻子灰。我去看看她。”

她说着，提个六角篮，到后园里去了。

堂屋里，邓秀梅把算盘珠子拨得啪嗒啪嗒响，嘴里说道：

“人工粪草加起来，本钱很不小，收的谷子呢？”她拨动算盘，“你算一亩能收四百吧，四五得二十，不过二十石。”

“还有晚季。”

“你劳力有限，晚季能种几多呢？”邓秀梅又扒着算盘，“把你那点冬粘[1]，荞麦……”

“还有秋洋芋。”

“通通算上，满除满打，也不过折谷两三石，还能多吗？”

秋丝瓜没有做声，邓秀梅又说：

“一入了社，劳力充足，你的五亩田都能插上双季稻。”

“也有两丘冷水田，不能插两季。”秋丝瓜无法否认农业社的劳力充足的好处，只好这样说。

“除开这两丘，至少还有百分之九十能收两季吧？算一算看，你强到哪里去了？粪草放得足，至少是一个夹倍？”

“多收一点，不归我一个人得呀。”秋丝瓜又找出一条理由。

“你自己作了，收的谷子，能由你一个人独得？”邓秀梅问。

“在旧社会不能。”

“解放后，你单干，也要买石灰，请零工……”

“如今的零工子，实在太贵了。”

“比方，你田里收得二十二石主粮和杂粮，人工、石灰、粪草，花去你好多？”邓秀梅眼睛盯着秋丝瓜的脸，等他回答，后者低着头，只不做声，“你的肚算盘是最清楚的，算一算看。”

秋丝瓜没有做声。他抬起眼睛，从打开了门扇的门洞，望着灶

---

① 冬粘：晚稻。

屋，只见符癞子在那里走来走去，急得像热锅上面的蚂蚁。隔不好久，这个后生子从地上捡起柴刀，走到磨刀石旁边，用劲把刀磨得嚓嚓响。

“把各样开销打在一起，”邓秀梅拨动着算盘珠子，“是这个数目，你看。”她把算盘平起端给秋丝瓜，盘上的一根柱子上了一颗子，紧挨着的右手的一根上了两颗。

“十二石？”秋丝瓜看了，这样地问。

“对不住，本钱就要这样多。”

这个账一算，秋丝瓜认真默神了。他想，一年辛苦，只落得十来石谷子，还要好年成，算了，跟大家走吧。想到这里，秋丝瓜双眉舒展，看看邓秀梅，说道：

“只怕社一办起来，人多嘴杂，反倒搞不好，俗话说，‘艄公多了打烂船’，一烂场合，不要说社会主义搞不成器，大家的肚子也要受孽了。”

从那神色和口气看来，邓秀梅猜到他的心有些活动了，就回他说：

“那倒不用你操心，烂了场合有我们。”

“刀风快的，你还磨什么？”正在灶屋里磨刀的符癞子听见这样说，转身看见秋丝瓜堂客提一六角篮洗净的白菜从后门进来，她的背后，跟着张桂贞，一见符癞子，张桂贞满脸羞红，连忙走到木马边，低着脑壳，只顾打草鞋。秋丝瓜堂客把符癞子拉到房门角落里，悄悄地说：

“有点谱了，我再给你探探口气，你先避一避，隔天来吧。”

符贱庚听了这话，欢喜饱了，连忙站起身，把磨快的柴刀插在捆着腰围巾的腰杆上，出后门一溜烟跑了。秋丝瓜堂客赶到后门口，对他唤道：

“蛮子你可仔细啊，不许把刀砍缺了。”

她回转来，把菜倒在案板上，动手切菜。她一边把菜叶和菜帮切得短短的，一边好像自言自语地说道：

“我看也算了，难得的是他并不挑精，年纪轻，气力足，性子真，人口又简易，上无大，下无小，一过门就当家立户，凡百事情都听你调摆，满姑娘，你看呢？”

“我不懂你的意思。”张桂贞嘴里这样说，心里却不认为这话对她是唐突。

“你再想想吧，总之是，我们决不勉强你。”邓秀梅看秋丝瓜一眼，这样子说，“天色不早，还有点事，我要走了。”她站起身来，放下算盘，抚平了因为低头而垂下的一绺短发，往门外走去。秋丝瓜顺口挽留：

“吃了饭去，就弄饭了。”

“不了，多谢。”邓秀梅已经走到地坪里，鸡鹅叫着，飞扑着，避开了。对着送到竹篱笆门口的秋丝瓜，邓秀梅又说：

“好好想想吧，明天请把你的决心告诉我。”

“好的，明朝一黑早回你的准信。”

邓秀梅才出柴门，符癞子又从后门溜进张家的灶屋。

“怎么你又回来了？”正在切菜的秋丝瓜堂客抬起头来问。

“借你扦担用一用，我没有带。”符癞子一边这样说，一边乘机又看了一看张桂贞。

“在门角落里，自己去拿吧。”

符贱庚拿了扦担，只得走了。

“老符，你还在这里？”秋丝瓜送邓秀梅回来，绕到后门口，去搬柴火，看见符癞子，就低声地对他说道，“请你替我到龚家里去跑一趟，看他有什么打算，入社不入。”

符癞子如奉圣旨，掮起扦担，首先跑进自己的山里，砍了一点柴火，随即把刀插在围巾捆着的腰上，往龚家走去。龚子元的茅屋的后门，正对着符癞子的山场。符癞子翻过堤沟，溜进了龚家的后门，找到龚子元，跟他打了一阵讲，临走时，龚子元一边取下头上的毡帽，在巴掌上拍一拍灰，一边对他说：

“你去告诉他，这事要他自己想清楚，别人是做不得主的。不过，依我看，他要入社，亏是吃定了的，人家也不会十分信靠他。他那段历史，上头是会查究的，进去了明明晓得吃亏了，也不好缩脚。”

“你的意思是要他不入？”

“哪里，那要看他自己的主意。”

“你入不入？”

“我不一定入，也不一定不入。”

听了这话，符贱庚走了。他回到山里，砍起一担柴火，用扦担挑回家去，然后拿着扦担和柴刀，往张家跑，一边要回秋丝瓜的话，一边也是为了再去看看张桂贞，他觉得，张桂贞比盛淑君还乖。

“刀还你，你看没有砍缺吧？”符癞子走进张家的灶屋，笑嘻嘻地对秋丝瓜堂客说道。

“砍缺了，还怕你不赔？”秋丝瓜堂客并没有看刀。

符贱庚拿眼睛四围张望，没有看见张桂贞，又不好问得，只是四处看。

“一双贼眼睛，你在找哪个？”秋丝瓜堂客察看出来了。

“我吗？啊，不找哪个，要找秋哥。”符癞子自相矛盾。

“他在堂屋里。”

“都在堂屋里？”

“只他一个人。”

符贱庚只得没精打采地走进堂屋，看见秋丝瓜正在砧板子上切烟叶，他走拢去，把龚家的话，一五一十都说了。

“这样，他是不主张入了？”秋丝瓜问。

“也没说定。”符癞子一边答白，一边往四边看看，到处不见张桂贞影子，他只得走了。

第二天黑早，秋丝瓜赶着黄牯到门口的塘边喝水，看见邓秀梅满脸含笑，对他走来了：

“你起得早。”

“也不算早。”

“主意定了吗？”

秋丝瓜瞧着牛喝水，避免看对方，缓慢而又坚决地说：

“夜里我默清神了，我想还是慢点子再讲。”

“怎么你又变卦了？”邓秀梅收了笑容。

“原来就没有答应你嘛。如今我手里呆，一个活钱也没有，单是股份基金这一项就把人死死卡住了。”

“你有牛、有猪，鸡鸭成群，还哭什么穷？你没得钱，河里没得船。”

秋丝瓜自己也觉得穷是装不过去的，就说：

“邓同志，你是青天，替我想想吧，家里这样多人吃茶饭，如今又添了个老妹，我只一双手，入到社里，能把一家吃的都做回么？你是明白人，最会谅情，将心比心，替我想想吧。”

“要我替你想，我看入比不入强一些，昨天不是跟你算清楚了吗？你变了卦，又是听了哪一个人的话了？”

“没有，没有。”秋丝瓜连连否认，脸上却有一点热，慌忙低着头。他和龚子元间的关系，双方都不愿意别的人晓得，除开符癞子。

“脆脆嘣嘣地说吧，到底入不入？”

“我想，”秋丝瓜想要脚踏两边船，并不干脆地回死，“还是等年把子再看。”

“好的，听你，以后不要失悔啰。”邓秀梅心里有点冒火了，转身要走。

看着邓秀梅生了气，果决地要走，秋丝瓜的心又往回想了：

“听她的口气，莫不是我入到社里，真不会吃亏？”思路这样一转弯，他满脸赔笑，连忙叫道：

“邓同志，你先不要走，还有话讲。”

“那你说吧。”邓秀梅回身站住，但也不走拢。

“实其要入，只好入了。”秋丝瓜牵着黄牯走拢几步说。

“没有想通，实其不想入，请不要勉强。”

“你看这样可以啵？我先把六亩分来的水田，交还国家。”

“不是国家要你的土地，是要你将土地入股，参加农业社。”

“都是一样。”

“大不一样。”

“好吧，六亩田交给社里。我留下自己开的那一点山土。”

一听这话，邓秀梅就领会了秋丝瓜的主意，还是脚踏两边船。她也顺着他的这意思，说道：

“我想这也行。不过，听说你的土很多，都留了，你就会心挂两头，田里、土里，社里、家里，两头忙得不清闲。”

“我自己会有一个调摆的，还有我的这条牛，怕入到社里，喂得不好。”

“入到社里，还可以归你自己打收管，不想入，私有租用，也无不可。”

“入到社里，听说作价非常低。”

“没有的话。”

“进去再吃口茶吧。”

“不，吵烦了。”邓秀梅走了。她的穿得一身青的匀称的身子飞快地消逝在清早的阳光照着的金灿灿的大塅里。

二十一　镜面[①]

邓秀梅回到盛家，看见亭面胡坐在阶矶上的一把竹椅上，一边

---

① 镜面：稻谷熬的一种烈性的好酒。

晒太阳抽旱烟，一边恶声恶气喝骂他的猪和鸡。看见邓秀梅，他的脸上露出和蔼的微笑，邀她坐下晒太阳。

"那家人家，你去过了吗？"邓秀梅坐下来说。

"哪一家？"亭面胡完全忘记了。

"老龚家。"

"龚子元家吗？还没有去，打算今天夜里去。"因为忘记了，面胡脸上露出不好意思的样子。

"你不过是去探探他的口气，实其不入，不要勉强。"

"晓得，要听他自愿。"

到了晚边，亭面胡吃完早夜饭，打盆水抹了一个脸，这是他走人家前的惟一的修饰，随即解下腰上的蓝布腰围裙，点起旱烟袋，出门往龚家里去了。

亭面胡走后不久，李主席来了。他走进正屋，告诉正在灯下写日记的邓秀梅，说是区里来了个通知，要调会计到县里受训，请她一起到乡政府去商议名单。邓秀梅把灯吹熄，门锁了，趁着月色，跟李主席并排一起往乡政府走去。两人一路谈起合作化的百分比，自从区书朱明逼过她一下，邓秀梅十分注意百分比的正确性。一个数目字，总是经过三翻四覆的推算，才得出来的。这时，她说：

"申请入社的户子，超过了全乡总农户的百分之五十。"

"应该停顿一下了。"李主席提议。

"为什么？我们离开区委的指标还很远，怎么好停顿？"邓秀梅问他。

"贪多嚼不烂。况且，饭里还加了谷壳、生米。"

"你说哪些是谷壳生米？"

"我们本家的那位活寡妇就是摆明摆白的生米。"

"你说的是哪一个？"

"李盛氏。"

"就是男人出去了多年的那一位吗？"

“就是她的驾。”

“她落后一点。我们已经分配刘雨生去帮助她，不晓得结果如何？”

“不晓得。”

“这些都是极其个别的例子。趁高潮时节，我们再辛苦几天，说不定可以超过区委的指标，今年就能基本合作化。”

“切忌太冒，免得又纠偏。”李主席认真地说。

“又是你的不求有功，但求不冒吧？你真是有点右倾，李月辉同志。”邓秀梅严肃批评他。

李主席没有回应，也没有发气。走了一段山边路，他又记起一件事情来：

“刚才碰见亭面胡，他说要去劝龚子元入社，是你叫他去的吗？”

“怎么样，不合适吗？”

“你这个将点错了，只怕会师出无功。龚家里这个家伙，阴阴暗暗，肚里有鬼，开会从来不发言，盛清明说他一脸奸相，亭面胡去，敌得过他？”

“敌不过，不要紧，翻了船，不过一脚背深的水，叫他去探探虚实也好，又是面胡老倌自己要去的，不好泼他的冷水。”

到了乡政府，他们忙着开会，商量派去受训的会计的名单，把龚家的事搁在一边了。

和这同时，亭面胡提根烟袋，兴致勃勃往龚家去了。他一边走，一边运神：“都说，这龚家里是个阴阳人，别处佬，无根无叶，夫妻两个，俨像土地公和土地婆，开会轻色不发言，对人是当面一套，背后又一套。清明子也说摸不清他的底子。我倒要去看个究竟。”心里又想：“这个家伙一路来穷得滴血，这是不能作假的。解放前半年，两公婆挑担戽谷箩，箩里塞床烂絮被，戳起两根木棍子，从湖里一路讨米上来的。天下穷人是一家，不管乡亲不乡亲，穷帮穷，理应当，清明伢子年纪轻，没有吃得油盐足，哪里晓得原先的穷汉的苦楚？”接着，他又默神：“非亲非故，平日又没得来往，这一去，说是做什么的呢？总不能开门见山，一跨进门，就劝他入社吧？”他低下脑壳，看见路边一些蓝色和白色的野菊花，想起龚子元会挖草药，对他就说是来跟他弄点草药子的。

打定了主意，亭面胡慢慢吞吞走到了村子的西边，一座松林山边上，有个巨大的灰褐菌子似的小茅屋，屋端一半隐在松林里，屋场台子是在山坡上，比门前的干田要高两三尺，外边来了人，站在堂屋里，老远望得见。这就是龚家。亭面胡走进篱笆，看见一个戴毡帽的、四十来往的男人在园里泼菜，大粪的臭味飘散在近边的空间。亭面胡看见人下力劳动，总是很欢喜。他站在篱笆外边，笑眯眯地打招呼：

“泼菜呀，老龚。你真舍得干，断黑了，还不收工。”

“老亭，稀客呀，”龚子元一边泼菜，一边抬头笑一笑，“今天怎么舍得过这边走走？”

“我想请你挖副草药子，我的腰老痛。”亭面胡按照既定的程序开口说。

“那好办。”龚子元满口应承。

亭面胡看见土里的白菜又小又黄，就笑着说：

“老龚，挖草药子，你是个行家，不过你那菜，怕要到明年春头上才有吃的呀。”

“今年雨水亏。”

“你栽得迟了。是过了白露才贴上的吧？”

“是的，想早点栽，弄不到秧子。”

“田里的庄稼，园里的菜蔬，都要赶节气，早了迟了都不行。我今年的菜很好，冬里你菜不够吃，到我园里去砍吧。”

“多谢厚意。到屋里去坐坐，我就完了。”

龚子元泼完最后一端子粪水，挑着空桶，走出菜园，跟亭面胡并排往家里走去。到了低低的屋檐下，龚子元把屎桶放下，解下腰围巾，抹了抹脸，陪亭面胡走进了幽暗的堂屋。

“怎么还不点灯呀？”龚子元这话还没有落音，房里出来一个人，划根火柴，点亮一盏小小的玻璃罩子煤油灯，放在方桌上。昏黄的灯光照出这人是个三十来往的妇女，右手腕上笼个银丝钏。

“来了稀客呀。”女人笑得很大方，露出一颗金牙齿，在灯光里发闪。她进里屋提出一个烘笼子，殷殷勤勤，放在面胡的面前，给他接火抽旱烟。

“去烧点茶吧。”龚子元吩咐堂客。

“不要费力，不要费力。”亭面胡说，但龚子元堂客还是进灶屋里去了。

“天有点凉了。”龚子元不晓得面胡来意，只好泛泛说天气，一边暗暗地留神，察看对方的脸色。

“还好，还没进九,一到数九天，就有几个扎实的冷天。特别是三九，热在中伏，冷在三九。”

“穷人怕冷不怕热，一冷起来，就措忧衣服。”

“土改分的衣服呢？”

“卖的卖了，穿的穿烂了。”

话又停止了。

“你喂了猪吗？”面胡没话找话地发问。

“有只架子猪，跟我女屋里缴伙喂的。”

“你女屋里在哪里？”

“在华容老家。”

“事体还好吧？”

“还好，不是他们接济点，我这些年就更为难了。”龚子元说到这里，眼皮眨几眨，心里打了几个转。他想，光弄草药子，不是这神色，看样子，一定还有别的事。堂客端上热茶来，面胡喝完，还是不走。他想：“这面胡，既然送上门来了，就不要轻轻放过。跟他交一个朋友，将来，他比符癞子还要作用些。他家里住了个干部，消息灵通，从他口里，会透露点什么，也说不定。”龚子元想到这里，没有等面胡开口讲什么，就笑嘻嘻地说：

“佑亭哥，你来得正好，昨天我发了点小财。”

“发了什么财？”面胡一听到发财，眼睛都亮了，连忙询问。

“你猜猜看。”龚子元故意卖关子。

“做生意赚了几个？”面胡不着边际地乱猜。

“你真是名不虚传，老兄，真有点……”龚子元含笑说道。他本来要说“真有点面胡”的，为避忌讳，“面胡”两个字，溜到舌尖，又咽回去了。他拍拍身上的破棉袄，接着又说：“我这穷样子，哪会有钱做生意啊？”

“打了个野物？”面胡又说。

“不是。”龚子元慢慢吞吞说，“其实，也不算财喜，昨天是贱内的散生[①]，女屋里送来一只熏鸡，一块腊肉，还有两瓶镜面酒。”龚子元晓得亭面胡十分好酒，说到镜面，故意着重地把声音放慢。

“啊，”一听到酒，面胡心花都开了。他笑得嘴都合不拢，眼角的皱纹挤得紧紧的，把他劝人入社的任务丢到九霄云外了。“这真是财喜。”

“两瓶真正老镜面，一打开瓶塞，满屋喷香。我去拿来你看看。”龚子元说着，起身进房，隔了一阵，一手提个玻璃酒瓶子，放在方桌上，亭面胡贪馋地望着，看见一瓶空了小半截，一瓶还是原封没有动；听龚子元又说：“老兄你是轻易不来的稀客，要不嫌弃，陪你喝几杯，好吧？只是没得菜咽酒。”

“那又何呀要得呢？婶子华诞，我还没有来叩寿。”面胡笑眯眯地说。

“这话说都不敢当。”龚子元作谦，随即把脸转向屋里，叫他堂客，“你听见吗？切点熏鸡跟腊肉，我请佑亭哥喝两杯酒。”

---

① 不是三十、四十等等整数生日，是三十几、四十几等等生日，叫做散生。

“不要费力，不要费力。”面胡嘴里这样说，但是不走。

隔了一阵，龚子元堂客用红漆茶盘端出两副杯筷，四个白地蓝花小碟子，精精致致，摆着四样下酒菜：熏鸡、腊肉、炒黄豆和辣椒萝卜。亭面胡满心欢喜，但在外表上，竭力装作毫不在乎的样子。

“请吧。”龚子元站了起来。

“这又如何要得呢，寿还没拜。”亭面胡也站起身来，走到方桌边。

“请这边坐。”按照习俗，龚子元把客人让到右首的宾位。

“你太客气了，婶子。”亭面胡把烟袋搁在桌边。

“你只莫讲得吓人，屋里水洗了一样，一点像样的东西都拿不出来。”龚子元堂客摆好碟子和杯筷，就进去了。

“不要施礼，请吧。”龚子元坐在下首的主位，筛好两杯酒，举起杯来说。

亭面胡端起酒杯，抿了一口。

“酒还可以吧？”龚子元问，一边让菜。

“是真正的老镜面。”亭面胡一边夹片辣萝卜，作咽酒菜，一边这样说，“你老兄的命真好，有这样好女。”

“尝尝这腊肉，”龚子元用筷子点点碟子，“咸淡如何？”

“恰好，恰好。”亭面胡光寻好话说，一边夹了一片肥腊肉。

“升起一杯。”龚子元拿瓶子倒酒。

一连几杯冷酒子，灌得面胡微带醉意了，话多起来了。他说，从前，他的大女出嫁时，没有打发，被窝帐子，肥桶脚盆，样样都没有，说起来吓人，真正只有一团肉。亏得亲家是个忠厚的人家，也是穷过的，体贴得到他们的艰难，不计较打发，发轿那天，还送一桌席面来。那一天，他吃得大醉，婆婆只是念：“吃不得酒，就莫吃嘛。”

“你不晓得，老龚，”面胡抬起醉红的眼睛，在摇摇晃晃的煤油灯光下，盯着龚子元的脸，这样地说，“我婆婆真是个好人。”

“你婆婆是个好人，关我什么事？告诉我做什么呀？”龚子元心里暗笑，但不流露在脸上。他心里又想：“这家伙醉了，索性再灌他几下。”就笑笑说：

“再升起一杯。”

“不行了，酒确实有了，不能再来了。”

“我们还只结果半瓶，这叫吃酒吗？这叫丢人，不叫吃酒，对不起，恕我的话来得重一点。无论如何，升起这一杯，我们就添饭。”龚子元抬起脑壳，对灶屋里说，“你听见吗？来点什么汤，我们好吃饭。”

“酒有了，汤不要，饭也不要了。”面胡醉了酒，照例饭是吃不下去的。

看见亭面胡满脸通红，舌子打罗了，龚子元想趁火打劫，探听点情况，他装作毫不介意地笑一笑道：

“听说你家里客常不断，是吗？”

“扯常有干部住在家里，不算是客，家常便饭，也不算招待。粮票饭钱，他们都照规定付，分文不少。”面胡回说。

“现在住了什么人？”

“一位女将。”

“县里来的吗？”

“街上来的，也常到区里。摸不清她是哪里派来的，没有问。”

龚子元怕过于显露，没有再问，装作耐烦地听面胡东扯西拉，间或插一两句嘴。面胡从老镜面酒说到从前财主们的红白喜事，又从红白喜事，扯到自己从前的业绩。开了话匣子，他滔滔滚滚，说个不完。只有间或抿一口酒，夹一筷子菜。这时，他说：

“从前，清溪乡远远近近的人家办喜事，都爱请我去抬新娘轿子。”

“那是为什么？”龚子元捏着空杯。

“为的是我跟我婆婆是原配夫妻。”

“照你这样说，续弦的男子，连抬新轿也没资格了？”

“对不起，积古以来，老班子兴的是这样的规矩。我一年到头，总要抬几回新轿。一回一块银花边，还请吃酒席。”

“这生意不坏。”

“害得我一年到了，总要醉几回，呕几回，回去婆婆就要念：‘吃不得，莫吃嘛。’就这两句，没有多话。我婆婆是一个好人。不瞒你老兄，我这个人，就是有一个脾气，容不得坏人。如果我的婆婆不好，我宁可不抬新娘轿，不吃人家的喜酒，也要休她。”说到这里，他吃口酒，抬起头来，盯住龚子元的脸说道：

“我这个人，就是容不得坏人。”

龚子元听到他重复这句话，心里一惊，隔了一阵，等到稍许镇定了，心里火又上来了。他暗中恶狠狠地盘算：“再灌他几下，叫他慢点跌到老塝底下，白水田里，绊死这只老牛子。”主意定了，就叫堂客：

“你来，给我把酒渡到锡壶里，温一温，我跟亭哥再吃它几杯。”

堂客走到他身边，嘴巴附在耳朵上，紧急地悄悄地说：

“外边塅里有手电的闪光。”

听见这话，龚子元才又记起自己眼前的处境，仿佛觉得，已经有人在留心他了。他想，面胡对他正有用处，就和颜悦色，显出亲切友善的样子，一边斟酒，一边笑道：

“是不是怕回去挨婆婆的骂？不要紧的，再升起这杯，只这一杯。”

“酒是无论如何不能再要了。”亭面胡伸开粗糙的手掌，遮住酒杯口。

“真的不行了？哈哈，你太不行，老兄。我们吃饭吧。”想起塅里的手电光，龚子元不再劝酒了。

吃完了饭，面胡坐在竹椅上，抽了一袋烟，又打一阵讲，就拄着他的长长的烟袋，起身告辞。他把劝人入社的任务，忘得一干二净了。

“多谢，多谢，少陪了。”他走出堂屋，连连点头。

“多谢什么啊！”龚子元送到地坪里。

亭面胡走后，龚子元回到堂屋，把双幅门关了。堂客一边收拾桌上的杯筷和碗碟，一边埋怨道：

“你为什么要款待这样没用的家伙？”

“唉，你们女人家晓得什么？”龚子元神秘地一笑。

“我真想不通，你为什么看上他了？”堂客把桌上的一切收到红漆茶盘里。

“不要看不起他吧，如今就是这一号人走得起，和他来往……”说到这里，他把喷着酒气的嘴巴，伸到堂客的雪白的颈根的近边，悄悄地说了一些什么话，屋里没有别的人，但他还是小小心心提防着。

“站不长算了，我正要走。”堂客却大声大气地反应他的话。

“嗞，嗞，小声点。”龚子元低声喝住她，接着又悄悄地问，“你说要走，走到哪里去？”

“随便哪里，都比这个鬼地方好些。”

“再大声，捶死你。看，外边塅里又亮了一下。”他们从门缝里张望，外边的亮光果然又闪了几下。龚子元低低地说：

“以后，常到亭面胡家看看，不要把自己蒙在鼓肚里。跟这号人来往，对你我只有好处。”

“那里有个干部。”

“那怕什么？她又没有三头六臂，碰到了，还应该扯扯。”龚子元低声地说。

亭面胡身子摇摇摆摆地走到塅里一条小田塍路上，脸上被冷风一吹，酒在肚里发作了。路很窄，他的腿发软，右脚踩在路边松土上，土垮了，他踏一个空，连人带烟袋，滚到老塍底下，白水田里；右脚踝拐骨碰在老塍边上一块石崖上，痛入了骨髓。他想爬上田塍去，一只脚痛，一只脚深深陷在泥巴里，提不起来。他无力地伏在田边，不由得哼出声来了。

“那边是哪个？”远处塅里，手电的白光一闪过去后，有人这样大声地喝问。

面胡恶声恶气地回答：“是老子！”踝拐骨一阵痛楚过去以后，亭面胡心里火了，只想骂人，近边又没有对象。他只得忍气吞声，扳住狭窄的田塍的路面，用劲往上爬，好不容易，爬上了田塍，老倌子脸上、手上、身上、脚上，净是泥浆子，好像泥牯牛一样。把他那根寸步不离的烟袋忘在田里，他动身要走，朦胧星光下，两支茅叶枪的发亮的枪尖，猛一下子顶在他胸前。他睁开醉眼，看见两个后生子，挺起两支枪，拦住了去路。

“没得用的东西，你们干什么？”亭面胡以为自己在家里，他用骂儿女的惯常的口气，来骂人了。他嘴里酒气冲人，对方的手电又亮了一下，前面的后生子叫道：

“佑亭伯伯是你呀？怎么滚到田里了？”

“你是哪一个？”亭面胡云里雾里，至今没有看清人。

“我是清明。”

“拦住我的路，你要干什么？”亭面胡听说是本家侄儿，拿出长辈架子了。

“你吃醉了？”盛清明收拢扎枪。

“我没有醉，哪一个说我醉了？”

“你绊在田里，受伤没有？掉东西没有？”

“没有，没有。”

盛清明拿手电照照田里，看见那里有一根烟袋。

“没有掉东西，你的烟袋呢？”他问亭面胡。

“忘在龚家了。”面胡想要打转身。

“不，在这里。”盛清明溜下老塝，一手扳住田塍路，一手伸到田里去，替他堂伯取上了烟袋，随即扶住他，往他家走。

“你醉得厉害。”治安主任说。

“我没有醉。记得那一年，你妈妈亲事，也是我抬的新轿，那天我坐了首席，吃了三锡壶，也没有醉。”

“听我爸爸说，那天你醉得云天雾地，只往床铺底下爬，说是屋子里出了鬼，爸爸笑了好些年。”

“哪个说的？你瞎嗑，我没有醉过，前世没有。我盛佑亭是一个海量，海……海……”绊了一跤，冷风又呛进肚里，酒性发作了，口里涌酸水，胸口紧得慌，心脏像要跳到口里来一样，他弯下身子，哇的一声，把刚才吃进去的酒和菜和茶水，都呕出来了。盛清明不避刺鼻的酸味和酒气，用手稳稳扶住他说道：

“呕完就好了。”

亭面胡用手背擦干了因为呕吐而迸出的眼泪，往前走动了。吐过以后，酒醒了一半，胸口不再难过了，到一眼井边，他蹲下去，用手掌舀起微温的泉水，漱了漱口，又站起身来，只觉得脚杆瘫软，身子要倒。盛清明把巡逻的任务交给陈大春，自己扶了这位一身泥牯牛似的、出了五服的堂伯伯，往他家走去。

听见叫门声，面胡婆婆连忙起身，把大门一开，一股酒气冲进她鼻子，她赶紧把醉汉托住，口里细声细气说：

“真是要命，在哪里吃酒，醉得这样？”

“在龚子元家。”盛清明代他回答。

“怎么跑到那里去吃酒去了？”

“他呕过了。伯娘你再冲碗白糖水他吃，就会好的。”

“多谢你，清明，进去坐坐。”面胡婆婆说。

“不了，我还有事。”

送清明走后，盛妈关好门户，回到屋里，替面胡换了一身干净衣服，侍候他睡了，又把绊得满是泥水的棉袄炕在烘笼子上面。

第二天清早，亭面胡醒来，想起夜里的事情，知道因为喝醉了，耽误了劝人入社的正事，不好交票，他连忙起来，披上烘干刷净的棉袄，趁着邓秀梅没有起床，往外跑了。走到龚家，他叫开门，应门的龚子元堂客微露金牙，勉强笑道：

“亭大爷，好早。”

“老龚呢？”

“请进来坐，他就起来了。”把客人让进堂屋，堂客进到屋里说，“快起来吧，人家又来找你了。”

龚子元攀开帐子，朝外边招呼：

“佑亭哥，进屋里来吧，里边暖和些。”

亭面胡走了进来，坐在红漆墩椅上，道歉地说：

“对不住，我们还有点首尾。吵醒你的瞌睆了。”

“不要紧，我该起来了。”龚子元打个呵欠，开始穿衣。

“我特为早一点来，怕你出门，一来道谢盛情的款待，二来呢，我特意来劝一劝你们，你是明白人，跑的地方多，见识又广……”

“什么事呀？”龚子元早已猜到他要说什么，但装作不知，看他如何开口说。

“我们清溪乡，远远近近，差不多的人家都已申请。”

“申请入社吗？”

“正是的。”

“你老兄也申请了吧？”

“是的，写了个东西。”

“你觉得农业社真的好吗？”

“我看一定不会错，要不，党和政府不会这样大锣大鼓地来搞。”

“好在哪里呢？”

亭面胡被卡住了，回答不上来。停了一阵，他只得说：

“干部都说好，准定不会差到哪里去。土改那年，你我不是也不相信会有好处吗？后来如何？我分了家伙，你也分不少。”

“你听哪些干部对你说农业社好？”

“邓同志常说。”

“邓同志是哪一个？”

“住在我们家的那位女同志，上头派来的。”

“一个女人家说的，作得数吗？”

“你不要看不起她。她不儿戏呀。秋丝瓜赶起牛跑了，她一马当先去追牛，给追回了。这个女子有胆量，也有调摆，差不多的男子汉比不过她。”

“她在你家办公吗？”龚子元趁机打探。

“也到乡政府，也在家里，常常挨门挨户去串联，村里的人，三股她熟两股了。她也晓得你。”

“真的吗？晓得我什么？”龚子元心里稍稍吃一惊，外表毫不动声色。

“晓得你不是本地土生土长的，问你是哪一年来的。”

“还问些什么？”

“没问什么，说正经的，你入不入吧？”

“入社？”

“是呀，我在邓同志面前，一力担保你是个好人，你我两个，从前穷，现在也还没有挖尽穷根子。穷帮穷成王，我所以定要来劝你，昨夜误了事，今天特意来，你是一个明白人，话一说就清，灯一点就明，你入了吧，我好去向邓同志交差，我在她面前夸下了海口，我说，老龚那里，只要我去，马到成功。”

面胡这篇话，龚子元好像没有介意，只顾探问：

“她还问了些什么？”

“问你原先是做什么的。”

“还有呢？”

“问你作田里手不里手。我说你‘作田倒是不见得，手面上功夫，挖土薅草皮，还对对付付，用牛就不行’。”

“她还问起些什么？”

“没有再问什么了。”面胡回说，“这回我要来劝你，她抬起眉毛，想了一阵，就点头说：‘也好，你既然信得过他，他自然也信得过你，去劝劝也好，我们不愿意看见任何一个人留在社外，不过，不要太勉强。’你看，我就来了，我在她面前夸过口的，说是只要我开口，你准定会入，你入了吧，老兄，我好去交差。”亭面胡重复地说。

“看你面上，我入。”龚子元答应得嘣脆。

“真的吗？好极了，好得不是的，我马上去告诉老邓，说你是个明白人，我有眼睛吧？”亭面胡欢喜饱了，夹起烟袋就要走。

“慢点，要不要写个什么？”

“写个申请吧，我也写了。”

“我不会写。”龚子元装假。

“叫我们文伢子来帮你写，好吧？要不，不写也行，我看盛家大姆妈就没有写，只要心虔意诚，不打算缩脚，不写也行。我去替你讲一讲。”

“正要亭哥替我方圆几句子。”

“穷帮穷，理应当。包在我身上，我跟邓同志说说，决不能漏下你这个好人。”

“多谢，多谢，我指靠你了。”龚子元拱一拱手。

“放心，放心，我说帮忙，一定帮到。以后你要有什么困难，只管来找我，我跟邓同志一说就成。”面胡说到这，从墩椅上站起，动身要走。

“再坐坐嘛。”龚子元堂客笑一笑说。

“不了。少陪了，多谢茶烟。”

“多谢什么！”两夫妇齐声地说。

“多谢昨夜的款待。”面胡没有提起昨夜他绊跤的事。

“你这是一家人说两家的话了。”两夫妻送到门口，龚子元说，“有空过来打讲吧。”

“这一下子都是一条船上的人了，不会少来的。”亭面胡边走边说，“婶子有空也到我们家去走发走发吧。”

听到面胡这句无心话，龚子元有心加以充分地利用，趁面胡背转了身子，他用肘子撞一撞堂客，悄悄地说：“快答白呀。”这女人会意，连忙对着越走越远的面胡高声地回答：“改天一定去看望伯娘。”她按照女儿的口气称呼面胡的婆婆。

“家伙，真是个面胡。”等亭面胡走得远了，龚子元跟堂客议论，一边回身走进屋，打算再去睡一觉。

“你为什么答应他入社？”堂客跟进来，这样子问。

“为什么不？你们真是头发长，见识短。”

“要入，你也应该自己去申请。”

“托他一样，我们这样，还交个朋友。”

“我看他还不如符癞子。”

“各有各的用，你看他说了好多情况？酒后吐真言，一瓶老镜面，没有白费吧？”

“这号面胡，不吃酒，也像吃醉了酒一样，你看吧，他也会把我们的情况告诉邓家那个鬼婆子的。”

“由他去告，正要他去告。记住啊，不要失掉机会，常常去走走，怕什么呢？你又不是裤包脑，见不得人，出不得众的。”

二十二　砍树

申请以后，龚子元堂客在上邻下舍，渐渐地出头露脸，放肆走动了。听从男人的指点，她常常到面胡家去，借东借西，跟盛妈谈讲。这一天，这位镶着金牙的女人又到盛家借筛子。面胡一家大小都不在屋里，门上挂了一把旧式的铜锁，邓秀梅卧房的门上也挂一把小小黑漆吊锁。龚子元堂客绕着屋子走了一遍，看见朝南的亮窗子关得严严实实，糊着报纸，她走到窗下，先向四围瞄一眼，再用手指在报纸上挖一个小洞，她扒着破洞，往里窥看，窗前桌上摆着几期《互助合作》，一本《实践论》，还有一个打字的文件，有部《实用袖珍字典》压在上面，文件只露出一角。龚子元堂客好奇地细心地看去，文件角上，有这么一句："山林问题很复杂，没有充分准备，暂时不要轻率作处理……"还要念下去，地坪里的鸡扑扑地飞动，她以为有人来了，慌忙离开了窗子，连忙赶回家，把她看到的情景，一五一十告诉龚子元。这个鬓角微秃的男子口里念着："山林问题很复杂……"他在那里沉思和默想，一会儿点头，一会儿含笑。忽然，后臀山里传来一阵柴火响，龚子元心里一惊，忙叫堂客上山去看看。堂客站在后园篱笆边，看见符癞子正在山里砍柴火，她没有招呼，忙忙回到屋里告诉了男人。

"你去要他进来歇歇气，"龚子元枯起眉毛，又转念道，"还是我自己看看去吧。"

龚子元随手拿起一根扦担和一把柴刀，绕到后边自己的山里，动手砍柴火。砍了几把柴，他伸伸腰，走到堤沟边，坐在堤上，朝着符癞子方向大声说道：

"姓符的，不歇歇气呀？"

"是你呀，老龚。"符癞子伸起腰来。

"恭喜恭喜你。"

"恭喜什么？"符癞子的脸红了。

"还想瞒人？酒都不请，就偷偷干了？"

"唉，"符贱庚把刀插在腰杆上，走起拢来，松一口气，说道，"一来没得钱，一切都只得从简；二来呢，她又不是红花亲，自己也不愿意启动亲邻，我只好顺她的意了。"

"讨个这样漂亮的堂客，你要百依百顺，好好听话啊。"

"老龚你也取笑了。她算什么？嫂子当年，倒是一定出众的，现在还看得出来。"

"当年是当年，现在是现在，"龚子元眼眨两下，把话巧妙引上他感兴趣的题目，“提到当年，我想起来，明年的茶子，不是当年吗？”①

“是呀，”符癞子答白，“今年是背年。”

“你看这一季，茶子花开得好茂盛啊，落了一批又开一批，普山普岭，好像盖一场大雪。”

“是呀，”符癞子往四围扫了一眼，“明年捡得一年好茶子。”

“可惜的是……”话说了半截，龚子元又稳住嘴了。

“可惜什么？”符癞子惊异地问。

“听说，山要毫无代价地归公。”

“山要归公？真的吗？你听哪一个说的？”符癞子接连地忙问。他和张桂贞结婚，置办铺盖和家具等等用项，欠下一笔账，总想山里边有一点出息，来填补亏空，茶子油也是他计划收入的一项。如今听说茶山要归公，他仿佛听到了一声霹雳，“你听哪个说的？”他重复又问。

“都在这么说。听说树也不能由私人砍了，社里卖给人家了。”

“我不信。”

“我也本来不信的。”

话说到这里，两人走开了。符癞子心灰意懒，盘算一阵，就弓起身子，去砍柴火。砍好两堆，他用两根坚韧柔软的藤条，捆成两捆，用扦担挑在肩膀上，正要下山，一眼看见堤沟的那边，龚子元还在，他边走边说：

“我不信这话。”

“我也本来不信的。”龚子元平静地应答。

回到家里，符癞子放下柴火，打一盆水，一边蹲在灶屋里抹脸，一边把“山要归公”的这话，告诉了堂客。张桂贞记在心里，等符癞子又进山去时，她赶回娘家，把信息透露给哥嫂。

---

① 茶子树，跟别的果树一样，开花结子最多的一年，叫做当年，少的一年，叫做背年。

不到半日，“山要毫无代价地归公”的传言，布满全乡。断黑时分，方圆十多里，普山普岭，都有人砍树。有的人家，男女老小全都出动了，盛清明和陈大春带领全乡的民兵，分头上山去解释、劝阻。可是，哪里制止得住呢？他们提着茅叶枪，奔波得汗爬水流，劝住了这里，那里又砍，阻止了那里，这里又锯。在宽阔的山场里，整整闹了一通宵。乡政府财粮委员草草估算了一下，一夜之间，全乡砍翻锯倒的茶子树，以及松、杉、枫、栗等良材，为数至少在一千以上。

到了第二天，砍树的风潮还没有停止。菊咬筋平日是很守法的，他时常讲：“我王菊生是毒人的不吃，犯法的不为。”这一回，他对堂客说：“政府就要封山了，趁现在砍树还算合法，快点去做翻一根。”他跟堂客，连砍带锯，四手不停地闹了一天和一夜。秋丝瓜一家也上山了，砍翻的树也不在少数。对于屋边的三十棵桃树，他们夫妻的意见有点不同。

“我们辛苦栽一场，叫别人去吃仙桃呀，我死不甘心，我要通通都砍了，拿来做柴烧。”秋丝瓜的堂客说。

“信息还不确，”秋丝瓜迟迟疑疑，“等见了告示，真要白白地充公，再动开山子[①]，也不为迟。”

这一天一夜，乡政府格外热闹。人们川流不息地来打听消息，李槐卿、盛家大姆妈和陈先晋婆婆，先后都来了。

“李老师来了，请坐。”李主席起身让座。

“主席，我那竹林，也要入社么？”

“现在还没有讲起，我们办的还是初级社，不处理山林问题。”李月辉耐心解释。

“将来呢？”

“将来再看，反正要归社，也会评个价。”

---

① 开山子：斧头。

“评价不评价，我都不在乎。”李槐卿说，“我那媳妇就是有点点担心。”

“担心什么？”李月辉好奇地忙问。

“她担忧，山林入了社，将来玉个火夹子，织个烘笼子，都要找乡政府开条子，问社里要竹子，麻烦死了，像我这号缺乏人手的人家，的确也麻烦。”后面两句话，是李槐卿转述了媳妇的意见以后，自己添的。

“等到处理山林问题时，你们的这些困难，都会得到妥当的解决，现在我们还没考虑这些事。”李主席在他业师的面前，显得格外地耐心。

李槐卿走后，进来一个戳拐棍的脸上虚肿的婆婆，她是陈先晋堂客，大春的妈妈。

“我们老驾说，山要入社，他要收回申请书，去搞单干了。”陈妈说。

“我们还没说，山要入社。”李主席解释。

“山入不入，我是两可。”这时候，又进来一个戳拐棍的白发老婆婆，“不过，我是阎老五点名的人了，我屋面前的那几根杉木，要留着合料[①]。”

“现在，山还不入社，你们不要信谣言。”来找的人，挤满一屋，李主席不能一一答复他们提出的各色各样的问题，只好站起来，这样一总地宣告，有一些人听了这话，心里有了底，往外走了。

“邓同志呢？”人群里，有个年轻的体子扎实的妇女挤了上来，这样问。

“你也来了？”李主席看清她是盛佳秀，这样问，“找邓同志有什么贵干？能不能跟我说呀？”

“不跟你说，我要找她。”

---

① 料为棺材的转化语。

“她到你们那边去了，你没看见？”李主席是有名的性情好的人，人家完全没有把自己放在眼睛里，他也丝毫不介意。他劝盛佳秀赶紧回去，在那里的什么人家，可能碰到邓秀梅。可是，她又停步不走，照着儿子的口吻，亲热地叫道：

“伯伯，找你也行。你是晓得的，我家里没有男子汉，砍柴、挑水，都要自己一手来，山一入了社，我更为难了。”

“你放心回去，婶婶，”李月辉也照自己儿子的口吻，称呼这位守活寡的本家堂客，“我们现在还没有考虑山林的问题。你不要听别人瞎嗑。”

“伯伯，还有一句话，能问不能问？”盛佳秀又说。

“只管问吧。”李主席点着烟袋。

“人家说，农业社驾的是只没底船。”

“哪一个说？”李月辉吧口烟问。

“都这样说，”盛佳秀不肯说出具体的人名，“要是真这样，我这没有男劳力的苦命人，连饭都会吃不到手了。”讲到这里，她哭了。

“不要这样，不要这样。”李主席急了。

“伯伯，我们外头的，出门多年，连信也不回一封。”听到盛佳秀还在盼她在外早已结婚的男人的信，李主席的心里一阵酸辛，连忙忍住快要涌到眼睛里来的同情的泪水。“我想，”女人又哽咽地说，“请伯伯替我做个主，农业社的场合既然还不顶正经，我慢一步入好不好？”

“这个……”李月辉心思慌乱地吞吞吐吐说，“你不是跟你们那一组一起申请了吗？”

“那是勉强的，霸蛮的。”

“我问你，刘雨生去找过你没有？”

“去过一回。”

“他说了些什么？”

“没有说出名堂来。”

“我叫他再来找你。他是我们全乡数一数二的好人，顶可依靠。你有什么疑问，都找他吧，他会好好跟你解释的。”

李主席刚把这一些人打发出门，邓秀梅就从下村赶起回来了。

“晓得了吗？”李主席问她。

“一切我都听说了，请你马上发通知，我们要开一个会。”

在邓秀梅和李月辉的主持下，乡干们开了一个紧急的会议，来讨论对策。

“不捆个把，止不住账。”在会议上，陈大春愤愤地说。

“捆人是不行的。”李主席慢慢地说。

“不动粗，他们会信邪？”陈大春站起来说。他一兴奋，说话就要站起来：“再这样子砍下去，茶山都要败光了，茶油会越发少了。菊咬筋砍得顶多，我建议，把他先逮起，宰只鸡，给猴崽子们看看。”

“你这办法太粗鲁。”邓秀梅从容地说，“这不是菊咬筋一两个人的事，这是一个群众性的问题，我们要耐心地跟他们说理。大家都上山去，所有的党团员、民兵们、积极分子们，都去做说服工作，只许动口，不能动手，大春你特别要煞住性子。好吧，不要在这里纸上谈兵了。李主席分配一下，哪一些人管哪一些村子、山场和屋场。”

李主席分配停当，会议就散了，大家走出乡政府，陈大春走在末尾。李月辉看见他的背后的棉袄下边，吊下一截麻绳子，连忙叫道：

“大春，你带绳子去做什么？赶快给我解下来，家伙。”

陈大春只好把麻绳解下，撂给李主席，嘴里嘀嘀咕咕，一路念出门：

“茶子树都败光了，破坏了国家的油料作物，还不算犯法，还不许捆人，真是才看见的时新名堂。”

这一派话，李主席一句都没听见。他转身进屋，跟邓秀梅打细商量去了。

“哪里料到，又来这样一股风。”临了他叹口气说。

“里头一定有坏人造谣，等平息一点，我们要慢慢挖根。”邓秀梅坚毅地说。

“下村怎样了？”

“情况不好。谢庆元这位同志的作风有一点毛病，群众对他有好多反映。”

“是呀，他这个人，忽冷忽热，工作不踏实……”

“暂时不要去管他，先把砍树的风潮制止了再说，我们也上山去劝去。”

他们两个人才出乡政府，就在路上碰到好多人，有细妹子、小伢子，还有盛淑君妈妈和亭面胡婆婆。他们手里提着公鸡、母鸡、鸡崽子、鸭崽子。有个姑娘还提一小篮子鸡蛋。

“你们哪里去？这是做什么？”邓秀梅惊讶地问亭面胡婆婆。

“不是说，鸡鸭要入社，鸡蛋鸭蛋都要归公吗？”面胡婆婆说。

“哪一个说的？没有这个话。”邓秀梅回答。

“是哪个没良心的，多嘴多舌，害得老子跑一路。”盛淑君妈妈骂起来了，“邓同志，他们还说，入了社，妇女走人家，也要请假，有这个话吗？”盛淑君妈妈顶爱走人家，十分关心这问题。

“没有这个话，下次听了这样的谣言，你来报告我，或者告诉盛清明。你们回去吧。没有乡政府的通知，莫要轻信。”

到下午，上山劝阻的人们先后回到乡政府来了。陈大春牵了一个人进来，把手里的一把开山子往地下一撂。

“不许动粗，你怎么又捆上人了？”李主席吃了一惊。

“看清楚再说，你看是个什么人？”大春把他捉的人拴在享堂屋柱上。李主席仔细一看，这人不是本乡的。他问大春：

“他是哪里人？你从哪里抓来？”

“山里抓的，这家伙正在偷砍松树，谣风是他放出来的，也说不定。”

“你又在哪里找了绳子？”

“我带了两根，解下了一根，身上还预备了一副。生意来了，还不多准备点工具。”

“你这个家伙，土改时期搞惯了，现在不兴了，老弟。你为什么到我们这边来偷树？”后一句话，李主席是向被捉的汉子说的。

“我是来找点窍门钱的。”那汉子毫不惊慌地说。他的左脸上有个小疤子。

“你是哪里人？”

“串门湾人。”

“啊，串门湾人，”李主席笑道，“我们也算是老相识了。从清朝起，你们就常常到我们这边来偷树、偷柴，总是成群结队，来一大帮子，这回来了几个？”

“只有我一个。”

“别人改行了，你怎么不？下次要来，先把个信好吧？”

“把个信，就不叫偷了。”盛清明笑着说道。

“我就是不想要他们干这事情了，手脚不稳，在过去也不能算是正大光明的手段，在新社会尤其要不得，没得面了，你懂不懂？”李主席说得那人低了头，但脸并不红。

“谣风是你放的吧？”陈大春含怒地问。

“什么谣风？我没有放什么谣风。”那人辩解着。

“你放没放，我们查得出来的。好吧，既然来了，请你到隔壁屋里去休息一下，工作这样久，料你也累了。等我们办完了正事，再来问问你。”

陈大春解开索子，把贼押走时，那个家伙望着地上的开山子，叫道：

“把开山子还我。”

“还你好再去砍吧？”李主席说。

陈大春把他一推，那家伙一个踉跄，只好通过月洞门，到隔壁去了。

这边，主要干部再次商量了一阵，规定了辟谣、制止砍树、安定人心等等善后的对策，他们决定发动宣传队再度深入解说党和政府的政策，并在今晚，全乡分片开群众会议。

“谣风一定是隔壁这家伙放的。”追查谣言的根源时，大春肯定说。

“不过，听一些群众反映，谣言是符癞子发出来的。”盛清明平静地说。

“最近，他好像常常往秋丝瓜家跑。”邓秀梅想起那天在张家看见了癞子。

“他在追求秋丝瓜的老妹。”陈大春说。

“人家早结了婚了。”盛清明的消息最灵通。

“她不爱老刘，倒去嫁个那样不争气的家伙，这中间，是不是有什么政治上的缘由呢？”邓秀梅枯起眉毛，问别人，也是向自己提出一个新问题。

“我想不会有别的原因，他们两个人都顶了坳，都找不到更合适的人物了，就马马虎虎，将就将就。”盛清明含笑这样说。

“他们倒是一套配一套，歪锅配扁灶。”陈大春对张桂贞和符癞子都很看不起。

“秋丝瓜跟龚子元一向有来往，”盛清明说，“近来，符癞子也常到龚家后山里，跟龚家里会面。”

“这就更加值得注意了。”邓秀梅严肃地说。

“隔壁的那个家伙，跟秋丝瓜他们这一伙子，不知有没有关系？”盛清明提出一个新疑问。

“是呀，倒忘了他了。”李主席笑道，“快提过来问问。”

陈大春对于押人、审讯，都极感兴趣，听了李主席的话，连忙跳起身，扎脚勒手，通过月洞门，跑到隔壁去。抬眼一望，他大吃一惊，屋里空荡荡，索子还是拴在檐边屋柱上，偷树的贼无影无踪了。

“糟糕，贼古子跑了。”陈大春叫唤。

大家奔过来仔细一检查，发现通地坪的一张耳门打开了，显然贼人是从这里大摇大摆出去的。

“忘了把耳门子从外边反锁。”陈大春十分丧气。

“你这是牛栏里关猫。”李主席这样地说，算是责备，没有说别的重话，大家走回会议室。

“这下麻烦了，反动的主根到底是在别处呢，还是在本乡，搞不清楚了。”邓秀梅担忧。

“李主席，赶快打个报告，到区上去，叫他们把这情况迅速转告串门湾。”

李主席进到后房，写了一张字条子，装进一个废信封，严严地粘好，上面用毛笔写着“朱书记亲收”。

“叫个民兵送去吧。”李主席把信交给陈大春。

“我自己去。”陈大春接了信就走。

“慢点，”盛清明在背后叫他，“把这把开山子带去，这是顶好的物证。铁证如山，他赖不掉。”

当天晚上，全乡三个片同时举行了会议。邓秀梅掌握的第一片的会议，到鸡叫才散。对全乡的事，不能放心，散会以后，她又跑到乡政府，听了各片的汇报，才回住处。走进亭面胡家里，天粉粉亮了，她索性不睡，把房间收拾了一下，就到阶矶上来洗脸、刷牙和漱口，亭面胡早已起来。他带领菊满，正在那里编藤索。

“这回你没有上山砍树，真好。”邓秀梅夸他。

“还砍？入了社，又去败坏公家的规矩，还算得人？”面胡一边吹牛，一边低头编他的藤索。

邓秀梅后来听说，亭面胡这次没有上山，并非真正不想去砍树。那天晚边，他在塅里听见了谣言，也信以为真，连忙赶回家，把柴刀和开山子用劲地磨得风快，准备扎扎实实干它一通宵。吃过夜饭，他想在上山以前，先歇一歇气，困一小觉，不料身子一放倒，一觉到了大天光。事先没嘱咐婆婆，没有人叫他。他就是这样，没有去砍树和竹子的。

二十三　辛劳

清溪乡的谣风停息了，建社工作又在平稳地进行，邓秀梅和李月辉召开了一个支部扩大会，研究了处理耕牛、农具和股份基金的原则和办法，并且决定建议各个联组成立建社筹备委员会。

刘雨生和谢庆元的两个互助组混合在一起，又吸收了附近的好多单干，搭起了一联组的社架子，随即成立了筹备委员会。

支部考虑一联组的筹委名单时，大家同意指定刘雨生做委员会主任，群众也都选了他。谢庆元被选为副主任，心里不服，一连几天推病不出屋，后来又说生活没着落，要去搞副业，砍柴火去卖。从那以后，任何会议他都不参加，分配的工作，他也懒心懒意地，不很採了。

听从李主席劝告，刘雨生小心小意，三番五次去找谢庆元，和他细细密密地谈心、解释，劝他工作。

“你们不要我也行。”谢庆元说，眼睛不看刘雨生，“我是一个蛮人子，晓得什么？”

“我不也是蛮人子？”刘雨生赔着笑脸，好像自己得罪了他一样。

“你不同啰，”谢庆元回应，眼睛还是没有望对方，“你是我们乡里头一位红人。”

听了这话，刘雨生不但不分辩，心里还是不存任何一点点芥蒂，轻松地笑道：

“你也红嘛。”

“我是一只烂草鞋，叫人丢在路边不要的，有什么红，什么绿的？”谢庆元发一篇牢骚。

“共产党员不红，还有哪个算红呢？”刘雨生说，脸上照旧浮着笑。

“我这个党员哪，没有人看在眼里。”

“你这话来得重了。你是党员，自己就是这里的主人，应该主动寻工作。你说这话，意思是要领导上三请诸葛？”刘雨生正正经经说了他几句。

“我没有请你来训我。”谢庆元扯起大喉咙，愤愤地说。

刘雨生默不作声，等对方的气平息一点了，他又小声小气规劝道：

“老谢，作一个党员，你有意见，应该找领导人当面去提，千万不要背后发瓮肚子气。”

“我有什么意见呢？人家都是原差子升班长，昂起脑壳一丈二尺高，还认得我们这样不识字的蛮人子？”

“不要这样子说了，好吧，以后再谈。”刘雨生看见话不投机，讲不拢边，就打退堂鼓，但又留出一条再见的后路。

送走刘雨生，谢庆元回到屋里，堂客又筑他的药：

“你以后不要再出去仰了，我劝你，少吃咸鱼少口干，不要探这些框壳子事了，伢子也大了，再过几年，他接得脚了，我们怕什么？依得我的火性，社也不入。”

“社不入不行。是党员都应该带头入社。”在落后的堂客的面前，谢庆元却又说了这句明白话。他的心，在进步和落后的状态的中间摇摆着。

刘雨生回到乡政府，把老谢的话，一五一十，告诉了邓秀梅和李月辉。李主席打算马上亲身去找他谈话。邓秀梅阻止他道：

“算了，先不要理他。他不要打错了主意，以为缺了他，我们社办不成了。”

“他作田倒真是一角。”刘雨生说。

“作田里手有的是，我看亭面胡就不弱于他。”邓秀梅说。

但刘雨生觉得自己和老谢一起工作了几年，总不愿意丢开他，打算得空再去找他谈。

按照规划，全乡成立了五个社的筹委会。五处地方日日夜夜忙开会，学习中央公布的农业社社章，处理田土入股、耕牛农具折价和股份基金的摊派等等具体的问题。几个会打算盘的人不停地拨得算盘珠子响。夜间霜降了，寒气非常重。五处地方都用干柴和湿柴烧起火来，用的柴火，都是亭面胡供给的。

把工作布置到筹委会以后，五个主任挑起了实际工作的担子。邓秀梅和李主席分别掌握两个重点社，来取得经验，推广全乡。邓秀梅掌握的是刘雨生的那个重点社。刘雨生诚实可靠，记性又好。他能不看土地证，背出那一村田的丘名、亩级、解放以前的收成，以及最近几年的产量。

“你是说的那个牛角丘吗？”刘雨生回答人家的问题，“平常年岁，只能收五石谷左右，一九五三年，年成特别好，那丘田里出了八石谷。盛家大姆妈的井丘，一季顶多收四石。”

因为有了情况烂熟的得力的干部，这个筹委会处理具体问题比较快一些，工作很顺利，邓秀梅也清闲多了。

这一天，邓秀梅从刘雨生那边回来，吃完早饭，天气蛮好，又没有风。金光闪闪的阳光照在阶矶上。她从房间里出来，手里拿一张报纸，看见盛妈跪在脚盆边头一条矮凳上，正洗衣服，使她想起，自己好久没洗衣服了，就反身进房，拿出两套衣裤，还有一条铺得脏了的花格子床单。

“拿给我洗吧。”盛妈对她说。

“不，那还要得？”

“你没得工夫。不要客套，我洗一样嘛。”

“不。我今天有空。”邓秀梅找到个脚盆，把衣服床单浸在冷水里，先泡一下。

“锅里有热水。”

邓秀梅从灶屋里提一桶热水出来，倒进脚盆里，坐在一张矮竹椅子上，弓起腰子，动手搓洗。盛妈一边洗衣，一边跟她谈闲天。她们谈起了谢庆元堂客，也扯到了秋丝瓜的老妹张桂贞。

“她跟刘主任本不是姻缘，离了也好。”盛妈笑着说，小小心心，不说任何一方的坏话。

“她跟符贱庚结了婚了。”邓秀梅说。

“听说过了。”盛妈还是不发表评论，转脸又问道，“邓同志你呢？为什么不去看看爱人？”

“我们都忙。”邓秀梅简洁地回答，又低头洗衣。

“忙也不能不顾家。听说工厂也有星期天呢。”

“这一个月，我们没得星期天。平常也有。”

“你们亲事好久了？”

“不到一年。”

“你们何不在一起工作？少年夫妻，隔开久了不好啊。”邓秀梅记得，她才到这里的那天，盛妈也讲过这同样的话。

“人一忙，就顾不得这一些了。”邓秀梅换了一盆清水来涮衣服。

“我晓得你忙，”盛妈顺着她的话讲，“你这一向，真正是太辛苦了。大家将来要得了好处，怎么来酬谢你呢？”

“这话说都不敢当。”邓秀梅不愿人家过多地谈她自己的功绩，有意换个话题说，“将来，你们这个社准定办得好。”

“何以见得呢？”盛妈显然关心这件事。

“你们选对了人了。刘雨生和李永和，两个都是村里数一数二的角色。”

“这话不假，两个都是靠得住的好角色。”在“角色”两字上，盛妈还添了个“好”字。

“刘雨生本真，言不乱发，脑筋又清楚。李永和的算盘子好，这回又学会了新式簿记。”邓秀梅的话带有推荐和保证的意思。

“李永和他回来了？”

“昨天回来的。”

“他也是个本真伢子，在乡政府当了两年财粮，操出来了。这都是劳烦你们操心，替我们挑的一批牢靠的行角。社一办起来，大家都只问主任要工作、要饭吃，吃饭的一屋，主事的一人，没有刘主任这样舍得干的人，我们是难放心的。”

“也不单是靠他一个人，还有支部，还有大家。”

“是呀，你们为大家，以后还要操长远的心。邓同志，你太舍得干了。差不多的男子汉还赶不上你。不过，不要太霸蛮了啊，体子要紧，不好大意的。那天夜里，你深更半夜，起去追牛，记得你还有点不熨帖。”

“后来跑出一身汗，倒是好了，那天夜里，山里又暖和。”

“妈妈，”这时候，菊满从外边回来，进屋拿起一个鱼篮子，又跑出来，对盛妈说，“上边塘里水车干了，我要去捉鱼。”

“你敢去！”盛妈口里骂一声，但并不深究，让他跑了，自己又转向邓秀梅方面，接上先前的话头，“那天夜里，你自己不去其实也行，有清明他们这一批男人家，牛也追得回来的。”

“我总不放心，生怕你们乡里损失一条牛。损失一条，明年春耕、赶秋，都成问题了。”

“太为我们着想了。”盛妈感激地说，“应该吃一点东西，补一补身子。”

“我又不是七老八十岁，补什么身子？”邓秀梅笑了。

“一天到黑用心思，脑壳痛不痛？”

“间或有一点点昏。”

“乌鸡蒸天麻，治脑壳昏，立服立效。我有一只黑鸡婆，明天杀了，买点天麻来蒸了你吃……”

“千万莫费心，蒸了我也不得吃。”没等盛妈的话说完，邓秀梅满口回绝。她扭干了涮好的衣服和被单，拿去搭在地坪里的晒衣竹篙上。

听了邓秀梅的坚定的口气，盛妈不再提起乌鸡和天麻。她伏在脚盆边上，只顾洗涮。邓秀梅晒好衣服，回到房间里，想歇一下，再看看文件。她发现灰尘络索的桌上，摆着一些报刊，里头有几期《互助合作》，一份打印的文件。

“我怎么没有收到屉子里去呢？”枯起眉毛，思索一阵，她想起来，自从追牛那一天夜里，急急忙忙跑出去以后，好多天来，一直没有闲工夫回家里歇歇，翻翻书报。“这些东西，还是那天翻过以后，摆在桌上的。”她想着，连忙打开桌子的抽屉，把文件收起。抽屉里，摆着一帧男人的半身照片，她顺手拿起，凝视一大阵。忽然，好像想起一件什么事一样，她抽下身上的钢笔，铺开信纸，写上“家杰”两个字。正在这时候，盛清明猛闯进来，笑嘻嘻地，正要说什么。邓秀梅脸上微微发红，顺势拿右手的袖子遮掩了信纸。盛清明眼尖，对方的这个可疑的动作和羞臊的脸色，他早已看清，走拢来笑道：

“什么机密？你瞒别人，可不能瞒我，值价一点，快给我看看。”

“偏不给你看。”

“真的不吗？对不起，我要动手了。”

盛清明扳开邓秀梅牢牢压在纸上的手臂，看见一张雪白光滑的道林纸的信笺上写着“家杰”两个秀气的字眼，他笑起来：

“啊，写情书了。这是正经事，我真不该打扰你，对不起。”他直起腰子，立一个正。

“看你这个怪样子。”

“有情书可写的人，是幸福的。不过，大姐，我忠告你，干什么，要像什么，写情书，就要像一封情书，不能像篇干干巴巴的八股。‘家杰’两个字上面，应该添些喷喷香的字眼子，你应该写：‘我的最亲爱的家杰’。”

盛清明的指手画脚的批评还没有落音，邓秀梅起身笑着要捶他，后生子一闪就躲开去了。

“你这个家伙，只晓得胡闹瞎闹。”邓秀梅嘴里这样说，没有再追他。

“这是胡闹瞎闹吗？”盛清明又走拢来了，“叫你把情书写得甜蜜一点，是为你好，还是为你坏？”

“多谢你的这个好。”

“你们女同志都是这样，一结了婚，心里眼里，就只有自己的男人，别的人，分明为她好，也都是胡闹瞎闹。”

“说正经话吧，你来找我有什么事？”邓秀梅端端正正地坐着，这样地问。

“无事不登三宝殿，”盛清明扯到了正经事上，但脸上还是愉快地笑着，“没有事，敢来打扰你？全乡的地主、富农和被管制的反革命分子跟坏分子，都叫得来训过话了。我们警告了他们，在农村的社会主义改造的高潮中，他们都得好生守法，不许乱说乱动。我还吩咐他们一星期到乡政府来汇报一次。李主席也训了话。他给他们指明了前途，告诉他们，只要守法，不造谣破坏，惹是生非，好好地接受劳动改造，将来不久，农业社可以分批吸收他们做社员，或候补社员。”

邓秀梅点点头又问：

“他们的反应如何？”

“都鼓了掌，愁眉苦脸的，心怀不满的，也拍了手。巴掌声各式各样，有热烈的，也有勉强的，只有我们这些心眼灵，有经验的人，才听得出来。”

“不要吹了，小盛就有这个小毛病，爱吹。”邓秀梅含笑批评他，停下又问，“还有什么事，有新情况没有？”

“符癞子和张桂贞姘上以后，天天跟秋丝瓜一起，鬼鬼祟祟，不晓得搞什么把戏。”

“人家是郎舅至亲，在一起也是常情。”

“符癞子又时常到龚子元家去；富农曹连喜那里，他也去过一两回。”

“不要动声色，不要打草惊蛇。”邓秀梅低声地、机密地说道，“我们不妨看看他们如何活动，放长线，钓大鱼，说不定深水里还有大家伙。”

“我那出了五服的伯伯到龚家里吃过一回酒，说不定他……”

“面胡老倌是没有问题的，你不要神经过敏，弄得草木皆兵的。”邓秀梅规劝他说，“还有什么事？”

“没有了，你办你的要公吧。”说完正事，玩笑又来了，这是盛清明的老毛病，“一开头，就是干巴巴的‘家杰’两个字，老余看了，有什么意思？你千伶百俐，怎么连封情书都不会写啊？”

“你聪明，你会写。”

“对不住，不瞒大姐，只要有对象，我一天一封也拿得出来。”

“没有对象，快到畜牧场去找。”邓秀梅笑了。

“好家伙，你敢骂人？我要去告诉老余，叫他替我出出气，一行服一行，豆腐服米汤，我猜他是一定能降伏你的。”看见信纸，他又扯到写信上来了，“你不好意思写出心里的话吗？来，来，来，我帮你写。”他坐在桌边高凳的一截上，抓起钢笔，拖过信纸来，用一种歪歪斜斜的字体，飞快地写着：

我的最亲爱的……

才写六个字，邓秀梅伸手来夺笔，不许他写，并且笑道：

“看你这算是什么字体？”

“这叫盛清明体。”

“只能叫鸡脚叉体。”

“管他鸡脚叉也好，鸭脚板也好，只要能表达寄信的人的深情蜜意，就是呱呱叫。”他一边说，一边又在“我的最亲爱的”六个字后边，接着写道：

家杰：你近来好吗？想不想我？我这里朝思暮想，连做梦也都看见你呀……

“太肉麻了，把笔给我不，你这个家伙？”邓秀梅扑上来抢笔。她在玩笑中，比在工作时，显得更为年轻而活泼。盛清明力大，左手一把堵住她，右手不停地挥动笔杆子：

我想得要死，想得要吃水莽藤，寻短路了。……

“你要死了，你这个鬼崽子？”

“是鬼崽子，还死什么？鬼还会死吗？”盛清明顺嘴驳回她，又把她推开，继续写道：

因为想你，又不好意思请假来看你，躁得我一天到黑，净发脾气，骂人。刚才还骂了治安主任，叫他畜牧场去跟猪婆子结婚。治安主任盛清明是一个好角色，一个堂堂的共产党员。他本本真真，言不乱发，我自己明白，糟蹋他是太不应该的。我骂得无理，骂得混账透顶了。这是因为我心里想你，一烦躁起来，不骂骂人，就过不得日子。你快快来吧，我的亲人……

邓秀梅听他边念边写，越来越荒唐，又好笑，又好气。她装着躲开不理的样子，隔了一阵，出其不意，从他背后一手抓住那信纸，夺在手里，撕得稀烂。正在闹得不可开交的时节，李主席打发民兵送了封信来，信套上清楚地写着：邓秀梅同志亲启。一看那秀丽而略带草书模样的笔迹，她就晓得是哪个的信，脸上通红了。盛清明看看信封，瞄瞄邓秀梅的脸色，晓得定是她爱人的书信，拍手笑道：

“真有味，说鬼，鬼就到。哎呀，好大一叠啊，怕莫有好几十张吧。够你一夜读的了。好好地看吧，亲爱的，我走了，免得造孽。真可怜，相思快要成病了，才接一封信。再见，祝你们今夜在梦里团圆。”

“你这个家伙！”邓秀梅说到这里住口了，这个时候的她的欢喜的心境，不宜于骂人。等盛清明走出了房门，她连忙把信拆开。五张信纸，全都写得拍密的。她从头到尾，凝神细看。余家杰写的净是他在这次大运动里的体会和经验。他那一边进度要快些，具体问题早处理完了。他警告她：到了处理具体问题的时候，有些举棋不定的、业已申请入社的农民，思想还是会有波动的。这正是她眼前急切需要的经验，她感激他对自己的工作的息息相关的、恰当其时的关怀。她也体味到，他是全身心地投进运动里了，写信时，也不知不觉地光谈工作。仅仅在末尾，带了几句感情话，他说：

> 我虽说忙，每到清早和黄昏，还是想你。有一回，我在山上，折下一枝带露的茶子花，不知为什么，闻着那洁白的花的温暖的香气，我好像是闻到了你的发上的香气一样。亲爱的秀梅，来一封信吧，仅仅画几个字来，也是好的。

读完这段话，邓秀梅的脸上发热了。一颗由于狂喜和激动蒸发出来的晶莹的泪珠，扑的一声，滴在信纸上。她抬起她的泪花闪动的一双大眼睛，凝望着亮窗子外的明净美丽的青空，好像要从那苍茫的远处，看出她的爱人的睿智的、微笑的脸颊一样。

正要提笔伸纸写回信，门一响，有人进来了。她慌忙用手背擦擦眼睛，把信塞进抽屉里。

二十四　回心

进来的人是刘雨生，他没有留心邓秀梅的眼角的泪花，和她的双手的藏信的动作。邓秀梅从从容容，把抽屉关好，含笑问道：

“怎么样，老刘？筹委工作进行得如何？”

“还好。”刘雨生坐在桌端一把椅子上，这样说道。

“你谈谈看。”

“我们筹委，兵分两路。一路有李永和跟我参加，在乡政府隔壁，评议入社各家的田土的亩数、亩级和入社产量。”

“入社产量你们怎么评定的？”邓秀梅问。

“我们是按照查田定产的底子，又参考了这几年的实际的产量和土质的变化，评定出来的。”刘雨生回答。

“另外一路人马干些什么？”

“他们把各家的土通通丈量了一遍。”

“没有出什么问题吧？”邓秀梅记起了余家杰信上的警告。

“大问题没有，只是出了两件小事情。量土的那组，筹委决定由谢庆元带领，他不干。”

“你们为什么定要找他，好像求乞他一样？”邓秀梅顶不喜欢人家拿架子。

“后来，我们只得要陈大春带领。”

“还出了一件什么事情？”

“讨论土地报酬时，对于百分之四十五这个比例，劳力强的，都没有意见。他们不指靠这个，也能稳定地增加收入。烈、军、工属，也无异议。他们一来觉悟高，二来大半都有另外的经济来源。只有劳力弱的户子没有点头，李盛氏还吵起来了。”

“她吵些什么？”

“我们今夜里还要讨论这问题。你顶好去看一看。”

“我一定去。”

“还有一件事要告诉你。”

“你不是说只出了两个岔子吗？”

“这不是岔子，倒是喜事，我们替将来的社，起下名字了。有人提议起名毛泽东农场，大春说：听到人讲，毛主席不让人家用他的名字作地名厂名农场名，我们另外起了个名字，你看好不好？”

“什么名字？”

“我们定名常青农业社。这是李槐卿老倌提的，说是四季常青，一年四季都有收成的意思。”

“你想收四季？”邓秀梅笑了。

“水稻当然只能插双季，不过我们这里土质好，除开主粮收两季以外，冬春两季，还能收好多杂粮。将来，科学家要是能把农作物的生长期缩短，那我们不但季季有收，可能月月有收了。”

“你的心倒飞得远。好吧，今夜里你们的会，我一定参加。”

晚上，邓秀梅办完别事，赶到乡政府隔壁老龙家里时，那里会议已经开始了。刘雨生连忙请她坐在他的旁边一把竹椅上。邓秀梅问了几句话，抬眼一看，堂屋里，五十多个男子和妇女，围着一堆火，烟子和松脂油香气，飘满一屋子。有位年轻的妇女坐在火边上，正在说话。邓秀梅上下打量她，只见她体子壮实，两手粗大而红润，指甲缝里夹着黑泥巴，一看就像一位手脚不停的、做惯粗活的辛勤的妇女。看见邓秀梅进来，她似乎有一点怯生，把话停了，头也低了。闪动的通红的火焰的反光映在她的端正的脸上。邓秀梅隐约地看出，她的眼眶的下面，鼻子的两边的脸颊上，星星点点，散布着一些细小的雀斑。她穿一件半新不旧的蓝布罩褂子，下边露出大红玻璃缎子棉袄的边边，青布夹裤的裤脚上，略微有几点泥巴的痕印。她的年纪约莫有二十三四的样子。

“继续说吧。”刘雨生催她，声音很柔和。

“我也没有多话说。反正是，”李盛氏停了一下，举眼看一看大家，然后才说，“左邻右舍都晓得，我家没有男劳力，土地报酬只有这点点，还要交公粮，将来吃什么？”

“土地报酬是剥削，”陈大春反驳她说，“现在给一点是照顾，将来还要取消呢。”

“人家应得的，为什么要取消呢？”李盛氏询问。

“土改时，你没算过剥削账？你不晓得世界上的一切，都是劳动创造的？”

陈大春正在和李盛氏争辩，邓秀梅小声地问刘雨生：

“她的家境到底怎么样？”

刘雨生还没有做声，旁边会计李永和抢着说道：

“困难是有的。说起来，我这位堂婶实在也可怜。”

“你堂叔有音信没有？”邓秀梅又问。

“今年回了一封信。”

“有信就好嘛。”

“信是对我们老驾写的。”

“写些什么？”邓秀梅急忙低声问。

“他说，他们的婚姻是包办的，请老驾做主，把她离了。”

“你们老驾态度怎么样？”

“他骂起来：‘岂有此理，伢子都生了，还提什么包办不包办？真是冷水肚里出热气。’骂有什么用？不要说是路隔几千里，他听不见，就是听见了，他也不会怕，俗话说：崽大爷难做，碰到这号事，亲老子都奈他不何，一个隔了一层的堂哥哥，有什么办法？”

“你们男同志，哼……”邓秀梅正要骂骂男同志，回转脸去看见刘雨生，想起了他和张桂贞的事，就没有再做声了。李永和又悄声地说：

“如今，全乡的人都晓得那边已经结婚了，只有她自己还蒙在鼓里。今年她炕了好些腊肉和烘鱼，总是盼他回。有次她到我家来，对我妈妈说：‘嫂子，你说何解一封信都不回来呀？’我妈只得说：‘外边忙得很。’她说：‘就是忙，决不至于写封信的工夫也都没有呀。’我妈妈劝她：‘你想开一些，实其不来信，听他去算了。’我妈这样影影绰绰地想叫她死心，她感觉到了，眼泪一喷，慌忙追问：‘嫂嫂，你说这话是什么意思？莫不是他……’我妈连忙改口说：‘没有什么，你不要胡思乱想。’她擦擦眼睛，有些疑惑，但也还抱着希望，转回去了。我妈和我们老驾商量，等她瞄好对象了，再把真情告诉她。”

邓秀梅看刘雨生一眼，没有说什么，只听李盛氏还在跟陈大春算账、顶嘴。

“晓得这样，当初我真不该答应入的。”李盛氏说，眼睛落在陈大春膝上的算盘子上面。

“你现在要退，也来得及。”陈大春只有几句硬八尺，“没有你这只狗虱，怕撑不起被窝？”

“大春同志，”邓秀梅插进来说，“话不是这样讲的。盛佳秀，你心里究竟有什么打算？跟我说说。”

“我想在外边再搞年把子看。”盛佳秀说，“反正你们也不靠我这一户。单干如今也还有不少，等都入了，我再来不迟。”

“来享现成，是不是？”陈大春又冲她一句。

“让她说下去，大春你不要打岔。”邓秀梅干涉。

“邓同志，你晓得，我是一个苦命人，男人出外好几年，家里只有我一个人，粗细都要自己来，插田、打禾、撒石灰，无一不靠我这一双手……”

“这是确情。”亭面胡磕磕烟袋说，“她是一把手，插田打禾都来得，劲又大，装口又好，俨像个男人。”

“只要保得住身口，单是苦一点，我也情愿。”盛佳秀继续说道，“如今又说要入社，万一社里烂场合，我一个女子，带个孩子，去指靠哪个？”说到这里，她呜呜咽咽哭泣起来。

“不要这样了，盛佳秀，”邓秀梅说，“你爱怎样，就怎样吧，我们决不勉强你。”

“绝对不会拿八抬轿子来接你。”陈大春恶声恶气补了一句。

“你替我做主，”盛佳秀扯起抹胸子的边边擦一擦眼睛，抬起头来说，“请他们把土地证还我。”

“那个容易。”邓秀梅满口答应。

“明天就给你送去。”刘雨生顺着邓秀梅的意思说。

“不过，”邓秀梅又改口道，“替你默神，我看还是入社强一些。”邓秀梅看着这个勤劳的女子的粗粗大大的手指，充满爱护和同情的心意，“入了社，田里功夫不要你探了，可以全力去作土，你劳力强，人又勤快，我打包票，收入绝不会减少。”

“不，”盛佳秀想了一想，决断地说，“我还是看年把子再来。”

会后，邓秀梅指定刘雨生明天装作送还土地证，去劝盛佳秀，务必使她回心转意，不要退社。邓秀梅的意思是很清楚的，她明白，感情是由接近产生的，希望他们彼此由接近而产生的感情会消除彼此的心上的伤痛。刘雨生也领会了她的这种出于好心的用意，但一来是不好意思，二来他以工作为重，把自己摆在次要的地位，他说：

“还是李永和你去劝劝她好。你们叔婶好讲话，不行的时候，我再跟邓同志去。”他想，李永和是个中农，李盛氏也是中农，将心比心，好说话一些。

李永和满口答应，家也不回，跑到李盛氏家里，看见他堂婶正在灶屋里洗碗。他进去招呼了一声，坐在灶下，照火、抽烟、闲扯，暂时不谈退社的事情。他问她柴火还有烧的啵？园里的菜蔬长得怎么样？猪有好大了？

“你去瞄瞄，看有好重了？”李盛氏说。

李永和起身，走进猪栏屋，用楠竹丫枝把一只垮肚子花猪赶了起来。这是一只阉了的草猪，浑身滚圆的，又素素净净。李永和衔着烟袋，看看它侧面，又从它的屁股后头，瞄了一阵，然后说道：

“婶子，你这只猪怕有两百出头了。”

“哪里有这样子重？”李盛氏一边不停地把碗擦得咕噜咕噜响，一边这样说。

“你喂些什么？”

“还不是米汤、潲水、菜叶、青草。糠不好买。”

“你今年收的红薯藤子，怕不少吧？”

“都沤起来了。”

“猪栏收拾得这样干净，真是经心。”

“听老班子说：‘喂猪没巧，栏杆肚饱。’我一天要打扫三巡。”

“将来，婶子可以做饲养员，替社里喂猪。”李永和有心把话题引到社上来。

“自己喂一只都忙不赢，还替社里喂。”

“替社里养，糠饲不要自己挑，省力省心。”李永和从猪栏屋出来，坐在灶门口的一把竹椅上，接着说道，“婶子，你给不给社里养猪，都只由你，不过，我还是劝你不要退社。”李永和迅速地归到本题。

“这事情大，等你叔叔回来调摆吧，田是他的，我做不得主。”李盛氏想把事情推开去。

“叔叔出门多年了，家里的事，婶婶哪里做不得主呢？何况是，如今的田，哪一个作，就归哪个管！”

责任不能够推卸，李盛氏只得说出自己的顾虑：

“我就是怕公众堂屋没人扫，社里人口添多，田还是这些，明明是个吃亏的路径。”

李永和找了一把算盘子，帮她算了两笔账；一笔是她这份田入社前的最高产量，除去开销和公粮，净落多少；另外一笔是入社以后，她一个人出工所赚的工分，加上土地报酬，一共折合多少石粮食。在算盘子上，明明地摆着，入社以后要强得多了。看着算盘珠，她的脸上露出了笑容，心有点动了。但想了一阵，她又摇摇头，干干脆脆回绝了：

“我是一个撑了石头打浮湫的人，还是想看年把子着。”

眼看谈不出名堂，李永和只好告辞，回到乡政府，把这情况详细告诉邓秀梅和刘雨生。结尾，他说：

“是空的，进不得锯。说了一堂屋，她没听一门斗子[1]。人家在外边结了婚了，她还说：‘等他回来再调摆。’人实在可怜，思想又顽固极了。”

邓秀梅听到“人实在可怜”这一句，眼睛潮湿了。对于妇女的痛苦，她十分敏感。乡里的每个妇女的不幸，好像就是她自己的遭遇一样。她说：

“要是别的老中农，实其不入就算了。盛佳秀不同。她是一个可怜的妇女，我们应该再花点力气，拉她一把，引导她来过社会主义这一关。何况她劳力又强，入了社，还能带动一般妇女们。老刘，我同你再去看看她，好吧？”

“你一个人去，只怕要方便些。”刘雨生还是不肯去。

“田亩、产量，你都记得一清二楚的，跟她算账，比较方便，而且，”邓秀梅看着他的眼睛说，“你能不同情她吗？”

“这样，我们去试一试吧。”刘雨生对盛佳秀的遭遇，不只是普普通通的同情，还有一种深切的同病相怜的感触。

他们两人赶到李盛氏家里。

“稀客呀。”正在喂猪的盛佳秀用抹胸子揩一揩两手，连忙跑出来招呼客人，随即转身去筛茶、点火，把她男人在家常吸的一根烟袋递给刘雨生。

“盛佳秀，你为什么要退社，到底打的什么主意？”邓秀梅开门

① 门斗子：门的枢纽。

见山这样问。

听到这问话，盛佳秀措手不及，一时不知如何回答好，邓秀梅笑笑嘻嘻地又发出一连串的问题：

“你怕吃亏，怕社搞不好？”邓秀梅停了一下，看对方一眼，没等她开口，又说：“那你就是不相信我们大家了。我是新来的，你不信服，那也难怪，你的老邻老舍，大概都信得过吧？我如今介绍一个人跟你过细谈谈，这个人，我料想你一定信得过的。”邓秀梅故意这样连珠炮样说下去，使得对方没有回嘴、解释和插话的机会，说到末尾的一句，她中断了一下，满脸春风地问道：“你猜这个人是哪一个？”

盛佳秀没有做声。她的脑筋被这一位泼泼辣辣的女子连珠炮样的问话搞得有点发蒙了。

“这个人远在天边，近在眼前，”邓秀梅指刘雨生，“就是他，名字叫做刘雨生，常青农业社将来的社长。你信得过他吗？我想你一定是信得过他的。你们扯扯吧，我还有事，少陪了。”

邓秀梅告辞走了。忽然之间，灶屋里只有他们两个人，彼此不免感到有点点拘束。盛佳秀继续喂猪去了，刘雨生只顾抽旱烟，一时不晓得如何开口。

“你的猪长得好吗？”吧了几口烟，刘雨生终于吐出这样一句多余的问话。

“不见得。”盛佳秀作谦。

“喂了几只？”这句问话一出口，刘雨生连自己也很吃惊。他对乡里的情况，了如指掌，哪家养了几只猪，好多鸡，他都清楚。分明晓得这个女人家里只有一只猪，他为什么要问？意识到自己是没话找话的时候，他的脸上发烧了。

“一只嘛，你不晓得？”盛佳秀看了他一眼，也有一些感觉了，就低了头。

盛佳秀的孩子捡柴火去了。刘雨生盼望有一个人来，但又暗暗地希望，暂时最好不来人。

他们两个人其实早就很熟识。从解放的前几年起，刘雨生一年要到李家做好多零工。他总是黑雾天光就来了，工又散得晚，李盛氏和她的男人都喜欢他，说他勤快、诚实，做事又利落。村里人称他老刘，或是雨生子，或是雨胡子，盛佳秀的男人叫他雨生哥。她也习惯地这样叫他。

这样熟的人，今天为什么显得不自然，而且没有话说了？隔一阵，刘雨生竭力想克服这点。他断断续续、拐弯抹角绕到社和退社的问题上来了。

“你究竟为什么要退？不相信大家？”

盛佳秀喂完了猪，洗净了手，拿出针线盘，坐在一条矮凳子上，给她孩子织毛衣，这样地回答：“雨生哥你，我们是信得过的。”

三两句对话以后，双方都渐渐地恢复了平素的放肆和随便，雨生微微一笑，又追问道：

“信得过，你为什么要退？”

“我只信得过你，雨生哥。”盛佳秀用竹针织着毛衣，低着头，她的晒得黝黑的、稍稍有些雀斑的脸上泛起红晕了。

“别人比我还靠得住些。”诚实的刘雨生净说办社的事情。

“别人哪个不为己？”盛佳秀反问。

“请你举出事实来。”刘雨生的心完全冷静了。

“事实有的是，从前在互助组里，还没淘得气足吗？”

“组是组，社是社，完全是两码子事。”

“办组也好，建社也好，村里的田都还是这些。你比方，我拿我的好田都入到社里，人家拿进来的是些什么呢？干鱼子脑壳、冷水田，还有畈眼子[①]。”

---

① 畈眼子：一种泥脚深，人、牛都难下去的水田。

“人家都没有好田？”刘雨生笑了，又磕磕烟袋。

“人家好田少，我的好田多。”

“你没有差田？你们屋门前的那丘园畈眼，牛都进不去，要用锄头挖。”刘雨生点明了她的弱点。

盛佳秀听到对方说出了自己的坏田，无可争辩，就不说话，低着头，只顾打毛衣。一针织错了，她又拆开来重织。

“好坏扯平，各家都不得吃亏。你还顾虑什么呢？”

“田入了社，田塍也归社里吗？”停了一阵，盛佳秀又提出了一个问题。刘雨生点了点头。

“想要种点绿豆子，豌豆子，田塍都入了社了，叫我们秧到哪里去？”

“社里统一秧，收了大家分。”

“还有豆角子。”

“要秧豆角子，可以给你留一条田塍。”

“田土都入了社了，南瓜、冬瓜、丝瓜、芋头，栽到哪里呢？”

“这些瓜菜，或是几家缴伙种，或是各家留点土，自己分开作，社里将来都有个安排。李嫂子，我今天还有点事去，不能多陪你打讲，你入不入，干脆给我一句话吧，我好回去告诉邓同志。”

“你急什么？我去烧碗茶你吃。”盛佳秀就要起身。

“不，不要费力了，我还有事去。”

“这样好啵，雨生哥？”盛佳秀欠起身子，略显娇态地笑一笑说道，“我再想一想，到底退不退，请你明朝来听准信吧。”

“也好，”刘雨生想了想说，“什么时节来？”

“吃过夜饭来。”

第二天，吃过夜饭，刘雨生摆脱了别的事情，换了一件素素净净的半新不旧的青布罩褂子，如约按时，到了盛佳秀家里。坐在灶门口，他穿心破胆，细细密密地向她解释、计算和劝说。道理无非是这些：“小农经济受不起风吹雨打”啰，“个体经济没得出路”

啰，“合作化的道路是大家富裕、共同上升的大路”啰，等等，他在互助合作训练班里学来的这些，和肚子都翻出来了。盛佳秀手脚不停地收拾碗筷和锅灶，后来又坐下来织毛衣。她的话也无非是这些现话：怕吃饭谷收不回来；怕田多劳力少，要减少收入；怕股份基金要得太多了。在言语之间，两个人没有靠拢，但他们的心好像是接近得多了。不知为什么，双方都愿在一起多待一会儿，多说几句话，纵令是说过的现话也好。

“请你明朝再来跟我谈谈吧。”刘雨生走时，盛佳秀又说。

“看有没有工夫。”刘雨生其实也想来，故意这样说。

第二天下午，刘雨生又到了盛佳秀家里。这个女人正在灶屋里烧水，准备洗衣。远远看见刘雨生来了，她连忙打发自己的六岁的孩子福儿背个篼箕，从后门上山，捡柴火去了。

刘雨生跨进灶屋和盛佳秀打个招呼，自己就像往日一样，坐在一把竹椅子上抽旱烟，有一句没一句地谈着家常话。锅里水开了，盛佳秀冲了碗茶，亲手端给刘雨生。

刘雨生接了茶碗，喝了一口，碗里泡的是家园茶叶，炒黄豆子，还有几片白洁的盐姜。茶味香醇，还含着盐姜的又辣又咸的味道。有客人在，她没有洗衣，坐在矮桌子边上，又在替她孩子织毛衣。

“门口有风，坐进来点吧。”她说，看了他一眼。

依了她的话，刘雨生把椅子移得挨近她一点，说是挨近，其实还隔三尺来往远。

“人家说，”盛佳秀又开口了，“山都要入社。”

“哪个说的？”刘雨生忙问，“我们还是低级社，山林还不入。”

“真的吗？”盛佳秀笑道，“那就好了。要不，玉个火夹子，都没得竹子。”

“将来，到了高级社，才会处理山林的问题。到哪座山里唱哪支歌，现在你不要去管，相信我们吧，不要再提退社了。”

“都说入社好，我也不退了。”盛佳秀含情脉脉地看刘雨生一眼，意思好像说：“看你的分上。”

“那好极了。”刘雨生连忙欢迎。

“不过，”盛佳秀又转了口气，“我有话在先，假如社里场合不正经，你们搞信河，我是不管三七二十一，还是要退的。”

“入社自愿，退社自由。什么时候你想退，什么时候都可以走。”

“我只信得过你。”

“邓同志、李主席，你信不过吗？”

“也信得过。他们今天都不在，这里只有你，我就抓住你不放。这一份田，是他们李家里的祖业。”在“李家里”的前面，加上“他们”两个字，是出了嫁的女人家称呼婆家惯有的口吻，但她在这里，对着刘雨生，加上眼睛的不无情意的一瞥，却有一种意味深长的含义。她继续说：“这份田，一年收四千来往斤谷子，除开公粮、人工、牛力、灰粪，所有花销，净剩两千零。假使入到社里去，我的两千斤谷子没有着落，问哪个去要？”

“问我吧。”刘雨生移开吧着的烟袋嘴，满口答应。

“那好极了。”盛佳秀笑道，“只要你雨生哥拍了胸口，我就靠实了。我晓得你是角色，说话算话的。一言为定，这份田就算入定了。”

“不退了吗？”刘雨生再紧她一句。

“准定不退了。”盛佳秀说，“不管土地报酬算多少，社里一收了八月，我只晓得问你做社长的要两千斤干谷。”

“我还没有做社长。”刘雨生分辩。

“你不做社长，我就不入。”盛佳秀情浓意远地微笑着说道。

“那是为什么？”刘雨生心里称意，装作不懂地问她。

“那是因为呀，”盛佳秀的端正的黝黑的脸上又泛起了红晕，“我只晓得你。一年你不还我两千斤谷子，看你脱得我的身！”她的嘴已微微地一嘟，做出一个淘气的、撒娇的样子。她显得年轻美好得多了，这时看见她的人，一点都不会觉得，她的脸上的雀斑是她的容貌的缺陷。

“两千斤是二十石，那太容易到手了。我打包票。只不过你要争取多多地出工，社会主义的分配原则是多劳多得，少劳少得。”

“不劳呢？”盛佳秀调皮地故意询问。

“就不得。”刘雨生回答得嘣脆。

“老人小孩怎么办？”盛佳秀想起了自己的福儿。

“老人从前尽过力，流过汗，妥帖地供养他们，是我们后生子应负的责任；至于孩子，都是国家后日的主人，哪一个敢亏待他们？我们不但要把他们养得胖溜溜，还要送他们上学。”

“这就是你们的社会主义吗？”盛佳秀高兴地询问。

“这就是社会主义，我们大家的。”

“但要有人发起懒筋来，只想吃现成，不肯扎脚勒手做功夫，又怎么办？”

“我们要抽掉他的懒筋。”刘雨生说着，接着含笑问，“你为什么要提这个问题？莫该你要发懒筋？”

“我？你放心吧，雨生哥，只要我不病，人家做得的，我也会争起来做。手脚一不动，脑壳要晕，脚杆子就要发胀、发肿，我是一个生成的享不得福的人。”

看看事情谈妥了，盛佳秀答应不退社，刘雨生放下烟袋，起身告辞。

“多谢茶烟。”刘雨生走出灶屋。

“多谢什么啊？”盛佳秀送到外边阶矶上，好像还有话要说，没有出口，脸先红了。“雨生哥。”她叫了一声。

“还有什么事情吗？”刘雨生停住脚步，偷偷从侧面看了她一眼，她的端正、黝黑、稍许有点雀斑的脸上，又泛起了一层薄薄的羞臊的红晕，显出引人的风致。

“请你慢点走。我有一句话，好问不好问？请再进来坐一坐，灶屋里暖和一些。”

“不了，天色不早了。”刘雨生口里拒绝，但两脚不由自主地又进了灶屋，好像听了不可抗拒的命令一样。

“请再坐坐。”盛佳秀把自己坐的一把小竹椅子，移得靠近了门口，实际上是跟刘雨生靠得更近些，“听到人说，你跟你们里头的，有点过不得，她回娘家了，有这个话啵？”

“她跟符癞子亲事好久了。”刘雨生脸上露出伤痛的神色。

“是么？”盛佳秀有些惊讶，也很欢喜，“好好的夫妻，为什么闹到这步田地了？唉，你们男人家，我是晓得的，都有喜新厌旧的毛病。”

“这不能一概而论。”刘雨生打断她的话。

“一定是你看上了哪个小姑娘了吧？”盛佳秀的眼圈都红了。她已经略微闻到她的男人在外的风声。

“没有这个话。”刘雨生连忙分辩，“是她自己不讲理，离婚也是她先提出来的。”

盛佳秀听了这话，越发欢喜刘雨生，但又故意说：

“一定是你平常对她太不好。你们男子汉，见的世面多，度量应该大一点才好。你要晓得，我们女人家，都是可怜的。”说到这里，盛佳秀为自己的话音所感动，哭泣起来了。刘雨生连忙说道：

“你不晓得，她才不可怜呢。她比是人都恶些。回娘家才不几天，她换了几个人了？又是街上的，又是乡里的，她都找够了。也是天报应，挑来挑去，搞到个癞子。”

“人家够可怜的了，你为什么还要取笑她？”盛佳秀扯起抹胸子边边，擦擦眼角，听刘雨生又说：

“她一天到黑，绞着我吵，不肯劳动，我一落屋，自己要煮饭，还要挑水。她挑精选肥，一担水，只准我把前边的那桶，倒进水缸，后臀那一桶，她不肯要，怕我放了屁，你看她这脾气古怪不古怪？”

盛佳秀快乐地笑了。这是一种从嫉妒本能产生出来的、对于情敌的可笑行为的幸灾乐祸的情绪。她的一向沉郁的心情，一扫而光了。但在嘴上，她还是说：

“都只怪你，哪个叫你平素不好好地开导她呢？”

“哪里没有啊。日日夜夜跟她讲，她充耳不闻，你有什么法子想？”

“啊，”盛佳秀听到“日日夜夜跟她讲”，醋意上来了，冷冷地“啊”了一声，又说，“那你再去跟她讲去嘛。”

“再去跟她讲？你说笑话。少陪了，李大嫂。入社的事，就是这样一言为定了。”

“一言为定。”盛佳秀满口应承。送出灶屋，她忽然又说：“请慢点走，我还有句话问你。你们的那个小把戏呢，她带走了吗？”

“没有，送到我妈妈那里去了。”

“倒是安排得不错。简慢了。过几天，我还有宗事，要丫烦你。”

“什么事？”刘雨生拿眼睛凝视着她。

“我先不说。”盛佳秀妩媚地一笑。刘雨生仔细看清了，她的脸模子长得端端正正的，体子又结实有力，一双哭过不久的、黑浸浸的、潮润润的眼睛闪亮闪亮的，这时候，显得特别地迷人。两眼下面，鼻子旁边的那些细小的雀斑，刘雨生看不大清楚，但就是看得清楚，他也不会讨厌的。

“好吧，我不送你了，雨生哥。”盛佳秀含笑说道。

“到底有什么事呢？快告诉我吧。”刘雨生还是不走。

“明朝有空，请来帮我舂臼米，好啵？”盛佳秀手弄衣角。

“好的。明朝下半天我来。”

刘雨生说完就出门走了，盛佳秀一直送到大门口。她的微胖的、显得圆厚的背脊无力地靠在木门框子上，望着刘雨生的渐渐远去的背影，好久好久，她都不想动，直到屋面前的菜园的篱笆边沿上出现了一个六岁的孩子的紫糖色的圆脸的时候。

“妈妈，我要吃饭，肚子饿了。”小福走进门斗子，把一篼箕柴火往地上一放，跟平素一样，撒娇地说。

“半日工夫，捡了这点点，还想筑饭哪？尿水子都没得你吃的，没得用的死家伙！”盛佳秀这回一反平素溺爱的习惯，恶声恶气地骂了。小福摸不清是哪来的风浪，鼓起眼睛望着他妈妈。隔了一阵，他才噘起小嘴翻说道：

“这还少呀？篼箕都装不落了。”

“混账家伙，你翻，你翻，我拿条子抽死你。”说着，盛佳秀从门角落里捡起一枝竹丫枝，真的举起来要打。小福吓得一边哭，一边往外面跑了。

到夜里，盛佳秀早把做好的饭菜汽在锅里，等小福回来。左等右等，不见孩子的影子。盛佳秀急了，忙去告诉右邻左舍们。许多男人和妇女，打起灯笼，点亮火把，山边、塅里，到处去寻找。大家都为她着急，怕孩子给野物咬了，怕他失足落进水塘里，滚到老塴下。隔不好久，盛佳秀自己跟一群妇女在山边溪涧的一片丝茅丛里找着了小福。孩子蹲在涧边上，低声在哭泣。有个妇女把他抱起来，大家往回走。

“李嫂子，回去不要打他了，乖伢子，你莫哭了。”抱着小福的妇女替他擦眼泪。

回到家里，盛佳秀送走了客人，就点起灯盏，从锅里端出饭菜，摆在矮桌上，叫小福来吃。孩子不肯吃，只是委屈地伤心地哭个不停。盛佳秀眼里噙着泪，把孩子拖到自己的身边，一边抱起来，紧紧搂在胸口里，她的心像刀一样地割，一边哭泣，一边说道：

“伢子，来吧，吃点妈妈做的菜，要不，妈妈喂你，好不好？你看，有豆腐干子，有炒白菜心，还有你爱吃的烘鱼。快吃吧，我的心肝，我的可可怜怜的没爷崽，是妈妈错了，是你的苦命的妈妈错了。”

说到末一句，盛佳秀放声大哭了，孩子伏在她怀里，看见妈妈哭，自己更伤心。母子两人的哭声惊动了邻舍，男女老少又来一大群。他们围住母子俩，劝解妈妈，又抚慰孩子，好久好久，大人和小孩才止住哭泣。大家又渐渐地散了。人们只晓得，盛佳秀今天发了一个牛脾气，责骂了自己一向娇惯的亲儿；人们没有体味到她的更为深沉的心事，她的极其矛盾的心情。

二十五　捉怪

将近年底，雪花飘了。山上青松翠竹的枝丫上，积着白雪，挂着亮晶晶的冰柱子。天上蒙着一层灰蒙蒙的厚云。风不大，但刮到脸上，却有深深的寒意。

田塍上、田里没有翻转过来的晚禾蔸子上、荞麦的残株上、草垛上、屋顶上，通通盖了雪，显得洁白、晶莹和耀眼。

村路上，农民们挑着菜蔬、木炭、丁块柴和茅柴子，推着装满土货的吱吱呀呀的独轮车，到街上去换一点钱，买回一些过冬的家伙。

村路上，有个后生子，身上穿件破旧的棉袄，脚上穿双黑亮的胶皮鞋，急急忙忙，往山那边走去。这人就是刘雨生。

新近，各个农业社的筹委会通过了社章，举行了选举。刘雨生被选做常青农业社社长，一天到黑忙得不住停。他总是一绝早起床，抹个脸，用开水冲热隔夜的剩饭，用点剩菜，马马虎虎吃几碗，就出门去，到处奔走和张罗。社委才选出，没开成立会，分工不明确，事无巨细，都要他来操心和经管。

因为里头人走了，刘社长家里的事情，完全靠他一人单干了。群众说他“进门一把火，出门一把锁”。

天天，吃过早饭，碗也不洗，他锁好门，把钥匙挂在裤腰带子上，出门去了。一直到深夜，他才回来，把门打开，火烧起，随便弄点饭吃了。有时回得晚，人太累，生火弄饭的时候，他会打起瞌睡来。他的心完全放在工作上，自己家里的事情，只好马马虎虎了。

整整半个月，他没进过菜园的门。人家的白菜萝卜菜，都吃得厌了，他土里的，还是才栽的一样，因为没有浇粪水，营养不良，叶子焦黄了。

没有工夫洗衣服，换下来的褂子单裤，他都塞在床铺下。他的父母，傍着他老弟，住在山那边，妈妈本来可以替他洗衣的，因为路远，没有人来拿，他也没有工夫送。

一日三，三日九，这样的生活，刘雨生也渐渐惯了。有天晚边，他的家里发生了一件很不平常的事情。他从乡政府回来，打开熟铜锁，一走进门，就闻见一股饭菜的香气，烟子熏得一屋都是的。他吃惊不小，连忙跑到灶屋里，只见灶里的火烟还没有熄灭，红焰闪闪的，映在灶口对面的竹壁上，汽在锅里的饭甑，正在冒热气。他点起灯来，一边吃饭，一边低着头寻思："准定是妈妈弄的，或者是打发人来了。"

吃罢饭，拿起灯盏，走进房间，他看见床上的被窝跟枕头袱子，都洗得干干净净，方桌子上放一叠洗好浆好的衣裳。他想："妈妈一定足足忙了一整天，但为什么，路这样远，她又回去了？"

睡在浆呵呵的被窝里，他忽然想到："锁是怎样打开的？妈妈怎么能进来？"

这几天，他们忙着要开全乡五社的成立会，刘雨生正在准备发言稿，没有闲心全力寻究家里这些事。"反正不是妈妈，就是她打发来的什么人搞的。"这样一想，刘雨生把这件事搁在一边，没有再穷究，第二天也没有对别人提起。

一连三天，都是这样。吃着蒸得喷香的热饭和热菜，他感到舒服，并且习以为常了。"妈妈辛苦了，天天这样远跑来，还要回去，来来回回，都要翻山过岭的。"他想。

到第四天，另外一件新奇事，使他更加大惑不解了。揭开饭甑盖，他看见，汽在饭上的，除开平常的白菜和擦菜子以外，还有碗腊肉。这是哪里来的呢？他晓得，爸爸妈妈，老弟家，是不会有这样精致的荤菜的。

他决计趁一个闲空，到山那边去跑一趟，好查明真相，消去心上的疑团。

到了老弟家，还没有落座，就对妈妈说：

“你老人家一天来回跑五六里路，人不累吗？”

“你说什么？”刘妈不懂他的话。

“你老人家不要天天跑去替我煮饭了。”刘雨生又说。

“我根本没有到你那里去过呀，你为什么无缘无故说起这话？”刘妈看着她大崽。

“并不是无缘无故。”

刘雨生把他那个上了锁的小茅屋子里近来发生的奇事，一五一十，告诉爸妈和兄弟。大家越听越骇怪。刘妈又急又担心，生怕儿子给精怪笼了。刘雨生笑笑，他猜到了几分了。

“不是碰了精怪吧？”刘妈很担忧。

“信河，有什么精怪？”刘爹咕嘟咕嘟吧着手里的白铜水烟袋，这样地说，“我是一个蛮人子，长这么大，没见过鬼怪。”

“你不信，就没有吗？听人说，梓山村那边，有个堂客叫狐狸精笼了，拖得寡瘦的。你不信，就没有吗？”刘妈反问。

“什么狐狸精、野猪精，”刘爹抽口水烟说，“都是你们这群婆婆老老捏出来的白。”

“你不信就没有吗？”刘妈又重复一句。

“都是你们这一群婆婆老老，死不开通。”刘爹又斥她。

“精怪怕是没有的，妈妈，”刘雨生老弟也笑着说，“这事情，从前我还有点信，现在完全不信了。什么鬼怪，什么菩萨，都是哄人的。”

“你这蛮家伙，还不快住嘴？”刘妈连忙制止他，好像菩萨就在眼面前，怕他听见了一样。

“记得天干的那年，有一天夜里，我在对门山里看见一小团鬼火。”刘二说道。

“你叩头没有？”刘妈慌忙问。

刘二没有回答妈妈的话，还是说他的：

“初起我有点怕，我麻着胆子赶起拢去，那家伙飘飘悠悠跑开了。我一转身，它又来追。我不怕，还是走我的，赶了一段路，鬼火不见了。”

“你这个蛮家伙。”刘妈骂她的二崽。

“后来，”老二又道，“教书先生李槐卿叔叔告诉我说，那是磷火，跟火柴一划，头上发出的蓝光是一类东西，是过世的人的骨头里分解出来的。”

“那还不是鬼？”妈妈趁机说。

“鬼是没有的，妈妈。”刘二又说，但也讲不出更多的论证。

“雨生，你不要信他们的，神鬼、精怪，都是有的，梓山村的那个堂客，敬老爷、冲锣[①]，都不见效，到底被狐狸精笼死了。狐狸精见了女的，就变个飘飘逸逸的美貌的少年郎；见了男的，就变个美女。伢子，下次见了烘鱼腊肉什么的，切莫再吃了。那是吃不得的呀。吃了茶，巴了牙，吃了她的肉，她就会来笼你了。”

刘雨生笑着，没有做声。

“伢子，你堂客走了，狐狸精是来趁空子的，不能大意啊。”刘妈絮絮叨叨说个不停，“要不要你兄弟去给你做伴？”

“不要，不必。”

“你一个人不怕？”

“我怕什么？有精怪正好，正要找她来做伴。”

---

① 敬老爷是敬菩萨；冲锣是巫师作法。

“都是蛮家伙。”

“要不是鬼怪，又是什么呢？”刘爹吧一口水烟，这样子说。

“一定是哪家邻舍好心好意帮了我的忙。”刘雨生这样含含糊糊说，并不讲出心里已经猜到的那人。

“你的门不是上了锁吗？”刘妈这样说，还是担心她儿子给精怪迷了，“赶快冲一个锣吧，雨生，听我的话。”

刘雨生抱抱自己的三岁的孩子，就走了。当天晚上，他又吃到了鲜美的腊肉，还有喷香的烘鱼。

他又把这事，一五一十，悄悄告诉了邓秀梅和李月辉，提到了他的母亲的担心，没有说出自己的猜测。邓秀梅想了一想，就笑一笑，没有做声。

“这狐狸精真怪，为什么不来找我？我也想吃烘鱼腊肉呀。”李月辉心里有数，笑着打趣。

“人家中了邪，李主席还开他的玩笑。”邓秀梅含笑说道。她早猜着了。

“你要冲锣，我替你请司公子[①]去。”李主席还是笑着。

“冲锣是迷信，共产党员不作兴搞这个名堂。”刘雨生回答，“不过，我就怕是坏分子。”他故意说。

“坏分子天天给你鱼和肉，那你就糟了。”李月辉说。

“要不，是什么呢？”刘雨生含笑着说，“大概是你们在开我的玩笑吧？”

“我们没有这样的闲空，也没有本钱，没有这样多的烘鱼腊肉去开社长的玩笑。”建社工作告一段落，邓秀梅的心绪也很轻松了，说话总是带着笑。

“我们有这样多的烘鱼腊肉，一定先去开开自己的肚子的玩笑。”李月辉更为轻松。

---

① 司公子：巫师。

“那这事情，的确有一点怪了。”刘雨生嘴里这样说，但心里猜到一个八开了。

“你知道有怪，还不快去捉。”李月辉说。

“对，我就去捉去。”刘雨生回应。

“一个人去不行吧？”李月辉故作担心地发问。

“怎么不行？她三头六臂，我也不怕呀。”

刘雨生想出了一个主意。这一天办完正事，他特意早一点回家，打开锁，推开门，屋里没有任何的动静，饭也还没煮。他把窗上木闩移开了，从屋里走出，把门锁好，又推开窗子，从窗户眼里爬了进去，把窗户关好。这一切都做得十分妥帖和利落，没有露出有人在内的痕迹。

到夜饭时节，刘雨生听见，茅屋门口的地坪里，有人踏着枯焦的落叶，窸窸嚓嚓，上了阶矶，不久，一个人影子在窗前一闪过去了，刘雨生扒着灶屋的壁缝，往外窥看。他看清了来人的脸颊。“果然是她。”刘雨生心想，“看她怎样开锁吧。”

来人走到正屋门跟前，脱下一只鞋，用鞋底把铜锁两边连拍几下，锁就开开了。这人穿好鞋，推开门扇，进了灶屋，刘雨生慌忙把身子藏在印花布帐子的后背，继续地窥察。

在灶屋里，那人生了火，就端个淘桶，走进房里来量米，量完了米，把淘桶搁在桌上，不晓得要找什么，她弓下身子，往床下察看。陡然看见床背后的角落里，露着一双男人的布鞋脚，她大叫一声，跳起身来，往外奔跑。刘雨生连忙赶出，跳到房门口，一把拦住她，连连地说：

“不要怕，不要怕，是我，是我刘雨生。”

“哎哟，吓死我了，吓死我了。”女人一边说，一边不自主地倒在刘雨生怀里。

“天天给我煮饭的，原来是你呀？这回抓住了。”刘雨生扶住这女人，快乐地说。

女人靠在他身上，歇了一阵气。等到恢复了平静，才觉察到自己歪在人家的身上，她羞得满脸通红，飞身跑了。

“李嫂，慢点跑吧，仔细绊跤啊。”刘雨生赶出门来叫。

“哪一个是你的‘李嫂’？”她回了一句，飞快不见了。

当天晚上，刘雨生的夜饭是自己煮的，但吃得非常满意，因为他一边吃，一边想着那端正的壮实的“精怪”。

“精怪捉住了没有？”第二天，李主席笑问刘雨生。

“捉住了，是一只喜欢刘海的狐狸精。”刘雨生舒畅地笑了。

“几时吃喜酒？要不要找个，比方说，找个媒人？”李主席吞吞吐吐问。他又想做媒，吃待媒酒了。

“请你帮忙吧。”刘雨生笑一笑说。

二十六　成立

忙了一个月，邓秀梅和李月辉领导清溪乡支部在全乡建成了五个初级农业生产合作社。五个社大小不一，最小的三十五户，最大的是九十户。全乡四百零九户，已经有三百一十二户提出了入社的申请。这数目，超过了上级规划的指标。支部开了会，总结了工作的成绩和缺点，并且规定在一九五六年元旦，五个社联合举行成立会。

转眼就到了元旦。李主席起了一个早。从从容容洗了手脸，叫堂客炒一点现饭子吃，听够了伯伯的痛骂以后，他换了一件素素净净的半新不旧的蓝卡其制服，出门往乡政府去了。在他背后，他的伯伯还在不绝口地大骂农业社。

远远地，他听见了锣鼓的声音。

走进乡政府，他看见一群青年在天井里敲锣打鼓，治安主任似乎是乐队的指挥，他在打鼓。

“你晓得吧，城里工人要派代表来？”锣鼓声里，李月辉大声地问盛清明。

“我们这就是迎接他们的。”盛清明说，还是有板有眼地挥动鼓槌子。

享堂里，一群姑娘正在扫屋子、摆桌椅、贴标语。看见李主席进来，她们一窝蜂拥上。

“李主席，我这标语贴在这里好不好？”一个短发姑娘问。

“好，好。”李主席笑着点头。

“桌子这样横摆行不行？”一个双辫姑娘问。

“行行，”李主席连连点头，“你们的头头，盛家里那个调皮鬼呢？”他又笑着问。

“哪一个？”

“盛淑君。”

“她就来了。”

欢迎工人代表的队伍出了乡政府，几面红艳艳的、轻巧的绸旗在山边路上，在青松翠竹的下面，迎风飘展，锣鼓的喧声响彻了大塅。一大群孩子跟在他们的背后。

从各个村口，各家屋场，人们三三两两地往乡政府走去。年轻的男人穿着棉袄，把手笼在袖筒里；老倌子们戳着拐棍或是旱烟袋，提着烘笼子；带崽婆都把孩子抱来了。

远远地，又来了一大群姑娘。她们手牵手，一路唱着歌。为首的一位，穿件花棉袄，一刻不停地笑闹着。她是盛淑君。

盛淑君这一班子人，一进乡政府，就把李主席团团围住。为首的盛淑君缠住李月辉，发出质问：

“李主席，又是过新年，又是社成立，为什么不演几出戏？”

“你拿钱来。”李月辉向她伸出手。

“政府还没有钱么？”

“政府的钱得用在大处。现在要勤俭建国，勤俭办社。”

“我们自己演个花鼓戏，好吗？”盛淑君偏着头问。

“那太好了，我代表乡政府，十分欢迎你和大春演一出《刘海砍樵》。”

“我才不演呢。”盛淑君噘起嘴巴。

“我的面子小，请不动你。等下要大春邀你。”

“哪一个也邀我不动。”

“李主席，邓同志请你进来一下。”常青社的会计李永和从厢房窗口伸出头来，这样地说。

乡政府的大门口，出现一位穿大红玻璃缎子棉袄的妇女。她满脸春风，有着疏疏的几点雀斑的脸上，略略搽了一点冷霜膏。她梳了一个巴巴头，耳上的银环，走路时不停不息地打秋千，这是盛佳秀。近几天来，她年轻得多了，参加会议比以前积极。

她的来到，引起了妇女们的悄悄的议论。她们谈论着她的打扮，她的出门的丈夫和现在的情人。

盛佳秀在会场的后排长凳上找了个位子，拿眼睛偷偷寻找刘雨生。几个邻家的妇女围拢来，跟她谈着家务讲，接着又纷纷地品评别的女人的鞋样子。

陈先晋来了，他的腋下夹根旱烟袋，旧布袍上系条腰围巾。他坐下来，跟平常一样，默不作声，听人家说笑。只有在他邻居夸赞大春“是个好角色”的时候，他谦逊了一句：

“他没年没纪，晓得么子啊？”

亭面胡汗爬水流，挑起一担丁块柴，走进乡政府。

“面胡，你这卖给哪一个？”有个农民笑着问。

“卖？你有这样大的钱来买我这一担柴火？”亭面胡把柴放在享堂里，这样地说，“你看看，这是什么货？焦干的，烧起来点亮皮子[①]一样。”

① 亮皮子：造纸的嫩竹的皮子，可以引火或照明。

“挑到这里干什么？”

“给大家烤火。成立农业社，搞社会主义，叫你们冷得缩手缩脚的，心里过不去。”

大家听亭面胡这样一说，就都七手八脚地搬柴火、找稻草、划火柴，一时间，整个享堂里，烧起了五堆大火。

“你们烤火吧，柴多火焰高，我再去挑一担送来。”亭面胡掮起扁担，又出去了。

享堂里人们分五起，围着五堆火。盛佳秀跟妇女们和姑娘们一起，坐在角落里的那堆火边上。她的银质的耳环，在火光里，不停地摆动和闪耀。

“看，符癞子来了。”一位姑娘说，其他姑娘笑起来。

“你老人家也来了？”一位农民看见李槐卿拄着拐杖慢慢走进乡政府，这样招呼他，并且让出矮板凳子的一截，请他坐下。

盛家大姆妈出现在门口，盛淑君连忙跳起去扶她。

“大姆妈，这样大冷天，你何必来呢？”她说。

“我一定要来看一看热闹。”盛家姆妈说。

这时候，外面传来锣鼓响，孩子们都蜂拥出去，挤在大门外的青石阶矶上，有几个还爬在屋面前的一株梨树上。邓秀梅、李主席和刘雨生都跑到门外，欢迎来宾。

工人代表和欢迎代表的人们摆着一字长蛇阵，从村路上来了。打头的是几面红旗，接着是几担盒、一套锣鼓、一队细乐。

陈大春带领几个后生子拿着筑了火药的三眼铳，走到地坪边边上，朝田野站着。队伍达到地坪边，他们放铳了，轰隆三响，天崩地塌，把梨树上的孩子惊得几乎掉下来，墙上的鸟雀都飞了。盛清明连忙丢了鼓槌子，也来放铳了。他是最爱放铳的，他爱三眼铳的声响的雄壮和威武。

在大门口，宾主们握手、问候、互道“辛苦”，然后挤挤夹夹地进了乡政府。三抬红漆盒，整整齐齐，搁在享堂的中央。在细乐声中，为首的工人恭恭敬敬走到盒旁边，揭开盖子，又退了下来。

人们围起拢来看礼品。盒里装着犁头、锄头、镰刀、足球、篮球、乒乓球和羽毛球等等，亭面胡拿起一具犁钢头，笑眯眯地说：

“好家伙，分量不轻，犁尖又快，再硬的板田，也奈得何。”

人们赏识这种种礼物，称赞它们都扎实、有用。一个小把戏从人丛里钻出，伸手到盒里拿起一个羽毛球，亭面胡看他是李主席的七岁的儿子李小辉，就一把抓住那皴裂的小手，含笑说道：

“慢点，小辉，现在不是玩球的时候，你先放下。”

门外，三眼铳又连响三下，惊天动地，接着是噼噼啪啪一阵千子鞭[1]。锣鼓和细乐齐作。司仪李永和宣布开会了。李主席临时拍拍衣上的灰尘，把头上的土灰色的绒绳子帽子扶得端端正正的，毕恭毕敬，向讲台走去。他忽然看见小辉比他先一步抢到讲台边，指手画脚、做鬼脸、行军礼、学他爸爸的口吻，开始演说：“各位父老，各位同志们。”他笑着说，又做了个鬼脸，引得大家都笑了。

“你讲呢，还是我来？”李主席问他，并没有生气。

“来，小朋友，跟我来，我们去放爆竹去。”盛清明上来，把小辉拉走，“现在还轮不到你给我们讲话。”

李主席的开幕词出乎意料地非常地简洁，结尾，他说：

“说老实话，办农业社，我们跟大家一样，满姑娘坐花轿——是头一回。不过不要怕，人都不是生就的。何况我们还有英明上级党委的代表长驻在这里。”李主席讲到这里，眼睛看看邓秀梅，又继续说：“要是有人问，我们办社的方法是什么？我回答说：向全县全乡的各个先进社学习。我们这里有句话：‘有样没样，且看世上。’这就是我们的方法。”

一阵响亮的鼓掌以后，工人代表走到讲台的前面，拿起一张写在大红纸上的礼单，双手递给李主席。李月辉叫李永和宣布礼单开

---

① 把许多的小爆竹，编在一起，叫做鞭子，顶长的一种叫做“千子鞭”，其名一千响，其实不过几百响。

列的项目，念到“人肥两百担”的时候，人群里爆发一阵经久不息的鼓掌。

刘雨生代表常青农业社，向其他四社提出了生产竞赛的挑战。他把挑战的条件事先写在一个本本上，但他没有照着念。他的记性好，条条都记得。他的挑战引起了一阵热烈的拍手，盛佳秀的手板拍红了。

四个社一一应战以后，邓秀梅上来讲话了。她口齿清楚地回顾了这段建社的过程：“经过大家起早睡晚的一个月的努力，人们的觉悟显著提高了。全乡入社的农户占总农户的比例是百分之七十六，超过了区委规定的指标。我们清溪乡可以说是基本上合作化了。”她把自己工作的地区像故乡一样地看待，亲昵地称作“我们清溪乡”。

在讲话里，邓秀梅特别提到了以盛淑君为首的姑娘们的贡献。她说：“从前我们有一句俗话，叫做‘男当家，女插花’。这就是说，女子们只配做男人家的玩物，我们的姑娘们的活动完全证实了这一句话是封建的鬼话。”

妇女们都鼓掌了，为了礼貌，男人们也跟着拍手。邓秀梅接着回顾到村里砍树的风潮：“这是痛心的，同志们，希望以后不要再发生这样的事情。我们大家，对于坏人和谣言，都应该提高警惕，听到了有人讲怪话，赶紧去告诉治安主任或民兵队长。我们要堵住可供坏人利用的一切空子。”

邓秀梅说这些话的时候，坐在末尾的龚子元和符贱庚，一声不响，只顾抽烟。

“我们要把我们的江山保得像铁桶一样。”

“对呀！”陈大春用洪亮的嗓门插进来呼唤。

大家起初是一怔，往后又是一阵大鼓掌。

“我们五个社今后的任务，”邓秀梅继续说道，“简单一句话，就是增产。社里的一切措施，一切计划，都是为了完成这任务。各位同志，各位父老，各位姐妹们，你们要八仙漂海，各显神通，要在几年内，使稻谷产量，达到亩亩千斤的指标。同志们，做得到吗？”

“做得到。”几十个声音同时回答。

“这就是你们代替我做的这篇讲演的结论。”

邓秀梅下来以后，程序里有“自由讲演”，李主席本来约了王菊生和张桂秋，代表单干户，来说几句话，但两个人都没有出席，也就算了。

锣鼓和细乐结束了会议。送走了工人代表以后，男女老少渐渐地散了。天井里、大门外正飘着雪花。出了乡政府，两个最会作田的老作家——亭面胡和陈先晋，走在一路。

“这场雪下得真好。”望着一片茫茫的山野，亭面胡说。

“是叫，雪兆丰年，明年是个好世界。”陈先晋说。他还是按农历来计算年份。

“只等天一开，就要动犁了。用牛全看你的戏。”亭面胡说。

“哪里？说到用牛，我比不过你。”陈先晋作谦。

“不必过谦，先晋胡子。我们两个人把牛工包下，耕得深，耙得平，包管我们常青社，不到两年，就做到亩亩千斤。”

雪下着，一会儿就把人们的帽上和肩头都落白了。田野静静的，人们踏着路上的干雪，各自回到各自的家里，等待着开天，等待着春耕的开始，以便用自己的熟练的、勤快的双手，向自然，向黑土，取回丰饶的稻麦和果实。

1957年12月，北京

下卷

二十七　早起

正月里的一个清冷的黑早，太阳还没有出来，东方山后的天上，几片浓云的薄如轻绡的边际，衬上了浅红的霞彩；过了一阵，山峰映红了；又停一会，火样的圆轮从湛蓝的天海涌出了半边，慢慢地完全显露了它的庞大的金身，通红的光焰照彻了大地；红光又逐渐地化为了纯白的强光。白天开始了。雾色的炊烟飘泛在家家的屋顶。鸡啼鸭叫，牛也赶热闹，按照它们各自不同的年龄、性别、体格和音色发出不很秀丽，但也不太难听的错杂的长鸣。

已经沾了春，地气不同了，雪花才停住，坪里、路边的积雪就都融化了。到处是泥巴。大路中间，深浅不一的烂泥里，布满了木屐的点点的齿迹和草鞋的长长的纹印，有些段落，还夹杂着黄牛和水牛的零乱的蹄痕。

初级化以后，毛主席、党中央和各级党委领导全国的农村又掀起了一番深刻、广泛的变化。在短短的期间以内，所有初级社都转成了高级社。和全国全省的各地一样，清溪乡的常青初级农业社，经过邓秀梅和李月辉一个来月不停不息的奔忙，并入了两个小社，扩进了一批单干，建成一个约有九百人口的高级社，还叫常青社；刘雨生被选为社长，谢庆元勉强当选为副社长。说是勉强，因为有一些社员开首硬不肯选他。为了这事，李月辉和刘雨生暗地里做了好多说服的工作。

在清溪乡里，高级化运动大致还顺当。仅仅在山林归社这个问题上，他们碰到了一些微弱的阻碍。在这方面，刘雨生自己也遇到了心里和身外一连串的烦恼，特别是为了劝通有块茶山的盛佳秀，他费了一点点唇舌。

等到社建成，春耕开始时，社里又发生了新的情况，碰到了新的困难。这是因为，正像李月辉说的："旧的皇历看不得，新的日历还没有出来。"

要照老办法，春初一开天，人们就各自赶着牛，掮起犁耙，到自己的田里去了。但是现在，社员们该到哪里去呢？田都入了社，要归社调摆。他们赤脚草鞋，系起腰围巾，掮着锄头或耙头，成群结队，去找社长刘雨生，听他排工。

到了刘家茅屋前面的茅封草长的地坪里，人们看见堂屋关闭了。双幅门上吊起一把小铜锁。刘雨生不在。把肩上的家伙放下来，人们有的站在地坪里，有的走上阶矶，坐在竹凉床子上，有一句、没一句地扯起谈来。亭面胡走去推灶屋的门，也关死了。他从门缝往里瞄一眼，就退了几步，坐在一盘磨子上，打个呵欠，说道：

"都起这样早，等他一个人。"

"是呀，耽误人家的工了。"陈先晋答白。

"你说这个角色，到哪里去了？我从门缝里瞄了一下，灶里冷火悄烟的，只怕夜里都没有落屋。"

"他还有空落屋呀？"高高大大、黑皮黑草的谢庆元粗声粗气说，声音有一点嘶哑。

"他不在，你也可以当家嘛。"亭面胡对谢庆元说。

"我当什么家？我还能当家？我是什么人？"谢庆元满腹牢骚。

“你是副社长，一人之下，万人之上，还不能当家？”亭面胡说。

“我不敢当。”谢庆元说。

“哪个不要你当了？”陈大春跳了过来，粗鲁地质问。

“唉，唉，算了吧。”亭面胡劝道，“清晨白早，吵什么架？这个家你们都不当，由我来当吧。”

“那好极了，面胡哥，你当家，我好有一比。”龚子元冷冷浸浸，笑一笑说。

“好比何来？”亭面胡学着乡里说书的人的口气。

“好比无牛捉了马耕田，好比蜀中无大将，廖化作先锋。”

“你这个家伙，敢看不起我？”

“我哪里敢看不起你？我是说……”

“莫逗要方了！”陈大春最看不惯龚子元，连忙岔断他的话，又问大家，“你们说，社长到底到哪里去了？”

“摆明摆白，一定是开会去了。”大春的老弟，孟春肯定说。

“开会去了？开什么会？我为什么不晓得？”谢庆元说，“告诉你们吧，昨天夜里是没有会的。他只怕是跟亲家母开枕头会去了。”

“哈，哈。”草垛子那边，爆发了笑声。大家一看，那是龚子元。为了避开陈大春，他退到了草垛子脚下，手里拿着竹根子烟袋，说道：“开枕头会，这名目真好，真是有味，哈，哈，开枕头会，有味，有味。”

“不准你侮辱社长！”陈大春一手提锄头，一手捏起拳头骨，大步赶过来。

“看样子怕要打人哪？”龚子元退后一步，背脊贴近草垛子，握住烟袋说。

“你再试试，看我打不打？”陈大春努起眼睛。

“大春，有样子没有？”陈先晋过来，压制他大崽。

龚子元本来还想讲几句，眼睛一瞄，看见大春背后站着孟春。他想：“这个家伙跟他哥哥是一个娘胎里滚出来的，性子一样地暴烈。人家有帮手，好汉不吃眼前亏。”他捺住火气，强赔笑脸问：

“这话是我说起的吗？”接着，又连讥带讽地说道，“你们党团员真大公无私！谢庆元先说，你不敢奈何，只晓得来欺负我们这些非党员，是不是？”他眼皮子连眨几眨，看看大家脸上的神情。陈大春立即警觉，这家伙的话里含有挑拨党群关系的恶毒的用意，就按住性子，不再做声，慢慢走开了。这时候，亭面胡挨近谢庆元身边，低声问道：

“刘社长有个么子亲家母呀？在哪里？我为么子不晓得？”

“等你晓得，人家崽都生得不爱了。”谢庆元道。

“到底是哪一个呀？他为么子没有告诉我？”

“人家悄悄搭个亲家母，为什么要告诉你呢？”

“我是怕他的对象不合适，又吵架子。看是不是要大家参谋参谋，民主一番？”

“这件事情不能讲民主，只能搞集中。”

两人的小话，到此为止，只听龚子元把竹根子烟袋在身边一块石头上响亮地磕了几下，对谢庆元说道：

“到茶时节了，副社长，这样呆等着有什么意思？我要走了。”

“你到哪里去？”谢庆元丢开大家，赶上龚子元。

“现路一条，回家睡觉。”龚子元掉转脑壳，回了一声，又走他的。

“急什么？一路走。”谢庆元掮起耙头，跟龚子元走了。

“没有立场的家伙，做人家的尾巴，亏他是个副社长。”陈大春指着谢庆元背心。

“这号副社长，一扫把子打得几门角落。”孟春大声附和他哥哥。

“你再讲试试，死不谙事的家伙。”陈先晋喝骂他二崽。

没有扶梢的，大春又摸不清首尾，不好调摆，只得听大家散了。大春跟他爸爸、弟弟和亭面胡一起，背着锄头，走过菊咬筋的田塍路，望见他在赶起黄牯耕白水。

“还是他行，几早就干起来了。”陈先晋素来欢喜菊咬筋勤快。

“他行，我们也不错。”亭面胡说。

“错是不错，一个清早白耽搁，他倒已经耕翻一亩了。”陈先晋很不满意这一早晨白白过去了。

“一亩田算得什么？我少歇一阵气就赶出来了。亲家，”亭面胡说，“你不能长他人志气，灭自己威风。”

“看，那边来人了。”陈大春抬头望着前面说。

“好像是刘社长来了。”陈孟春说。

大家往前边望去，只见不远的山边，一个戴青布制帽，赤脚草鞋，不高不矮的角色从从容容往塅里走来。

“社长，找你一个早晨了。到哪里贵干去了？”亭面胡笑着迎上。

“开一夜会，天亮才散。”刘雨生用手揉揉微现红丝的眼睛，这样地说，“事情堆起了，又有人要走，忙着打移交。”

“哪个要走？”陈大春忙问。

“这事以后再跟你谈吧，”刘雨生望大春一眼，又转向大家，“你们怎么还没有出工，这样晏了？”

“鸟无头不飞，你这扶梢的不在，他们都不敢当家，都只晓得在你地坪里清等，我好心好意要代替你调摆一下，龚子元又出来捣蛋。”

“谢庆元呢？”刘雨生问。

“他呀，你只莫问起，同没事人一样，一点责任也不负。”陈大春说。

“他过来没有？”刘雨生又问。

“来点了点卯，又跟龚子元走了。依得我的火性……”陈大春恨得咬牙。

“可惜一个早晨空过了。”刘雨生转换话题，按住大春的火气，“你们都赶快检场。先晋胡子，你去赶起社里那条大水牯，去耖板田。”

“秒哪一丘？”陈先晋听到排工，心里有着落，十分高兴，连忙这样问。

“先秒李槐老的那丘干田。”刘雨生说，“佑亭哥你去耕白水，随便耕哪一丘都行。”

“用哪条牛？”亭面胡问。

“黑毛黄牯。孟春，你带一个组去翻洋芋土。”

分派了工作的人陆续地走了，剩下陈大春待在那里。他有点莫名其妙，急忙询问：

“你怎么不派我的工？”

“你跟我来。”刘雨生含笑拍拍他肩膀，抓住他的手，边走边说，“你的工作不能由我分派了，老弟。刚才你不是问我，‘哪个要走’吗？你就是一个。”

“调哪里去？”陈大春问。

“你猜猜看。”

“我猜不着。”

“株洲。好地方呀，崭新的城市。论理，我们是不能放你走的，支援工业，没有办法。你马上收拾铺盖，怎么不做声？不快活吗？”

“没有什么。”

“啊，我晓得了。是舍不得盛淑君吧？”

“不是。刘社长，你不晓得，我自从参加工作，就立下了一个志向，也可以说是一片小小的雄心。我要经我手把清溪乡打扮起来，美化起来，使它变成一座美丽的花园，耕田的人驾起拖拉机……你看，”他从口袋里摸出一个油纸包，打开油纸，拿出一张草图来，“这是我偷空画的清溪乡的未来的草图。画得不好，请莫见笑。”

“真有意思。”刘雨生和陈大春并肩看着这草图，笑着赞叹。

“你看，这里是机器站，这里是水电站，这里呢，是用电气挤奶的牛奶站，这里是有电灯电话、一套肃齐的住宅区，中间是花园，后山是果林。”

“有意思极了。”刘雨生又满口称赞。

“这计划还没有开始实行，我就要走了。”陈大春的眼睛放出一种明亮的、如痴似醉的光泽，望望对面的群山。

“你放心，”刘雨生把草图叠起，郑重地收进自己衣袋里，“交给我吧，只要我不调工作，我一定实现你这计划。到时候，请你回来赏香花，尝果子。”

“那好极了。我去卷铺盖。还有哪个去？”

“乡长才回，也要调动。”

“还有不有？”

“邓同志也去。”

“真的吗？好极了。我邀他们同路去。”

“邓同志早已进城了。这回调她，我们本来不肯的。朱书记马上整我们的风，说我们是本位主义，问我们是先国家呢，还是先乡社？李支书哑口无言。”

“还有哪个去？”

“还有符贱庚。”刘雨生不自觉地把头低了。

“他也去吗？”陈大春感到意外，也有一点觉得屈辱的样子。

“他早就要求出去，李支书说：‘也好，让他到工厂去，锻炼锻炼。’每次见到我，他总有点子尴尬，我倒是没有什么，我们的事又不能怪他。”

“是呀，”陈大春晓得刘雨生讲的是他和张桂贞的事。“说来好笑，他一见了我和盛淑君，也不自然。”

“可见这人还老实，劳力又强，你应该帮助他进步，莫抱成见。好吧，今天你不必出工了，跟爱人告告别，讲点私房话。”刘雨生笑了，他如今十分幸福，就更关心人们心上的种种：幸和不幸。

“没有什么可讲的。”陈大春嘴上这样说，脸却发热了。

“没有讲的吗？”刘雨生笑着催他，“去吧，去吧，估计她会提出同走的要求，你就告诉她，这回不能去，乡里空了；株洲路不远，来往很方便，将来，你放心吧。”

“我有什么不放心？”

“我是说，将来把你们调到一块。现在你先跟爱人谈一会，再到社里来，把团支书的职务交代一下。走吧。我要去看洋芋种。”刘雨生走了。

陈大春想先回家，但不由自主，走到了盛淑君的家门口。爱人还没有过门，陈大春觉得不好意思直接就到岳家去。他不轻不重地咳了一声，走到紧挨盛家的一个邻舍的门口。这里喂了社里几只猪。走上阶矶，看见邻舍男子正在切猪草。

“猪喂得怎样？”陈大春好像是来检查饲养工作的样子。

“进来看看吧。”那男子连忙丢下切菜刀，站起身来，两手在腰围巾上擦了一擦，满脸笑容，迎接这位检查人。

伏在脚盆边上洗衣的邻家嫂子连忙起身到隔壁，告诉了盛妈。这位妈妈正在房里吸水烟，听到女婿过来了，欢喜仰了，连忙放下水烟袋，插起纸媒子，拍一拍身上，打算出来，但是又想，郎为半子，自己应该有一点做岳母的架子，就仍复坐下，拿起纸媒子，等了一阵，不见贵客进门来，她朝后臀房里唤：

“淑妹子，你在后臀搞些么子啊？还不出来呀？”

早晨，盛淑君和一群女伴，去找过社长。才回家不久，正在后房梳头发，听见妈妈叫，她跑了出来，手里正在编织一条没有编好的黑浸浸的长辫子。

“叫我做什么？”

“你看看外边是哪个来了？”

盛淑君一溜烟地跑出了大门，看见陈大春站在隔壁大门口，嘴里在跟人打讲，眼睛却望着这边，分明早已看见盛淑君，却装作没有看到似的，扭转脸去，对那人说：

"猪长得太慢。"

"饲水不足，有什么法子？"

"你应当割一点苋菜，来拌老糠。"陈大春心不在焉地说道。

"什么？你说什么？这时节有什么苋菜？"那人正在疑问间，一眼看见盛淑君从自己屋里跑到这边来，他哈哈大笑，连忙说道："难怪你神不守舍，冷天要割苋菜了，你原来不是来看猪，是来看人的。你们谈吧。"那人走了。他的堂客也带着孩子走开了。

盛淑君背靠邻舍的大门框子，一边仍旧编辫子，一边红着脸，假借妈妈的名义邀请道：

"妈妈要你到家里坐坐。"

"不，有件事情告诉你。"

"什么事呀？"

"要紧的事。"

"到底是什么事嘛？"盛淑君急了。

"我调工作了。"陈大春瞄瞄对方的略胖而又微黑的圆脸的侧面，这样开门见山地说了。他的嘴是不知道拐弯的。

"调哪里去？"盛淑君吃了一惊。

"到株洲去。"

"真的吗？我只不信。"盛淑君说。

"哪一个哄你？"

"我也要去。"盛淑君噘起嘴巴，略微显出一点娇憨的神态。

听了她这个要求，陈大春想："刘社长料得真准。"就重复刘雨生的话，来安抚她了："这次你不能去，株洲路不远，来往很方便，而且将来……"

不等他说完，盛淑君把编好的辫子往背后一甩，泼泼辣辣地说：

"什么将来不将来，我要去，要去，马上跟你一起走。"说完就离开门边。

“你到哪里去？”陈大春想把她拖住，忽然又把手缩回，只跨过一步拦住她去路。

“我去找社长，倒要问问他，只叫你去，不许我去，是什么道理？”

“工作上的道理，这里需要你。”

“这里不需要你吗？多了你吗？你这个团支书，说话好没有分晓。不跟你讲了，我去找人去。”

被盛淑君抢白了几句，有点子气了，陈大春劈脸就问：

“你是个团员不是？”

盛淑君没有答白，陈大春又说：

“是团员，就应该遵守纪律，服从调配，叫你留在哪里工作，死也要留在那里，你还是这个自由主义的派头，当初何必入团呢？”

一席“硬八尺”，说得盛淑君低下脑壳，不再做声了。同去无望，两人的前途又不知怎样，心里不禁涌出一股酸楚的离情，她哭了。

“淑妹子，站在外头风肚里，不怕冷吗？进来吧。”盛淑君妈妈从房里出来，在阶矶上说。接着，她朝大春看一眼，好像是才晓得他来了一样，微微一笑道：“啊，大春你来了，到屋里坐。”

大春对她点头笑一笑，算是招呼了，他没有叫她。他还不知道叫她什么好，唤“妈妈”似乎早一点，又不习惯。

他们并排走进了大门，没有进正房，一径来到灶屋里，坐在灶下一条长凳上。看见女婿大模大样地，对她只笑笑，一点不亲热，她也懒心懒意了，自己进房，咕咚咕咚，抽水烟去了。

在灶脚下，大春弓着他的横实的腰子，拿起火叉子，在铺满灶灰的地上画来画去。盛淑君起先是背靠着他，好像在生气。过一阵，问到邓秀梅也走，她说：

“你们倒好，都走了，社里乱糟糟，单叫我们背起这面烂鼓子。”

“没有都走嘛，社长还在，支书也不动，他们两人都是好角色，一个踏实，一个稳当。”

盛淑君没有做声，起身往外走。陈大春跟在背后，相隔尺把远。淑君妈妈站在房间里，隔着护窗板，望见他们走过了地坪，连忙叫道：

“淑妹子，你回不回来吃早饭？”女婿的大模大样使她心里不暖和，她故意不跟他招呼。

“不了，妈妈你不要等我。”盛淑君回答一声，出了门斗子。

“你到哪里去？”陈大春问，相隔还是那么远。

“你管我。”盛淑君头也不回。

“那就少陪了，我要去找李永和。我们分路了。”陈大春打算走另一条路。

“你站住。”盛淑君转过脸来命令道。陈大春看见她的眼睛潮湿了。他走拢来，自己心里也动了，语言显得格外地柔和：

“何必呢？又不是小孩，哭脸做什么？”

被他点破，盛淑君的眼泪涌出更多，一双一对滚落在她的花衣的鼓起的胸前。陈大春又走近一步，盛淑君扑到了他的肩上。

“看有人来了。”陈大春说，盛淑君跳到一边，两个人四围一看，并没有人，又挨拢来了，他们没料到，已经有人看见他们了。盛淑君妈妈站在房间里，越过护窗板，望见两人紧挨在一起，连忙不看，坐了下来，咕咚咕咚，抽水烟袋去了。邻舍的堂客提个六角篮，正要出门打猪草，才把脑壳伸出大门外，一眼瞄见这对男女的亲亲昵昵的情景，慌忙把脚缩回去，本能地伸手掠掠额上的乱发，在门斗子里对男人招手，笑着轻轻地叫道：

“你来，快来看把戏。”

她想叫他来，看看那对青年男女的亲亲昵昵的光景，受点教育，得点启发，对自己也来那么一下子。男人正在拌猪饲，心上不清闲，就申斥她道：

“你还有心看把戏，你这个人！事情起了堆。猪喂得寡瘦，有人讲话了。还不快来抬饲桶！”末尾一句话带着硬性命令的口气。

门里的这些普通的口舌和日常的琐事，门外的情人自然不晓得。离情别绪，充满胸怀，使得他们暂时忘了周围的世界，他们并排走动了。往哪里去呢？没有一定目的地。走到村里大路上，看见满眼是泥巴，他们就拐弯，走上铺满碎石和落叶的山边小路了。踏着潮湿的败叶，他们慢慢地走着。有时默默的，有时又交谈几句，话题是非常广泛，而又相当杂乱的。他们谈到了工厂，臆测了陌生的厂里的生活，于是又回到他们深深熟悉的乡村；陈大春提起了他所设计的清溪乡的明天的面貌，并且告诉盛淑君，他的精心描绘的草图已经交给社长了。谈话自然涉及了婚期，两人同意推迟一两年。两个人并排地走着，碰到了人，就离得远些；人一走，又靠拢来了。只顾讲话，陈大春一脚踏进越口里，绊倒在地上，淑君去扶，也踩塌了脚，绊在大春的身上。两个人都大笑起来。他们没有料想到，山路的对面有家人家正在看他们，而且发出他们没有想到的议论。那就是亭面胡的家。

亭面胡接受了刘雨生分派的工作，先到社管会的牛栏屋里牵出那条寡瘦的大黑毛黄牯，然后又到保管室领了一张犁。他牵着牛，背着犁，到了田里，准备把牛驾到犁上时，发现缺藤索，他放肆地骂了几句，只得把牛吊在田边的树荫下，自己回家，找到一些嫩竹篾，叫了菊满，父子两人在阶矶上编藤索。

“你看，那是哪个？”也在阶矶上洗衣的盛妈，抬头看看对面的山边。

“你管他是哪个？”亭面胡说，手里仍旧编藤索，又骂他满崽，说他没有把索子绷紧。

“不晓得是哪个后生子跟哪家的姑娘在一起，绊了跤还笑。”

“如今的时新，黄天焦日，男的女的在一起，嘻嘻哈哈，像个什么？”面胡一边照旧编藤索，一边议论说，“将来，菊满伢子你要是这样，我要抽掉你的一身肉，你试试看。”他瞪菊满一眼，好像这孩子已经不守他规矩，准备去讲恋爱一样。

“翅膀一硬，就飞了，你还管得了？”盛妈提醒他。

“我长大了，跟二哥一样，根本不在你屋里住了，看你管得了我不？”菊满这样说。

“管不了你这个鬼崽子，黑了天了。”面胡威胁他满崽。

管得了呢，还是管不了？这是渺渺茫茫的事情。菊满今年还只有九岁，等他取得大春一样的资格，也能陪着自己的爱人在山边走走的时候，我们的国家还要经过两个，甚至于三个五年计划。到得那时候，我们的亭面胡更老一些了，心气也会更平和一些，对他管不了的事，他就索性面胡一下子，不去管它，也说不定的。但是，哪个晓得呢？光凭猜测，总是不会正确的。

“你还在家呀，佑亭哥？这样晏了，怎么还没有检场？”门口有人这样问，不用抬头看，亭面胡晓得是什么人来了。

二十八　社长

听了声音，不用抬头，亭面胡就晓得是刘社长来了，他叫请坐，又叫婆婆筛茶和点火，自己仍照低头编藤索。盛妈起身，用拧干的一件衣服擦了擦两手，到灶屋里去了，亭面胡说：

“社长你看，这搞的是么子名堂？藤索还要用牛的来编。”

盛妈筛出茶来了，又提一个烘笼子放在阶矶上，给他们接火抽烟。亭面胡编完一根藤索，就坐下陪客。吧着烟袋，靠在竹椅上，他看一看地坪里的黑毛黄牯说：

“牛喂得这样，只剩几根肋排骨，这班家伙哪里像个作田的？”

“你是会打点牛的，给社里看一条好吗？”刘雨生问。

“好倒是好，只是腾不出手来。”

“叫菊满看，你指点指点。”

“看牛的讲究多极了。”社长看得起他，面胡的话又多起来了。

“所以，牛要交给里手看。”刘雨生打算去催别家出工，急着要走，面胡还在谈他的牛经：

“牛不会讲话，肚里饿了，口里干了，它都不做声，全靠人体贴。无昼无夜，你都要经心经意。”

刘雨生本来已经起身了，听他说得蛮有味，又坐下了。

“在饮食上，要趁时趁节，跟人一样。”

“人吃茶，牛只喝水，它哪里跟人一样？”坐在旁边矮凳子上的菊满抓住爸爸末尾一句话，反驳他说。

“菊满你打岔！”盛妈制止她满崽，“不准这样没规矩，大人讲话细人子听。”

“人畜一般同，”面胡接着说，“平常人骂人：‘笨得像牛’，拿牛比笨人。其实，牛哪里笨呢？它机灵极了，就欠阎王老子给它一个活泛的舌头，不会说话。它一天要吃三巡水，田里的水有粪尿，它不肯喝，要到塘边去。越口里的活水，它顶爱吃。一眼塘里的水，水牛吃过的地方，黄牛不肯吃，黄牛吃过的地方，水牛闻一下，就昂起脑壳。”

“什么道理？”刘雨生问。自从选他当社长，对于牛，他特别感到兴趣。他晓得，机器还没有，春牛如战马。牛养得不壮，田里功夫就会做不好。只听亭面胡回说：

“黄牛水牛是前世的冤家，不过习性也还差不多，比如在数九天里，凌冰一样的冷水，黄牛不吃，水牛也不闻。打点牛的人要费力烧些热水它们喝。要不，一天一夜不进一滴水，肚里风科百叶干坏了，车不动，不要说是做功夫，命都保不住。你以为呀，”他看社长一眼，“作田这样子容易！要门门里手，懂得犁耙，懂得喂牛。”亭面胡把油实竹烟袋磕去烟灰，给烟锅里塞好烟叶，用手擦擦烟嘴子，递给社长。

“准定请你看条牛。”刘雨生接了烟袋，这样决定，随即起身到烘笼子里接火，不等亭面胡做声，他又问道，“你说还有哪个会看牛？”

“谢庆元行，他当过作头司务，门门里手。”

“还要请你把看牛的讲究给大家谈谈。”

“不行。当人暴众，我不会说话。”

“没有好多人，只邀几个看牛户，你就像今天一样谈一谈。好吧，少陪了。”刘雨生抽完了烟，把烟袋放下，起身往外走，亭面胡送到门口。快要出地坪，刘雨生又回转头来说：

“还有一件事。你邀几个老作家，把这一片的犁耙功夫通通都包了，好不好？”

“邀哪几个？”

“陈先晋，你和老谢，你们几个人组成一个犁耙组，不管别的事，专门用牛。”

“那有什么不好呢？”

“你们推一个组长。”

“三个人要什么组长？”

“还是推个组长好。看哪个合适？”

“自然是副社长兼嘛。”

“他行吗？”

“飞行的，田里功夫门门都来得。”亭面胡相当佩服谢庆元的技术。

“这我晓得了。我是问你，先晋胡子服他吗？”

“这有什么不服的？都是去跟牛屁股。”

“那就好吧，这不过是酝酿，社管会还要讨论，包耕方法如果行得通，将来要推广到全社。你火速出工，天色不早了。”刘雨生临走催促他。

“我就去了。”亭面胡虽说答应“就去”，又耽误一阵，才把编好的藤索吊在犁上。牛把犁拖到了田边。但是等他在田里开始动作时，刘雨生已经串过两家的门户，到了第三家。

发动是难的，要花脚力，又费唇舌。刘雨生是个性情和睦的有耐心的人。他从不厌烦。事情堆起了，他不慌张。别人还不听提调，他不发脾气。他所拜访的人家，有的门上一把锁，屋里的人访亲戚去了；有的人家只留老人家守屋、带人，正劳力出门赚外水去了。间或，也有几家勤快的，闲不住手，就在屋里打草鞋，切猪草，或到山里砍柴火，园里翻菜土。刘雨生走到陈先晋家的塘边上，碰到会计李永和。两个人蹲在篱笆边，细细扯起来。李永和反映了一些情况，就笑笑说：

“这个局面几时得清闲？”

“不要紧。头难头难，过一阵子就会好的。”刘雨生蛮有信心，“当然，也要怪我没调摆。”

“一个人难得周全。”李永和随口说了这一句，刘雨生好像得到了启发，接着说道：

“对，党经常教导我们走群众路线，我们最容易忽略这点。我看，社要办好，千斤担子得靠大家挑。”他站起身来，对着也站起身来的李永和果决地说，“我想，今晚开个社员大会，你去给我通知各队。”

“今晚不是说要开社管会吗？”李永和提醒他一句。

“先开大会，再开小会。”

李永和走了。刘雨生也正要走时，陈先晋婆婆从屋里赶出来叫道：

“刘社长，请留一步，我有件事要请教你。”

“什么事呀，陈家姆妈？”刘雨生站住。

“刘社长，你如今是一家之主，吃饭的一屋，主事的全靠你一人，我家里的事也不得不来麻烦你了。”说着，她哭了起来，扯起滚边的衣袖来擦眼睛。

“到底是什么事呀？是不是大春要走，你舍不得？”

“他要走？”陈妈拿开衫袖说。

“他还没有回来告诉你？”

“没有。他还舍得落屋呀？他到哪里去？”

“调工作了，去的是个好地方，株洲。你挂牵他吗？”

“我挂牵他做么子？他人大心大，又对了个象，我只懒得管他了。我是为我那个细妹子。你晓得，我生三个女，只救得这个妹子，她如今也背着我在外边乱找对象了。”陈妈又拿衫袖掩住脸。

“找对象有什么不好？男大须婚，女大须嫁，古今常理，这有什么伤心的？”

“她还小呀。”

“先订好，迟一点结婚就是。”

“你猜她喜欢的是哪一个？”

“没有留心。”

“这个该死的瞎了眼睛的丫头，她看上了亭面胡的二崽。”

“盛学文吗？那还不好？那是一个好角色，精干，诚实，又有点文化，我们打算叫他做会计，代替李永和。你有这样一个女婿，很不错了，两亲家又门当户对，都是贫农，又是老作家。”

“他不吃酒吗？”

“你问哪个？盛学文吗？他滴酒不尝。”

“他不面胡，不像他的老驾吧？”

“他像他妈妈，灵灵感感。”

“龙生龙子，虎生豹儿，我就是怕他像面胡老倌，混混沌沌，一个酒面胡。”

这时候，围上一大群妇女，都是陈家的左邻右舍，有的抱着孩子，有的拿着针线活，吵吵闹闹，对刘雨生提出各色各样的要求和问题。

“社长，你说怎么办哪？我又丢了一只鸡。”

“社长，我那黑鸡婆生的哑巴子蛋，都给人偷了，偷的人我是晓得的。他会捞不到好死的，偷了我的蛋会烂手烂脚。社长，帮我整一整这个贼古子吧。”

“刘社长，我们那个死不要脸的，昨天夜里又没有回来，找那烂婊子去了。”

“你们去找副乡长，去找秘书，我还有事去。”刘雨生回复大家，脱身走了；随即又串联了十来多家。有劳力的，尽数被他劝动了，都答应出工，他一一就地排了工，才回家去弄早饭。

开了铜锁，打开堂屋门，他从那里转进灶屋里，随手敞开灶屋门。阳光从门口映进，照得里外亮通通。他看到桌椅板凳上没有一点点灰尘，地上也素素净净，灶脚底下码起一堆焦干的柴火，灶里塞好柴，锅里上了水，样样都安排得熨熨帖帖，他只划一根洋火，就把灶里的火点起来了。

不一会工夫，刘雨生的热饭到口了。正在这时候，灶屋门口出现一个人，笑笑嘻嘻说：

“才吃早饭哪？”

“才回不久，你吃过了吗，老谢？”

“相偏了。”谢庆元走到矮桌边，看见桌上摆着一碗辣椒萝卜，一碗擦菜子，就说：“只这两样？你太省俭了，老刘。”谢庆元自己寻着一根旱烟袋，装好烟叶，伸进灶口去接火，一边又说，“盛佳秀不是常常送腊味来吗？”

“哪个讲的？家无常有，社又才办，哪里有那样的好事？”刘雨生一边吃饭，一边扯起工作来。他把包看耕牛，以及成立犁耙组等等事项，说了一遍。

“我们想请你兼犁耙组长，好不好？”

谢庆元点头，但口里又问：

“你说这社到底搞好搞不好？有人说我们驾的是只没底船。”

“哪个说的？”刘雨生停下筷子，惊讶地问。

“总有人说呗。”谢庆元不肯说出龚子元的名字。

“你一个负责同志，不相信党，倒去相信什么人的信口胡说，这是不好的。”刘雨生批评他。

“群众的意见，我们也要听一听。”

“如果真正是群众的意见，你我当然要考虑，或者解释，到底是哪个说的？”

谢庆元支支吾吾，不肯说出龚子元的名字，并且扯到今天的出工问题上：

“你看今天这个阵势，有哪一个上劲？”

“这只能怪我们还没有经验。我们常青社情况有点特殊。初级社建成以后，紧跟着是高级化。组织好多人集体生产，你没搞过，我也还是头一回。”

“我看问题在于大家都是叫花子照火，只往自己怀里扒。”

“这就要靠党团员们用大公无私的行动去影响人家。”

谢庆元明白，他自己是不能影响别人的，对刘雨生的这话表示冷淡，只笼笼统统说了一句：

“我看是难。”

“世上无难事，只怕有心人。不过，”刘雨生吃完了饭，一边收拾碗筷，一边这样说，“我相信，我们的道路要越走越宽，毛主席、党中央指明的方向是不会错的。”

“人家单干菊咬筋露出了这样的意思，要跟我们比一比。”

“那还不好？”

“我们哪里比得上？人家什么都现成，齐备，人也红心。”

“你太泄气了，老谢。你是一个负责人，不该说出这种话。”

“我算是什么负责人啊？”谢庆元说，“家里生活都没得办法，还负什么责？”他想起家里的米桶现了底。

“这是两回事。个人生活和党的工作不能并提。我们不应该拿个人生活的解决当作为党工作的条件。”谢庆元低了脑壳，刘雨生又说："邓同志说得顶对：共产党员如果一心只想个人的生活，那就是思想的堕落。"

"你当然落得讲这种话啰，既不愁米，又不愁柴，天天有人送烘腊。"

"你看见过吗？"谢庆元末尾一句话，伤了对手方，又分明是蓄意的夸张，刘雨生心里未免有一点动火，但他有涵养，能控制，火气并不完全流露在外边。他问了上边这一句，就一边动手抹桌子，一边转换话题，研究工作了：

"包耕方法在你那队如果行得通，我们打算推广到全社，请你负责。"说到"负责"两个字，刘雨生有意略微顿一下，作为"我算是什么负责人呢"的回答，然后接着说，"整理这部分经验。你是老作家，犁耙挠脚都里手，相信你会搞出名堂来。"几句米汤灌得谢庆元称心如意，对立的情绪马上消除了。谢庆元的这脾气，他的堂客顶欣赏，总说他是"有嘴无心"。但李月辉说："他这是一种寒热病，有时候，寒潮来了，他困在床上，棍子都撬不起来。"刘雨生晓得他的这个老毛病，并且能够相机设法融化他心里的冰块，激起他的工作的热情，比方现在吧，两个人就说得非常地合适，投机，刘雨生趁势和他一起商商量量，把社里功夫排得有条有理了。

"这些意见还要拿到支部去研究，再交社管会讨论。"刘雨生最后说道。

"讨论个屁，他们有什么意见？依得我的意思，这些事情只能搞集中。"谢庆元说。

"不能这样讲，常言说'人多出韩信'，而且这是个组织手续。"谢庆元没有做声，起身走了。才到地坪边边上，刘雨生又叫转他来道：

"只怕屋里又有困难吧？到李永和那里去再支一点，说是我答应了的。"

谢庆元满意地走了。对刘雨生的田里功夫，谢庆元没看在眼里，但他的一心为社，对别人充分关心的这点，使他折服了。

等谢庆元一走，刘雨生连忙回到灶屋里，熄了灶火，关好门窗，从偏梢子里挑出一担尿桶来，准备上街去收粪。抬头看天上有乌云，又转身拿了一个小斗笠。走到塅里，望见山边上有人用牛，他不放心，绕路过去。

“先晋大爹，犁了好深？”

“四寸来往。”陈先晋回答，一边赶起牛飞跑。

“太浅一点吧？上头正号召深耕。”

“深耕也要看是么子田，这号干鱼子脑壳三四寸足够，再深会把老底子翻上，塞不住漏。到哪里去呀？”

“上街买肥料，想顺便挑回一担。”

“这天色怕有雨来，太阳出早了。”陈先晋看看天空。

“是呀，”在不远的田里操白水的亭面胡答白，“你看那朵云，一定是东海龙王的干女婿。”

“女婿还有什么干湿啊？”背着犁，赶着牛，正走过来的谢庆元插嘴凑热闹。

“干女儿的老公不叫干女婿，叫什么？”亭面胡问，跟着骂了一声牛。

“你从哪里得到了消息，东海龙王有个干女儿？”谢庆元笑着盘他。

“你又从哪里得到了确信，世界上有个东海龙王呢？”亭面胡也问得扎实。

他们正在笑谈间，刘雨生已经朝着上街的方向，走得远了。他的背后，时常爆发着笑声，他放心地想：“情绪还不错。”

天快落黑，刘雨生挑着满满一担粪，从街上回村。路上果然碰了雨，淋得一身精湿的，特别是斗笠遮盖不住的肩背，衣服贴肉都给水泡了。在塅里，没有看见一个社员的影子，只有菊咬筋还披起蓑衣，戴着斗笠，在攒劲耖田。他心里想：“这家伙硬是要把我们比下的样子。”下村的一丘大田的越口塞住了，田里的水漫过了粪凼的墹子，粪水冲走了。四到八处，丢着社里许多小农具。把粪挑到粪池里，刘雨生家也不回，连忙走到社里，问了问各组工作的情况，又赶到保管员家里，邀着那位后生子，先到塅里，各人捡一把锄头，把水田的越口通通挖开来，放掉一些水。然后，两个人分途去收集社员随便撂下的农具。两人总共捡了两担箩筐，三担箢箕，五把锄头和一把耙头，送回保管室。

“以后，哪一个领了东西，都登记一下。收了工，家伙归不得原，你只问具领的人。”

“都怕麻烦。”

“人家怕麻烦，你为什么要学样？”

正谈到这里，会计李永和来寻刘雨生，说是有电话找他。

二十九　副手

接完电话，刘雨生回家吃了一点没菜饭，就往乡上赶。走进李支书房间，他看见里边拥塞好多人。旱烟的云雾飘满一房间，使得原是暗淡的灯光更加朦胧了。汇报会议开始了。

撤区并乡以后，从前的片是现在的乡。李月辉当了大乡的支书，人都改口叫他支书了。现在他伏在书桌上的煤油灯盏下，正摘要地记下各社的汇报。

把情况汇报完毕，刘雨生一面找烟抽，一面长长叹了一口气。

“叹什么气？”李月辉含着笑问，一面把他自己用旧报纸卷的一支烟卷丢给刘雨生。

“局面不佳，乱得要死。这都只怪我们没调摆。”刘雨生深自引咎，一面划火柴抽烟。

“现在不是怪哪一个的问题。这个局面，各社都一样；我早料到了。”李月辉从从容容说，“一方面，我们清溪乡的所有的社没有经过生产的考验，大规模的集体生产，你和我都还是么子人所言：满姑娘坐花轿，头一回。另一方面，我们乡里的领导力量也削弱了些，特别是邓同志一走，担子落在我身上，搞得我手忙脚乱。我晓得是要乱一下子的。不过不要紧，”李月辉笑笑又说，“不要怕乱。一切条理都是从乱里来的。没有混乱，就没有条理，一乱一治，古今常理，这里边包含了哲学。”李月辉平素爱看《三国演义》，如今，响应上级的号召，又多少看了一点哲学书，常常开口讲哲理。

“乱都不怕，”刘雨生不注意哲学，继续谈实际，“干部不干，有点伤脑筋，正屋不正梢子斜，上头泄气，下面更疲沓。”

“你说的干部是指的哪一些人？”李月辉问，“有谢庆元吗？”

刘雨生点一点头，又说明道：

“今天的犁耙组收工顶早，听得人说，是他带的头。”

“你这位副手是有些麻烦。”李月辉承认，嘴里吧着白铜斗、蓝玉嘴的短烟袋。

“我们没得事了吧，支书？”其他各社的负责人，听到支书尽扯常青社的事，没有兴趣，先后站起，中间有个人这样地问。

“没有了，你们先走吧。”李月辉打发了他们，又跟刘雨生谈起了谢庆元，“这个人的寒热病是有名的。又爱贪口腹，他的杜家村，有个无底洞。账也怕莫背得很多了。”

“不少了；今天又支了五元。”

“也怪，看他样子一点也不急。”

“虱多身不痒。”

“是呀，这里边有点哲学。”李月辉笑一笑说。

“他还有点乱发牢骚。”

“对你也好像有些意见。”

“是的，说我田里功夫不如人，扶不得梢，挂不得帅。支书，”刘雨生低下脑壳，想了一想，又说，“我看真是不如叫他来顶我这一角，我们对调一下子。”

“你把话说到哪里去了？”李月辉收了笑容，变得严肃了。碰到原则性问题，他决不苟且。“迁就只会使他变得更坏些，何况你是社员选出来，上级批准的，哪里可以随随便便地更换？”

刘雨生没有做声。

“听说，他和山边那个姓龚的有些来往，是真的吗？”李月辉继续追查谢庆元的行止。

“他到龚家里去吃过瘟猪子肉。”刘雨生不敢隐瞒。

“龚家里到底有好多瘟猪子肉啊？听说他时常请客，秋丝瓜和亭面胡弟兄两个都去领过他的情。盛清明他晓得吗？”

“没有问过他。”

“不要困太平觉啊。”李月辉警告一句，又转了话题，“社里这情况，你打算如何收拾呢？”

“我想先开个社员大会，人多出韩信，大家一定会想出一些法子来的，然后再开社管会。”

“对的，就这样办。你们常青社干部强些。以后，除非要紧事，我就不管你们了，别的几个社，我想多跑跑。”

“谢庆元的事，你还是要管一管才好。你的话他还听几分。”

“我当然要管。没有事了吧？”

刘雨生起身走了。

到第三天，在村路上，刘雨生又碰到了支书。

“社里没有那样乱了吧？”支书关切地问他。

“开过两个会，又照地委的指示，实行了三包，好一点了。不是党领导，不是大家想办法，出主意，单靠我一个，把脚板皮跑融，也是作闲。”

“这叫做独木不成林，单丝不成线，一个人不管好能干，不依靠组织和群众，总是成不得气候。诸葛亮算是一个人物吧？”李月辉完全同意刘雨生的意见，又引证《三国》的故事，“没有组织，单凭他一人，出将入相，包打包唱，等他一死，好了，一个邓艾攻得来，就没有人挡得驾住。”

对《三国》，以及别的任何朝代的故事，刘雨生一概不晓，不知邓艾是老几，就只好光烦耳神，不劳唇舌了。

“谢庆元呢，好了一点吗？”讲完了故事，李月辉又提起这人。

“一时很难变得蛮如法。”刘雨生说得实际而委婉，“不过，自从昨天会上挨了群众的指摘，今天好像略微有一点转机。”

“他出工了吗？”

“出了。跟孟春一起在大坡里挖土。”

“没有去耖田？”

“说是踝拐痛。”

“那他算是带病出工了？”看到人家有一点点好表现，李月辉非常欢喜，“我去看看他。”

离开刘雨生，李月辉到了下村。关于谢庆元的品评，近来塞满了他两耳朵，千闻不如一见，李月辉总想亲自找他当面谈一谈，同时想再听听各方面意见，如果群众和干部一致认为他不行，打算提议改造社干会，虽说是社才成立，又要变动，显得不恰当，也没有法子。谢庆元选做副社长，李月辉是出了力的。按他原意，不过是爱惜这位从土改起，就在一道工作的同志，总是不想丢开他，给他一个比较负责的岗位，使他在工作上不断地跟进，但要是他不争气，在群众中反映全都不大妙，那就只得另打主意了。走到一个野草青青的山坡肚子里，望见一群年轻的男女三三五五坐在草地上歇气，他走拢去，好几个青年男女笑着围上来。

“支书来了，请坐呀，”陈孟春说，“这里不要拖板凳，一片绿茵茵地毯，听你坐哪里。”

李月辉挨孟春坐下，问道：

“这片土里打算做什么？”

“社长说是种红薯。”李永和回答，一面递过他的短烟袋。

“挖了好多了？”

“怕莫有十来多亩。”李永和回答。

“这桃花太阳，暖洋洋的，又不太热，正好做功夫。”李支书说，“你们的副社长呢，不是也在这里吗？”李支书没有看见谢庆元，这样询问。

“他呀，是生成吃调摆饭的。”说这话的，是陈孟春。

“来点一下卯，又走了，说是有个会。”李永和详细回复李支书。

李月辉明知没有什么会，显然是谢庆元借口到哪里偷懒去了，但没有说穿，怕于老谢更不利。大家起身挖土了，支书也找把耙头，扎脚勒手跟大家同挖。谈话起先偏重于旱土作物，过了一会，才又扯到老谢的身上：

“依你们意见，两位社长到底是哪个强些？”在对干部的考察上，李月辉十分客观。

“那还要问？摆明摆白。”陈孟春不假思索地回说。

“讲犁耙技术，老谢略为强一色，论为人，论思想，那就不能够比了。”李永和说得比较地周全。

“他呀，哼！”这一声“哼”里大有文章，李月辉抬头看看这个人。只见他的头上挽条青袱子，靠近中年了。就是他，办初级社时，背张犁来申请入社的。也姓李，论班辈是李月辉远房的侄儿。

“他怎么样？”李月辉忙问。

“不好说得。”青袱子回答。

“只管说嘛。”李月辉鼓励他道。

“有么子提手？平素日子，只要轻轻摸摸讲一句，一丝风一样，一飙，就到了他耳朵里去了。”

“只要你提得实际，怕他听见？”

“怕倒是不怕，提了意见，又不打屁股。”青袱子停了耙头，吐口唾沫在手心，重新抓住耙头的木柄，开始挥动，“只是平白无故的，何必多得罪人呢？俗话说得好，冤家宜解不宜结。”

“只要是存心为社，不算是平白无故，我晓得你是爱社如家的，有意见要提，不要沤在肚子里，要知无不言，言无不尽。”

“他这个副社长，事情不做，架子倒大。”受到支书的鼓励，青袱子依照心里所想的说了，“总怪我们近路不走走远路，有事不找他，偏要找社长。要找他吧，一天到黑，见不到他的影子，一双野猫子脚板，不晓得蹽到哪里去了。”

“吃瘟猪子肉去了。”陈孟春冲口而出。

“找不到他，拿了野猪，没得庙祭，叫我们怎么办呢？”

“他那一把嘴巴子，会吃又会吹。”陈孟春说，“总是挑别人的功夫，说做得不好，为的是自己逞能。其实，依我看来，他的功夫，未见得比佑亭伯好。”

“也赶不上你们老驾。”青袱子说。

“还有一宗，钱米落不得他手。一到他手，就是么子人所言：肉骨头打狗。”陈孟春说。

“他欠你钱吗？”李支书问。

“我有屁钱借给他，我是措忧社里的东西。”

“他倒欠了我几块，有好久了。这钱我也不指望要了。胜得于他有个三长四短，我给他烧了几块钱的纸。”青袱子说。

“他还欠了哪些人的钱？”李支书问。

“多啦，这里就有好几个。原先互助组的账，至今没清。”李永和没有提他自己，“他常常盼望共产主义社会早一些到来。他说，反正要共产，多背点账没得关系。”

“他心上的共产主义是这样的呀。照他意思，‘各取所需’，应该放在‘各尽所能’前面了。”李月辉说。

“依得他呀，”陈孟春插嘴，“只要‘各取所需’就行了。至于‘各尽所能’，顶好是把他除外，让他来一个有进无出。”

大家笑了。

“老谢还有一宗要不得，爱发牢骚。”李永和又说。

“他讲些什么？”李月辉问。

“他说：‘这号框壳子社搞得不好会没得饭吃的。’”李永和回答。

“还说些什么？”

“还说：‘领导上不懂得田里功夫。’他指的是刘社长。”

“他堂客也是一个厉害码子，喂一只猪，宰了自己吃，欠人的账一个不还。”陈孟春说。

“两公婆吃得又多。尽他的量，他一餐要三升米，俨像薛仁贵转世。”李永和道。

大家扯起谢庆元的毛病，没完没了。李月辉想：“下村是谢庆元老家，意见这样多，按照他们的说法，这个人完全要不得了。别处不晓得如何？”想到这里，他放下耙头，看看太阳，对大家说：

“我要到别处看看。你们这种精神非常好。对领导上大胆地提出意见和批评，我们是欢迎的。”

辞别了挖土的一群，在往塅里的路上，他碰到了好几起人，其中有亭面胡婆婆，略微扯了几句谈，他就来到了面胡耖田的地方。从容坐在田塍上，他笑着问道：

“佑亭哥，怎么只你一个人哪？”

“支书你来了？”面胡扶着犁把手，回头看看说，“两个伙计都生病，只好单干了。”

“要人帮忙吗？”

“有人帮忙还不好？”

“我来耖几圈，你歇歇气。”李月辉脱了草鞋，勒起裤脚，跳进田里。面胡喝住牛，把鞭子交给支书，自己退到一边看。他晓得支书也是作田的里手，但这条牛，他担心生人驾驭不下它。牛站着屙尿，尿完还不走。

“懒牛懒马屎尿多，”亭面胡骂了，“嘶，嘶，还不舍得快走呀。”

牛不动身，偏起脑壳，望着后边，李月辉扶住犁把手，抽了一鞭，它使劲一冲，犁都差点拖烂了。它飞速地跑了几步，又突然站住，脑壳偏右，用一只眼睛瞪着李支书。

“你这牛有点欺生。”李月辉又打了一鞭，这一回，它根本不动。

“是条烈牛子，等我来吧。”亭面胡走到犁边。李月辉只得把鞭子交还，自己走到田塍边去了。面胡一接手，牛又背起犁，平稳而迅速地前进，不再回头，也不屙尿了。

“你和这条牛好像有点闹宗派。”李月辉笑一笑说。他拂起田里的浑水，洗净脚上的泥巴，跨上田塍，穿好草鞋，就地坐下。面胡不懂宗派是什么坏事，只顾说牛：

“不要看这家伙不会讲话啊，心里灵极了。看你把我替下来，要我歇气，不叫它休息，它就调你的皮了。人畜一般同，这话一点也不假。”

“你好像是牛肚子里的蛔虫。”李月辉说，接着变换了话题，“路上碰见你婆婆，说是回娘屋里去。去干什么？”

“她娘老子病了。看样子，怕会仰天，来报信的人说是出了死相了。嘶，嘶，你只管不动，有好处得的！”亭面胡威胁那牛。

“要你岳母有一些长短，你要去啵？”李月辉担心耖田人手少，怕面胡一走，常青社的田越发不容易翻完。

“要去的。”亭面胡回答。

“这号好天色，谢庆元应该来嘛。”李月辉措忧工夫，对于谢庆元的不尽力，不觉含有责备的意思。

“说是踝拐痛，下不得水，挖土去了。”亭面胡替他解释。

“他到那里点一下卯就走了，如今不晓得到哪里去了。”

面胡赶着牛，耖到水田那面了，两人谈话一时中断。李月辉看着面胡耖转来的田里的墨黑的土块，想着谢庆元的事。等到面胡耖过这边来，他笑着又说：

“老亭哥，我有件事要问问你。”

“什么事呀？”面胡边耖边问。

“你是现贫农，我晓得你是爱护党的，对党不会讲不实在的话。”

“那是当然啰，娘亲老子亲都不如党亲，没有党，就没有我盛佑亭的今天。你是晓得的，我先前是个傍壁无土、扫地无灰的人，要不是共产党来了，我这几根穷骨头早埋黄土了，还有钱送崽读书呀，做梦也想不到。”

听了他这一篇有点啰嗦但很恳切的言语，李支书满心欢喜，连连点头说：

“我晓得的，我晓得的。我要问的是，”这时候，面胡赶着牛，耖过他身边的田土，要走远了，李月辉不愿意中断谈话，连忙起身，在田塍上傍着他，边走边说，“你看谢庆元这人究竟怎么样？”

“你问他哪一方面？”

“他的为人，配不配当副社长？”

“配，哪一个讲他不配？”面胡反问。

“有人讲了他很多的话。”

“谁人背后无人说？莫信他们的。一个水牛一样的家伙，田里功夫门门都来得，又是现贫农，只是背一身的账，支书你莫非也嫌贫爱富？”

“这话从哪里说起？”李月辉收了笑容，停了一会，又低声道，“人家讲得有根有叶的，说他到龚子元那里吃过瘟猪子肉，还不止一回。”

听了这话，亭面胡脸上有点发烧，但随即替谢庆元辩护，也捎带给自己宽解：

“吃肉也算坏事吗？”他删去了“瘟猪子”字眼，因为他自己也去吃过一回，“和尚也有偷偷吃肉的呀。”

“这样看来，你是真正拥护他的了。”李月辉说，“不陪你打讲了，我要去看看先晋胡子。”

到了陈先晋家里，陈妈迎接他到堂屋里，筛茶、点火、装烟，忙得两脚不停点。看到李支书急于要见她老公，连忙又把他引进卧房。

“不熨帖呀？有些何的？”李月辉问。

“支书来了，请坐。”陈先晋攀开帐子，抬起身来。

“你只管困着，不要起来。”李月辉走上踏板，伸手去把他按住，随即摸摸他的扎个袱子的额头，然后退下来，坐在朱漆春凳上。“是几时起的？”

“今天早晨，”陈妈代答，“他这体子是个假体子，不如面胡爹爹经得事。”陈妈感到自己跟亭面胡是亲家了，就客气一点，尊一声“爹爹”①。

“请郎中没有？”李月辉又关切地问。

“吃了单方，没有请郎中，”还是陈妈的代答，“李主席，”她照老样，叫他主席，“你不晓得，如今郎中好难请。从前，先生都到家看病，如今呢，不论是轻病重病，一概改成了……叫做么子？他们有个名目的，我记不起了。”

“门诊。”李月辉替她说出了。

“正是的，门诊，门诊，磨得病人走路又冒风，药没到口，先添了病。”

“而且医院病床也成了问题。”李月辉也是赞成医生多多出诊的，附和她说。

主客双方闲谈着。病人坐起来，靠在床柱上，开首只是间或插一两句嘴，到后来，提起谢庆元，话才多几句。

“你问他的为人吗？难说好，也不能说坏。”陈先晋斟字酌句。

“有人佩服他的作田的功夫。”李月辉提了一句。

“功夫倒真行，只是爱吹。一个人再有本事，也要人家说，自己一吹，最好也不为奇了。”

“高论。”李月辉称赞。

“不过，他是一个有嘴无心的角色，大家都晓得他的。”

---

① 爹爹：即祖父，也有长者的意思。

听到这里，李月辉走上踏板，坐在床边上，要开口，又顿住，拿眼睛往四围看了一下。陈妈晓得他们要商量要紧事情，起身到灶屋里补衣服去了。李月辉低声细气说：

“依你之见，他跟姓龚的是什么关系？”

“这个不清楚。他本人倒是我们看了长大的。”

“解放前他到华容作过田，你晓得吗？”

“晓得的。”

“华容那边入圈子的好像很多。”

“是的，不过，他本人倒不一定有什么，我是从他技术来看的。”

“你能担保？”

“人心隔肚皮，饭桶隔木皮，这个倒不敢说了。”陈先晋稳当而胆小的脾气，李月辉是很清楚的，就不跟他谈谢庆元的事，改口说道：

“你晓得，龚……”

正说到这字，从地坪，阶矶，一直到灶屋，响起一阵急促的脚步声，李月辉慌忙住口，听陈妈叫道：“妹子，不要进去。”话没落音，一个莽莽撞撞的姑娘已经一脚闯进屋里了。李月辉看见，这是陈雪春，上身穿件汗得精湿的崭新的蓝地红花的褂子。看见李月辉略笑一笑，就跑进后房，把那一张通向前房的门砰的一声关上了，震得竹织泥糊的墙壁，纷纷落灰土。

“这个妹子，黄天焦日，关门闭户做么子啊？”李月辉笑道。

“晓得她啰。”陈妈在灶屋里答白，仍旧补衣服。

后房的门又敞开了，陈雪春跑了出来，一线风一样冲进灶屋里，咕嘟咕嘟连连喝了两碗冷茶子。

“一件新衣穿得好得紧，换件破衣做么子？生得贱的家伙！”是陈妈的声音。

“人家笑我穿起新衣做功夫，摔阔。”雪春讲完就跑了。

“该死咧！”陈妈低着脑壳，从六十光的花镜的上边，望着女儿蹦走的方向，这样地说，“信死了淑妹子的话，一个妹子穿件破衣服，像个么子啊？李主席，”陈妈的花镜又对准卧房，“你说，如今的妹子一天到黑，疯疯癫癫的，屋也不落，像野马一样，有么子药治？”

“我有一个好偏方。”李月辉答白。

“真的吗？”陈妈忙起身，摘了眼镜，走到门边，“赶快告诉我。”

“选个好日子，把她嫁了，请我们吃杯喜酒，我包你万事如意。”李月辉笑道。

“只有李主席是，爱说笑话。”陈妈退回原座位，戴起眼镜，重新补她的衣服。卧房里，低声细气的谈话继续着。

“他来时好像也是个穷汉。”李月辉说。

“你说哪个？”

“姓龚的。”李月辉声音更低了，“跟老谢一样，一担破箩筐，一条烂絮被。”

“两人不同啊。”

“有什么不同？”李月辉忙问。

“一个是真穷，一个是装穷。听说他后门口晾过一套香芸纱褂子单裤。”

“啊？”李月辉略为惊讶。

“大约是土改分的。”陈先晋肯定。

“我记得清清楚楚，土改他没分衣服。”李月辉把这件事记在心里，准备去问盛清明。他起身告辞，走下踏板，回头又问：

“要不要请个郎中？”

“不要了，再熬一碗姜汤水喝了，就会好的。我明天打算出工。”

“多养一下，不要霸蛮啊。”李月辉口里这样说，心里又希望他早点出工，因为田里功夫实在太紧迫。

从陈家出来，李月辉正要想找盛清明，对面来了刘雨生。

“你哪里去来？”李月辉问。

“去看了泡的禾种，来得风快，有些亮胸了。”

“今年泡种催芽还顺当，没有烧桶。”

“负责的有几个里手，又有技术员指导，当然要好，只是芽子来得太快了，害得我们跌脚扮手，简直忙不赢。”

“要开个会，分一下工。”

“今天晚上要开会，传达县委的指示，把茶油分下去，没有榨的茶子，要快榨快分。县委说，趁这春耕紧急的时节，有条件的社，要叫大家多吃点油。”

“几时说的？”

“刚才县委办公室打电话给你，你不在，直接打到社里来了，是我接的。”

“你们就分吧，估计在这问题上，产油的队和不产油的队会有些争论，你要做准备。今晚我不到这边来了，你掌握吧，我要去找盛清明，商量点事。会开得如何，明天告诉我。”

当天夜里，李月辉和盛清明在乡政府会议室的后房里密谈到深夜。在同一时节，常青社举行了一个社管会的扩大会。

三十　分歧

常青社的会议室点起一盏盖白灯，明亮的灯光映照着四壁。先到的人正在桌上打骨牌，后来的人围在旁边作干劲，出主意，抽旱烟。房间里人声嘈杂，烟云缭绕。谢庆元也在打牌。他手脚粗重，时常把竹片子牌扮在桌子上，啪哒地发响。刘雨生一跨进门，正要去看牌，就有人从隔壁房间的门口，伸出头来叫：

“社长，请到这边来一下。”

这是原来的会计李永和，正把一应账目移交给新来的会计盛学文，有一笔账搞不清楚，要请刘社长帮忙一下。

约莫一刻钟，人都来齐了。刘雨生出来，跟谢庆元商量了几句，就宣布开会。等大家坐好，他站在长桌的一头，说道：

“今天晚上我们开个社委扩大会，支书本来要来的，临时有事，怕不能来了。今晚事情多，先把个信，会要开得稍微长一点。”

“没得关系。”谢庆元说。饭饱食足，他劲头来了。

刘雨生枯起眉毛，略为想了一阵子，觉得要使会议开头比较地顺溜，应该把一些酝酿好了的，估计没有争论的事项，先提出来，作好安排。果然，在犁耙、积肥、作田和看牛等等的分工和工分上面，大家没有分歧的意见，一一通过了决议。陈先晋和亭面胡这些善于打点牲口的户子都答应看牛。谢庆元也答应看一条水牯。他这么做，是为了使他正在读书的大崽挣一点工分。

气氛融和，刘雨生趁机提出了茶油分配的问题。传达了上级的意思，随即宣布全社统一平均分配的时候，没有茶子山的上村的人一片声叫“行”，“上级的决定没有错”，等等。刘雨生细心体察，产油的下村，没有一个做声的，副社长谢庆元也低了脑壳。两村对垒，空气一时紧张了。正在这时候，门外脚步响，谢庆元出去一看，立即转回来叫道：

“社长，外边有人找。”他笑一笑，没有说出找的是哪个。

刘雨生起身出去后，会场大乱了。下村的人聚集在谢庆元周围，七嘴八舌，议论纷纷。刘雨生提个篮子走回来。从篮子里拿出一蒸钵干饭，两样菜蔬，一双筷子一只碗，摆在桌子上，他一边吃饭，一边催别人发言。

“你们看，这号爱人，哪里去找？”谢庆元说，“晓得他在开会，没工夫烧饭，送得来了。”

“教你堂客学样嘛。”有人这样说。

“我没得这个福气。我们里头的最不能干了。就是能干，也没人家阔，你看菜里的油好多啊。”谢庆元眼睛望着刘雨生的菜碗。

“人家盛佳秀有块茶子山，当然有油嘛。”

“大家不要扯远了，请谈茶油问题吧。”刘雨生把闲话止住。

“去年的茶油是高级化以前的产品，”谢庆元代表下村说话了，“依我意见，应该按照谁种谁收的原则实行分配。”

“对的。”下村几个人同声附和。

“老谢你好不通。”说这话的是李永和，他算完账目出来了。他家在上村和下村搭界的地方，没有茶子山。“茶子树是吃露水长的，哪个费过力？讲什么谁种谁收？”

“看山、拣茶子没有费事？茶子团团自己滚回家来的？”谢庆元看看下村的人们，除了李永和。

“你总不能把茶子团团囫吞到肚里，还要送到油榨里榨吧？”李永和说。

“那还用说。”

“油榨属全社，你要不同意分配，社里封了榨，不给你榨油，看你怎么办。”李永和的话很有分量，上村的人都拿眼睛鼓励他。

“我们拿到别处榨。”

“社里不开条子，哪个给你榨？”

李永和说得谢庆元无法可想，无言可答。下村的人泄了气，上村的人显得有讲有笑，活跃起来了。谢庆元越发不服气，愤愤地说：

“不肯榨，也不开条子，那就是不讲道理。”

“哪一个不讲道理，是你，还是我们？”李永和单挑谢庆元，不提下村的大家，免得伤众。但谢庆元就没有这样地细心，他愤怒地说：

“是你们，是你们上村的人都不讲道理，连你也在内，社长也在内。”

“社长哪里惹发了你呢？他口都没开。”李永和平静地提出质问。

“自己不产油，只想揩油，这就是你们的道理。”谢庆元没有回答李永和的质问，只顾说他的，“你们原先都是吃红锅子菜的，如今要油了。”

“有油为什么不要？”上村有人说。

“我们只是向社里领油，没有问你谢庆元要油。”李永和又说。

“油是社里的？你费过力操过心吗？”谢庆元蹦跳起来，额上冒出了青筋。

“山归社了，山里出息，自然是社里的了。”李永和看着谢庆元蹦跳和发气，一点不惊惶。他晓得自己的背后有群众。

“这叫做强取豪夺。”谢庆元嘶声地说。

“你自私自利。”李永和还他一句。

“跟他讲么子？他不肯分，我们封了榨。”背犁的青袱子老李出来帮腔了。

“你封榨，我们就不榨。”

“不榨，茶子越放越走油。”上村的人说。

“老子宁可油走光，也不给你们。”谢庆元说。

“老子喧天，你皮子痒了？”李永和也跳起脚来。他的背后站着几个鼓眼努嘴的角色，里头包括青袱子老李。

“要打人吗？”谢庆元说，有点胆怯。他的背后没有一个人。

吵闹中间，刘雨生一直没开口，只顾听着，从容地吃饭。把饭吃完，收好碗筷，看见双方真要干架了，他才站起来劝道：

“不要吵，不要吵，有话好好讲。”

看见两边的主力，一个是李永和，一个是谢庆元，都是党员，他枯枯眉毛，对大家宣告：

“现在休息几分钟。”

双方的人各自聚到一块去，低声地商谈，也夹杂几句高声的咒骂。刘雨生走进隔壁房间里，拿起电话筒，跟李支书商量了几句，然后走到外屋里，公开叫道：

“党员都到里屋来。”

党员一个一个进来了，包括谢庆元和李永和。里屋是会计的卧室，有时也是小会的会议室，靠东墙摆一挺床，两墙边是张竹凉床子，此外是许多粗长板凳。低着脑壳，最后慢慢进来的谢庆元看见李永和坐在竹凉床子上，就走到床边，无精打采，横倒在床上，用手蒙住脸。谢庆元发动这一次吵架，并不完全是为了茶油，他自己的茶油是非常少的。他起来说话，为的是笼络下村的人心。他想把他们连成一气，结成一体，作为对抗社长的基本的力量。他心里明白，办互助组以来，由于账目手续不清楚，自己欠了好多人的钱，又不克己，他在下村的威信是成问题的，借这个茶油问题，他想把自己在下村的地位巩固一下子。

“好家伙，”坐在粗长板凳上，刘雨生从容地开口，“吵得真漂亮，双方都是党员带头吵。”接着，他的脸容变得严厉了，“哪个允许你们这样子搞的？刚才跟李支书通了一个电话，他叫我们开个小组会，先把党内思想统一下子。”

“有什么统一不统一？”谢庆元躺在床上说，“无非是叫人少吃些油嘛。”

“小组长，我提个意见，”李永和对刘雨生说，“有话坐起说，不要这样地没有样子，这是党的会。”

谢庆元只得坐起来，手支着脑壳，手肘搁在膝盖上。

别的人都不做声。

“大家不讲，我谈几句。”等了好久，没人说话，社长兼党小组长刘雨生只得开口了，“我们共产党员时时刻刻要顾全大局。为几粒茶子，就忘记了整体利益，还算什么共产主义先锋队？”

“要怎么办，你讲了就是。”谢庆元抬起头来说。

“李支书和我一样，认为公众马，公众骑，如今，油茶以社为单位分配，下村要吃一点亏，将来分菜油，上村就要吃亏了，上村油菜种得多一些。这回吃亏，下回补偿，五八四，八五四，不是一样吗？”

李永和立即说道：

“我完全同意支书和社长的意见。”

刘雨生看谢庆元一眼，又说：

“为了刺激生产，我们自然也不会搞平均主义，我看，除开国家收购的一份，我们上下村，来个四六开，好不好呢？这样子，既有照顾，两下相差又不十分远，如何，老李？”

“我当然同意。”李永和说。

“老谢呢？”

“我们那边原先是每个人合十来多斤，如今只六斤，只怕我肯人不干。”谢庆元把责任推到群众身上。

“只要你肯了，别人的嘴巴没有这样长。”李永和笑一笑说。

“你骂人？”谢庆元火了。

“岂敢。”李永和微微一笑。

“听我来说，”刘雨生岔开他们，“外边的人都在等我们，小组会不能拖得太久，大家对于四六开分配方案有什么意见？”

没有人做声，刘雨生又说：

“如果没有不同的意见，付个表决好不好？”

听到这里，谢庆元起身要出去，刘雨生忙问：

“到哪里去？”

“社长你不要理他，由他去吧。”李永和气愤地说，“我们表决我们的。”

大家都议论纷纷，有的嘲骂谢庆元，说他不像个党员；有的说，这一件事，值得再慎重地考虑一下，不要急于做决定。刘雨生又打电话去了。等他回来，谢庆元也返回来了。

“你到哪里去了，老谢？”刘雨生和颜悦色地询问。

“解小溲去了。”谢庆元回答。他这句话，说明了事实，但没有讲出他这样做的曲折的过程。他的退席，原是要到外边看看风色的。要是下村的人都很拥护他，对他有些热烈的表现，他就要借口茶油的问题，和刘雨生，甚至于和党的小组会对抗到底，不参加表决。可是，他走到外屋，下村的人没一个理他，他们有的抽烟、打牌，有的干脆采取各式各样的姿势，在睡落心觉。谢庆元看到这样，感到孤单和无力。虽然他一向爱走直路，不会拐弯，这回也不得不见风使舵，就水湾船了。他到大门外解一个小溲，又回来了，仍旧坐在床边上。

“火烧牛皮自己连[①]。”李永和看透了谢庆元的行径，在心里骂了一句。

“你看怎么样，老谢？”刘雨生也看透了，但是装作没有介意的样子，用商量的口气问道，“今晚表决不表决？”

“表决算了，还拖什么？”谢庆元回答。

大家举手一致通过了四六开方案。

“慢一点走，”刘雨生阻止大家，“还有两件事，要宣布一下，芽子都出了，马上要下泥，上村和下村，都要找个育秧的，会作田的作一丘，这宗工作关系一季的收成，我们推选一个负责而又很有经验的。”

“我们上村就是你自己兼吧。”有一个人说。

刘雨生想了一想，就点点头：

“好吧，不过我怕的是实在忙不赢。下村我推谢庆元同志，你们赞成不？”

有一小会，没人答白。刘雨生又进行解释：

“老谢的技术大家都是晓得的，连先晋胡子也说他行。我看就叫他干吧。慢点走，还有一件事，陈大春走了，李永和要抓乡上青年团工作，我们叫盛学文来代替他担任社里的会计。”

“哪个盛学文？”有人发问。

“就是盛佑亭的二崽，读中学的那个角色。”刘雨生说。

---

① 连：即缩的意思。

“他不要跟他爷老子一样，面里面胡，那就糟了。”

“哪里？他才细心呢。”刘雨生一力担保。“好了，这个会散了，开那个会去，下村群众如果还有不同的意见，还是要细心听着，耐心解释。”

社委扩大会同意了四六分配的方案，其余事情没有争论，会议就散了。大家都点起火把，或是拧开手电，分路回家。有一段路，李永和走在谢庆元背后，听他跟人说：

“明天就要平整秧田了，今年是隔年阳春①，天气暖得快，后天就能下泥了。”他在高高兴兴谈他的新任务，对茶油一事，不再提起了。李永和暗想：“社长的调摆，真是好极了。”

“小心啊，今年的天气还不晓得如何呢！要是秧苗有个三长四短的，都死在你手里了。”

“不是吹牛，我十三岁下力，泡种育秧，到如今有几十年了，从来没有塌过场。”

“这家伙又在吹了。”李永和想，就不听他的，拐小路回家去了。

刘雨生收拾了饭篮，提着走出社管会，趁微弱星光，打算回家去。走到半路，他心里默神：“明天一早就要整秧田，没得工夫了。不如现在去汇报，完结一宗事，李支书是个夜精怪，一定没有睡。”他随即往李家走去。果然，从山边竹林的一座茅屋里，映出了灯光。接着，他又看见雪白耀眼的手电的闪光。“这一定是盛清明。”他想。

“你来了。盛清明才走。”李月辉招呼刘雨生，要他请坐。刘雨生放下饭篮，然后坐下，一五一十汇报了电话里没有细说的会议的情况。临了，他说：“陈大春走了，我又打发陈孟春收购洋芋种去了，爱吵的人都不在，满以为今晚一定会平平和和，不料黑地里又杀出一个李逵，李永和接了他们的脚。”

---

① 头年十二月下旬立春，叫隔年阳春。

“谢庆元的对头实在多。只要他不改，他的敌手还会添。”

“我们安排他负责下村的育秧，他很高兴。”

“这个人就是这样的脾气。气一来暴跳如雷，气一走雪化冰消，他的难掌握也就在这里。现在我们先不要管他。我只问你，谷种准备足实吗？”

刘雨生正要回答，放了帐门的一铺半新不旧的夏布帐子里有人在打嗝。李月辉起身，走去攀开帐子门，俯身问道：

“你觉得一些何的？要不要吃口热茶？”

“不要，你们谈你们的吧。”帐子里回答。

李月辉回到原座，叹了一口气。刘雨生连忙问道：

“病了？”

“没有。也是一个爱生闲气的角色。刚才跟我伯伯怄了气，吵过以后，那边睡得吹雷打鼾的，她这边呢，惹得气痛病发了。何苦呢？真是。”

“你不要管我，谈你们的吧。”

李月辉看刘雨生一眼，催他答复。

“谷种准备的不多。”刘雨生回说。

“那还行呀？万一烂秧呢？告诉你吧，老弟，要准备两套本钱。”

“为什么？”

“以防万一，一套塌了场，还有一套。今年天气不正常，怕烂场合。”

“我看是过虑。”刘雨生接过支书的蓝玉嘴、白铜斗烟袋。

“你是一个稳当人，为什么也说这样的话了？”李月辉盯着他说。李月辉在基层工作七年有多了，是个熬惯了夜的人，越到夜深，越有精神。他继续说道：“今年雨水不匀称；据气象台报告，不久有寒潮，怕烂秧啊。”

“气象台不一定准确。”

“惟愿它说得不准，没有寒潮。但是我们总是要把顶坏的情况估计在心里。我是只怕落雪下冰雹。”

“怕得老虎喂不得猪。况且我们是有调摆的。老谢有几十年的经验，只要肯用心……”

“就怕他不肯用心。”李月辉插了一句。

“你管一管，他就会尽心。全乡的人，他只服你。你管着他，他管住秧田，一行服一行，豆腐服米汤。”

李月辉笑道：

“这也难说。不过，试试看吧。把他交给我，你不必管了。”

“至于上村，”刘雨生说，“我自己来搞，你放心吧。”

“只怕你忙；育秧如育婴，是足日足夜，脱不得身的。”

“我打算找一个副手。”

“我相信你的安排是妥当的。”

刘雨生站起身来，提了饭篮，准备要走。

“慢点走，还有一件事。”李支书把他叫住，“朱明同志来了一次。”

“什么时候？我们怎么不晓得？”

“连我也不晓得。”李支书说，“是悄悄地来、悄悄地去的。一回去，拿起电话就批我们一顿，说我搞鬼，边远田的凼子，粪草好像是点的眼药一样。积肥方面，还要加一把劲啊，老弟。”

“事情都挤到一堆了，连忙不赢。”

“做好安排，发动群众。不走群众路线，局面是打不开的。还有，你们那里几种人都要管起来，龚子元那样的人，自有人管，你不要探，谢庆元交给我管，请你多多地注意老单。”

“自己的事都忙不赢，还有工夫管他们的闲事。”

“不然。管理单干也是自己分内的事情。他们今天是单干，明朝就会变成社员的。世界上的事时时刻刻都在起变化。”

“别人且不说，要王菊生入社，怕不容易。”刘雨生提着饭篮，跨出了房门。

“何以见得?”李月辉送了出来。

“他正起半夜，睡五更，鼓足暗劲，满心满意，打算赛过我们，把常青社比垮。”

“那好嘛。应该欢迎。我们惟愿他搞好。”

“他搞好了，我们就糟了。”

“这又不然。我们跟单干的矛盾不像跟龚子元的矛盾，没有你死我活的敌对的性质，这里边是有哲学的。”

听到李支书又谈哲学了，刘雨生动身要走。

“老单归你负责啊。”星光下，李月辉又叮咛一句。

“好吧。”刘雨生边走边回复。

三十一　老单

育秧、犁耙和积肥种种事情，忙得刘雨生夜不安枕，食不甘味。但是，在支书跟前的应诺，他没有忘怀。只要有工夫，有机会，他就留心体察老单的行径。经过几回观察和调查，刘雨生明白了他们的根底、脾性和趋向。他晓得，单干里边，秋丝瓜八面玲珑，喜欢同各个方面都取得联系。他不愿意公开地得罪社员，有时还用妹妹张桂贞作为跳板，跟社打交道；他跟龚子元也来往不绝；并且常常利用砍柴的机会，跟富农曹连喜在山里碰头。他也希望和所有的单干，包括王菊生在内，都连成一气，结为一体。去株洲以前，他的妹夫符贱庚奉他差遣，找过王菊生。不料，菊咬筋是个不折不扣的真正的老单。他不和社里人来往，也不跟任何别的单干讲句什么私房话。他一心一意，起早困晚，兢兢业业，埋头作田；得空就挑一担丁块柴火到街上去，口称“换点油盐钱”，其实是暗暗积累肥料。收集粪草是菊咬筋的一项机密。他挑柴出村，总是在黑雾天光的时节。万一碰到人，就用“换点油盐钱”的话，支支吾吾，把真正的企图遮盖起来。运肥进村，常常在夜里。他这样遮遮掩掩，主要原因，是存心要把农业社比下。他十分明白“有收无收在于水，多收少收在于肥”这个诀窍。按他私意，顶好不叫竞赛的对方也留心到了。

菊咬筋家成业就。猪栏里有两只壮猪；鸡笼里有十来只鸡鸭；一只大黄牯，他占有两腿；大小农具门门都不缺。平素日子，除开过钱米，忙时有所倚重的亲兄嫡弟、内亲外眷以外，村里其他人来了，菊咬筋不表示欢迎，有时甚至茶烟也不肯招待。他没有工夫，也怕惹是非。开群众会，他常常去。他要了解别人在做些什么，他好照样做。有一回，刘雨生在群众会上交代政策，说明党在任何时候，都要坚决地“依靠贫农，团结中农”。他微微一笑，没有做声。会后回家，他跟自己的老弟私下里说道：“我‘坐下不比人家矮，站起不比人家高’，别人挑一担，我挑两箩筐，一撮箕不少，依靠不依靠，团结不团结，在我是一样。”

王菊生的出色的勤快，在清溪乡是很有名的。讲究作田的先晋胡子特别器重他这点。“一个好角色，一天到黑，手脚不停。”胡子老倌扯常对崽女们说起，意思是教他们学样。

王菊生还有宗习气，就是非常爱惜作田的家什。他的东西用几年，还是像新的。水车、扮桶和尿桶，都上了桐油，黄嫩嫩的，好看又经用。不论什么，用过以后，都要拿到门前塘里仔细地洗净，阴干，收进灰屋里。他的东西从来没有放在露天底下日晒雨淋的。有一天，在山边上走，看见一张犁，随便扔在干田里，没人打收管，他习惯地走起拢去，把它提起，但是，一眼看见犁把手上写着“常青高级农业社”七个毛笔字，他又放下了。刘雨生远远望见，笑着对同路的一个社员说道：

“一个顶好的保管员，可惜还没有入社，私心太重。”

菊咬筋的不入社，据他公开的声称：“吃口多，做手少，怕的是工分做不回家。”实际上呢，据刘雨生调查，主要是因为田好、肥足，农具、牛力，万事不求人，在劳力方面，有点欠缺，兄弟亲眷都会来相帮。至于农业社，按照他的意见，公众堂屋没人扫，场合不正经，早晚要垮台。“我为么子要跟他们背时？”他跟他的亲人说。

菊咬筋的田，大家已经晓得的，除开两丘山边的干田，其余都在屋门前，又靠近大塅，泥色、阳光、风向和水利，无一不是头等的。石灰备足了两年，大粪还有多余的，只是，为了加深干田的泥脚，他应该挑点塘泥，那家伙又肥沃又软款，最能起禾。

看见自己肥料足，社里的田好多却是斋公田，菊咬筋暗地里好生得意。

但在我们人世上，毫无缺陷的万分周全的事情，是很稀疏的。精明尖利的菊咬筋在耕作上可以说是万事皆备，百事不求人的了，却也存在一个不大不小的弱点。他的那条大黄牯是跟邻舍缴伙的，一家两条腿。邻舍不久以前入社了，牛也有一边是属于社里的了。这就是说，大黄牯一半是私，一半归公，变成了公私合营的东西。赶季节、抢火色很成问题。等到他用牛，社里或者也要用，会发生争执。为这两腿牛，菊咬筋只得低声下气去找人。他劝别的单干受了这两条牛腿，跟他缴伙，但没有成功。秋丝瓜自己有牛，自然不要；其余单干，只要闻到咬筋的名字，就自愿退避。菊咬筋走投无路，只得跟堂客商量：

“我想借你陪嫁的那对家伙，应一应急，将来再赔你。”

“我不。”他堂客一口拒绝。她晓得他要拿到这对金戒指，是野猫借鸡公，有借无还的。

“你当真不吗？”菊咬筋瞪起眼珠子。

堂客不敢坚决抵抗了，只是埋怨说：

“你就是容不得我们家里的东西。”虽说出嫁了多年，崽都生得不爱了，她还是称娘家为“我们家里”。

菊咬筋走进房里的床面前，打开那个小小的红漆文契柜，在一堆烂纸包里，找到了那对黄灿灿的小家伙，当天上街兑换了。

菊咬筋把牛完全受下了。他安心落意，把力量完全放在功夫上：泡种、育秧、犁耙、积肥，样样都由自己一手来，够辛苦的了，但他很称意。

有一天，他牵牛吃水，碰到几个过身的，一人挑一担茶枯饼子，他眼红了，回去跟堂客谈起，又笑笑说：

“我们也要搞几块才好。”

“这回我可没有法子了，给你挤得焦焦干干的。”

菊咬筋枯起眉毛，想了又想，实在是没有筹钱的法子了。

有一个黑早，菊咬筋还睡在床上，山上喇叭筒送来了唤声。是盛淑君在说：“政府下令，要封山育林，不论社员或单干的山场，从今天起，一律都不许砍伐。”菊咬筋还没听完，就翻身坐起，用巴掌打一下自己的脑壳，说道：

“我怎么这样笨，没有想到这上头？”于是，用脚掀他堂客一家伙，催道：“来，快点起来，我们上山去。”

堂客是服从惯了的，没有问缘由，连忙跟他起床了。天还不大亮，两公婆脸也不洗，摸一把锯，溜进后山，跑到一株大枫树下边，吐口唾沫在手心，握住大锯的一端，把另一端伸给堂客。她一边拉锯，一边低声说：

“人家才封山，你就来锯树，知法犯法，不怕人来找你的攀扯？”

“你晓得么子？快锯。”

两公婆蹲在枫树下，一扯一拉，齐根锯着树干子。发黄的锯木屑不停地撒在草地上。虽说是春天的清早，山上又有风，两个人还是汗爬水流，堂客一绺短头发，给汗水打湿，贴在额头上。

到大天亮时，山里发出一阵霍嚓霍嚓的响声，枫树倒下了。

“砍树的是哪一个啊？”山下有人高声问。

“攀扯来了吧？快跑。”菊咬堂客说，丢了锯子，打算要逃。

“不要跑，有我在这里，你怕什么？”菊咬稳住他堂客，“我有道理讲。”

叫唤的人终究没有上山来。这一天，又连带一日和一夜，菊咬两公婆，加上他们的女儿金妹子，把枫树锯成一段段，又劈成柴火，连丫枝一起，陆陆续续，一挑一挑，运回了家里。

“这下有了买枯饼的本钱了。”第三天清早，菊咬在后臀屋檐底下，一边码柴火，一边对他堂客说。

“只怕人家还会找你的攀扯。”堂客一边码柴火，一边说道。

“不怕。”菊咬筋说。

“爸爸，财粮来了。”金妹子慌忙跑进来报信。

菊咬筋眉毛一枯，愣了一会，随即改装笑脸，迎了出来。只见团支书兼财粮委员李永和大步跨过了地坪，走上阶矶了。

“请进，请坐，李财粮。”菊咬筋殷勤地招呼。

“不，不要客气。”李永和说，“你这几天没有出工吗？”

“是呀，有一点小事，占住了手。”

“砍树去了吧？你那株枫树劈了好多担柴火？”

“怕莫有二十来担。”

“柴码在哪里？带我去看看。”

“有什么看的，柴火不过是柴火！”菊咬筋不肯动身。

“要看一看。”李永和起身往里走。

菊咬筋只得把他带到后边屋檐下，那里码起一大垛柴火。

“其余的码在哪里？”

“都在这里了，还有什么‘其余的’？”

“你哄人，这个家伙。”李永和暗骂，又大声问道：

“明知封了山，为什么还要砍树？”

“我这树是封山以前锯翻的。”

“盛淑君通知封山以后，你就去锯树，有人看见了，告诉我的，还想赖到哪里去？”

“你这不是冤枉人？明明是封山以前做翻的，你怎么这样说呢？”

“我们砍的是自己祖山里的树，犯了你的么子法，要你来管？清晨白早，不要叫我骂出好听的来了！”金妹子从房里跳起出来，快嘴快舌地说道。

“啊哟，这个妹子，嘴巴子真不儿戏。”李永和说。

“不儿戏，怎么样？又犯了法么？”

“这真是你爸爸的女了。”

“是我爸爸的女有么子不对？你不是你爸爸的崽吗？”

看到李永和被他这个十二三岁的小女子歪缠蛮扭，哭笑不得，菊咬筋暗暗快意，只不做声。这时候，只听他堂客在房间里，隔着糊了皮纸的格子窗户，指桑骂槐地唤道：

“金妹子，你这个淘气的报应，还不给我滚开呀，这里的事，要你管吗？”

遭到了几面围攻，李永和火了，堵起脸来，直截了当地宣告：

“乡政府叫我来通知，”“通知”两字，讲得非常地响亮，“你们的柴火是封山以后劈下的，不许烧掉，也不许发卖。我们就来贴封条。”话讲到这里，脚已经到地坪里了。

菊咬筋追到门斗子外边，连声叫道：

“财粮，财粮，请等一下，听我说呀。”

李永和头也不回地走了。菊咬筋无精打采地转回来，一屁股坐在阶矶上的竹凉床子上，低着脑壳，好久不做声。

“这叫么子名堂啊？”堂客端出一碗热茶来，递给菊咬，温和地劝道，“你只莫气，吃碗茶着。”

“强盗，抢犯！”金妹子破口大骂，“我放一把火把柴火烧了！”

“敢，你这个鬼婆子！”菊咬筋持家严峻，他哼一声，妻女都怕，“总要你多嘴，还不使得到园里薅草去！”手里的茶碗洒出些茶水，转脸命令他堂客：“给我拿条干净围巾来。”

堂客从房里拿出一条七成新的蓝布腰围巾。菊咬筋解下围在腰上的溅满泥水的破麻布片子，用它扮掉肩膀上和裤脚上的干土，系上腰围巾，出门去了。他到乡政府，求见李支书。李月辉正在自己房里和盛淑君商量帮助张桂贞的事。听见外屋起了脚步声，他对盛淑君说：

“好吧，就谈到这里。总之，你要帮助她，不要存芥蒂，抱成见。”

“我有什么成见呢？”盛淑君反问。

“你没有，那是我过虑了，你们女同志都是宽宏大量的。”

盛淑君噘起嘴巴，还要驳他，门口露出一张脸，她没有再说，跑出去了。

“老王，什么风吹得你来的？有什么贵干？”李月辉跟王菊生招呼。

“平常没有事，不敢来打搅……”菊咬筋站在门口。

“进来坐吧，坐下来谈。”

王菊生坐在小床前面一张椅子上，把枫树纠纷细说了一遍。临了，他问：

“政府有这通知吗？”

“有的。山场败得不像样子了，还不封起，将来这一带的水土保持会成大问题。”李月辉解释。

“山应该封，上头的政策完全对。不过……”菊咬筋顿了一下，枯起眉毛，在心里斟字酌句。李支书用旧报纸卷着碎烟叶。他的白铜斗、蓝玉嘴烟袋忘了带来。他一边卷，一边用心听取对方的下文。

“底下的人执行起来，总难免有一点那个。”

“有什么问题？”李月辉已经听了李永和的报告，假做不知，这样地问。

“比方，李财粮跟我起了一点误会。他硬说我在封山以后砍了树，这个不是把政府的政策执行歪了？”菊咬筋说到这里，看支书一眼，又讲，“冤枉我倒是小事，对政府的信誉有些不大好。”

“李永和冤枉了你吗？”

“他硬说，我那株枫树是封山以后动锯的。”

“哪一株枫树？”

“我后山里的那一株。”

“那株两人抱不围的大家伙？”

“是的。”

“你说实话吧，到底是几时砍的？”

“封山以前。”菊咬筋一口咬定。

“不见得吧？封山前一天，我还到过你们那一边，那株大枫树，还是青枝绿叶，好端端的，在那里帮你站岗。依照你的说法，那时已经砍倒了，莫不是我看见的是枫树的魂魄？这家伙，年深月久，可能是有魂魄的。”李月辉笑嘻嘻地说。

菊咬筋听了，答白不是，不答白也觉得不好，心里一急，脸发烧了。但是他的那张晒得油黑的端正的脸块，起了红潮，也不明显。他的嘴巴，还是顶硬：

“我当着真人，不说假话，天理良心，的的确确是封山以前锯倒的，封山以后才劈成柴火。”

李月辉还想顶几句，但仔细一想，把关系弄僵，于实际无补，树已经砍了，生米煮成了熟饭。他就忍住，没有开口，并且把手里搓好的一支烟卷递过去。

“我姓王的，”王菊生略略抬起身，接了送来的烟卷，一边刮火柴，一边又说，“支书也是明白的，向来做人，是有毒的不吃，犯法的不为，犯法，像服毒一样，归根结底，害了自己。”

“是呀，”李月辉心里默想，“你菊咬筋大干是不会的，小小的，不伤筋骨，又能勉强遮掩过去的违法就不一定了。”心里这样想，脸上还是露出温和的微笑，婉转地说道：“老王你是明白人，过去的事，不提了吧，大家都心照，越讲越显得我们好像是很生疏的样子。其实呢，不晓得你对我怎样，我对于你……哪一个呀？”听见脚步声，李月辉问。

“外头有人找，支书。”外屋有个声音说。

“你叫他稍等一下。”李支书转脸吩咐了外头，又对菊咬说：“我对于你的勤俭能干，爱惜家伙，又会调摆，这些好习气，心里都十分钦佩。”

“你太夸奖了。”菊咬筋谦逊一句，忙又趁机说，“支书，我要求你一句话，李财粮把我的柴火贴了封条，不许我烧，也不许我卖。请你替我转个圈。”

“你劈了好多柴火？”李月辉问。

“二十多担。”

“不止这些吧？不过，不必算这笔账了，让给社里，我们照市价给钱。你有好多，我们受好多。”

“这我当然愿意啰。不过目前实在有一点为难，买了石灰，还欠着账。”

“不是说，社里受了，照价给钱吗？”

“你们没有现钱给，作价也低。”菊咬筋说，“你是晓得的，我家里的做手少，吃口多，哪一注钱，都是一口钉子一个眼，扣打扣的。”

“你怕我们不作价？”

“不是这个话，这么大的社，还揩我的油，我晓得决然不会。不过，不瞒支书，我实在是想自己挑到街上去，赚了这点脚力钱。”

听他这样低声下气，话很恳切，又看见他的夹着烟卷的右手的个个指甲缝里塞满了墨黑的泥巴，李月辉心里活动了。他琢磨一阵，觉得让了这一着，好给以后交往留个地步，况且好了他也还是好了一个辛苦勤快的劳动者，未来的社员。想到这里，他松了口：

“好吧，政府不封你的柴火了，你只管自由处理。”

菊咬筋满心欢喜，道一声谢，起身要走。

“不过，从今以后，普山普岭，一竹一木，都归公家了。无论何人，没有乡社的条子，不许进山了。再进山是知法犯法。”

“这是完全合理的。早就应该这样了。”

“慢点走，再坐一会。”李月辉把那已经站起身来的菊咬筋又按得坐下，“我问你，你的田里功夫做得怎样了？”

“还差得远。”菊咬筋说，“一个人连忙不赢，里外粗细都要自己一手来。”

“你堂客也是一个能手嘛。”

“堂客们究竟是堂客们，又带起个嫩伢细崽。”问题解决了，目的达到了，王菊生安心落意地谈家务讲了。

“只怕你的难关还在后头。”李支书体贴地说，“等到夏收，三套功夫，挤在一起：收割早稻，犁田耙田，还要插晚禾，那时你才真会搞不赢。”

“是呀，”菊咬筋低了脑壳，“如今人又请不出，真是没得法子想。”

“那你为什么不入社算了？”李月辉趁机劝说他一句。

“这个，”碰到他所认做的突然的袭击，菊咬筋一时着慌了，“我的意思是，入是当然要入的，不过，等我把田作肥一些再来，面子上也光彩一点。”

“好吧，我们决不勉强你，”李支书说，“好好干吧，我们都巴不得你好，亲为亲好，邻为邻安。”

李月辉送走菊咬，打了一个电话给刘雨生，把这次谈话约略地说了几句，叫社里不要为难他，要帮助他进步。

“不要看不起落后。”在话机上，李支书说，“因为今天落后的，明天就可以进步。我们哪一个不是从落后来的呢？天生的马列主义者是没有的。”李月辉又要刘雨生转告李永和，不要去封菊咬筋那点柴火了。“算了，大方一点吧。”

菊咬筋从乡政府回来，觉得万事皆备了，就下定决心，在各方面跟社里比赛。他盘算在田里放一点枯饼。这东西能够把泥土燥发，是很好的。每天天不亮，他唤起妻女，脸也不洗，饭也不吃，就挑柴上街。他挑一百五十斤，堂客八十，女儿四十。他们卖完柴回来，村里人家还没有吃饭。卖柴的钱，买了枯饼，连夜捶碎，投进凼子里。他田里功夫已经赶到农业社前头，秧也长得好，一片嫩绿，十分齐整。

有天夜里收工时，陈先晋碰到了他，含笑说道：

"老王，你样样都抢到我们前头去了。"

"哪里。"菊咬筋谦虚地说。

"你一亩田下好多肥料？"

"不多，怕莫有几十担的样子。"菊咬筋含含糊糊地说。他的田里下多少肥料是保密的。为着跟社里比赛，而且把它比下去，他使着暗劲，又要不使社里学他的样子。接着，他又说道："我肥源不足，缺少大粪。"

"你有猪牛粪，又买了枯饼。社里精肥是个碌碌公。好多凼子，除了几根草，没有别的。不过昨天听社长说了，我们准备挖塘泥，那家伙肥，又能改良泥脚浅的干田子。"

菊咬筋听了这句话，眉毛一枯，心里又打主意了。

三十二 竞赛

听说社里准备挖塘泥去改造低产田，菊咬筋眼红，也想照样干。他有两丘傍着山边的干田子，泥脚很浅，耕得深了，塞不死漏，加一层塘泥是顶合适的了。菊咬筋搁下其他的功夫，挑起箢箕，带了妻女，走到他的上首一口月塘边，那里已经聚集好多人。常青社的社员们，正在把塘里黑浸浸的淤泥一挑一挑运到田里去。

"你也来了，"挑着一担泥巴的刘雨生招呼王菊生，"很好，这泥巴比得上大粪，你闻一闻，喷臭的。"

"是呀，这口塘多年没有挖过了。"王菊生点一点头，一边下去开始挖。在跳板上，碰到陈孟春，把他拦住了。

“你这做什么？”王菊生问。

“你不能挖。”黑皮黑草的孟春跟大春一样莽撞，只是个子矮一些。

“为什么？你大概不晓得这口塘我也有份吧？”

“我不管那套，你没来车水，就不能挖。”

“我不跟你讲，我们去找你们支书去。”

“你找支书来也是作闲。”

两个人正在顶牛，闹得不可开交的时节，刘雨生跑来，扯开陈孟春：

“让他挖吧，这满满的一塘泥巴，少了他的？”

“我就是看不惯这个小气鬼，他只晓得捡别人的便宜。”孟春一路嘟嘟噜噜走开了。

“老王，只管挖吧，不要听他的。”看见菊咬筋气得瞪起眼珠子，站在那里，一动不动，他走过去，安抚他说。

得到了这个转圈，菊咬筋骂了几句，为了不耽误工夫，立即下去动手挖泥巴。

菊咬筋存心跟社里比赛，比垮了社，他总觉得对自己会有好处的，至少至少，他这老单，可以干得长远些。开首挖的这一天，他并没有显出与众不同的地方，社员挖和挑，他也挖和挑；社员歇气，他也歇气。到了第二天就分泾渭了。四更天气，落了月亮，只有星星的微弱的光亮朦胧地照出月塘和塘基的轮廓。王菊生带着妻女摸到塘里，叫金妹子挖泥，自己和堂客往田里挑运。到大天亮，社员出工时，他们一人挑了二十来担了。

“看这样子，我们会输在他的手里。”歇气的时节，刘雨生跟社员一起，坐在一个屋场边的樟树下，这样地说。

“那不见得，我们人多。”陈孟春很有信心。

“他又不跟我们比人多，只比干劲，比亩产。他田作得肥，如今又在改造干鱼子脑壳。我们的田肥瘦不匀，畈眼子，干田子，又非常之多，改不胜改。”刘雨生的这席话，把孟春说得哑口无言。

“讲作田，他本来是个行角。”李永和插嘴。

“行角我们社里也不是没有，孟春他爸爸，佑亭大老倌，还有老谢，都不弱于他。就是，我们无论老和少，都还没有他那样子舍得干。”

“是呀，”孟春心里不自在，“我们一个个都劲头不足。”

“和支书商量了一下，”刘雨生又说，“我们顶好成立一个青年突击队。”

“我来一个。”孟春忙说。

“我报个名。”盛淑君跟上。

“我也报上。”陈雪春样样都跟淑君学。

“积极分子都出在你们家里，让你们叔嫂姑嫂包办起来，我们的突击队变成了一家班了。”李永和笑一笑说。

“不要扯开了。”刘雨生说，“老李，你的会计工作交卸了，如今派你一个新差使，赶紧把突击队组织起来，先拿老王作标兵，然后赛过他。做得到吗？”

“做得到！”青年男女齐声答应，孟春的喉咙显得最粗重。跟大家唤过这一声以后，他还添一句：“做不到有鬼！”

“干劲有点苗头了，”刘雨生满心欢喜，站起来说，就是欢喜，他也只微微一笑，“不过，这干劲还只是在嘴巴子上。”

“社长真挖苦，”陈孟春习惯地用手勒衫袖，但衫袖早已卷起了，这样地说，“好像我们都只会动嘴，不会动手。”

“你看，这个突击队几时可以组织起来呢，明天行吗？”刘雨生问李永和。

“等什么明天，又不办喜事，要选好日子。”陈孟春性急地说。

“你想办喜事了么？”有个后生子取笑。

“不要逗耍方！”孟春正正经经说。

“今天夜里收了工，吃了饭就开，好不好？”李永和琢磨一阵，回答刘雨生。

“要等夜里干什么？”又是陈孟春的话，“说干就干，不等吃饭。”

“孟春这个意见好。”刘雨生说，“现在就开，青年都到那间屋里去。”讲到这里，刘雨生招呼老倌子们道：“欢迎老人家都去指导。”

“不敢当，我们不去了。”一个正在抽烟的老倌子回答。

菊咬筋一边挑泥，一边留意这班后生子的举动。看见刘雨生率领他们，进了路边一座小茅屋，他心里默神：“一定是为比赛的事情。”

茅屋里传来一阵一阵鼓掌声和欢笑声。半点钟以后，人们陆续出来了。走到塘边上，刘雨生对盛淑君说道：

“今天妇女到得特别少，你去召集她们开个会，讲讲道理，广泛动员一下子。”

“好的，现在就去。”盛淑君说完跑了。跑不多远，她又回转身，两手合成个筒子，套在嘴巴上，大声叫道：“喂，刘社长，请你出席我们的会，讲一讲话，好不好？”

“我有事，不能去了。”刘雨生扬声回答，“你找妇女主任吧。”

等盛淑君走后，刘雨生对李永和说道：

“我们乡里这位妇女主任，太不理事了，只顾在家带孩子。”

“听说肚里又有了。”李永和说，“我看还不如干脆改选，叫盛佳秀来当。”李永和这话未免本能地含有讨好刘雨生的意思。

“她觉悟低了，家里又喂一只猪，叫她来搞，难免又是一个靴，弄得一个冬瓜不上粉，两个冬瓜不挂霜。”

“盛淑君如何？”李永和又说。

“她倒合适，不过这事只能向支书建议。他还要请示上级。”

正谈到这里，乡上通讯员来叫刘雨生开会。

“这事你正好跟李支书谈谈。”李永和说。

“好的。”刘雨生边说边走。

开过突击会和妇女会，社里出工人数大大增加了，平素不大出工的张桂贞和盛淑君妈妈也都来了。这一天，都好好地干了一整日。

晚上，李永和从盛清明那里拿来一管三眼铳，把三个眼都筑了火药，安好引线，放在他床边。第二天鸡叫头回，大约是四更天气，李永和翻身起来，衣也不穿，掮起三眼铳，摸到盒火柴，跑到地坪里，对着略有星光的夜空，接连放了三声铳。爆炸似的这巨响，震得他屋里的纸窗都发响，屋后树上几只鸟，扑扑地飞了。铳响的回音还没有全落，李永和抬头望去，使他吃一惊，塘边柳树上挂起一个点着的灯笼，已经有人干开了。“那是哪个社员啊？”他一边想，一边连忙跑过去，发现这些舍得干的人不是社员，而是菊咬筋一家。

“你真早。起来好久了？”李永和问王菊生。

“不早，不早，才起来不久。”王菊生回答，其实，据李永和后来查到，他是半夜就起的。怕农业社也学他的样，他说着假话。

这天是个回霜天，没有打霜，也不起风，但也没有出太阳。三眼铳响后，大家陆续起来了，虽说还是走在王菊生后头，大家的劲头总算还不小，扎扎实实挑了一整天。

第三天，李永和半夜爬起，跑到地坪里一望，没有灯笼，菊咬筋没有起来，李永和欢喜不尽，连忙放三声号铳。

就在这夜里，天气起了巨大的变化，刮着北风，十分寒冷。“这是寒流吧？”李永和心想。等他把汽灯点着，挂在塘边柳树上，他看出了，凡是灯光照到的地方，塘基上的杂草上，菜园子的篱笆上，尽是白霜。塘角浅水荡子里结了一层冰。男女突击队员们带着篼箕和耙头一个一个跑来。有个后生子，没穿棉袄，冷得打寒战，连忙在月塘近边，用稻草、干柴生起一堆火，其他的人都来烤火了。有几个调皮的角色，悄风躲影，走到附近的茅屋，休息去了。

一时间，没有一个人下塘。

“这是搞的么子名堂啊，这样早叫我们起来点起灯烤火？”有人埋怨了。

李永和不声不响，把鞋子一脱，提一把耙头，一马当先，跳进了塘角的泥水里，两脚踩着泥上的薄冰，霍嚓霍嚓响，冷得牙齿打战了。他大声嚷道：

“突击队员们，不要烤火了，我们要学解放军战士，上甘岭的英雄，他们不怕死，我们还怕冷？快下来，干呀！”

他一边叫，一边用耙头把黑泥挖进箢箕里。紧接着，正在烤火的陈孟春跳了起来，把鞋子一撂，跳进了塘里：

“快下来吧，不冷，一点也不冷。”

“冷也不怕啊。”说这话的是盛淑君，她扎起裤脚，也下去了。她的背后，跟着盛佳秀和陈雪春，这个细妹子，个子还没有长足，矮矮墩墩，但扎脚勒手，好像浑身都是劲。

看见妇女动手了，火边的后生子们便都下来了。塘角边和塘基上，人们挖的挖，挑的挑，有人还唱山歌了。

大家才挑了两担，菊咬筋一家三人就来到了。菊咬手里提了个灯笼。看见社里的汽灯照得四面八方都雪亮，他吹熄了灯笼。

“借光不行啊，老兄。”陈孟春对菊咬筋说，一半是顶真，一半是青年人惯有的轻快的玩笑。

“借了你们什么光？”金妹子含怒地答白。

“灯光。你没有眼睛？”陈孟春说。

“哪个叫你点灯的，是我爸爸么？”金妹子的嘴巴风快的。

两个人，你一句，我一句，吵闹起来了。开首一阵，冲突还只限于他们两个人，一边是个十八九岁的素有冒失名声的后生子，一边是个十二三岁的全不谙事的小丫头。对骂虽剧烈，形势还不算严重，李永和两次要孟春不吵，担心耽误工夫的王菊生也三番两次喝骂他女儿：“你还不少讲几句！”但是，讨厌王家、血气方刚的孟春不只是不肯罢休，还不满足于单跟金妹子拌嘴，存心要把战斗的火焰延烧到王菊生本人。看见王菊生不但不来招惹，还想骂退自己的女儿，他心里一急，冲口说出一句不知轻重的话来：

“有种有根，无种不生，什么蔸子长什么苗，一点都不假。”

“孟春伢子，”菊咬堂客心里冒火了，放下扁担，奔了上来，“你这是骂哪一个？”

“骂那答白的。”孟春回应。挑着空篼箕，逼近她一步，他心里觉得虽说还不是菊咬本人，但比起金妹子来，有点像一个对手。

“你口里放干净一点，莫要扯起人来施礼，告诉你吧。”菊咬堂客警告他。

“我没有扯起你来施礼。”孟春冷笑道，“我没有到你屋里去，也没有到你田里去，我是在农业社的塘边上，是哪个夜猪子跑到了我们工地上，站到我们的汽灯底下，沾了人家光，还要称霸王！”

“这口塘是你们农业社的吗？”菊咬筋堂客跨近一步问。

“当然。”

“这口塘我有水分。”菊咬插嘴了，遇到跟他财产有关的纠葛，他不能缄默。

“你那一点水分，跟我们社里比较起来，是拿芝麻比西瓜。”陈孟春回转身子，转对菊咬筋，“何况你既不来车水，又不肯点灯，只晓得捡人家便宜。”陈孟春瞧大家一眼，有的人停了功夫，来看热闹，有的人还在挖和挑。孟春又道：“我们是信支书社长的话，大方一点，让你来挖，要依得我向来的火性，就不许你挖。”

“哪个敢不许？”菊咬筋也动肝火，努起眼珠子。

“我敢不许。”陈孟春放下篼箕，一手拿扁担，一手叉腰。

“你？你算什么人？”

“常青社社员，你不认识吗，眼睛给狗吃掉了？”

“常青社社员，好大的派头！”菊咬筋故作镇定，用眼角不屑地睃孟春一眼，“告诉你吧，老弟，我王菊生是洞庭湖里的麻雀，见过几个风浪的，不要说你芝麻大一个社员吓不翻我，就是把队长、社长、乡长、县长通通搬得来，又怎么样？”

“老王，”走来正想解劝的李永和，听到这话，连忙插嘴，“你跟他一个人吵，为什么要扯上干部？”

“他讲狠，踩烂他的框壳子篼箕。”李永和的插嘴鼓舞了孟春。他撂下扁担，伸手扯住菊咬筋的篼箕的索子。

“你敢，你仗什么人的势？”

“你骂人！”陈孟春放松对方的篼箕，弯腰拿起自己的竹扁担。

“骂了有鬼！”菊咬筋也丢了篼箕，紧紧握住自己手里的木扁担。

“你骂人，我就可以打人。”陈孟春举起扁担。

“你打，你打吧。”菊咬筋也举起了扁担，要走拢去，他堂客死死拖住他的一只手。

在雪亮的汽灯下，双方的扁担接触了，发出一声响。社员和单干把他们围住。菊咬堂客被掀倒了，又奔上去；金妹子吓得哭了。有个民兵拿自己的扁担把双方的武器架住在空中，不能落下。雪春上来拖住孟春手。有些平素讨厌菊咬的后生子鼓掌叫好，替孟春助威。盛淑君慌忙往乡上奔跑。

犁耙组的两个老倌子，陈先晋和亭面胡，远远听到吵闹声，也都丢下牛和犁，拿着鞭子，赶起来了。一看是孟春在吵，先晋胡子挤进去，厉声喝道：

“孟伢子，你这个混账的家伙，有样子没有？我抽你一巡家伙，”他扬起手里的鞭子，“还不使得丢下扁担呀？”他走拢去，夺下他的二崽的竹扁担。老倌子一来平素有煞气，二来手劲比他二崽大，他一伸手，没有遇到有力的抵抗，就把扁担缴下了。看见孟春两手攥空拳，自己又在气头上，菊咬筋迫近一步，横起木扁担，好像要给对方一下子，这又惹得孟春暴怒了。不顾爸爸的喝骂，他猛扑上去，夺住菊咬的扁担，双方扭做一团了。金妹子大哭起来，雪春脸都急白了，胡子老倌喝骂失效，丢了鞭子，上去扯劝。正在这个不可开交的时候，李月辉和刘雨生来了，背后跟着盛淑君。扯劝的人越来越多，几个力大的民兵，终于把扁担夺下，将双方隔开。李月辉劝了几句，就跟刘雨生拉着李永和到小茅屋子里，问明情况，才又走出来，双方还在骂。李月辉走到菊咬筋跟前：

“老王，你只管挖吧，塘泥多得很，不要跟他生气了，他小孩子，不谙事。”

随即，拉着陈孟春到小茅屋里，拍着他肩膀，笑着说道：

“老弟，你怎么跟你哥哥一模一样？”

孟春坐在门槛上，低头不做声。李月辉坐在一把竹椅子上，接着又说：

“在我们的社会里，人人都在变，从你哥哥来信的口气里，我知道他也变样了，你还要学他从前的样子？”

孟春还是低头不做声。

“你为什么要跟他吵呢？塘泥又不是花钱买来的贵重的东西，为什么不叫他挑？”

“我怄不得这一口气。”孟春低着脑壳，这样地说。

“亏你还要申请入党呢，度量这样大！”李月辉借此教训他，“入了党，就是无产阶级先锋队的一员，你以为先锋队的一员容易当呀？你的背后要有成千成百的群众，你要时时刻刻不脱离他们，走得太快了不行，慢了又不对。发脾气，凭意气用事就更那个了。”

“他一个单干户子，算什么群众？”

“跟你我一样，他是搬泥块出身，如今也还是搬泥块，你拿扁担，他也有一条，你凭什么说他不是群众？不是群众，又是什么？”

问得陈孟春哑口无言。李月辉又道：

“好吧，去挖塘泥去。”

两个人走了出来，李月辉走到正在往箢箕里上泥的王菊生跟前，笑着说道：

“老王，使劲挖吧，常青社还是要跟你竞赛。”

“不敢，”王菊生好像瓮一肚子气，“你们人多力量大，赛人家不赢，作兴蛮攀五经讲打的。”

“常言说得好，不打不成相识，吵过一场，彼此脾气摸熟了，更好交手。”

“我不敢比，自愿怕你们。”满含气愤，在表面上，菊咬筋打着退堂鼓。

“不要存芥蒂，一个村的人不能这样子。来，孟春。”李月辉要做和事佬。他的圆脸，他的微笑，很适宜于做这个工作。他一手拉着陈孟春，一手拖住菊咬筋，从容笑道：“有一回到街上开会，看人赛球。双方准备战斗了，裁判员的口哨吹响了，突然听到一方集合成队，大嚎一声，雄赳赳地往对方冲去，对方也迎上，吓我一跳，以为开始赛球以前，要打一场架，哪里晓得他们是握手，是讲礼信。旁边有个人跟我解释：‘这叫做友谊竞赛。’现在，我们也先来点友谊，再搞竞赛，好不好？来。”他不由分说，硬把陈孟春的右手捉得纳进菊咬筋的右手里。两个人眼睛都不看对方，勉强地拉了拉手，就走开了。天已经大亮。正在这时节，有人唤道：

“啊嗬啊嗬！啊嗬啊嗬！你这个鬼崽子，敢跑！”李月辉看这唤的人是亭面胡。这位背脊略弯的老倌子，一边在骂牛，一边提着鞭子往塅里奔去。由于骂得急一点，把牛当成儿子一样，骂出“鬼崽子”的话来了。大家望见，他用的牛跟陈先晋的牛一起，趁他们不在，开始自由行动了。它们背起犁，随意地走到田边，目的显然是想去吃田塍路上的青草。等亭面胡两人赶到，它们已经达到了目的，吃了一大阵，还在不停地抢吃。喜得犁没有拖坏，两个人把牛赶到原来犁路上，重新翻田。

月塘边上，打架和看热闹的人们渐渐走散了，有的已经开始挖和挑。一边还在纷纷地议论。李月辉把汽灯拧熄，对几个没有走尽的人们说道：

“下回你们再要点起汽灯来打架，我就不来劝解了，只派个人来收灯油钱，不给现钱的，扣他工分。”

盛清明来了，李月辉看他一眼，笑道：

“你来得倒早。”

“赶塌了一场热闹，真是倒霉。”盛清明说，“我是最爱打架的，下次再干，早点通知我，我来帮棰。”

“帮哪一个？”有人问他。

“帮哪个都行。可能一边帮一棰。”

接着，挽住李月辉膀子，他边走边谈：

“听到吵闹，我先往姓龚的屋场跑去，他睡得蛮好。我放了心。来慢一脚了。”

太阳把寒气驱尽，霜冰化完，人们又使劲地挖，霸蛮地挑了。是吃力的劳动，又在日头里，人们的身上和脸上，汗水直洗；脱下棉袄，褂子湿透了。在这一点上，不论是王家，不论是社里，都一个样。这是他们可以重归于好的共同的基础。但在菊咬筋，虽说嘴里打了退堂鼓，实际还是继续使暗劲，跟社比到底，而且坚决要在干劲和亩产方面把社员们比下擂台。

从塘里挖泥的地点，通到塘基上，要爬个滑溜的陡坡。人们挑起泥巴往上走，费劲，迟慢，搞得不好，要绊跤子，妇女摔倒的比男子多些。初出茅庐、身材小巧的张桂贞挑半担泥巴爬七斜坡时，右脚一滑，仰天一跤，连人带篼箕扁担，滚在烂泥里。有人笑了：

“炉罐[①]没有绊破吧？要绊烂了，癞子哥回来，会怪我们了。”

“没得名堂，人家绊了跤，溅得一身泥牯牛一样，你们还笑。”盛淑君说。她放下篼箕，跑去扶起张桂贞，心里又想：

“这样不行啊，要想个法子。”

接着，她和盛佳秀悄悄弄弄，商量一阵，然后再邀了两个年轻力大的妇女，往近边的屋场跑去。停了一阵，四位穆桂英，嗨嗞嗨

---

① 炉罐：屁股的代词。

嗞，抬来一块长跳板，把它一端安在塘基上，一端伸进了塘里。斜度略大，她们又把上端放低些，下端垫高点，搬几块石头放在挨近板子下端的地方，作为踏上跳板的阶梯。这样一来，男男女女，挑着担子，从石级、跳板走上塘基，平稳而省力。有人赞扬了。盛淑君没有听人的赞词。她掮起扁担，又跑走了。过了一阵，她又挑着两箩糠头灰来了。

“这做什么？”盛佳秀问她。

“等下你就晓得的。”

人们一路一路走过跳板。脚上的泥浆糊在板子上，十分滑溜。盛淑君用手捧了几把糠头灰撒在板上，跳板又蛮好走了。

“盛淑君，今天要记你个头功。”有人这样说。

“我们写信去告诉大春，向他报喜，说你立了功。”有人笑笑说。

“什么功啊，不要瞎讲。”盛淑君一边撒灰，一边这样子回复。

“窍门虽小，难为想到。”另外一个人说道。

大家谈谈笑笑，热热闹闹，都忘了劳累，好久没有歇气了。相形之下，菊咬筋一家三口，未免有一点冷清。他带领妻女，不走跳板，怕人笑他占便宜，也怕跟陈孟春吵嘴。他们费力地爬着陡坡。

“老王，只管用我们的跳板嘛。”李永和受了李支书的思想的熏陶，和和气气地关照。

“金妹子，来吧，走我们这里。”盛淑君邀请，她记住了支书的话：纵令是跟单干户子赛，也要在竞赛中保持友谊。

“金妹子，来吧，不要施礼，我们不要你的钱。”有个民兵说。

金妹子疲倦的脸上露出了微笑，但一看到她爸爸走来，又不笑了。

“来吧，金妹子，跟我们缴伙算了，换工也行，两三个人，冷冷清清，有么子味啊？”盛淑君的诱劝的话里，充满了政治攻势的火药气。

金妹子温和地一笑，对她刚转过来的爸爸的背脊投了一瞥，又摇摇头。一笑一摇头表明了这个小姑娘的心的一半已经入社了，剩下那一半，被她爸爸的威严镇住了，不敢过来。

“你们莫作孽，不要挖人家的墙脚啊。”等菊咬一家都走远了，李永和轻声地忠告，“他这位将军，手下通共只有两个兵，一个娘子军，一个童子军，已经可怜得很了。”

笑谈中间，陈孟春始终没说一句话。他还是不肯同菊咬筋和解。我们的真正的老单也不大开口，只埋头苦干，一担挑两百来斤，一条扎扎实实的栗树木扁担，被两端的担子吊得像弓一样弯了。

“好家伙，真是一条牛，而且是一条水牯。”李永和抑制不住自己的叹服。

社员歇气时，王菊生也撂下了扁担和箢箕，但是他没歇气和抽烟，虽说他跟别人一样，很爱抽烟。他跑回家去。不到一会，掮出一块板子来，搁在塘基边，他也搭起一个跳板了。

看到这情况，盛淑君邀着几个女伴，又去抬了一块板子来。两块跳板镶成一条宽阔的斜桥，人们可以同时上下。突击队员们一边打喔嗬，一边挑着担子起小跑。

王菊生也起着小跑，看见堂客女儿都跑不动了，他急得口里乱骂：

“死猪子，不快迅点，要在这里过年啵？”

“爸爸，实在是走不动了。”金妹子向父亲告饶。

“只晓得筑饭的家伙。”

“脚后跟打起一个泡来了。”金妹子挑着担子，一拐一拐地走着，眼里含着泪水说。这一回是跟妈妈讲的。

“那你就回去，莫在这里出俗相。”菊咬堂客维护女儿。她自己脚上也起了泡，脑壳还有一点昏。

“你们这些夜猪子，何不一个个给我瘟死？都只晓得吃现成。”看见女儿回去了，堂客一拐一拐地，像一名伤兵，菊咬筋发了躁气。

“咬筋，你只剩下一兵一将了。”

“跟我们缴伙算了，要不，换工也行，我们来帮你挑几担子，你以后还工。”

“我们是驼子作揖，起手不难。”

“农业社的优越性就在这里了，人多力量大，柴多火焰高。”

听见后生子们七嘴八舌，菊咬筋气得脸都发青了，但还是一声不响，只管挑他的。社员歇气的时候，他不歇，还是挑他的。

歇气的时候，盛淑君和陈雪春坐在草垛子旁边，商商量量，编了一首新民歌；到复工时，两个姑娘唱起来了。内容是这样：

社员同志真正好，挑起担子起小跑，又快活，又热闹，气得人家不得了。

末尾一句“气得人家不得了”，是雪春作的，第一遍末了是“气得菊咬不得了”，盛淑君谙事一点，说这个不妥，改成了“气得单干不得了”，又想还是有点不妥当，就把“单干”改成了“人家”。

但是，无论怎样改，这一句话明明是指着菊咬，而且又真正道着了他的心事。菊咬心里非常不熨帖。李永和看到这点，特意赶到他背后，跟他边走边谈讲：

“金妹子已经累翻了，我看你堂客也差不多了，何苦呢？人力这样子单薄，不是霸蛮？”晓得李永和的话完全是出于好意，但王菊生还是没有做声。

“你现在积肥，都是这样，将来双抢，忙得赢吗？”李永和替他设想。

“到哪座山里唱哪个歌。”菊咬筋冒了一句。

“可以想得到的嘛，到那时候，又要割早谷，又要翻板田，还要插晚季，老兄，你就是长了三头六臂，也不行啊。依我之见，你不如现在进来，不要挨到那时节，火烧牛皮自己连。”

“我坚决不入。”菊咬筋斩钉截铁地回道。

“将来呢？”

“将来也不。”

“那好，等着看你的戏吧。”李永和把脚步放慢，让他先走了。接着，他对一个走到自己身边的社员摇摇头说：“人都是这样，不到黄河心不死。”

看看天不早，自己累了，料想社员也一定很累，李永和吹起哨子，叫唤收工了。

王菊生夫妇还在挑和挖，直到天完全黑了，才回家去弄饭吃。

吃过夜饭，站在阶矶上一望，王菊生看见塘边汽灯又亮了，男女社员又在挑。王菊生连忙回到灶屋里，跟堂客说：

“再去挑去，人家已经在干了。”

“今天算了吧，金妹子累得饭都吃不进，我也不行了。”正在洗碗的王嫂这样地说。

“人家干得，我们干不得？”

“他们人多，寡不敌众，有什么办法？我看，不跟他们怄气算了。”

“到底去不去？”菊咬筋不爱听多话。

“要去就去吧。”堂客是顺从惯了的，腰有点痛，欲挪懒动，还是不敢说一个不字。

两公婆走到月塘边上，才发现这一批社员，除开李永和跟盛淑君以外，其余都是生力军。他们换班了。菊咬堂客想回去，但是看到男人已经下塘了，自己也只得卷起裤脚。他们远远地离开汽灯，害怕再次遇到孟春一样的冒失鬼。约莫挑了一点钟，菊咬堂客上好一挑黑泥巴，才搁到肩上，忽然觉得远处的汽灯好像在飘动，接着眼前一阵黑，扁担一滑，她栽倒了，连人带担子滚进烂泥里，菊咬筋慌忙丢了手里的家伙，急奔过来，几个年轻的社员，连盛淑君在内，也都撂下肩上的担子，跑过来了。

三十三　女将

盛淑君抢先跑上，在泥水里，把王嫂扶起，随即用自己的衫袖揩擦病人嘴边的白沫和脸上的污泥。

"哪个快去筛碗热茶来，越快越好！"盛淑君一边把王嫂搀上塘基，坐在稻草上，一边这样对旁边的人说。

"是一个征候？要不要熬一点姜汤？"李永和跟了上来，关切地问。

过了一阵，热茶来了，姜汤也到了，还有一个人从怀里挖出了一包人丹。热茶、姜汤和人丹，王嫂都吃了一点。于是，不晓得是哪一样东西发生了作用，王嫂睁开了眼睛，元气恢复了。她想站起身，脚还是发软。菊咬上来，扶住她的腰，把她右臂搁在自己肩膀上，架着她走。淑君不放心，跟他们去了。

这件事情风快地传遍了全乡。常青社里发生了各式各样的议论：有骂菊咬太狠的；也有佩服他的干劲的；有说社还不如单干的；也有的说，到底是人多的好，像菊咬，累死了人，也不如我们；种种讲法，纷纷不一。谢庆元却有一种与众不同的看法。这个人样子粗鲁，又挑精选肥，爱吃好吹，门门生全了，只有一宗，堂客看得重。他惯肆得堂客不爱劳动，为了使她安心睡晏觉，两天不出工，他总起来煮早饭。正在护秧，听说菊咬堂客累倒了，他不以为然，发表评论了：

"这算什么男子汉？屋里人都养不活了，叫她累得这样子。"

"如今女子都是穆桂英，挂得帅的。"旁边有人多了一句嘴。

"她们挂帅，我们做什么？"谢庆元火了。他器重堂客，是看重作为女性的一面，至于田里功夫，他认为女子们是做不来的。"男人的田边，女人的鞋边。""女子再厉害，跳起脚，屙不得三尺高的尿。"是他平素爱说的话，足见他的维护女子们，是把她们当做男人的不能独立的附属品，当做花枝摆设一样看待的。

菊咬堂客晕倒这消息，传到李支书的耳朵里，使他做了种种的考虑，和谢庆元一样，他也很看重堂客，但他是把堂客当做平等的至亲的人，当做自己的帮手看待的，体贴中间包含了尊重。当时他想，如果晕倒的是自己的爱人，他会作何感想呢？推己及人，将心比心，由于想着自己堂客的事，他念及了所有的妇女："她们是有特殊情况的，要生儿育女，每个月还有几天照例的阻碍，叫她们和男子一样地霸蛮是不行的。"想到这里，他走到电话室，拿起话机，接通中心乡，中心乡的党委书记朱明同志接了电话，听了他对这事的报告和意见，立刻批评道："我说老李，你又犯老毛病了，婆婆妈妈的。这样的小事也值得操心？"

"这事不小啊，这是关系妇女健康的大事，听说别的乡，妇女闹病的很多。"

"你管这些干什么？你是妇女主任吗？妇女半边天，人家别的乡都在充分地发动女将，而你呢，非但不叫自己的爱人带头出工，还在这里说什么妇女病很多。"

"我不过是想得远一点。"李月辉说。

"你想得远，人家都是近视眼，是不是？"对方的话音含了怒气。

李月辉还要辩驳，那边话机已经挂上了。

这天晚上，清溪乡新选出来的妇女主任盛淑君接到了中心乡的电话，叫她召开妇女会。

"已经开过了。"盛淑君回说。

"再开，"是朱明的坚决的口气，"要充分地发动她们，继续鼓劲，不能落后，要学穆桂英挂帅，像樊梨花征西。"

挂好电话机，盛淑君马上跑去邀了陈雪春，两人连夜分头通知各家的妇女，明天开会，地点在亭面胡家里。

第二天，是个春天常有的阴雨天。盛淑君打把雨伞，穿双木屐，几早来到了盛佑亭家里。人还没有来一个，她收了雨伞，脱了木屐，坐在阶矶上，跟堂伯娘扯一阵家常，随即走进邓秀梅原先住过，现在做了盛学文的卧室的房间。书桌、椅凳、床铺，都摆在原处，只是床上铺了中学生的破旧的行头，踏板上放一双蓝布面子的男人的胶鞋。房子依旧，主人换了，盛淑君不禁想起邓秀梅，忙从衣兜里挖出她的信，从头到尾，又念一遍，看到末尾，邓秀梅似乎是含笑地写下了这样的一段："……放心吧，你的那一位，一向很规矩，现在更本真，见了姑娘，他眼都不抬，他心心念念，只在你身上。"盛淑君的脸块发烧了。正在这时候，阶矶上木屐声响了。盛淑君才把信收起，陈雪春像一线风一样跑进屋来了。看见盛淑君的慌乱的两手和微红的脸色，她惊讶地问道：

"怎么哪？什么事？你在想什么人吧？"

"丫头，你怎么到这里来了？你看这房间是哪一个住的？"盛淑君以攻为守，这样一问，把个陈雪春羞得满脸飞红，无暇追究对方的脸色，只顾招架自己了。

"我哪里晓得？"

"你不晓得？扯么子谎？你不晓得来过几次了。"

"我打你这个死不正经的家伙。"陈雪春扑了上来，笑着说道，"你呀，一点也不像个主任的样子。"

"主任还有什么特别样子吗？"

"至少是不逗耍方。"雪春回答，"我要写信告诉大哥去，说你当了主任，还是嘻嘻哈哈的。"

窗外一片木屐声和钉鞋声。

"有人来了，"盛淑君说，"我们商量正事吧，你看这个会如何开法？"

两人在屋里商量。外边阶矶上，陆陆续续，人都来齐了。她们挤在亭面胡的横堂屋，有说有笑，十分热闹。盛淑君跟陈雪春迎了出来，只见有一半妇女带了孩子来，她枯起眉毛，想着如何安顿小孩的事情。

好多轻易不出大门的妇女，今天也来了。李支书堂客，由于体质生得太单弱，又有一点养身病，平素不出工，也不大开会。这回支书挨了朱明的批评，特意动员她出来。谢庆元堂客也抱着孩子走得来了。还有一位不大开会的稀客，就是张桂贞，人叫贞满姑娘的符贱庚的妻子。盛淑君晓得这位一向需要男人的小意，企望生活的舒适的女子近来起了变化了。自从符贱庚走后，她要挑水、砍柴、煮饭和种菜。开初有点不习惯，又有点怕丑，总是不肯去挑水，缸里晒得谷。但她是有个最爱素净的脾气。身上衣服，床上铺盖，扯常要换洗，穿着稍微有点邋遢的衣裳，睡在略略有点不洁的被里，她都不舒服。浆衣洗裳是她天天必做的功夫。这就需要大量水。她家里的饭甑、大锅、锅盖、提桶、马桶、桌椅板凳、篮子和箩筐，只要落了一点点灰土，她都要用水来冲刷和抹洗。符贱庚在家，这是不成问题的。她要好多水，他挑好多水。如今他一走，连吃水都没得人挑，不要说是洗洗涮涮了。她想马虎点，看着又难过。有天只得自己去挑水，路上碰见盛淑君，对她极口称赞了一阵，又问她道：

“是才挑么？”

“才挑。”

“开初肩膀有点痛，不过不要怕，三肩头，四脚板，三四天工夫就练出来了。”盛淑君对她亲昵地一笑。

头三四天，够她熬了。肩膀挑肿了，腰痛，腿软，几次想回娘家去，但一想到她嫂嫂，就很心寒，连忙打消回去的念头。走投无路，只得拿出点志气，挑水，砍柴，门门自己动手了。这样一横心，一日三，三日九，不但肩膀消了肿，腰子不痛，手脚也很灵活了。

如今，她晒得黑皮黑草，手指粗粗大大的，像个劳动妇女了。她还是穿得比较地精致，身上的青衣特别地素净。她的额上垂一些短发，右边别出一小绺头发，扎个辫子，编进朝后梳的长发里，脑勺后面是个油光水滑的黑浸浸的巴巴头。盛淑君和别的妇女招呼一阵，特别走到她跟前，摸摸她的肩膀，笑笑问道：

“不痛了吧？挑得好重了？”

“挑脚不远，挑得八九十斤的样子。”

“那很不错了。脚板不怕石子硬了吧？”

“不怕了。”

“是的啰，我说了的，三肩头，四脚板，本事都是练起出来的。好吧，不要尽笑了，”淑君自己平常顶爱笑，如今，因为做了带头人，有时没有工夫笑，也干涉人家的笑了。“我们开会吧。”

鼓动大家出工的话里，盛淑君特意把向来不出工的贞满姑娘如今也能做粗重功夫这件事，介绍出来，又夸了几句。她这一夸，别人犹可，惟有谁也不佩服的桂满姑娘，就是谢庆元堂客很不服气。她说：

“她一个光人，有什么稀奇？人家要弄一屋人的饭，还要带人。”

“带人倒是个麻烦。”龚子元堂客附和谢庆元堂客。她没有孩子，装作替有孩子的人说话的样子。

“大家想办法。”盛淑君说，“我们今天要解决这些问题。还有什么？先把困难摆出来，再说。”

谢庆元堂客的长了两颗小牙的孩子正噙着奶子。忽然，“哎哟”一声，把孩子推开，顺手打了一下子，口里骂道：“你这个崽子，为什么咬起我来了？”孩子被一推一打，大哭起来。这位妈妈只得又把另一个奶头塞进他的哭着的小嘴里，然后自己抬起头，对盛淑君说道：“只要这些淘气的冤孽有人带，我也出工。”

“是呀，没有人拖累，我们都能够出来。”另外一个带了孩子的妇女这样地响应。

“上次到常德学习，”盛淑君说，“看见那里有个农忙托儿站，工作人员只有一位五十来往的老婆婆。她替别人带八个，自己还有两个小孙子。”

“一个人带得十个？我就不信。”龚子元堂客跟亭面胡婆婆低声地议论。

“一共十个，大的跑，小的哭，一个人确实不容易招呼，”盛淑君说，“那位老婆婆，想了个法子。她把一张扮桶摆在堂屋里，洗抹干净，把小家伙都放在里边，由他们去爬、去玩、去闹，自己腾出手，摘几把棕树叶子，编织一些小箩筐、小撮箕、小桌子、小鸟雀，给他们玩……”

这时候，盛清明出现在门口，不声不响，眼睛溜溜滚滚，看了一会。

“进来参加我们的会吧？”陈雪春笑着招呼。

“我吗？没得资格。”盛清明回答，“等这一世积一点阴功，来世修成一个女儿身，长得像你一样，又漂亮，又聪明，又伶牙俐齿，再来参加你们的贵会。”

“我打你这个烂舌子。不逗耍方，你过不得日子。”陈雪春说这句话的时候，盛清明已经向盛淑君招了招手，叫她出去了。过了一小会，盛淑君回来，不动声色，继续开会，但她的眼睛不由自主地朝龚子元堂客身上瞟了一眼。

“据我看，我们这里也可以办个这样的托儿站，不要社里花一个本钱，细人子又有人看管。”

“好倒是好，哪个来带呢？”谢庆元堂客提出人选的问题，“找太年轻的，妈妈们又放不得心。”

“大伯娘，”盛淑君蛮有主意似的笑着对亭面胡婆婆叫道，“这个差使你来担负好不好？”

“好是好的。”面胡婆婆显出有点为难的样子，“只是我们老倌子年纪大了，家里吃口多……”

“你的意见我晓得了，”盛淑君连忙接口，“孩子托给你，自己出工挣了工分的，我想是不会叫你落空的。”

“我们当然要品补她一点。”有个妇女说。

“品补好多呢？”谢庆元堂客发问。

“看大家意思。”盛淑君说。

议论一阵，大家同意托了孩子的妈妈抽出自己挣的工分的十分之一，补给盛妈。

“还有一宗，菊满他外婆新近得了病，”盛妈又说，“只怕她病一转重，我不得不去，到那时候，这里孩子又没得人管了。”

“这倒是一个问题。”盛淑君沉吟一阵，又问，“外婆的病不要紧吧？”

“那不晓得哪。万一有三长四短，我做女的……她又只有我这一个女。”盛妈的话音哽塞，眼睛湿润了。

盛淑君感情丰富。要在平日，听了盛妈的话，看见她眼泪婆娑，不晓得有好多的安慰的言辞倾泻出来了。但如今责任在身，有事在心，急于解决农忙托儿站当前的问题，她枯起眉毛，想了一阵子，随即昂起脑壳说：

“这样好吧，我替你找一个帮手。”

“又添人，不是又要工分吗？”谢庆元堂客连忙插问。

“我们李婶娘，”盛淑君把李月辉堂客称做婶娘，“有点养身病，不能跟我们一样到田里去干，请她来帮你，做你的助手，好不好？”

“那太好了。不过，还是请她为主吧。”盛妈谦让道。

“我有那个病，做工作不能经常，总是三天打鱼，两天晒网的，还是你为主，我打边鼓。”李月辉堂客说。

“她有么子病？”龚子元堂客小声问人。

“气痛。”那女人回答。

“工分怎么算？”谢庆元堂客又问。

“我不要工分。”李月辉堂客忙说。

“如果面胡岳母有一些何的，面胡婆婆回娘家去了，碰巧支书爱人也发了老病，那怎么办呢？”谢庆元堂客提出一个新问题。

“我来代替。”盛淑君自告奋勇。

“我来也行。”陈雪春跟着报告。

“这件事情就这样了。大伯娘，叫学文写一张条子，贴几幅画，农忙托儿站就建成功了。还有什么？”盛淑君问。

“还有我们出了工，工分到底如何算？”发这问的是龚子元堂客。

“同工同酬，做了男子一样的定额，算一样的工分。”盛淑君解释。

“只怕男人家不会同意。”龚子元堂客又说。

“哪个不同意？你们龚子元？”盛淑君严峻地追问。

“我们那个老实人倒不会说什么啊，只怕老谢会有意见，有次听他说：‘妇女半边天，做一个工，只能算半个。’”

“他那是说笑话的。”谢庆元堂客手里夹着孩子，站了起来，遮爬舞势地解释。她和谢庆元在家里常常闹一点矛盾，但一出来，听见有人说谢庆元的什么话，她的耳朵就容不下。

“那才不是笑话呢。”龚子元堂客有心撩拨她，“姓谢的一向看不起我们妇女，除开他的枕边人。”

“哎呀呀，你真是会糟蹋人。他几时看不起你了？”谢庆元堂客急得脸都涨红了。

“你不要急呀，急什么呢？”龚子元堂客显得很从容。

“我说句直话，老谢这个思想是有的。”盛妈插嘴了。

“哎呀呀，我的天爹爹，你怎么也说这一口话了？我们老谢哪一点上得罪你老人家了，面胡婆婆？”谢庆元堂客掉转身子，专门对付盛妈了。龚子元堂客求了一个善脱身，不再开口了。

“那天他在我家里说，妇道人家跳起脚屙不得三尺高的尿，做得么子？我们少抽一壶烟，就把她们的功夫夹起出来了。”盛妈笑着说。

“你为什么要这样乱咬？他踩了你的尾巴？仗你的二崽当了会计？”

“不要吵了。听我讲正事。”盛淑君连忙岔开，“人争气，火争烟，既然有人不把我们妇女放在眼睛里，”她对谢庆元堂客说：“不是讲你们老谢，你不要对我鼓眼睛。”然后又转向大家，“我们要争一口气。跟他们挑战，同志们，你们敢跟男人家比吗？”

“敢，有什么不敢？”陈雪春立即响应。这位小姑娘，起先是跟邓秀梅，后来是跟盛淑君，她们的任何号召，她都首先热烈地予以回应。

“他们做得的，我们也做得。”一直没开口的盛佳秀也说话了。

“他们做不得的，我们也做得。”陈雪春补充说道。

“好吧，明天就去挖畈眼。”盛淑君说。

“行。”陈雪春扎脚勒手。

“塘泥不挑了？”盛佳秀问。

“塘泥搁下，先挖畈眼。我们社里有一些深脚畈眼子，牛进去不得，只能用人挖。明天黑早，听土喇叭一叫，就都起床，带人的把孩子送到大伯娘这里。今天就散会。”

妇女们穿起木屐，撑着雨伞，一个个走了。盛淑君跑到了盛清明家里，把龚子元堂客在会上的活动，一五一十，说了一遍。

“摸不清楚，她为什么跟谢家里堂客也过不去？平素日子，他们两家是有来往的。老谢还到他家去吃过瘟猪子肉。”

“是呀，问题比我们想的要复杂些。”盛清明笼笼统统说了这一句。

妇女会开过以后的第二天，黑雾天光，盛淑君披头散发，穿起花棉袄，拿着喇叭筒，踩着草上的水霜子，爬上她家的后山。她的清亮的声音，打破夜空的寂静，传到周围几里远。

下山的时候，她想起宣传合作化时，就在这山上，碰到符癞子，发生过不愉快的事，如今听说符贱庚在株洲工厂表现得很好，张桂贞也不错了。“人是能够改变的，难怪党总是强调改造。”她想。

走到山脚下，本来打算回家的，但一想到托儿站，她不放心，连忙又往面胡的屋场走去。

亭面胡被刘雨生唤去护秧去了。面胡婆婆正在阶矶上扫地。

“早呀，淑姑娘。”

“你也早，都收拾好了？”

“进来看看吧。”

盛淑君走到横堂里，看见木门框子上，贴一张红纸，上书：“常青社第一托儿站”，字迹端正，显然是盛学文手笔。盛淑君笑了，说道：“这是第一，第二在哪里？”

“学文说，惟愿有第二、第三。”

“他倒会将人家的军。”盛淑君说着，跨进门里，看见扮桶摆好了，里里外外，抹得素素净净的；四到八处，摆着一些木椅子，竹凳子；三面墙壁上贴了三幅画，第一幅是毛主席在天安门，第二幅是麒麟送子，第三幅是八仙漂海。盛淑君点一点头，对盛妈说：

“画是哪来的？”

“学文跟同学借的。”

“我们只花了一张红纸，借了三幅旧画，开办一个托儿站，省俭到家了。好好干吧，伯娘，多做出些经验，我们去推广。”

两个人正说着话，妈妈们陆陆续续抱着或牵着孩子们来了。有的哭闹，不许妈妈走；有的不认生，只要有人哄，不哭也不牵妈妈。盛淑君逗一阵孩子，急着走了。盛妈把小的孩子一个一个抱进扮桶里，又去逗大的。她的忙碌工作开始了。

摆脱了孩子拖累的堂客们一个个掮着耙头来到了一丘圆畈眼子的田边。盛淑君早已到了。她扎脚勒手，把两根粗大的、黑浸浸的辫子盘在头顶，用一条旧青绸手巾包扎起来。她点了点人数，自己领先跳进了田里。稀烂的泥巴一直泡到大腿根。接着跳下的是陈雪春和盛佳秀。三个女将，抡起耙头，开手挖了。别的妇女也一个个跳下来了。只有张桂贞有点犹疑。她最怕邋遢。

“来呀，不要怕，这比挑肩压膀容易多了。”盛淑君催她，一面不停地抡起耙头，把泥巴翻起，又用耙齿去耙平。

看见大家下去了，田塍上只剩她一个，退堂鼓是决不能打的，张桂贞只得也把干净的青布裤管高高地卷起，露出她的从来没有见过太阳的雪白的大腿。她学会了挑担，但还没有扎起过裤脚，像今天一样。

“快下来呀，不要怕。”盛淑君叫她。

张桂贞试试探探，下到田里，污泥没腿，她的耙头使不上劲，盛淑君过来，教了她一阵。

“哟，这半天好带劲啊，扶了耙头好像是拄起拐棍一样。”田塍路上，谢庆元背起犁，赶着水牯，轻蔑地讽刺。他正护完秧，没有歇气，又去耖田。盛淑君晓得他近来积极，只是容不得他嘲弄的口气，马上答白：

“你是新开茅厕三日香。是角色，跟我们比比。”

“比什么呢？”谢庆元满眼瞧不起。

“比长性。我们都不许三天打鱼，两天晒网。”盛淑君针对谢庆元的寒热病提出了挑战。

提到长性，谢庆元有点心虚，他就是缺乏这个把戏，但嘴巴还是很硬：

“比什么都行，怕了你们，枉为男子。”

“你当然不怕我们。我晓得你只怕一个人。”盛淑君说。

“我怕哪个？”

“你呀，就是怕她，”盛淑君用耙头朝谢庆元堂客的方向一扬，“你就是怕这个人。”

“你们为什么要扯起我来施礼？”谢庆元堂客晓得是说她，马上提出抗议了，“我惹发了你们？”

“好，好，自己一伙，也扯皮了。”谢庆元趁此脱身，“我懒得跟你们扯了，你们妇女们最不团结，真不成气候。”

盛淑君还要回敬，谢庆元赶起牛飞跑，已经去远了。她和盛佳秀领头，陈雪春跟着，低头使劲挖和翻。腰圆腿壮的盛佳秀，力气赛男子，一耙头下去，挖五六寸深，她捏紧耙头的木把，好像毫不费力似的顺势子一拖，面上长着草的黑泥巴和去年冬粘子的禾蔸子，一片一片地翻转来了。她力使得匀，又很得法，不让耙齿根打在泥巴上，泥和水都不溅起来。挖了好半天，她的身上还是没有泥点子。盛淑君用力不匀，泥水溅满了一身。但两个人，力气都足实，别的妇女，连陈雪春在内，都出气不赢了，她们两个人还一边用劲，一边扯谈：

“从前的女子，大门不出，二门不跨，关在屋里，像坐牢一样，有什么意思？”盛淑君说。

“唉，你只莫提起，这个罪呀，我是受过的。”盛佳秀说。

“如今都出来，跟男子一样地劳动，一样也很四海了。”

“是呀，劳动一天，人都快乐些。我这个人是享不得福的。”盛佳秀说。

“我也一样。”盛淑君笑道，“上回到长沙开会……”

“看，好大一条泥鳅子。”陈雪春撂下耙头，伸手去捉。盛淑君也丢下耙头，扑过来了。两个女子都弯下腰子，去捉泥鳅。那家伙一滑就钻进了泥里。大家边捉边笑，盛淑君笑声最响亮，完全忘了自己是妇女主任。

泥鳅跑了，盛淑君又回到原来地方，继续地挖。

“这东西不能硬捉，”盛佳秀边挖边说，“你要轻轻摸摸地用手把它和泥托起，一点也不费力地逮了。要用手捉，它能从手指缝里一下子滑走。”

“你到长沙去开会，怎么样？”谢庆元堂客问道。

“住在招待所，伙食不错。”盛淑君继续说道。

“有泥鳅吃吗？”陈雪春还没有忘记不曾捉到的东西。

“有鱼哪个还想泥鳅子？”盛淑君说，“天天只开会，不动手脚，到路远的地方还有大汽车，享了几天福，我的脚杆子肿了，脑壳上好像罩了一口铁锅。”

“享福是要八字的。”龚子元堂客插进来说。

“我想，糟了，”盛淑君不睬龚子元堂客，只顾说她的，“回家怎么好出工呀？不料一回来，才到田里，脚消了肿，脑壳上的铁锅也揭了。”

“哎哟，不得了。”有人惊叫。大家回头看，叫唤的人是张桂贞。

“什么事呀？”盛淑君丢了耙头，奔去救援。

“哎哟，你看看，把我吓死了，蚂蟥！”张桂贞吓得眼泪出来了。

“蚂蟥不要紧。”盛淑君看见张桂贞的糊了一层泥巴的腿巴子上，紧紧地巴了三条蚂蟥，连忙忠告她，“快不要去扯。”

“扯断了，这家伙的嘴巴留在肉里，会发烂的。”盛佳秀说。

盛淑君走起拢去，在她腿巴子上用手掌接接连连拍了几下子，落下两条，还有一条大点的，赖着不肯走，盛淑君又用劲给了几下，才掉在田里浑水里，跑得无影无踪了。

“吸饱了血，便宜你们了，”盛淑君对着蚂蟥跑走的地方说，“不痛吧？”

“有一点痒。”贞满姑娘说，伤口却鲜血直流。张桂贞看着，眼泪又来了。

“赶快上去，扯几根稻草把伤口上下，紧紧扎住，血就不会再流了。”盛淑君说。看见她那穿得精精致致的单单瘦瘦的背脊，盛淑君心里默神：“还是个新兵，理应照顾一下子。”随即停止耙头，叫唤道：

“你止住血，回去歇歇吧，上半天不要来了。”

“我不回去。”张桂贞近来思想进步了，但有时力不从心。

“回去吧，不必来了。挖完这一丘，我们要吃中饭了。”

“蚂蟥咬了，么子要紧？也要哭脸。”等张桂贞一走，龚子元堂客把薄嘴唇一撇，说她的亏空，“真是小姐身子丫环命。”

“她能这样，也算难得了。”盛淑君存心维护她，“这两天她身上不便，我劝她不要出工，她还不呢。”

“你们做领导的，真想得周到。”盛佳秀说，意思之间，也有夸说自己的爱人的地方。

“都是李支书替我们争得来的，来了例假可以请假，生产队还特意增设一个女队长，为的是我们妇女有一些话，不便跟男人家去讲。”

“有例假可以告假，那我要告个假了。”龚子元堂客紧跟着说。

“你来了么？”

“是的。”

“那你走吧。”

龚子元堂客爬上岸去，在一口井边洗了手脚，回家去了。

“这个家伙，不晓得是真的来了呢，还是假的？”陈雪春推测。

“随她去吧。她走了，我们倒自在一些。”盛淑君说。

果然，龚子元堂客一走，盛淑君感到挑了一根肉里刺一样，快活多了。她的话多了起来，笑声也最大。快乐的精神立即传染了所有的人们，连敦厚稳重、从不高声的盛佳秀的话匣子也给打开了。她叹口气说：

“现在的女子真是享福啊。我做姑娘的时候，受足了磨。”

“受些么子磨？”对于旧式妇女的磨难什么也不晓得的陈雪春这样地忙问。

“耳朵穿孔；脚要包，拿裹脚布下死劲地扎，夜里都不许解开，扎得个脚啊，像针扎一样。”盛佳秀说。

“你的脚为什么没有包小？”陈雪春问。

“搭帮我一位堂哥，说不要包了，如今不兴小脚了。”

“你堂哥替我们保存了一个劳动力。”盛淑君说，“要不是他，你现在也称不得雄了。”

“那时候的女子呀，在娘屋里就有人讨厌，说是别人家的人。”

“那为什么上轿要哭嫁呢？”盛淑君问。

“那要看是哪一个人哭了。”盛佳秀说，“有真哭，也有猫儿哭老鼠。娘哭三声抱上轿，爸哭三声关轿门，哥哭三声亲姐妹，嫂哭三声搅家精。”

“你嫂嫂这样不贤惠，你小孩寄养在那里，好吗？”谢庆元堂客莽莽撞撞问。

“我爸妈跟哥嫂分家另户，孩子跟他外婆一起住。”盛佳秀说明。

“娘家不好住，难怪旧社会出阁得早了。”谢庆元堂客又说。

“在娘家，还好说，一过了门，碰到不好的公婆，过不得的男人，那就只有终身怨命了。”说到这里，盛佳秀眼睛红了。

“听，是么子鸟叫？”盛淑君连忙用话来打断。

“阳雀子[①]。”盛佳秀的心思也回到了轻快的现在，破涕为笑了，“这种鸟是听不得头一声的。”

“那为什么？”陈雪春好奇地问。

“走在路上听了头一声，就会辛苦；睡在床上听了头一声，就会生星数；枕上听了头声阳雀子叫，要赶紧坐起来。”

盛淑君和陈雪春都大笑起来。

“信不信由你，这是老班子传下来的话。”

有人在塅里用喇叭筒叫唤：

“中时节了，收工吃饭呀，下午再干吧。”

“这是阳雀子头一声叫吧？”谢庆元堂客故意逗笑。她晓得这叫唤的是盛佳秀爱人，社长刘雨生。

“这是喜鹊叫。”盛淑君笑笑说，“姐姐你说是不是？”

“你这个妹子也学坏了。”盛佳秀回了一句，连忙洗了脚，赶回家去了。她要弄中饭，还要喂猪。她喂了一只巴壮的白猪，有四百来斤了。

托了孩子的女人都到了盛家，有的喂奶，有的只抱抱亲亲，又

---

① 阳雀子：即杜鹃。

放下了。分离的时候，孩子们又都哭了。他们好像存心来比赛，一个哭得比一个厉害。亭面胡提着牛鞭子回来，又累又饿，心里正发火，听到这惊人的一片大合唱，他骂起来："鬼崽子们，我一个一个抽死你们。"他把他们当做自己的儿女一样看待了。

正在这时候，盛清明在门口出现，说是有要事相商，把他叫去了。

"你这里来往人多，到我家去。"

"回来吃饭啵？"面胡堂客赶到门口问。

"你们先吃，给我留下。"亭面胡下令以后，跟盛清明走了出来。

半路上，碰到李支书，问他们到哪里去。盛清明把他拉开点，讲了几句悄悄话，又笑笑问道：

"你看他行吗？"

"只怕搞不出名堂。"支书断定。

"我们不过是布个疑阵，么子人所言：虚晃一枪。"这话是低声说的。"你到哪里去？"

"到谢家里去。谢庆元收工回去，深怪堂客没有安置饭，米桶罄空，又说不干了。我去看看他。"

三十四　烂秧

李月辉亲自到了谢庆元家里，用哲学的方法，加上经济学的措施，降伏了老谢，也就是说，打退了他心里的寒潮，使他重新积极了。他答应了李月辉的要求，护秧到底，并且抽空把自己多年积累的技术上的经验传授给青年。

李月辉的哲学的方法，大家已经晓得了，就是把眼光放得远一点，又在比方谢庆元这样的人的身上，充分估计了长处，他相信：

“只要不是对抗性的，事情有坏必有好，人们是有短必有长。”根据这思想，他耐心地跟谢庆元磨了好久，最后达到了他的目的。

“我就是生活上有点子困难。”临了，谢庆元提出了这话。

“我再开张条子，你到社里去支点钱应急，不过你要仔细啊，超支多了，自己背包袱，人家也会说话的。”李月辉随即开了一张条子，这就是他的经济学的措施。

谢庆元领到五块钱，当天用去四块五，籴回一点周转粮，买了一些酱油、胡椒和食盐，还称了四斤猪肉。当天夜里，一家人饱餐一顿以后，谢庆元从衣袋里挖出剩下来的五角钱，交给堂客：

“给我用十天。”

“这哪里用得到啊？”堂客这样说，但还是接了，因为她晓得，要是不接，连这点子也会没有了。

吃了一顿肉，安排了十天家用，谢庆元干劲又来了，夜里护秧，日里犁田，手脚一刻也不停。下白团子霜、落水霜子的几天夜里，谢庆元邀了几个后生子，穿宵连夜跟寒潮斗争。遵照地委的指示，他们不怕麻烦，在秧田的北端，用竹子和木头支起十来铺晒簟，来挡住北风。在夜里，他放水灌满了秧田，因为虽然不懂得科学，凭经验，他晓得，水温比较高，灌满秧田，能护住才抽出的嫩嫩的秧苗不受冷霜的侵害。到了白天，太阳出来时，他挖开秧田的越口，把田水放尽，叫秧苗晒晒太阳。他又撮些糠头灰撒在田里，埋住秧根，盖住泥巴，来提高泥温。

为了便于在隆更半夜，随时护秧，谢庆元背套被褥，困在秧田附近一间稻草盖的柴屋里。

从来都是皇天不负苦心人，老谢这样舍得干，他护理的秧田抵住了寒潮的侵袭，秧很快出齐，扶针转青，转眼又长成一拳深了。“秧烂一拳深。”谢庆元说，他仍然是连夜不离，一点不放松。

“如何？我说他有两手吧？”李月辉得意地对人夸奖谢庆元。

就在这时候，就在谢庆元从秧田附近的柴屋搬回家去的时节，他交给堂客的五角安家费用得罄空，米桶又露了底子。他默一默神，请刘雨生开过几回条子，新近又烦李支书开过一次条子，两处是不好再开口的了。他左思右想，借措无门，堂客又只晓得乱吵。于是，天气的寒潮才过去，谢庆元的心上的寒潮又来了。他躲在家里，困在床上。

谢庆元困在家里的这天，刘雨生才从城里开完一个会回来，正在社里，跟几个木匠研究插秧船，上村一个后生子跑了进来，出气不赢，刘雨生忙问什么事。

“秧烂了。”

“烂了吗？”刘雨生失声地问，“哪里的烂了？”

“我们上村的。”

“走，去看看去。”刘雨生随着后生子往上村奔去。在路上，他问：“下村的呢？”

“下村的秧长得很好，一色翡青。”

刘雨生比较地放了一点心。全社至少有一半秧田没有问题。走到半路，看到亭面胡正在一个路边丘里打蒲滚，刘雨生连忙招呼：

“佑亭哥，我们上村的秧烂了。”

“不要紧，烂了秧，年成好。”亭面胡不急不缓地回答，还是赶牛拖着蒲滚走。

“我只一天一夜不在家，就坏场了，真是，你跟我去看看，看还有救药没有？”

“不要紧的，下村的秧，我看了蛮好，西方不亮东方亮，怕他什么？”

亭面胡一边给刘雨生吃定心丸子，一边把牛吊在附近一间牛栏里，陪着刘雨生到了上村。背北风的几丘老秧田，满田黄嫩嫩的秧谷子只有稀稀落落的几处开始青嘴。

“还好还好，只是来得慢一点。”亭面胡说，刘雨生心里一喜。

“请看看下边。”报信的后生子说。

他们走到靠近大墈，正当北风的两丘大秧田旁边，刘雨生的脸上变色了。这两丘秧田，远远望去，也是一片绿茸茸，但不是秧谷子青嘴，而是田里不素净，长出了一层绿蒙，就是绿苔，没有绿蒙的地方，水上浮起一层黄黄的桐油泡子。

“天阴久了，又有寒潮，田里石灰没有打得足，这秧田是哪个整的？”

后生子没有做声。刘雨生忙说：

“是我大意了，我那天把田交给了这里队长，自己忙别的去了，又没有交代一声，叫他多用点石灰。”

“会作田的作一丘，秧田不好，就费力了。”亭面胡说。

“赶紧叫人来，下去把绿蒙捞掉，看有不有救？”刘雨生忙说。

“来不及了，已经死了。”亭面胡下到田边，捞起一些秧谷子，“你看，糜溶的了。出了桐油泡子，就是秧谷子早已去见阎王了。”

“何得了呢？”刘雨生枯起眉毛。

“不过，社长你不要着急，烂秧的年岁收成好，前清手里，有一年作田，我也烂了秧，花钱分了人家一批秧，那年收了一个饱世界。”

“哪里有这样多的秧补呢？”

“找老谢商量，今年他没烂一根，一定有多的。”亭面胡说。

刘雨生心想，谢庆元在这些点上，是不容易讲话的，但是口里没有讲出这意思，只是说道：

“只怕他那里也没有多的。”

“他有多的。宽秧田，窄菜园，老谢是个老作家，一定留了很宽的余步。”亭面胡说。

“想想看有不有别的法子。”刘雨生又说，“再泡一批种，来得及吗？”

“来不及了，节气到了。况且又没有种谷。”亭面胡摇一摇头，又笑着说，“只要老谢肯分秧就行，上村相差也无几。你们两个不好打商量？一个是社长，一个是副社长。”

“那是他的责任区，这边是我的。”

“那还不听你调摆。”

刘雨生笑笑，没有做声。三人分手了。刘雨生往谢家里走去。他想先去探探老谢的口气，夜里好开会。路过王菊生秧田，看见他的秧满田翡青，一根没烂，已经摆风了。“这是一个好大教训啊，同样地碰了寒潮，为什么他们都没有烂秧，惟独我们的坏了呢？”刘雨生边走边想，不知不觉，到了他从前的舅子秋丝瓜的秧田边，只见一大丘田，好像癞子的脑毛，稀稀落落长了几根青家伙，里边还有些稗子。“我们找到个伴了。他到哪里去找秧呢？”接着，他忽然想到一件可虑的事情，就急急忙忙往谢家走去。

走到谢家的独立小茅屋跟前，听见关着门的灶屋里有人说话。

“他的烂了，你的没有，这一下显出高低来了。”刘雨生听出这是龚子元堂客的声音。

“不瞒你说，我姓谢的起小作田，从来没有烂过秧。”这是谢庆元的大喉咙。

“这一下，看他这个社长如何下得台？你该出口恶气了。”

刘雨生心想：“这家伙在挑三拨四，我去闯破她不呢？”接着，他断定还是进去点破她的好，就用劲敲门。

“哪一个？门没有闩，推呀！”是谢庆元的声音。

“你在家呀？黄天焦日，为什么关起门说话？”刘雨生笑一笑问。

“正在讲你的亏空，社长。”谢庆元堂客嬉皮笑脸地回答。

“讲我的亏空，不必关门，我爱打开门窗说亮话。你也来了？你们为什么都没有出工？”刘雨生回转身子，问龚子元堂客，装作好像是才看见她似的。龚子元堂客满脸飞红，手脚无措，随即故作镇静，露出两颗放亮的金牙，笑着支支吾吾说：

“我请了假，是来借米筛子的。你们谈吧，两位社长一定有事要商量。大嫂，请把你们的筛子借我用一用。”

“你拿去吧。”

看着这女人提着筛子一扭一扭走远了，刘雨生坐在门边一把旧竹椅子上，吧着老谢递来的旱烟袋，问道：

“她常常来吗？”

“轻易不来。”谢庆元堂客回说。

“老谢，”刘雨生开口叫一声，停顿一会，才又从容地说道，“你晓得么，上村的秧烂了两丘？”

谢庆元正要启齿，堂客对他鼓一眼，制止他多嘴。她晓得，他一开口，就会出绿戏，不是吹自己，就是骂别人。

“这都怪我大意了。”刘雨生恳切地批评自己，随即又说，“现在发生了一个紧急问题；我不吃茶，大嫂你不要费力。”

谢庆元堂客起身烧茶，走到灶门前，靠着灶围裙[①]，背着刘雨生，对谢庆元又狠狠地鼓了几眼，意思是叫他莫讲话。刘雨生说：

“我就要走的，真不吃茶。上村缺秧，再泡种是来不及了，你看怎么办？”看见谢庆元一句话不讲，刘雨生又说：

“今天夜里开个社委会，大家商量一下子。吃了夜饭，你就来吧。我还有事。”

才出谢家的地坪，刘雨生模糊地看见远远有个人往这边走来。想要看清是哪个，他放慢脚步，看清这人是从前的妻舅张桂秋的时候，他赶紧转上了小路。“他到谢家里去做什么？”刘雨生默了默神，“一定是为秧的事，他秧也烂了。”他觉得情况更为复杂和紧急，顺路走到盛清明家里，商量了一阵。

晚上，社委会在社办公室举行。会议扩大了几位老作家，为的是研究烂秧的原因，同时讨论善后的办法。盛清明来了。虽说是社委，平常的会，他很少参加。今天晚上他是特意赶来的。把情况报

① 灶围裙：挂在灶上的木围板。

告公安上级的时候，上头要他追究事故的性质。在会场上，他和平常一样从容逗笑，但实际上，他认真地倾听所有的人的发言。

“是负责人，又是老作家，怎么会塌场的呢？”有个人的这话，指的是社长。

“好汉怕大意。”又有人说。

“只怕是下泥没有拣个好天色。”先晋胡子细密地推想。

“下村赶了一个响晴天。”谢庆元说。

“上村下泥，碰了一个落雨天，播了一些，才下起雨来，我想算了吧，就没有住手，一直播下去。”刘雨生把情况说明。

“秧就烂在这里了。”先晋胡子说，“老班子是有话传下来的，落雨忌下泥。”

“我也晓得，”刘雨生道，“不过我想，老班子话不可尽信，比方，稀禾结大谷这话，我们完全推翻了，适当密植，收得多些。”

“落雨忌下泥，你不能不信。”陈先晋又说。

“落雨下泥，为什么不好？”盛清明盘根究底。

“雨点把糜溶的泥巴打得泛起来，”这回解释的，不是陈先晋，而是谢庆元，“泛起的泥饵一落沉，把那才下泥的嫩谷芽子淤盖了，你叫它怎么伸腿，如何不烂？”

陈先晋点头，亭面胡移开口里噙着的旱烟袋，满口称赞：

“对，你是个行家。”

得到了鼓舞，谢庆元称意地又说：

“那天上村在下泥，我碰去了，叫他们莫急，等天转晴了，再下不迟。没有一个听我的，社长又不在。”

“那天我恰恰到中心乡去了。”刘雨生插着说明。

“是些什么人主持的呢？”盛清明询问。

“几个到常德学习过的后生子。”刘雨生说。

“嘴上没毛，办事不牢，动不动批人家一顿，说人保守。”谢庆元说得动了火，站了起来，“我还理他，只懒得管了，么子人所言：

‘少吃咸鱼少口干。’”他像出足了气，又坐下了。

“你这也不对，一个共产党员，觉得自己是对的，就应该坚持真理。”盛清明说他。

“都不听我的调摆，有什么法子？”

“只怪你瘟猪子肉吃多了一点。”盛清明半开玩笑说。

“莫逗耍方。”谢庆元认真摸实说，“不听老人言，到老不周全，学过又怎样？没有老经验，行吗？”

谢庆元的这席话最得陈先晋欣赏。老倌子点一点头，又磕烟袋。亭面胡附和他们：

“凡百事情，都有里手不里手。”

“杀猪做豆腐，称不得里手。”盛清明说，“要讲究就讲究不尽，要不信邪，也行。”

“重要的是党的领导，政治挂帅。”刘雨生生怕人家怪常德，偏重技术，不管政治。

“政治他们也是半瓶醋，都不过是团员，人家一开口，就不问青红皂白，一窝蜂来了，这就是他们的政治。”谢庆元不老不少，却非常反对青年。

“不扯远了。”刘雨生把话题收转，“已经烂了皮，怪张怪李，无补于事。大家看看，上村缺秧，到底如何办？”

谢庆元低着脑壳。亭面胡说：

“再泡是来不及了。”

“来得及也没有种谷了。在这青黄不接的时候，哪个家里还有禾种谷？”李永和说，“就是搜搜刮刮，收得一些，季节又来了。”

“是呀，‘割麦插禾’日夜在叫，桐子树也都开花了。今年是隔年阳春。”陈先晋把烟袋递给面胡。

“那就只有个法子，缩小双季稻面积，改种一季。”谢庆元抬头建议。

“也是一法。”面胡喷出口白烟，点了点头，对于略有争执的双方，他都点头的。

“党号召扩大双季稻面积，人家都响应，我们不但不扩大，还要缩小，这不是有心违反党的倡导了？”刘雨生枯起眉毛，停顿一阵，才望着谢庆元笑笑，“我看只有这样了：下村一根秧没烂，一定有多的……”

“不多，不多。”不等刘雨生说完，谢庆元连连否认。

“我看了那边秧田的密度，敲了一下算盘子，你至少要多出两丘。”刘雨生说得很靠实。

“我是按照双季稻的亩数泡种的，没有多余的。”

“不要打埋伏，哪个泡种是扣打扣的？宽秧田，窄菜园，哪个老作家不晓得这点？”刘雨生这话，引得面胡点头了。但谢庆元还是一口咬定：“没有多余的。”

“我们摊开来算算，好不好呢？”刘雨生从桌上摸起一把算盘子，“你那里是二十石田，就是一百二十亩，你泡了好多种谷？”

谢庆元不肯说出泡种的具体数字，因为会场上的老作家不少，有了泡种的数字，大家就会算得出他余好多秧苗。他搜肠刮肚，寻找多余的秧的用途：

“就是多一点，也要留着将来补蔸子。如今插田，新手子多，会插些烟壶脑壳①。”

听到这话，亭面胡又点一点头。

“你哪里只多这点啊，老谢？真人面前，你不应当说假话。”刘雨生想用感情，用大义，来打动他，使他丢弃个人的打算，顾全整体的利益。亲眼看见秋丝瓜到了谢家，他心里默神，老谢一定是根据什么交换的条件，把多余的秧苗许了秋丝瓜，但没有凭证，他只能动以恳切，晓以责任，“我们是多年的邻居，彼此心事都是明白的，这个社不是我姓刘的一个人的，你是党员，是当家人，上村减

① 烟壶脑壳：新手插秧时，手指不护送秧根，以致秧的根须入泥时都向上卷成一团，像旱烟袋的烟锅（烟壶脑壳）一样，这样插下去的秧苗不容易成活。

了产，你也有责任。”

“我的责任区是下村。”谢庆元插了一句。

“但你是副社长，上村能不管？我们打开窗子讲亮话，你要是连一点秧都不肯通融，只怕社员会说你是本位主义。”

在平日，谢庆元只有一点怕盛清明，怕他嘴快，又不留情。这位治安主任搞清烂秧是技术事故以后，早已走了。对在场人物，包括刘雨生在内，无所忌惮，谢庆元跳起来嚷道：

“你不要乱扣帽子。我们的秧哪有多的呢？我说你不信，那你去数吧。”

“分明有多，你一定要这样说，有什么法子？”

“你说有多，我说没有，两人各讲一口话，插田快了，等那时看吧。”

“我们现在不谈也可以，不过你要答应一句话。”

“一句什么话？能答应的当然答应。”

“你是副社长，讲话要算话。”

“你先说是什么话吧。”

“将来你秧有多的，先要尽社里，不能给旁人。”

“我给什么人？”谢庆元脸上一热，坐了下来。

“扯秧时，请先晋大爹去帮你们的忙。”

“你想叫他监督我？”谢庆元心里默神，但没有做声。

会散了。社干们一个个走了。陈先晋留下没走。他坐在原来的地方，吧着烟袋，干咳几声。刘雨生晓得他有话要说，坐起拢来。

“我们一家的命根子都托付你了。”老倌子说。

“有什么事吗？”刘雨生急问。

“事情不小也不大，不晓得该不该我来多嘴。”陈先晋慢慢吞吞，还没有扯到正题。

“有关社里的事，人人该管。我们是依靠社员大家办社的。”

“按理，我不应该背后讲人家，尤其是他，田里功夫实在好。”

"你说的是谢庆元吧?"

"就是指的副社长。"陈先晋在技术上非常看重谢庆元,背后还称他职位,"你看这一回护秧他好舍得干,又懂得门径。"

"你说他秧有多的没有?"刘雨生把话扯到他正在焦虑的问题上。

"多得还不少。"陈先晋停顿一下,才又开口,"按理,我在这里不应该说他的坏话。不过这也不能算坏话,是实在的话。"

"你看到了什么事吗?"刘雨生猜到了八分了。

陈先晋点一点头:

"我们都以社为家,没有社,田作不出,大家命也活不成。他当副社长的,手指脑倒往外边屈。你要他的秧,只怕他早已许给别人,卖给社外的人了。"

"何以见得?许给哪个了?"刘雨生已经猜到九分,但还是问。

"你看哪个单干屋里烂了秧?"陈先晋觉得不好直说社长儿子的舅舅的名字。

"张桂秋。不过你何以这样作想呢?有何根据?"

"我来开会,经过副社长地坪前面,看见你那一位从前的舅母抱个撮箕从对面走来,我顺便看了一眼。半撮箕米,面上还放了一块干荷叶包住的东西。她一直送到副社长家去了。"陈先晋笑笑又说,"你们从前是郎舅至亲,他那个脾气,你还有不清楚的?他家的东西这样容易到手吗?依我看来,下村的秧准定是许给他了。"

送走了陈先晋以后,刘雨生家也不回,走到盛清明家里,把这些情况告诉了他。盛清明劝他再去谢家,看看动静,并设法多掌握点材料。

"不料在一个社里,为一点秧,闹得这样。"刘雨生临走,轻轻叹口气。

"还要安排吵大架子呢,你以为内部矛盾好玩呀?搞得不好,要转化,要打破脑壳。"

盛清明答应连夜派民兵护秧，防止偷扯，并且答应自己到张家走走，探探虚实。刘雨生当夜到了老谢家。小茅屋里没有光亮，除开鼾声和后山里的阳雀子叫，四围是寂寂封音。刘雨生敲敲卧房的窗子，唤叫开门，房间里没有动静，阶矶上竹笼里的鸡拍了拍翅膀。

“老谢，开开门，有要紧事找你商量。”刘雨生声音又高了一点。

桂满姑娘醒来了，一脚把谢庆元踢醒。

“哪一个？么子贵干呀？明朝来行吗？”没有完全清醒的谢庆元很不耐烦。

“是我。这件事等不到明朝。”

“是老刘吗？就起来了。”

谢庆元披起棉衣，拖双没屁股鞋子，摸到桌边，把灯点起。然后开门把客人引进房里。昏黄的灯光下，他用手背遮住正打呵欠的大嘴。帐子里面，桂满姑娘装作睡着了。

“还是为秧的事来的。”刘雨生笑一笑，开门见山。

“我猜到了，”谢庆元说，“不过，我的话已经到底了，讲没有多的，就没有多的。”

一句话把门封死，刘雨生觉得难于进锯，就点他一句：

“没有多的，为什么答应了别人？”

“我答应哪一个了？”谢庆元脸上发烧，心里也火了。

“若要人不知，除非己莫为。”刘雨生又筑上两句。

“你说什么话？你……”谢庆元急得说不成话了。

桂满姑娘从攀开的帐门伸出头发蓬松的脑壳，来解丈夫的围：

“雨生哥来了，为什么还不拿烟袋？”

她这一打岔，谢庆元果然缓了一口气，起身寻烟袋。

“我不抽烟，就要走的。”刘雨生说，但也有意把空气搞得缓和一点，就和他们两夫妻扯了一会家常，又谈到犁耙功夫，说常青社赶在各社的前头了，刘雨生有心赞扬赞扬和他现有争执的对手：

“这是因为我们社里有几个老把式：像陈先晋，盛佑亭，还有你自己。”特别把“你自己”三字，说得很重，意思是想引起他的主人翁的感觉。这几句话，果然使得谢庆元心里活动了一些。刘雨生又慢慢地把话题转到秧苗上来：

“十分收成九分秧，偏偏我们社里烂了好几丘。办社头一年，就碰了这样一件为难事。”

“事到如今，再泡种也来不及了，只好少种一点双季稻。”谢庆元说。

“我们的复种面积已经上报了，哪里能少？我看老谢，你是当家人，应该……”

“我是什么当家人？”谢庆元想起他个人的事情，又说憋气话，“我背一身账，自己这个小家都当不成了。”

“这个好办，大河里有水小河里满，只要社不垮，生产一天天上升，你的这点账算得么子？”

“作兴赖账吗？”

“不是这样说，老谢，我们跳出个人的圈子，替社里考虑考虑，好不好？只要我们一心为社，社就会兴旺。”

“我还有什么外心？”

“你没外心好极了，多余的秧先尽社，问题解决了。我叫他们替你护秧，你专顾犁耙。”

“那不行。”扯到实际问题，谢庆元寸步不让。

“为什么？”

“没有什么为什么。这边的秧田我负责到底。换个生手，又出岔子怎么办？”

“秧都摆风了，还会出什么岔子？就是生手，料想也出不了问题。”

“你这不是过河拆桥吗？”

“你这话是什么意思？这里安得上什么过河拆桥？莫不是你想

闹独立性了？”

“我闹什么独立性？”

“那为什么你的责任区社里不能派人插手呢？”

谢庆元没有做声。

帐子里面，桂满姑娘一直在用心细听。她觉得丈夫说了一些不得当的话，自己又不好干预。现在，听到老谢逼得没话讲，怕他发躁气，连忙爬起来，想打个圆场。正在这时候，刘雨生心里也烦了，话就来得重一些：

“你这样，连我也止不住起了疑心。”

“疑心什么？我一没偷人家，二没抢人家。”谢庆元跳了起来，手捏着拳头。

桂满姑娘披起破棉袄，赤着脚跑下踏板，赶到谢庆元面前，拖住他的右手杆子，连斥带劝地说道：

“你从容一点，和平一点，好不好？”又转身向着刘雨生，“雨生哥，快鸡叫了，我看今夜里算了，有话留到明朝讲。”

“他平白无故疑心人家，就算了吗？没有这样子松泛。”

“蚂蚁子不钻没缝的鸡蛋。”因为纠缠太久了，身子又有些疲倦，刘雨生也控制不住了。

“你这话是什么意思？”谢庆元抢进一步，一膀子掀开拦在当中的堂客。谢庆元有一股牛力，只轻轻一掀，堂客摞过去好远，倒在床边踏板上，身子一定是撞痛了，她哎哟一声，又怕他们打起来，大声叫道：

“快来人呀，打死架了！”

谢家里的茅屋坐落在一个小小横村的山边上，左邻右舍都相隔好远，叫唤声音人家是听不见的。这一回事有凑巧，谢大嫂才嚷一声，外边就有手电的白光闪几下。谢大嫂又大叫一声，外边进来一个人，拿手电一照，笑着问道：

“有什么事呀？”

三个人都望见进来的人，不是别人，是盛清明。

“你们这是做什么？大嫂子你怎么跪在踏板上了[①]，那里应该是老谢受训的地方嘛。”

“你这个耍方鬼，哪个跪了？”

“你们到底是干什么呀？”

“为秧的事，我们吵架了。”刘雨生平静地说，“老谢要动粗，先把心上的人掀倒了。”

“我们走，由他一个人动粗去吧。”盛清明拖着刘雨生就往外走。到了门外，他扬声又叫：

“老谢，今天夜里起，秧田你不要管了，我派民兵来替你守护，你累了，休息休息吧。”

“多谢你，不要你派人，我要一手来。”谢庆元在房里回答。

“一手包办不行啊，老兄。”

盛清明讲完，没再等回应，挽住刘雨生的膀子走远了。到了塅里，盛清明说道：

“这家伙真是手指脑往外边屈，答应了他了。”

“答应了张桂秋吗？”刘雨生问。

“还不是他。”

“何以见得？”

“秋丝瓜不是有个崽吗？你晓得的，样子也像秋丝瓜。”

“你真是爱讲笑话，秋丝瓜的崽不像秋丝瓜像哪个？”

“我引他到外边来说：‘好伢子，我这里有糖。’我从怀里挖出几粒糖珠子。他蹑手蹑脚，想吃又不敢伸手，眼睛往屋里一瞄，足见秋丝瓜的家教还是很严的。看见门口没有人，他接了糖，塞进嘴里。我牵着他走，一边问他：‘听说你们的秧烂了，是不是真的？’‘哪会不是真的呢？’‘你爸爸不急？’‘他急么子？’‘没得秧

---

① 跪踏板：是讽刺人家怕堂客的话。

插田，还不急吗？’‘他有秧子。’‘哪里来的？’‘我不告诉你。’‘你看这里是么子？’我摸出一包糖珠子。‘他弄得谢大叔的，我再不告诉你了。’‘糖拿去吧。你爸爸给了谢大叔什么东西？’‘给了一撮箕米，一块腊肉。我再不告诉你了。你这个人不是好人，会去跟爸爸说啵？’‘我去跟他说什么？他又没得糖给我吃。’你看，事情不是摆明摆白吗？”

刘雨生觉得事情严重，连夜跑到李支书家里，把情况一五一十讲了一遍。听了报告，李支书有点生气，这是稀有的。他枯起浓眉，说道：

“这太不像话，他能被秋丝瓜收买，就难得不被别的人买通，不整一下不行了。”

“他还信你的话，你先找他谈谈看。”刘雨生建议。

“个别谈话不行了。”

“先开一个支部会？”

“不开了，请他直接跟群众见面。他哪里还有点党员气？这样好吧，明天夜里开个辩论会，你我都出席，你跟盛清明都把材料准备好，布置一些积极分子。好，你就去吧。这太不像话了。”

三十五　大闹

第二天清早，李月辉接到电话，要他和刘雨生到城里参加地委召集的布置插田的电话会议。眼看两人都不能参加社里的会了，李月辉原想改期，但他又考虑，这场辩论刘雨生和他都不出面可能还合适一些，就决定会议还是按原定时间召开，要盛清明代表常青社的监察委员会出面主持。

“你要小心啊，”李支书临走嘱咐盛清明，“一不能够简单化；二不宜粗暴，打人是绝对禁止的；三也要有适当的警戒。”

“这个我晓得。”盛清明顶有自信。

这是一个暖和的春天的夜里，寒潮过去了。阳雀子在山里彻夜地啼叫。秧在田里长得响。常青社的会议室点起一盏盖白灯，整个房间，通明崭亮。屋里挤得满满的。进不去的人只好站在门外堂屋里、窗外阶矶上。大家都晓得，今晚的会，不同平常，是很热闹的。

室里室外，凡是有人的地方，烟气呛人，几个妇女咳嗽了。

“你说抽烟到底有个么子味？”龚子元堂客和张桂贞打讲。听说是开辩论会，她怕揭发瘟猪子肉的事件，心里不安，故意大声地说话。

“有么子味啰，吃的满口的烟气，舌子滑苦的。”张桂贞心也不安，措忧她老兄。

盛清明早已来了，在会计室里拉胡琴。有个民兵告诉他，人都来齐了，单缺谢庆元本人。盛清明撂下胡琴，走出去了。一会儿，李永和进来，把淑君、孟春、雪春和别的几个青年招呼出去，聚集在地坪角上、樟树底下，听盛清明说道：

“今晚的会是跟谢庆元辩论，大家的发言要摆事实，讲道理，主要是为秧苗的事，情况大家都晓得了吧？”

“这个人比单干还不如，我的拳头捏得水出了。”陈孟春愤愤地说。

“你真是能接你老兄的脚，不过今晚要特别注意，内部矛盾绝对不能够动粗，拳头不能用，你要好生管着它。”盛清明说。

“那家伙还不见影子，怎么办呢？”

“他不敢不来。”

“只怕他来倒上树，反而要发我们的火。”盛淑君担心。

“他发火，我们也不发。”盛清明果断地说。

“群众发躁气，跟他顶牛，那怎么办？”李永和问。

“我们要好好掌握，始终要以理服人。”

“只怕不容易。”李永和畏难，因为他是和谢庆元交过手的，为了油茶子的事。“这个人本性难移。”

“我们不光是要教育他本人，主要是用他作个思想解剖的标本，给大家学习。”

“可不可以追他华容的根子？”李永和又问。

“对，掀开他的老底子，痛快痛快。”是孟春的附和。

“你不要鲁莽。”

“这算鲁莽吗？”

“你有他华容的确实材料吗？”

“听说他加入了圈子。”

“听哪个说的？这件事我都没有查确实，不要乱说。况且圈子也复杂得很，不能说入了圈子的，个个是坏人。”

“他吃人家瘟猪子肉的事，好提吗？”李永和又问。

“一个愿意吃，一个愿招待。有什么讲的？”盛清明怕牵涉到龚家里身上打草惊蛇，这样岔开说。

“那就没有好的材料了。”李永和说。

“谢庆元的材料会少吗？爱发牢骚，账目不清，乱扯麻纱，只要有人讲开一个头，群众会提的。好，我们进去，一个一个走。”盛清明打发大家进去了，自己忙去找了两个民兵后生子，吩咐一个站在后山上，一个守在大门外。又叮咛道：“会上没事，不要乱动，万一有事，吹声哨子。”

“又是开么子框壳子会啰？我看你不去算了。”谢庆元在家，刚要动身来赴会，正在喂伢子奶子的堂客拦阻他说。

“不去，清明伢子以为我胆怯。”

“何必同他怄气呢？那个调皮鬼，你惹得起？”

“他以为我是好惹的，哼！”在堂客面前哼了一声，谢庆元威风抖擞，大步往社里走来。到得社门口，在樟树底下碰到一个提着茅叶枪的民兵，他心里惊问：“他们布置武装做么子？”不晓得到底有好多民兵，抬头望望，好像那屋前屋后的朦胧的树影里都有人一样。他的威风倒了一半，拖着脚板，勉强地往会场走去。

“来了！”门口有个人伸出头来瞄一瞄，转身跑进去，口里这样叫。人们看见谢庆元的青斜纹布制帽，齐眉戴着，把眼都遮了，懒心懒意走到大门口，他的武高武大的身子嵌在石门框子里，像门神一样，两个腿巴子像一担水桶。会上的人们，特别是妇女和小孩，自然而然让开一条路。

谢庆元这面感到理亏，大门里外的气氛又给与他一些压力，也流露了一点隐藏不住的胆怯的样子。走进门来，四围一望，到处没有空位子，他站在那里，不尴不尬，得幸亭面胡在那里招手。这位老倌子听到今晚的会很重要，以为是发救济粮款，亲自出马，几早来了。但他有个关门瞌睆的毛病，拣了一个靠墙的角落，睡了一觉，醒转来时，看见谢庆元东张西望，找不到位子，他忙让出一截板凳招呼道：

“过来，到这边来。”

谢庆元挤了过去，坐在亭面胡旁边，什么人也不看，接了面胡装起的烟袋，低头只顾抽闷烟。有两个孩子看见他把帽檐拉低，遮了脸的上半部，连忙挤到他跟前，从下面仰望，研究他脸色。

“现在开会了。”盛清明一本正经地宣布，“今天这会的议程是，”盛清明日益趋向正规化，用起“议程”这样的字眼来了，“辩论一个人。我们这里有一位社员，明白点说，就是谢庆元，在秧苗上，跟社闹意见，大家都晓得了吧？”

“晓得了。”几个人同声回答。

“晓得了，我就不说了。”

“要得，”对于闹秧的原委，亭面胡本来还不大清楚，但既然不是发救济款子，他就希望早一点散场，“你只搞快迅的。”他说。

“今天夜里，支书社长都不在家，我代表监委会，主持这会，我也主张早开早散，明天大家还有一屁股的事，哪个有话就说吧。

不要忸忸怩怩，像姑娘们一样。”

“你几时看见我们忸忸怩怩了？”盛淑君立即反应。

“不忸怩，就请打头炮。”盛清明来得顶快。

“好吧，我讲一点。”盛淑君大大方方站起来，两手编着一条散了的辫子，“我讲句直话，谢庆元这人不像一个副社长，更不像党员。他平素说：‘男当家，女插花。’照他意思，我们是只配插起花朵，给男人玩的。他是男子，应该把家当好吧，他不，叫他当家，又总不肯干。”

“他只愿意跟自己堂客当个小家，清早发早火，夜里刷马桶，他都积极，要搞大场面，就不来气了。”有一个男人躲在远远的后边这样说。

“狗肉上不得台盘！”有人藏在暗处骂。

“各位慢一点打岔，听我讲完好不好？”盛淑君把编好的辫子甩到背后，“上村下村如今归一个社了，分什么彼此？他偏要分。上次为几粒茶子，跟我们吵过一架了，这回下村秧多点，又不给上村，倒要给外人。”

“我给哪个了？”谢庆元在板凳脚上磕磕烟袋，这样反问，但声音不高。

“我们有调查，赖到哪里去？”盛淑君的话音倒比谢庆元高点，“问他这样做是什么思想？”

“资本主义思想！”陈雪春代他回答。

盛淑君坐了下来，李永和接着唤道：

“叫他坦白，他把社里的秧许给哪个了？”

“答白呀，不做声是散不得工的。”陈雪春噘着嘴巴说。

“他不肯讲，我替他说，”盛淑君又站起来，“根据调查，我们晓得他把秧答应秋丝瓜了。”

会场上人声杂乱，议论纷纷，也有骂的。张桂贞低了脑壳；老人们都不做声；青年人显出愤慨或轻蔑的神色；谢庆元把烟袋还给面胡，一动不动，一声不响，两个小把戏，蹲在他脚边，又在仰头探看他的帽檐下边的眼色。

“亏他还是副社长！”陈雪春说了一句。

“只有你一个人多嘴的。”陈先晋其实是怪盛淑君嘴巴子太多，但家爷不好讲媳妇，而且这媳妇又没有过门，更不好说得，他只得喝骂自己的女儿，为的是叫她听着。

“叫他自己讲，干部犯法该不该？”盛清明发问。

“干部犯法，知法犯法。”李永和瞅着谢庆元的低了的脑壳，“你从土改以起当干部，为什么越当越糊涂了呢？”

“当久了，忘记了。”陈孟春笑道。

“谢副社长！”盛清明尊他一声，“大家要求你交代，装聋作哑，过不得关，丑媳妇总是要见家娘的。”

“叫我说什么？”谢庆元的脸略微抬起一点来。

“说，为么子把秧许给秋丝瓜，得了他么子好处？你照直说。”盛淑君用的是刚硬的口气。她完全没有把那瞪眼的家爷放在心上。

“我得了么子？不要乱扯，你这个妹子。”谢庆元想把这个伶牙俐齿的姑娘先压下去。

“天有眼，墙有耳，做了亏心事，瞒得住哪个？”盛淑君说。

“腊肉好吃吧？”陈雪春问。

“什么？”谢庆元有点吃惊，反问一句。

“不要装糊涂。”陈雪春把嘴一撇。

“不要以为你的块片大，可以不说话。”龚子元堂客插进来说。

“打掩护吗？”陈孟春对龚子元堂客瞪了一眼，正要再说话，只听盛清明大声问道：

“同志们，他不肯坦白，怎么办呀？”

“叫他站起来！”后边有人唤。

“把他捆起来！”又有人唤。

“哪个有角色，就来捆吧，来呀，”谢庆元扎起袖子，猛跳起来，准备迎战。“是角色的都来吧。我要怕你们，就不姓谢。”他一手叉腰，一手捏着拳头举起来，两个站在他身边，仰头观察他的脸色的小孩子，看见一只饭碗粗细的拳头举在他们脑门上，吓得回身往后挤，有一个的脚踩着了一位抱着小孩的妇女的脚尖，她哎哟一声，顺手赏了一个耳光，那孩子哭骂不止，女人怀里的孩子也号啕大哭，一时大的吵，小的哭，闹成一片，孟春、淑君压不住阵脚，会场大乱了。胆小的人们，包括妇女和小孩，拼命往外挤，胆大的人们，多半是些后生子，使劲往里钻，想看热闹。几股人流，互相激荡，一个小孩挤倒在地面上，哇哇大叫。龚子元堂客乘机嚷道：

“哎呀呀，不得了呀，踩坏人了，踩死一个小把戏，出了人命了。”

她连声叫完，就往外头挤。会上秩序越发混乱了。

盛清明把李永和拖到自己的身边，在他耳边低声吩咐了一句。李永和挤出门去了。不大一会，屋后山上哨子叫了，又过了好久，一片步伐整齐的足音，由远而近，“立正，散开！”的口令声也传进来了。盛清明放了心，从容爬到桌子上，对着进进出出的人们说道：

“莫挤莫挤，没有事，慢点子走，把小把戏扶起，你们哪一位牵牵李槐老。老人家，不要急，没有什么事。后生子们让一让路，好不好？叫小把戏、老人家先走，对了。妇女们跟着前进，慢慢地，不要性急嘛，把小孩抱好。”

这样一指挥，屋里秩序渐渐恢复了。李槐卿和盛家大姆妈，以及别的上年纪的人们都有民兵来扶持。最后走的是男人们，会场显得空空落落了，乱哄哄的局面已经收场，人们从容不迫地走了。也有从始到终，都很从容的，那是亭面胡。人们大唤大闹的时候，他坐在原处，靠在墙上，抽着旱烟袋。等局势平息，人声不多了，他旁边的谢庆元也早走了，他才起身，在墙脚上磕磕烟袋，嘴里骂道：

“搞的么子名堂啰，只说这个会要紧，么子要紧？吵架要紧吗？耽误人家半夜困，没得死用的家伙。”他把大闹的双方，包括盛清明在内，通通一起，当儿女骂了。他不跟任何人招呼，夹着烟袋，走出会场，回家去了。没有得到他所盼望的救济款，老倌子有点恼火，因为他还有两百来斤周转粮，没有钱去籴。

亭面胡才走，李永和跑起进来，并脚举手，行了个军礼，报告队伍奉命开到了，随即报明了人数，并且请示下一步行动。

“解散！叫大家回去休息，没有事了。”

盛清明这一句话还没有落音，盛淑君和陈雪春押起一个中年妇女进来了，她们的背后跟着陈孟春。

“是这家伙起的哄。”陈孟春用手指指被押进来的龚子元堂客。

“天地爹爹，这不是黑天冤枉，我口都没开。”龚子元堂客扯起青线布衫袖，揩揩干燥的眼睛。

“把她放了！”盛清明命令淑君和孟春，随即看龚子元堂客一眼，笑笑说道，“你回去吧，大嫂子。”

“他们这样随便冤枉人，是不行的。”龚子元堂客反倒控诉了。

“算了，算了，算是我给你们和解了，回去休息吧，天色不早了。”

龚子元堂客一路嘀嘀咕咕，出门去了。

“你为什么把她放了？”陈孟春抢进一步，满脸怒色，质问盛清明。

“你为什么把她抓来？”盛清明笑着反问他。

“她捣乱会场，我听到她大叫一声，就乱套了。”陈孟春愤愤地说明。

“我也听到了。”盛淑君补充。

“我也听见。”陈雪春也说。

“你们倒是一合手。”盛清明说，“不过你们都是大春一派的，只图痛快，未免有点把事情简单化了。”

“这件事情有什么复杂？她捣乱，我们把她当现行犯抓了有什么不是？”

“不是这件事本身，有么子奥妙，不过，世界上的人和事都是互相制约的，这是李支书常讲的哲学。”盛清明泛泛地说。

“我不懂什么哲学，只晓得你这样把她放了，她得了便宜，会更放肆捣鬼。”

“巴不得，正要她这样，”盛清明随即把孟春拉起拢来，两人讲了一会悄悄话，盛淑君只听得两句：“你不要操隔夜心，她有人管。”底下的话，讲得更细，听不见了。陈孟春勉强点了点头，就跟盛淑君一起出去了。

两个人才出大门口，碰到刘雨生，被他邀到草垛边，扯了扯情况。

“盛清明没有走吧？”临了，刘雨生问。

“还在里边。”陈孟春回答。

“我去看看他。”和两人分手，刘雨生跑进了会场。

盛清明已经把挂灯吹熄，点起小灯盏，正在和李永和一起安排护秧的工作。一眼看见刘雨生，他问：

“你怎么转回来了？”

“走到河口里，李支书不放心，打发我回来看看。”

“不放心我吗？”

“那倒不是，怕谢庆元逼得急了，出什么岔子。支书说：‘这家伙是根直肠子，怕他一时想不开。’”

“这倒是不必担心，他比哪一个人都强顽些。”

“可能是外强中干。我同你看看他去。看这一压，有不有一点转机。”

“我不奉陪了，要护秧去。”

刘雨生又一个人跑到谢庆元家里，这回却受到了欢迎。谢庆元从会上冲回家后，秋丝瓜来了，说是再过七八天就插田了，秧是讲定了的。谢庆元说了一句“秧如今归民兵队管了”，秋丝瓜把脸一沉，说道：“受了人家的么子，兴这样吗？请把东西还给我，给你还不如给……不要叫我讲出好听的来了。”谢庆元跳起身来，青筋直冒，秋丝瓜趁他脾气还没有发开，飞脚走了。谢庆元像是老鼠钻风箱，两头受气，气得跟鸭公子一样，喉咙都嘶了，倒在床铺上，哼天哼地。

“你来得正好，雨生哥。”谢庆元堂客一眼瞄见刘雨生，好像是看到了救星一样，连忙欢迎，“进来坐吧，你瞅瞅我们这个人，叫他们逼到么子样子了？社长你修修福吧，不要叫他工作了。他是一个蛮人子，只晓得挑肩压膀。”

“我也不是斯文人，”刘雨生笑道，“也是搬泥头骨出身，现在还是干这行。”这时候谢庆元早已从床上坐起，吩咐堂客：“拿烟袋来给社长。”刘雨生接着烟袋，又补了一句：“工作能力是操出来的。”

“他工作个鬼啊，到处受人家欺负。”堂客从旁说，“我看他不要搞这个框壳子副社长算了，去搞副业，挑点发脚，家用还宽裕一点。”

“那就是走退坡路了。”刘雨生说，“桂满姑娘，你这样劝他后退，算得贤良吗？”

“么子贤良不贤良？人生在世，两脚奔奔走，只为身和口。”

“你少讲几句，好吧？”谢庆元压住他堂客。

“你应该劝他好好地工作，”刘雨生一边说桂满姑娘，一边对准谢庆元的老脾气，先来几句，提起他的消磨快尽的雄心，“他就是脾气躁点，工作能力倒是很强的，田里功夫门门都来得，这回秧苗，也是他的管得好。”

“是呀，做好不落好，何苦来呢？”桂满姑娘又浇冷水。

“不要拖他后腿了，桂满姑娘。”刘雨生笑着说。

“你少讲点。伢子哭了，快去哄去。”谢庆元吩咐堂客，被刘雨生表扬了几句，谢庆元从会上受到的愤激顿时消除了一半。心里又想，如果他照旧担任社里的职务，像秋丝瓜那样的单干，是不在话下的。讨还东西么，没有，他又怎么样？考虑到这些，脸色开朗些。和刘雨生有讲有笑，又扯了一阵。

“怎么样，秧苗的事？”刘雨生乘机发问。

“盛清明不是要管吗？他要管，就管吧，我不探了，听你们调摆。”

“你这意思，早点表示了，不是免了这场吵？”

“会才开始，他们就叫捆起来，我还有机会表示？人家又不是地富反坏，动不动叫捆。”谢庆元提起这些，还有余痛。

“过去的事，不要记在心上了。”刘雨生劝道。

“我姓谢的是个顶天立地的贫农，一个共产党员，他们叫捆，就能捆吗？”谢庆元越讲越来气。

“我们这个人老实，肚里没名堂，只有一把嘴巴子，死不交人。”已经睡到帐子里去哄孩子的桂满姑娘听见谢庆元越讲越心痛，她也心痛了，攀开帐子，伸出她的黑发蓬松的脑壳，插嘴说道，“依我看，你们还是放他回家来算了。”

“回家来帮你打早火，你好睡晏觉，是不是？”刘雨生仗着是熟人，略微抢白了两句。

“你们这些人哪，我讲正经的，你又取笑了。我只懒得探你们的闲事，啊，啊，啊，我的宝宝要睡觉觉啊！”桂满姑娘把头缩进了帐子，拍着她的小伢子。

“雨生，”谢庆元满怀激情地叫道，“我们交往不止一年了，你是晓得我的底细的。我谢庆元从前是个上无片瓦、下无寸土，讲话没人听，吃酒没人敬的人。解放了，搭帮毛主席，好容易透透彻彻翻了一个身，如今他们又来欺负我，你设身处地，替我想想，我受得了吗？”

“没有人存心欺负你，我敢担保。”

“叫捆不是欺负人？”

“那是群众一时的激动。不要再提这些了。”

“往年的苦，还没有受足，还要来补课？雨生，在旧社会，我们哪天伸过眉？”谢庆元这一席话里略微带了点哭味。

“你没过过好日子，这是确情。”刘雨生不禁生了同情心。

“他盛清明，年纪轻轻，在旧社会，还是个孩子，晓得么子啊？”

“又讲人家了！”桂满姑娘从帐门里伸出头来，提个警告。

“动不动来他那一套，好像哪个会怕他。”谢庆元只顾说他的。

“不要怪他吧，他也是站在工作岗位上，为的是大家。”

“我堂客总是怪我，不该到外边去仰，不回家生产。”

“组织大家生产，是领导工作，比一个人搞强多了。”

“我没有这个本领，我是一个呆人子，只会跟跟牛屁股。我一个堂客，三个儿女，都问我要吃。”

刘雨生边听边想，秧苗问题解决了，他气也醒了，为什么还诉这些苦，讲这么多呢？可能又有经济上的某种目的，或是得了秋丝瓜的东西，受了他的卡。只听对方又说道：

“我堂客总是埋三怨四，”谢庆元讲到这里，侧耳听听帐子里已经起的均匀微细的鼾息，又放肆讲了：

“她说，……也难怪她，一个女人家，跳起脚屙不得三尺高的尿，晓得么子？说‘缝缝补补，洗洗涮涮，我一个人担当了，你总要把点米我煮嘛’，听听这话，叫我如何回复她？搞急了，只好向秋丝瓜开口，不料这家伙……”

“要你拿秧去作抵？”刘雨生猜道。

“是呀，我借了他两斗糙米。”谢庆元坦白，但还是瞒了那块腊肉。

听了这话，刘雨生心想，新近上级拨下一笔救济款，正好答应给他分一点；心里默神，救济款项是党和政府发给赤贫户子的，谢庆元当然可领，但这人情应该由支书来做。于是他说：

“这两斗糙米要组织上给你还了，免得受他卡。”

“清了账，还是没得米下锅。”谢庆元得寸进尺。

“这也可以想法子，告诉你到一个地方去，把这些要求提出来。”刘雨生向他建议。

“到哪里去？”谢庆元忙问。

“找李支书设法。”

“我不愿意，并且找他的次数多了，有一点不好意思。”谢庆元晓得夜里的会，李支书一定知音，不大想去。

“告诉你这个应急的路子，去不去只能由你。如果是自己设法得来，当然再好没有了。少陪了。这几天的功夫，明天我们再研究一下。”

送刘雨生走后，谢庆元回来，脱了衣服，又吹熄灯，爬到床铺上。刚要睡下，左边来了一脚板，蹬得他有点发痛。

三十六　纠葛

桂满姑娘赏谢庆元一脚，是由于他以为她睡了，在外人面前随便讲她的亏空，相当轻视她。“我不晓得么子，”她从枕上略抬起头来，这样问罪，“你呢？你这个明白的碌太爷，为么子也受人家的卡了？”

谢庆元没有做声，只听那一头又说：

“人家好意，关照你去找李支书，你说‘我不愿意’，好体面的角色，真是茅厕屋里的石头，又臭、又硬！”

谢庆元还是没做声，假装打鼾了，心里这样想：“你假装得，我假不来么？”

不过这一脚，加上这席动听的训词，对谢庆元还是发生了影响。第二天黑早，他脸也不洗，就赶到了李月辉家里。夜里，支书从街上回来，在乡政府和盛清明研究了乡里的情况，又跟各社的社长商讨了电话会议下达的办法。等事情办了，摸黑回家时，村鸡叫起头遍了。回到屋里，洗完脚，才上到床上，鸡又叫一遍。

谢庆元闯进了灶屋，挺起大喉咙，莽莽撞撞，唤了一声李支书，只见李嫂子慌慌张张，蹑手蹑脚从房里出来，对他摇手，悄悄笑着说：

“才上床不久，你们修修福，让他睡睡吧，有事请等下再来。”

“是哪一个？”李月辉被老谢吵醒，翻身向外问。

“没有哪个，睡你的吧。”李嫂子扯谎。

“分明听到有人叫，是做梦吗？”他攀开帐门，从房门洞里瞄见了来客。“是你吗，老谢？为什么还没有出工？”

“你们这些人呀，一定要把人都拖死，早的早，夜的夜，没有一个时辰的。”李嫂子横谢庆元一眼，唠唠叨叨，走开去了。

“你先睡睡吧，我等下再来。”谢庆元觉得过意不去。

“我起来了，黄天焦日睡不着。有么子事吗，老弟？”李月辉披件棉袄，坐到床沿上，一边用手揉眼睛，一边用脚板在踏板上探寻鞋子。

谢庆元坐在挨近床边的红漆墩椅上，说道：

“有点小事，就是夜里发生的。”

“我晓得了。”

谢庆元把大闹的经过，从头至尾，说了一遍，添了点申诉，也带了些检讨。李嫂子打盆洗脸水，放在洗脸架子上，李月辉走近架子，一边听着，一边勒起衫袖，弯下腰肢，把脸和颈搁在瓷盆上，用条搓了好多肥皂的湿毛巾使劲地擦抹。“嗯，讲吧，我在听你。”

“我的话完了。不过还有件小事求你，又不好启齿。”谢庆元停顿一下。

“讲吧，勇敢一点。”李月辉的鼻子在湿毛巾里擤得发响。

“是老刘叫我来的，我呢，实在有一点对不住人，要求的次数太多了。”

“过门唱完了没有？”李支书扭转巴满肥皂泡沫的脸块，笑一笑说。听刘雨生提过，他早已猜到了来意，“经济上又有困难了吧？”

“是的，”谢庆元点一点头，“我借了张家里两斗糙米，受了卡了。只怪家里吃口多。”

“还想添一点油荤。”李月辉点了一句。他已经晓得，秋丝瓜送了他一块腊肉。但没说穿。

“失悔也来不及了。”谢庆元叹了一口气，“两斗糙米，把人都卡死。”

“我再开张条子，归了张桂秋的米账，还足足吃得到接新。记住啊，这是救济款上拨出的，你不要大吃大喝，要细水长流。”李支书一边说，一边用钢笔在记事册的一页上写了几行，盖上戳子，扯给谢庆元。这位粗心人接了字条，没有看一眼，就欢天喜地，收进衣袋里，随即告辞。

“吃了饭去，”李月辉留他，“为什么不？嫌没得菜吗？荤的没有，擦菜子倒有一碗，而且很香，城里都买不出呢。”李支书喜欢乡里的一切。

谢庆元谢绝了邀请，从李家走出，赶回家里吃了饭，就去用牛。这一天，他用尽了力气，做了两天的定额。到断黑了，他才收工。

谢庆元有个古怪的毛病，身上有存款，不到用完，心里总是不舒服，夜里睡不着，李月辉的字条放在衣袋里，搞得他翻来覆去，通宵没有闭眼睛，天麻麻亮，他就爬起来，披了衣服，脸也不洗，出门去了，堂客以为他出工去了，没有料想他是往镇上去的。

走到镇上的肉店。看见那里杀了猪，他说：

“给我砍三斤。”

“老谢，又在哪里发财了，要精的，还是肥的？”肉店营业员拿起尖刀问。

“三斤五花肉。”

肉称好了，谢庆元从怀里挖出字条。

“这跟现款一样的，你找吧。”

“这是米条，我们不收。”营业员看完字条说。

“什么？”谢庆元接过字条来一看，上面写着：

“凭条发机米贰石。”

下面括弧里有一行小字：“分四次付清。”末尾是“李月辉印”的仿宋体图章。

谢庆元又惊又气，又不好发作。

“条子收好。”营业员关照他一句，就应付别的户子去了。

“这三斤赊给我好吧？”谢庆元要求。

“不行。你下回来吧。你要好多？”营业员问另一个户子。

谢庆元只得在镇上熟人屋里，借一套箩筐扁担，到仓库里领了五斗米回家。归了两斗账，还剩三斗，堂客非常地满意，谢庆元瞒过肉铺碰钉子的这一段，也装作满意。

“常言说得好，有柴无米，设法不起，有米无柴，设法得来。家里的事，不要你探了。”

餐餐有米煮，谢庆元堂客高兴极了。她大崽长庚日里到溪里捞鱼，夜里到四边用针扎子扎了好多的泥鳅。于是，除开擦菜子，谢家的桌上时常摆出点小荤，谢庆元也很满意了。几天以来，他出工很早，收工也迟。长庚利用课余的时间，看牧社里一条大水牯。

“这样每年添加五百斤谷子的收入，他的学费不要你来操心了。”这是刘雨生原先替他盘算的。

年年缺粮的谢庆元家里，借着党和社的周到的安排，直到接新，柴米油盐都有了，连长庚的学费也不要措忧，谢庆元堂客心满意足，谢庆元自己也只能说是如意了。

但一想到秋丝瓜，他就要枯起眉毛。

米账清了，还吃了人家的腊肉；吃了茶，巴了牙，秧没分成，害得秋丝瓜没得法子想。想起这些，谢庆元有几分内疚。秋丝瓜又不时派自己的堂客或是儿子来到谢家，请谢庆元过去谈谈。他没有过去，但总觉得应该找人代他方圆一下子，他想起了秋丝瓜的妹妹张桂贞是自己堂客从小一起长大的朋友，就想利用这关系。有一天夜里，他跟堂客商量道：

“你为什么不去找找贞满姑娘？”

“找她做么子？”

“你们起小一块长大的，如今她男人不在。”

“她男人不在，不正好吗？”

“你这个人不讲道理。我的意思是我们受了她哥哥的人情，应该通过她填谢填谢。”

“你看我脱得身吗？”

“你脱不得身，叫她来呀。”

“你想见她吗？”

“你这个人蛮攀五经，不同你讲了。”

两公婆的商讨，到这里为止。这件事情丢在脑后了。不料有一天，谢庆元牵着牛出工，在塅里的路上，碰到张桂贞扎脚勒手，背把锄头，到田里去。她晒得黑皮黑草，但脸块还是一样地秀气，腰肢还是一样地苗条。谢庆元笑着赞道：

“贞满姑娘这下真操出来了。”

“哪里？比起你们男人来，还差得远。”张桂贞扭头要走。谢庆元追着又问：

“为什么不到我们家里来耍了？”

“哪里有空啊。”

“这几天回家没有？”

“你说哪个家？我自己的家，我天天回去。”张桂贞对他一笑。

“我是说的你娘家。哪一天要是你回去，见了你哥哥，请代我说说，领了他的情，我老谢心里是不会忘记的。”

“你领了他的么子情呀？”

“你只照我的话说，他晓得的。”

“你还在这里呀，贞满姑娘？”两个人正在路边上交谈，话音不低也不高，谢庆元牵着的水牯，正在乘机吃路边的青草，有个女人的声音忽然从他们的背后发出，他们回头一看，是龚子元堂客。当下这堂客又说：“副社长，是你呀？你们有事，只管谈吧，不打你们的岔。”她赶紧从他们身边擦起过去，走了几步，又回头笑笑。

这一件事，谢庆元没放在心上，张桂贞也没有介意。腊肉事件有时还使他操心。他怕秋丝瓜一时生气，和盘托出，传到他以为一定还不知情的李月辉的耳朵里。虽说心里有这个疙瘩，在功夫上，他是十分卖力的。

除开田里的功夫，他还要工作，常常地，累了一整天，到了夜里，下村的排工和评工，又是他亲自主持。群众对他反映十分好；刘雨生听了，替他欢喜，把情况反映给支书：“下村工作，老谢带头加强了。”

“如何？我说他是有两下子吧？”李月辉也不禁激赏。

群众的良好的反映，领导的奖掖的评语，谢庆元通通听到了，喜得他脑壳捣大蒜一样，扎扎实实，得意了几天。

有天夜里，谢庆元家也不回，脚也不洗，穿起草鞋，系条满是泥巴的烂围裙，走到塅中央的田塍上，嘴上套个喇叭筒唤道：

“喂，收了工，都不要走，到队上排工评工，搞完再回去吃饭。”

他的这个措施得到好多人拥护，陈先晋对他跟秋丝瓜勾搭，本来是有意见的，如今也点点头说：

“早评工，早困觉，明朝好早起。”

人们来齐了。队长的堂屋点起一盏小小的煤油罩子灯。队长和队会计都坐在桌边，主持会议，谢庆元靠近他们。他们的对面，淡黄灯光里，一个身段苗条的女子斜靠在小竹椅子上，瓜子脸晒得发出油黑的光泽，额边一绺头发编个小辫子，一起往后梳成一个巴巴头，眉毛细而长，眉尖射入了两鬓里；大而又黑的眼睛非常活泛，最爱偷偷地看人；脸颊上的两个小酒窝，笑时显出，增加了妩媚；

上身是件花罩衣，下边是条有些泥巴点子的毛蓝布裤子；因为刚从田里来，还赤着脚。这个女子就是张桂贞。她的旁边是龚子元堂客，两个人正在低声耳语。

评工开始了。谢庆元坐在张桂贞的正对面，又是熟人，不免有时望望她，惯爱看人的张桂贞也自然而然，眼光常常投向桌子边，龚子元堂客看在眼里。她想起了塅里碰见两人谈话的情景。龚子元堂客年轻时节一定也很标致吧？如今四十开外，肤色焦黄了，眼下的眼泡松弛了，但是人老心不老，她还爱穿俏色的衣裳，喜跟男人们笑闹。还有一宗，是她特具，别人少见的脾气，最好打听、观察、传播和挑动男女间的不正当的风流事。找到了谢庆元和张桂贞的这个主题，她自然是不肯轻轻放过了。她坐在张桂贞前头一点点，稍微侧向她，这样，既能毫不费力地看见谢庆元的一举一动，又好观察张桂贞的眼色。

“瞅，人家又在望你了。”龚子元堂客用左手的肘弯触一触贞满姑娘，低低地说。张桂贞抬起头来，自己的眼睛果然跟谢庆元的相逢了，不觉脸一红，把头低下。自从嫁了符贱庚，又经过一个时期的劳动锻炼，张桂贞的思想变化了，一向都十分庄重。可是，年轻标致的妇女，除非大方泼辣、纯洁洒脱，像盛淑君一样的姑娘，在人的面前总是不免有一些忸怩，带一点腼腆的。何况谢庆元又真在看她。谢庆元伉俪情深。他的多看张桂贞几眼，有时还跟她说笑，不是因为她长得好看，使他动心了。他这样做，完全是为了她哥哥的那块腊肉的事情，要请她方圆几句，息事宁人。龚子元堂客却存心来推波助澜，把事件引向别的一方面。只要有机会，她就要巧施点染，把张桂贞引得不大自然了。谢庆元还是困在鼓肚里。

“评张桂贞好啵？”评完了三个人的工分以后，龚子元堂客笑着看看谢庆元。

“好呀。”谢庆元表示欢迎，而且快活。

“张桂贞这一向劳动都好，挑塘泥，刨草皮，挖畈眼，都争起来搞，出工早，收工迟。”天真的陈雪春没有辨识会上的风向，一股劲地赞扬张桂贞。

“她今天该评几分？”谢庆元代队长发问，摆明摆白地显出对于有关张桂贞的事蛮有兴致。

“九分。”陈雪春站在维护妇女的立场上，冲口而出。

盛淑君觉得九分偏高了，但因为是自己的朋友兼小姑提起出来的，她不愿意反对，就没有做声。龚子元堂客正要看“戏”，巴不得偏高，引起别人的不满，也不讲话。

“大家看呢？”谢庆元问，顺便又溜对面一眼，张桂贞脸上又隐约地有点红晕。

“九分就是九分吧。”有个妇女说。她急着要到托儿站去接小孩子，还要弄饭，只盼会议快一点散场。

“大家还有意见吗？贞满姑娘自己呢？”谢庆元含笑问对面。

张桂贞起初没管理，低头看着自己裤上的泥巴。

“你开口呀，人家好意问你呢。”龚子元堂客笑笑推了她一把。

“你们评了是的啰。”张桂贞说了一句，还是低着头。

“给她记上。”谢庆元从桌上一堆工分簿子里拣出张桂贞的那本，递给队会计。

“按理，我是不该讲话的，不过……”有个中年男人说话了。

“不过怎么样？”谢庆元问。

“她得九分，一个男全劳力累一整天，顶多是十分，这个差额未免小了一点吧？”那人试试探探说。

“我们不问男和女，只看本人的功夫值得几分，就是几分。”队长看见谢庆元显然偏袒张桂贞，这样附和。

“是呀，同工同酬，你反对吗？”陈雪春插嘴。

好久没有人做声。

“你有意见，还是只管说。”谢庆元对那人又尽了一句。

“我还有么子讲头，道理你们占尽了。”那人说完，把背脊转向桌子。

“大家看吧。”谢庆元向会上扫了一眼。

“副社长做主，公公道道算了就是的。”盛淑君说。

“是呀，副社长当家做主，一言为定。”陈雪春对盛淑君的话总是响应的。

“依我意见，”谢庆元又看张桂贞一眼，“给她九分。”

队会计依着副社长的话，打开张桂贞的工分本，添上个“9”字，然后把簿子递给本人。

“后面的，要没有争论，我们开快车好吗？”

大家没有不赞成的，飞快地评完了工分，再排好工，会议就散了。张桂贞稍微落在后边点，等谢庆元出来，笑笑对他说：

“我哥哥带个信来，说是搞到一些秧苗了，叫你放心。”

“忙没帮到，真是对不起。”

正在交谈，他们背后转出两人，一个是反对给张桂贞九分的那位，一个是龚子元堂客。门外星光里，张桂贞好像看见这女人笑了。

“慢点走，一路去。”张桂贞唤她。

“你们多谈一会吧，难得的机会，我先走了。”龚子元堂客走过地坪，还在哧哧地低笑。

这以后不久，村里有人说，谢庆元跟张桂贞两人在塅里山里，夜深人静，常开“碰头会”。评工会上，谢庆元硬要多给张桂贞分数，两人的眼睛梭子样来往，如何如何的。风言风语灌满了桂满姑娘的耳朵。起初她将信将疑，没有跟老谢戳穿，只暗中留意。有时节，她狡黠地、好像不介意地问起张桂贞：

“好久没有看见了，不晓得她人好不好？”

谢庆元无心地接口应道：

“是呀，你约她来耍耍嘛。”

这样轻轻一句话使桂满姑娘满腹惊疑，要待发作，没得把柄。

这天下半日，谢庆元耙田去了，桂满姑娘正在阶矶上洗衣，看见龚子元堂客脑壳上捆条黑绉纱，手里拿个米筛子，慢慢走进来，带笑问道：

“谢大嫂子，忙吧？”

“忙么子？进来请坐，今天没出工？”

“唉，你说我这个人太不经事了。”龚子元堂客上了阶矶，一屁股坐在一张竹凉床子上，叹一口气，把筛子放下，又说，“才做两三天，脑壳又痛了。劳烦老谢准了我的假。我困在床上一想，怕你们等筛子要用。”

“不要急嘛。”桂满姑娘敷衍一句，依旧搓洗。她跟龚子元堂客本来没有什么好谈的。

“你们老谢近来恐怕顶忙吧？”龚子元堂客找起话来说。

“昼夜不落屋，水都不肯挑。”桂满姑娘拧干衣服，泼了一盆水，起身到灶屋里打水。

“那你用水何式办呀？”龚子元堂客显出关心的样子。

“还不是自己用提桶子提。”

“那你也太费力了。你也不问问你们当家的究竟忙一些么子？”

“有么子问的，还不是这框壳社里的野猫子事？”桂满姑娘提出桶冷水，倒在脚盆里，又掺了点热水，重新涮衣。

“谢大嫂，你骂我们社是框壳子社，我可不能答应啊，我也是社员。”龚子元堂客故意严厉地说道，“你败坏社，我就要替社里讲话，告诉你吧，大嫂子，你们当家的一半忙社里的事，还有一半是忙私房事呢。”

“他忙么子私房事，水都不肯挑？”桂满姑娘从脚盆边上扭转身子来，疑心地发问。

晓得桂满姑娘是个躁性子，看她有些焦急，龚子元堂客心里默神：“还要激她一下子。”就从从容容，含笑说道：

“哪一个都有私房事嘛，你有你的，我有我的，女人有女人的，男子有男子的。”她的眼睛望着地坪里的一群鸡，问道：“你们喂了好多鸡？”

“好多啊，”桂满姑娘满怀心事，不耐烦地说，“通共八只，还给野猫子拖走一只。”

“可惜了。”龚子元堂客嘴里随便敷衍了一句，心里却在打主意：“又扯开了，要赶快收拢，莫等她冷了。”就说：

“如今的野家伙真不得了。正不敌邪。”

“是呀。”龚子元堂客的双关话，桂满姑娘好像是领会到了。

“他们男人家偏偏看得起野的，说什么‘家花没得野花香’，真是笑话。”龚子元堂客急转直下。

“你这话是么子意思？”谢庆元堂客衣也不洗了，扭转身子问。

“就是我讲的这个意思。”龚子元堂客笑笑。

“你听到么子话了？”桂满姑娘追问。

“你没有听到，他在评工会上多算工分给人家？”龚子元堂客反问一句。

“给张桂贞？”

“是的。如今她走得起哪，真是‘人抬人，无价之宝’，何况抬轿子的有一位副社长。”龚子元堂客放肆编了。

“有人说，开口给她九分的，是雪春妹子。”谢庆元堂客退后一想，这样地说。龚子元堂客心里一惊，她想，看样子要挑不起来了，但她还是说：

“大嫂，你太放大水排了。你想想看，陈雪春一个细妹子，做得主吗？还不是你们这一位，我说直了，你不要见怪。”龚子元堂客故意停一停。

“我不怪你。”谢庆元堂客十分焦灼了。

“还不是你的谢庆元被她迷住了，一力主张的。那天夜里，”龚子元堂客做手做脚，竭力夸张会上的情景，“你们那位，正对她坐着，我坐在旁边，看得一清二楚，两个人眉来眼去，忙极了。她这样子。”龚子元堂客斜斜眼睛，扯一个媚眼，说张桂贞当时是这个样子卖俏的。谢庆元堂客肚里发火，眼睛都红了，但还是稳住自己：

“没有这事，我们那个是老实人，不懂这一些名堂。”

“只怕老实的倒是你自己呢。”龚子元堂客移得靠近来一点，拍拍桂满姑娘的肩膀，亲热地说，“嫂子，我们女人心肠软，总是挡不住几句甜话。告诉你吧，男人没有几个老实的。不瞒你说，我们那一位，在老谢这个年纪也搞过鬼呢。”讲到这里，龚子元堂客看看对方，桂满姑娘枯起眉毛，低着脑壳，好像在想什么的样子。这堂客眨一眨眼睛，心里默神：“一不做，二不休，索性添一点柴火。”就故意放低声音说道：“告诉你吧，会上的事，不过是大家看得见的表面的样子，还有讲不出口的把戏呢。前天一黑早，我看见他们手牵手，肩挨肩，从你们后山里出来，女的身上还有泥巴。”

“你说么子？”桂满姑娘的耳朵被她的这些小话震聋了。

“我说，她溅一身泥巴。不过，我也是多管闲事，我晓得你们两个人是合适朋友，一个叫桂满姑娘，一个叫贞满姑娘，相差只有一个字，只怕是老谢搂错人了。”龚子元堂客边笑边起身，“少陪了，筛子在这里，多谢你。”

龚子元堂客才走不久，谢庆元回来换藤索，顺便拿烟袋抽烟。看见他堂客满脸怒容，不知为什么。他挨拢去问道：

“你何式搞的？哪里不熨帖？”

三十七　反目

谢庆元正在耙田，藤索绷断了，让牛站在田里，拜托亭面胡照看，自己回家拿新索；上到阶矶上，看见堂客俯身在脚盆边上洗衣服，抬头望一下，又顺下眼睛，脸上颜色不对头。

“你何式的？哪里不熨帖？”谢庆元找好藤索，吧着烟袋，蹲到脚盆近边问。

“你莫问我，哪个叫你假仁假义的？”桂满姑娘愤怒又加上伤心，眼泪一喷。

“到底是哪个惹发你了？”谢庆元越发不放心。

“你管我死活，我死了，你正巴不得。”堂客拧干最后一件衣，提着提桶，起身去晒衣。谢庆元跟着，笑笑说道：

“你这是哪里来的风？”

“问你自己吧，排天半夜三更才落屋，到底到哪里去了？”桂满姑娘一边晒衣服，一边问罪。

“评工去了。”

“评你娘的框壳子工！”桂满姑娘醋意大作，没得好气。

“工是天天要评的，拖得久了，搞不清楚，人家有意见。”谢庆元摸不着风向，还是心平气和、耐心耐烦地解释，忘记牛站在田里，正在不耐烦地等着他。桂满姑娘晒完衣，转身进屋，晓得男人跟在她后面，才跨进房间，砰的一声，把房门关了。紧跟在后的她的男人，脚差一点被门板夹住。睡在房里摇窠里的孩子被这砰的一声惊醒了，号啕大哭。桂满姑娘脸含怒气，还是习惯地去摇摇窠，没有关后门，谢庆元就从那里进来了。堂客扭转脑壳，不愿理他。“总得讲一个明白，到底是为么子事嘛？”谢庆元的话音接近于软款的祈求。

“哼，评工，你们哄鬼，你们两个人的鬼把戏，只当人家不晓得？”桂满姑娘一边摇摇窠，一边这样说，眼睛还是不看谢庆元，望着窗外。

“你说的是么子话啊？叫人越听越摸不着头脑。”谢庆元放下手里的藤索，坐在床边墩椅上。解下腰围裙，擦擦脸上的泥点子。

“你当然不懂我的话啰，你耳朵里装满别人的悄悄话，我的话你还听得进？”

“你越讲越玄，我听了哪一个的悄悄话？”

“问你自己，你们早早晚晚，在山肚里讲些么子？”

“什么？”

“在山肚里，跟那个人。”

“跟哪个人？我几时到山里去了？这些天，我排天跟亭面胡和陈先晋一直在赶田里功夫。秧摆风了，要加工，不加工，秧要等田了，我哪有工夫到山里去？”

谢庆元堂客没有做声。孩子还是哭个不住停，她摇动摇窠。

“不晓得又是听了哪个的小话了，耳朵是棉花做的。告诉你吧，你这样做，人家会说你是拖后腿。”

“我几时拖你后腿了？莫拿大帽子压人。”刚一解放，桂满姑娘当过积极分子，生了孩子，才退坡的。她学会了“大帽子”等等干部常讲的术语。谢庆元正要回复，窗外有人讲话了。

“老谢，牛站在田里，不耐烦了，奔跑起来，耙都差点拖坏了，我给你牵得来了。”谢庆元听出是面胡的声音，连忙迎出去。

“佑亭哥，你来得正好，我们里头的要查我的账，问我一早一晚到哪里去了，你来帮我作个证明吧。”

“清官难断家务事，不过，我们解放了的人，比清官还明，”亭面胡走进老谢的房间，在一把竹椅子上坐了下来，接了老谢递过的烟袋，他忘记了自己的牛也站在田里等他，“你们从头讲讲吧，为么子事吵架子？”

“屁事也没有。不晓得听了哪个的话，说我一早一晚，干么子坏事去了。”

“那是没有的，桂满姑娘，”亭面胡移开吧着的烟袋，“他一早一晚，同我一样，在跟牛屁股。”

“是吧，讲你不信。”谢庆元笑了。

“那他为么子多给人家工分呢？”桂满姑娘戳穿来问了。

“多给哪个工分了？”

“问他自己。”

“我晓得了，她是说我多给贞满姑娘了，不晓得是听了哪个扦担[①]的挑拨。”

“贞满姑娘？他不会多给，那天九分，是先晋胡子那个满妹子说的。你不要小里小气，你们谢庆元是个规矩人，贞满姑娘也变规矩了，不要乱吃醋，”亭面胡又劝了些话，他越讲得多，桂满姑娘的疑心就越重。抽了三壶烟，亭面胡才记起来，他的牛在田里等他，只得起身。

“我也去，我们今天一定要耙完那个大丘。”谢庆元跟着站起。

“你先莫走，再停一会。”亭面胡劝他，接着，他把自己溅了一些泥点子的胡子嘴巴挨到谢庆元耳边，压低声音，机密地说：“赔个小心，就会好转，女人家我都懂的。”

因为声音压得并不十分低，桂满姑娘又坐在贴近，亭面胡的话，她都听到了，心里只想笑，又竭力忍住。

听了面胡的忠告，谢庆元慢走一步，又挨拢一些。还没开口，堂客就说：

“你莫理我，滚开，我看不得你那一副假模假样。你喜欢野的，去你的吧。”

“这是哪里来的话？”

“你真以为赔个小心，就散得工吗？”

“你总不能平白无故冤枉人家嘛，冤枉我倒不要紧，人家清清白白，正在求进步，天天出工。”

听见谢庆元吹嘘她的从前的朋友，现在假想的情敌，桂满姑娘的醋浪又起了。

“好清白啊，太清白了。”她说着，又摇着摇窠，“要都像她一样地脱洒，没有给孩子缠住，哪一个都晓得出工。”她被自己的言语，感动得哭了。

---

① 扦担：挑柴的扦担两头尖，人们把两边挑拨的人叫做扦担。

亭面胡的主意不灵验，越赔小心，对方越吵。谢庆元只得拿起新藤索，赶着面胡送回的水牯，重复去耙田。

“看你躲到哪里去？是角色，一世莫回来！”桂满姑娘看见谢庆元撒手躲开她，心里更冒火。她跳起身来，跑到揭开窗子的护窗跟前，看见谢庆元正赶起牛走，就大声地说：“依得我的火性，恨不得放一把火，把这个框壳子社，把你们连人带牛，通通烧一个精光，才出得我这一口恶气。”

“莫作口孽啊，你这个人，不知轻重。”谢庆元回头讲了这几句，就赶着水牯飞快地走了。

桂满姑娘哄孩子睡了，自己坐在阶矶上一张竹凉床子上，生气和伤心。她拿起针线，又放下了，无情无绪，不想动弹，一直到天快黑下来，她的患了夜盲症的二崽摸着回来的时候。

刚刚把二崽和满崽放得睡了，听到外边响起脚步声，从窗户里一瞄，她看见张桂贞来了。这位至今还是苗苗条条的女子，穿一套合身的青衣，背一把锄头，裤脚上略微有一些泥点子。一进地坪，她滴声滴气地问道：

“副社长在吗，桂满姐姐？”张桂贞招呼正迎出来的谢庆元堂客。

“没有在家。”谢庆元堂客拦在门口，披头散发，显出一脸的怒气。

“他没有回来？”张桂贞没有介意对方的脸色，笑嘻嘻地问。

“你找他有么子贵干呀？”

“有一点事。”

“到底是么子事呀，不能讲的吗？”

“桂满姐姐，你何式的了？”张桂贞这才注意对方脸上有怒容。

“莫这样叫我！哪个是你的姐姐？我哪里有你这样体面的妹子？”

“你今朝是何的哪，桂满姑娘？”张桂贞改口不叫姐姐了。

“我向来是这个样子，你不想看，就不要来，没有人请起你来。”桂满姑娘一手叉住腰。

“那我以后不来就是了。”张桂贞背起锄头，转身要走。

“阿弥陀佛，你不来，多谢你，我们的阶矶可以少洗两回了。”

“你这话是么子意思？”张桂贞掉转身子，把锄头往地下一放，也发火了，“你嘴巴里放干净一点。”

“我有么子不干净？我又没找野老公，没登门闯户，抢人家男人。”

“你这个人发疯了？”张桂贞没有防备，一时不晓得如何应付这种意想不到的袭击，说不出有斤两的话来，秀气的脸块气得个通红。

“我没有疯，有人倒臭了。”

“你这个东西，太混账了。”

“我混账，我不是东西，男人换了一个又一个。自己老公才走不几天，就又忍不住，出来寻野老公了。”

“你血口喷人，哪个挖了你的祖坟了？”张桂贞扶住锄头把，站在地坪里，气得发颤，她退又不是，不退又不是，正在为难。谢庆元堂客随手拿起一把楠竹丫枝扫把子，奔跑过来。她的原意不过是继续侮辱这对手：“你把地坪都站邋遢了，让我扫干净一下。”张桂贞看见她来势凶猛，以为要开打，不觉怒从心上起，不肯放让。她举起锄头，迎了上来。桂满姑娘看见对方的武器分量重一点，有些心怯，怕吃眼前亏，不由自主，停止前进了。张桂贞抢上几步。两人相隔不远了。于是，在淡淡的暮烟里，在这座茅屋的小小地坪里，桂满姑娘和贞满姑娘，这两位从前的朋友、儿时的游伴，发生武装冲突了。一个扬起扫把子，一个举起了锄头。一边披头散发，一边精精致致。但究竟都是妇女，比起男人来，斯文多了，双方举得高高的兵器，暂时都没有落下。一把扫把，一柄锄头，衬着逐渐暗去的蓝天，斜斜横在烟霭苍茫的暮色里。

“我怕你这婊子婆！”手没有动，嘴没有休，桂满姑娘飞出了一句。

“我怕你这婊子屙的！”贞满姑娘还她一嘴。

“我一家伙打烂你这狗脑壳！”谢庆元堂客动动扫把，但眼睛紧盯着锄头，生怕它挖下。

“我一锄头送你见阎王！”在武器上，张桂贞略占上风，话也硬邦些。

她们的吵闹惊醒了房里的小孩，哭起来了，患夜盲症的大一点孩子，哄弟弟不住，也在哭泣。两个孩子的伤心的嚎哭唤醒了桂满姑娘心里的母性。她已经不像从前一样勇猛了。贞满姑娘这一边，本来不是战斗的发动者，斗志原来就不高，加以锄头举久了，手有点发软，只想罢手。看见对方的扫把稍许放下了一点，她把锄头也放落地上。紧张局面有一点好转，双方不退也不进，不动手脚，光斗唇舌了。

孩子的哭唤声和女人的吵骂声传到了屋边过身的收工的人们，一时都拥进来了。小孩顶热心，争着站在人群的前面。看见来了好多人，作战的双方又强硬起来，同时举起扫把和锄头。李永和从人丛里跳出，捡起身边一根树棍子，从中一拦，把双方兵器一下子架开，连劝带斥责：

“这像个什么样子？都是屋边头的人，为么子要吵？”

“由她们去，”来看热闹的亭面胡宽心地说，“打不起来的。堂客们只一把嘴巴。”

“也不见得，”跟着赶来的陈先晋说，“听老班子讲，同治年间，我们陈家里有一位堂客，长一脸横肉，打起架来，两个男的都拢不得边，人来猛了，她就扑上，用嘴咬人家的手。”

“还是离不开嘴巴。”亭面胡巧妙地把人家的话作为自己的主张的证明。

“副社长来了。”有个小孩子嚷。

大家一回头，果然看见谢庆元一身泥牯牛一样，手里提着牛鞭子，往地坪里兴冲冲走来。

“好呀，好一个副社长，”张桂贞拖着锄头柄，哭着从左边往谢庆元奔来，“你回得正好，你为什么叫你堂客平白无故欺负人？”

谢庆元正诧异间，不及回答，从右边，奔来一匹更为凶猛的野马，对他直嚷：

“好呀，这个短命鬼，你干的好事。”桂满姑娘扑上来，丢下扫把，一把勒去老公手里的鞭子，双手揪住他的青布褂子的胸口，连浪几浪，用发红的眼睛看着他的脸，恶声质问道：

“你背了我，搞的么子鬼？你招引些么子烂草鞋到家里来？”

“你发疯了，皮子痒了？”谢庆元用一只手封住堂客的双手。

“我跟你拼了，你这个短命鬼，”堂客用口去咬谢庆元的手。

盛淑君和陈雪春从人群里挤了进来，一齐跑到张桂贞跟前。盛淑君扶着她往外边走，陈雪春背着她的锄头，跟在后头。人们让开一条路。

“无缘无故，糟蹋人一顿。我在什么地方惹发她了？”张桂贞一边走，一边伤心地哭诉，随即用她的还有泥巴的手背擦擦眼睛。

“小把戏，不要跟上来，”陈雪春回头对一群跟着她们走的孩子说，“回家吃饭去。”

孩子们照旧跟着，有的还跑到前头去窥看张桂贞时常用手遮住的泪脸。

“滚开，”盛淑君斥骂孩子，接着劝慰张桂贞，“想开一点，贞满姐姐，你是一个明白人，跟她这个落后分子吵做什么呢？”从劳动上看，盛淑君觉得这一向的贞满姑娘比桂满姑娘进步得多了。

听盛淑君说桂满姑娘是落后分子，张桂贞稍稍出了一点气，但还是伤心伤意：

“你没有听听，她口里嚼些么子啊。”

“相骂无好言，打架无好手，算了，你不要去想了。”盛淑君扶着她往符家走去，孩子们大半都散了，只有最热心的两三个大的，还跟在后头。

“我今天起得太早，碰了她这个活鬼。”张桂贞余恨没息。

“算了，不要生她这些闲气了。今夜好好困一觉，明朝还要挖草皮。”盛淑君和陈雪春一直把她送到家门口，才打转身。

谢家地坪里，场合更加剧烈了。谢庆元的手被堂客咬得出血了，一时性起，把她摔得绊好远，自己奔进灶门口，摸把菜刀，鼓眼努嘴跑出来，嘶声咆哮道：

“我要结果你这猪婆子！”

小孩们吓得往外跑，妇女们一时都不敢上前，亭面胡和陈先晋看见张桂贞一走，以为没有戏唱了，早已走了。没有男人，没有人敢上前拦阻，地坪里一片混乱，大家都乱叫乱跑，桂满姑娘也跟着逃命，嘴里还不停地痛骂。谢庆元手执菜刀，看看追上堂客了，他恨恨地说：

“宰了你，我去抵命。”

“救命呀，不得了，反革命分子杀人了！”桂满姑娘披头散发，一边奔跑，一边嘴里乱叫了。后一句话，对谢庆元的怒气，胜于是火上添油。他抢上一步，高举菜刀。堂客回头望见菜刀发闪的刀口，正正当当，照在她的脑壳上，吓得腿子发软了，一跤绊在泥地上。谢庆元一刀砍下。说时迟，那时快，他的手被一个人的两手抓住了。谢庆元睁眼一看，是刘雨生。

“老谢，你这是做么子？”刘雨生一边说，一边夺去他手里的菜刀，当啷一声，丢得好远。

“你莫扯我，我这回非把这猪婆子结果不行。”红了眼睛的谢庆元从刘雨生手里挣脱了手，从地上捡起一根茶杯粗细的棍子，又往堂客奔过去，口里骂道：

“不结果你，我不算人。”

“你来，你来打吧，”桂满姑娘看见谢庆元来势凶猛，一边逃跑，一边回骂，“你这个恶鬼，捞不得好死的，剁鲁刀子的。”

谢庆元一棍子打去，正打在阶矶上的屋柱上，两手的虎口都震麻了。紧接着再扬起一棍，却当的一声，被一杆茅叶枪挡住，谢庆元举眼一看，这人不是刘雨生，而是盛清明。治安主任问：

“对自己的堂客为么子这样狠哪？”

“你不要管。”谢庆元怒气冲冲说，把棍子一摆，拨开茅叶枪，又要去追人。盛清明跳上一步，横起茅叶枪，拦住去路，向几个民兵使了个眼色。四个身强力壮的后生子朝谢庆元猛扑上去，有的抱腰，有的夺去他手里的棍子，另外两个把他的两手反剪在背后。谢庆元倒了威了，但还是强嘴拗舌：

“我家里的事，要你们管吗？”

“你挥刀舞棍，只唤要杀人，出了人命，只你一家的事吗？”盛清明说，接着又吩咐民兵，“放开他吧，已经缴了械，放了他算了。料他也不敢闹了。”

疯劲一过去，谢庆元感到手足无力，走到阶矶上，坐上凉床子。他弯腰低头，两只手肘撑在膝盖上，手掌捂住脸。听到堂客在房里哭诉，他的眼睛也湿了。

“你们这是何苦呢？”盛清明说，“原先，我以为你们闹内部矛盾，不要紧。如今闹得这个样。好吧，你们各人多哭一会，哭个气醒吧，我们走了。只是不许再打架。”

讲到这里，他带着民兵离开了。

看见桂满姑娘逃进了房间，刘雨生动员几个妇女进去劝解和抚慰。不料对方越劝越激动，起首还不过是抽抽咽咽，往后捶床打枕，哭泣变成号啕了。她一把眼泪，一把鼻涕，先哭去世多年的爸爸，后哭新近见背的妈妈：“我的亲娘咧，你为么子不把女儿接去呀？你留她在世界上受足了磨，她何得了，何得清闲啊？我的娘哪。”

困在摇窠里的孩子不住停地哭。一位邻舍把他抱起来，塞在哭着的母亲的怀里。桂满姑娘解开衣扣子，给孩子喂奶，一边还是哭诉着：

“我没过过一天好日子哪，你不该把我嫁给这个没得用的家伙呀。”

哭到最后，吐出“离婚”两个字来了。

“老夫老妻，快不要讲这个话了。”一个老成妇女说。

“一夜夫妻百日恩，不要讲得太过了。”一位年轻妇女说。

窗子外面，人们渐渐地散了，剩下刘雨生还在那里细细密密跟谢庆元谈话。他要他莫发躁气。他说：“夫妻吵嘴，家家都有，只是不要把话讲绝了，太刺伤了彼此的心，”他又问道，“你们两公婆感情向来好，为什么一下这样闹起来？”

“哪个晓得她？人在世上一台戏，”谢庆元低着脑壳说，“我如今也心灰意冷了。”

“快不要讲这样的话，你是党员，又是副社长，应该拿出当家做主的样子。”他的话转到了工作，“如今社里功夫这样紧，大家都起早睡晚，一个人做两个人的事，一条牛顶两条牛用，你们两公婆为一点谣风，扯皮扯得这样子，人家单干都会笑你了。”刘雨生说到这里，听见房里哭声停止了，劝解的妇女一个个出来走了，他想了一下，就说：

“她在气头上，你避避她，到外边走走，等她气醒了，再回家来，好好休息一下子，明朝好去挑石灰。”

谢庆元听从了刘雨生的话，跟着出门了。

“到我那里吃饭去。”刘雨生邀他。

“不，我肚子不饿，随便走走就行了。”

刘雨生忙他的去了。谢庆元往溪边走去，才走不远，碰到亭面胡提个腰篮子从镇上回来，天色暗了，亭面胡走到眼面前，才看清人：

“老谢，是你吗？去，到我家去吃杯寡酒。”面胡一把拖住谢庆元的手杆子。谢庆元这时才看清，他的篮子里放着一瓶酒，四块香干子。

“菊满伢子在溪里弄了点泥鳅，”不等谢庆元开口，亭面胡滔滔不绝，“是我婆婆的敬意，要我打点酒，来配泥鳅。来，老弟，我们两人喝，共一共产。”

谢庆元听到人家夫妇这样好，自己的家里却闹得这样，心里越发不自在。他无情无绪，信步跟着面胡走。

“戏唱完了吗？”走了好远，快到家了，亭面胡才记起谢庆元夫妻口角的事情，这样地问。

“人在世上一台戏，不到见阎王，哪里唱得完？”

“呀，没年没纪，快不要讲这样短头话了。”亭面胡抓住谢庆元的手杆子，拖着他走，“你的命好，大崽又能干，又孝顺，将来会享少年福，不像我们那个没用的家伙。来，我们吃酒去，不要想不痛快的事了。”进了灶屋，亭面胡唤道：“婆婆，泥鳅好了吗？酒打来了，我还给你请了一个客。”

“好呀，老谢。只是没得菜，一杯寡酒。”盛妈满脸挂笑说。

过了一阵，就在灶屋里的矮桌子上面，盛妈摆好一个汽炉子，四只红花碗，除开泥鳅子、香干子和家做的擦菜子，她还办了点腊肉，几样家园菜，精精致致。桌子上铺好两副杯筷，筛好了酒，她叫请坐。

“请。”亭面胡邀客人坐好，自己先举杯。

两个人就在灶屋里，边喝边谈，延到深夜，几杯酒下肚，谢庆元的心绪有些好转了。

“今夜里我不留你，”一瓶酒报销以后，亭面胡还只有半醉，神志清醒地说道，“夫妻无隔夜之仇，你回去，小小意意，赔个不是，就会好的。”

亭面胡“赔个不是”的主意，谢庆元是试过的，不十分灵验，但是他不说，起身要走。

“千万不要再发躁气了。堂客们都是头发长，见识短，身为男子汉，度量应该宽一些。再说，她跟你生了三个都是崽，一个别人家人都没有，是你命好，也要算是难为她了。”

如果谢庆元还不动身，面胡的话还不得完。但他要走了。他想早一点回去，求个和解。乘着酒兴，他回到家里。走进房间，把门轻轻地关好。堂客上床了，孩子都发出了鼾声。他不点灯，想挨着上床，右脚才踩上床前的踏板，帐子里边，他堂客的嘶哑的喉咙发出话来道：

“你不要上来，胜于我们都死了。我们的事没有完，一世也完不了的。”

如果老谢硬要睡到床上去，堂客也是无可如何的，风波从此会平息，也说不定。但谢庆元也是一个硬性子，又在气头上，听了帐子里的这几句，他回转身子。幽暗里，用脚探到门后板壁旁边的一张竹凉床。他就睡在这上面，把脱下的棉袄盖在身上。

都睡不着，一个在大铺上辗转，一个在竹床上翻动，双方造成了僵局。

天粉粉亮，谢庆元在蒙眬里好像听见大崽长庚起身出去了。“是去放牛。”他想。但不到一壶烟久，从地坪里到阶矶上，响起一阵急骤的跑步声。

“爸爸，爸爸，不好了，出了事了！”谢长庚边跑边叫，气喘吁吁。谢庆元吃了一惊，慌忙爬起来。

三十八　牛伤

“么子路呀？”谢庆元披衣坐起，余怒没息，粗声喝问他大崽。

“我们那条牛，就是，就是，”这位十三岁的中学生吓得脸煞白，出气不赢，“我们看的那一条水牯，社里的牛……”半天没有说出一个所以然。

"到底是么子鬼事呀？你这个死家伙。"谢庆元把一夜的气闷移到儿子身上了。

"肩胛上给人砍了一刀。"谢长庚急得哭了。

"哭什么？牛在哪里？快些带我去。"牛坏在自己家里，谢庆元又气又急，蹦出房间，跟着大崽，三步并两脚，往牛栏跑去。他望得见，在他地坪的上首，搭在竹林下面的一个茅棚的前面，黑鸦鸦地挤着一堆人，大半是男子，也有早起放牛的孩子。刘雨生和盛清明来了，都站在人群里面。谢庆元挤了上去。他的旁边的人一齐回头，看见是他，就都略为离开他一点。他没有介意，只是呆呆地停在那里。牛粪尿的强烈的气味冲着人鼻子。大水牯趴在铺着乱草的地上，正在有气无力地嘘气。牛的肩胛上，驾犁轭子的那块得力的地方，被人拉出一个流血不止的刀口，附近的皮子，隔不一阵，就战栗地扯动一下。

"痛呢。"不晓得什么时候也赶来了的盛佑亭这样地说。

"你如何晓得？你又不是它肚里的蛔虫。"旁边一个后生子笑笑问他。

"把你这里砍一刀试试。"亭面胡伸出张开的手掌，当做刀子，往那后生子的肩膀上砍去，那人连忙躲开了。他的空当被陈先晋补上。

"我说亲家，"亭面胡对陈先晋说，"好像是故意砍的。你看呢？"

"是呀，"陈先晋答白，"砍在这地方，这一条牛就有一点费力了。"

这时候，刘雨生已经张罗人请兽医去了。盛清明还在。他正装作不介意地倾听人家的议论。

"要它做功夫，顶少得养一个月，这个地方是活肉，最难好的。"亭面胡说。

"那倒不见得，"陈先晋说，"如今政府有种金疮药，立服立效。"

"不管你拿什么灵丹妙药来，也要一个月。"亭面胡相当固执。

“不见得，不见得，”陈先晋比他更固执，“光绪年间，我有条牛，也烂了肩。”

“这是烂肩吗？”亭面胡插嘴反问。

“请个草药子郎中，敷了一点药，不到半月就好了。”陈先晋只顾说他的。

“亲家，你真是，我说直点，真是聪明一世，懵懂一时，那是烂肩，这是刀砍的。”亭面胡反驳。

“为什么不是烂肩呢？”盛清明对这两位老倌子的争执深感兴趣，连忙插嘴问。

“牛烂肩是犁轭子窄了，磨的。你看这是磨的吗？分明是刀伤。”亭面胡用手指指牛的伤口。

“不一定吧？”盛清明提出疑难，“有可能是牛在山里，被砍断的树丫枝刮的。”

“刮的啊！”亭面胡反对，“我说一定是刀砍的，而且是菜刀。”

亭面胡还在跟人家争辩，盛清明已经没有再听了。他挤出人堆，走到附近的稻草垛子边，根据听来的老农的判断和他自己的观察，他在仔细地默神：牛伤是刀伤，不是烂肩，也不是碰到树棍子尖上无意刮破的；而且，砍在肩上，起码半个月，甚至一个月，不能做功夫，这一切都只能引出这样的结论：是政治性的蓄意的破坏。

“凶手是哪个？”心里确定了事故的性质以后，盛清明自然而然地想到了这个问题。他站起身来，离开草垛子，重新钻进人丛里，细心地观察了一阵，也看了看谢庆元的脸色。于是，扯一根干稻草，走去把牛肩上的伤口的长短宽窄量了一下，又退出来，踏看了牛栏的四围。

“牛郎中来了。”他听到有人叫唤，只见刘雨生带领一个肩上挎个木头药箱的中年人走了过来。人们让开一条路。牛郎中看了伤口，把药箱放在地上，揭开盖子，拿出一块蘸着酒精的棉花，擦净了伤口的淤血和泥土，敷了一点药，对刘雨生说：

“要不转好，晚上再来打一针。”

“你看几时能够做功夫？”刘雨生问。

“至少也要半个月以后。”牛郎中讲完，背着药箱子走了。

人们渐渐地散了。盛清明把刘雨生拉到草垛子旁边，说出了他的判断。两个人就来猜凶手。他们把乡上可疑的人物，排了一个队，揣测了一阵，盛清明说：

“这些都没有充分的根据，可恨这些人不晓得好好地保护现场。发生事故，又不先来告诉我……”

一群麻雀，在他们靠着的草垛子后边扑扑地飞起，盛清明警惕地站起身来，转到垛子的背后，走回来说：

“这里不方便，到我家里去。”

两个人来到盛家茅屋里，盛清明请母亲坐在前边地坪里，做着针线，帮他瞭望。他和刘雨生就在后房里细细密密探讨和谈论。

“刚才看见谢长庚从草垛子背后擦起过身，引起了我的疑心。”盛清明说到这里，看刘雨生一眼。

“疑心他偷听？”

“是呀。你看他会吗？”

“他是到学堂里去吧？那里是他要经过的路。”刘雨生说。

“你觉得这个孩子怎么样？”

“哪一个？谢长庚么？一个本本真真的孩子，还只有十二三岁，没到犯罪的年龄。”

“年龄不能够保险，最近局里破获一个写反动标语的案子，主犯是一个很小的中学生。”

“怀疑长庚，毫无巴鼻。我们首先应该想到地富反坏那一班家伙。”

“那是当然，不过他们都被管制了。”

“还有那个姓龚的。”

“我自然想到他了，而且跟他有来往的人，我也排了队。老谢跟他也粘连得起来。他有个毛病，你晓得的：有点贪口腹。”

“他到龚家里吃过两回饭，说是吃瘟猪子肉。”刘雨生补充，他也起了点疑心，不过又往回一想，觉得不可能。昨天下午起，他们两公婆吵架，以后是他陪他出来，看着他往面胡家去了。他的儿子呢，为父母吵嘴，急得直哭，有什么心思，来干这事？

“你为什么不猜他本人？”

“你指姓龚的？他不可能。”

“为什么？”

“新近局里来了人，专门负责监视他。”

“他堂客最近几天还是有活动。”

“是么？”刘雨生的这句话，大大提醒了盛清明，他说，“那倒是一根线索。”

正谈到这里，李月辉打发人来找盛清明，说是县公安局来了人，找他去商量要事。

“保险是为这桩事，还有什么要事呢？”盛清明又对刘雨生提议，“谢家里的牛你最好派别人去喂。”

谢庆元从牛栏里回来，脸色煞白，拖脚不动。看了牛伤，他首先怀疑自己的堂客，因为他记得，在这回大吵以前，堂客说过：“要放一把火，把这个社，连人带牛，通通烧一个精光。”摆明摆白，牛肩上的这一刀，不是她下的手，又是哪个呢？他绝对相信，堂客是没有政治问题的，不过是一时的疯傻。人一发了癫，什么事都做得出来的。堂客犯了法，他的心里非常地忧虑。

“这件事情，只有我自己一肩挑了，不能告发，”他边走边想，“一告发，她就要去打官司，坐牢。”

回到家里，房门关了，堂客小孩都睡了。没有人给他做饭，自己也无心动手。坐在灶脚下，两手捂住脸，他越思想，心绪越阴暗。外边塅里，人们正在热热闹闹地劳动，歌唱声跟喔嗬声断断续续地飘进他的耳朵里。整整半天，没有人来邀他出工，自己也无心出去。

过了中午，谢长庚从外边回来，谢庆元抬起头来问：

“散学了吗？”

“散了。”

“牛呢？还不放去。”

“人家牵走了。”中学生丧气地回复。

“哪个牵走的？”

“上村的一个社员。”

“他说些什么？为什么把牛牵走？”

“他说社里叫他牵去喂。”

又是个刺激。谢庆元低下脑壳，没有再做声。从西边的窗口映进一片拖长的金黄的斜日光。太阳偏西了。他站起身来，往门外走去。走到地坪里，听见背后有人敲房门，他的大崽低声地跟妈妈讲了几句什么话，只听堂客恶声恶气说：

“你由他去，他一生一世不回来也好，死了也好，背时的鬼。”

“死了也好，背时的鬼”，堂客这句话，在他脑筋里久不停息地盘旋。家里闹得这个样，外边没有倾心吐腹的地方，亭面胡也出工去了。他心烦意乱，六神无主；想和早年逃荒一样，跑到华容去，对家里事，眼不见为净。但没有盘缠，那边又没得熟人。出了大门，他信步走去。碰到的人，不论男女，都不理他。有几位姑娘，不晓得是否有盛淑君在内，他没看清，远远望见他，就都站住，交头接耳讲了几句悄悄话，嘻嘻哈哈绕开路走了。

不知不觉，他走到溪边，眼光落在水波上，出了一会神，又移开了。两脚无力，在岸边青草上，坐了下来，他迷迷糊糊地用手随便扯着身边的青草，“人生一世，草长一春，这样孤魂野鬼一样拖在世界上，有么子味呢？”正这样想时，他偶然在无意之间举起手来，看见手里一株翡青青的野草的嫩尖，“水莽藤！”他失声叫了。

“死了也好”，堂客这句恶狠狠的诅咒，在他脑壳里嗡嗡地响个不停。他的眼睛潮润了。

“你在这里呀？”有人从背后拍拍他肩胛。回头一看，是龚子元。这人问他：“你为么子一个人在这里？你的眼睛……”谢庆元没有答白，低着脑壳，看定水莽藤。

“还是为牛的事吧？”龚子元挨近他坐下，眼皮子连眨几眨，“不要劳神了。社里的牛，大家都只寄得一小份，你管他个屁。你反正是，事情又怪不到你的名下。”

“怪不到我的名下？”谢庆元丢了手里扯的水莽藤，侧转脑壳问，“在我家里塌的场，千担河水，我也洗不清自己。”

龚子元冷笑两声，没有讲什么，从衣袋里挖出一包纸烟来，抽出一支，递给谢庆元。被拒绝后，他自己送口里衔着，一边刮火柴，一边又冷笑两声。

“你笑么子？”

“我笑你呀，太多心了，人家怪你了？”

“牛都牵走了，不是怪吗？”

“由他们牵走吧！你落得个少吃咸鱼少口干，他们要怪你，你没有嘴巴，不好辩白？”

“牛在自己栏里砍伤了肩胛，你脱得身？不坐班房，也要赔偿。”

“你脑筋太会作想了！”龚子元喷出一口烟，仰脸看看天，“量情揆理，你如果要破坏耕牛，不晓得去砍别人家喂的，为什么要拿火来烧自己的屋呢？你真是太明白了。来，来，这里潮湿，到我家里去坐坐，我堂客不定还能摸出点东西来款待你，替你解闷，她时常念你，昨天还说：‘为么子好久没有看见老谢了？’”

要是平常，听到这话，谢庆元会一溜烟跟他走了。但在这时候，他一丁点子这样的心意都没有。他只觉得工作压头，威信扫地，堂客翻脸，牛又坏了，里里外外，没有一个落脚地方了。

“起来，到我家里去。”

“不，多谢你，改天来吧。”

“去嘛。”龚子元扯他一把。

“我说不去，就不去，扯我做什么？”谢庆元心里烦躁，容易来火。

“哟，哟，你这真是，‘狗咬吕洞宾，不识好人心’。好吧，我不勉强你。”龚子元用脚尖掀掀谢庆元乱扯下来的一堆杂草，看见有根水莽藤，“这里也有这家伙。”龚子元拉不动他，心里恼了，看见了水莽藤，分明晓得不是好兆头，还是笑嘻嘻，装作不介意，冷冷淡淡地闲扯：

“往年，我们这地方吃这东西的人特别地多，听说有鬼，总是出来找替身。实在不去，少陪了。”

龚子元走后，谢庆元还坐在溪边，听着溪水淙淙地流淌。他像块石头，一动都不动。越往下想，他越觉得没有出路。他的湿了几回的眼睛又落在摘下的水莽藤上面，“死了也好”，他的最亲近的人的这句狠心的气话，又涌到了心头。他伸出手去，一连摘了六根水莽藤的嫩尖子。不再犹疑，不再想什么，一根一根塞进口里去，嚼碎，咽下，他一连吃了四根，只觉得满口的青气，人还是顶好。他站起身来，手里拿着吃剩的两枝毒草，低着脑壳，高一脚、低一脚地往他茅屋里走去。村里塅里，人们收工了。男男女女，背着锄头赶着牛，唱歌俐哪，纷纷回家吃夜饭。

“到哪里去了，老谢？”听见一个熟悉的声音这样问他，谢庆元忙把水莽藤尖藏到背后，抬头看见笑嘻嘻的亭面胡正牵着水牯，收工回去。

“哪里也没去。”谢庆元无精打采，回复一句，动身要走，又没有挪动。亭面胡是愿意跟他打讲的惟一的社员。看见对方站着没有动，面胡谈锋又露了，扯起长棉线，谈到牛身上，自然也牵涉谢庆元喂的那条受伤的水牯。

“好牛呀，劲板板地，背起犁直冲，一不小心，犁都背烂，记得还是我经手买的。不是农业社，哪一个喂得起这样的好牛？”

“如今也是作闲了。”谢庆元丧气地说。

“晓得是哪个鬼崽子搞的？太没良心了。”

谢庆元没有做声。

“人家怪你，我不怪你，说你如何如何的。”

“说我什么？”谢庆元追问。

“说你呀……我学不像。”亭面胡说不清楚，无意间看见谢庆元的脸色不对头，以为他愁得发病了，连忙安慰道，“你只想开些，莫发气了。谁人背后无人说，明天挑石灰，你去不去？”

“不去。”

“那就跟我一起去耖干田子吧。他们后生子，口讲说是积极肯干，这干田子，是霸不得蛮的，不会的人，耖出来的，好像是笨媳妇子缲的袜底子，凸凹不平，又不塞漏。这宗功夫，硬是要我们这些老家伙。理应你要去，明日清早，我来叫你。”

“我不能去了。”谢庆元绝望地摇一摇脑壳。

“那你要去做么子？春争日，夏争时，你在家里闲得住？”

“么子也做不得了，我算是个离天远、挨地近的人了，佑亭哥。”谢庆元话里带着哭音。

“这是什么话？”亭面胡感到有一点惊讶，但总以为这是一时闷气话，没有深究，“你又没有七老八十岁，长庚都这样大了，你将来享少年福呢，我婆婆常说：‘老谢的命好。’”

“就是命太苦了啊，佑亭哥。”谢庆元说。

“你今天是怎么的呀？”亭面胡看定他的脸，“气色很不好，身上不大熨帖吧？”

“没有什么。我只觉得，人生一世，不过是草长一春。”

“你这角色，今天起得早了吧？怎么只讲短头话？”

“碰到李支书、刘雨生，替我问候一声，说我对不住党，对不起他们。”

“你是何的？手里拿的是么子？”亭面胡觉得奇怪，又看见他手背在后臀，起了疑心。要是碰到李支书，或是刘雨生，或是盛清明，谢庆元的这些言语，加上脸变了颜色，手放在背后，那他的服毒早被发觉了。但他遇见的是亭面胡。这位老倌子，心好，又富于同情，就是有一样，大家也都晓得了，他的性格，离开精明是非常远的。已经到了发觉的边缘，被那不愿被人发现的谢庆元轻轻摸摸的一句又岔开了，他没有回复对方“手里拿的是么子”这一句要紧的问话，装起笑容说：

“没有什么。”又连忙转换了话题，“佑亭哥，我要走了。”

“你要走了？”亭面胡听了这句突然的话，又吃一惊。

“我要离开你们了。”谢庆元的这话含的是别一种意思。

“到哪里去？”

“到华容去。”谢庆元随口应付。从前，没解放以前，他到华容那边作过田。听老人们说，人死了，魂魄要到一生走过的地方收脚迹，他虽然不相信这个，但是，不晓得是什么缘故，他想起了华容。

“为么子要到那边去呢？”亭面胡从容地寻究。

“那是我早年去过的地方。”

“那里哪有这边好？这边是家乡，真山真水，水秀山青，井水都是清甜的，人又划得来，你为么子要离乡别井，到别地方去？”

听到亭面胡的话里，充满了人世的欢喜，谢庆元想到自己不到几个时辰就要拉直了，心里不觉一阵酸，连忙尽力忍住了眼泪，亲热地叫道：

“你说，佑亭哥，我为么子这样子背时？”

“这我不晓得。你在堂客晒小衣[①]的竹竿底下过过身吗？”亭面胡关切地问。

谢庆元苦笑摇摇头。

---

① 小衣：裤子。封建迷信，人在晒过女人裤子的竹竿底下过了身，是会背时的。

“你用女脚盆洗过澡没有?”亭面胡又问。

谢庆元又摇一摇头。

猜的都不中，亭面胡低声机密地笑道:

“两公婆打架，你挨过她的鞋底吧?”

谢庆元轻轻地再摇摇脑壳。

“要不，一定是你们小把戏早晨放了快[1]，我们老驾最怕放快了。一黑清早，如果家里有人讲了鬼怪老虫，他就一天不出门。后来，他在堂屋里贴块红纸，上面写着:‘老少之言，百无禁忌。’你也贴张吧?我去请李槐老给你写一张。”

“不，多谢你，要走的人，还信这些?唉!”谢庆元动身走开，叹了一口气。

“没年没纪，太阳才当顶，叹么子气啊?”亭面胡也打算走了，再没有留意和追问对方手里的东西。“不过，你今朝脸色不好，怕莫有病吧?伤风了吧?赶快回去叫堂客给你烧一碗姜汤。”

谢庆元眼泪一涌，肚里隐隐有点作痛了。他晓得毒性快发作，姜汤对他是不起作用了。

“你到底有些何的哪?”亭面胡看见他的潮湿的眼睛，连忙发问，不等回答，又安慰道，“不要紧，牛敷了药，就会好的，你堂客的气也会醒，醒了气，还是一样的恩爱夫妻，不信你回去看看。”亭面胡百般劝慰，对方一点也听不进耳，转身走远了。

“回去赶快灌碗姜汤水，困在床上，拿被窝蒙头盖上，出身老麻汗，包你会好。”亭面胡热心地嘱咐完毕，才要走动，又转身问道，“你有老姜子吗?要是没有，叫我婆婆给你送点来。”

谢庆元没有答应，走得更远了。亭面胡牵着他的牛，往相反的方向挪动了。这条水牯，一边跟着走，一边喷鼻子叹气。看见一段路的边边上长着翡青鲜嫩的好草，它伸下脑壳，用嘴巴连连地夺了

---

① 放快:讲了不吉利的话。

几口，亭面胡把牛藤绷了一下，骂道：

“死家伙，还不快走，你要吃，我也要吃了。我还要叫婆婆给人送老姜子去呢。”

不晓得盛妈去送老姜子没有？

三十九　短见

离开亭面胡，谢庆元随即把水莽藤的第五枝嫩尖送进了口里，嚼得青水往外滴，往家里走去。他下定决心，要见阎老五。过了地坪，才上阶矶，他又把第六枝藤尖，衔在嘴里了。毒性正开始发作，加上心理作用，他眼睛一黑，很有一些昏昏迷迷了。

“爸爸，你有些何的？”正在阶矶上签刷木屐上的泥巴的谢长庚看见父亲脸煞白，连忙询问，“你嚼么子呀？”他有点疑心，跑了过去。“水莽藤，呀，水莽藤！妈妈，妈妈，爸爸吃水莽藤了！”谢长庚失声大叫，又痛哭起来。正在房里哄孩子睡觉的谢庆元堂客听到这话，大惊失色，慌忙丢下吵醒的孩子，披头散发，跑出房门，嘶声问道：

“你叫么子？”

“爸爸吃水莽藤了。”谢长庚急得直哭。

桂满姑娘奔到谢庆元跟前，扳住他颈根，从他口里夺下一截水莽藤尖子，边哭边唤：

“该死的冤孽，真的吃水莽藤了。”

她放开他，一屁股坐在近边竹凉床子上，捶胸拍掌，号啕起来，接着，她扯起嘶了的喉咙，边哭边诉：

“你为么子寻短路？你吓哪一个？要找死，为么子不到别处去，偏偏送到我的眼前来？”

接着，她又伤心伤意，哭起娘来。在房外，大崽陪着她落泪，在房里，满崽也正在发泼。

奉了亭面胡差遣，盛妈来送老姜子，刚到门口，看到这景象，又听见说哪个吃了水莽藤，她没有细问，转身飞脚往外跑。她挨家挨户，报告了这个不幸的事件。等到她回家，告诉亭面胡，他们一齐赶来时，谢家里的地坪里、阶矶上和房间里都挤满人了。盛家大姆妈、李槐卿、陈先晋、陈孟春、陈雪春、盛淑君和李永和都跑起来了。

"这个死鬼，没得良心，吃水莽藤了。"谢庆元堂客还在哭嚷。

人们正七嘴八舌，商讨办法，有的说，救人要紧，快去请郎中；有的说要送医院。陈先晋指挥陈孟春和李永和寻一把椅子和一副轿杠，扎成一顶椅轿子，三个人扶着谢庆元，按在椅子上。

妇女方面，兵分两路。一路以盛淑君、陈雪春为首，跑进房间去哄那哭得哑了的两个孩子；一路以盛家大姆妈、陈先晋婆婆为首，留在阶矶上，劝解哭着的谢庆元堂客：

"莫哭啰，先把人救活，别的都好说。"

"没得良心的，我过门一十四年了，没有跟他过过一天好日子。"

"你一连三胎，都是伢子，大崽又这样大了，好日子就在后头呀，"盛家大姆妈劝道，"你哪里有我的命苦？现在不讲这些吧，先把人救转。"

"不见油盐是常事，"谢庆元堂客没有听别人的劝解，只顾讲她的，"这餐不晓得下餐的米在哪里。只怪我的父母没有长眼睛，把我许个这号人。我的亲娘老子啊，他如今又吃水莽藤了。"

"莫哭啰，闹得大家都没主张了，生米煮成了熟饭，有么子哭的？救人要紧。"

"我不去，我没吃么子，去做么子？"谢庆元从椅轿上跳起身来。

谢庆元力大，陈先晋父子加上李永和都按他不住。

"你们再来几个人，把他手脚捆起来。"先晋胡子说。

从人群里，上来几个民兵后生子，拿出几根麻绳子，七手八脚，把病人手脚绑在轿杠子上，拦腰还捆了一道，陈孟春跟李永和抬起椅轿，往外就走。

“到哪里去？镇上医院去？”轿子刚横过地坪，碰到亭面胡，他这样问，“不必去，我有个办法。”

“什么办法？”先晋胡子连忙问。两个后生子放下了轿子。

“灌他几瓢水，再拿杠子一压，把肚里的家伙都压出来，马上就好了。”亭面胡回答。

“他这个死没良心的，自己把工分送给相好，回家还来这个倒上树。”

“桂满姑娘，快不要提起这些了。”先晋婆婆劝。

“是呀，”才进来的亭面胡婆婆也说，“救人上紧，切记不要把人耽搁了。”

“快去拿水，拿杠子！”亭面胡在地坪里命令。

“好好端端，怎么吃起水莽藤来了？这又不是旧社会。”盛家大姆妈在阶矶上扶着拐棍，颤颤波波说，“莫不是碰到水莽藤鬼了？”

“鬼是没有的。”李槐老也扶根拐棍来了，摇一摇头。

“水莽藤鬼，落水鬼，都要找到了替身，才好去投胎。”盛家大姆妈又说。

“鬼是断然没有的。”李槐卿说，“‘六合之外，存而不论’，‘子不语怪力乱神’，可见是没有的了。”

“有鬼没鬼，救人要紧。”陈先晋说。

“我问你，你为么子寻起短路来了？水莽藤是人能吃的吗？”亭面胡凑到老谢面前，这样地问。

“我没吃，你们走开。”谢庆元不耐烦地说。

“你大崽看了你吃的，看你脸色铁青了。快来灌水，来吧，孟春。”

“你们敢来！”谢庆元瞪圆双眼。

“还是去请郎中吧。”李槐卿劝道。

“要死，大家都死吧，”谢庆元堂客听到老公拒绝治理，一定要死，心里也很着急了，嘴里还是讲这憋气话，“都死了干净，封门死绝，死得一个也不留。”

“人都这样了，你少讲几句吧，好姑奶奶。”陈先晋婆婆这样地劝。

“快点灌啊，不要错过时辰了。”亭面胡催促。

“你来，”绑了手脚的谢庆元用力挣扎，“跟你拼了。”

“不要发气，老谢，是为你好。”亭面胡劝道。

“短路是万万寻不得的。”盛家大姆妈插进来说，“信大家劝吧，老谢，你们两公婆平素日子又不是不好，抛下她一个，带一路嫩伢细崽，你舍得吗？”

谢庆元听了这话，心里软了，堂客也不再做声，只伤心地流泪。正在这时候，刘雨生来了。问明情况，就简洁地说：

“灌水怕没有效力，赶快送医院，你们起肩吧，孟春。”

陈孟春和李永和把椅轿抬起，往外就走，一个民兵来到轿边用手把谢庆元按住。谢庆元一来手脚都绑了，无力挪横，二来也不想拒绝这些左右邻居的好心，三来对自己的寻短，也有悔意了。就不动弹，由他们抬走。

“慢点，送到镇上卫生所，我开一封介绍信，你们带去。”刘雨生蹲在地坪里，拿出怀里硬壳子本子，搁在右腿膝盖上，当做临时写字台，又从本子里头撕下一张纸，用钢笔写了一行字，盖了戳子，交给李永和，嘱咐他道：“我不去了，有什么问题，打电话回来。”

轿子才出门，盛清明来了。

“怎么发现他吃了？”和刘雨生略微谈几句，盛清明这样询问。

“他崽看见的。”刘雨生说。

“看见他在吃？”

“看见他嘴里还剩半根水莽藤尖子。”

“这太巧了。”盛清明笑道，“一个人真要寻死，哪个看得见？我这个人没有你们好，老实说，我疑心这里边有戏。”

“你说他能作假吗？”刘雨生觉得他这话未免把人想得太差了。

“脸都青了，假得来的？”亭面胡也不同意他堂侄的猜想。

“他真要死，不好在塅里吃把水莽藤，回去偷偷地睡了？怎么会叫崽看见，闹得天翻地覆呢？”

“是我婆婆闹起出来的。”亭面胡替他解释。

“就算他是真寻短路，也不对。刚才李支书也讲，党员自杀，是不容许的，是叛党行为。”盛清明说，“刘社长，这回医药费要他自己出。”

“以后看吧。”刘雨生说。

男人们散了，妇女把桂满姑娘劝住，扶进房里，也陆续走了，只有盛淑君留后一步，问了桂满姑娘好多话。她把问到的情况汇报了盛清明。

深夜，李永和跟陈孟春趁着星光，把服毒的人从镇上抬回来不久，刘雨生陪着李月辉来了。谢庆元已经像好人一样，陪亲戚在堂屋里谈讲。没有点灯，堂屋和卧房都墨漆大黑。这亲戚是清溪乡的另一个社的人，谈话是普普通通，没有涉及不久以前发生的事情。

“我们那边，秧在田里长得响，田里功夫赶不赢。你们这边呢？”亲戚问他。

“也是秧等田。”谢庆元说，声音很弱，喉咙发哑。

“老谢，”刘雨生跨进堂屋说，“支书来了。”

谢庆元站起身来，呆呆板板，没说什么话，而且似乎有点不好意思，门口透进的星光里，人们看见他低着脑壳。亲戚起身告辞了，谢庆元没有送客，坐在竹凉床子上。李支书和刘雨生坐在他对面。三个人扯一阵社里的牛工，以及插田的各项准备工作，看见谢庆元神经正常，李支书把话题拐到当前这件事情上。

“现在觉得怎么样？”他首先温和地问。

“没有什么，只是头还有点昏。”谢庆元回答，仍旧低着头。

“你这是何苦来呢?”李支书十分惋惜，“这样来一下，自己身体吃了亏不说，最要不得的是你违背了入党时节的诺言。你说了‘为共产主义奋斗到底’，吃水莽藤就是你的‘奋斗到底’吗?”李月辉讲到这里，停顿一下，留给对方一个思索的时刻。李月辉连夜赶到，是奉了中心乡党委书记朱明的命令而来的。听到谢庆元寻短，朱明很生气，在电话里严厉指出：“去看看情况。不要婆婆妈妈啊，这是叛党的行为，就是死了，也是个叛徒，要开除党籍。何况没有死。”朱明说到这里，李月辉插了一句嘴：“我看这事主要地要抓紧思想教育，组织处理倒可以慢点。”朱明来火了，在电话里大声地说：“什么?你不同意我的看法?他不是叛徒?你去不去?你要不去，我自己来。”李月辉回答：“我去。”放下话机，他自言自语：“人还是要学点哲学，要不爱来火。”

李月辉连忙动身。说是“连忙”，也挨了一阵，因为他要想一想，处理这样一件具体的事，对这样一个他很熟悉的具体的人，他应该说些什么?如何措辞?

走到半路，碰到盛清明，告诉他一个新的情况，他又把腹稿修改得温和了些。

谢庆元没有回答他的话，他于是又问：

“你一个党员，参加工作好几年，家里崽女一大路，为什么想到那个绝路上去了呢?”

“工作压头，家庭搞不好，牛又在我手里出了问题。四下里逼得我走投无路，我想还不如算了。”

“你这些问题算得什么?比起长征、抗日、解放战争和朝鲜战争来，你的问题实在太小了。一个党员，要志向宏伟，胸襟开阔，遇到不如意的事，首先应该想到党。”

“是呀，你一个做工作的，为什么想不开呢?”刘雨生插嘴问他。

“比方，你跟堂客怄气了，为什么不想想老刘从前的事呢?他受的磨，比你多吧？腰子一挺，工作一做，他又出了青天了。”

“你们不必再讲了，”谢庆元抬抬头说，“我晓得是我自己太糊涂。”

“晓得就好。”李月辉随即接口，“晓得就要改。这回的事，你应该对党对群众有个交代。”

“是应该检讨。”谢庆元只要想通了，却不很固执，“我只求把我留在党里面。”

“组织处理以后再说吧。先把身子养一养，好好查查思想的根子。好吧，”李月辉一边起身，一边跟刘雨生说，“你在这里多坐一会，我先走一步，乡上还有一个会。”

李支书去后，刘雨生跟谢庆元进了他们的卧房。两个人平常有一些矛盾，尤其是烂秧的事，双方冲突一度尖锐化。但刘雨生本着团结的方针，凡事不跟他一样计较；这回谢家出了事，他帮忙调摆、奔走、劝慰，显得一点隔阂也没有，谢庆元看在眼里，心里自然对他比较接近了。至于刘雨生方面，完全是把这一切当做分内工作来做的。谢庆元堂客，这位不服王法的桂满姑娘是他看了长大的女子，他想利用这关系劝慰她一巡，并且看情况，还想适当批评她几句。跨进房门，他就看见，在桌上一盏小灯的闪动的光亮里，桂满姑娘披头散发，背靠床架子，坐在铺上，身上拥一条绣花红缎子被窝，它和补丁驮补丁的白粗布褥子是一个对照。刘雨生晓得，那是土改时分的果实。谢庆元和刘雨生一样，土改以前，家里从来没有荤货衣被①。

“是雨生哥么？请坐。”桂满姑娘伸手掠掠额头上散发，用嘶哑的喉咙说。

“闹得太过分了吧？喉咙都嘶了。”刘雨生坐在床铺对面的春凳上，笑一笑说。

---

① 荤货衣被：绸缎衣被。

“雨生哥，你是一个明白人，又是有名的清官。”

“清官难断家务事。”刘雨生接口笑道。他这样讲，隐隐含有抵制她的要求袒护的意思。

“你设身处地，替我想想，我这个做堂客的，究竟要如何才能满得他的意，称得他的心？平素日子，他回到家里，百事不探……”桂满姑娘伶牙俐齿，讲得很快迅。

“柴是你砍，水是你挑么？讲话总要凭一点良心。”谢庆元说，喉咙也嘶了。

“你莫插嘴，由她说说。”刘雨生生怕两公婆又吵。

“百事不探，只晓得饭来张口，茶来伸手。”桂满姑娘没有答理老公的辩驳，一路滔滔，只顾讲她的，“我做牛做马，服侍他一十四年，如今他嫌我老了。”

“你还不老。”刘雨生插嘴。

“不老，你说的！没天良的想把我一脚踢开。”

“他的脚劲没有这样大。”刘雨生笑着帮谢庆元剖白，桂满姑娘没有睬，继续讲她自己的：

“去跟别人好，跟那宗烂货，对不住，这注货也磨过你的。”

听到这话，刘雨生略略低低头，听桂满姑娘又说：

“我这个做堂客的，哪一样不维护他？我在外头听了人家的闲话，回到家里，嘱咐他留神，对不对，该不该呢？他在外头做混账的事，我……”

“这倒是没有，老谢不是那号人，他对嫂子，天理良心，实在可以算是个模范丈夫。”

“模范！”桂满姑娘越讲越来劲，“你们是聋子，瞎子，我不是。老话说得好，‘无风不起浪’，在他手里，那个货多得了工分，盛家里淑妹子出一天工，一分都捞不到手，我问你，”桂满姑娘偏过身子来，鼓起眼珠子，嘶声地问，“是么子道理？”

“你这话是哪里来的？”谢庆元反问一句。

“你问做么子？总有来处的。都说是你讲的：‘淑妹子笑了，工分要扣尽。’笑都笑不得，是你的时兴规矩。”

“我没有讲‘笑了扣工分’，有人告诉我，‘淑妹子尽笑’，我就发问：‘是边笑边做呢，还是光笑不做？假如只笑不动手，理应扣工分；边笑边做是有工分的。’是哪个在你面前搬是弄非？”

“蚂蚁子不钻没缝的鸡蛋。”桂满姑娘含含糊糊，不肯指出是什么人讲的。

“是哪个来跟你讲的？猪有名，狗有姓，你说出来嘛。”谢庆元进逼一步，又望刘雨生一眼。

“嫂子你不要听人家乱讲，工分是评的，哪一个也不能私自做主。”刘雨生看了谢庆元眼色，晓得是盼望他来帮一棰。

“是呀，社里有党有团，有社长社委，还有监委，我一个人做得主？”

“就是我们，决定一件事，也要跟大家商量。”社长补充了一句。

“我晓得你是信了哪个的话了。”谢庆元翻出来说，“那是一个什么好家伙？上邻下舍，哪一个齿她？只有你把她当做心腹，信了她的，来跟我吵，骂得我一佛出世，二佛朝天……”

不等谢庆元讲完，桂满姑娘对刘雨生赌咒发誓：

“当了灯火说，我并没骂他。我只是把外边意见转告给他。他在吃饭，听了我的话，就暴跳起来，筷子往桌上一搭，饭碗往地下一摔，哐啷啷，一只碗打得稀烂，两个小的吓得哇哇哭，大的也在一边擦眼泪。”

“是几时的事？”刘雨生插问。

“那一晚，评完工回来，就吵起来了。”谢庆元说明。

“我心平气和地说，是哪一个先骂起来？你说呀，为么子不做声了？”桂满姑娘转守为攻。

“算了，这些陈账不要去提了。”刘雨生生怕他们又顶起牛来。

“亏他是个副社长，还是党员！”桂满姑娘用手重新把那拂在脸上的头发，随便一掠，把脸转向刘雨生，“正要问问你社长，他这个党员是何式当的？”没等刘雨生回应，她把头发蓬松的脑壳伸出帐子外，转向谢庆元：“我只问你，做堂客的几时跟你胡闹瞎闹，吵过架子？平素日子，我的嘴巴是多点，今天当着灯光菩萨讲，不是为了你好吗？从来没有骂得你七进七出，没有扯过你的后腿。”

“这是实在话。”刘雨生帮了她一句。

“也没有像别人一样，动不动就提出离婚。”桂满姑娘说。她忘记了大闹时节，自己也曾提过“离婚”字样的。“我只是讲，开完了会，早点回来。记得有一回，你到常德去开会，家里丢下三角钱，我拿一角钱买了灯油，一角钱打了清油，再有一角，买了半斤多点盐。你一去十好几天，我就是这三角钱过了日子，几时埋怨过你一声？”她的嘴巴像放爆竹一样，说到这里，扯起衫袖，擦擦眼睛，“你是党员，去过常德，到过长沙，跑了大地方，管的是国家大事，我这个做堂客的也落得冠冕，几时埋怨过一声？当着灯火，当着社长，当着天地爹爹，你讲呀，你是哑巴吗？”

一阵连珠炮一样的进攻，把谢庆元的嘴巴堵得死死的，亏得刘雨生在一旁解救：

“他在外边没有讲过你一句坏话，总是说：‘我们里头的如何如何好。’”

“你莫帮他讲乖面子话。”桂满姑娘岔断他的话，“我跟了他，没有扯过一尺布，连过一件衣。”

“但是，盖了花缎子被窝。”刘雨生看着床上的绣花红缎子被窝，提醒她一句。

“除了这个呢，还有什么？我们四娘崽，扯常搞得衣不遮体，饭不饱腹。”

“困难还有，不过好日子快要来了。”刘雨生预言。

“应该来了，到底几时会来呢？有了日子吗？”

“这又不是替你儿子讨堂客，能够看定日子的。”刘雨生笑笑回答，“党和政府给我们指出了正路，又给我们一切支持，好日子来得快慢，靠我们自己的两手。”

“我也懒得管你们这些，只要他有米我煮，有柴我烧，又不寻死觅活的，就算阿弥陀佛了。”桂满姑娘一张薄嘴唇嘴巴，活泛，尖利，有斤两，也有分寸，听了别人话，她左讲左接，右讲右接，两个男子没有讲赢她。

“这一回算是他错了，”刘雨生趁此批评谢庆元，接着，含笑说道，“下回不会了。修了这样一位百伶百俐，又不扯腿的贤惠里头人，他还想死吗？”

“雨胡子也不老实了。”桂满姑娘口里这样子责备，脸上出现了笑容。

“你这腔口，活像李支书。”谢庆元把脸转到一边，用劲忍住笑，怕又挨骂。

“好了，”看见这阵势，刘雨生料想再没有事了，忙笑着收梢，“不要再闹了，再吵就太不像话。老谢，明朝你还是跟亭面胡他们去耖干田子。要灌劲啊，节气来了，不要搞得秧等田。”

“已经是秧等田了。”谢庆元情绪好转，听刘雨生谈起自己懂行的事，就插嘴说。

“赶一赶，还来得及。”刘雨生接着说道，“干田子不多，塅里的田，再一巡布滚①，一巡耖耙就可以插了。”

送刘雨生走后，回到房里，谢庆元轻轻摸摸踩上踏板，在床边上坐了一会。阳雀子在后山里一阵阵啼叫；窗外的鸡拍了一下翅膀；房里大小孩子都打起了均匀的鼾息。桂满姑娘没打鼾，但一动不动，装作睡了。谢庆元脱了衣服，放下帐子，又把脑壳伸到帐门外，一口气把灯盏吹熄。

“你呀，哼！”在昏暗里，桂满姑娘哼了一声，从此双方再没有

---

① 布滚：一种牛拉的滚动的圆耙。

说话。

第二天黑早，谢庆元背着犁，赶起一条小黄牯，走到山边的路上，碰见一群背着书包上学的孩子，为首一位是李支书的儿子李小辉。这小家伙笑着顽皮地问道：

“庆元叔，水莽藤好不好吃？”

“还想吃吗？”另外一个小学生也前进一步。

“你要还想吃，我替你去扯。”小辉又说。

“那边山上有的是。”第三个孩子也凑热闹。

“抽你们的肉！”谢庆元扬起鞭子，孩子们一哄都跑了。他们晓得这是一个蛮家伙，说打真打，不像亭面胡，手里鞭子只做样子的。但跑了一段，估计对方追不上，孩子们又都站住脚，李小辉拍手编道：

“一个人，出时新，吃了水莽藤，大叫肚子痛。”

“这里有蓬水莽藤，你还要不要？”另一个孩子笑着叫道。

李槐卿戴顶风帽，戳根拐棍，正在山边边上扯野菊花，看见这局面，他点头微笑，叹口气道：

“‘以力服人者，非心服也，力不赡也。’你懂了吧？”

谢庆元不懂老倌子的话，没有答理，把牛狠狠抽了一鞭子，黄牯扭转颈根来，瞪他一眼，好像是说：“你受了人家小孩的话，为么子拿我出气？”看见这人又扬起鞭子，晓得他不是好惹的家伙，不像亭面胡，还讲点交情，就干脆地掉转脑壳，起着小跑。

走了一段路，碰到盛清明。他跟几个民兵后生子，正从几处秧田的区域，放夜哨回来。

“好啊，”盛清明大声笑道，“活得不耐烦，想到阴司地府去参观访问了？开了给阎老五的介绍信吗？不过，你要是嫌副社长不过瘾，到了那边，也得不到好处。”

民兵后生子和几个过身的人都哈哈大笑，谢庆元说：

“你不要取笑。”

说不出别的话来，不好意思地牵着牛走了。等他离远了，盛清明放低声音，跟民兵们说：

“威信本来就不高，这样一来，更不行了。”

走过亭面胡耖田的地方，盛清明叫道：

“佑亭伯，今天夜里收了工，我来找你，有点事跟你商量。”

“么子事呀？”亭面胡问。

“夜里你就晓得了。”盛清明回复。

亭面胡没有去想。他赶起水牯，耖得风快。

四十　调查

最近几天，亭面胡家里相当混乱。岳母生病，婆婆回娘家去了，托儿站无形解散；家务事没人料理；孩子没人打收管；猪和鸡喂得不趁时；菜园里的土茅封草长，韭菜、油菜都荫得发黄。大崽住在农业社，面胡自己参加了犁耙小组，排天耖田和耙田，忙得个不可开交。收工回来，累得腰子直不起，饿得肚子凹进去，饭还没安置，气得他总是骂人，又没有固定的对象，碰到什么骂什么，哪个撞在他的气头上，哪个就背时。

这一天，就是盛清明约他谈话的这天，到了夜饭时节，亭面胡回家来了。他的对襟布扣的蓝布褂子上，补丁驮补丁的青布围裙上，脚上，手上，脸上以至头发上，都溅满了泥点子，手里拿着牛鞭子，满脸怒气。看见菊满在地坪里跟人跳行子，他开口就骂：

“菊满伢子，你这个鬼崽子，只晓得要，还不快去帮忙煮饭呀？”

菊满没有动，还是跳行子，满姐在灶屋里叫唤：

“菊满伢子，还不来，有样好东西，我们都吃了。”

菊满跑进去，发现姐姐是骗他，两个人就在灶屋门口吵，面胡又骂了：

“你们吵，一个个捶烂你们的肉。满姐，你为么子骗他？”

“哪个叫他信骗的？”满姐提出反驳。

“你翻，你这个死没用的家伙，还不给我打水洗脚呀。”

满姐不满意爸爸的偏心，两姐弟吵架，只骂她一个。她噘起嘴巴，但还是习惯地提了一桶水，放在阶矶上，亭面胡抽了一壶烟，从从容容，解下围裙，从竹竿上取下一条长手巾，浸在水桶里，于是坐在竹椅上，俯下身子，开始抹脸，鼻子在蘸饱了水的手巾里发出扑噜扑噜的响声。然后，他把手上、脸上和头上的泥巴都洗去了，耳朵背后，鬓毛边上，还保留了一小部分，就洗脚了。

正在这时候，盛清明来了，亭面胡洗完了脚，趿起皮拖鞋，陪着客人走到灶屋里，各人找地方坐下。满姐的饭还没有做好。亭面胡问盛清明：

“吃了饭吗？”

“相偏了。”坐在门边的盛清明这样回说，“你们的饭稍微晏了点。”

“你只莫讲起。”亭面胡诉起苦来，“天天是这样，收工回来，饿得个要死，米还没开锅。家里搞得没一点名堂，去了一向，还不回来。回来定要挨顿饱骂的。”

后面几句，盛清明晓得，是面胡给他回娘家去了的婆婆许下的愿心。

“等学文讨了堂客就好了。”盛清明笑一笑说，一边起身接烟袋。

“那有么子指望啊，如今的媳妇靠得住吗？”

“靠不住，就不靠，反正入了社，哪一个都是靠社里了。”盛清明正正经经说。

“我早就以社为家了。”亭面胡说，“要不，不会答应在我屋里办托儿站了。”

满姐把几碗干菜摆在矮桌上，生了一个汽炉子，煮一蒸钵墨黑的芋头叶子丝，摆好碗筷，叫爸爸吃饭。

“吃么子好菜？”盛清明走到桌边，看看蒸钵里，“擦芋荷叶子，这是城里吃不到手的好菜。”盛清明拿起调羹尝了一口汤，点头笑道：“鲜。”

“城里有了好东西也做不出好吃的菜来。”亭面胡夸口，“我们就是一碗腌菜子，也比他们的好些。”

“这样说来，你是不想进城去住了？”

“请我也不去。那里挂的帐子是圆顶，闷得人要死，又不开帐门，要从底下爬进去，不方便极了，不像我们的方顶帐子样样都好。”亭面胡滔滔地数说城里的缺点。

等饭吃完，盛清明跟面胡进房，两人坐在床边上，抽烟，吃茶，细细地长谈。

“最近一向，接接连连出了几桩事。”盛清明说。

“是的，上村烂了秧，下村又坏一只牛。”亭面胡把两件毫无关联的事，联结在一起。

“烂秧的事，倒查清白了。”盛清明说，“牛砍坏了肩胛，倒是件怪事。”

“你说是哪个家伙下这样毒手？”提到牛受伤，亭面胡不由得来气。

“你说是哪个干的？”盛清明问。

“我猜不出。”亭面胡摇一摇头。

“猜不出，就不要费脑筋去想了，反正将来总会晓得的。我要问你一个人。”盛清明移得靠拢一点，小声地说。

满姐在灶屋里洗碗，菊满走进房里来，亭面胡连斥骂，带命令：“你这个鬼崽子，这样早进来做么子？出去耍一阵，再来睡觉，快去。”

菊满走了，亭面胡才问盛清明：

“你要问哪个？”

“对门山边那一家。”盛清明的话音压得更低了。

“龚家里吗？”亭面胡的嗓子还是不小。

“嘶，小声点，”盛清明做了个手势，“这个家伙耳朵长。你觉得他怎么样？”

“你问他哪点？”

“随便哪点。你说他究竟是个什么人？”盛清明强烈暗示他。

“是个作田的，一个贫农。”亭面胡毫不起疑。

“是作田的，总要会几门功夫，他会哪几门？”盛清明询问。

“一门都不会，不过这种人也多，作一世的田，还不晓得用牛的人有的是。”

“那么他穷吗？”

“他过去是讨米上来的。”

“如今呢？”

“如今也不见宽裕。”

“那他为什么有钱请你们吃酒？”盛清明紧追一句，亭面胡心里一想，没有做声。

“他请过好多的人，谢庆元去过多次。他哪里有这些钱呀？”

“是呀，”亭面胡这才认真想了一下子，“说是女屋里来的，又从没见过他的女。”

“听说他不抽旱烟，爱抽香烟。”

“是呀，两公婆都抽。有一回，我看见他屋门前的热水凼子里倒一堆烟蒂，要我，一个月也抽不了那样子多。”

“是吗？”盛清明对面胡这一句话，很感兴趣，“大概有好多？”

“有小半撮箕。”

“几时发现的？”

“有好久了。”

“你为么子不去告诉我？”

“这有么子告诉的？又不是发现他家里有枪。”

“以后，看见这种事，你都告诉我一声。”说到这里，盛清明默了默神，又低声问道，“近来他还跟你来往吗？”

“来往，他婆婆常常来借东借西。”

“借些什么？”

“秤，升子，筛子。你笑么子？”亭面胡问。

“没有什么。”盛清明说，“她到谢庆元家里也是借筛子，他们两公婆大概是要研究你们两家的筛子的好坏。”

满姐洗好碗筷，牵着菊满进来了。亭面胡吩咐：

“你们再出去耍耍。”

“他们要睡了，让他们来吧，我们出去走一走。”盛清明觉得亭面胡在无意中提供了一些他在别处得不到手的材料，供他分析和研究。他又一次想到，党所教导的群众路线，是一切工作，包括公安工作在内的惟一正确的路线。当然，从群众中得来的材料，还需要慎重思索、分析和研究，勤于调查，又肯思索，是党的一切工作成功的保证。

邀着亭面胡，他一边走，一边默神，不知不觉，来到了下村山边一条僻静小路上。夜色浓暗；四到八处，田里和山里除开蛙的合唱和阳雀子的啼叫，听不见别的声息。盛清明低低说道：

“佑亭伯，我有件事，同你商量一下子。”

“么子事呀？只要是做得到的，无不可以。”

“这事没有什么做到做不到，也无须费力，我只要你照常同他们家来往。”

“同龚家里？”

“你小声点。这家伙神通广大。”

“我要不过他。”亭面胡已经悟出这龚家里是什么性质的人了。

“不要你跟他斗法，只要你留心一下子。”

“留心么子？”

“留心他们两个人平日说一些么子，看看他们的行止举动，人来客往。”

"好吧。"

"三五天我到你这里来一回，或者你去。如果有急事，随时可以去找我。只有一点，请你记住：不要露声色，不要性急。"

"这点你放心，我是顶不喜欢浮躁的。"

盛清明跟他这位堂伯分了手，连夜赶进城，把他从亭面胡口里得来的两点情况：在龚家里发现小半撮箕烟蒂子，龚子元堂客到两家串门都是借筛子，向县公安局汇报了。公安局长认为烟蒂很重要。

"这个家伙的家里可能来过很多人。前几天，杨泗庙那边也发现一个性质相同的情况：有个暗藏的反革命分子家里，五天之内出了三缸粪，他家两公婆，一天到夜只屙屎，也屙不出这样多来。现在快要插田了，敌人总爱在我们中心工作紧张时，乘机活动，两处都得要加强侦查。"

侦查科长按照公安局长的意思派出了两个侦查组，他自己准备带一个小组，在插田时节驻在清溪乡。公安局长又说：

"要继续依靠广大的群众，用群众的千手千眼，布成一个天罗地网。"

盛清明听了这话，就把他给亭面胡的任务讲了一遍。

"你建立特警，怎么找到他老驾的头上去了呢？"侦查科长常常去清溪乡工作，熟悉亭面胡。

"这两项材料就是他供给我的。"盛清明讲明他看中这位堂伯的理由。

"只怕他搞不出名堂。"

"我的意思是不一定要他特别打探出什么。那家伙狡猾极了，就是打发一个精明的人去，也是作闲。"

"那么你要他去做什么？"

"他们早就有来往，我这是将计就计。也许又会在无意中发现一些新材料，只要他不露声色，那家伙不会介意。"

“就是怕他露声色，反而误事。”

“误什么事？顶多被识破。识破了也会有好处。”

“识破了有什么好处？”侦查科长奇怪了。

“叫那家伙看见我们任用这样的人，笑我们糊涂，他的活动会更加猖獗。只要他活动，你我就有办法了。派遣亭面胡，包含了诱敌深入的意思。”

侦查科长还是不赞成这个办法，局长却说：

“让他试试吧，不过要注意面胡的安全，叫他不要再在他家吃酒吃东西。”

“这个我晓得。”盛清明回答。

“同时，你加紧认真地侦查，留心一下，看清溪乡的敌人和杨泗庙那边有什么联系。”

侦查科长带领五个侦查员，同盛清明一路，连夜赶到清溪乡，他们都换了便衣，分散住在老百姓家里。

亭面胡接受了盛清明的任务，十分认真，到龚子元家里去了三次。到第二回，不出盛清明所料，从口气、脸色和举动上，龚子元已经觉察亭面胡有一些蹊跷。等他一走，龚子元对堂客笑道：

“你看，这就是他们派来的角色，乡里究竟是乡里。”

“不能大意啊。”龚子元堂客警告她老公。

“怕什么？乡里究竟是乡里。这个家伙，我倒可以反利用一下。”

这几句话被盛清明埋伏的另外的人听到了。

快要插田了。有一天，从田里回来，吃过夜饭，亭面胡坐在阶矶上的小竹椅子上，吧烟，骂人，十分生气。盛清明来了，问道：

“你怎么样？”

“没有什么。就是你们伯娘还不回，家里不像样。”

“有什么情况？”

“没有。”

“今天谈些什么讲？”

"家务讲。他问你伯娘为什么还没有回来。"

"还问什么?"

"还问你伯娘的娘家在哪边乡里。"

"告诉他没有?"

"告诉了。我想这不要紧吧?"亭面胡没有把握。

"不要紧。他还问些什么?"

"没有问了,只说巧得很,你岳家在杨泗庙,那边我也有一个亲戚。"

"啊,"盛清明听了,记起了公安局长的话来,好像发现了什么似的,不由自主地"啊"了一声,随即询问道,"他平素提过这一门亲戚没有?"

"我记得好像没有。"亭面胡搞不清楚了。

"他这亲戚姓什么?叫什么名字?"

"我没有问,要不要去问清楚?"

"不要,不要。"盛清明连忙阻止,"几时他再提起那一门亲戚,你告诉我。"

"要得。"

盛清明连忙辞别他堂伯,跑去找到局里的侦查科长,把这情况汇报了。

"这样看来,这里和杨泗庙是有关联了。"

科长写了一个密件,派侦查员立即送到局里。局里又做了一番布置。

不到两天,亭面胡来找盛清明,愁眉苦脸。

"有什么情况?"盛清明看了他的脸色问。

"你说背时不背时?有要紧工作,又要插田了,偏偏出了这个事。"

"什么事呀?"

"你伯娘找人带封口信来,说老人的肿瘤厉害了,要我走一趟。"

“那你就走一趟吧。”

“我只怕她一仰天，把工作误了。”

“不要紧。”

“这样，过几天我就要走了。”亭面胡说完要走。

“这事情你告诉龚家里没有？”盛清明送到门外，小声这样问。

“没有。”

“你去告诉他，看他讲么子？”

“告诉他做么子呢？”

“你不要问，我自有道理。”

当天夜里，亭面胡衔着烟袋，走到龚家，把他要去岳家的事告诉了他。

“我也要去看亲戚，我们正好一路走，彼此有个伴。令岳母万一有个三长四短，我还可以帮帮忙。”

“只怕社里不会答应吧？”

“答应得你，有么子理由不答应我呢？”

“你没有事，我有要事。”亭面胡生怕他同去。

“我也有事。”

“你有么子事？”

“你怕我去，沾你的光？”龚子元眨眨眼睛，反击一下。

“那倒不是。”亭面胡老老实实地回应。

“是这样好吧，我们各去各的，各走各的路。”

亭面胡回家，盛清明已经在阶矶上等他。把情形一五一十讲了一遍，亭面胡问道：

“他也要去，不要紧吧？”

“不要紧。”

“这里到杨泗庙，有几段山路，我怕他逃了。”

“逃到哪里去？”

“又怕他害人。”

“不怕，你放心去吧。刀把子抓在我们手里，怕他什么？”

“到了那边，他要来找，我如何应付？”

“你照平常一样对待他，别的都不要探了。你大概几时去呢？”

“要到后天。”

盛清明走了。当天夜里，他一边报告局里，一边跟侦查科长调兵遣将，在清溪乡和这边通往杨泗庙的沿途都做了布置。

第二天早晨，出工以前，亭面胡坐在阶矶上，拿起烟袋，正要抽烟，看见田塍远处，有一个人急急忙忙往这屋场走过来。

四十一　奔丧

来人是亭面胡岳家的本家，进门才落座，就说病人只剩一口幽气子，婆婆要他赶快去，会会活口，并且要他把菊满带去。

得到了这个口信，在别人看来，就是死信，病人可能落气了，但亭面胡还是不慌不忙，一点也没有震动。他心里想：“人老了，总是要死的，正像油尽了，灯盏总是要灭的一样。人死如灯灭，不管什么人，都要走这条路的。”他吩咐满姐招呼客人洗脸和吃饭。因为客人急，吃了饭，就带菊满先走了。“我还有点事。”亭面胡说。

“你要快来啊。”客人又催了一遍，“再迟就会不到活口了。”

“来得快的。”亭面胡答应。

亭面胡送走客人以后，吧着烟袋，到猪栏里把猪赶起，看了一阵，亲自喂了几端子饲水。回到灶屋，他解下围巾，拍拍肩上的灰尘，到社里支了五块钱，准备做人情；跟刘雨生请了一个假，然后到盛清明家里，说了忽然要走的原因。

挨到茶时节，亭面胡才换双草鞋，起身上路。走到半路一个山口上，碰到龚子元，他略微一惊。

“你怎么在这里的？”他问。

"不是告诉过你么，我要到杨泗庙去看亲戚？"

亭面胡记起了盛清明的话，心神镇定了，沿路跟他扯一些闲话。到了杨泗庙，龚子元抬手往右边远处指一指，笑笑说道：

"舍亲住在那个横村子。我要跟你分路了。令岳母假如有个三长四短，我会来帮你忙的。"

"不敢启动。"

亭面胡走到岳家，岳母娘躺在床铺上，不能说话了，婆婆跪在床边上哭泣。她是两位老人的惟一的儿女。这位将辞人世的老妈妈通共只生得一胎，这里叫做"秤砣生"。别人是"郎为半子"，她把女婿看得像亲崽一样，晓得他爱的是酒，常常给他安置一坛子镜面，几样咽酒菜。

"外婆，我来了。"亭面胡走到床边，照他儿女的称呼，叫了一声。

老婆婆睁开眼睛，望了一下，又无力地闭上眼皮子。她脸块死白，呼吸短促而微弱。看了这光景，亭面胡想："只好在这里等了。"他脱下草鞋，自己走到灶屋里，打水洗了脚，穿起岳丈的一双旧布鞋。

岳丈请了一位郎中回来了，看见女婿，用衣袖擦擦眼睛，又抹抹胡子，然后问道：

"你来得好，她正念你，怕看不到手了。"随即邀郎中坐到床前墩椅上，叫老婆婆把手放在床边一个枕头上。面胡婆婆站在一旁。

郎中把住脉，侧着脑壳，闭了眼睛，想了一阵，又望了望病人的脸色，问起病况和年纪，面胡婆婆一一回答了。郎中起身，坐到桌边，开完药方，没有说话，就起身告辞。亭面胡奉了岳丈的命令，送到门口，把一张红票塞进郎中的怀里，等对方收好，他小声问道：

"先生你看呢，不要紧吧？"

"老人家也算高寿了，服了这帖药，过了今夜再看吧。"

岳丈拣了药回来，面胡婆婆一边煎药，一边安排了四碟烘腊，一壶白酒，两副杯筷，铺在灶屋里的方桌上。

“请，”岳丈邀女婿坐在桌边，自己先端起酒杯，“这恐怕是你岳母给你准备的最后一坛子酒了。”老倌子眼里噙着满眶的泪水。

亭面胡端起酒杯，一时喝不下，虽说他有个“人老了，总归要死”的哲学，但看着酒，想起她的好处和慈爱，眼睛不由得湿了。

这时候，面胡婆婆已经服侍病人吃了头趟药。这一通宵大家没上床。亭面胡靠在火炉边，打了好几回瞌睆。到天亮时，房里说话了。亭面胡被婆婆叫醒。揉着眼睛走进房间里，看见病人脸上有一点光彩，眼睛打开了。她叫面胡坐到床边上，谈了几句讲，又闭上眼睛。看样子，病人精神好多了，亭面胡起身，脱下鞋子，穿起草鞋。

“你到哪里去？”岳母睁开眼睛问。

“你老人家好一点，吉人天相，以后会慢慢好的，我要赶回去耖田，节气来了，我们社里快要插田了。”亭面胡详细说明。

“你莫回去吧。”岳母说了这一句，闭上眼睛，半晌，又睁开眼说，“我还有话，跟你说。”喉咙里的痰响，时常打断她言语。

“体老人家意，不要走吧。”婆婆劝他。

亭面胡只得留下。准备晚上守夜，白天想睡一下子，他寻到后房，和衣倒在床铺上，不知不觉，一睡就是一整天。到夜饭边头，他睡足醒来，蒙蒙眬眬，听得有哭声。菊满飞脚跑进来，惊惶地嚷道：

“爸爸，爸爸，外婆不好了。”

“么子事呀？”亭面胡从铺上跳起身来，听见他婆婆在前房里带着哭音连连叫道：

“妈妈，妈妈，妈妈你不要走呀，我的妈妈。”接着是哇的一声大哭起来。亭面胡赶进前房，岳母已经断气了。面胡婆婆伏在老母亲身上，两手捏着她的僵硬的布满筋络的双手，看着那瞘了进去的眼眶，一边痛哭，一边数落：

“妈妈，你醒转来吧，醒来再看看你的亲人。我不晓得你就是这样去了哪，我的妈妈呀，晓得这样，我没有早几天来，陪你多谈几天讲。你睡在这里，为么子不开口哪？我的亲娘，你没有享你女儿一天的福，临终以前还把一件新棉袄脱给我穿，我的妈妈呀，你这样子心疼女儿，叫我如何舍得你？你不醒来，我何得了哪，我的妈妈呀！”

“已经这样了。”面胡劝他的婆婆，“不要哭了吧，死了死了，死去就是了却世上的俗事，仙游去了。”他一边劝，一边想起昨夜的镜面，也落泪了。

菊满不敢来看外婆脸色变黯了的可怕的样子，他远远地站在门角落里，听到妈妈哭，也陪着掉泪。

面胡的岳丈，坐在踏板上，手肘撑在膝盖上，手掌蒙住脸，泪水从手指缝里流迸出来，但没有出声。

左邻右舍都来了。有的劝慰哀哭的人们，有的动手帮忙了。一位上了年纪的婆婆，叫男人们出去，把房门关了。她指挥几个年轻的妇女，在房里给死者装洗。

岳丈把面胡挽进后房。

“我想把猪卖了，再借一笔钱，做几天道场。”

“人在世上一台戏，人死了，就是戏散了。”亭面胡说，“还做么子道场啊？我看不如宰了猪，款待杠夫吃一餐。人死饭甑开，饭是要准备一餐的。”

岳丈依了亭面胡的话，把猪宰了，准备明天款待杠夫和吊客。

房门开了。遗体穿好寿衣和寿鞋，从床上移到地上一铺席子上，脚端点起一盏清油灯，人一走过，灯焰就摇漾一下。

第二天，遗体入殓时，吊孝的，帮忙的，挤一堂屋。龚子元拿一副香蜡，也在灵前叩了一个头，当即走了。

当地乡政府派个人来，要他们当日还山，不要做道场，说附近山边，有些情况，怕有歹人来浑水摸鱼。

就在当天，灵柩还山了。

第三天，亭面胡回家去了。记着盛清明的话，他没有理会龚子元在杨泗庙有什么活动。

“我们那一位哭得个死去活来，”他跟别人说起岳母去世的情景，“我劝她不要那样，人死如灯灭，有么子哭的？”

面胡拿起牛鞭子，又去耖田了。

“人死如灯灭，有么子哭的，哭干了眼泪，也听不见了。”在田里，他跟陈先晋又说。

过了四五天，田里功夫越发上紧了，又要积肥，亭面胡出工收工，总是两头黑，家里更不像样了。大女回来帮他洗了一天衣，那边快插田，她赶回去了。

“人家都惦记家里，只有她不同。过了头七，高低要接回来了。”亭面胡对人说起他婆婆。

“母女一场，怕要过五七，才得回啊。”有人这样说。

“那还了得，我这个家交给保甲去？如今哪里尽得这一些？入土为安，哪里还守得五七？”

“只怕外公会把她留住。”

“再留，就有点子对不住人了。”

亡者头七过去了，盛妈还没有回来。面胡收工回家，满姐的饭没开锅。他又饿又累，发了脾气，起初骂满姐，后来骂猪，末尾扯到婆婆身上了：

“吃了人家无钱饭，耽搁我的有钱工，使得再不回来呀，哼，非挨一顿饱骂不行的！”

这个声明是以前的同样声明的重复，才讲出口，还没落音，菊满手里提一个包袱，跑上阶矶，说是妈妈回来了。不大一会，在星光里，对角田里水面显出移动的人影。又过一阵，盛妈头上挽一块孝布，脚上穿双白布蒙面的鞋子，摇摇晃晃，慢慢来了。盛家屋面前，一时挤上好多人。盛妈跨到阶矶上，拉住一位迎接她的邻舍堂客的两手，失声痛哭了。

原来站在阶矶上的面胡早已不见了。他不但没有给婆婆"一顿饱骂"，像他声明所说的，而且抱着满肚子同情和欢喜，跑进灶屋，亲手替她弄夜饭去了。

盛妈靠在满姐搬来的竹椅上，一边用衫袖揩擦眼睛，一边诉说：

"我就是失悔，今年春头上，没有在家多住得几天。"

"你只莫悔。"

"老人家算是修元到了，女婿都会到了活口。"

"七十六岁，也算高寿了，人生七十古来稀。"

邻舍堂客们纷纷劝慰。

"我就是失悔，"盛妈没有听人劝，还是讲她的，"春头上她留我多住一向，没有依得她。哪里料到她就要离开我了？"讲完又哭。

"还有么子哭的啊？"亭面胡在灶脚下烧火，听到阶矶上哭声又起，这样子念了一句。饭熟了，他亲自炒菜，没叫满姐，也没骂人。婆婆一回，家里有了主心骨，天上乌云都散了。炒菠菜时，他多放了一调羹猪油，表示优待。

"我回去时，人还清白。她喂了一只猪，天天自己打猪草，自己喂饲水。只有得病的三天，她没有起来到猪栏里去。她辛辛苦苦，做了一世。"呜咽又岔断了言语，"眼看好日子来了，她不想死。落气以前，她神志清醒，说是想买一双新袜子。我问她说：'我给你去买，你要么子色泽的？'她咙喉里的痰响了一阵，勉强打开眼睛来，看着我说：'要青的。'讲完这话，一口气不来，就过去了。可怜没有嘱咐一句话。"又哭了一阵，看见菊满带回的衣包放在近边一张凉床子上面，她顺手拿起，解开包袱皮，在星光底下，抖出一件青洋布棉袄，眼泪渍渍地跟大家说：

"去年，她做一件新棉袄，对我说：'我穿不完了，是给你做的。’平常时节，就是天冷，也舍不得穿，到如今还有九成新。”她的哭声又大了。

“满姐，快唤你妈妈吃饭。”亭面胡在灶屋里叫唤。

盛妈扶着菊满的肩膀，进灶屋里去了。上下邻居各自散了。

八仙桌上，亭面胡放上一个汽炉子，炖一蒸钵洋芋头，旁边摆一碗擦菜，一碗菠菜，各人坐下，开始吃饭，面胡特意把菠菜移到婆婆的面前。盛妈也揩干眼泪，端起饭碗。正吃得香，一位体质很好的双辫子姑娘从外边冲进来笑道：

“婶娘回来了，”盛妈回转头一看，讲这话的是盛淑君，“我到城里开会去了，才听见信，说是你回了。正好，大家都在望你呢。”

略微扯几句闲话，又问了外婆辞世的情形，看见盛妈快又流眼泪，她连忙提起恢复托儿站的事。

“上级正在问：‘快插秧了，你们那个托儿站几时恢复？’我急得要命。”盛淑君挨盛妈坐下，一边这样说，“你没有回来，我们就是没得这个恰当人，李婶病了，我又不得一点空。你回得正好，明天叫她们把孩子送来，好不好？”

“后天好吧？”盛妈没有来得及做声，盛佑亭代她回答。他的意思是想叫婆婆歇歇气，并且把这一窠麻的家务事稍许清理一下子。

“正在积肥，又唤插田了，春争日，夏争时，我看就在明天开张好不好？现锅现灶，一切不用安排的。”

盛妈点点头，面胡没有再反对，盛淑君高高兴兴站起来，用手把一根垂到胸前的大黑辫子掼到背后去，笑嘻嘻地说：

“你答应了，好极了，到底是我们婶娘痛快。明天一早，我就来帮忙你打扫堂屋。我走了，还有点事去。”

这姑娘一线风一样跑起出去了。

“满姐，你送送姐姐。”盛妈吩咐。

满姐连忙撂下筷子跟饭碗，跑去送客。才到门口，她的脚尖被一位进门的男子踩了一下。

“哎哟咧，是哪个鬼，踩我一脚扎实的，”她抬头一看，是盛清明，“是你这个，”她吞回了一个“鬼”字，随即叫道：“爸爸，清明哥来了。”

“伯娘回来了？”盛清明走进灶屋，坐在吃饭桌子边，跟盛妈扯了几句，又安慰一番。放了筷子的面胡陪他走进正房里，点起一盏灯，在那里抽烟。

“那家伙回来没有？”亭面胡问。

“我是来问你的呀！你倒问我了。”盛清明认真地说。

“怎么问我呢？”

“我不是把他交给你了？”

“你不是说，我不要探了吗？我就没探了，要不，我把他抓回来了。”面胡稍微有一点子急。

“不要急，他回来了。”

“阿弥陀佛，没有跑掉。”

“跑到哪里去？跑到月亮上去，也抓得回来。”

“几时回来的？”

“昨天夜里。这回他去得真好，对我们很有帮助，几处地方的关系都暴露了。”盛清明说，至于敌人究竟暴露了什么，他没有细讲，面胡也不问。盛清明又附在他耳边悄声地说：

“要破案了，等着看戏吧。”

“真的吗？还要我管制他吗？”

“你还是照平素一样，跟他来往，不要惊动他。”盛清明讲到这里，起身出屋。在阶矶上，他望着天上的星光大声地说：“你看这一天星子好密！星星密，雨滴滴，明朝怕有雨落啊。”

四十二　雨里

第二天，才有一点麻麻亮，果然下雨了。越下越大，屋檐水铲得哗哗地发响。亭面胡一家早已起来，盛淑君打着雨伞，穿双木屐赶来了。放下雨具，她和盛妈动手打扫横堂屋；面胡帮她们把一张空的旧扮桶，靠东墙摆好；满姐把一些棕叶子扎成的小椅子、小桌子、小撮箕和小锄头等等，都拿出来，摆在一张矮桌上。

“好了，我们第一托儿站又开放了。”盛淑君快活地说完这话，穿上木屐，撑开雨伞，冒着雨走了。

雨落着。盛家吃过了早饭，但还没有看见一个人把孩子送来。盛妈坐在堂屋门边打鞋底，亭面胡靠在阶矶的一把竹椅上，抽旱烟袋。远远望去，塅里一片灰蒙蒙；远的山被雨雾遮掩，变得朦胧了，只有两三处白雾稀薄的地方，露出了些微的青黛。近的山，在大雨里，显出青翠欲滴的可爱的清新。家家屋顶上，一缕一缕灰白的炊烟，在风里飘展，在雨里闪耀。

雨不停地落着。屋面前的芭蕉叶子上，枇杷树叶上，丝茅上，藤蔓上和野草上，都发出淅淅沥沥的雨声。雨点打在耙平的田里，水面漾出无数密密麻麻的闪亮的小小的圆涡。篱笆围着的菜土饱浸着水分，有些发黑了。葱的圆筒叶子上，排菜的剪纸似的大叶上，冬苋菜的微圆叶子上，以及白菜残株上，都缀满了晶莹闪动的水珠。

雨越落越大，天都落黑了。屋檐水的水柱瀑布似的斜斜往下铲。地坪里，小路上，园土间和山坡上，一下子都漫满积水，流走不赢。田里落满了，黄水漫过了田塍，一丘一丘，往下边奔流，水声响彻了四野。

隆隆的雷声从远而近，由隐而大。忽然间，一派急闪才过去，挨屋炸起一声落地雷，把亭面胡震得微微一惊，随即自言自语似的说：

"这一下不晓得打到么子了。看这雨落得！今天怕都不能出工了。"他吧着烟袋，悠悠地望着外边。

田塍上，大路上，都很少行人。只有个姑娘，穿双木屐，上身给一把红油纸雨伞完全遮住了。等她走拢，雨伞一歪，人才看清这是盛淑君。她正冒雨往社里走去。

到了社管会，听见会议室里有人在说话：

"不是霸蛮，这号天色也叫人出工？"

"节气到了，秧也长足了，功夫还差一大段，不赶不行呀。"盛淑君听出，讲这话的是刘社长。她脱下木屐，收好雨伞，跑进会议室。里边坐着一些人，有的人站着。不等刘雨生说完，盛淑君连忙插嘴：

"托儿站已经恢复了。"

"好。"刘雨生回她一句，转脸又向大家说，"依我看，大家还是克服点困难，一齐出工。"

盛淑君在门边寻了个位子，向房间四处扫了一眼，看见来的都是后生子。全屋只两个妇女：一是盛佳秀，一是陈雪春。

"这是什么会？"盛淑君惊奇地问李永和。他正坐在她身边。

"刘社长临时召开的积极分子会，找你没找到。"李永和低声附耳说。

"我们还有好多功夫，要抢着做。"刘雨生说。

"等雨停下子，我们出工。"有个青年说。

"等雨停不行，晓得它落到什么时候？别处地方都把雨天当晴天，晴天一天当两天。"刘雨生想要鼓起大家的干劲。

"是呀，"盛淑君马上接口，"他们是人，我们也是人。"

"我们也把雨天当晴天。"陈雪春响应盛淑君。

"我保证女劳力全部出工。"盛淑君站起来说。

"我们跟男子们挑战，你们敢来不敢来？"陈雪春也站了起来。

"挑吧，欢迎！"李永和答应。

这时候，从门外伸进一个中年妇女的脑壳。

“你找哪个？”盛淑君看见是龚子元堂客，高声地问。

“我找社长，”龚子元堂客笑笑，抬头向着刘雨生，“社长，我们那个肚子痛，今朝不能出工了。他叫我来跟你告个假。”

“他不来就是。”刘雨生回复她一句。

“走吧，走吧，”盛淑君不耐烦地打发她出去，“人家都把雨天当晴天，你们家是另外一条筋。”雨声闹起了，龚子元堂客没有听清盛淑君的话，一边走开，一边回头说：“什么另外一条心？我们跟大家，跟政府完完全全是一条心。”

“你去吧。”打发龚子元堂客走了以后，盛淑君又对大家说：“除开这家，别家妇女我包干发动。来，盛佳秀，陈雪春，我们走吧。”

“慢点，慢点，”刘雨生心里高兴，略略看了盛佳秀一眼，笑着询问李永和，“穆桂英快要出马了，男人家显得落了后了，哪个去发动一下？”

“我去一个。”陈孟春起身答白。

“我自然要去。”李永和说。

“不要我们帮忙吗？”盛淑君站在门边笑道。

“你算了吧。”李永和笑道，“尾巴不要翘得太高了，老实讲句话，你们妇女们再有本事，也十分有限。”

“封建思想又来了，你看不起我们？”盛淑君学了邓秀梅的口吻。

“不敢。不过事实摆起在这里。”李永和回应，“你们讲狠，张桂贞如今在哪里。还不是提药罐子去了？”

“你们出一天工，还赚不回药钱。”陈孟春插嘴。

“我吃过药吗？”他的未来的嫂嫂红着脸质问。

“二哥，你又几时看见我吃过药来？”孟春的妹妹也问罪了。

“我也从来没有得过病。”盛佳秀从容地补了一句。

“你是条水牛，”陈孟春笑笑，“不过，你们队伍里，张桂贞是个弱点。”

“你们男子没有病的吗？”盛淑君尖利地反驳，“刚才请假的，是哪一个？”

“他呀，他是什么人，你不晓得？”陈孟春反诘，“他真病假病，你晓得吗？”

“不要扯远了。”刘雨生连忙岔开，“时候不早了，谈我们的吧。妇女同志的干劲，值得我们大家来学习，但她们体力不如我们，这是事实。我们要适当照顾一下，大家赞成不赞成？”

“赞成。”许多男子同声呼唤，陈孟春叫得最高。他听到这话，充分地满足了他的男子优越感。

“我们不需要照顾，”盛淑君噘起嘴巴，倔强地说，“你们能干的，我们也能办。”

“不要霸蛮。”刘雨生劝说，“是这样好吧，旱土作物的培育管理由她们包了，积中稻肥料也归她们，你们成立一个积肥组。”

“插田扮禾，没有我们的份么？”盛淑君问。

“你们个别能干的，也可以来，但不要勉强。”

“反正是你们能做的，我都来得一脚。”盛淑君声明。

“鸡婆不叫晨，你争什么？”李永和笑道。

“呸，只有你的堂客是只鸡婆！告诉你吧，你不要看不起人，我们妇女坚决跟你们比赛，比输了莫哭。”

“比些什么？”

“我们订个比赛条件吧。”

“先不要订，听我把今天的工排一排。”刘雨生说，“县里畜牧场支援一百担牛粪，要运回来，作早稻田底肥。李永和，你带一部分人负责挑运，两天内务必完工；码头上的三十担石灰，也要趁这两天搬回来，我带车子队去运；家里剩下的劳力都去撒粪；犁耙组继续耙干田，打布滚；妇女组也可以帮助运肥。就是这样，今天没有到会的，归各组包干发动，除开病人，都要出工，不管晴天或雨天。现在散会。”

“犁耙组组长谢庆元没来，哪个去通知？”李永和问。

“我去告诉他。”刘雨生说。

“有人没得蓑衣怎么办？”李永和又提个问题。

“想办法。把一切东西都动员利用：油布，席子，和别的能够遮雨的家伙。”刘雨生说完，就去组织车子队。

雨不停点，时大时小。盛淑君拿个喇叭筒，跑到山上，呼唤大家都出工。山上的召唤，加上各组组长的动员，人们从各屋场陆续出来了。不论男和女，都背起蓑衣，戴着斗笠，打发赤脚，有的牵条牛，有的背把锄头，挑担箢箕。人们三五成群地走向自己劳作的地点。

青年男女们都扎脚勒手，用箢箕把畜牧场的牛粪一担一担运到各丘田里去。泥深路滑，好多的人绊了跤子。

“同志们，我们大雨不停工，小雨打冲锋，冲呀！”盛淑君挑着满满的一担牛粪，走到塅里，这样大声向同伴们叫唤，唤声没落音，她的脚踩上滑溜的斜坡路，仰天一跤，啪哒一响，连人带箢箕，摔在地上，正在耙田和撒粪的男子们都大笑起来。

“当心啊，你把屁股摔成两瓣，大春会不答应的。”一个后生子仰脸逗笑，一不小心，自己也绊在地上，滚得一身泥。

妇女们也大笑起来。陈雪春连忙放下担子，去扶盛淑君，一边笑着对那摔跤的后生子说道：“绊得好！这叫做现世现报。”

没等陈雪春伸手，盛淑君早已跳起，一身泥水，收拾箢箕，挑着又走。

“绊痛了吧？”陈雪春问她。

“不痛，不要紧。”盛淑君说，其实，尾脊骨在地上挫了一下，痛得要命，眼泪都来了，她忍住痛，又边走边叫：

“同志们，响应党的号召，坚决要把雨天当晴天，晴天一天当两天，干呀！”

“对呀，我们要大雨小干，小雨大干，一刻不停工，气死老龙王。”李永和也附和地叫。

“对的，干呀！”

人声压倒了雨声。雨不停地落着。雨水沿着人的斗笠和蓑衣的边缘，一点一点往下滴，汗水沿着人的脸也在往下淌。田塍路上，只听见人们脚踩稀泥的声响。

远处干田里，五个人赶着五条牛，正在耙田。人披着蓑衣，戴着斗笠，牛也有蓑衣，但没有斗笠，只有一条，头上的两角之间绑了一顶破草帽。那是亭面胡的牛。他叫牛戴草帽的理由是：“人畜一般同，人的脑门心淋了生雨，就要头痛，牛也一样。”

亭面胡是体贴牛的，也爱骂牛，现在他又在骂了：

“嘚，嘶，还不快走呀，贼肏的家伙，我一鞭子抽得你稀烂！”

用牛的五位，三位是全乡有名的把式：谢庆元、亭面胡和陈先晋，有一位是先晋胡子的二崽，陈孟春，他才学用牛；还有一位是支书。

支书好久没有做田里功夫了，牛欺生，背着耙，老是站住，掉转脑壳来看他，好像要辨识他是什么人一样。李支书抽了它一鞭，它用劲一冲，几乎把耙都拖烂，跑不两步，它又停下，掉转头来望。

“那是一条烈牛子，支书，”说这话的是亭面胡，“我跟你对换一下，你来用我这一条。”

信了亭面胡的话，两个人对换了牛耙。奇怪的是，支书原用的那条调皮牛，在面胡的恶声咒骂里，规规矩矩，不快不慢地前进。它听惯了面胡老倌的亲昵的痛骂，没有这个，好像是缺少了什么。

亭面胡爱骂人和牛，有他一定的理论。他说：“有些家伙，不骂不新鲜。”

在田野里，大雨织成了一幅广大的灰蒙的珠帘。稍远一点，人们就彼此看不清楚。支书戴一个斗笠，头脸遮住了，开初，人们没有发现他，待到后来，盛淑君送粪到近边，才看出了。她马上用喇叭筒报导：

“同志们，支书都在耙田呀，我们还不加油干，太对不起领导了！”

这一声呼唤，效果特别灵，人们越发来了劲，动作快迅，工效增高了。

将近晚边，石灰运输队回村里来了。十二个人组成的这个车子队，一色高盘独轮车，每车两百斤。刘雨生领头，车子吱吱呀呀地，沿着弯弯曲曲的大路，由远而近了。

亭面胡的烈牛子，停下步子，弓起背脊屙尿了。

“懒牛懒马屎尿多。”亭面胡骂了一句，只得由它，自己趁空抬起脑壳来，看着越推越近的车子，他说：

“人怕齐心，虎怕成群，这一趟就运回几千斤石灰，单干能行吗？”

“将来还要好，”恰好耙到他近边来了的李支书接口这样说，“听说，株洲工厂造了一种万能拖拉机，能耖田，又能运输。将来，运灰送粪都不必要挑肩压膀了。”

“那就太好了，”背脊微弯的亭面胡赞道，“那我们的子孙不会驼背了。这个日子还有好久呢？”

“快了，只要齐心合意，苦战几年，各种机械都会下乡了。”

这一天，各种功夫，都以高工效的圆满成绩收场了。李支书和刘雨生估计，再过两天，一切齐备，常青社就能插田了。

这些天以来，民兵们是加倍地辛苦。他们都白天出工，夜间巡逻，为的是护秧。陈孟春耙了一天田，又放一夜的哨。快天亮时，他坐在一块秧田旁边的一个柴草棚子里，怀里抱支茅叶枪，背脊靠在草垛上，昏昏沉沉地睡了。蒙蒙眬眬里，他好像听见一声叫唤，慌忙跳起来，拿手背擦擦眼睛，四围一看，使他吃了一大惊，武器不见了。

四十三　插田

“好家伙，你好警醒啊，做官的把印都丢了！”走进茅棚子，说这话的，是盛清明，随手把茅叶枪递还失主。

“三夜没困了。”陈孟春接了茅叶枪，打了一个痛快的呵欠。

“去睡去吧，出工还早。”治安主任体恤地吩咐。

转眼又两天，常青社的田里功夫全部圆功，紧张的插田开始了。头一天，黑雾天光，山上喇叭筒刚送出话来，男女老少已经出工了。刘雨生分派妇女们去做一些轻功夫：扯秧、送秧和打杂，盛淑君起初不干，后来也依了。她带领一群妇女到秧田里扯秧。用稻草把翡绿的嫩秧扎成一束束，然后一担担挑到田里去。男子们集中在秧田旁边的一个大丘里。他们分做好几堆，按着 3×4 寸的密度，弯着腰子插，开初大家都默不作声。雨落着，远近一片灰蒙蒙。男子们是一色的斗笠蓑衣；妇女们有的披一块油布，或是罩一件破衣，有的还是像平常一样，穿着花衣。她们宁可淋得一身精湿的，也不愿意把漂亮的花衣用家伙遮住。

“盛淑君，‘插秧莫插狗脚禾，扯秧要扯灯盏窝’，有讲究的呢。你们要注意。”李永和认真地说。

“我才扯过秧吗？自己注意吧，我们不要你操心。”盛淑君的嘴巴子从不放让。

“自己留心吧，不要插出烟壶脑壳来。”陈雪春跟随盛淑君，向李永和攻击。

“你们两个黄蜂子，惹发不得的。”李永和说完，仍旧弓着腰插秧。插完一把，伸手去拿另外一束秧，才提起来，把子就散了。“你看，”他对盛淑君说，“这是你们系的好秧把，还说不要人操心。”

盛淑君正要回答，有人叫道：

“淑妹子，唱支歌吧。”盛淑君听出，说这话的，是一个民兵后生子。

“我不唱。”盛淑君拒绝。

“为么子不唱？我们的面子太小了？”民兵问。

“有一个人叫她唱，她一定会唱，可惜他不在。”李永和说。

“哪一个？”民兵追问。

“陈大春。”李永和回答。

“真的，大春近日有信吗？”盛淑君正要开口回敬李永和，被亭面胡的话岔开了。他这问题，是向先晋胡子提出的。李永和笑了。

“佑亭伯伯，你问错人了，淑君收了大春的爱情信，公公哪里会晓得？”

“他只给爱人写信，把父母丢开不管？”亭面胡说，“假如我的崽和媳妇是这样，我要一个抽一顿条子。”

“我劝你不要管他们的闲事，”李永和说，“大春来信不来信，是她的私事，唱一支歌，是正经公事，佑亭伯伯，你说是不是？”李永和伸起腰子，笑着问面胡。

“顺大家的意，唱一个吧！”盛佑亭对堂侄女说。

“唱是可以的。”盛淑君口气松劲了，但又说明，“唱歌要直起腰子，不能扯秧，太耽误工了。”

“这是值得的。”李永和说。

“怎么值得？”盛淑君问。

“有句老话：‘插田不唱歌，禾草稗子多。’”李永和笑一笑说。

“你乱编的。”

“不信，你在这丘田里边插边唱，到了下丘只插不唱，扮禾时节来看吧，下丘稗子一定多。”李永和讲得自己都笑了。

“见你的鬼。”盛淑君伸起腰子，骂了一句，又朝亭面胡问道，“佑亭伯伯，有这规矩吗？”

“规矩是人定出来的，他们要你唱，就唱一个吧。”亭面胡说这话时，伸了伸腰子，随即弯起略驼的背来，继续插禾。

"唱个什么呢？"盛淑君问。

"我来点戏。"李永和一边解秧把，一边笑着说，"唱个'三月望郎郎不来，株洲一去不回归；奴在房中掉眼泪，不知何日好团圆'。"

"你这口才，倒出得众。"亭面胡夸赞。

"亏你是个突击队长，没得一句正经话。我不唱了。"盛淑君低头扯秧。

"留点神啊，"亭面胡说，"不要插深了。'早稻水上漂，晚稻插齐腰。'"

"这一打岔，她正好赖了。"李永和说。

"唱一个，不要忸忸怩怩的。"民兵后生子带头一唤，别的几个人也跟着叫了。

盛淑君唱了一个《二郎山》。清亮圆润的歌音飘满一垅，直到山边。南边山上树丛里飞起一只鸟，一路叫着"割麦插禾"，飞往北边的山里去了。

"好不好呀？"《二郎山》唱完，民兵后生子高声问大家。

"好！"很多人齐声应和。

"再来一个要不要呀？"民兵又问。

"要。"

"我喉咙嘶了，你们男人们也该还礼了。"盛淑君说。

"唱歌是你们的拿手，你们包办吧。"

正在这时候，刘雨生来了。他在下村插了一阵，来到这里，又跳下田来。

"这回应该轮到社长爱人了，请唱一个吧。"民兵笑着催道。

"她在哪里？"另一个人问。

"她请假了。"盛淑君回答。

"社长太太，到底是与众不同。"大家一看，讲这冷言冷语的是龚子元，他一向没有做声，脑壳上包块手巾，弯着腰子，在慢慢地插，人家插三蔸，他还只插得一蔸，分秧和插秧，都不熟练。

“她有么子不同呀？”听到龚子元讥讽社长的爱人，盛淑君立即抢白。

“这时节，她还能请得动假，这就是与众不同的地方。”

“有病为什么不能请假？”盛淑君直起腰子，大声质问。

“别人没有病？”龚子元反问一句，声音却不大响亮。

“你有么子病？”陈雪春也直起腰子，怒问龚子元。

“我没请假，她请了假，先要问问她有么子病。”

“偏不告诉你，你管得着吗？”

“我当然管不着啰，社长太太嘛。”

盛淑君还要开口，刘雨生连忙制止：

“你莫讲了。”

大家都不做声了。盛淑君怄一肚子气，低低地跟陈雪春说道：“什么东西，也不屙一泡尿，照一照脸块，他管得着我们？”

大丘上首，是菊咬筋的田，下首是秋丝瓜的。他们两家也都在插秧。秋丝瓜的秧烂了，社里下村的秧没有弄到手，他花高价分了菊咬筋的秧。

跟社里的队伍比起来，两家单干显得十分地冷清。他们都雇不到零工，连小孩在内，每家只有三个人。

“张桂秋，来跟我们缴伙吧，三个人冷冷清清，有么子味？”陈孟春趁势向单干进攻。

“你们有肉吃，我就过来。”秋丝瓜反攻。

“我们大家唱歌，说笑，比吃肉还好。”陈孟春说。

“细人望过年，大人望插田，没有酒肉，望它做么子？”秋丝瓜说。

“这样说，你一定预备肉了？”龚子元问。

“对不住，稍微预备了一点。”秋丝瓜大声地说。

“你倒是想得周到。”龚子元笑一笑说。

“哪里？赶不上社里舒服。”秋丝瓜故意这样说。

“只贪口腹，有什么出息？”盛淑君岔断他们的对话。

大家都不做声了。社员们的兴致无形之中比以前差了。他们不再要求妇女们唱歌，也不说笑了。手和脚都动得缓慢。龚子元却比先前活跃了。他正在亭面胡和陈先晋的旁边，嘴巴不停地讲起从前。他声音不高，说得好像很随便：

“早先，有口饭吃的人家，临到插田，都要备办一两餐场面，砍几斤肉，打几斤酒。面胡老倌，你说是吗？”

亭面胡没有答应，因为他晓得这龚子元不是好家伙，但一听到人提起酒来，他的鼻子好像闻到了醉人的香气，喉咙也忽然发干，只想灌一点什么，润一润了。

“酒是好东西，面胡你说是不是？”龚子元存心撩拨。

“将来，莫说是杯把水酒，就是羊羔美酒也人人有份。”陈孟春明明是针对龚子元的话而发。

“是呀，”李永和附和他说，“只要我们发狠做几年，好日子就会来的。到了共产主义社会，天天打牙祭，也只由得你。”

“你这话好有一比。好比伢子没有生出来，先画个巴子。”龚子元冷笑一声，转身对刘雨生说，“社长，歇一歇气吧？我们好去喝一口冷水，也算是打了牙祭。”

正在这时候，菊咬筋堂客提个腰篮子远远走来，经过大丘的田塍。

“啊哟，好香，送的么子菜？我参观参观。”龚子元爬上田塍，夺住菊咬筋堂客手里的饭篮子，发一声感叹，扯起喉咙说：“好家伙，哪里搞的这样厚的肥腊肉，通明透亮，还有鱼、虾、咸鸭蛋，菊咬你这个家伙，吃食运真好！”

经过点火，几个落后社员七嘴八舌议论起来：

“农业社的优越性在哪里呢？”

“我早就排了八字，我们比不过单干，叫做社，兆头就不妙，社是蚀嘛。”

“我看还不如趁早。”

“趁早做什么？”

“聋子擂鼓，各打各的。”

这班人你一嘴，他一舌，讲得大家越发懒心懒意了，大墈里不再有歌声和笑闹，人们的手脚更慢了。几个一向积极的老倌子都闷声不做；陈孟春气得手都打战；盛淑君眼泪来了；陈雪春低声地骂道：“没得出息的家伙，只讲吃的。”刘雨生低头插禾，一声不做。他心里早已打定了主意。

天还没黑，社里收工了。菊咬筋和秋丝瓜两家也回去了。

晚边，墈里出现了火光，刘雨生跑去一看，王菊生的女儿手里拿一支杉木皮火把，在田塍上慢慢走动，照着她爸妈在田里插秧。刘雨生没有走去打招呼。他到社里听了各队的汇报，随即赶到了李支书家里，把情况说了一遍，又添了一句：

“下村也是一样要肉吃。”

“谢庆元呢？不起点作用？”

“他不做声。”

“你看怎么办？”李月辉问。

“我看只有这样了。”刘雨生随即低声说出了他的那个想了又想的主意。

“怕不行吧？”李月辉怀疑，“她好不容易，辛辛苦苦喂只猪。我看还是说服党团员跟积极分子，起带头作用，不要打牙祭算了。社才成立，根基不厚。况且，今天的不打牙祭，是为了将来我们自己跟我们的子孙天天打牙祭，这里边是有哲学的。”李月辉愉快地说。

“在这样的场合里，哲学不作用。我决计说服她去。”刘雨生的口气和态度接近于严肃。

“不要太勉强，小心把你们的感情搞坏了。”

“我晓得的。”

走出李家里的篱笆门，刘雨生一径往盛佳秀家赶去。灶门口透出了灯光，传出了刷锅的声音。

“你来了？吃了夜饭吗？夜里没得会？”略显昏黄的煤油灯光里，刘雨生才跨进灶屋的门槛，盛佳秀从灶边抬起头来，满脸春风，并且连连地问讯，随即笑着说，“来得正好，帮我抬抬这桶饲。”

刘雨生帮她把饲桶抬到猪栏边上，偷眼看了看她。她穿一件干干净净的浅蓝布衣裳，系个青布沿边的挑花的浅蓝布抹胸子。她用端子把饲水舀进槽里，回头一笑，问道：

“你看好重了？”

“我看不准。”刘雨生无心回答。

“估一估嘛，估错了，不怪你。”盛佳秀快活地说。

“怕莫有三百多斤了吧？”刘雨生说，心里却想：“你现在笑得这样，等下莫哭啊。”

“四百出头了。”盛佳秀舀了一端饲，又说，“昨天食品公司来人调，我没答应。”

“应该调了。”

“我留起有用。”

“什么用呀？”刘雨生心里猜到了，还是习惯地发问。

“你猜。”她脸一热，对爱人笑笑，低下头去。刘雨生也笑一笑说：

“你是为了秋后我们那一件事么？那倒不必。”

“怎么不必？再简便，一餐场面是要的，要不算什么？”盛佳秀脸块还是滚热的。

“就是要办餐场面，也早。‘到哪座山里唱哪个歌’。如今我倒是有个难关。”

“么子难关？”盛佳秀放下端子，伸起腰来问。

“今朝有人讲社里的怪话，说是：‘大人望插田，细人子望过年，如今有么子望的？还不如人家菊咬。'”

“他办了场面？”盛佳秀敏感到刘雨生的来意，有些紧张地发问。

“他把烘鱼腊肉送到田里来，为的是给我们看看，把我们比下。”

“要是我，看都懒得看他的，吃一块腊肉，身上会长一点肉？我就不信。”

“偏偏有些人跟着起哄，说是插田不办餐场面，不叫名堂。”

“是哪些人？”

“龚子元他们。”

“你只莫理他。”

“不光是他。麻烦就是在这里。”

“唉。”盛佳秀叹一声气，仍旧喂猪，刘雨生眼睛放在猪身上，没有做声。喂完了猪，盛佳秀走到灶面前，捻亮煤油灯，装作平静，动手洗碗。刘雨生坐在桌子边，只顾抽烟，好久不做声。盛佳秀用劲在水里把碗擦得叽叽咕咕响。窗外传来了热闹的蛙鸣。

“要不要泡碗热茶吃？我来烧水好不好？”盛佳秀装作没有猜到他的心事的样子，这样地问。

“不，我不吃茶。”刘雨生又想了一会，就下定决心，口里还是转弯抹角地，温婉地说道，“菊咬筋、秋丝瓜他们有意搅乱社里的人心，龚子元有意挑拨，存心捣鬼。”

“你只都不理。”

“不光是他们几个人的问题，要是只有龚子元一人，加两三条尾巴，那都好办。盛清明一个人就对付得了。”

“还有什么大难题？”盛佳秀手里擦着的碗失手掉在洗碗盆子里，碗碰碗，一下子打破两只。

“大难题是大家的习惯。你也晓得，我们这一带插田，顶少要办一餐鱼肉饭，打个牙祭。这就把我难住了。”

“又不是你一个人的事。”盛佳秀一边收拾破碗，一边这样说。

“如今人都说：‘吃饭的一屋，主事的一人。’都看我的戏，叫我怎么办？”刘雨生一边说，一边拿眼睛看着他爱人。把碗收拾了，她开始刷锅。听到刘雨生的这句话，她抿着嘴，枯起两撇整齐浓密的眉毛，好大一阵，没有做声。

“刷了锅，我烧茶你吃。”盛佳秀说。锅里上好水，盖上锅盖，她去灶脚下添柴。不到一会，锅里水开了，水雾飘满一屋子，灯又朦胧了。盛佳秀忙到房里拿出一些家园茶，几个发饼和蛋糕。

“是常来的人，又不是客，何必这样费心呢？”刘雨生笑一笑说，存心要把空气缓和一下子。

“你为大家操尽了心，这是应当的。”盛佳秀一边沏茶，一边含着笑回应。她解下抹胸子，坐在桌子边，拿块蛋糕放在他面前：“你尝一尝，还新鲜呢。”他的来意，是为了打这一只猪的主意，她早已猜中，竭力地表示殷勤，想使他开口不得，把这一关混过去。刘雨生一心为社，分明晓得自己的主意说出口来，会使爱人不乐意，也顾不得了。吃了一口茶，他看定她，语气婉转地说道：

“有一件事，”他又咳一声嗽，停顿一下，“我左默神，右思量，没有别的法，只好来找你。我想，”他又吃口茶，咳一声嗽，“借你这只猪，来满足大家的要求，来……”

“不行。”没听他讲完，盛佳秀收了笑容，干脆一口拒绝了，眼睛却又抱歉似的望着对方。

“你莫着急，听我讲完，我想借你这只猪，来渡过插田这一关。以后，等到社里生产发展了，再行偿还。要钱还钱，照市价折算，分文不少。”

“我要你们的钱做么子？”盛佳秀严峻地反问。

“要猪也可以还猪。”

“不行。”盛佳秀轻轻摇摇头。

“真不行吗？”刘雨生问，脸上也没有笑了。

“莫该还是假的呀？这只猪是我一端子一端子饲水，喂得长这样大的。”盛佳秀显出讨好的笑容，又吃一口茶，由于内心的紧张，她的口干了。

“你再想想吧，猪不过是猪，无论如何没有人要紧。”刘雨生开导她说。

“喂了一年多，我舍不得。”盛佳秀一边这样说，一边望着灶屋上首的猪栏。

“你要是实其不肯，那就算了。”刘雨生果断地说，手掌撑着桌子角，打算起身。听到他这声“算了”，盛佳秀心里一动，脸上变了色。被人遗弃过的、有点旧的意识的妇女常常容易发生不祥的预感。

“我到别处想法去。”刘雨生站了起来说。这句话又引起了盛佳秀的妒意，他还有什么地方比这里更亲？就连忙留他：

“慢点走，再坐一坐嘛。”话音里使出了女性的全部的温婉的情意。

“不坐了，正在插秧，没得工夫。”刘雨生出了灶屋门，头也不回，往外走了。盛佳秀赶到门边，两手扶住门框子，无力地望着他的渐渐隐入夜色里的迷蒙的身影。她和刘雨生的分歧仅仅在这一点上：他是为了社，她是为了他们将要建立的新家。但是，她的负过伤的心，再也经不起任何波折了。她追出地坪大声说道：

“你回来呀，我们再商量一下。”

刘雨生真的回来了。听口气，他晓得还有希望。两个人又走进灶屋，坐到桌边，在明亮的灯光里，他看见对方的眼睛闪耀着泪花。整齐浓密的眉毛枯作一起，心里好像是在权衡轻重。停了一阵，她才开口：

“他们这班人为什么一定要吃肉呢？”

“是单干户子故意挑起的，龚子元这班家伙又放肆撩拨。”

“龚子元这样的家伙，真是可耻。”

“是呀，他是另外一路人，倒不稀奇。讨厌的是还有几个糊涂的角色，跟着打‘啊’声。”刘雨生接着问道，“我问你，到底肯不肯？”

“你实其要，就赶去吧。”盛佳秀为了爱情，只得松了口，随即扯起抹胸子，擦擦眼睛，“我只是舍不得，喂得太熟了。”

“再买只架子，不几天，又会熟的。”

“你不晓得它好会吃啊。”盛佳秀想起这猪的好处，又哭起来。

“不要这样了。这样，我就不安了。你这是帮了社里的大忙，这是共产主义的崇高的风格。大家都会感谢你。”

“我不要别人感谢。”

“也是帮了我的忙。不要难过了。”

“我不了。”盛佳秀揩干眼泪。

“等将来社里富足了，大河里有水小河里满，岂独一只猪？我们什么都会有。”

“将来我是晓得的。”盛佳秀忍住眼泪，仰起脸来说，“我只是不懂，他们为什么不能克制一点，非吃肉不行？”

“有爱吃肉的，有爱吃素的，各喜各爱，也难勉强都一致。”解决了一个迫切问题，刘雨生心里松快了。

“我真不懂，他们为么子一定要吃肉？我扯常半年不砍一回肉。”

“爱吃肉，也不能算是大缺点。积古以来，人都爱吃点荤腥。”刘雨生说，“并且，你喂只猪，迟早是要给人家吃的。”

“我喂猪就不是为了给人吃。”

“为了么子呢？”

“为的是，我也不晓得为么子。”盛佳秀说得自己也笑了，“反正是，猪、鸡、鸭、鹅，我喜欢喂。喂熟了，都舍不得丢手。你要我把铺盖行头都献出来，并不为难，就是喂熟了的猪、鸡、鸭、鹅，我都舍不得。”说完又拿起手来，把脸掩住。

“只有把舍不得的东西献出来，才是真正的牺牲，革命烈士还献出了自己宝贵的生命呢。”

“你不晓得，这只猪硬是我一端子一端子饲水喂大的呀。”

“这话你讲过不止一回了，算了吧，不要只在猪身上着想，人比猪要紧。”

“他龚子元也能算人？”

“不是为他，是为大家。”刘雨生站起身来，“明朝我叫人来赶，你要舍不得，走开一阵，只要眼睛不看见它走，就没有问题。”

第二天，龚子元知道社里瞄到了猪，低下脑壳，不做声了。谢庆元听到有猪杀，插秧特别地卖力。收工后，他自告奋勇，跑到盛佳秀家里来赶猪。他把那只四百来斤重的滚壮、雪白的肥猪才赶出大门，盛佳秀从屋里跑出，站在阶矶上，朝着猪走的方向，拖长声音，逗了好久：“猡猡猡，猡猡猡！”就像平素日子，呼唤它回来吃饲一样。她相信这会把它的魂魄叫回，保佑她猪栏清洁，血财兴旺。

刘雨生又到别村设法赊购了一只肥猪，连同盛佳秀那只一起杀了。全社人口不分大小，都是一斤肉。谢庆元全家，当夜吃了顿沤肉。亭面胡听说得了肉，忙问婆婆要了几角钱，打了一瓶酒。他喝得红脸关公一样，和衣倒在床上睡着了。刘雨生发现盛佳秀没来领肉，就代她取了，和自己的一起，提到她家。看见她坐在灶屋门口补衣服。

“怎么肉都不要了？”刘雨生问，把肉挂在一个木钩上。

盛佳秀眼睛朝里望了望空荡的猪栏，没有做声。

“今天大家都劲头十足，夜里还要点起汽灯干。人家都说你贤惠，识大体，不自私，还讲了许多好话。”

“我要人家讲好做么子？”

“雁过留声，人过留名，要是名声丑，活着又有么子味？人家谢庆元的嘴巴一向是听不到说人好话的，他是么子人都不佩服的，如今也说，你真是好。”

“我要他说好做么子。”提起谢庆元，盛佳秀就来火了。猪是他赶起走的。刘雨生会意，就安慰她说：

“你再喂一只。”

“钱呢？”

刘雨生没有做声，社里一时拿不出现金。

“我再喂不起猪了，算了，也懒得喂了，唉！”盛佳秀叹了一口气。

“你要是喜欢喂猪，那还不好？秋后，社里要兴办一个畜牧场，我们一定请你去当饲养员。”

“你还没有吃饭吧？我热饭你吃。”盛佳秀稍许回心转意了，她放下针线，起身弄饭。菜里面有碗新鲜的四月豆炒肉丝，但她自己没有吃。

吃完饭，洗好碗筷，把灶屋揩抹得一干二净，盛佳秀用木脸盆打盆水给刘雨生洗脸，随即自己也漱洗了。她走进房间，点起灯盏。刘雨生跟了进去，两人并排坐在一只红漆柜子前面的春凳上。

“你看几时的日子合适呢？”盛佳秀问，灯光里，她露出微笑。

“双抢后看吧。”刘雨生回答。

“没有猪了，一桌酒席都备办不起。”盛佳秀还有点惋惜。

“请大家吃点糖珠子，也是一样。”

盛佳秀没有做声。刘雨生说了“双抢以后”，她心里已经在打主意安排场面了。她还有点子烘腊，“只是没有新鲜肉，太不体面了。”她心里想。这时候，外边昏暗里忽然传进一阵脚步声。一位双辫子姑娘随即在门口出现。

“吓我一跳，你这个丫头。”盛佳秀看见来人是盛淑君，这样子骂。

“社长你倒好，叫人到处找，你躲在这里商量好事，好吧，你们商量吧，我走了。”看见他们两个人并排坐着，盛淑君脸块绯红，转身就走。刘雨生追出门外，大声问道：

“你走什么？有什么事呀？”

四十四　涨水

刘雨生赶到地坪里，追问盛淑君：

“么子事呀？”

“没有什么事，你忙你的吧。”盛淑君边走边说，又添一句，“你这也是正经事。”

“到底有什么事呀？还不快说。”

盛淑君停了脚步，回头笑笑：

“其实你有事，不去也行。妇女队开会，大家要求你去讲讲话。”

“同你一块去。”

“还是陪一陪她吧，杀了她的猪，心里一定不暖和。”

“这个小鬼，偏生你晓得！她有什么不暖和？她正高兴呢。”

“哟，还没结婚，就这样替她争气，讲了她一句，你看你急得这个样子。”

“大春不在，你这个人越发调皮了。好吧，我一定要写信告诉他，叫他设法管教管教你。”

“哪一个也管不了我。”

“赌么子狠？见了大春，活像老鼠见了猫，寂寂封音，动都不敢动。”

“你莫臭人家，好啵？”

两人一路闲扯，不知不觉，到了社里。会议室里，盖白灯下，挤满了妇女。她们不抽烟，房间里空气非常地明净。刘雨生一走进门，大家鼓了一阵掌。他和盛淑君小声商量了几句，就走到桌端，讲了几句话。他表扬了大家的干劲，要她们继续发挥积极性，把插田工作赶快忙完。“妇女半边天，我们是晓得你们的力量的。不过，”说到这里，他停顿一下，想想在这样的场合，下边的话，该不该讲，考虑的结果，还是讲了，“你们也要遵守上头的嘱咐，不要抢做过重的功夫，不要霸蛮。重功夫有男子们顶住。”

“你这不是教会我们学坏样，功夫只拣轻的吗？”盛淑君含笑插嘴。

“对于妇女要有点照顾。”刘雨生接着笑道，“平均主义决不是社会主义。男子们吃得多些，理应做得多点，这叫做各尽所能，也叫做八仙漂海，各显其能。八仙里边的何仙姑不一定会挑担子，她有她的事。”

“我们社里，男人们往往没有妇女们齐心。”盛淑君为女子争气，挑出男人的一点毛病。

“这个我承认，并且请你们多做宣传鼓动的工作。我希望你们，尤其是你再起几个早，到山上多唤几回，推动大家，不要泄气，一股劲把秧插完，把单干远远扔在我们的后面。你们有这个信心没有？”末尾一句是问大家。

回答像打雷。刘雨生结束讲话，先离开了。妇女们又议论一阵，规定宣传、劳动两不误，就散会了。

由于杀了猪，也由于妇女们的干劲和宣传，全社的男子，不论老少，也都忘命地干了。常青社的全部早稻田比原先的计划提前两天插完了。这件事情出乎菊咬筋和秋丝瓜的意料。他们两家的田都还只插得一半。

胜利地打完了插秧一仗，男女老少都有些疲倦，起床晏，出工也迟了，人们头脑里普遍滋长了松劲的思想。

“禾在田里长，人在路上仰，自古以来是这个样子。”插秧圆功的那天，谢庆元对人得意地说。他很想趁此农闲，懒散几天。不料到断黑，李月辉来通知他，晚上开支部大会，中心乡朱明同志要来出席，专门讨论他自杀的错误。“你要好好地准备检讨，要不，党籍会靠不住了。”李月辉临走，这样警告。谢庆元又低下脑壳了。他是晓得朱明的脾气的。

刘雨生晚上参加支部会，白天忙着调摆各色各样的功夫。在他亲自带动下，社员忙着收小麦，割油菜，插中稻，育晚稻的秧，都起早贪黑，不得一天闲。

转眼之间，禾苗长得翡青青，迎风舒展的禾叶，封了行子，人们看不见田里的水了。紧接着，又是一连串功夫：点安蔸灰，扯夹蔸稗，还要踩草。出工和收工，是两头黑。盛佳秀常常四五天，看不见刘雨生的影子。

禾快装苞的时节，一连下了好几天暴雨，河里涨水了。李月辉和刘雨生在县里开会，都非常着急，怕山洪暴发，冲坏禾苗。两个人商量决定，李月辉留下开会，刘雨生先回家去。他连夜冒雨赶回清溪乡，屋也不落，邀合几个积极分子，连管水的亭面胡在内，到田里看水。雨正落得顿得竹篙住。溪水大涨，平了溪岸，黄浊的波浪，滚滚往下泻。有的地方，堤岸冲垮了，溪边的小树，也冲刷掉了。水还在涨。刘雨生戴个斗笠，赤脚草鞋，带领一帮人，沿堤巡察。横风猛雨，迎着他们打，衣服都淋得精湿，脸上水直流，都不介意，只看着溪里。

“只怕河里也涨了水了。”在雨声里，亭面胡说。

“那还用说？快要上街了。”刘雨生回答。

“我早已料到今年会涨大水的。”亭面胡说。

“你怎么料得到？”陈孟春问。

“大年三十夜里，大家都睡了，我在守岁，”亭面胡揩揩脸上的雨水，“下半夜，我到阶矶上，看见天上有一点发亮，我晓得不好了，今年一定有大水。”

“天发亮，就有大水？天黑才没有水么？见你的鬼。”陈孟春冒冒失失，骂了一句。

“孟春你这个混账东西，没大没细！”陈先晋斥骂他儿子。

“你没年没纪，晓得么子？”亭面胡边走边讲，“老班子传下来的话，说是大年三十夜，要匝地墨黑，才有年成，天上有点亮，就怕发水。不信，你看，这不是发了水吗？”

“这里出事了，你们快来呀！”走在前头的李永和在雨里大叫。

刘雨生奔跑上去，别人也跟上。

“哪里？堤冲垮了吗？”刘雨生最担心的是堤被冲塌。

“你看这丘田，还用冲垮堤？”李永和指着溪岸隔壁的一丘黄水大涨的水田。

“水从哪里过来的？”刘雨生边看边问。

“就是从堤下那根管子灌进来的。”

刘雨生望着这丘田，水正在涨，快要装苞的翡青的禾苗只剩一些尖尖漂在水上了。水还在往田里流灌。管口近边，水像煮开了一样地翻滚，快要漫过田塍，淹没别的田地了。情况紧急，刘雨生枯起眉毛，略一沉思，连忙跑到近边一个茅屋里，搬出几捆草。

“你干什么？”李永和问。

“下去塞管子。”刘雨生一边回答，一边夹一捆草，跳进田里。

“不行，这边塞不住。”亭面胡说。

果然，草捆刚塞进管口，就被溪里来的大水冲走了，再试一回，也是一样。刘雨生只得爬上岸来，脱下棉袄，带一个草捆，就往溪里跳。

“下去不得呀，”亭面胡提出警告，“这水是龙水，你这一下去，龙王老子会请你去了。”

刘雨生没有听这警告，扑通一声，扑下水去了，腋下夹着一捆草。一个大浪把他吞没了。雨还在落，水还在涨。黄浊的、汹涌的浪头一个接一个，雨点声里，夹杂着猛涨的溪水的奔腾澎湃的巨响。被大浪吞没的刘雨生一直没起水。岸上的人都着急了。陈雪春慌忙跑到盛佳秀家里报信去了。

约莫过了两分钟，雨越下越大，溪里水势更凶猛，上游冲下一些木头，竹子，屋草，篱笆，还有桌子和凳子。人们猜到，一定冲毁什么房屋了。田里的管子口还在鼓水。刘雨生没有上来。许多人说他没有人了。

“不会，”亭面胡不同意大家这一个猜测，“如果死了，人不浮起，草会浮起的。”

“草冲到下边去了。”陈先晋说。

又过了一两分钟，田里管口不再鼓水了。管子塞住了，岸上的人都拍手欢呼。

“塞住了，管子塞住了。”盛淑君笑着跳起来。

“我的天爹爹，把我急得呀。”亭面胡说。

“你急跟没急一样。”陈孟春笑笑顶他。

“人呢？”陈先晋提醒一句，大家才发觉，刘雨生还没有起水。这时候，盛佳秀和陈雪春飞跑来了，后头跟着李月辉。他是从街上才赶回来的。听到刘雨生还在水里，不知死活，李月辉动手脱衣服，李永和早已跳下水去了，盛淑君把两条辫子盘在头上跟着跳下了，李月辉最后下去，他们都沉到了溪底。他们都是会水的，但也有好久没有浮上水面来。盛佳秀大哭起来，扑到靠近她的亭面胡身上，揪住他的淋湿了的棉袄，边哭边叫道：

“我只晓得问你们要人，你把人还我。”

“怎么问我要人呢？”亭面胡想挣开身子。

“不问你们问哪个？是你们这些没得良心的，自己站在干岸上，怂起他下水。”盛佳秀眼泪婆娑地嚎哭，缠住亭面胡不放。接着，自己要往水里扑，被面胡一把拖住，劝阻她道：

“下去不得呀，这号龙水，他们会水的都没有起来。”

“看那下边是什么？”陈孟春眼尖，瞄见下游水上露出一个黑点子，大家一阵风一样，往下边赶去，堤上泥滑，盛佳秀和陈雪春都连绊几跤。跑了一段路，人们望得见，水流很急的下游的黄浪里，冒出一个黑发精湿的人的脑壳。

“雨生，你快上来呀。”盛佳秀唤着。

“快往对岸游，快，快。”亭面胡发出忠告。

水里的人还是随着波涛一直往下淌，时常抬起精光的手臂，划着水，想靠拢溪岸。但才拢去一点，又被大浪推到了汹涌的狂流的中心。两个刚来的民兵后生子，脱光上身，跳下水去了。一来都是年轻力壮的生力军，二来水性也确实高明，他们凫到那人的身边，一点也不费劲地把他带到了岸边。

“这叫做驼子作揖，起手不难。”亭面胡说。

盛佳秀抢先跑到那人的身边，一看不是刘雨生，是李支书，她又哭起来。人们低声地议论：

“看样子，一定冲得老远了。”

“管子塞住了，人倒没有了。”

“一个好角色，真可惜了。”

两个民兵又要下去，亭面胡说：

“这样宽的水面，到哪里去找？”

大家正没有主意，陈孟春又叫：

“下边又浮起一个人来了。”

人们往下游奔去。在溪水的一个湾里，他们又发现水面冒出一个人，接着又一个，盛佳秀没命地奔跑过去，发现一个披头散发的女子，那是盛淑君，还有一位和尚头，是李永和。民兵扑下去，把他们都救上岸来。

“找到社长吗？”亭面胡问。

“没有，管子旁边没有人了。”李永和一边用拧干的湿衣揩抹身上，一边这样说。

盛佳秀伤心地哭了。

“又浮起一个。”这回又是陈孟春首先看见，“那里，看见没有？”

“是的，是一个人，这回定是社长了。”陈雪春说。人们远远地望去，在波浪里，有一个人，一会儿冒出了水面，一会儿又沉下去了。两个民兵相继跳下水里去。

人救上来了，真是刘社长。他的肚子鼓起了，喝了不少的浑水，已经人事不知了。盛佳秀跑来，跪在他身边，接着又扑在他的胸口上，伤心伤意，痛哭起来。她哭刘雨生，也哭自己的命苦。盛淑君和陈雪春都在一边擦眼泪。

“你们只莫哭，”不大讲话的陈先晋现在开口了，随即跪在社长的身边，摸摸他胸口，说道，“还有热气，你们不要急。”

“是呀，哭做么子？有主意都给你们哭得没有了。”亭面胡说，他其实并没有主意。

“快去牵一只牛来。”真有主意的陈先晋吩咐他二崽。

“要牛做么子？”陈孟春反问。

“叫你去牵就去牵，问做么子？”先晋胡子生气了。

“二哥你去嘛。”陈雪春催促她二哥。

陈孟春只得服从，走到近边牛栏里，牵来一只大水牯。听从陈先晋的指挥，大家七手八脚把刘雨生抬起，横搁在水牛的宽厚的背上，肚子朝下。陈先晋爬上牛身，骑在刘雨生背上，用力一压，这位快要淹死的社长的嘴巴里和肛门里两头出水，肚子马上见消了。人们又把他抬下，平放在泥巴地上。过了一阵，他“哎哟”一声，身子动一动，微微地睁开了眼睛，看周围一下，又闭上了。

“阿弥陀佛！”盛佳秀失口念了一声佛。

“这下不怕了。”亭面胡说。

“快去取块门板来，把他抬回去，生雨子淋多了不好。”陈先晋说。

几个后生子找门板去了，一身精湿的李支书蹲在刘雨生身边，两手握住他右手，叫道：

“雨生，感觉怎么样？”

刘雨生又打开眼睛，问道：

“管子不出水了吧？”

“不出水了，塞住了。”李月辉回答。

到这时候，看见刘雨生已经清醒，盛佳秀自己也清醒过来，不再哭泣，有点怕丑了。只有到这个时候，她才想起，她跟刘雨生还不是正式夫妻。他们的关系还没有公开，虽说知道的人已经很多了。

“你在水肚里搞么子去了？”亭面胡笑着发问，“把人急得个要死。人家问我要人呢！我赔得你起？”

门板抬来了，但刘雨生已经站起。他不要人抬，自己能走了。盛佳秀从附近人家借来一套干净的衣服，远远丢给刘雨生。他抱了衣服，走进路边一个牛棚里，换去满背泥浆的湿衣，一身洁净，走了出来。

“人家有人疼，我们是没有人管的。”李月辉边笑边说。

“给你衣服。”正在这时，李月辉堂客打起一把伞，赶来送衣服，并且骂道，“看你冻得这个鬼样子，天这样冷，还往水里钻，去找死呀，你？还不快去换衣服。”

“骂得好，骂得真对，”亭面胡笑着赞美，“他正在发你的牢骚，说你没有送衣服来呢。”

“他有么子好话讲？”李月辉堂客说。

“婶子你要小心啊，他这个汉子，人老心不老，有朝一日，会靠不住的。”亭面胡说。

“怕他靠不住，那样正好。”李月辉堂客嘴里这样说，心里很着急，紧紧催促，“还不快去换衣呀，你要找病吗？”

大家往社里走去的路上，有人想要探问社长在水肚里塞管子的情形，刘雨生仅仅简简单单讲了几句，就偏过头去，跟支书商量工作。

“李支书。”正在这时候，有位单单瘦瘦的后生子打把雨伞，跑上溪岸，远远地这样叫唤。大家一看，来人是亭面胡的二崽盛学文，常青社的新会计。当时他说：“中心乡来了电话，叫你和刘社长马上进城去开会。”

“糟糕，才赶回来，又要上街。街上水退了没有？”李支书问。

“不晓得，我没有问。”盛学文说完，转身要走。他惦记社里没有人守屋。

“文伢子，你来，”亭面胡叫住他的崽，“问你一句话。”

盛学文拉后一步，跟爸爸并排着走，撑着的雨伞遮住两人的头顶。亭面胡看见离别人远了，略为放低了声音，用商量口气，对儿子说道：

“家里人没得油盐，猪没得糠了，你先支几个给我，应一个急着。”

“有条子吗？”盛学文拿出公事公办的派头，一点也不讲父子私情。

“这要么子条子呢？”亭面胡忍住了气。

“这是社里新定的规矩，不管哪一个人借贷，或是预支，都要支书或社长亲自批条子，没有这个，我就不管。”盛学文说完，打着伞走了，让爸爸在雨里挨淋。

“你这个鬼崽子，”亭面胡破口痛骂，“吃得油胀，变成了横眼畜生了，亲老子都不认得了。口口声声，要么子条子，真要抽巡条子了，没得用的鬼崽子。”

这一切恶骂，夹在雨声里，变得不清晰，而且，盛学文已经走远，一句也没有听清，自然也没有理会。他一径走了。

雨停了点，在烂泥没踝的田塍上，亭面胡和陈先晋两人，边走边谈心。

“你指望崽吧，指望一个屁。”亭面胡气愤地说。

“我是早已不指望他们，”陈先晋说，“只要我的脚手还动得，我就靠自己。”

“到了动不得的一天呢？”亭面胡发出一个新疑问。

“我想社里会有调摆的，我指望社里。”

“对的。”从他们背后，一个声音飘过来，亭面胡回头一看，是李支书。他和刘雨生还没有走，沿着溪岸，检查了一番，这时赶上他们了。“你讲得对，指望社里，大家齐心把社办好了，大河里涨水小河里满，那时都好了。”李月辉说完这话，没等对方的回话，就同刘雨生一起，上街去了，家也没有回。

四十五　双抢

晚边，省委召集的电话会议开了一点钟，内容是合理安排劳力，修整旧农具，赶做打稻机等等双抢的准备，李月辉和刘雨生都做了详细的记录。第二天回去，刘雨生直接到社里，开了一个队长会，按照省委的指示，把男女全劳力和半劳力做了恰当的安排。各队都成立了打禾、犁耙、插秧、打杂、晒谷、拖草、记码和烧茶等小组，按照指示，轻门功夫都由妇女来担负。

落了一向雨，接连出了几个大太阳，常青社的早稻都已经低头散子，全部金黄了。

会议减少了。社里堂屋里，聚集了全社的木匠和篾匠，日夜不停地修补和制造各式各样的农具。盛淑君和陈雪春带领一帮妇女和小孩，分散在各个屋场的地坪里，清扫垃圾，锄除杂草，有些地方糊上一层牛屎浆，整得一掌平，作为晒谷的禾场。李永和率领一批后生子，在塅里修桥补路，把洼地填平，各个越口搭上麻石或木板小桥，准备运谷。县粮食局派来的一位干部，察看了各处的谷仓以后，向刘社长建议：

“仓库都要消消毒。”

“还讲究得这些。”刘雨生正在社里不得空。

“不消毒，将来谷子会生虫。”

“怎么消法？”

“一间仓用半斤六六六，半斤旱烟叶秆子，几把藿蓼子，烧起来一熏，就可以了。”

“我们没有人来搞，请你帮帮忙好吧？”

“你倒会抓差。”粮食干部说，“我还要检查别处仓库，你们的保管员呢？”

“保管员修路去了。这几天，一个人要做两个人来用，哪里有人来管这些闲事？”

“这是闲事吗？并不要占你们的整劳力，拨几个半劳力都行。”

“那你去找李槐卿，盛家大姆妈，叫他们来做你的帮手，行吗？”

“我晓得他们住在哪里？”

“盛学文，你去帮他找一找。”刘雨生吩咐正在写账的会计，接着又向粮食干部赔笑说，“我们替你找了两个好帮手，这件事就拜托你了，费心费心。”

“好厉害的社长，真会抓人。你们清溪乡是来不得的，一来就给虏住了。”

“这是大家的事啊，我们收的谷子有公粮，还有周转粮，都是你管的。”

粮食干部嘴里还嘟嘟囔囔，身子已经随着盛学文，找帮手去了。

七月十五，社里准备开桶的那天，太阳迟迟还没有出来，起得早的后生子们担忧会变天，亭面胡却说：“今日的太阳鸡都晒得死，好年成碰上了好收天，喜上加喜。”果然不久，太阳出来了，天上浮云立即收尽了，万里长空，一碧无垠。带着新谷和新草香气的小南风吹拂着微黄的禾叶。社员和单干都开镰了。谢庆元力大，一个人掮一张扮桶，正往塅里大丘走，路上碰到菊咬筋，也掮一张桶。

“老菊呀，”谢庆元跟他招呼，“还敢跟我们比吗？”

“我哪里敢跟你比啊，我又没有本领去吃水莽藤。”

“这个家伙，料想你也比我们不赢。”谢庆元掮着扮桶，支支吾吾走开了，他的痛处被菊咬筋戳了一下。走到大丘边，放下扮桶，他看见刘雨生带领一班后生子已经割翻一大片禾了。

“社长，今朝子开几张桶？”谢庆元用衣袖揩干脸上的汗水，这样询问。

“先开四张吧，青年两张，社干一张，还有用牛的，今天也帮打一天禾再说。”

“我去搬桶去。”谢庆元说。

“我也跟你去。”陈孟春直起腰来。

“你不用去，我一个人就行了。”

谢庆元才走不久，李月辉来了，腰上捆条短围裙，手里拿一把崭新的镰刀。走到田塍上，一声不响，脱了草鞋，卷起裤脚，下到田里，开始割禾。

“李支书，你来割禾呀？”陈孟春笑着招呼。

“我不能割吗？”李月辉反问。

“你来当然欢迎啰，不过，镰刀这家伙像牛一样，也有一点欺生的脾气，当心割了手脚啊。”

“你这小家伙，以为我是街上来的么？”李月辉笑笑说道，“我下力的时候，对不起，你还没有到世界上来呢，你说是不是，先晋胡子？”

陈先晋还没有来得及开口，亭面胡直起腰来，帮他回复：

“是倒是的。不过，支书，莫怪我翻你的古了，我下力的时候，你也还是在地上爬呢。”

“摆老资格有什么意思？”陈孟春插进来说。

“孟伢子，你又没大没细了。”陈先晋随即干涉。

谈话略微停止了一下。李月辉、刘雨生、陈先晋、亭面胡、陈孟春跟李永和等等，都并排割着。镰刀割断禾秆的声音，嚓嚓地响着。在太阳下，禾苗的青气和泥土的气味，蒸发上来，冲人的鼻子。这时节，谢庆元又掮来一张扮桶。他把那个大家伙平平地放在割了禾的田角上，累得汗爬水流，气也不歇，又转去了。等他一走，人们谈论着他。

“这个家伙挨了一下子斗，比以前好得多了。”李月辉说。

“是呀，功夫专挑重的干，牢骚也不大发了。”刘雨生说。

“可见人是能够改造的，”李支书说，“听说符癞子也和从前不同了，已经由临时工升做正式工人了。”

“只有我们村里这几位单干，生成的石脑壳。”刘雨生说。

“也会变化的，不信你看吧。”李月辉遇事乐观。

“还有这一个下家，我看很难改。”刘雨生在李月辉近边，压低声音说，眼睛望着正在慢慢割禾的龚子元。

“那是另外一路人。”李月辉的回答，声音也顶低。

“割翻好大一片了，我们分出一部分人打禾去。”刘雨生伸直腰杆，望着禾束摆得整整齐齐的一大块稻田，大声地说，“你们哪个跟我去？”

“我去。”李月辉说。

“支书你歇歇气吧。看你累得个汗啊。”亭面胡说。

“你们不歇，我也不必歇，”李月辉直起有点酸痛的腰子，“为么子要特别照顾我？你也欺生吗？”

“哪里？你也并不是生手。我是怕你息久了，一下累翻了，不是好耍的。要在从前，为官作宰的，鞋袜都不脱。‘一品官，二品客’，都是吃调摆饭的。如今呢，你这样子舍得干，一点架子都没有，完全不像从前的官宰。”亭面胡一边割禾，一边这样地唠叨。

“本来不像从前嘛。从前哪里比得现在呢？现在是什么世界？”陈孟春说，“佑亭叔，我讲句直话，你那一本旧皇历早就应该丢到茅厕缸里了。”

孟春是低着脑壳说这句话的。他等待面胡照例的斥骂，但没有听见。他抬起头来，才看到面胡已经离开他，跟李支书、刘雨生和他爸爸陈先晋一起，扮禾去了。

第一张桶打响以后，其余的扮桶先后响了。田野上一片梆梆的声音，夹杂着山谷的回响和人们的谈笑。不久，盛淑君带领一大群妇女来了。她手握镰刀，问刘雨生道：

“我们割哪里？”

刘雨生还没有回答，李月辉说：

“你们拖草去，这里没有你们的事。”

“为什么我们不能扮禾？”盛淑君质问。

“你们干的，为什么我们不能干？”陈雪春也问。

“你们不配。”陈孟春筑了一句。

“不要听他的耍方。我们是照顾你们的体力。”李月辉从容解释。

“我们不需要照顾。”盛淑君跳进田里，挥动镰刀，动手割了。

“真是，哪个要你们的照顾？”陈雪春也下田了。

“那天会上决定了，上级又有指示：你们干轻活。全部稻草，归你们收。应该服从组织的调度，要不会乱套。”李支书说。

“好吧，我们拖草去。你反正是，重要工作都归你们男子霸占了，我们算什么？”盛淑君一边嘟囔憋气话，一边放下镰刀子，带着妇女组拖草和码草去了。

“你反正是，我们只配打边鼓。”陈雪春的口气跟盛淑君的有些相近。

“雪妹子，不要以为拖草不重要啊，这稻草能够当饲料，又可以熬酒，一百斤稻草，能出十五斤白酒，草是一样宝，你还不肯拖？还说工作不重要，你这是么子思想？”李月辉说到这里，发现妹子们已经走远了。

将近中午，太阳如火，田里水都晒热了。人们的褂子和裤腰都被汗水浸得湿透了，妇女们的花衣自然也没有例外，都湿漉漉地贴在各人的背上。她们拖着草，互相竞赛，又打打闹闹，快乐的精神传染给后生子们。他们也说笑不停。但是，上头太阳晒，下边热水蒸，人们头脸上，汗水像雨水一样地往下滴。不久，疲劳征服了大家，都不笑闹，也不竞赛了，田野里除了禾束扮得扮桶梆梆响，镰刀割得禾秆子的嚓嚓声音以外，没有别的声音了。

“休息一下吧。”每张扮桶扮了两石谷以后，李月辉说。

大家停止了工作，在田边上略微洗洗脚，就上岸去，各自寻找阴凉的地方。后生子们，除开送谷回去的，纷纷抢进一个柴棚里，有的打扑克，有的靠在柴捆子上打瞌朊；陈孟春四脚仰天，困在茅屋南边草地上，迎着南风，立即睡着了。亭面胡和陈先晋走到泉水井边上，用手捧起水，接连喝几口，就到山边一棵苦槠树下面抽烟去了。妇女们在田塍上略略休息了一阵，又跑进田里，搂起没有打完的禾束，扮起禾来，谷粒像雨点一样撒到桶外的田里。

“作孽啊，糟蹋好多谷，你们这些鬼婆子！”亭面胡大声骂了。

扮桶的响声把孟春惊醒，以为大家起来了，抬起脑壳，一看是妇女们在扮，他跳起身来，一边痛骂，一边跑到田里去制止她们。没有等他跑近来，妇女们一哄而散了。

“雪妹子，你往哪里跑？糟蹋这样多谷子，非打你不行。”陈孟春一边追赶，一边叫骂。

“你来，你来，你敢来！”看看跑不掉，陈雪春回转身子，实行抵抗了。她弯下腰子，拂起水来。浑黑的泥水喷满孟春一身和一脸，引得旁边人哈哈大笑，孟春连忙扯起围巾去揩脸，雪妹子趁机跑了。

正在这时候，生力军来了，大家又开始打禾、拖草。

“雪春，你看哪一个来了？”盛淑君一边在田塍上顿草，一边含笑问。

陈雪春两手拖着草，抬头一望，看见不远的田边，盛学文正在扎裤脚，准备下田，她的脸块一下子红了，连忙低下头，装作没有看见的样子，依旧拖草。

盛学文找到一把镰刀子，下到田里。他才下手，就找到一片好割的禾，禾秆子整整齐齐，往一个方向斜斜伏倒，使人割起来十分快当。

“看我运气好不好？”盛学文一边挥动镰刀子，一边笑嘻嘻地跟李永和说。

“走桃花运的人还讲么子？”李永和说。

"哪一个走桃花运呀？"也在割禾的李月辉问道。

"他，这个后生子。"李永和用镰刀子指指弯着腰、正在割禾的盛学文。

"是你呀，哪一个姑娘看上了你了？"李支书问，不等回答，他扭转身子，对亭面胡和陈先晋说，"恭喜你们结上亲家了，门当户对，顶好顶好。雪春你也要做新娘子了？太早了，顶迟也要等三年。"

"我拂你们一身水，你这死不正经的。"陈雪春放下手里的禾束，准备又来打水仗，被她爸爸骂住了。

"我说的是正经话，你说不正经，你们瞒住大家，讲悄悄话，才是正经吗？"李月辉话没落音，水拂上来了，他连忙把身子一躲，水都喷在盛学文的裤子上面。

"哈哈，这叫现世报。"李月辉大笑起来，"哎哟，笑得我眼泪都出来了。真好，走桃花运的浇点肥水，花开得更好。"

"这叫罾扳禾。"盛学文用手抹了一抹裤子上面滴滴溜溜的泥水，装作毫不介意的样子，只说禾苗，"割禾的只怕碰了牛毛旋，禾秆子倒得乱七八糟，像牛身上的旋毛一样，顶难割了。"

"装么子里手？你晓得么子？"面胡骂了，"你看这禾，割这样长，打起来好像牛拉搭①，还诨呢，你打了几年禾了？"面胡骂个不住停。上一次，他二崽没有支款子给他，他怀恨在心，存心要在众人面前，也在未来的儿媳妇跟前，出他的丑。不料这位快乐的年轻人没有把老子的唠叨放在心上，还是割他的。

"割短一些吧，不要逗起他骂了。"李永和劝说。

"短一点就短一点，这样行了吧？"盛学文说。

"你为什么不跟他说话？"盛淑君笑问陈雪春。她和陈雪春，拖了一阵草，来割禾了。

---

① 牛拉搭是一种吸牛血的大蚂蟥，又长又软。这里用来形容割得长的禾，扮起来发软，很不称手。

"我为什么要跟他说话？"雪春反问。

"你装什么？你们悄悄弄弄，在溪边相会，只当人家不晓得？妹子，纸包不住火，若要人不知，除非己莫为。"

陈雪春没有答话，丢下手里的镰刀，用拳头在淑君背上擂了一下。

"哎哟，该死的，这丫头，你为什么动手动脚？"

"哪个叫你说这些无聊的话？"

"说你们相会，就是无聊，那你不是承认你们的关系很不正经吗？"

"再说，我又拂水了。"

"我怕了你，你这个人是惹不起的。"盛淑君真的躲开了。

"老李，当心打破了腡[①]啊。"盛学文有心用话岔开他的爱人和盛淑君的口角。

"已经打破一个了。打禾这劳动实在太重了。"李永和说。

"是呀，等新打稻机出了世，劳动强度就要减轻一些了。"盛学文提起了他在设计的新的打稻机。

"真的，你那家伙几时能到田里来？"陈孟春插进来问。

"这一季是赶不上了。搞了一半，就丢下了，简直没得工夫呀。这回要等到闲月，才能再动手。"

"这年岁还有么子闲月啊？"李永和说，"工作一个连一个，功夫一宗接一宗。"

"他有闲月，也不得空。给心上的人死死缠住了，还搞么子鬼打稻机啊？"盛淑君笑着说，低头割着禾。

"你要死了？今天为么子专门拿人开心？"陈雪春伸起腰来说。

"讲了你么？你是他的心上人？脸块真厚，当人暴众，承认自己是人家的心上人了。"盛淑君一边说，一边忙躲开。

---

① 腡是指纹，扮禾不得法，指纹会给禾束子磨破。

听了这话，陈雪春满脸通红，连忙低下头，仍旧去割禾。她带着姑娘的羞态，又怀着满心的欢喜，兴奋地挥动镰刀，一不小心，风快的锯齿拉着了左手的两指，鲜血直冒，她哎哟一声，丢了镰刀，用右手紧紧地握住伤口。听见叫唤，盛淑君和盛学文都奔跑过来。看见她满手是血，一滴一滴正往田里掉，盛淑君满眼含泪，忙叫李永和去唤卫生员。盛学文连忙从自己的白褂子上扯下一个袋子来，撕成布条，走拢去轻轻摸摸地替伤者包扎。不到一会，卫生员来了。他给她伤口消了毒，换了药，用白洁的纱布紧紧裹扎了。

“回去休息吧。”刘雨生说。

“为什么要回去？”陈雪春问，“我一样可以拖草。”

“伤口进了水，怕得破伤风，还是回去吧。”

“什么破伤风？我不信这些。”陈雪春坚持要下田，盛学文伸开两臂，把她拦住。

“你快躲开，人家看了，像么子话？”陈雪春说着，又下田去，拖了一阵草。天黑时，收了工，人都回家吃夜饭去了。刘雨生和李月辉商量一下，就到各组去传话，动员大家趁着月亮开夜车。

晚饭以后，月亮上来了。小风吹动树枝和树尖轻轻地摇摆。田野里飘满了稻草和泥土的混杂的香气。一群精干后生子在塅里继续扮谷。包括受了伤的陈雪春在内的一群妇女又在拖草。她们把草一束一束顿在各条田塍上。在朦胧的月色里，收割了的水田边上的小路，好像筑起了一列一列的黑的围墙。

亭面胡和陈先晋日里打了一天禾，夜里又在打布滚。从远处，人们听见面胡正在粗鄙地骂牛：

“咦，咦，嘶，嘶，你这个贼肏的，老子没有睡，你倒想困了，我一家伙抽死你。”他的这些动了肝火，或是根本没有认真生气的痛骂是经不起科学分析的。他骂牛是贼养的，又称自己是牛的老子。但牛不介意，在他骂时，略微走得快一点，等他不骂了，又放慢步子。

还没开镰的禾田里，落沙婆[1]发出一声声幽凄的啼叫，和布滚的拖泥带水的哗哗的声响高低相应和。

到半夜，没出工的老人们睡在床上，还听见扮桶和布滚的响声都没有停息，陈先晋、亭面胡和扮谷的后生子们还没有收工。

第二天，天还没有完全亮，三眼铳响了三声。炸雷一样的巨响又把人惊醒，连上床不久的赶夜工的人们也没有例外，都起来了。他们用冷水洗了手脸，驱除了残余的睡意，纷纷下田了。每一张桶要打两石露水谷，才回家来吃早饭。这一天，就是开桶后的第二天，上村和下村一共开了十二张扮桶。塅里和山边，到处听到扮桶的梆梆的声音，里边也包括菊咬筋的一张跛脚桶[2]的零落的轻响。

第三天，人们分成三个组，一组继续扮禾，一组犁田和耙田，还有一组动手插晚秧。

广阔的田野现出杂驳斑斓的颜色。没有收割的田里是一片金黄，耙平了的在太阳的照射下闪动着灿烂的水光，插了秧的又一片翡青。"割了一片黄，又是一片青。"盛学文说，"农民都是会用颜色的画家。"

男子们的肩背和手臂都晒得油黑，汗水出来，像在油布上一样地滴溜溜地一直往下滚。他们都筋肉板板，劲头十足。女子们有的请了假。张桂贞生病；陈雪春被泥里的玻璃割破了脚板。只有盛淑君和盛佳秀还在坚持拖草和打杂。她们都晒得墨黑，也瘦了一些。

过了十天，双抢将近尾声时，领导上看出大家都累得拖不起脚了，就宣布休息一天。正在这时候，刘雨生想方设法又从食品公司赊购了三只肥猪，全体社员都打了一次牙祭，劲头又足了。

常青社的水田都一片嫩绿，单干户子的禾还有一多半没有开镰，有些倒了的，谷粒浸在水肚里，已经出芽了。

---

① 落沙婆：一种栖止在田里的小鸟。

② 一张桶要四个劳力，两人割禾，两人扮谷。没有四人的叫做"跛脚桶"。

四十六　认输

王菊生的堂客和孩子都累病了，请不到人，眼看着到手的谷子在田里生芽，他急得像热锅上的蚂蚁子一样，日里忙不赢，夜里睡不着。他躺在床上，思前想后，觉得没有法子想。先前的打算，全都落了空。本来，他以为今年还有单干，还能请到人；至少，兄弟和舅子会来帮助他。不料，别的单干都忙不赢，舅子也一样；兄弟入了社，不能来帮忙，家里人也一个个病倒，剩下他一个人来唱独角戏。

“老菊，你怎么搞的，谷子都长胡子了？”谢庆元带笑问他，“今年的谷子真好呀，十粒五双，没有凹壳壳，你怎么舍得泡在水里啊？”

菊咬筋气得额头上直冒青筋，但只不做声。

“把你栏里那一只猪宰了，我们来帮你一手，好不好？”谢庆元不怀好意，打他猪的主意了。

“多谢你，我不要人帮。”菊咬的嘴巴还是很硬。

“劝你不要舍不得猪吧，多收了谷，可以多喂猪。”

“猪瘟死了，也不给你吃。”菊咬筋心里暗骂，嘴上没有说。

支部总结双抢工作时，捎带研究了单干户子的困难。刘雨生主张援助他们，谢庆元反对：

“那个啬家子，钱长到肉里去了，帮助他做么子呢？”

“老谢呀，你听我说，我们不是帮他，是帮未来的社员，帮社会主义。”刘雨生说，他看中了王菊生的劳动力，预料他将来一定是社里得用的人。

“我们好心要帮忙，他不领情，你奈何得他？”谢庆元说。

“一大片谷子沤在田里，长起好长的白胡子了，他还不心急？”

“你们要帮他，我也不反对，你先去讲好。”谢庆元说。

支部做出了决定，全力帮助单干们。刘雨生当天就去找菊咬。

“我说老王哪，你这谷子，”刘雨生走到菊咬正在扮禾的田边，随便扯一根青草放在口里嚼，这样地说，“长芽子了。”

“有什么办法呀？”菊咬筋微露对抗的情绪，“人力都叫你们卡住了。”

“我们来帮你一天，好不好？”

“不敢启动。”

“老王，季节不等人，早稻早收一天，冬粘早插一天，你就会得到不少的好处。一到立了秋，你这些田要收两季就为难了，冬粘不过秋，过秋九不收，你不晓得吗？”

王菊生没有做声。

“老王，支书为你好，特意叫我来问问。你如果同意，明天全社男女一齐来，几天就把你的谷收完，秧也插完。”

菊咬筋枯起眉毛，还是不做声。刘雨生猜到了他的心事，笑一笑说：

“你放心，我们不吃你的饭，连水也不喝你的，我们农业社说帮忙就帮忙到底。”

听了这话，菊咬筋自然欢喜，但不露口风，反而还说：

“我看不必吧，我一个人慢慢来，总能收完插完的。”

这样的话，要是换到别的人听了，就一定掉头走开，不管他的闲事了，但刘雨生最有耐心，而且，他自动走来帮菊咬，是有目的的。他是为了将来发展他入社，自己有说话的余地。菊咬筋看穿了这点，但也情愿，因为他想清了，对方的这个用意，对他并没有坏处。看形势，单干的局面不能维持长久了。他也有心交结社里人，尤其是干部；何况刘雨生的提议，还有现实利益呢。谷收回了，有什么坏处？

“你一定要自己一手来，我们不相强。”刘雨生看见菊咬还是不做声，就撒开手，动身要走。

“你们定局要费心，请都请不到。”菊咬筋连忙拉住，他知道再一松口，刘雨生真的会走了，“社里的人打算几时来？”

“春争日，夏争时，今天就来吧。”刘雨生说，“扮桶箩筐我们都自己带来。”

“我去吩咐她们烧茶水。”

“那也不用。”

“哪里，茶都不吃，还对得起人？”

当天下午和第二天整日，常青社派来六张桶，一色的后生子，由谢庆元带领，一下把王菊生剩下的田里的谷子全部收打完毕了。王菊生自己腾出手去翻板田。到第三天，刘雨生又动员了陈先晋和亭面胡，帮他用牛，还叫盛淑君率领全社妇女帮他掩草和插田。一切功夫，三天全都完成了。帮忙的人只喝了几桶凉茶。王菊生这回深深感动了，也真正地认识了集体的力量。

“真是人多力量大，柴多火焰高。”他堂客也说。

两公婆都对农业社发生了好感。由于事实的教训，王菊生的思想里有些变化了。他想入社，又还有顾虑。碰巧他舅子来了，也劝他不要单干：

“入了算了吧，你少吃咸鱼少口干。”

“我还想看一两年再说。”王菊生嘴里这样说。

“那你要为难，人请不到，我们又不能帮你，连大粪石灰，也搞不到手，只好作斋公田了。”

这后一段话，和菊咬眼前的思路是合拍的。他早晓得街上组织了肥料公司，大粪统一收购和分配，私人买不到分毫。他没有做声。

“入了，你也不会吃亏，你有两三个人出工，这点谷子还怕做不回？将来社越办越好，猪喂得多，会常打牙祭。”

“将来还是纸上画的饼，看得吃不得。我这个人是只看眼前的。”王菊生说。

“眼前你入了，也不吃亏呀，这一回不是社里来帮助，你的谷子过了秋也收不回来。”

“这是实话。”菊咬堂客在旁边插了一句。

“你晓得么子？”菊咬喝住堂客，因为舅子在，他没有骂她。

菊咬嘴上还是说要单干两年，但心已倾向于社了。舅子走后，他琢磨了半天，又想一通宵，到天亮，才得出这个勉勉强强的结论：

“算了，进去碰碰运气吧。”

他爬起床来，洗罢脸，吃完早饭，系上一条新围巾，拍拍肩上的灰尘，去找刘雨生。脚才跨出门，又缩了回来。他想自己是后入社的，怕人讲闲话，一定要跟上头的搞好。他想定主意，就走进厨房，从那吊在灶口上头熏鱼肉的墨黑的六角篮子里，拣出一对猪腰子和一条猪舌子。这副腰舌是他继母熏好，准备送给女儿的。菊咬筋想：“与其给她们吃了，劳烦都得不到一声，还不如做个人情，送给社长。”

王菊生用干荷叶把腰舌包好，夹在腋下，出门往刘雨生家走去。到了那里，看见门上一把锁。

“社长往哪里去了？”他问正在晒衣的刘家邻舍的女人。

“不晓得。”那妇女说，“他落屋的日子少，怕莫在社里，你到那里找找看。”

王菊生跑到社管会的办公室兼会计室，看见了社长。他正在跟盛学文一起合计预分账。

“老王你来了，坐，”刘雨生从算盘上抬起头来，满脸春风欢迎他，“有么子事吗？入社的事打定了主意没有？”

“没有要紧事，不过是来看一看你。”菊咬坐在墙边一条长凳上这样子说，对入社的事，暂不提起。

听说没有要紧事，也不谈入社，刘雨生低头看账。盛学文把算盘子拨得嘀嘀嗒嗒响。

“社长，耽搁你一下，请你出来，我有一句话跟你讲。”王菊生停了一会，终于又说，自己走到房外去。

“有事说吧。”刘雨生跟他走出来，猜想他是谈入社的事。

“没有要紧事。这是我的一点小意思，”王菊生双手把荷叶包子恭恭敬敬伸到刘雨生手面前，“一副腰舌，送给你咽酒。”

“这是哪里的话？”刘雨生感到意外，连忙推脱，“说都不敢当。”

“你辛苦了，这不过是我的一点小意思。我跟婆婆常常念起你，她也说：‘你看我们刘社长，两脚奔奔走，全为大家好，你也该去看看他才是，人家帮我们双抢，好辛苦啊。’我就来了，你收了这吧，瓜子不大是人心，这不过是我们的一丁点儿敬意。”

“你怎么同我客气起来了？这要不得。”刘雨生说，随即把荷叶包子还给王菊生。

“社长你就收了吧，”盛学文走出来说，“难得他有这一番敬意。”

“你说的什么，你这个青年团员？共产党员大公无私，替人办事，连一杯水也不应该吃人家的。腰舌请拿回去吧，老王，你辛辛苦苦，喂一只猪，理应留着自己吃。”

“社长，你这不是看人不起吗？”

“哪里？双抢是大家出力帮你的，你要慰劳，也慰劳不起。不说这个了，我们坐下谈谈别的事情吧。”

王菊生只得把荷叶包收了。他和刘雨生坐在堂屋里抽烟，有一阵子，没有说话。王菊生生就这一个脾气，对人有要求，决不先开口，如今他要入社，也是一样，希望刘雨生提头。刘雨生自然晓得他的这意思。但他厚道，又急于得出个究竟，就先提起了：

“老王，还是入了社，我们大家在一起，热热闹闹好一些。”

“我还想看年把子着。”菊咬筋嘴里这样说。

“你要晓得以后劳力会更紧，单干困难会更多，好好打清算盘吧。”

菊咬心想，对方已经开口了，不如就水湾船，入了算了，就抬起眼睛说：

“只怕社里嫌我的田瘦了。”

“你这分明是客气话了，你的田还有瘦的？”

“只怕我后入，有人讲闲话。”

“你放心吧，不会有人讲话的，况且你一来，把社里的田连成一片了，哪个不欢迎？”

听到这话，菊咬筋又把架子拿起一点了：

“我看我还是单独搞几年再说。”

“听你。”刘雨生简洁地回复，准备走开。

“社长你看，单干还能搞几年？”菊咬又把他拉住。

“你想作几年，就是几年，那都由你，没有人限制。好吧，我还有事。”

“我是问你，”听见刘雨生又松了口，不急于劝他入社，菊咬筋心里倒急了，刘雨生动身走开，他也跟在他后面，一边这样问，“政府对单干不会两般三样吧？”

“不会。不过，打开窗子讲亮话，在肥料方面，石灰方面，农药和新的农具方面，政府自然是先尽社里，这是国家的制度。单干的路径会越走越窄。你是一个明白人，不会看不清。”

“那我就入吧。”听了刘雨生的这番话，菊咬筋也想透了，就恭敬地问道，“要不要写一个申请？”

“不必，”刘雨生笑容满面，“我替你讲一声就是。”

“腰舌你还是收下。”王菊生又提起礼物，依他的想法，自己既然要入社，又是后来人，一定要找个靠山才好。

“这是高低不要的，多谢你。”刘雨生讲完这话，进办公室去了。屋里面，算盘子又敲响起来。

“牛要牵来吧？”王菊生跟进办公室认真地问。

“牛不必急，等你主意打定了，再说。”刘雨生从桌面上抬起头来说。

“还有么子不定呢？我王菊生，社长不是不晓得，不是那号三心二意人。”

“我晓得的，不过，牛还是不必牵来，我个人的意思是你的牛照旧叫你喂。”

“那也好。”王菊生转身往外走，只听里边刘雨生笑道：

“回去还是跟嫂子好好地打打商量，不要不民主。”

“没有么子好商量，我的意见能代表她的。”王菊生一边回应，一边走出社管会。在山边路上，信脚踩着落叶和石子，他的心思又转到腰舌上了。王菊生对别人尖利，自奉也俭约。他不愿意眼看这副熏得黑黄的腰舌落在继母女儿的手里，但也不想进贡自己的肚子，他认为那是糟蹋了，作惜了。想来想去，觉得还是给社长合适。走了一段路，他灵机一动，不往家去，拐一个弯，往莲塘赶去。

王菊生早已风闻，刘雨生跟盛佳秀十分相好，只差拜堂了。走进盛佳秀的八字门楼，他故意装作不知道似的高声问道：

“雨生社长不在这里吗？”

“是哪一位？”盛佳秀正在阶矶上洗帐子，听到这个不大熟悉的声音，忙从脚盆边上抬起身子来，这样含笑问，“是老王啊，进来坐坐，你找社长，怎么寻到我这里来了？”

“嫂子你还想要瞒我呀？”王菊生笑笑，“你们的事天下的人都晓得了，你只说他到哪里去了。”

“进屋里坐吧。”看见是来找刘雨生的，盛佳秀自然欢喜。她满脸笑容，随即起身，扯起抹胸子边边擦干双手，到灶屋里点火筛茶。

“不要费力，我就要走。”王菊生这样说时，盛佳秀已经端上一碗茶，接着递上旱烟袋和纸媒子。王菊生一边接茶烟，一边夸赞道：“你太客气了，嫂子。这是一点小意思，”他把荷叶包送到对方的手里，“送给雨生哥咽酒。请你收了，转交给他，瓜子不大是人心，要他务必不嫌弃。”

“这又何解要得呢？”盛佳秀伸手接了，满脸是笑，她正措忧没有好菜给刘雨生吃了。

“我已经报名入社，嫂子，以后我们是一条船上的人了。”王菊生一边吧烟，一边这样说。

“是么？”盛佳秀把荷叶包搁在桌上，拿手抚抚抹胸子的卷起的边角，含笑这么说，“那好极了，我们早就希望你进来。平素我对雨生说：‘菊生哥那么好的劳动力，你们为么子不发展他进社里来呀？’他讲：‘人家不愿意，你有么子法子想？’这下就好了。”

“以后有么子事要请大哥嫂子多多关照，嫂子要在大哥面前多方圆几句，才好。”王菊生料想盛佳秀不会拒绝他的这个要求的。

“那是当然的，是一家人了，我能帮忙的一定帮忙。”

送走王菊生以后，盛佳秀洗完帐子，抬头看看太阳不高了，就生火做饭，把熏猪腰舌切碎，蒸熟，堆在一个红花瓷盘里，汽在锅里，等待刘雨生。

“这腰舌好不好吃？”刘雨生来用夜饭，盛佳秀坐在他对面，端起饭碗，用筷子点点盘子，含笑这样问。

“好吃，好吃。”刘雨生尝了一筷子，称赞不止。他以为是盛佳秀熏的。

“哈，哈，”盛佳秀顽皮地笑了，“吃了茶，巴了牙，你吃了人家王菊生的熏猪腰舌了。”

“唉，这真不好。”刘雨生把筷子一放，“他几时来过？你为么子要收人家东西？这太不好了。”

“他的东西不容易到手。我心里运神，既然送上门来了，收了再说。不收，司命菩萨也要见怪的。”盛佳秀还是满脸笑嘻嘻，她的思想专一放在刘雨生身上。她一心一意，只想他吃得好一点，身体保养好一点。

“不好，不好。”刘雨生连连地说，饭也吃不进去了。

“嫌不好，是角色你吐出来。”

“社员听到了，会讲话的。”

“这怕什么？又不是我们去要的，他做人情，送上门来的。况且，社员哪里晓得呢？”

“若要人不知，除非己莫为。”

“就是有人晓得了，也不要紧。是我接受的，与你无关。你就当做是我熏的，领我的情吧。”盛佳秀又笑起来，她的油黑的、略微有些雀斑的标致的脸上显得十分地妩媚，“吃吧，饭菜都凉了。”

刘雨生只得又拿起筷子。

“不过，”不出菊咬筋所料，盛佳秀替他说话了，“你们以后对他要有个照应。”

“他有么子事要我照应呢？就是照应，也不应该收他东西呀，吃人家嘴软，反倒不好说话了。”

“‘一个好汉三人帮，一根屋柱三个桩’，哪个不要帮手？何况他又是后入社的。”

“先入后入，有什么关系？革命队伍，不分先后，对于新人，我们是一律欢迎。”

“话虽这样说，不过，王菊生也不是过虑。社里七嘴八舌的，你能担保谢庆元这样的人不谇诟他么？”

“他王菊生也不是个儿戏的角色，怕人家谇诟？”

“总而言之，人是需要互助的。”

“互助也不要他送礼呀。你这个人，真把人都害死了。”

“我害了你么？”盛佳秀低下头去，装出生气的样子。

“不是这样说。”刘雨生连忙服小，和和气气地解释，“是怕人家讲，我是干部，一举一动，都要顾及群众影响。我们党，从中央起，都是不兴接受人家礼物的。”

“你太拘一格了。”

“人家会说，这不又是地主和国民党老爷那一套来了？”

“地主国民党老爷的肚子，一副腰舌填得满？他们要你的命，不是腰舌。吃吧，碗里饭凉了，我去替你换一碗。”

吃完了饭，刘雨生还没有走。两个人坐在桌边，在一盏小煤油灯下面，一个缝衣，一个抽烟。他们谈到办喜事，刘雨生主张马虎将就，盛佳秀不肯答应，一定要办一桌席，她娘屋里会要来人，也想请几个干部，至于日期，两人同意在双抢以后。

王菊生从盛佳秀屋里出来，赶回家去，清理入社的农具。他的犁耙和扮桶一色都是七成新，又上了桐油，黄嫩嫩的，十分好看。他把东西搬到社保管室去的时候，受到了保管员的欢迎和称赞。家什搬完，将近晚边，他从社里回家去，在一座茶子山边，远远看见两个人悄悄弄弄，正说什么话。略微走拢一点去，看出那是秋丝瓜和龚子元。晓得两个家伙都不是好货，他不愿意跟他们粘连在一起，赶紧跌小路，绕开了他们。但是他也没有往乡里或社里汇报，“各人自扫门前雪，哪管他家瓦上霜”。他还保存了单干户子的这个老习气。

龚子元眼尖，瞧见王菊生来了，猜想对方一定看清了他们，他告诉了秋丝瓜。

“他看出我们来了？”秋丝瓜着急地问。

“他又不是个瞎子。”

“糟了。”

“你怕他吗？”

“怕他讲出去。这几天的风势不对头。我总觉得社员们的脸色跟平常不同。”

“你管他们！”

“人家是人多成王，我惹不起。”秋丝瓜想要开溜。

“你怕他们，不怕我吗？”龚子元嗖的一声，从衣下抽出一把放亮的尖刀。秋丝瓜吓得腿子发软，全身都颤起好高，话都说不圂：

“你，你，你这是什么意思？开什么玩笑？”

龚子元举起刀子，刀尖对准秋丝瓜的鼓起的喉核。

四十七　露底

听见山里远处一阵草叶响，龚子元忙把尖刀插进衣里腰上的皮鞘里，伸手拍拍秋丝瓜的微颤的寡瘦的肩膀，低声笑道：

“亏你还当过兵呢，看见一把刀，就吓得这样，不要怕，我不过是试试你的胆量。”

“菊咬筋入了社了。他看见了我们，会去报告。”

“不见得。报告也不要紧，你做了什么，怕人看见了？有我在，不要怕。”龚子元自己也没有把握，又不得不稳住秋丝瓜。合作化以后，龚子元的帮手一天少一天。双抢期间，自己一伙没有得手。他只觉得周围的地面好像都要崩塌了。这个秋丝瓜，在他看来，也是靠不住的人。但是，他不得不把他拉住。“这样的人还是有用的。”他心里想。

“去吧，”龚子元低声打发秋丝瓜，“你要记住，听！那边什么响？”他张起耳朵朝山里听了一会，又说：“是风，记住，没有我的话，不许走开。”

“我想托我妹夫在株洲找点事情。”

“你敢？没有得到我允许，你离开试试！”

秋丝瓜无精打采地往家里去了。龚子元也转身回家。两个人走得远了，从山里跳出两位姑娘来，一个胖乎乎，右肩膀上挂一支步枪，是盛淑君；一个瘦一点，也矮一点，手里拿挺茅叶枪，是陈雪春。两个人从山边跳到小路上，飞起脚板，往乡政府跑去。

“有么子事呀，你们两位这样冒冒失失的？”小房间里，灯光底下，李月辉正在跟刘雨生商量口粮的标准，看见两人冲进来，这样忙问。因推门过急，门板鼓起的气浪，把煤油灯盏的烟焰吹得一摇一晃的。

“有件大事，我们巡逻到茶子山边，发现……”盛淑君气喘吁吁地说到这里，停了一下。

“发现龚子元那个家伙……”陈雪春抢起来说。

“你莫插嘴，让我来说好不好？”盛淑君推开她同伴。

“你一个人讲不清……”陈雪春争起来说。

“你讲得清，你伶牙俐齿，请你来吧。”盛淑君气了。

“不要吵，不要吵，一个报告，一个补充，好不好？”李月辉从中调解。

“龚子元同秋丝瓜一起，悄悄弄弄，不晓得搞么子把戏。她，雪春妹子，急着要冲出去，当场把他们捆起，被我拉住了。”

“是你拉住的啵？”

“不是我，是哪个？”

“是我自己想通了。”

“你想通了么子？”李月辉笑着发问。

“我想，还是不要惊动他们，看他们怎样，我们悄悄地溜到挨近他们的一条堤沟里，听见龚子元那个鬼跟秋丝瓜说……”陈雪春抢着说了一阵子，喘一口气。

“说些什么？”李月辉紧钉着问。

“她讲不清，我来说吧，龚子元恶声恶气，对秋丝瓜讲：‘你要记住，没有我的话，不许走开。’”

“啊，”李月辉有些惊讶，对刘雨生说，“这样看来，秋丝瓜也是他们一伙了。”

“中间他还插了一句……”陈雪春抢着补充。

“一句什么？”刘雨生插问。

“他说：‘听，山里起了风。’”

“这不是要紧的话，那是他们听见你动了一下，以为是风。”

“淑妹子你讲下去吧。他还说什么？”李月辉催促。

“秋丝瓜说：‘我想托符贱庚在株洲找点事情。’”

“他是说的‘托我妹夫’。”陈雪春连忙纠正。

“那不一样？”盛淑君看她的姑娘一眼。

“汇报应该一个字不差。”

“龚子元还说了什么？”李月辉问。

“还说：‘你敢，没有得到我允许，你离开试试！’”

“啊，”李月辉又吃了一惊，又问，“还有什么？”

“没有什么了。”盛淑君回复。

“还有菊咬筋……”陈雪春说。

“菊咬筋怎样？”李月辉惊问。

“他远远望见两个家伙在讲悄悄话，就跌小路绕开了他们。”

“好吧，你们说的情况很重要，去继续巡逻，要不要加派几个民兵，跟你们去？”

“不要。”

“你们不怕吗？”

“怕他个鬼！”盛淑君把步枪换得挂到左肩上，挺起胸口往外走，陈雪春掮起茅叶枪，紧紧跟在她背后。

小房间里，李月辉和刘雨生不再商量口粮标准了。两个人都为眼前村里的敌情所惊扰。

“这个家伙早该逮捕了。”刘雨生说。

“公安部门有他们的打算。”李月辉回道。

“盛清明呢？”刘雨生问。

“我去打个电话叫他来。”李月辉到外屋打了个电话，又回来说，“他不在，跟侦查科长一起，进城去了。我们加派些民兵，先把他们严密监视，等他们回来料理。”

当天半夜里，村里起了好几处狗吠。不久，李月辉家里有人叩门。

“哪一个呀？”李月辉起来问道。

“是我。”

“是清明子吗？回得正好。”李月辉一边开门，一边赶忙告诉他，“村里出了事。”门开了，盛清明进来，后边跟着两个人，薄暗里，问明是县公安局的来人以后，他把他们让进灶屋里，并且简要地谈起了龚子元新近的情况。

“这个我早已知道，我就是为这件事赶进城去的。他身上还有把刀子，她们提到了吗？”

“没有。”

“她们的报告还不算完全，现在不要管这些，你家里没有外人吧？”

“没有，我那位伯伯睡在那一头屋里，离这里远。”李月辉晓得盛清明和县局的人员有机要公事，连忙说明家里的环境。

“那好，我们就在这里商量吧。”盛清明拧开手电，照照灶屋敞开的门外的暗处。

“是这样的，”盛清明低声机密地说道，“我们一到县，就找局长谈起这件事，局长笑道：‘你的情况，比较起来，不算什么了，你看看这个。’局长给我们看了龚子元在杨泗庙的同伙的供词，那上面有一列名单，龚子元本名龙子云，也在里边。”

“有秋丝瓜吗？”李月辉问。

“没有。姓龚的这个家伙是地主兼绸布商人出身的恶霸，早年襄办过南县的团防，手上染了不少党员和进步人士的鲜血。解放军过江以后，他晓得事情不妙，跟姨太太一起，预先化名装穷逃匿在这里，不久，他和国民党军统特务又联络上了。他们这一次准备趁我们庆祝夏收的会上，在杨泗庙和清溪乡两处，同时暴动。再拉队上山。这口供，和我们调查出来的几份材料，大体相符。”

“好家伙，”从容平静的李月辉也有一些感到惊奇，“这是一条大鲨鱼，打算怎么办？”

盛清明从文件袋里摸出逮捕证，又说：

“不过，局长嘱咐了，究竟如何办，现在捕，还是再等一下子，要问你的意见。”

“我觉得应该抓了。”李月辉说，“你看是不是要添几个帮手？”

“要的，男子民兵我去找，还得请你挑几个女将。”

“就派淑妹子和雪妹子两个跟你们去。”

大家从李家出来，唤齐人员，叫大家火速准备，到盛清明家里会合。等人来齐了，盛清明检查了武器，要大家把枪都压上子弹，并且吩咐：“拿茅叶枪的，要靠后一点。”

“为什么？”陈雪春不服气地问。

“那家伙有把刀子，说不定有枪，狗急跳墙，怕他冲出来乱咬。”

“你这不是‘长他人志气，灭自己威风’？你怕我不怕，偏要上前。”陈雪春噘起嘴巴。

“满妹子，你不听指挥，就不要去。”陈孟春申斥妹妹，“你以为这是儿戏的事呀？来，你在我背后，不许乱闯，要不听话，我一家伙打死你。”

“咦，‘我一家伙打死你’，”陈雪春学着她二哥讲话的声调，“看你好打手。”

“不要吵了，再吵，我就真的不许你去了。你不要性急，有你们的事干的。那堂客不是好货，大家一冲进屋里，你们女将就把她捉住，仔仔细细搜检她身上。”

“好的。”盛淑君连忙答应，“来，雪春，我们两个挨得近一点。”

“留神啊，说不定要发生流血的战斗，这是真刀真枪的场合，不是好耍的。万一危急，你们两个躲在我背后，我保护你们。”盛清明说。

“有我保护。”陈孟春提着步枪说。

“要你们保护啊！”盛淑君撇一撇嘴，“你有武器我没有？”她动动枪栓。

“都这样说，母马上不得阵，叫人不能不相信。”盛清明布置停当，又想逗笑了，不料惹得两位女将生气了。

“清明子，你敢这样侮辱人？”盛淑君首先质问。

“你妈妈不也是母马？”陈雪春的嘴巴越发不饶人。

“你这个妹子真坏。”盛清明正要再回敬几句，侦查科长找他商量一会事，他随即宣布：“科长有紧急任务，要连夜进城。捕人的事，交给我们了。大家都准备好了吗？到达以后，我和公安队两个战士去叫大门；你们随后分头来接应：一路奔大门，一路抄后路，抢他的后门；陈孟春你守住地坪，提防他冲出。李永和你带个民兵，埋伏在后山的堤沟里，防止他往那里逃窜。大家行动都要严格听指挥，不许乱套。科长还有什么话？没有了？好，现在出发！”

月亮落了，墨蓝的天顶嵌满了闪亮的星子；通往山边的一条田塍边的水田里，映出十几个移动的黑的人影。狗叫着。人们到达一个独立小茅屋跟前，迅速分散，各自奔赴屋前和屋后。听见屋里有响动，盛清明连忙拖出盒子枪，手指头扣定枪机，走到门前，用脚使劲踢门扇，里边一个懒声懒气的男子声音发问道：

“是哪一位？隆更半夜，么子贵干呀？”

“快点开门。”盛清明又用力踢门。

“是么子事呀？说不得的吗？”里边的人似乎还睡在床上。

正在这时候，房里手电闪一下，同时发出枪机扳动的声音，盛清明转脸，对后面的人喝叫：“卧倒！”

“不许动，手举起来！”和盛清明喝令的同时，房里有人叫。不到一会，大门开了，盛清明用手电一照，看见开门的是被派到后门的两个民兵中间的一个。他笑嘻嘻地对大家报告：

“已经捉住了。”

“你们动作快，很好。在哪里？”盛清明一边进屋，一边这样问。他三步两脚，跨过地坪，看见罪犯上身穿件白褂子，下边着一条短裤，赤着脚，绑在阶矶一端的屋柱上。

“还有一个呢？”盛清明问。

“也捉起来吗？”一个民兵问，忙向屋里跑。

“站住，你们搜查去，这女人不要你们管。”盛清明吩咐，回头又对盛淑君说道，“你们去仔细搜搜她身上，不要捆她。”

盛淑君和陈雪春跑进卧房，那女人还困在帐子里头。攀开帐门，看见她穿着短衣裤，四脚仰天躺在簟子上，盛淑君用枪对住她胸口，大声喝令：

“起来，不要脸的家伙，赶快穿衣服！”

“你们不是要搜吗？这样不是更好搜一些？”龚子元堂客嬉皮笑脸说。

“报告，没搜出什么。”搜查的民兵四到八处翻检一通，回到堂屋告诉盛清明。

“淑君你们再去搜一下。”盛清明走进房说。

盛淑君丢下正在穿衣的龚子元堂客，邀陈雪春一起爬到阁楼上，下到后房里，动手细细密密地搜查。在一个红漆剥落的旧马桶子里，她们搜出一颗美制定时弹和一把尖刀子。跟这同时，陈孟春在水缸底下翻出用一面国民党旗子包着的生了铜绿的十二排步枪子弹。他把子弹摊开在手上，端到绑在阶矶上的龚子元面前，往他脸上一撒，继着又补了一个不轻不重的耳光：

“打死你这国民党土匪。”

“不要打，不要打了。”盛清明忙出来劝阻。

“枪毙你这狗崽子，我早晓得你不是一个好家伙。”陈孟春不听劝说，端起步枪，对龚子元脑壳瞄准。盛清明跑了过来，把他拦住。

“怎么的，你要留下他来糟蹋粮食吗？”灯光下，陈孟春鼓起眼睛说。

“你怎么这样讲呢，孟春？”盛清明说，“停下我跟你谈谈。李永和，把他解开，带他进屋去。”盛清明走了进去，点起一盏大马灯。明亮的灯光里，他显得特别地威严。

李永和松了龚子元的绑，推他走进堂屋里。盛淑君和陈雪春把定时弹、国民党旗子以及长了铜绿的一排排步枪子弹，摆在方桌上。

“你还有什么话说？”盛清明问。

龚子元低头垂手，站在一边，脸色铁青，一言不发。

“你把步枪收藏在哪里？”盛清明问。

“我没有枪。”龚子元回答。

“没有枪，怎么有子弹？”陈孟春粗声喝问，把枪对准罪犯的背心。

“这子弹不是我的。”龚子元回说。

“定时炸弹呢？”盛淑君问。

“也不是我的。”

大家都笑了。

“不要问了。罪证确凿，你被捕了，龚子元。请在这上面签一个字。”盛清明从公事包里拿出一张逮捕证。

龚子元接过逮捕证看了一阵，只得借了盛清明的钢笔，签上了自己的名字。

“请你也费心。”盛清明把钢笔递给龚子元堂客。这女人满眼敌意，摇一摇头：

“我不认得字，你们爱怎么样，就怎么样吧。”

“不会写字，打个手印。”盛清明说。

“我不。”

“到了这时候，你还敢顽抗？”盛清明竖起眉毛问。

“要讨打么？”陈孟春扑起拢来。

“打个手印吧。”龚子元劝她。

女人只得用右手的食指蘸一点墨，在逮捕证上打了个手印。

“把他们捆起，带走。”盛清明吩咐民兵。两个民兵用粗麻绳子把龚子元紧紧捆住。

这时候，龚子元堂客忽然哭起来，扑通一声，跪在盛淑君脚下，双手搂住这个胖姑娘的脚杆子，边哭边诉说：

“姑娘，救救我吧，我一个女人家，晓得么子啊？他向来做事，都瞒住我的。他做的事应当由他一个人担待，为么子要把我牵连一起呢？”她用两手蒙住脸，伤心伤意地哭泣，哭得两个姑娘心软了，手里拿着麻绳子，犹犹移移，没有去绑她。盛清明奔起过来，大声喝道：

“哭么子，坏事你还做少了？你拿猫尿骗哪个？”

“我实实在在是冤枉呀！”

“你们家里藏了武器，收了定时弹，你还想赖？”

“我确实不晓得呀。”这女人一把眼泪，一把鼻涕地诉道，“我要晓得，早报告你了。”

“鬼话。我只举出一桩事，戳穿你的西洋镜：有一天夜里，你们家里来了七个杨泗庙的客，在你们后房，点起小灯，用一块黑布把窗子蒙住，小声谈了一夜讲，这事有不有？”

听到这话，龚子元堂客没有做声。她心里想，这样的事，他都晓得了，没法抵赖了。

“你装烟烧茶，打点他们一夜，烟蒂丢了半撮箕，有这回事吗？”

女人又没有做声。

“你晓得他们是么子人吗？”

“不晓得，我一个女人家，老老实实的，晓得么子？”

“你太老实了。”盛清明转脸对陈孟春说，“来，孟春，你来绑这个女人。”

“要他来做么子？我们动手。来，龚家里婆子，值价一点。”盛淑君和陈雪春一起，把龚子元堂客反剪着手，用粗绳锁一个五花大绑。

两位公安队战士，额外加上清溪乡的一队民兵，包括盛淑君和陈雪春在内，把这对要犯，连同搜检出来的罪证一起，连夜解到县公安局去了。龚家茅屋的大门和堂屋的门，都关闭了，但没有上锁。

原先，盛清明给了亭面胡一句话，要他常常去看看龚家的动静，双抢以后，他记起这话。龚子元夫妇逮走的第二天清早，他来叫门了。捶了半天门，里边没有一点声音。他着急了，上去把大门一推，门开了。又忙跑去打开灶屋门，使他吃一惊：人都不见了。屋里家什，翻得稀巴乱。走进卧房，他看见床铺草撒满一地；一口破皮箱，盖子揭开了，里边亮出粉盒、手帕和两条浅红的裤衩，还有一条月经带。

“背时，背时。”亭面胡慌忙退出来，连声叫嚷，门也没有关。从女人晒裤子的竹篙下过身，看见月经带等等，是他平生最忌的，因为他相信，这样一来，人会背时，用牛会出事，捉鱼捉不到，甚至人会得星数。他跑起回去，对婆婆连叫背时，没有打听龚子元夫妻的下落。

也在这天半夜里，盛清明带领几个公安员把龚子元押起回来，在他屋后堤沟里，挖出一支九九式步枪，枪托快要沤坏了。带着缴获的枪支，把犯人再押回县时，一个累得只想睡觉的公安员，在朦胧的星光底下，背着盛清明，用枪托狠狠捅了龚子元两下，一边低声地骂道：

“你他妈的，生得贱的死家伙，早不讲出来，害得老子陪你拖一路。”

四十八　震惊

龚子元的落网，有的人若无其事，有的人略有吹牛，还有的人不免震惊。

王菊生生平谨慎，从来没有挨过龚子元家的边边。他诚心单干，不跟任何一个人来往，当然也包括龚子元在内。龚子元那面却早看上他，几回邀他去吃瘟猪子肉，都遭到了拒绝；又打发堂客到他家里去，借东借西，作进身之阶，但菊咬堂客，遵循男人的意旨，一概予以冷淡的待遇。那女人去了几回，也只得作罢。龚子元这次被捕，对他一点影响都没有，两公婆在家，也不提起这件事。

面胡听到龚子元两个都逮捕走了，自然很高兴。他隐瞒了自己第二天早起扑了一个空的这故事，逢人就说："我排了他的八字，早就晓得，他有这个下场的。"

信息传到谢庆元耳里，把他略微吓一跳。他堂客笑着斥责他："看你还好吃啵咧？你到他家去吃过瘟猪子肉，不怕他咬你？"

"那怎么办呢？"谢庆元急得没主意。

"快到支书那里去坦白，他晓得你的，你放心吧。吓得这样，既有今日，何必当初？"

谢庆元慌慌忙忙去找李支书，路上碰到刘雨生。他把他的顾虑坦白了，吃了几回瘟猪子肉也说清了。

"现在你到哪里去？"刘雨生问。

"我找支书去。"

"不必去了，他不得空。"刘雨生笑一笑说，"论理，贪口腹的人也该吓一下，学一个乖，老话说得对：'不上当，不成相。'不过，你不要着急，你的事不用剖白，我们也了解，放心回去吧，我替你跟支书说一声就是。"

秋丝瓜在溪边看牛，听到这新闻，连忙回家，把牛吊在樟树下，跑进灶屋，告诉他堂客。这位牵子堂客骑着木马，正在打草鞋，听了这话，一点都没有介意，照旧低头打草鞋。秋丝瓜坐在灶底下的长凳上，把旱烟袋伸到灶里去接火，不由自主叹了一口气。

"你怎么的，哪里不熨帖？"堂客听见他叹气，抬头看见他脸块煞白，这样问他。

"没有什么。"

"怕什么？人民政府又不会冤枉好人。"牵子堂客猜到了男人的心事，轻声安慰他。

"我怕什么呢？"秋丝瓜想把心事连堂客也都瞒住。

声称不怕的这人一夜没有合上眼。他躺在床上，翻来覆去。有一回，把堂客惊醒。

“你呀，不要胡思乱想了。”堂客说完，又打鼾了。

秋丝瓜还是睡不着。他想起他看见过龚子元身上带的尖刀子，“要是那时报告了，不就好了？”为了不要惊动那一口，他极力忍住，不打翻身，但越要不翻身，就越想翻身。这样熬煎到天亮。早晨起来，他的一双眼球布满了血丝，口里发苦。洗手脸时，听见一只乌鸦停在屋檐边上叫几声，他心惊胆战地等待灾祸的来临。但是，直到早饭边，没有一点事。

“吃吧，快点吃了放牛去。牛一夜没有上草，要饿坏了。”他堂客把饭菜端上矮桌，招呼他说。

秋丝瓜扒完一碗饭，就放下筷子。他得了主意，吩咐堂客：

“你去放牛。”

“你呢？”

“我有点事去。”秋丝瓜说完这话，夹根烟袋，戴个斗笠，出门去了。

“鬼！吓得失魂落魄的，亏你是个男子汉。要做就莫怕，要怕就莫做。”秋丝瓜前脚出门，牵子堂客就在灶屋低低地斥骂。男人的威信在她眼里远不如前了。但还是不敢大声当面给他过不去。

秋丝瓜从山边小路抄到他妹妹张桂贞家去。他要找她商量一下。符贱庚从前跟龚子元也有来往，他如今远走高飞，自然没有人去找他的攀扯，他可以用妹夫为例，请妹妹帮忙剖白一下，他晓得她在社里劳动好，和青年团非常靠拢，说话有人听，而且一定有很好的主意。

走到符家，他妹妹恰好在家。两兄妹平常是很少见面的，各人都忙，而且在思想感情上也有点隔膜。但是人亲骨肉香，张桂贞看见哥哥来，还是非常之欢喜。她把他请进灶屋，装烟筛茶，还端出一碟子新炒的南瓜子，放在矮桌上。兄妹俩就在桌子边，一个抽烟嗑瓜子，一个缝衣服，不紧不慢，谈些家常话。

“株洲来信吗？”秋丝瓜没等回答，接着又问，“贱庚在那边好吧？听说转为正式工人了。”

“是呀。”妹妹手里缝一件男人的白褂子，低着头答白。

“你打算几时去呀？”

“那还早呢。说要到明年春天，厂里才能有宿舍。”

“你们倒好。”

“你不也好吗？”

“我有个么子好啊？唉，”秋丝瓜叹了一口气，趁机转到正题上，“你晓得龚家里的事吗？”

“晓得呀，”张桂贞抬起头来盯了她哥哥一眼，“你发么子急？你跟他有个么子见不得人的首尾？”

“满姑娘你也爱讲笑话了，”秋丝瓜强颜为笑，“我哪里跟他有……咳，”呛一口烟，他咳了一声，又说，“有什么首尾？”他在自己的话里删除了他妹妹讲的“见不得人的”几个字。“还不是同贱庚跟他一样，泛泛之交，同在一起打过几个干哈哈。”秋丝瓜也不是个儿戏的角色，在话里顺便刺妹夫一下。

“你为么子要扯起他来？”张桂贞枯起柳叶眉，发了气了，“他早离开这里了，与你们的事，有么子相干？”

“满姑娘，你听我说，听我说呀。”贞满姑娘垮着脸朵子，把手里那件缝得半残不一的白褂子丢在矮桌上，褂子的一角恰好把碟子遮住。她冲进房里去了，秋丝瓜跟在她的背后。张桂贞在房里找到针线盘子，转身出来，在原地方坐下，依旧缝衣服；秋丝瓜也跟出来，坐在原地方，吧着烟袋继续说：“你听我说，满姑娘。我不过是举个例子，打个比方，表明我也是……”他停顿一下，有心不提妹夫的名字，“跟旁的人一样，跟那个人虽说来往过，并没深交。”

“你来跟我讲起这些做么子？我盘问过你吗？”张桂贞还是不耐烦。

“不是这样说，满姑娘，老话说得好：‘亲为亲好，邻为邻安。’我有个吉凶，你做老妹的，也不忍心在一旁光看相赢吧？”

听到这话，张桂贞心头火气往下落了点，脸色和悦一些了。她抬头问道：

“那你要我做什么？说吧。”

“替我在他们面前方圆几句，好不好？你的话如今是有人听的。”

“有什么事情要我方圆呢？”贞满姑娘停下针线，正色说道，“如今又不像是旧社会。原谅我做老妹的劈句直话，你和龚子元实在也太那个了，信了他的话，社也不入。受点虚惊也是应该的。”

一席冷话，使得秋丝瓜吃惊以外，又加上寒心，连胞妹也这样子说，自己孤凄到什么地步了？他忍住眼泪，赔笑央求：

“老话说得好：‘亲帮亲，邻帮邻。’你眼见做老兄的为了难……”

“这有什么为难的？”没等她哥哥讲完，张桂贞忙说，“人民政府决不会冤枉好人，只要你真没有做亏心事。”

“你这话说到哪里去了？我做了什么亏心事呢？”

“真是这样，那还不好办？你去找支书，社长也行，交代一下，就没有事了。”

“顶好是你替我去提一提。”

“好吧，”张桂贞显出很有担负的样子，“我去替你说一声。”

“还有入社的事，”秋丝瓜感到单干不行了，“你看我入不入？”

“这个由你。不过，依我看来，入了算了。单干还有么子味？眼看是一个败局。人要往上走，‘人往高来水往低’，集体生产分明高一些。”

“好吧，我回去想想。”秋丝瓜早已想清了，嘴里还是这样说。

第二天黑早，秋丝瓜牵上那条大黄牯，背一张犁，往社里去找刘雨生。半路上，有人从背后拍拍他肩膀。他吓一跳，回头看见盛清明对他笑笑：“你也要去入社了？前天夜里，只怕一夜没有睡落觉吧？怎么样，那回赶牛出村，想偷偷宰了，到底是哪一个弄怂的？这回应该坦白一下了。”

“那是我自己混账，不能怪别人。”

“你的那位酒肉朋友没有插一手，出点主意？”盛清明盯住他的脸。

“你说哪一个？”

“龚子元。”

“他不是我的朋友，那一回不能怪他，不能把什么事都推到别人身上，你说是吗？”

“你们真是好朋友，到这时候，还替他瞒过。”

“哪里？”

“去吧，多想一想，有什么应该坦白的，早一点自动。千万不要自己误自己，我们是掌握了足够的材料的。”

“我有什么呢？我不过是去吃过一回瘟猪子肉。”

“一回？”

“大概是两回吧？我记不清了。确实没有别的事，不信，你去问问我老妹。”

“确实不确实，我现在不管，总之，人要老实，才能在新社会站脚。”

“是的，是的。”秋丝瓜连连答应，赶着牛走时，腿子还有点发颤。

“我把牛牵来了，犁也背来了。”到了社里，站在社管会的地坪里，秋丝瓜对刘雨生说。

“你也想通了？很好，”刘雨生说，“我们欢迎。牛你还是牵回去，我们包给你喂，算你工分，不过，你要保住不落膘。”

“落不了膘。”秋丝瓜重新牵起牛，往外边走，才迈几步，又回转头来问，“早稻归社呢，还是归自己？”

“归你自己，公粮也由你去送。”刘雨生回复。

“已经插下的晚稻，还有秋红薯这些，如何处理？”

“我们初步意见是谁种谁收，不过，将来中耕、追肥以及收割所花的社里的工本，要你品补。”

“这个自然。既然入了社，社就是家了，还能叫社吃亏吗？”秋丝瓜心里摸底，十分欢喜，顺便说起乖面子话来了。

他牵着牛刚走出门，地坪里就有人议论：

“他这一回真是爽利。”

“龚子元的瘟猪子肉反倒起了好作用。”

“形势所逼，他不得已，你以为他自己有了认识？”

“不管如何，他也只好进步了。集体生产是大势所趋，人心所向，他一个人扳不住。”

“岂独是他？就是菊咬筋也没得法子，只好认输了。”

“这些人都是，说得直一点，只爱占便宜，吃不得亏的，人家把社搞好了，得了大丰收，他们就来享现成。”

“不要讲这个话吧，革命队伍总是欢迎新来的人的。”刘雨生最后插了这句嘴。

秋丝瓜回到家里，心里还是不安宁。过了一天，看见没有人追究，他放下心了，并且深深感谢政府的宽大。这天傍晚，自己来到乡政府，找李月辉坦白。他老实说出，那回把牛赶出村，确实是龚子元怂恿他干的。

龚子元堂客在公安局招认：今年春上，牛力正紧张，她受了男人的指使，黑夜里带把菜刀，摸到谢家门外的牛栏边，把社里那条得力的水牯的肩膀砍了一刀。事后，男人着实夸奖她，说：“这一着棋走得对，不但破坏了他们的生产，还叫谢庆元千担河水洗不清。看吧，他们会斗争他的。他们打，我们拉，不愁他不来。”

“两个牛案，同时水落石出了。”李月辉回到家里跟他婆婆说。他心里特别高兴，工作越发起劲了，但他那位伯伯还是骂他没有用，说他不成材。李月辉很有涵养，满不在乎。他堂客总是按不住性子，几回都被她男人劝住。有回碰到盛清明，她把这情况一五一十反映给他听。

“你不要气，我去收拾他。”

有天得了空，盛清明怀里收一根麻绳，邀了陈孟春，走到支书家，一听老驾又在骂，两人奔进去，大声喝道：

“你这个老货，敢骂我们的支书，来，跟我们到公安局去走一趟。”盛清明掏出绳子，陈孟春扎脚勒手，就要捆人，支书恰好回来了，慌忙上前劝阻道：

“算了，你们不要管他吧。”

听见支书自己这样说，两个人只好罢手。他们才出门，老人又骂了：

“没得用的死家伙，还到外边搬救兵，奈何得我么？没大没细的畜生！”

“请你嘴里放清白一点，做大人的要有个大人的样子！”支书堂客实在忍不住，手里拿着火叉子，站在灶屋门口答白了。

“算了，算了，你少讲几句。”李月辉连忙劝止，并且夺下她手里的火叉子。

正在这时候，会计盛学文来找，说朱明来了，找他有要事商量，叫他马上去。李月辉只得丢开家里这面烂鼓子，跟盛学文出来。才出大门，他听见堂客和伯伯又在屋里对骂了。双方都越吵越凶。不大一会，听见什么东西霍喳一声响，砸在地板上。支书的儿子小辉慌慌张张跑出来叫嚷：

“爸爸，爸爸，不得了啦！妈妈跟伯爹爹打起架来了。”

四十九　欢庆

听到儿子叫，李月辉想回去扯架。将要转身时，外头来了一个人。李月辉定睛一看，是中心乡党委书记朱明同志亲自赶来了。他只得上前招呼。

“老李，有件事特意来找你。到哪里谈谈？”朱明开门见山问，“上你家里去？”

“不，我家里乱，到常青社去。”

“也好，找老刘也参加谈谈。”

他们到了常青社，找到刘雨生，三个人在后房里碰头。朱明才落座，就开口说：

“今年头季大丰收，县委指示：要热闹一下，继续鼓干劲，反松气思想。我们这一片的几个乡联合起来，开个威威武武的庆祝会，你们看，怎么样？”

“好呀。”李月辉相当爱热闹，也看清了这对鼓干劲是有作用的。

“老刘你看呢？”朱明看见刘雨生没有做声，特意问他。

“只怕误工多了，于庄稼不利。”刘雨生沉思一会说，“晚稻要进行田间管理，还有秋种和冬播，我们的劳力还缺一大截，如今又要大家去耽搁一天。”

“劳力不足是各乡各社普遍的现象，”朱明接口说，“不过不争这一天，而且，在这个会上，正好鼓起大家的干劲，劳力的紧迫，作兴还会解决一部分。我看会还是开。地点在哪里合适？”

“自然是你们那里。”李月辉肯定。

“你们乡要抽几个人去参加筹备。”

“你要好多？”李月辉问。

“五六个就行。”

“妇女可以吧？”

“那最好了，干这些事，半边天比我们行些，也要几个男子汉去干粗活，搭彩牌戏台。”

“时间呢？”李月辉问。

“我看快一点，三天以后吧。”

把地点、日期和工作人员商量停当以后，朱明走了。这里刘雨生动手挑人。他派了盛淑君、陈雪春和陈孟春，当天奔赴中心乡。

社里也动员了一批男女连日连夜赶做实物标本、报喜牌、旗子和彩花。

为了庆祝，买布、纸和铳药，要一笔钱，钱的出法，社管会讨论了一下，有人主张临时募捐，有人提出动用公益金。

“社才成立，没有什么公益金。”刘雨生说。

“头季丰收了，反正是要积累公益金的，先叫社里垫了，以后再在公益金项上扣还。”

“你反正是，羊毛出在羊身上，都是社里的，也是社员的，怎么出都行。”谢庆元说。

“社里可没得现金，只好去卖掉点谷子，或是杂粮。”刘雨生说，“明天就要派人上街去卖粮，看哪几个人去？”

大家推了亭面胡和陈先晋。

第二天一早，亭面胡和陈先晋一人挑一担红薯上街去换钱。陈先晋挑到河口，就脱了手，先回家了。亭面胡过了河，挑到街上，半天才卖光。他把所得的价款四元小小心心收在荷包里，挑起一担空箩筐，慢慢吞吞在街上走着。他的眼睛不免溜着两边的店铺。他觉得口干，想吃口茶。走了一段路，没看见茶馆，只得走进一家饭铺子，放下担子，要一碗面汤。他喝了半碗，止住渴了；忽然间，鼻子作怪，闻到一股他十分熟悉的醉人的香味。他举眼看见邻桌有个胡子正端起一只小红花酒杯，那股使人不能忍耐的香味是从那杯里来的。

“家伙！”亭面胡低低地骂了一声，不晓得是骂哪个；跑堂的模糊听见，以为是叫他。这位手里拿一块抹布、系了一条变得油黑了的白围巾的年轻的堂倌走了过来，笑嘻嘻问道：

“是叫我吗，客家？你要么子？”

“打一壶酒来。”亭面胡当机立断。

“要什么酒？”堂倌习惯地用抹布揩揩桌子，一个跑步取了一只杯子来，用手擦擦杯子的边边。

“有些么子酒？”亭面胡显出行家的派头。

“汉汾，青梅，花雕，大曲，老镜面，还有果子酒跟葡萄酒。”

“来老镜面吧。”亭面胡吩咐。

“打好多呢？”

“先来四两。”亭面胡心想，钱是公家的，要节省些，少要一点吧。

“要什么咽酒？”

“来点便宜的，一碟油炸黄豆，一碟熏舌子。”

亭面胡一边喝酒，一边思索：酒钱支了社里的，以后归还，或是扣工分。想到这里，他理直气壮，又添了四两。临走结账，连酒带菜，用了八角钱。

稍许带一点醉意，亭面胡回到村里，往会计室交账。

“爸爸你怎么只有三块二呀？”面胡的儿子盛学文点完钱票问。

“我支了八角。”亭面胡爽快地说。

“怎么能支？这笔钱已经派好用场了。”

“八角钱有么子稀奇，扣我的工分不行吗？”

“不行，专款专用，这笔卖红薯的钱，支书社长嘱咐又嘱咐，不能扯散，你倒要来违犯了。我问你，你拿去做么子用了？”盛学文铁面无私地盘问，看着爸爸起皱的脸上的微红，他其实已经猜着了。

“你这个混账东西，盘老子的底了？要在前清，不送忤逆，你学了法！”亭面胡努起眼睛生气了。

“我不管你的什么前清后清的，请把八角钱归足，我好上账，要不，我们一同去见见社长。公私不分，社里还有王法了？”

“你瞎说八道，什么王法不王法？”

“走，见社长去。”

“见又怎么样，把我吃了？”

父子两个吵得不可开交的时节，菊满来了。他一看见这形势，慌忙跑回去报信。他妈扶着他赶来，问明原委，就连劝带拉把老倌拖走。这时候，来看热闹的已经不少。盛妈分开众人，扶住老倌子，走到门边，又回头对盛学文说：

“你记下账吧，我等下补来。”

盛妈卖了一只生蛋的黄鸡婆，填补了老倌子亏欠社里的八角，还剩一元多，她又打了几两酒回家，切了点烘腊，进贡给面胡。

“你何解要跟文伢子吵啰？人家看了也不像。”盛妈坐在他对面，趁着他的酒兴，和婉地规劝。

“混账东西子，”亭面胡端起酒杯，余怒没息，“一世不要进我门。”

第二天，社里另外派了一个人跟着陈先晋去卖红薯。

乡上、社里都忙着庆典。中心乡的堂屋里，盛淑君和陈雪春，随同别的乡、社派来的姑娘们用五颜六色的花纸扎了好多的彩花，有的像牡丹，有的像芍药，也有一些像菊花。姑娘们一边扎花，一边唱歌，把愉快的歌音都编进了花里。

男子们在中心乡政府门前的禾场上，用晒簟、板子搭了一个威威武武的戏台。各乡的业余剧团正联合起来，各挑上等的演员无昼无夜地排演新戏和旧剧。

破案以后，盛清明心情格外松快，他收拾了五支三眼铳，用土硝做了好多的铳药，准备在大会上使用。

开会那天，天气顶好。太阳还没有露脸，各个山村的锣鼓响动了。通往中心乡会场的大路和山路，先先后后出现了大小不一的各种颜色的旗子。旗子后面，一群群男女，都穿起新衣，戴着斗笠，往广场拥去。

太阳出来了。会场上人山人海。人丛里展露着旗子，囍牌，横幅的标语，纸扎的标本，此外还有两条龙和两只狮子。

朱明、李月辉、刘雨生和各社社长都坐在台子的中央一排椅子上。盛清明站在台口，指挥民兵维持会场的秩序。九时整，李月辉起身宣布庆祝大会开始了，在满场的锣鼓声里，台后起了三声震耳的巨响。缠在台前竹篙上的一挂万子头，噼噼啪啪响了一刻钟，接着又是三声三眼铳。硝烟弥漫着天空。

朱明讲话了。没有扩音器，他用铅皮做的土喇叭，套在嘴边，一句一句地叫唤，不久，喉咙嘶哑了。他首先谈起了合作化成就，说是整个中心乡只有几户人家没有入社了；接着提到集体生产的力量，建社以后，头炮打响了，今年夏季得了一个特大的丰收；他又报告说，今年的口粮标准是大口小口，牵扯起来，每人五百六十斤原粮。

朱明的讲话，前边听到的人都深感兴趣，用心在听。但是后边一些听不清的人只好坐在草地上谈讲或打牌。小孩子们正在观察龙灯和狮子，有的在摔跤。

朱明的讲话结束以后，好几个人相继发言。第三项议程是朱明授奖。刘雨生代表常青社接受了中心乡党委一面红绸黄穗的锦旗，旗面绣着“生产先锋”四个字。授旗完毕，锣鼓大作，鞭炮齐鸣。盛清明在台上跟朱明讲了两句悄悄话，就走下台去，带两个民兵，把龚子元夫妇押上台来。对他们的出现，台下的群众起了各种不同的反响，有的惊奇，有的快意，还有些人惊奇而又十分地快意；也有少数人，如秋丝瓜，手脚未免有一点失措，眼睛不知看着哪里好，喉咙里陡然发痒，老想咳嗽，又咳不出来。他侧耳听着旁边的人发出的各种不同的议论：

“好家伙，装个穷样子，原来是这一路货啊。”

“女的也是呢。”

亭面胡插嘴：

“我早晓得，夫妻两个都不是东西。”

“那你为什么总往他家里跑？”一个后生子问他。

“你晓得个屁。”亭面胡回答，又听着台上。

台上，盛清明已经把人犯的罪行宣布完毕，陈孟春正在领导人们呼口号。

“坚决镇压反革命！”

“肃清一切暗藏的反革命分子！”

“坦白从宽，抗拒从严！”

一时间，会上的气氛由严肃转到了愤慨。谢庆元要冲上去打，被民兵拖住。他站在台下紧前边，指着龚子元骂道：

“你妈的巴子，砍伤水牯，害得老子家里背冤枉，我一家伙送你见阎王！”

骂完又要跳上去，被人拖住了。

台下唤打的声音越来越多，人们往前挤。朱明怕造成混乱，站起身来说：

“同志们，社员们，你们的愤慨是完全可以理解的。但请不要自己来动手，政法机关会按照法律，接受大家的要求，处置他的，我们信托他们吧。”朱明说到这里，回转头去，对押解的人说：

“把他们带下！”

大会继续进行着。挨边中午，太阳如火，人们汗直流，李月辉和朱明商量一下，取消了自由演说，宣布散会。锣鼓声起，人们要走时，李月辉举起喇叭筒，大声唤道：

“大家不要走，还有个通知。今天夜里，各个社都有晚会，请大家看戏。”

当夜，微凉的南风收去了一天的炎热，树上有蝉噪，田里有蛙鸣。常青社的地坪里，挤满欢乐的男女。临时搭起的舞台的当中吊一盏汽灯。盛淑君在一出花鼓戏里扮演一位劝父入社的姑娘。

亭面胡含着烟袋，跟李支书、李槐卿、陈先晋和谢庆元坐在靠近舞台右角的两条长凳上。锣鼓声里，面胡打了一小阵瞌睡。大家都晓得，他有一个关门瞌肫的毛病。一觉醒来，他揉了揉眼睛，看看台上，这时盛淑君正边舞边唱。

“她唱得真好，活像个姑娘。”亭面胡说。大家笑了。“你们笑什么？我讲错了吗？”他问李槐卿。

“她本来是个姑娘嘛。”李槐卿笑道。

“所以我说，姑娘还是要请姑娘扮。男扮女装，女扮男装都不行。”

“那也要看哪个扮，听说梅兰芳扮姑娘就像姑娘。”李槐卿说。

盛淑君的小戏圆功了。胭脂水粉还没擦干净，跑下台来了。她蹲在李支书身边，笑笑嘻嘻问：

“支书你看我们的戏如何？”

“不错，拿得出手了。几时到城里去演演。”李支书笑笑提议。

“我们不敢去。”盛淑君说。

“这不像你淑妹子的口气。怎么不敢去？”李月辉问。

“人家天天演，扮得那样好，行头也齐整。”

“你太自卑了。街上剧团自有他们的长处，我们也有我们的。老话说得好，‘乡里姑子乡里样’，要演乡村里的泥脚杆子，我看还是我们演得本色些。你看。”

大家又抬头看戏。台上正在演个新编戏：《大闹春耕》。戏里，社员们饭也不回家去吃，社里派一个婆婆子送了饭来，大家接了饭，蹲在地上，端着碗，拿起筷子，装作扒饭的样子。站在台边的李小辉大声揭露：

“没有吃。”

另外一个孩子紧跟着补充：

“碗是空的，没有一粒饭，菜也没有。”

“你看，我们的观众好认真！”李月辉笑道，“一点点也不能马虎。我慢慢设法，给你们搞几套行头，你们好好地演几个戏，将来拿到株洲去，给工人看看。”

“你为什么不提给大春看看呀？”谢庆元笑着插嘴，眼睛看看盛淑君。

“自然也包括大春。”李月辉说，“听到淑妹子去了，他还要请呀？自己就来了。”

“你们都不是好人，不跟你们坐在一起了，我走。”盛淑君真的站起，准备上台去。

“不要走，妹子，我有一句要紧的话告诉你。”李月辉把她拉住。

“那你就说吧。”

“你先讲清楚，巴不巴结我？”

盛淑君转身走了。过了一阵，她又来了，一手提把开水壶，一手拿几个茶碗，给亭面胡、陈先晋、李槐卿，甚至谢庆元，都敬一碗茶以后，她说：

“依我脾气，不给李支书筛茶。他一把嘴巴子讨厌死了。”

但实际上，她还是端一碗茶敬给李月辉。

“你们半边天，只有一把嘴巴子。你晓得我有什么要紧话？”

“我不猜，听你沤在肚子里。”盛淑君说。

“我不讲，看你今天夜里睡得着。”

这时候，台上又换一出新戏了。陈孟春扮个落后的社员，垂头丧气，手里拿枝水莽藤尖子，才走出台，还没有唱，挤在前边的孩子们齐声唤道：

“陈孟春。”

“不是，是谢庆元。”一个大点的孩子纠正道。

陈孟春拿着水莽藤，一边走，一边自言自语道：

“我要拿了这枝家伙回家去，叫我里头的看了，晓得我寻了短路，吓她一跳，也吓大家一下子。”

台下的人笑了。李月辉忍住没笑，偷眼看看谢庆元，只见他的脸上红一阵，白一阵，把头低下了。李月辉心想：党内已经批判他，给予了警告处分，本人确实也有些改正，好了的疮疤不必再搔了。想到这里，他装作不介意似的问亭面胡道：

“刘雨生到哪里去了？”

“不晓得，没有留神他。”亭面胡回答。

“好像听到说，他看的是今天的日子。”陈先晋是转弯抹角，从他婆婆口里听到的。

“办喜事去了？这还了得，悄悄弄弄，瞒了我们？”亭面胡说。

“走，我们闹新娘房去。”李月辉站起身来。

“现在就去，要罚他请客。一定要叫他请桌酒席。”亭面胡对酒有兴趣。

“先晋胡子，李槐老，老谢，我们都去闹他一下子。”李月辉邀约大家，一边点燃小方灯，“你们这些妹子！去不去听壁脚呀？”

一群爱闹的，包括几位姑娘，几个后生子，还有亭面胡、陈先晋、李槐卿和谢庆元跟着李月辉离开戏场，往刘家走去。露水下来了；夜凉如水，星斗满天；小小的南风把新割的稻草的芳香，才翻的田土的气息，吹进人的鼻子里。蝉娘子在树上鸣噪，还夹杂着近边牛栏里牛嚼干草的声音。从戏场上，不断地传来锣鼓声、拍手声和笑闹的噪音。李月辉心情舒畅，话也很多。一路上，他指点着小时放牛的地方，捉鱼的溪涧。

“你说，一眨眼，我也三十出头了，李槐老还记得我小时候吧？”

“哪里不记得？想起来就好像在眼面前一样。”李槐卿一边走，一边翻古。

“那时候，记得我顶爱逃学，宁可放牛，我也不愿意读那些啃不动的‘子曰’‘诗云’。李槐老，是吗？你上来一些，挨着灯走，我照着你。”

大家让李槐卿走上前去，挨近李月辉，老塾师委婉地回道：

“是的，那时节你还不晓得用功，年纪太小，不过也正好，‘子曰’‘诗云’读一肚子也没用。”

拐了一个弯，大家转进山坳里，戏台上的锣鼓和歌舞的喧声被山峰阻隔，变得朦胧而且遥远了。又拐一个弯，走到空旷的塅里，响器和歌声又很清晰了。背后忽然起了一阵跑步声，李月辉问是什么人来了，盛淑君回答：

“小辉来了。”

“你来做什么？”李月辉责问跑到跟前的儿子。

“你们去吃酒，我也去。”

“你又不会吃酒，去做么子？”亭面胡问，“想跟新郎学徒弟？你这一天还早得很呀。”

谈话照常继续着。李月辉提起解放后的这几年间的变化，又扯到今年头季的丰收。

“你想想看，如果没有合作化，如果还是各干各，我们会有这样好世界？肯定没有。”他自己回答。

“这是确情。”陈先晋说，“只是现在人力还太缺。要是力量更大些，把这条溪涧好好挖一下，山水暴发，就再不怕了。”

“是呀，如今到处都唤劳动力不足。这个问题，我想，毛主席会想一条妙计，好生解决的。”李月辉对中央满怀信赖，这样地说，“只要有人，就会有事业，有局面。奇怪！人的两只手只要跟土地结合，就会长出五谷、油料、菜籽、棉花，以及别的一切好吃的和应用的东西。”他的注意力放在人的双手上。

“从前人在土地庙门前，最爱题这副对联：‘土能生万物，地可纳千粮。’这是确情，一点也不是迷信。”李槐卿说。他的眼睛放在土地上。

“土地没有手，就会荒废，手是万能，真是么子人所言：‘劳动人民两只手，工作起来样样有。’”李月辉仍然着重歌颂手，“不过，东西多了，我们也还是要讲究节约。”

“新娘子的家看得见了。”谢庆元看着前面一座透出灯光的屋场说。

“我们一个个都是这样妙手空空走进去，未免太节约了吧？”亭面胡提出了一个疑问。

“是呀，没有进门彩，总不好意思。”李槐卿响应面胡。他是讲究礼信的。

“如今不作兴送礼。”李月辉发表了不同的意见，紧接着又说，“不过，如果能够弄到一把花，那就漂亮了。”

“这个不容易？”谢庆元忙说，“对门墙统子屋里的夹竹桃，开得好热闹，我去弄一把。”

“好极了，多摘一些。”李月辉对着跑开了的谢庆元的黑影说，“这个人是只爱吃肉的，如今晓得要花了。”

大家到了新娘子家里，好多的人一齐道贺，笑闹不停。堂屋没点灯。新娘房里一对红蜡烛正放着明亮的光辉，照耀着里外。

“恭喜呀，贺喜，好得很，一切都很好。”李月辉一跨进门，不住停地说，连连点头，满脸挂笑，好像是全心的喜悦一时没法子充分表现一样。

“恭喜恭喜。”李槐卿也跟着连连拱手。他是按照旧礼，作古正经，来道贺的。

刘雨生穿起了一件新青布褂子，连连含笑说：“不敢启动，不敢启动。”这样迎接着贺客。新娘盛佳秀穿着一件花衣服，一条细蓝格子布裤子，羞羞怯怯跟在后边。盛淑君和陈雪春扑身上去，紧紧拉着她的手，三个人都激动得泪水盈盈，又都笑着，走进房去了。其余妇女也跟了进去，新房里顿时热闹起来，叽叽呱呱，谈笑说不停。

“我说老刘呀，你也太节约了一点。”李月辉把手里方灯往桌上一摆，“办好事，你怎么堂屋里都不点盏灯呢？赶快把盖白灯点起。”

“从你找对象以起，直到办喜事，都不通知我，这样偷偷摸摸的，一点不大方，你对得起熟人，对得住我们这些老邻老舍吗？”亭面胡唠唠叨叨，质问不停。

“不敢启动，不敢启动。”刘雨生满眼含笑，重复着说。

盖白灯点起来了，照得堂屋亮通通。谢庆元抱起两把花：一捧夹竹桃，一捧鸡冠花，大步闯进来，把花塞给李月辉。

“乖乖，你把人家一院子的花都摘得来了！淑妹子，快去拿两只瓶子，没有大瓶子，大罐子也好。”

盛淑君和陈雪春从房里应声出来，跑进灶屋，一人捧出一个瓦罐子，灌上清水，摆在堂屋上首一张八仙桌子上。李月辉随即把花插进罐子里。

“你们那几位快去把新娘请来。”李月辉笑着吩咐。

又是盛淑君和陈雪春两位担任这差使。她们飞身回到新娘房里。过了一会，两个人率领一大群妇女把新娘拥出。盛佳秀还是那一套衣服，不过在漆黑的巴巴头上的银簪子旁边添了一朵红绒花。

“把老刘找来，高宾[①]也请来。”李月辉站在堂屋上首说，“现在大家听我的指挥。今天夜里，是他们两位的好日子，也是我们大家的好日子。你听那锣鼓，那边还在庆祝社里的丰收，这边的事，也不可过于草率，你们行个礼。”

“是呀，”李槐卿答白，“礼信不可废，从前是礼多人不怪。”

“现在是不能有那些穷讲究了，什么三茶六礼，拜天地，叩祖宗，我们都废了。”李月辉说。

“请他们讲讲恋爱的经过，这是新办法。”谢庆元提议。

“这也是个套子了，我们也不干，不叫他们为难，”李月辉笑一笑说，“解放他们的思想。现在，大家肃静！先听我的。我们只办三件事：一是请新郎新娘向国旗和毛主席肖像双双行个鞠躬礼，你们说好吗？”

新郎愉快地点头，新娘同意地微笑。来宾都鼓掌。姑娘们和青年们蜂拥上前，扶着他们并排站在贴着毛主席肖像的神龛跟前，深深鞠了一个躬。

“第二项呢？”谢庆元问。

“第二，”李月辉说，“推盛淑君和陈雪春代表全体来宾，包括

---

① 高宾即女方来客。

高宾们在内，向新郎和新娘献花。”

不知在什么时候，盛清明带了一班吹鼓手赶得来了。听了这宣告，锣鼓声大作，唢呐和笛子也吹起来了，一直到献花完毕。听到音乐声，左邻右舍，男女老少来得更多了，挤满一堂屋。地坪里陡然放起一挂千子鞭，噼里啪啦，响一大阵。堂屋门首有人叫“恭喜”，人们一看，是菊咬筋和秋丝瓜，以及别的新近入社的单干。看见正行礼，他们就在人群里呆着。

“现在，宣布第三项，”李月辉制止音乐和吵闹，继续笑笑道，“新郎和新娘行个令人满意的最亲昵的礼信。大家公议，什么礼信好？”

“亲嘴。”谢庆元高声倡导。

爆发一阵大鼓掌，锣鼓也响了。青年们一拥上前，包围新郎和新娘，推的推，搡的搡，把他们拉起拢来。

“莫逗耍方，这像么子话？”刘雨生一边抗拒，一边笑着说，“支书，你不是说过，不叫我们为难吗？”

“这有么子为难呢？”谢庆元说，“你没有干过？将来不干？”

“要你亲，就亲一个吧，我看一点也不难，比作田挖土容易多了。”李月辉含笑劝说。

“李槐老，你说说，有这个道理没有？”刘雨生转脸向着花白胡子求救了。

“要你亲，就亲一个吧，”李槐卿微微笑着，重复支书的说话，“道理是人兴出来的，再说，我们从前也有的，从前叫‘吻’，假如没得这一种礼信，为么子造出这个字来呢？亲吧，社长。”

满屋的人都哈哈大笑。推拉的人们更加用劲了，新人们抵抗不住，彼此身子挨近了，盛佳秀满脸绯红，簪着红绒花的黑浸浸的头发显得有一点点乱，模样却显得更为俏丽和动人。大家叉着他们的颈根，推着他们的脑壳，把两个人的脸傍在一起，挨了一挨。

“好了。算是亲过了。现在，礼成！大家要散的散吧。明天还要做功夫。”李月辉宣布。

又是一阵放怀的大笑。

“小辉，你看今天晚上好不好？”谢庆元低头询问站在一边的小辉。

“好得很，明朝夜里再来一次。”小辉回答。

人们渐渐地散了，孩子们也都回家了。盛淑君走时，李月辉把她拖住，故意低声跟她说：“我不是说过，有句要紧话告诉你吗？你猜么子话？”

“我只懒得猜。”盛淑君嘴里这样说，两脚却不动。

“大春来信，说是冬天要回来。他说这话，分明是要我转告你的，你看这话要紧不要紧？”

“我不高兴听你的。”盛淑君讲完，跟陈雪春一起，一溜烟走了。

这里，高宾们陪着新娘进了洞房。刘雨生留住支书和社干，还款留了亭面胡、陈先晋和李槐卿几位老倌子，邀他们一齐走进洞房里。大家落座。亭面胡和谢庆元正在欣赏红缎子帐荫子上绣的凤凰和牡丹，新娘端出一个红漆茶盘子，上面放着一盅盅甜茶，发散着橘饼的香气；茶盘敬到李槐卿面前，胡子老倌礼恭毕敬站起来，从茶盘里端一盅茶，认真摸实说：

“惟愿你们连生贵子，白头偕老。”

新娘把茶盘端到盛清明面前。他不接茶，笑着说道：

“你一个人单干吗？我不领情，请两位费力抬抬。”

大家凑着趣怂恿，刘雨生只得过去，跟新娘一起抬着茶盘，把那放了橘饼丁子的甜水一盅一盅敬遍满房的宾客。

“吃抬茶是老规矩，含着好事成双的意思。”李月辉解说，随手端起茶盅喝一口。

“早先的规矩，有些还有点意思，有的实在是没得道理。”谢庆元说。

“何以见得？”李槐卿问。

“你比如说，新娘下轿的时刻，婆家要找人撑把雨伞遮住神龛子，这是么子讲究呢？”谢庆元问。

“这是……”李槐卿环视房里，看见新娘和女宾都不在，才继续说，“新过门的女子，见不得祖宗。”

“这个不是轻视妇女吗？”谢庆元说，他时常站在自己堂客立场上，反对歧视妇女的规章。

“拿伞遮住祖宗牌子确实是看不起妇女，”李月辉附和着说，“不过，我碰到了一桩事，证明我们老班子不但看得起妇女，还迷信妇女。”

“这话新鲜，”亭面胡说，“你快说说看。”

“记得我七岁那年，”李月辉翻起古来，“两颗门牙都掉了，新牙齿好久不长。”

“缺少钙质。”盛清明插道。

“那时候，脑筋没开拆，晓得么子钙质不钙质？人家都笑我狗洞大开；我姆妈十分着急，怕我缺起牙齿，讨不到堂客；我自己也急。那时候，我已经看中从前的爱人了。”

“你从前的爱人是哪一位？”亭面胡忙问，“我为么子不晓得？”

“我从前的爱人是现在小辉的妈妈。”在笑声里，李月辉接着说道，“我姆妈教我一看见牛，就作个揖。她说，牛会保佑牙齿长出来。约莫有半年，我一碰到牛，就恭恭敬敬，深深一个揖。”

“是黄牛呢，还是水牛？”亭面胡含笑发问。他对有关牛的事最感亲切。

“不论碰到黄牛和水牛，公牛或母牛，我都作揖。”

“有效验吗？”亭面胡忙问。他是相信牛的灵性的。

“鬼！”

这一声回答，使得亭面胡吃惊而又很失望，对于牙齿的故事，不再感兴趣，他背靠在板壁上头，微闭着眼睛，抽旱烟去了。

“你多吃一点骨头汤，牙齿就长出来了，不用求牛拜马的。”盛清明笑道。

“那时候，科学不发达，我姆妈是一个旧脑筋。她说，若要牙齿长，非得请新娘子摸一下子不可了。碰巧，我有一位堂嫂子过门。迎亲那天，我姆妈带我去吃酒，叫我悄悄躲在洞房的门口。一会儿，一路鼓乐，新娘披着大红盖头巾，被人簇拥着，低着脑壳，慢慢走来了。”

李月辉刚说到这里，门外进来一个人，把一封急件郑重递给他。

“要收条吗？”李月辉一边拆信看，一边询问通讯员。”

“要。”

通讯员接了收条，转身走了。

“是叫我和刘社长到县开会的。今天晚上就要赶到街上去，真不凑巧，老刘今晚哪里好去呢？”李月辉沉思一阵，抬眼看看谢庆元，笑道，“你代替他去，老谢。”

“好吧。”谢庆元答应。

“我们就走。”李月辉起身告辞。

“怎么就走呢？”盛清明连忙阻止他，“牙齿故事还没讲完。明天的会，你急么子？”

“明朝的会，只要今夜能赶到就行。”刘雨生也起身挽留，“吃了酒去，已经准备了，没得么子好吃的，不要嫌弃。”

“好吧，”李月辉重新坐下，微笑说道，“酒是吉庆物，不宜多喝，也不可不吃。”

“你继续讲吧。”盛清明催道。

“讲到哪里了？”李月辉笑问。

“新娘子来到了洞房门口。”盛清明提醒。他是爱听故事的。

“新娘子来了。摆明摆白，有人预先关照她。才到我面前，她抬起右手，把一个手指斯斯文文伸进我口里，在缺了门牙的牙龈上摸了两下，我记得是两下，冰凉冰凉的，还带点咸味，也有一些香粉气。”

“请吧，”刘雨生看见新娘从堂屋门口探进身子，对他丢个眼色，他会意了，就起身邀客人入座，“请出去坐坐。”

亭面胡首先站起，谢庆元跟着起身。盛清明一边移步，一边问道：

“后来呢？”

“后来不久，牙齿真的长起出来了。好快啊，并且长得又白又整齐。那一摸很灵，这里面是有点哲学的。”李月辉边笑边说，跟着大家，走到堂屋，看见那张八仙桌子上，两只插着鲜花的大瓦罐子移走了，摆上一桌菜，他笑着说，“你搞这样多菜呀？”

“没得么子菜。”刘雨生让大家请坐，并请高宾坐上席，李月辉对面相陪，其余的人谦让一阵，都依次坐了。

“十一个碗还说没得菜。”亭面胡说，“你只要餐餐践得常，我就会满意得很。”

“请吧，”刘雨生坐在下首，端起酒杯，遍敬大家一杯酒，“没有砍到新鲜肉，你们只随意。”刘雨生用筷子点点荤菜的碗。

“要新鲜肉做么子啊？”亭面胡一口喝下一满杯，“腊肉咽酒，再好没有。”

“你要是嫌礼信不周，下回砍了新鲜肉，再补请一回，也是可以的，我一定来。”谢庆元笑笑这样说。

“看你这个人，吃了一餐，还图下顿。”李月辉干了一杯，笑说谢庆元。

酒过三巡，李月辉起身，又干了一杯，脸上红了，对谢庆元笑道：

“怎么样，老谢？该动身了吧？”

“好吧，我们少陪了。”

两个人走后，大家又吃一阵酒，散席时，已经半夜了。

刘雨生送走客人，又请高宾安寝后，回到了新房。红烛点剩了半支。盛佳秀坐在床沿，慢慢取下头发上的红绒花，把帐子放下。

刘雨生走上踏板，跟她并排坐一起，双手握住她的手。正在这时候，窗户外面传来一阵哗笑和脚步声，刘雨生低低地说：

“散戏了，有人听壁脚。”

四围都寂寂封音。过了一阵，才听见盛淑君笑着说道：

“听不到一点点声音，两个人哑巴一样。算了，走吧。”

一阵奔跑过去后，就只闻见村野的蛙鸣、狗叫以及轻风摆动竹枝树叶的窸窣的微声了。刘雨生正要上床，忽然想起一件事，就跟盛佳秀说道：

“我要到社里看看，社里内外，到处堆起谷子和稻草，今天演了戏，人多手杂，怕火烛不慎。”

“清明他们会管的，要你操心做么子？”盛佳秀不想他走。

刘雨生还是走了。到了社里，他里里外外，巡视一番，看见一切都妥帖，这才往家走；刚到山坳，忽然听到一声喝：

“站住！”

是盛淑君的声音。他走拢去，看见盛淑君背后，还有个女子，那是陈雪春，两个人都拿着武器，他连忙问：

“你们怎么在这里？”

“清明子叫我们巡逻，以防万一。”盛淑君回说，“你怎么还不休息呀？”

“我就回去了。”

“快回去吧，莫叫她等了。社里谷草，包在我们的身上，今晚不要你探了。”盛淑君在远处嘱咐，话才完毕，又是一阵年轻女子的哧哧的笑声。

第二天，李月辉传达省委电话会议的精神，大家都不能自满和松气，要继续前进，采取许多切实可行的措施，向自然争取秋季更大的丰收。

1959 年 11 月

图书在版编目（CIP）数据

山乡巨变：典藏版 / 周立波著．-- 北京：作家出版社，2024. 11．-- ISBN 978-7-5212-3050-5

Ⅰ. I247.5

中国国家版本馆 CIP 数据核字第 2024RW2531 号

山乡巨变

作　　者：周立波
策　　划：张亚丽
责任编辑：姬小琴
装帧设计：棱角视觉
责任印制：金志宏
出版发行：作家出版社有限公司
社　　址：北京农展馆南里 10 号　　　**邮　　编：**100125
电话传真：86-10-65067186（发行中心）
　　　　　86-10-65004079（总编室）
E-mail: zuojia@zuojia. net. cn
http: // www. zuojiachubanshe.com
印　　刷：北京盛通印刷股份有限公司
成品尺寸：145×210
字　　数：442 千
印　　张：17
版　　次：2024 年 11 月第 1 版
印　　次：2024 年 11 月第 1 次印刷
ISBN 978-7-5212-3050-5
定　　价：68.00 元（精）
